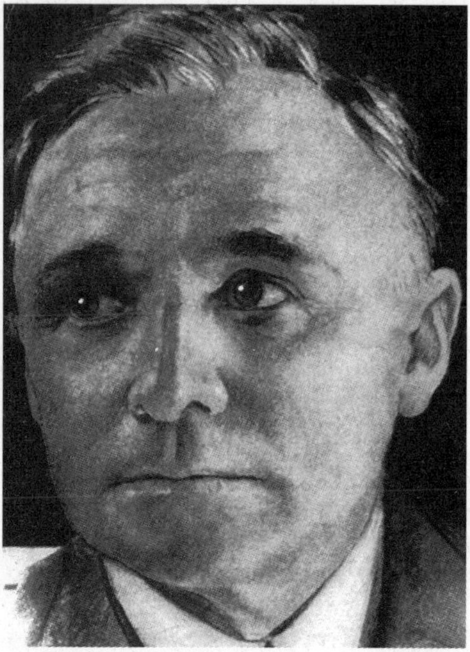

Anker Larsen ist einer der Großen der Weltliteratur. Seinen internationalen Ruf begründete der hochsensible Psychologe in den 20-er Jahren des vorigen Jahrhunderts, als er überraschend einen hochdotierten skandinavischen Literaturpreis erhielt, seine Werke in 11 Sprachen übersetzt wurden und die Literaturkritik ihn mit Tagore, Dante, Dostojewski, Proust und Hamsun verglich. Er wurde geschätzt von Hermann Hesse und Rudolf Steiner. Er lebte (1874 - 1957) als freier Schriftsteller in der Nähe Kopenhagens, nachdem er dem »dürren Ort« der theologischen Fakultät den Rücken gekehrt hatte und an verschiedenen Theatern Kopenhagens als Souffleur, Schauspieler und Regisseur tätig gewesen war. Seine Liebe galt den Menschen, die sich eher »sammeln« als »zerstreuen« wollen, denen, die noch empfänglich sind für die feinen Schwingungen einer geistigen Welt. Insgesamt verfasste er 10 Romane, über 20 Novellen und 11 Theaterstücke.

Olsen, der weiß, steckt in der Nervenheilanstalt; die, die nicht wissen, laufen frei herum, aber meist »verkehrt«. Anker Larsen variiert sein großes Thema, die Suche nach der Ewigkeit. Ein moderner »tumber« Parzival sucht den Heiligen Gral. Auf seinem Lebensritt folgt er als Theologiestudent, verkrachter Maler und Zirkusclown den Spuren Don Quichottes, verliebt sich in eine hysterische Malerin, in die Witwe eines Universitätsprofessors und in eine Zirkusreiterin, findet schließlich seinen geistigen Meister in Gestalt eines Zirkusartisten, der ihn auszubrechen lehrt aus diesem »internationalen Hotel« mit hermetisch geschlossenen Türen und Fenstern, wie Olsen in einer genialen, albtraumähnlichen Vision das moderne Dasein beschreibt. Er geht vom Wollen zum Sein, vom Bogen zum Punkt, von der geschäftigen und bunten Welt zur ruhenden Mitte, zur »Seligkeit«, wie Olsen sie nennt.

J.
Anker Larsen

Olsens Torheit

Roman

Aus dem Dänischen neu übersetzt
von
W. Gramer

Mysterium Magnum
MYM-Verlag
Berlin

CIP-Einheitsaufnahme
der Deutschen Bibliothek

Anker Larsen
Olsens Torheit
Wolfgang Gramer mym-Verlag Berlin
ISBN 3-9800929-1-7

1. Auflage 2003

10557 Berlin-Bartningallee 21
mym-buch@web.de
Sie finden uns im Internet unter
www.mym-buch.de

Printed in Germany
Druck und Bindung Elsnerdruck Berlin
Umschlaggestaltung und Layout H. Krause Berlin

J.
Anker Larsen

Olsens Torheit

Roman

Titel der dänischen Originalausgabe:

Olsens Daarskab
Gyldendalske Boghandel, København 1941

Übersetzt in 3 Sprachen:
Deutsch, Französisch, Niederländisch

Mysterium Magnum
MYM-Verlag
Berlin

Drin im Schatten des Gartenpavillions saßen der Oberarzt und der Pfarrer.

Draußen in der hellen Sonne ging Olsen über den Rasen und mähte Gras.

Der Pfarrer schaute ihm mit einem Ausdruck des Wohlgefallens zu. Der Oberarzt betrachtete den Pfarrer mit einer leichten Andeutung von Spott. Dieser merkte es und lächelte. Er kannte diese Blicke; es war schon immer so gewesen.

Es bestand eine unaufrichtige Freundschaft zwischen ihnen; sie hatten nichts gemeinsam, möglicherweise nicht einmal Achtung füreinander, jedenfalls kaum eine, zu der sie sich verstandesmäßig bekennen würden. Aber sie waren Freunde – irgendwo jenseits aller gesunden Vernunft.

Das hatten sie einem Botaniklehrer zu verdanken, der nun seinen langen Schlaf in einem schwarzen Grab schlief, er, der mit der Klasse und dem Unterricht immer hinaus an die frische Luft wollte, sobald er eine Gelegenheit dazu sehen konnte. Diese sah er an dem Tag, als Christian Hansen und Erik Sande dazu kamen, Freunde fürs Leben zu werden. Zu ihrer lebenslänglichen gegenseitigen Verwunderung.

Erik war eifrig darauf aus, Pflanzen zu bestimmen; er war Klassenbester in Botanik, Christian dagegen waren die Namen und Familienverhältnisse der Gewächse gleichgültig, es genügte ihm, dass sie da waren und es gefiel ihm, die Gräben entlangzuschlendern, so mitten in allem, und dabei dies oder jenes Angenehme zu empfinden. Er stellte sich jedes Mal gründlich dumm, wenn er vom Lehrer eine Blume in die Hand gedrückt bekam und ins Verhör genommen wurde. Erik grinste Christian ins Gesicht, dieser ließ es sich geduldig gefallen, ohne deshalb in Eriks Achtung zu steigen.

Die beiden hatten keine Berührungspunkte.

Aber dann geschah es auf dem Heimweg. Der Unterricht in der freien Natur war vorbei, der Weg lang und alles an ihnen ins Stocken geraten, ausgenommen die Beine, als sie, ohne darüber nachzudenken, im selben Augenblick aus ihrer tiefen, sonnenbeschienenen und duftgesättigten Trägheit aufsahen und der Blick des einen unversehens gerade in den des andern hineinglitt.

Da wurde in Christian Hansen ein tiefes Glück und in Erik Sande eine satte Zufriedenheit geboren. Sie lächelten beide, aber weiter kümmerte der eine sich nicht um den andern.

Dabei blieb es, aber ein Abglanz dieses gemeinsamen Lächelns schwebte in den Schulpausen nicht selten zwischen ihnen.

Irgendein praktisches Ergebnis ihrer Freundschaft zeigte sich nicht, bis zu dem Tag, an dem drei Jungen der Volksschule sich abgesprochen hatten, den Gymnasiasten Erik zu verprügeln, der einen von ihnen übers Ohr gehauen hatte. Da zeigte es sich, welch enorme Kräfte sich im Körper des sanftmütigen Christian verbargen. Keiner hatte bisher richtig darüber nachgedacht, denn er ließ sich nie auf Kraftproben oder Schlägereien ein. Man hätte nun eigentlich gut wissen können, dass er sich nicht schlug, weil er es nicht nötig hatte; die ganze Schule kannte ja seine Art zu handeln, wenn ein Schulkamerad ihn bis zur Grenze des Erträglichen gereizt hatte. Dann holte er seine Frühstücksdose mit Butterbroten hervor, warf den Riemen über die Schulter, machte den Deckel auf und nahm ein Brot in die linke Hand. Mit der rechten packte er den Unverschämten im Nacken und schüttelte ihn hin und wieder kräftig, während er bedächtig und gut gelaunt in sein Butterbrot biss; war es aufgegessen, ließ er den Quälgeist los. Darüber lachte man, und diejenigen, die so versucht hatten, an Christians Frühstück teilzunehmen, boten sich in Zukunft nicht wieder an. Aber trotzdem war es, als ob es in der Luft zu spüren sei, dass er nicht wegen seiner Stärke, sondern wegen seiner Ehrenhaftigkeit nicht in Schlägereien verwickelt war. Aber dann geschah es also, dass die drei Jungen Erik bei der Kirchhofsmauer außerhalb der Stadt abpassten. Sie wussten, dass er da oft im Unkraut herumstöberte, das dort üppig und artenreich wucherte. Sie warfen sich auf ihn, als er sich gerade niederkniete, um einige Brennnesseln behutsam seitwärts zu biegen. Er bekam Schläge, und er hätte noch mehr bekommen, wenn nicht Christian plötzlich aufgetaucht wäre.

Dieser hatte seine stille, nachdenkliche Freude daran, auf dem Friedhof herumzugehen, Grabinschriften zu lesen und darüber nachzudenken, wie lange oder wie kurz zu leben die da unten Erlaubnis gehabt hatten und wie das Leben wohl für sie gewesen war. Als er in halb poetischen, halb christlichen Gedanken vertieft durch das Tor kam, ging es Erik bereits alles andere als gut. Aber nun ging es den drei Schuljungen schlimmer. Christian vergaß Poesie und Christentum und verprügelte sie wie ein Heide.

»Vielen Dank«, sagte Erik, während er das Blut aus seinem Gesicht wischte, »aber hättest du ihnen eigentlich nicht beide Wangen hinhalten sollen? Du bist doch so fromm und heilig.«

Christian schaute ihn mit einem Ausdruck an, den Erik von den Schulpausen her gut kannte und sagte: »Eigentlich schon, aber meine Frühstückstasche hab ich hier nicht bei mir.«

Dann lachten beide, und von da an war ihre Freundschaft besiegelt. Sie dauerte die ganze Schulzeit, trotz Eriks ewigen Sticheleien, und auch die Studentenzeit, als diese Sticheleien noch einen hämischen Unterton bekamen, weil Christian Theologe war. Das war doch das Verachtungswürdigste, was ein Mensch sein konnte.

Dann sahen und hörten sie mehrere Jahre nichts voneinander. Aber an einem Sommertag trat Pfarrer Hansen plötzlich in Doktor Sandes großen Klinikgarten. Seitdem kam er jeden Sommer, und sie waren Freunde, so wie immer.

Sie sprachen nicht viel miteinander, hatten keine gemeinsamen Interessen, eigentlich überhaupt nichts Gemeinsames. Aber das hatten sie ja nie gehabt. Nichts verband sie, außer dem Kaffee, den sie nun miteinander tranken, und den Zigarren, die sie rauchten – und dann diese gewisse Unaufrichtigkeit, die sie sich beide nicht eingestanden. –

Olsen war mit dem Mähen fertig und ging zum Apfelbaum, um den Rechen zu holen.

»Lass das«, sagte er und schlug nach einer Fliege, die es auf seinen Schweiß abgesehen hatte.

Er spähte in den Baum hinauf.

»Olsen!«, rief der Oberarzt.

Olsen kam.

»Der Baum trägt nicht.«

»Auf jeden Fall nicht viel«, bestätigte Olsen.

»Bisher war's immer mehr. Aber letztes Jahr ging's schon bergab und dieses Jahr ist es noch weniger. Woran kann das liegen? So alt ist er doch noch gar nicht.«

»T-ja«, sagte Olsen, »er wurde vielleicht verkehrt beschnitten. Und es kann ja sein, dass er unten um die Wurzel herum was Gutes braucht. Im Herbst kann ich ja – wenn ich also –«

Er schaute den Oberarzt fragend an.

»Ja, gut«, sagte Doktor Sande kurz und abschließend.

Olsen ging und begann zu rechen. Der Oberarzt schaute ihm mit zusammengekniffenen Augen und einem schiefen Zug um den Mund nach. Die Laune des Pfarrers war gestiegen, was seinem Gesicht anzusehen war.

»Er ist ein netter Kerl, dein Gärtner«, meinte er.

»Ach was, er ist doch kein Gärtner«, sagte der Oberarzt mürrisch.

»Na dann eben Gartenarbeiter«, sagte der Pfarrer versöhnlich.

»Auch das nicht.«

»Was ist er dann?«

Der Oberarzt spuckte aus und sagte, als ob er auch das Wort ausspucken würde:

»Patient.«

»Was kann so einem gesunden und starken Menschen fehlen?«

»Ja, was fehlt wohl den Leuten, die mit einem Psychiater zu tun haben?«

»Du willst doch nicht etwa behaupten, dass dieser Mann verrückt ist?!«

»Verrückt oder nicht verrückt – er ist jedenfalls nicht normal.«

Der Pfarrer schüttelte den Kopf.

»So kann man sich täuschen! Dabei bin ich noch nie jemandem begegnet, der normaler ausgesehen hätte als er.«

»Ja, aber seine Augen, sagen sie dir nichts?«, fragte der Oberarzt.

»Doch, aber nur Gutes, scheint mir. Sie leuchten ja vor Glück.«

»Na! Hast du vielleicht jemals normale Menschenaugen vor Glück leuchten sehen? Wie kannst du überhaupt so einen banalen Ausdruck über die Lippen bekommen! Na ja, es ist nicht weiter verwunderlich, schließlich bist du ja Pfarrer.«

Der Pfarrer ließ diesen Spott an sich abgleiten.

»Do-och, ich möchte schon behaupten, dass man manchmal einen Ausdruck von Glück sogar in den Augen normaler Menschen finden kann«, meinte er.

»Ja, vorläufiges, vorübergehendes Glück«, sagte der Oberarzt. »Menschen können verliebt sein – oder betrunken – oder das große Los in der Lotterie gezogen haben. Aber bei Olsen ist es weder das eine noch das andere, er ist nur ein bisschen geisteskrank – so in aller Gewöhnlichkeit selbstverständlich.«

»Wie äußert sich das?«

»In emotionaler Apathie.«

»Emotionale Apathie – ja, ich kann es natürlich schon übersetzen, aber was bedeutet es – medizinisch?«

Der Oberarzt sah ihn schräg von der Seite an, während er sich eine neue Zigarre anzündete.

»Es bedeutet Friede und Freude im Heiligen Geist«, sagte er trocken.

»Das, was du da so spottend sagst, könnte ich mir bei deinem Mann gut vorstellen, wenn ich mir ihn so ansehe – im Ernst«, sagte der Pfarrer ruhig.

Der Oberarzt lachte.

»Dachte ich mir's doch, bei Gott. Du fühlst also eine familiäre Bindung?«

»Ehrlich gesagt, ja«, gestand der Pfarrer.

»Du hast Recht. Euch fehlt dasselbe, aber Olsen ist stärker davon befallen. Er ist auf seine Weise vollkommen. Olsen ist ein Heiliger. Worüber grinst du?«

»Über meine eigene Dummheit«, sagte der Pfarrer. »Er ist so gebräunt von der Sonne. Ich lachte, weil ich mir Heilige immer sehr bleich vorgestellt habe.«

»Das ist keinesfalls so dumm wie du glaubst«, sagte der Oberarzt, »natürlich waren sie bleich, denn sie waren ja krank, *geisteskrank*. Aber sie haben sich ehrlich und redlich bemüht, es zu werden, sie haben harte und unsinnige Kämpfe gekämpft, bis es ihnen gelang, ihr normales Leben zu zerstören. Aber Olsen, der hat dies gar nicht beabsichtigt, er ist gratis dazu gekommen, indem er mit dem Fahrrad stürzte. Und er soll, Tod und Teufel, bitteschön wieder vernünftig werden.«

»Er ist vom Fahrrad gefallen?«

Der Oberarzt blies eine große Rauchwolke aus.

»Ja, ein Auto hat ihn angefahren, er fiel hin, schlug mit dem Kopf gegen den Bordstein und hatte eine kleine Gehirnerschütterung, aber groß genug, um ihn verwirrt zu machen – auch nachher noch. Jedoch kam er bald darüber hinweg.«

»Kam darüber hinweg – ja, aber du sagst doch, dass er immer noch verwirrt ist.«

»Nicht mehr, als dass ich ihn jederzeit entlassen könnte.«

»Und warum tust du es dann nicht?«

»Er *will nicht*«, sagte der Oberarzt bissig. »Ich hab ihn gefragt: ›Warum wollen Sie nicht hinaus, Olsen?‹ – ›Naa-h‹, sagte er, ›mir geht's doch gut hier.‹ – ›Sie können doch anderswo billiger leben‹, meinte ich. – ›Ich kann es mir gut leisten, was es hier kostet‹, sagte er unbeteiligt. Er hat übrigens gelogen. Er hat weiter nichts, das hat er später selbst zugegeben, und ich bezahle ihn ordentlich für die Arbeit, die er hier macht; er kann mit Erde und Bäumen umgehen, ist einmal Landwirt gewesen, sagt er. Er streicht Zäune und Paneele ganz geschickt, er war zeitweise Maler. – Aber jetzt ist es schwierig, ihn aus der Klinik hinauszubekommen. Er will einfach nicht. ›Ich hab keine Wohnung‹, sagte er, ›müsste in eine Pension ziehn.‹ – Und als ich fand, dass dies jedenfalls angenehmer für ihn sein müsse, als hier zu bleiben, da antwortete er doch wirklich, dass er sich unter meinen Pensionsgästen mehr zu Hause fühle, als er es – dort draußen – jemals getan habe. – ›Unter den Verrückten?‹, fragte ich. – ›Verrückte‹, sagte er zögernd. ›Ja, natürlich gibt es einige Verrücktheit hier drinnen, aber die ist bei weitem nicht so banal wie die da draußen‹ – und dann beschrieb er mit dem Arm einen Bogen, der wohl die Gegend um die Klinik bedeuten sollte – oder vielleicht die ganze Welt. Der Teufel hole Olsens ›Bogen‹ und die Krankenschwester, die sein Schreibheft stahl und es Professor Berg gab.«

»Es wird langsam schwer, dir zu folgen«, sagte der Pfarrer. »Wie war das mit der Krankenschwester, die gestohlen hat?«

»Das war drinnen im Krankenhaus. Olsen war bald wieder auf dem Damm, aber Professor Berg ist ein gründlicher Mann. Er behielt Olsen noch ein paar Tage zur Beobachtung da. Um sich die Zeit zu vertreiben, verschaffte Olsen sich ein Heft und begann zu schreiben. Eines Abends, als er schlief, gab die Krankenschwester ihrer Neugier nach, las, was Olsen geschrieben hatte und fand, dass es ihre Pflicht sei, dies dem Professor zu zeigen. – Die dumme Gans! Berg las es, lachte darüber und fand vernünftigerweise, dass Olsen sich damit nur die Zeit vertreiben wollte. Aber dann geht Olsen hin und behauptet tatsächlich, alles sei wirklich genauso passiert. Daran hielt er fest und damit war es klar, dass der Mann verrückt war.«

»Wirklich?«

»Ja.«

»Aber was hatte er denn eigentlich geschrieben?«

»Irgendeinen Quatsch von einem Punkt und einem Bogen – einem Zirkelbogen, und einem Spaziergang, den Olsen vom Punkt aus nach dem Bogen gemacht hatte, und von einer Reise, die er unternommen hat, durch alle die Reiche und Länder, die am Bogen entlang lagen. – So hat er es jedenfalls später mir gegenüber ausgelegt.«

»Aber ist es nicht nur eine Art dichterischer Versuch?«

»Natürlich. Aber ich kann Olsen nicht dazu bringen, das zuzugeben. Und seine emotionale Apathie, die es ihn vorziehen lässt, hier zu bleiben statt ins Leben hinauszugehen und was Nützliches anzupacken, die hängt mit dem verfluchten Punkt und Bogen zusammen.

Sonst fehlt ihm nichts. Ich hab ihn physisch und psychisch untersucht, ich hab Intelligenztests mit ihm gemacht und kann bescheinigen, dass seine Intelligenz – jedenfalls genauso gut ist wie deine. *Meiner* Meinung nach ist er dir sogar etwas voraus.«

»Das will nun nicht so viel heißen«, sagte der Pfarrer trocken.

»Eigentlich nicht«, räumte der Oberarzt sachlich ein. –

»Ihr gehört jedenfalls zur selben Spezies«, sagte er etwas später.

»Hast du etwas dagegen, die Spezies genauer zu ›bestimmen‹ und ein Etikett draufzukleben?«, fragte der Pfarrer.

»Vanitas religiositatis«[1], sagte der Oberarzt.

»Ist Olsen denn religiös?«, fragte der Pfarrer.

»Sagte ich nicht, dass er an ›Frieden und Freude im Heiligen Geist‹ leide?«, entgegnete der Oberarzt. »War vielleicht das Nirwana, das Buddha fand, etwas anderes als eine unzerstörbare, das heißt *unheilbare* emotionale Apathie. Um diese zu erlangen, opferte er Königreich, Gattin und Kind und meditierte jahrelang. – – Man denke, wie leicht ihm dasselbe hätte passieren können, wenn es damals Autos, Fahrräder und Bordsteine gegeben hätte.«

»Olsen ist also ein gläubiger Mensch?«, fragte der Pfarrer.

Der Oberarzt schüttelte sich.

»Es kann einem ganz übel werden, wie du und deine Artgenossen ›gläubiger Mensch‹ aussprecht«, sagte er. »Mich lässt dieser Ton an einen Fall von Verstopfung denken. Olsen – ich weiß nicht, ob es dich beruhigen oder enttäuschen wird – ist ganz sicher kein Christ. Er ist Heide durch und durch, und er *glaubt* an das Kleinstmögliche, nämlich an ein Tüpfelchen, womit er einen *Punkt* meint, also wenn man es genau nimmt etwas nicht Existierendes. Denn wo ist ein Punkt zu finden? Nirgends. Er ist nur etwas, was wir uns vorstellen. Sobald er zu realer Existenz gelangt, ist er schon eine Fläche. So wie Olsens Tüpfelchen, das der Mittelpunkt eines Kreises ist und sich in ewigem Streit mit der ganzen Fläche befindet. Je näher man der Peripherie kommt, dem ›Bogen‹, wie sie in Olsens Theorie heißt, desto wilder wird der Kampf, desto ferner ist man dem Pünktchen und desto machtloser ist es, aber wenn man genau auf das Pünktchen schaut, so breitet es sich mehr und mehr aus und ist zuletzt die ganze Fläche. Diejenige Fläche, mit der es in ewigem Streit liegt, obwohl es ewig die ganze Fläche *ist*. Bitte sehr, hier hast du Olsens unterhaltsame Theologie, wie er sie mir dargelegt hat, und er schien sich köstlich darüber zu amüsieren.«

»Ja, das lässt ja wirklich an ein Irrenhaus denken«, räumte der Pfarrer ein.

Der Oberarzt betrachtete ihn zufrieden, bevor er sagte:

»So? Findest du? Glaubst du etwa nicht an einen ›Gott‹, den du nicht lokalisieren kannst? Und wenn du es könntest, würdest du bald entdecken, dass er nicht Gott ist. Liegt er nicht in ewigem Streit mit einer Welt, die er selbst erschaffen hat – so ungeschickt, dass sie schlecht und hoffnungslos verkehrt geworden ist? Sie ist sein Werk, sein Eigentum – aber der Teufel führt das Wort und regiert sie. Warum haben sie nicht *dich* für verrückt erklärt und in die Klinik gesteckt wie Olsen? Weil du nicht verrückt genug bist, wirklich ernsthaft zu glauben!«

»Du hast Recht«, sagte der Pfarrer, »vielleicht bin ich nicht verrückt genug.«

»Nein, genau deswegen dürft ihr frei herumlaufen, du und deine Artgenossen. Im normalen Alltag seid ihr genauso vernünftig wie wir andern. Aber ihr habt noch etwas in euch aus der Zeit, als der Mensch noch nicht den großen, entscheidenden Schritt getan hatte, der ihn von den anderen Tieren unterschied, als er nämlich begann, über den Augenblick und seinen eigenen, nächstliegenden Bedarf hinauszusehen, als er die Größe des Daseins entdeckte und in sich ein Gemisch von Verwunderung, Furcht und Erkenntnisdrang aufkommen fühlte. Ein Nebel von Gefühlen nahm das ganze Dasein ein, der Drang nach Einsicht brach durch, des Gedankens kleine Funken breiteten langsam ein wenig Licht aus, aber im größten Teil dessen, was da war, und dessen, was geschah, brütete weiterhin die Mystik des Unbekannten – bis der Gedanke sich endlich vom Nebel der Gefühle freimachte und in geduldigem Suchen entdeckte, dass hinter dem Mystischen etwas ganz Natürliches stand. In dieser Klarheit leben heute die meisten von uns.«

»Du meinst wohl die Besseren«, bemerkte der Pfarrer zurückhaltend.

»Warum auch nicht. Von euch gibt es doch immer noch einige, die es nicht wagen, ihre Gedanken aus dem Chaos der Gefühle zu befreien. Ihr könnt den mystischen Nebel nicht entbehren. Da nun nach und nach nicht viel verlässliche Mystik übrig bleibt, sammelt ihr sie in einem Punkt – ja, genauso wie Olsen in einem ›Tüpfelchen‹ – und nennt dies ›Gott‹.

Ihr seid nicht verrückt wie Olsen, bewahre, die meisten von euch sind, im Großen und Ganzen genommen, gesund genug, aber ihr seid wie so viele gesunde Menschen *Bazillenträger.* Ihr hemmt die Entwicklung; eigentlich müsstet ihr um des Ganzen und des Fortschritts willen ausgemerzt werden! Na, lass uns jetzt nicht die Zeit raubenden Diskussionen unserer Jugendzeit über Religion wiederholen. Da will ich lieber mit dem ›geisteskranken‹ Olsen diskutieren. Er verteidigt seinen ›Punkt und Bogen‹ viel vernünftiger – und vor allem viel unterhaltsamer – als du deinen theologischen Galimathias[2]. Er weiß im Übrigen auch mehr als du.«

»Aha«, sagte der Pfarrer, »also ein richtiger Autodidakt?«

»Na-ah – Autodidakt! Tja, wirklich, so muss man ihn wohl nennen, aber er ist ja ansonsten Akademiker, er hat studiert, und – ja – er hat Theologie studiert so wie du!«

»Hast du nicht gesagt, er sei Bauer und Maler gewesen?«

»Ja, das kann sein, er ist vielleicht noch ganz anderes gewesen, von dem ich nichts weiß. Theologe war er jedenfalls, hat es aber aufgegeben – vermutlich das einzig Vernünftige, was er in seinem langen Leben gemacht hat. Übrigens werde ich bald wissen, was er sonst noch so getrieben hat, denn ich hab ihm gesagt, er soll seine Memoiren schreiben.«

»Wirklich?«

»Ja, ich hab eine schriftliche Darstellung von ihm verlangt, wie ›Punkt und Bogen‹ in seiner Vorstellung aufgetaucht sind. Er *will* ja nicht zugeben, dass es erst damit anfing, *nachdem* er mit dem Kopf gegen den Bordstein geknallt war. Ich dachte, dass er sich vielleicht von dem Unsinn wegschreiben könne.

– Olsen!«, rief er.

Olsen kam.

»Wie sieht es aus mit den Memoiren?«

Olsen lächelte, ein wenig schelmisch, wie der Pfarrer fand, aber die Stimme war voller Respekt und Selbstbeherrschung:

»Ich bin mitten in der Reinschrift, Herr Oberarzt.«

»Sie brauchen es nicht ins Reine zu schreiben«, sagte der Oberarzt, »ich kann Ihre Schrift gut lesen, auch wenn sie nicht so deutlich ist, wie sie auf den ersten Blick aussieht. Geben Sie mir den Entwurf wie er ist.«

Olsen schüttelte bekümmert den Kopf.

»Das geht nicht, Herr Oberarzt«, sagte er, »nein, das mit dem Entwurf geht nicht.«

»Warum nicht?«

Olsen sah verlegen aus. Der Pfarrer glaubte im ersten Moment, es sei Absicht, ließ aber den Gedanken sofort wieder fallen, denn Olsen hatte etwas so rührend Hilfloses an sich.

»Weshalb geht es nicht?«, fragte der Oberarzt.

Verlegen und gedämpft begann Olsen:

»Es geht um den Punkt und den Bogen, wissen Sie –«

»Schießen Sie nur los, der Pfarrer ist ein Freund von mir.«

»Und weiß er denn von meiner – hm – Krankheit?«, fragte Olsen vorsichtig.

»Ja, ein wenig. Sie können ruhig frei reden.«

Olsen begann: »Der Herr Oberarzt erinnert sich vielleicht an den verrückten Mr. Dick in ›David Copperfield‹ – den, der es nicht lassen konnte, eine Andeutung wegen des Kopfs Karls des Ersten zu machen, Sie wissen schon, von dem, der dann abgehauen wurde. Das machte es so schwierig für Mr. Dick, als er für Mr. Copperfield Entwürfe schreiben sollte.«

Der Oberarzt und Olsen sahen sich prüfend in die Augen. Der Pfarrer schaute von einem zum andern und fühlte sich verunsichert. Sie sahen ja beide wie Irrenärzte aus, die versuchen, dem Gedankengang eines Patienten zu folgen und ein bisschen Komödie mit ihm spielen. Wenn Olsen nicht wirklich verrückt war, so war er der bessere Schauspieler von beiden.

Der Oberarzt sagte:

»Dann könnten Sie ja auch den Rat beherzigen, den Copperfield Mr. Dick gab: einen leeren Bogen Papier bereitzuhalten und auf diesen überzuspringen, wenn es absolut notwendig wurde, eine Andeutung wegen des abgeschlagenen Kopfs König Karls zu machen?!«

Olsen nickte fröhlich zustimmend:

»Das tat ich gerade, Herr Oberarzt. Jedes Mal, wenn ich es nicht vermeiden konnte, Punkt und Bogen zu erwähnen, sprang ich über auf einen neuen Bogen.«

»Gut, dann ist es ja in Ordnung.«

»Nein, das ist es nicht, Herr Oberarzt, denn ich konnte nicht wieder zurückkommen, ich musste auf einem neuen Bogen weiterschreiben.«

»Na ja, dann kann ich ja auch beim Lesen dort weitermachen.«

»Scho-on«, sagte Olsen, »aber dann war ja alles *umsonst.*«

»Was soll das heißen?«

Der Oberarzt und der Pfarrer sahen Olsen scharf an. Mit Olsen war eine Veränderung vor sich gegangen, ganz unmerklich. Dieser Olsen, den der Pfarrer nun erstaunt betrachtete, war nicht verrückt, nicht mehr als der Oberarzt, zu dem er, den Schalk in den Augen und mit einem wissenden Lächeln um den Mund sagte:

»Der Herr Oberarzt bat mich ja nicht, meine Erinnerungen niederzuschreiben, um meine Antecedentia[3] kennen zu lernen, sondern es handelt sich ja um eine Kur.«

»Antecedentia!«, dachte der Pfarrer. Na ja, kein Wunder, der Mann hatte ja studiert!

»Eine Kur?«

Der Oberarzt fegte diese Torheit mit einer Handbewegung beiseite.

»Wozu sollte das gut sein?«

»Die Absicht war wohl, dass ich probieren sollte, ob ich mich nicht von der Sache mit dem Punkt und Bogen freischreiben könne«, sagte Olsen.

»Na-ja«, räumte der Oberarzt ein wenig irritiert ein.

Der Pfarrer hatte wieder die unbestimmte Vorstellung, dass jeder der beiden Herren den andern als einen Verrückten behandelte, mit dem behutsam umgegangen werden musste. Olsen war immer der Geschicktere; bei dem mürrischen Ton des Oberarztes wechselte er augenblicklich sein Benehmen: Er sah aus wie jemand, der es sich selbst nicht leicht macht, aber bereit ist, sein Bestes zu tun.

»Beim Entwurf gelang es mir nicht«, sagte er, »jetzt probier ich, ob ich nicht bei der Reinschrift davon loskommen kann. Ich hab es ja schon geschrieben und nun fehlt nur noch, es auch zu überspringen.«

»Nun ja«, sagte der Oberarzt zweifelnd, »wir werden ja sehen.«

»In ein paar Tagen kann der Herr Oberarzt es ja sehen, denn ich bin beinahe fertig mit der Reinschrift.«

»Dann müssen Sie ja wissen, ob es geglückt ist.«

»Es ist ja nicht ganz unmöglich, dass ich ab und zu mal etwas zerstreut war«, sagte Olsen. »Jetzt, wo ich den Punkt und den Bogen drinnen im Kopf habe, kann ich leicht dazu kommen, zu glauben, dass sie auch auf dem Papier stehen sollen, das von mir handelt, nicht wahr? – Wünscht der Herr Oberarzt sonst noch etwas?«

»Nein!«

Olsen verbeugte sich und ging dann zurück an seine Arbeit.

»Langsam geht er mir auf die Nerven«, sagte der Oberarzt.

»Weshalb behältst du ihn dann? Du sagst doch selbst, dass seine Verrücktheit ganz ungefährlich ist.«

»Für alle andern, aber nicht für ihn selbst. Und dann *mag* ich ihn! Ja, ich kann mir nicht helfen, aber es ist so. Obwohl er mich irritiert.«

»Das letzte kann ich gut verstehen.«

»Du? Dir gefiel er doch so gut!«

»Gerade deshalb«, lächelte der Pfarrer.

»Was du nicht sagst«, entgegnete der Oberarzt, »du irritierst mich auch und hast es immer getan, trotzdem mag ich dich, ohne vernünftigen Grund. Du und Olsen, ihr seid aus demselben Holz, aber bei dir ist schon zu lange der Wurm drin.«

Der Pfarrer musste lachen.

»Deine Komplimente habe ich viele Jahre vermisst. Hast du vielleicht dieses Manuskript von Olsen hier, in dem es um den Punkt und den Bogen geht, oder wo ist es?«

»Ich hab es hier«, sagte der Oberarzt. »Aber da steht nichts drin von Punkt und Bogen – wenigstens nicht direkt. Von diesen beiden Dogmen erzählte mir Olsen erst, als ich ihm vorhielt, dass er unmöglich meinen könne, wirklich in den ›Ländern‹ gewesen zu sein, die er beschreibt. Da sagte er, dass er in noch viel mehr gewesen sei, denn es lägen zahllose Reiche und Länder überall längs des *Bogens*; er sei in ihnen allen gewesen, aber nun kümmere er sich nur noch um den *Punkt*, das Zentrum, das im Übrigen identisch sei mit der ganzen Kreisfläche. Diese Theorie begann er mir lang und breit zu erklären, in einer wunderlichen Mischung von ernstem religiösem Fanatismus und fröhlicher Unbekümmertheit, auf eine Weise, die es mir unmöglich machte, zu sehen, ob der Spaß Ernst oder der Fanatismus Spaß war. Aber das Gefasel von Punkt und Bogen war jedenfalls sein voller Ernst, und das Verrückte daran ist, dass es Sinn ergab. – Wenn du seine verrückten Einfälle lesen willst, kannst du mit hineinkommen und ich geb dir das Manuskript.«

Sie gingen hinein und Pfarrer Hansen setzte sich, um die mit Bleistift offenbar hastig hingekritzelten Seiten zu lesen.

Ich war im Punkt, mitten in der Seligkeit. Was seltsam war, ich war genau im Mittelpunkt. Und was noch seltsamer war: wo ich mich auch hinbewegte, ich blieb doch immer genau in der Mitte. War ich vielleicht selbst der Mittelpunkt der Seligkeit? Oder war ich vielleicht die Seligkeit *selbst?* Denn obwohl sie sich weit um mich herum ausbreitete, merkte ich, dass sie dennoch von mir ausströmte, überallhin, und in mich eindrang von überallher.

Es war wie ein langer Atemzug – ein und aus – Leben, Seligkeit – Seligkeit, Leben. Überall. Gab es keine Grenzen? Nein, denn wenn es eine Grenze gab, was war dann jenseits der Grenze? Da konnte nur *Leben* sein, und Leben war eben *Seligkeit.*

Meine Aufmerksamkeit war in die Ferne gerichtet, auf das äußerste Äußere. Mir schien, als hörte ich etwas. Oder ahnte ich nur Unbekanntes? Ich lauschte. Ja, nun hörte ich es, etwas wie eine neue Art Musik, die den Ohren wehtat. Ich überlegte, ob wohl außerhalb der Seligkeit etwas sein könnte, eine Art »Leben«, wo diese abscheuliche Musik vielleicht als schön empfunden wurde. Das war nicht vorstellbar. Aber ich fuhr fort zu lauschen, mein Ohr wurde sensibler, ich konnte in dem Geräusch jetzt ein fernes Brausen ausmachen und es war etwas in ihm, das – nein, nicht schön war, weit davon entfernt – aber – ich suchte nach einem Wort und entschied mich dafür, es »interessant« zu nennen, weil es mein Interesse geweckt hatte.

Ohne es recht zu wissen, hatte ich mich auf den Weg gemacht, dem fernen Brausen entgegen, und je näher ich kam, desto stärker wurde es; ich *musste* wissen, woher es kam und lief schneller. Lange. Das ferne Brausen wurde heftiger, es wurde unerträglich und unausweichlich, es nahm an Stärke zu wie ein Orchester, in dem mehr und mehr Instrumente eingesetzt werden. Dieser abscheulichen Musik war nicht zu widerstehen, sie wollte kennen gelernt werden und ich sammelte alle meine Kräfte zu einem letzten gewaltigen Spurt.

Plötzlich kannte ich mich selbst nicht mehr. Ich, der ich voller Macht gewesen war und teilhatte an allem und mich überall zu Hause gefühlt hatte, war plötzlich allein, fremd, fühlte mich hilflos und nicht im Geringsten selig!

Ich wandte mich um und sah zu meinem Entsetzen: ich war aus der Seligkeit »herausgespurtet«. Ich suchte nach ihr, aber sie war nirgends zu entdecken. Sie war einfach nicht mehr da. Aber sie war doch da *gewesen*, sie war ja sogar ich selbst gewesen.

Aber *wer* war ich? Das war eine Frage, die vorher für mich nicht existiert hatte. Nun war sie da, aufdringlich, quälend, und ich fand keine andere Antwort als: *Einer, der fortgeblieben ist.*

Ich hörte das gewaltige Brausen und fühlte etwas, was ich niemals gefühlt hatte, etwas Entsetzliches. Nun kenne ich das Wort dafür: Angst. Die Angst kam aus dem gewaltigen Brausen, und trotzdem schien mir, dass dieser fürchterliche Lärm die Angst betäuben können müsse. Ich stürzte mich ihm Hals über Kopf entgegen, um von ihm verschluckt zu werden. Es war mir, als ob ich von einem hohen Turm fiele, und ich wurde halb bewusstlos. Ich war wirklich gefallen, ich spürte etwas Unseliges in meinem einen Knie und in beiden Händen, als ich wieder aufstand.

Da standen einige verfallene Häuser, Menschen waren keine zu sehen. Ich hinkte ein Stück den Weg lang. Was wohl los war mit dem Knie und den Händen?

Ich erblickte einen Mann und humpelte zu ihm hin. Er war alt, krumm und hatte nur noch einen braunen Vorderzahn in seinem Mund. Dass es wirklich Menschen gab, die so aussahen! Ich griff mir ans Knie und konnte einfach nicht begreifen, was damit los war.

»Tut's weh?«, fragte der Mann.

»Tut es – was?«

»Tut das Knie weh?«

Ich glotzte ihn an und fühlte etwas wie Befreiung.

»Ja, es tut – – weh«, sagte ich und vergaß beinahe den Schmerz aus lauter Freude über das für mich neue Wort.

»Hast du ein Priemchen?«, fragte der Mann.

»Ein – was?«

»Ein Priemchen!«

»Priemchen? Nee.«

Ich schüttelte den Kopf, ohne auch nur das Geringste zu begreifen.

Der Mann schaute in die Luft.

»Er muss wohl bald hier sein«, brummte er.

»Wer?«

»Mein Sohn. Er sollte heute mit etwas Tabak und etwas zu essen und zu trinken herfliegen.«

Dann fiel mir wieder ein, warum ich hier war und fragte: »Von woher kommt die Musik?«

»Musik?«, fragte er. »Hat dein Kopf denn auch was abbekommen?«

»Ich meine *das*, was da so entsetzlich lärmt und braust«, sagte ich.

»Das ist die Stadt«, bemerkte er unbeteiligt.

Die Stadt! Priemchen! Was für Worte dieser Mensch gebrauchte!

»Du bist allein hier?«, fragte ich.

»Ja, die andern in meinem Alter sind alle schon tot«, antwortete er.

»Ja, aber die Jungen?«

Er wies in die Richtung, aus der der Lärm kam.

»Sie sind alle dorthin gezogen«, sagte er, »hinein in die Stadt. Das ist schon in Ordnung.«

»Wieso?«

»Dort ist doch das *Leben*. Und die Jugend will ja dorthin, wo das Leben ist. Das ist natürlich. Das wollte mein Sohn auch.«

»Warum bist du dann nicht mit ihm gezogen, zum *Leben?*«

»Davon würde ich nur sterben«, sagte er. »Aber *du* willst wohl dahin?«

»Ja, das glaube ich.«

Aus dem großen Lärm hob sich ein einzelner Ton ab, der immer deutlicher wurde. Der Alte schaute in die Luft und sagte: »Da kommt er.«

Eine sonderbare Maschine wie ein Vogel kam mit Lärm und Gestank aus der Luft herab. Zwei Männer sprangen heraus und der eine von ihnen sagte:

»Tag, Alter!«

Der Alte antwortete: »Tag, Sohnemann! Hast du an das Priemchen gedacht?«

Der Sohn reichte ihm etwas Schmutziges und Fettiges, der Alte biss hinein, spuckte braun aus und sah zufrieden aus.

Die beiden Männer packten hastig Lebensmittel und Kleidungsstücke aus.

»Tschüs, Alter!«, sagte der eine und ging zur Maschine.

»Könnt ihr den da vielleicht mitnehmen?«, fragte der Alte. »Er ist auf dem Weg dorthin, und es ist weit zu gehen.«

»*Okay*«, sagte der Junge, »spring an Bord, Kamerad.«

Dann waren wir oben in der Luft und flogen dem Lärm entgegen, während wir selbst auch viel Spektakel machten. Der junge Mann schaute mich an und fragte:

»Sind Sie noch nie geflogen?«

»Do-och, gewissermaßen«, sagte ich und dachte bei mir, dass das hier ja eigentlich gut ein wenig an die Art erinnern konnte, auf die ich gewohnt war, mich in der Seligkeit zu bewegen, mit dem Unterschied, dass ich dort keine Maschine brauchte, mich aber so schnell wie ein Gedanke darin bewegen konnte und keinen Lärm machte. Er hatte wohl keine Lust, sich weiter mit mir zu unterhalten; ich konnte ihm jedenfalls ansehen, dass er fand, ich sei ein seltsamer Kauz.

Kurz darauf gingen wir runter, genau mitten drin in dem großen Getöse.

Das monotone Geräusch oben im Apparat war so widerlich gewesen, dass mir schien, der viel gewaltigere allgemeine Lärm in der Stadt sei auszuhalten. Es war wohl seine Vielfältigkeit, die ihn für das Ohr milderte. Angenehm war er jedoch nicht.

Und welches Durcheinander!

Rundherum und in allen Richtungen fuhren kleine schwarze Käfer auf Rädern. Ab und zu stießen sie zusammen und es krachte und splitterte, und drinnen lagen blutende und sterbende Menschen.

»Warum geschieht das alles?«, fragte ich den ›Sohnemann‹, der gerade neben einem Radkäfer stand und dabei war, in ihn hineinzuklettern.

»Warum?«, sagte er. »Das ist doch klar. Wenn zwei zur selben Zeit auf dieselbe Stelle wollen, dann zerschmettern sie sich. Das geht nicht anders.«

»Nicht?«, sagte ich. »Ich dachte, dass –«

»Dass was?«

Ich wollte es nicht sagen. Ich dachte daran, wie wir in der Seligkeit, wenn wir uns auf derselben Stelle begegneten, uns gegenseitig durchdrangen, einen Augenblick wir selbst *und* zugleich der andere waren, um dadurch bereichert weiterzugehen: wir *wurden* selbst zu dem, dem wir begegneten und lernten ihn dadurch kennen. Das war *unsere* Art, auf die wir etwas zu wissen bekamen. Hier starb man also davon. Ich meinte, es sei am besten, vom Leben in der Seligkeit zu schweigen. Gab es eigentlich eine Seligkeit? Woher hatte ich bloß diese undeutliche Vorstellung? ›Sohnemann‹ schaute mich skeptisch an.

»Wo müssen Sie denn hin?«, fragte er.

»Ja, wenn ich das nur wüsste«, antwortete ich.

»Das ist aber schade für Sie«, meinte er.

»Ja-a – ich weiß nicht recht«, sagte ich, »ich kann aber doch nirgends hinkommen wegen all dem, das überall rumfährt und einen vielleicht in Stücke schlägt.«

»Setzen Sie sich hinein«, sagte er. »Sie können mit mir zu meiner Pension fahren. Dort können wir einen Arzt anrufen. Es steht wohl schlimm mit den Nerven.«

Er puffte mich in den Käfer hinein, machte ihn brummen und dann lief er zwischen den andern hin und her, während ich dasaß und auf den Augenblick wartete, wo wir einen von ihnen durchdringen, mit ihm vereinigt würden und davon sterben sollten. Ich versuchte auszurechnen, welchem wir entgegenstürzen würden. Es gab so verwirrend viele Möglichkeiten, dass ich müde wurde, darüber nachzudenken; die Luft war nicht gut; ich klopfte ›Sohnemann‹ auf die Schulter – ich saß gerade hinter ihm – und rief:

»Warum qualmt und stinkt ihr alle so hinten heraus?«

Er rief entnervt zurück:

»Ich stink verdammt noch mal nicht hinten heraus und qualmen tu ich auch nicht! Was bildest du dir ein?«

»Oben in der Luft«, antwortete ich, »kam hinten aus dem mechanischen Vogel ein Qualmstreifen und hier unten qualmt es hinten aus allen Radkäfern heraus.«

»Es eilt wirklich mit dem Arzt«, sagte er, und dann fuhren wir noch schneller.

Ich dachte darüber nach, was das wohl ist, eine Pension, aber ich wollte nicht fragen. Wenn wir nicht unterwegs mit jemandem vereinigt wurden, würde ich es ja von selbst erfahren. Nun weiß ich es. Eine Pension ist ein großes Haus mit vielen Käfigen, um darin Geräusche zu machen. In jedem wohnt ein Mensch, der dafür sorgt, dass die Geräusche nicht aufhören. Es war ein Käfig frei und man sagte mir, dass ich ihn bekommen könne.

»Ja, aber ich kann keine Geräusche machen«, sagte ich.

Sie schüttelten den Kopf, sahen bekümmert aus und ließen den Doktor holen. Er kam und fragte mich vieles, auf das ich keine Antwort geben konnte. Er sagte zu den andern, dass ich mein Gedächtnis verloren habe; ein Knie sei verletzt, wie nach einem Fall, und der Kopf musste wohl auch etwas abbekommen haben, obwohl nichts zu sehen sei – jedenfalls nicht von außen.

»Und übrigens von innen auch nicht«, sagte er. »Der Kerl ist unbeschrieben wie ein neugeborenes Kind – aber sonst gesund und munter.«

Auf einem Tisch lag ein dickes Buch, das er aus meiner Tasche gezogen hatte, das war in Leder gebunden.

»Diese Brieftasche«, sagte er, »können Sie sich nicht erinnern, warum Sie so viel Geld bei sich haben?«

»Geld –?«, wiederholte ich verwirrt.

»Ja, Geld, das ist ja ein ganzes Vermögen! Weshalb haben Sie so viel Geld bei sich? Sie sind doch hoffentlich kein Raubmörder?«

»Raubmörder – ?«

»Ja, Sie haben doch wohl niemanden totgeschlagen?«

»Tot–?«

»Wissen Sie etwa auch nicht, was das ist?«

Ich schüttelte betrübt den Kopf.

»Jemanden totschlagen heißt, einem lebenden Wesen das Leben nehmen.«

»Dann hab ich niemanden totgeschlagen«, sagte ich, »ich war nur einmal auf Rädern, und da wurden wir nicht vereinni– , da sind wir mit niemandem zusammengestoßen.«

Er ging mit den andern zusammen aus dem Käfig, ließ aber einen jungen Mann bei mir, der auf mich aufpassen sollte. Ich ahnte nicht, dass man so schnell und nach so vielem fragen konnte, wie dieser junge Mann es tat. Er machte mich so matt, dass ich dachte, er sei ein Raubmörder, der mir das Leben nehmen wolle. Von allem, was dann passierte, begriff ich nicht viel, aber als der Doktor und die andern wieder in den Käfig kamen, verstand ich doch, dass ich vorläufig unter polizeilicher und ärztlicher Aufsicht stehen sollte, dass ich total mein Gedächtnis verloren hätte, mich an nichts mehr aus meinem früheren Leben erinnern könne, aber anständig zu sein schien, und dass mein Wortschatz sich nur auf Ausdrücke für Gefühle und abstraktes Denken bezöge; was alle anderen Wörter betreffe, sei ich wie ein neugeborenes Kind.

Aber ich lernte schnell. Der junge Mann nahm sich meiner an. Ich begriff später, dass er Jura studierte und hoffte, dass ich ein Mörder sei; er wollte versuchen, es mir zu entlocken. Ich hielt mich viel in seinem Zimmer auf, um mich an den Spektakel zu gewöhnen, der hier geringer war als in den anderen Räumen, weil er Ruhe für seine Studien haben musste. Sein Radio und seine drei Grammophone spielten gedämpft. Es war merkwürdig, dazusitzen und ihn arbeiten zu sehen. Vor ihm lag ein Buch über Prozessrecht, dahinter ein Heft mit Kreuzworträtseln, daneben ein aufgeschlagener Kriminalroman; sein Blick flog in kurzen Abständen von einem zum andern, ab und zu nahm er den Bleistift und schrieb ein Wort in das Kreuzworträtsel, und jedes Mal, wenn eines der Grammophone aufhörte, stand er auf, wechselte die Platte und setzte den Apparat wieder in Gang; er war ununterbrochen beschäftigt.

»Wie kannst du diesen Spektakel aushalten, wenn du studieren musst?«, fragte ich.

»Aushalten?«, wiederholte er, »den brauch ich, sonst fang ich an zu dösen. Er macht mich geistesgegenwärtig, er zwingt mein Bewusstsein – nicht nur den Teil davon, den ich direkt anwende, sondern das *ganze* – heraus auf die äußerste Oberfläche, ich werde hellwach, mit was ich auch sonst beschäftigt sein mag. Siehst du nicht, wie ich sofort merke, wenn eines der Grammophone aufhört? Wie der Blitz bin ich da und setze es wieder in Gang.«

»Warum reicht nicht eins?«, fragte ich, weil mir die Ohren wehtaten.

»Das ist zu eintönig«, sagte er, »dann würde ich am Ende gar nichts mehr hören, und dann würde meine Aufmerksamkeit gegenüber der Arbeit ermüden!«

»*Bist* du denn wirklich aufmerksam? Du springst ja von einem Buch zum andern, dann hinüber zu einer Kreuz- und Queraufgabe und wieder zurück.«

»Verstehst du nicht, dass das gerade die Aufmerksamkeit schärft? Das verhindert, dass ich müde werde. In dem Augenblick, in dem ich nicht mehr richtig bei der Prozessordnung bin, springt ein Wort aus dem Kreuzworträtsel hervor, schwups bin ich da und zerbrech mir einen Augenblick darüber den Kopf. Du kannst dich drauf verlassen, ich bin springlebendig. Und wenn ich etwas ausruhen will, dann fall ich mitten in den Krimi hinein, der die Gedanken von selbst mitschleppt; das ist so, wie wenn man sich in ein Auto setzt, nachdem man lange gegangen ist: man strengt sich nicht an, aber es geht weiter. Der Roman ist richtig spannend.«

»Wie kannst du dann wieder davon loskommen?«, fragte ich.

»Ich weiß ja, dass es am Schluss gut ausgeht«, antwortete er.

»Was ist denn dann noch spannend dabei?«

»Das, was so alles passiert; es *geschieht* dauernd was. Schau aus einem Fenster auf eine leere Straße und spür dabei deine eigene Leere; schau dann hinaus auf eine belebte Straße, auf der es von Wagen und Menschen nur so wimmelt; der Trubel packt dich, du bist die ganze Zeit in Bewegung, es *geht etwas in dir vor*, du spürst, dass du gesund und frisch und lebendig bist.«

»Nein, ich werd krank davon, in meinem armen Kopf tut es dann überall weh.«

»Das geht vorbei«, behauptete er, »das ist so, wie wenn man mit gymnastischen Übungen anfängt: du spürst alle Knochen, kannst fast nicht mehr laufen, aber dann wirst du nach und nach gelenkig wie ein Artist; nichts von dem, was um mich herum passiert, entgeht mir.«

»Ich frag mich, wie wohl dein Kopf von innen aussieht«, sagte ich. Er war wirklich erstaunlich schnell. Die Antwort kam, fast bevor ich ausgesprochen hatte.

»Das kannst du dir leicht vorstellen. Stell dir eine Straße in Abendbeleuchtung vor. Lichtreklamen blinken ununterbrochen, du *musst* hinsehen, gerade weil sie so schnell ihre Farben wechseln; bevor eine Farbe dich langweilt, ist schon die nächste da. So sehe ich innen aus. Alles, was ich weiß, liegt genau an der Oberfläche, immer bereit aufzuleuchten. Frag, was du willst, und du wirst sehen, du erhältst die Antwort wie ein Lichtblitz – zumindest wenn es etwas ist, was ich weiß. Und weiß ich es nicht, dann kannst du dich drauf verlassen, dass ich es bald weiß, denn die Frage wird ununterbrochen hervorblitzen, bis ich dahinter gekommen bin. Das lässt mich nicht in Ruhe.«

Ich schwieg und schaute diesen Menschen lange verwundert an, der so verrückt danach war, nie in Ruhe gelassen zu werden.

»Stört es dich nicht, dass ich hier bei dir sitze?«, fragte ich.

»Nein, im Gegenteil, es zerstreut mich«, sagte er. »Aber eh ich's vergesse, sag mal, die Brieftasche, die der Doktor bei dir gefunden hat – du hattest doch keine Papiere bei dir – da war ja ein Vermögen drin, also eine bessere Legitimation kannst du nicht bekommen, solange nichts gegen dich bewiesen werden kann – wo hattest du die denn her?«

»Keine Ahnung«, sagte ich, was der Wahrheit entsprach. Ich hatte viel darüber nachgedacht, es war nichts dabei herausgekommen, und ich hatte daher beschlossen, nur froh darüber zu sein, *dass* sie da war. Dazu kam, dass ich es mehr als natürlich fand, dass man hat, was man braucht, und ich sagte es ihm.

»Sicher ist es natürlich«, sagte er, »aber es ist ebenso selten wie natürlich. Deine Ideen sind in dieser Hinsicht merkwürdig modern. Aber wir sind noch nicht so weit, und es wird noch ein bisschen dauern, bis wir sie verwirklicht haben, aber wir tun, was wir können. *Niemals rasten,* das ist die Parole dieser Zeit.«

»Niemals rasten«, wiederholte ich, »ja, aber – aber –«

»Ja, aber was?«

»Ja, aber – zum Beispiel die Liebe – ich finde –«

Er ließ sich in den Stuhl zurückfallen und schüttelte sich vor Lachen. Ein Grammophon hörte auf zu spielen, er stand auf und setzte es wieder in Gang, während er sich weiter vor Lachen bog.

»Versprech mir eins«, sagte er, als er sich wieder gesetzt hatte, »versprech mir, dieses Wort nicht in den Mund zu nehmen, wenn du mit den andern am Tisch sitzt.«

»Warum nicht?«, fragte ich erstaunt.

»Weil es verdammt unanständig ist«, antwortete er.

»Unanständig?«

»Na, dann also krankhaft, krankhafte Schweinerei – oder schweinische Krankhaftigkeit.« Er sah mich kurz prüfend an. Es war merkwürdig, in seine Augen zu schauen; sie waren blicklos, aber sehen konnten sie, das war offensichtlich; gerade waren sie starr auf mich gerichtet, hellwach vor Neugier, und obwohl sie nichts anderes ausdrückten, meinte ich doch, ein Gewimmel von andern Dingen in ihnen sehen zu können, Dinge, die sich gegenseitig aufhoben.

»Ich kann dich wirklich nicht begreifen«, sagte er, »so alt kannst du doch gar nicht sein. Du siehst ja ziemlich jung aus, aber das liegt vielleicht daran, dass du dich an nichts mehr erinnern kannst.

Die Zeit, die vergangen ist, macht alt, wenn man sie dauernd mit sich herumschleppt. Sieh dir die Historiker an, die sehen alt aus. Da bist du ja eigentlich noch gut weggekommen. Zumindest *wenn* du wirklich aus dieser Zeit stammst!«

»Aus welcher Zeit?«

»Aus der Zeit, als man eine Seite nach der anderen voll geschrieben hat mit Versen und Prosa über – über das Wort, das du benutzt hast. Ich kenn es aus Büchern, ich musste ja einige dieser Ergüsse über mich ergehen lassen. Eine merkwürdige Art von Pornografie!«

»Jetzt reicht's aber!«, rief ich.

»Du *bist* also aus dieser Zeit«, sagte er trocken, »aber halt auf jeden Fall das Maul darüber, jedenfalls wenn du in guter Gesellschaft bist.«

»Ja, aber –«

Er unterbrach mich: »Herrgott, Mann, dieses ungesunde Stadium haben wir längst glücklich überwunden.«

»Es gibt doch Männer *und* Frauen«, meinte ich.

»Natürlich gibt es unterschiedliche Geschlechter, und der Trieb ist auch da.«

»Ja, aber –«

»Ja, aber das ist nichts, dem man eine besondere Bedeutung beimessen müsste.«

»Dann macht es vielleicht nichts aus, wer mit wem?«, fragte ich.

»Natürlich wird eine Auswahl getroffen«, sagte er, »aber das geschieht durch einen Blick, dann weiß man Bescheid und handelt danach.«

»Und dann?«

»Was dann?«

»Weiter nichts?«

»Soll da noch mehr sein?«

Ich schwieg und fühlte mich unangenehm betroffen. Er sah es mir an und platzte auf einmal los:

»Du musst ja wirklich aus der Zeit meines Großvaters stammen, so jung du auch aussiehst. Oder gehörst du zu einer aussterbenden Rasse, die noch irgendwo überlebt hat? Wo kommst du her? Weißt du das wirklich nicht?«

Nein, ich wusste es nicht. Ich erinnerte mich an das Wort »Seligkeit«, aber ich hatte das Gefühl, wenn »Liebe« ein unanständiges Wort sei, müsse »Seligkeit« noch viel schlimmer sein. Außerdem konnte ich nur eine undeutliche Vorstellung mit dem Wort verbinden, etwas Ähnliches wie das, was ich glaubte, fühlen zu müssen, wenn alle Geräusche hier um mich herum plötzlich aufhörten. Natürlich, jetzt wurde es mir langsam klar; ich glaubte, mich erinnern zu können, dass ich gefallen war. Die andern hatten wohl Recht, ich war aufgeschlagen, nicht nur aufs Knie, sondern auch auf den Kopf, hatte die Erinnerung verloren. Aber unmittelbar danach war ich bewusstlos geworden, und an diesen Zustand kann ich mich jetzt erinnern, er war verbunden mit einem leichten behaglichen Gefühl. Es war deutlich: Seligkeit war gleichbedeutend mit Bewusstlosigkeit, also ein vollkommenes Nichts. Aber wo hab ich wohl die Vorstellung von Liebe her? Ich hatte begonnen, laut zu denken, und das war eine der Fragen, auf die der Student im Handumdrehen antworten konnte.

»Liebe war früher sehr verbreitet«, sagte er. »Triebe durfte man nicht haben, aber da man sie nun einmal hatte, mussten sie verborgen werden. Deswegen gab es viele Schweinereien im Dunkeln. Aber das war nun nicht das Schlimmste; der Trieb, der äußerlich nicht ausgelebt werden durfte, rief eine innerliche Entzündung hervor. Das war weder gesund noch gut, aber als Heilmittel wählte man unglücklicherweise die Verschönerung des Ungesunden in den bildenden Künsten und in der Dichtung, von der Musik gar nicht erst zu reden. So rühmte man seine Schande, wie es in irgendeiner alten religiösen Schrift geschrieben steht. Es ist unbegreiflich, wie viel Zeit vergeudet wurde, über eine der schlimmsten Seuchen der Menschheit zu lesen und zu schreiben.«

»Sprechen wir immer noch über die Liebe?«, fragte ich.

»Natürlich. Sie entwickelte sich sozusagen zu einem großen Geschwür, das sowohl beim Mann als auch bei der Frau solche Qualen verursachte, dass *er* nicht arbeiten und *sie* nicht natürlich sein konnte. Bei vielen rief diese Qual jedoch perverse Lustgefühle hervor. Na, das ist bei uns ja vorbei; wir haben das Geschwür aufgeschnitten und jetzt ist es weg. Es gibt Leute, die diese Geschwulst noch mit sich herumtragen, aber auch ihre Zeit wird bald vorbei sein.«

»Wie kannst du das wissen?«, fragte ich.

»Weil *wir* diese Entwicklung beeinflussen«, sagte er, »und wir werden dafür sorgen, dass die andern so werden wie wir, unsere Kultur wird die ihrige werden.«

»*Habt* ihr denn überhaupt eine Kultur?«, wandte ich ein, »man könnte fast meinen, dass ihr dazu keine Zeit habt, so beschäftigt wie ihr seid.«

»Das nimmt keine Zeit in Anspruch«, sagte er, »das bringt die Verteilung der Arbeit selbst mit sich. Wir sind jeder mit dem beschäftigt, wozu wir eingeteilt wurden, und die Kultur ergibt sich daraus von selbst, schnell und gratis. Wir haben auch Spezialisten dafür, Spezialisten in jeder Wissenschaft und Spezialisten in der Philosophie, die die Resultate aller Wissenschaften zusammenfassen und darauf aufbauend eine Weltanschauung konstruieren.«

»Ja, aber ihr, die andern – die Laien, wenn ich es so ausdrücken darf?«

»Ach, Mann!«, rief er ungeduldig. »Jeden Morgen wird uns beim Frühstück kurz und klar mitgeteilt, was man über alle Dinge im Besondern und über das Leben im Allgemeinen wissen und meinen muss.«

»Wie das?«

»Es steht einfach in der Zeitung. Wir haben nämlich auch Spezialisten für unsere Meinung.«

»Die Journalisten?«, fragte ich ein wenig zögernd, was ihn wiederum ungeduldig machte.

»Mein Gott«, sagte er wie ein Lehrer, der seines Schülers müde zu werden beginnt, »die Kunst des Journalisten besteht ja gerade darin, klar und kompakt über Themen schreiben zu können, von denen er keine Ahnung hat. Das ist eine ganz besondere Begabung, im Grunde genommen wohl die höchste von allen.«

»Steht denn in allen Zeitungen dasselbe?«, fragte ich.

»Wir haben nur eine«, sagte er, »die Staatszeitung. Wir können unsere Zeit nicht mit verschiedenen Meinungen verschwenden.«

»Meint ihr denn alle dasselbe?«

»Natürlich«, sagte er.

»Was müsst ihr für glückliche Menschen sein!«, brach es aus mir heraus.

»Das *sind* wir auch«, sagte er freundlich.

Ich schwieg lange und dachte über das Glück nach. Endlich sagte ich:

»Könnte Glück nicht dadurch entstehen, dass jeder Mensch, so gut er kann, sich selbständig eine Meinung bilden würde, sie mit Andersdenkenden besprechen könnte und so sein Wesen vertiefen und erweitern und sich darüber zu einer selbständigen Persönlichkeit entwickeln würde?«

»Das ist schon versucht worden«, sagte er, »aber es ging nicht. Wir waren die Ersten, die davon abgekommen sind, und nun sind wir die Mächtigsten.«

»Es gibt also doch noch Menschen, die den anderen Weg gehen?«

»Ja, aber sie werden nicht mehr lange existieren.«

»Wie kannst du das wissen?«

»Wir eliminieren sie einfach.«

»Das ist nicht human.«

»*Wir* sind die Einzigen, die wirklich human sind«, sagte er, »wir sind die *Menschen*, wir sind die Zukunft, die Entwicklung. Und wir eliminieren im Namen der Entwicklung alle, die der Entwicklung im Weg stehen. Wir haben schon viele eliminiert und sind dadurch selbst größer geworden.«

»Und dann sagst du, dass ihr human seid?«

»Wir sind die Einzigen, die die Todesstrafe abgeschafft haben«, sagte er überzeugt. »Selbst den schlimmsten Verbrecher würden wir nicht köpfen, hängen oder zu Tode elektrisieren.«

»Was tut ihr dann mit ihm?«

»Wir pensionieren den Armen, sperren ihn ein und pflegen ihn mit gutem Essen, Getränken, Tabak und allen gesunden Genussmitteln, die ein gut situierter pensionierter Staatsbeamter sich erlaubt.«

Er sah mich triumphierend an, und ich bemerkte beiläufig, eigentlich nur, um etwas zu sagen:

»Das muss teuer sein, wenn ihr viele Verbrecher habt.«

»Nein«, entgegnete er sachlich, »das wird nun nicht so teuer, wie man glauben könnte. Sie leben nämlich nicht lange.«

»Sind die Zellen denn so ungesund?«

»Im Gegenteil, sie sind geräumig und haben alle modernen Bequemlichkeiten.«

»Ja, aber – –«

»Die Verbrecher begehen Selbstmord. Die Zimmer sind nämlich schalldicht isoliert. Nicht das geringste Geräusch kann eindringen.«

Ich hatte wieder diese wunderliche Vorstellung von der Seligkeit.

»Das kann ein moderner Mensch einfach nicht aushalten«, sagte er. »Die Verbrecher erhängen sich nach kurzer Zeit an ihren Hosenträgern.«

»Warum nehmt ihr ihnen denn die Hosenträger nicht weg, wenn ihr diese Erfahrung gemacht habt?«

»Das wäre inhuman. Wir haben doch alle Hosenträger an, dazu soll ein Mensch das Recht haben, selbst wenn er ein Verbrecher ist, und er hat das Recht, mit seinen eigenen Hosenträgern zu machen, was er will.«

»Aber wenn er sich dann mit ihnen erhängt?«

»Dann eliminiert er ja nur sich selbst, das einzige Wesen, wozu er das Recht hat, es zu eliminieren. Siehst du nicht das Sinnvolle daran? Wir erlauben unsern Verbrechern, sich selbst zu eliminieren.«

Ich ging wieder in meinen eigenen Käfig zurück. Ich fühlte, dass ich vorläufig nicht noch mehr Zivilisation verarbeiten könnte, ich musste eine Pause haben.

Einige Tage später kam der Student zu mir herein.

»Du bist nicht direkt unbegabt«, sagte er, »aber besonders begabt bist du auch nicht. Dir fehlt die Begeisterung.«

»Ja, wo soll ich die herbekommen?«, fragte ich traurig.

»Komm mit«, sagte er, und er brachte mich in ein Versammlungslokal, das gedrängt voller Menschen war. Einer stand auf und hielt eine Rede, und alle waren mit jedem Wort einverstanden, das er sagte, sie riefen »Bravo«, sie riefen »Hurra«, sie klatschten; er ereiferte sich, heftiger und heftiger, bis ihm der Schaum aus dem Mund trat, und sie klatschten, trampelten und riefen immer wilder. Der Lärm draußen auf der Straße war nichts gegen den Lärm innerhalb der Mauern.

Als wir herauskamen, sagte der Student:

»Sieh, das war Begeisterung!«

»Ja, aber wofür?«, fragte ich.

»Für unsere Überzeugung«, antwortete er.

»Ja, aber war es denn notwendig, aufzustehen und alles noch mal zu sagen, was ihr alle sowieso schon wisst und wofür ihr euch schon vorher begeistert habt?«

»Das ist notwendig, um die Begeisterung aufrechtzuerhalten«, sagte er. »Ohne Begeisterung gibt es keinen Fortschritt. Das Feuer muss dauernd genährt werden. Es ist nicht so einfach, eine einzelne Person sofort zu begeistern. Aber berufe eine Versammlung ein, im Freien oder drinnen – am besten drinnen, da dröhnen die Worte mehr – und beginne dann von dem zu sprechen, worin sich alle einig sind, es zu lieben oder zu hassen; dann beginnt die Begeisterung zuerst bei einzelnen hier und dort, greift dann um sich wie ein Steppenbrand, und zuletzt lodern Redner und Zuhörer in *einer* großen Flamme. Aber lass uns jetzt einen Rundgang durch die größte und schönste aller Hauptstädte machen.«

Er führte mich herum und zeigte mir technische Wunder, eins größer als das andere. Ach, ich kann mich nur an das wenigste davon erinnern. Von Bewunderung überwältigt, rief ich endlich aus:

»Ja, das ist großartig! Welche Maschinen! Was die nicht alles leisten können! Ich finde, der Mensch wird so *unzweckmäßig* und unbedeutend, ja, er ist eigentlich fast überflüssig.«

»Du darfst nicht vergessen, dass der Mensch es ist, der diese Maschinen erfunden hat«, sagte er selbstgefällig.

»Ja, das ist wahr«, entgegnete ich. »Ich müsste ja den Menschen bewundern und ihn anbeten wie einen Gott, aber – ich kann nichts dafür – es ist, als ob er so gering würde zwischen all diesem Vollkommenen, das er hervorgebracht hat – – – ich sagte ›Gott‹, und dabei kommt mir der Gedanke, habt ihr denn nicht irgendein Gotteshaus, einen Tempel oder etwas Ähnliches?«

Er lächelte, nickte und führte mich weiter in ein anderes Gebäude.

»Da drin ist Gott«, sagte er.

»Gott selbst?«, fragte ich verblüfft, »das meinst du nicht wirklich!«

»Doch«, sagte er und lachte, »da drin ist Gott, willst du ihn sehen?«

»Gott sehen!«, sagte ich. »Ja, wer würde ihn nicht gern sehn und dankbar dafür sein.«

Er führte mich in ein hohes Gewölbe. Mitten auf dem Boden stand ein Mann aus Eisen. Um ihn herum war nichts, nur Leere.

»Da siehst du den Gott«, sagte er und ging zu dem Eisenmenschen hin.

Er drückte auf einen Knopf und der Eisengott bewegte sich, ging mit dröhnenden Schritten hin und her. Zuletzt *sprach* er! Ja, der Eisengott hielt eine donnernde Rede auf den Fortschritt und die Zukunft, in der der Mensch über alles herrschen würde, in der es keine Krankheit oder Schwäche gäbe, sondern der Mensch stark wie Eisen wäre.

Der Student schaute mich lächelnd an, aber ich konnte kein Wort hervorbringen, es ging etwas Gewaltiges in mir vor, die Bilder all der sinnreichen Erfindungen, die ich gesehen hatte, die Vollkommenheit der Maschinen, alles schmolz zu einem großen Ganzen zusammen, einem *Begriff*, und in mir wurde der Begriff zu Seele, ich gewann meine Sprache wieder und rief:

»Ich glaub an ihn!«

Der Student packte mich am Arm und flüsterte:

»Bist du verrückt, Mann! Es ist Blasphemie, zu sagen, dass du an einen Gott glaubst! Es steht die Todesstrafe darauf – das heißt, ich meine – du weißt, dass wir *nicht*, aber –«

»Ja, ja«, sagte ich, »ich weiß es – die *Hosenträger* – aber ich *kann* nicht anders. Und du sagtest ja selbst, dass er der Gott sei!«

»Das war doch Spaß«, sagte er, »du musst doch verstehen, dass es eine Verspottung des Glaubens an einen Gott war.«

»Du sagtest doch selbst, dass es ein Tempel sei«, entgegnete ich.

»Das ist richtig«, räumte er ein. »Wir haben diesen Tempel zum Zeichen gebaut, dass wir uns befreit haben und zum Spott über die Zeiten der Unwissenheit, in denen die Menschen Kirchen hatten und einen Gott anbeteten.

Ja, sie beteten zu ihm und glaubten, Antwort zu bekommen – wie ich auf die Knöpfe an dieser Eisenfigur drücke und sie dazu bringe, etwas zu tun, ja, das zu sagen, was man am allerliebsten hören will. Es ist eine Parodie auf die Gebete und Beschwörungen vergangener Zeiten. Und das alles mittels eines elektrischen Knopfs und einer Grammophonplatte. Komm zu Vernunft und lass uns gehen.«

»Ich kann nicht«, rief ich, »ich glaube an ihn. *Und das tut ihr alle*. Ihr betet ihn an und ihr opfert ihm.«

Er wollte etwas sagen, aber ich unterbrach ihn:

»Doch, doch, das tut ihr. Die Menschen haben immer ihren Göttern Opfer dargebracht, blutige Opfer. Ihr tut es auch. Eure Maschinen verlangen Blut und ihr gebt es ihnen. Ihr *schaltet* Völkerstämme mit euren Maschinen aus und ihr opfert eure eigenen Mitmenschen auf Straßen und Plätzen. Ich sah es am ersten Tag, als ich hier war. Die Maschinenwagen prallten zusammen und Menschenblut floss aus ihnen heraus. Ihr feiert religiöse Feste für euern Gott. In der Weihnachtswoche feiert ihr ›das Fest der Räder‹[4] mit einem Sechstagerennen, wacht Tag und Nacht, während die Räder surren, und sitzt da, unbeteiligt gegenüber allem, ausgenommen der Ekstase der Fahrt. Ja, so ist es, ihr habt Ekstasen, wie alle Religionen sie gekannt haben. Ich habe ein illustriertes Buch über religiöse Ekstasen gelesen und weiß, dass es Sekten gibt, die sich durch einförmige Tänze zu Trommeln und anderem Spektakel aufheizen, bis ihnen der Wahnsinn der Ekstase aus den Augen hervorquillt und sie anfangen, Skorpione und Glasscherben zu essen, während die Zuschauer sie in wirrer Verzückung und wie hypnotisiert anstarren. Und ich habe das ›Räderfest‹ bei euch gesehen. Vornübergebeugt strampelte eine Gruppe von Menschen auf Pedalen, die zwei Räder in rasender Geschwindigkeit herumdrehten; Tag und Nacht haben sie durchgestrampelt, und die Räder rollten und ihr habt dagesessen mit starren Augen in wirrer Verzückung, genauso wie die Zuschauer auf dem Bild von der heiligen Skorpionmahlzeit. Und ihr habt gerufen und den heiligen Rädertretern unten in der Arena zugejubelt. Derjenige, der als Erster angekommen war, wurde nicht nur für heilig erklärt, sondern auch zum Märtyrer des Rades, denn sein Hinterteil hatte für alle gelitten. Ihr habt ihn auf eure Schultern gesetzt und Loblieder zu seiner Ehre gesungen. Durch die Kulturzeitungen wurde sein Bild über das ganze Land verbreitet und lange Hymnen über sein entzweigefahrenes Hinterteil gedichtet, von dem man eigentlich auch ein Bild hätte sehen müssen. – In der Osterwoche gibt es das sechstägige Rennen der schwarzen Radkäfer, wobei viele Menschen umkommen. Das sind die Opfer an den Gott der Geschwindigkeit.«

Der Student schüttelte mich an den Schultern und rief:

»Mann, das sind doch Unglücksfälle!«

»Nein, nein«, sagte ich. »Ihr freut euch darüber. Ihr beeilt euch, um an der Opferhandlung teilzunehmen, eure Zeitungen tragen fett gedruckte Überschriften: ›Fürchterliches Unglück!‹. Dies tun sie jedoch nur, weil sie wissen, dass ihr sie dann kaufen werdet, um von den Opferungen zu lesen. *Dann lebt ihr erst richtig!* Das ist dic Macht von eurem Gott! Ja, ja«, rief ich, indem ich nun selbst in Ekstase geriet, »eure ganze Kultur geht darauf aus, die Menschen zu Maschinenteilen zu machen, eure Kultur ist ein Kultus, ihr wollt in eurem Maschinengott aufgehen wie in einer *unio mystica*[5]; es ist genau das, was jeder Gott verlangt hat: keiner außer mir! Alles Leben als Opfer für mich! Kein Wille außer meinem! – Der Maschinengott ist nicht anders. Götter kommen, herrschen und verschwinden. Sie leben vom Opfer, und wenn die Menschen zu opfern aufhören, siechen ihre Götter dahin und sterben. *Jetzt* ist die Zeit des Maschinengottes, und sie wird lange dauern, denn ihm wird geopfert, wie niemals früher irgendeinem Gott geopfert wurde. Er ist der Mächtigste von ihnen allen. Ich glaube an ihn und will ihn anbeten!«

Und ich warf mich nieder vor dem metallenen Gott.

Ich wurde aufgehoben. Die Aufseher des Tempels waren vorbeigekommen und hatten meine Worte gehört. Ich war auf frischer Tat beim größten Verbrechen ertappt worden, der Blasphemie, meinen Glauben an einen Gott zu bekennen. Nichts konnte mich vor der schallisolierten Zelle retten. Ich wurde verurteilt und dorthin gebracht.

Im ersten Augenblick verstand ich meine Vorgänger, die sich an ihren Hosenträgern erhängt hatten, weil sie die Stille nicht ertragen konnten. Dieser plötzliche Übergang vom Lärm zur Stille hatte eine gewaltige Auswirkung. Es war, als ob man aus dem Leben in den Tod hineingehen würde, und ich begriff, dass dieses Gefühl von Tod suggestiv wirken konnte.

Aber es dauerte nicht lange, bis ich die Stille als wohltuend empfand. In diesem Nichts tauchte nach und nach ein winzig kleines Etwas auf, und dieses lebendige Etwas, das war *ich! Ich war da*, das war alles, aber es war gut, *zu sein,* und nichts störte mich darin. Je länger ich dasaß und *da war*, desto deutlicher tauchte die Vorstellung von der Seligkeit wieder auf: Ich war doch bestimmt einmal selig gewesen; ich dachte bei mir, wenn sie mich nur lange genug im Gefängnis ließen, würde ich vielleicht immer still dasitzen und wieder selig werden können.

Aber so war es nun nicht gemeint. Eines Tages kam der Gefangenenwärter herein, schaute mich streng an und sagte:

»Kann ich deine Hosenträger sehen!«

Ich nahm sie ab und reichte sie ihm.

Er zog hart an ihnen. Sie waren abgenutzt und rissen; er ging hinaus und holte ein Paar neue.

»Nimm diese«, sagte er, »es wurde Zeit, dass du die alten abgeliefert hast. Du brauchst die neuen nicht anzuziehen.«

Das tat ich aber trotzdem.

Als er das nächste Mal kam, saß ich zufrieden da und dachte an die Seligkeit. Nun glaubte ich wirklich an sie.

Am Tag danach kam er mit einem Arzt. Das war ein tüchtiger Mann, der die Dinge beim Namen nannte.

»Man meint, du seist geisteskrank«, sagte er.

»Wieso das?«

»Weil du dich in der Stille wohl zu fühlen scheinst. Und dafür gibt es nur eine Erklärung: die Stille hat dich geisteskrank gemacht.«

»Wieso das?«

»Weil alle andern sich hier drinnen erhängt haben, um nicht geisteskrank zu werden. Du hast dich nicht erhängt und *musst* also geisteskrank geworden sein.«

Er zog einen kleinen Apparat hervor und setzte ihn in Gang, sodass er eine tüchtige Portion Geräusch erzeugte.

»Weshalb tun Sie das?«, fragte ich.

»Desinfektion«, sagte er, »oder besser gesagt, ein nervenberuhigendes Mittel für mich, um hier drin nicht ohnmächtig zu werden. Aber dir geht es hier wohl offensichtlich gut?«

»Ausgezeichnet«, antwortete ich.

»Verdammt, das geht so nicht«, sagte er. »Das muss der Behörde berichtet werden.«

Das tat er, und schließlich musste man mich des Landes verweisen, weil es gesetzlich verboten war, mich totzuschlagen.

Dabei entstand eine Schwierigkeit. Da es bekannt geworden war, dass ich ein Geisteskranker sei, der die Stille liebte, wurde ich wie ein Aussätziger behandelt. Kein Chauffeur wollte mich zur Grenze fahren. So brachte mein

Freund, der Student, mir ein Motorrad, das ich jedoch nicht fahren konnte. Da standen wir nun, aber endlich fand man in einem Museum ein gewöhnliches Fahrrad. Das half uns auch nicht weiter, denn ich hatte auch noch nie auf einem Fahrrad gesessen. Als ich hier ankam, benutzte man keine mehr und in der Seligkeit waren sie noch nicht erfunden. Ich konnte dem Rad nicht abgewöhnen, dauernd umzufallen, außer wenn ich daneben stand und es festhielt. Auf diese Weise konnte ich nicht aus dem Land kommen und darin bleiben durfte ich ebenfalls nicht. In meiner Hilflosigkeit begann ich zu weinen, sodass die Tränen über meine Wangen liefen. Das wirkte stark auf die Gemüter der Umstehenden, die Männer mussten lauthals lachen und die Frauen wandten sich kichernd ab. Ich wurde noch trauriger, weinte weiter und fragte den Studenten, warum die Leute so unhöflich seien. Er antwortete, dass man nichts anderes erwarten könne, denn niemand von ihnen habe jemals einen Menschen auf diese Weise Wasser lassen gesehen. Ich begriff, dass man im Land des Maschinengottes nichts von Gefühlen wusste.

»Aber du musst jetzt sehen, dass du fortkommst«, sagte der Student.

»Schon gut«, sagte ich und marschierte los.

Bis zu diesem Moment war es weder mir noch den andern eingefallen, dass ja die Möglichkeit bestünde, da ich keine Maschine fahren konnte, auf meinen zwei Beinen zu gehen, mit denen die Natur mich ausgestattet hatte. Auf ihnen wanderte ich nun zur Grenze, in der Tasche hatte ich eine Einreisebewilligung für das Land der Philosophen. Dafür hatte der Student gesorgt, in der Hoffnung, dass ich mich dort vielleicht besser einleben könne.

Als ich über die Grenze gekommen war, glaubte ich zuerst, dass ich mich verlaufen hätte. Ich befand mich in einer Gruppe stark gebauter Burschen mit groben Gesichtern. Sie sprachen kein Wort. Ich betrachtete sie einen Moment und dachte: Wenn ihr Philosophen seid, kann man es euch jedenfalls nicht ansehen!

Endlich streckte einer von ihnen die Faust vor und sagte: »Pass.«

Ich gab ihm meine Einreisebewilligung. Er drehte mir seinen mächtigen Rücken zu und ging. Man wies mir einen Platz zum Bleiben an und gab mir zu essen und zu trinken. Ich blieb lange und aß und trank viel, denn mit etwas musste ja die Zeit vertrieben werden.

Im Übrigen versuchte ich, ein wenig die Sprache zu lernen, und dabei machte ich die ärgerliche Entdeckung, dass meine Fähigkeiten abgenommen hatten. Die Sprache der Maschinenmenschen lernte ich sozusagen spielend. Zu ihnen war ich ja auch direkt aus der Seligkeit gekommen, wo alles wie im Spiel geht; jetzt war die Seligkeit nur eine nebelhafte Erinnerung und geistige Trägheit war an ihre Stelle getreten. Ich lernte nur schwer. Glücklicherweise war die Sprache meiner neuen Landsleute nicht sehr wortreich, und solche Ausdrücke wie: »ja«, »nein«, »hier«, »da«, »hungrig« und »durstig« sind leicht zu merken. Nach und nach beherrschte ich wirklich *die ganze Sprache,* was ich bei jeder anderen für unmöglich gehalten hätte.

Es war aber ein Irrtum, das entdeckte ich später, als ich die richtigen Philosophen traf. Meine ersten Bekannten waren nur Sklaven. Das zeigte sich, als einer von ihnen mich zur Untersuchung im Consistorium abholte.

Das waren Philosophen, da konnte man sich nicht irren. Der Saal stank nach staubigen Büchern und altem Papier. Um den Tisch herum saßen einige mächtige, bleiche Gesichter auf kleinen, stengeligen Körpern, ungefähr wie die, die man auf Zeichnungen in Witzblättern sehen kann.

Ich bekam meinen Pass zurück und musste auf einige Fragen antworten, die das Maschinenland betrafen. Sie waren erstaunt, nicht über das Land, denn darüber hatten sie viel gelesen, aber über das, was ich sagte. Einer von ihnen bemerkte verwundert:

»Er denkt selbständig und kann das Gedachte auch ausdrücken.« Danach wurden noch mehr Fragen gestellt, worauf man mir mitteilte, dass ich im Register geführt würde als »ein ungewöhnlich gut entwickeltes Sklavengehirn«. Es war deutlich, dass man erwartete, dass ich über diese Charakteristik stolz sein würde, aber das war ich keineswegs.

Einen Vorteil hatte es. Ich wurde nicht zurückgeschickt zu den Sklaven, sondern erhielt eine Anstellung bei einem hervorragenden Philosophen, der meine Entwicklungsmöglichkeiten untersuchen sollte. Bei ihm sah ich die erste Philosophin. Sie hatte den typischen großen Philosophenkopf, einen dürren Hals, darunter ein schmales Rechteck mit zwei seitlich herabhängenden Stielen und unten dran zwei weitere Stiele, die an Beine erinnerten. Die Gesichtsfarbe war so grau wie die Blätter in einem alten Buch. Trotzdem gab es Liebesgedichte in der Literatur der Philosophen. Es war zwar eine etwas abstrakte Poesie und wurde nicht viel gelesen – man zog die Kommentare der Kritiker darüber vor.

Die Sklaven waren groß und stark wie Tiere und wurden weit besser behandelt als freie Dienstleute in anderen Ländern, ja, fast ebenso gut, wie die Bauern ihre Schweine und Kühe behandeln. Alle manuellen Tätigkeiten, ausgenommen das Schreiben, waren ihnen überlassen.

Mein Untersucher war freundlich und höflich zu mir, wenn er nicht meine Anwesenheit vergaß, weil er in gedankliche Abstraktion gefallen war. *Abstraktion* war ein heiliges Wort, das mit genießerischem Behagen ausgesprochen wurde, beinahe, wie wenn ein Gourmet »Gänseleberpastete« sagt, jedoch blutleerer. Kleinen Unannehmlichkeiten gegenüber war er geduldig. »Davon muss man abstrahieren«, sagte er im selben Ton, in dem der Gläubige sagt: »Dein Wille geschehe.« – Das Wort wurde jedoch auch als vornehme Erklärung für Untauglichkeit gebraucht. Wenn ich eine Bemerkung machte, dass die Philosophen im praktischen Leben nicht viel taugten, antwortete er würdig: »Nein, davon haben wir uns abstrahiert.« Es lag ihm fern, geringschätzig zu sagen: »Das ist Sklavenarbeit.«

Sklavenarbeit – unter diesen Begriff fiel Verschiedenes. Als ich eines Tages meinen verehrten Untersucher fragte, ob er keine Kinder habe, antwortete er, als ob er ein Buch zitieren würde: »Meine Gemahlin, die eine der vornehmsten Philosophinnen des Landes ist, hat einen viel zu schmächtigen Körper, als dass sie mit einem Sklaven belastet werden könnte.«

»Ich bitte um Verzeihung«, sagte ich, »ich bin kein Gelehrter und habe Sie deshalb nicht verstanden.«

Er überlegte eine Weile, musste in Gedanken ganz zu der Zeit zurückgehen, in der jene Gewohnheit entstanden war, über die er mich jetzt unterrichten wollte.

»Wir haben ja in unserem Stand so lange abstrahiert, dass wir zu *aller* praktischen Tätigkeit unfähig wurden. Wenn wir solch eine Tätigkeit ausgeführt haben wollen, lassen wir einen Sklaven kommen.«

»Ja«, sagte ich, »aber –«

»Das gilt für *jede* Art von praktischer Tätigkeit.«

»Auch –?!«

»Auch für das Werk, Kinder zu erzeugen«, sagte er würdig.

»Ist es denn *notwendig*, einen Sklaven herbeizurufen?«, fragte ich vorsichtig, und dann kam es mir taktlos über die Lippen: »Leidet denn jeder in der herrschenden Klasse an Impotenz?«

»Dies ist die lateinische Bezeichnung für diese Form von Abstraktion«, entgegnete er.

»Ach, du liebe Zeit«, sagte ich. »Wenn man sich vorstellt, die Sklaven würden einen Aufstand machen!«

»Weshalb sollten sie das tun«, sagte er, »die genannte Arbeit verursacht ihnen keine Beschwerden und wird nicht häufig verlangt.«

»Ich denke nicht an diesen bestimmten Fall«, erwiderte ich, »sondern daran, dass die Philosophen ganz hilflos sein würden, wenn die Sklaven einen Aufstand machen würden.«

Er lächelte nachsichtig.

»Sklaven machen keinen Aufstand, mein junger Freund.«

»Es ließe sich doch denken.«

»Das eben lässt sich *nicht* denken, und was nicht gedacht werden kann, kann auch nicht ausgeführt werden, schließlich geht der Gedanke der Handlung voraus.«

Die Weisheit hatte gesprochen, aber ich erlaubte mir doch, zu bemerken, dass die Geschichte von Sklavenaufständen wusste.

»Die waren nicht *hier*«, antwortete er ruhig.

»Aber man könnte es doch unterstellen«, beharrte ich.

»Das lässt sich weder unterstellen noch denken«, sagte er abschließend.

Ich ließ nicht locker:

»Aber Sie sehen doch, dass *mir* dieser Gedanke gekommen ist!«

Er starrte mich erstaunt an. »Tatsächlich! – Ja, das ist bemerkenswert: Sie stehen da und *denken* es.«

Er dachte über diesen Gedanken solange nach, dass er mehr sein eigener wurde als meiner.

»*Geschehen* kann es nicht«, sagte er, »aber es lässt sich faktisch *denken*. Darüber will ich eine Abhandlung schreiben, aber es ist möglich, dass meine Kollegen mich einen Phantasten nennen werden.«

Das schien ihm zu schmeicheln.

Eine Zeit lang sah ich ihn nicht, er schrieb an seiner Abhandlung und hatte meine Existenz darüber ganz vergessen.

Als er mich das nächste Mal traf, stutzte er und dachte nach.

»Ich erinnere mich nicht, nach Ihnen geschickt zu haben, aber da Sie nun einmal hier sind, muss ich wohl trotzdem – was pflegen Sie hier zu verrichten?«

»Nichts.«

Er sah mich grübelnd an.

»Ich habe Sie doch bestimmt schon einmal gesehen. Habe sogar bestimmt an Sie *gedacht*. Warten Sie. Sie sind ein Sklave, und ich schreibe an einer Abhandlung über den ›Aufstand der Sklaven‹. Einen Augenblick!«

Er holte die Abhandlung hervor, setzte sich und las.

»Nein«, sagte er endlich, »Sie sind in meiner Abhandlung nicht beschrieben. Aber wo habe ich denn von Ihnen gelesen? In welchen Schriften sind Sie erwähnt?«

»Ich bin nirgends erwähnt«, sagte ich ehrlich und bescheiden.

»Unsinn«, knurrte er. »Sie sind ja doch da und ich kenne Sie. Und alle bekannten Tatsachen sind beschrieben. Ich muss herausbekommen, in welcher Schrift Sie genannt sind.«

Er konzentrierte sich und versuchte sich zu erinnern. Ich wollte ihm gern helfen – und auch mir selbst, denn ich stand da und bekam plötzlich das Gefühl, als ob ich erst wirklich existierte, wenn ich irgendwo schriftlich festgehalten worden sei. Glücklicherweise erinnerte ich mich an meine Einreisebewilligung. Ich zog sie aus der Tasche und gab sie ihm. Er las sie und sah vergnügt aus.

»Richtig«, sagte er, »da können Sie mal sehen! Ich wusste doch, dass ich Sie kannte. Sie sind ja der Fremde, von dem ich herausbekommen soll, welche Funktion er erfüllen kann.«

Das Ende des Satzes sagte er so, als ob es etwas wäre, was ich selbst nicht wissen könnte.

»Und es war richtig, dass ich meine eigene Abhandlung mit Ihnen in Verbindung gebracht habe«, triumphierte er, »denn – meine Güte – *Sie* waren es ja, mit dem ich sprach, als mir dieser phantastische Einfall über den ›Aufstand der Sklaven‹ kam. – Aber zuerst sollten wir ja unsere Aufgabe erledigen und herausbekommen, für welche Tätigkeit Sie sich eignen.«

Er schaute mich an und lächelte freundlich. Plötzlich stutzte er, wie von einem Gedanken festgenagelt.

»Aber jetzt erinnere ich mich, eigentlich waren Sie es ja, der auf diese Idee mit dem Sklavenaufstand kam; Sie kannten das aus der Geschichte. Sie haben also *gelesen* und Sie zeigen die Fähigkeit, über das Gelesene *nachzudenken.*«

Er sah mich wieder prüfend an.

»Sie sind wirklich kein *gewöhnlicher* Sklave. Auch Ihre Züge sind feiner, als sie gewöhnlich bei Sklaven zu finden sind. Aber Ihr Körper hat Sklavenstärke! Ja doch. Aber Ihr ganzes Wesen ist angenehmer und – hm – feinfühliger als – ich glaube, ich habe es! Sie würden sich besonders eignen für – für das mit den Kindern.«

»Sie zu erzeugen?«, fragte ich so vorsichtig wie möglich.

Er nickte.

»Sie verstehen, wir haben in der Erziehung natürlich immer etwas Mühe, die von den – hm – *außen stehenden – handwerksmäßigen* Vätern ererbten gröberen Eigenschaften zu dämpfen. Ich könnte mir vorstellen, dass mit Ihnen als – hm – Assistent später weniger zu eliminieren sein würde.«

Er dachte mit geschlossenen Augen nach.

»Ja, ich will Sie für diese Tätigkeit empfehlen«, sagte er danach bestimmt. Der Geist war über ihm, er bekam eine neue Eingebung.

»Wissen Sie was?! Sie könnten die *Alleinberechtigung* dafür bekommen. Es könnte eine Staatsstelle für Sie geschaffen werden. ›*Confector matrimonii philosophorum*‹[6] könnte sie heißen. Sie würden einen Rang zwischen den Philosophen und den Sklaven einnehmen. Was würden Sie zu einem solchen Amt sagen?«

»Aber Ihro Gelehrtheit Gemahlin –«, sagte ich zögernd.

»Sie ist zu zart gebaut, selbst in diesem Fall«, sagte er, »aber wie ist Ihre Einstellung zur Sache?«

»Ja«, sagte ich erleichtert, »ich könnte mir denken, an solch einer Tätigkeit Interesse zu finden.«

»Gut«, sagte er, »ich werde dem Kuratorium einen diesbezüglichen Vorschlag einreichen.«

Ein paar Tage später teilte er mir mit:

»Mein Vorschlag wurde angenommen. Um Ihnen jedoch Staatsanstellung mit Alleinberechtigung gewähren zu können, stellt man die Bedingung, dass Sie zuerst einige vorbereitende Übungen absolvieren und danach eine Probe Ihrer Qualifikationen ablegen.«

»Das ist nicht nötig, Ihro Gelehrtheit«, sagte ich, »an meinen Qualifikationen fehlt es nicht.«

Aber er antwortete:

»Dabei ist nicht an die *praktische* Ausübung Ihrer Tätigkeit gedacht. Aber Sie scheinen gewisse Möglichkeiten für eine geistige Entwicklung zu besitzen, und diese wünschen wir, soweit wie möglich, zu realisieren. Sie werden dadurch große Bedeutung für kommende Generationen bekommen können.«

Ich war überwältigt. Nie hatte ich davon geträumt, Bedeutung für meine eigene Zeit, geschweige denn für kommende Geschlechter zu bekommen. Ich unterwarf mich gern der Prüfung.

Sie begann mit einem Verbot:

»Es wird Ihnen«, sagte er, »sowohl während wie nach der Prüfung nicht erlaubt sein, mit den Philosophinnen privat zu verkehren, da man nicht wünscht, dass irgendeine von ihnen ein mehr als vorübergehendes, rein handwerksmäßiges Interesse für Sie fassen soll. Da besagte Damen selten auswärts verkehren, werden wir inzwischen ohne Risiko Ihre Studien peripatetisch[7] beginnen können.«

Auf unseren Spaziergängen, bei denen ich immer größte Schwierigkeiten hatte, mich seinem langsamen Gang und seinen kurzen Schrittchen anzupassen, lehrte er mich einiges über die Einrichtung des Staates und erklärte es so, dass ich alles leicht verstehen konnte; jedoch die Schnelligkeit, mit der ich begriff, ließ zweifellos Oberflächlichkeit vermuten. Einmal begegneten wir zwei Männern, deren Gesicht und Gestalt mir gut gefielen. Sie verneigten sich ehrerbietig und sehr tief. Der Gelehrte grüßte mit der nötigen Zerstreutheit. Ich fragte, wer sie seien, und er antwortete nachsichtig:

»Künstler«, und fügte belehrend hinzu: »Die Künstler nehmen bei uns den tiefsten Stand ein, nur die Sklaven stehen noch unter ihnen.«

Er sah meine Verwunderung und fuhr fort:

»Das ist ganz natürlich. Betrachten Sie die Arbeit der Sklaven. Sie erzeugen Nahrungsmittel und müssen zu diesem Zweck nicht nur mit der Erde arbeiten, sondern – es ist mir unangenehm, es auszusprechen, geschweige denn zu denken – mit dem Mist. Es ist unglaublich, dass sie danach noch Nahrung zu sich zu nehmen vermögen. Die Nahrungsmittel müssen viele Purifikationen durchlaufen, bevor sie für die höheren Stände genießbar sind.

Sie werden nun leicht die Analogie zwischen Sklaven und Künstlern verstehen. Genau wie diese erzeugen sie direkt aus der Natur. Es liegt nicht in der Macht des Menschen, die Natur durch Abstraktion zu überwinden, er kann sich nur mehr und mehr über sie erheben. Sie ist und bleibt nun einmal der *malpropre*[8] Grund und Boden, auf dem wir mit unseren Beinen stehen. Es ist notwendig, dass Nahrung erzeugt wird, und ebenso ist es notwendig, dass gemalt, gedichtet und modelliert wird. Es leuchtet mir ein, dass es ebenso notwendig ist, dass Kinder erzeugt werden. Und ich neige daher der Meinung zu, dass Sie eigentlich zu den Künstlern gezählt werden müssten, obwohl Ihre Tätigkeit früher das Werk der Sklaven war. Aber mit Ihnen bricht ja eine neue Ära an, und die meisten Künstler sind übrigens aus dem Sklavenstand hervorgegangen. – Wie ich bereits sagte, ist die Kunst ein recht unwürdiges, aber notwendiges Stadium.«

»Weshalb ist sie notwendig, Ihro Gelehrtheit?«

»Wegen der Kritik, die ja bisweilen wirklichen Glanz über die Erzeugnisse der Künstler wirft. Notwendig ist die Kunst, denn wer sollte kritisieren können, wenn niemand etwas schüfe, das kritisiert werden könnte?«

Das war einleuchtend. Und wenn es richtig war, folgte daraus der Rest von selbst: direkt nach dem Künstlerstand kam die gewöhnliche Kritik. Danach kam die Oberkritik, die die gewöhnliche kritisierte und die wiederum der höheren Kritik unterworfen war; ganz oben thronte die höchste Kritik, die ausschließlich nach Mängeln und Fehlern bei anderen Kritikern suchte. Diese war die feinste Blüte in diesem Teil des geistigen Blumengartens.

»Eine entsprechende Reihenfolge findet man auch auf dem Gebiet der Wissenschaft«, fuhr der Gelehrte fort. »Der praktische Experimentator, der Dinge erfindet, die unserer Bequemlichkeit dienen, steht, was Rang und Stand betrifft, auf derselben Stufe wie der Künstler. Über ihm steht der theoretische Forscher, über diesem wiederum sein Kommentator, noch höher dessen Kommentator und so weiter.«

»Am höchsten stehen also Kommentatoren für die Kommentare der Kommentatoren?«

»Sehr richtig.«

»Diese Herren Oberkommentatoren bringen also nichts Ursprüngliches hervor?«

»Selbstverständlich nicht. – Jedoch kann es geschehen, dass sie eine Abhandlung über eine Fiktion schreiben, die in der simplen Wirklichkeit keinen Grund hat, *exemplum gratia*[9]: ›Der Aufstand der Sklaven.‹«

Er zog plötzlich den Hut und verneigte sich tief. Einige Personen, die anders gekleidet waren als die Philosophen, die ich bisher gesehen hatte, gingen vorbei. Ich fragte, wer sie seien.

»Die höchste Kaste des Landes«, sagte er, »die *Superabstrahenten*, diejenigen, die es vermocht haben, total vom anderen Geschlecht zu abstrahieren und sich nur von ihrem eigenen angezogen fühlen.«

»Waren diejenigen, die wir eben sahen, männliche oder weibliche Abstrahenten?«, fragte ich.

Er antwortete weise:

»Wer kann das wissen, wenn sie gleich gekleidet sind. Aber sie haben, wie Sie verstehen werden, eine so hohe Verfeinerung erreicht, dass sie sich nicht darauf einlassen können, Kinder zu erzeugen, nicht einmal *indirekt,* wie die anderen Philosophen es tun. Sie sind der Adel des Landes.«

Ich sagte, dass ich viel lieber auf die allerdirekteste Weise Kinder erzeugen würde, als adlig zu sein. Er antwortete herablassend: »Das Sklavenblut in Ihren Adern ist dick, mein junger Freund. Den Adel können Sie nicht erlangen, dazu ist man geboren. Besonders Auserwählte können ihn jedoch *erwerben.*«

Ich ging tief in Gedanken versunken weiter, bis ich sah, dass er ehrerbietig stillstand, seinen Kopf entblößte und sich fast bis zum Boden verneigte. Ich tat dasselbe und fragte nachher andächtig flüsternd:

»Wer waren diese hohen und ehrwürdigen Personen?«

Während er von ihnen sprach, entblößte er wieder seinen Kopf.

»Hoi aristoi«, sagte er, *»die Besten.* Sie haben sogar von ihrem eigenen Geschlecht abstrahiert und lieben nur sich selbst.«

Ich konnte nichts Hervorragendes darin sehen, aber er erklärte mir: »Junger Freund, das menschliche Ego ist das Höchste, was es gibt. Der Mensch, der von allem anderen abstrahieren und seine ganze Aufmerksamkeit nur auf sein eigenes Ich richten kann, der ist vollkommen. Wundert Sie das? Sind nicht die edelsten und seltensten Blumen ohne Duft? Oder, um es beim rechten Namen zu nennen: ohne Gestank. – Mein Freund, von der gedüngten Erde wird alles langsam durch viele Stadien hindurch zu immer größerer Veredelung hinaufkultiviert. Auf dem obersten Gipfel thront das Vollendete.«

»Die Unfruchtbarkeit?«, fragte ich.

»Rem tetigisti«[10], antwortete er. »Damit ist das Ziel erreicht. Wieder und wieder muss die Entwicklung ganz unten bei der Natur beginnen und sich langsam und geduldig emporarbeiten, diesen *Aristoi*, den Besten entge-

gen, um derentwillen wir alle hier sind, vom niedrigsten Sklaven bis zum größten Philosophen.«

»Und diese *Besten* bringen nichts zustande?«

»Sie sind *da*«, sagte er, »und ihre Aufgabe besteht allein darin, bei allen Menschen alle Fehler aufzuzeigen.«

»Aber nicht bei sich selbst?!«

»Sie haben keine«, sagte er, »in der absoluten Sterilität kann kein Fehler gezeugt werden.«

Ich hatte jetzt das Prinzip der Entwicklung begriffen, und als mir dies durch das Kuratorium bestätigt wurde, erhielt ich das *jus practicandi*[11]. So kam ich in den Staatsdienst im Land der Philosophen, erhielt eine eigene Amtswohnung mit schmuckem Schild, das auf Lateinisch meinen Titel, meine Tätigkeit und meine Konsultationszeiten angab. Aber ich kam nicht dazu, zu praktizieren. Die ganze Herrlichkeit währte nur einen Tag. Eine Philosophin saß im Wartezimmer. Als ich sie sah, wurde ich ganz abstrakt gegenüber dem andern Geschlecht.

Um nicht der Amtspflichtversäumnis angeklagt zu werden, reichte ich mein Entlassungsgesuch ein und begründete es damit, ich hätte die Entdeckung gemacht, dass ich faktisch Philosoph sei.

Das Ergebnis war, dass ich des Landes verwiesen wurde, weil ich die Benennung »Philosoph« auf mich selbst angewandt hatte. *Die* Art von Abstraktion, auf die ich mich berufen hatte, hieß es in dem Schreiben, sei nicht *hinreichend* zur Erwerbung dieses Titels.

Das brachte mich derart auf, dass ich versuchte, die Sklaven zum Aufstand aufzuhetzen. Zum Dank dafür trieben sie mich mit Spottrufen aus dem Land.

Der Philosoph behielt Recht, ein Sklavenaufstand ließ sich nur denken, aber nicht ausführen.

Mein Aufenthalt in dem angrenzenden Land war eigentlich nicht viel mehr als eine Durchreise. Trotzdem schaffte ich es, ins Krankenhaus, auf eine Hochzeit und ins Gefängnis zu kommen.

Als ich gerade über die Grenze spaziert war, kamen zwei Männer auf Händen gehend auf mich zu und steckten jeder ein Bein unter meine Arme.

Es stellte sich heraus, dass es Polizisten waren, die mich festnahmen.

Auf der Polizeistation wurde mir befohlen, auf Händen zu gehen. Ich konnte es nicht.

Der Polizeiarzt wurde gerufen. Er untersuchte mich und schickte mich ins Krankenhaus, wo man begann, mich zu lehren, mit dem Kopf nach unten zu gehen, so wie verständige Menschen es tun. Denn ich war gerade in das Land der verständigen Menschen gekommen, wo man es versteht, den kürzesten Weg zum Glück einzuschlagen. Wer würde da nicht gerne dabei sein und ich beschloss, mir Mühe zu geben, um ein verständiger Mensch zu werden. Wer mich persönlich kennt, wird sich nicht darüber wundern, dass dies misslang. Auf alle Fälle lernte ich bald, auf Händen zu gehen, auch wenn es mich ermüdete und ich nie die richtige Eleganz beim Wechsel von einer Hand zur anderen erreichte.

Im Krankenhaus machte ich die Bekanntschaft eines jungen Studenten der Medizin, der mich trainieren sollte. Ich fragte ihn:

»Weshalb macht ihr euch das Leben so schwer?«

»Wir tun das Gegenteil«, sagte er, »wir machen es uns leicht und bequem.«

»Ja, aber auf Händen zu gehen –«

»Das macht uns keine Mühe, wir werden von klein auf daran gewöhnt.«

»Ja, aber –«

»Hast du nie daran gedacht«, unterbrach er mich, »dass die Welt ganz in Unordnung ist?«

»Ach Gott«, sagte ich, »ich kann bald an nichts anderes mehr denken!«

»Und haben die Menschen, soweit unsere historischen Kenntnisse reichen, sich nicht immer bemüht, die Welt so zu gestalten, dass es uns gut darin geht?«

»Doch.«

»Und welches Mittel haben die Menschen dazu gebraucht?«

»Ihre Vernunft sicherlich.«

»Eben. Die Menschen haben ihre Vernunft gebraucht, und trotzdem geht alles so unvernünftig wie nur möglich zu. Jahrtausendelang haben sie, während sie ihrer Vernunft gehorchten, unvernünftig gehandelt.«

»Es muss also etwas verkehrt sein an der Vernunft«, sagte ich.

»Das kann nicht sein. Die Vernunft ist das Vernünftigste, was wir haben. Aber sie kann verkehrt angewendet werden. Kraft der Vernunft haben die Menschen Jahrtausende hindurch dieselben Verbrechen und Dummheiten begangen, obwohl sie in all diesen Jahrtausenden ständig die unheilvollsten Resultate davon sehen konnten. Und doch haben sie immer so weitergemacht.«

»Dann ist wohl keine Rettung möglich.«

»Wir haben sie gefunden«, sagte er bescheiden und ruhig.

»Wie das?«

»Ganz einfach, wir haben aus den menschlichen Erfahrungen von Jahrtausenden unsere Lehre gezogen. Da sich die Menschen mit Vernunft und Scharfsinn ständig an den Rand des Abgrunds gebracht haben, ja, sogar in den Abgrund gestürzt sind, haben wir daraus die Lehre gezogen, dass man die Vernunft verkehrt anwandte, und dass, wenn man das *Entgegengesetzte* macht, man zum richtigen Ergebnis gelangt, einfach indem man alles auf den Kopf stellt.«

»Auch euch selbst?!«

»Derjenige, der die Welt verbessern will, muss bei sich selbst anfangen. Übrigens gehört immer ein wenig Fanatismus und Übertreibung dazu, wenn man eine neue geistige Bewegung ins Leben rufen will.«

»Das ist aber doch ein sehr einfaches Verfahren«, sagte ich, »nur alles auf den Kopf zu stellen.«

»Das Geniale ist immer einfach«, erwiderte er.

»Ich finde, ihr nehmt eine große Verantwortung auf euch bei einem so radikalen *salto mortale*«, entgegnete ich. »Angenommen, ihr kommt vom Regen in die Traufe?«

»Findest du nicht, dass es auf die alte Art gar nicht schlimmer werden konnte?«, fragte er.

Dem konnte ich kaum widersprechen, und er fuhr fort:

»Glaubst du wirklich, dass irgendeine Methode rascher dem Untergang entgegenführen kann als die, der wir bisher gefolgt sind?«

»Ich kann es mir nicht vorstellen.«

»Dann gibt es ja nichts zu riskieren.«

»Nein, aber das ist nun doch ein abenteuerlicher Purzelbaum. Sagen Sie, wie ist das eigentlich bei Ihnen – ich habe die Einstellung der Maschinenmenschen und der Philosophen zur Liebe gesehen und konnte mich mit keiner von beiden anfreunden, und nun möchte ich gerne wissen, wie verständige Menschen es mit der Liebe halten – wenn ihr liebt, will das dann heißen, dass ihr hasst?«

Er lächelte. »Man kann die Natur nicht auf den Kopf stellen, aber man kann sie kultivieren.«

»Wie kultiviert ihr denn die Liebe?«

»Ich werde dich morgen zu einer verständigen Hochzeit mitnehmen.«

»Wollen Sie wirklich?«

Er verbesserte mich: »Du musst ›du‹ zu mir sagen. Hier sagen wir ›du‹ zu Fremden und ›Sie‹ zu unsern Nächsten. Man muss auch im Kleinen konsequent sein. Ja, ich werde dich morgen zu einer verständigen Hochzeit mitnehmen.«

»Du meinst gestern?«, fragte ich.

»Du begreifst schnell«, sagte er, »es *müsste* natürlich ›gestern‹ heißen, aber wir sind ja noch unterwegs und haben das Ziel der Entwicklung noch nicht voll erreicht.«

Am nächsten Tag erhielt ich einen Stehplatz bei einer verständigen kirchlichen Hochzeit. –

Es ist für einen Anfänger anstrengend, lange auf einmal auf Händen zu gehen, aber zwei Stunden darauf stillzustehen ist schlimmer, und nach und nach schmerzten meine Arme so sehr, dass ich dem Zeremoniell nicht mehr länger folgen und mir nicht alle Einzelheiten einprägen konnte. Ich erinnere mich jedoch deutlich daran, dass der Pfarrer Braut und Bräutigam fragte, ob sie einander zu Ehegatten nehmen wollten und dass sie beide antworteten: »Nicht freiwillig.« Nun richtete der Pfarrer die Frage an die Braut, ob sie in Untreue mit ihrem Mann zusammenleben wolle, und sie antwortete beunruhigend eifrig: »Ja.« – Wollte sie dies hinter seinem Rücken tun und ihre Versündigungen nie bereuen oder gestehen? Sie war willig. Dieselben Fragen wurden dem Bräutigam gestellt, der dieselben korrekten Antworten gab. – Dies alles geschah, bevor die Schmerzen in meinen Armen allzu schlimm wurden und ich mich nicht mehr konzentrieren konnte. Daran konnte ich mich jedoch noch erinnern und sagte später zu meinem Freund:

»Ich kann verstehen, dass die Kontrahenten willig sind, einander schamlos untreu zu sein, aber ist es *notwendig*, dass sie es vor dem Altar geradezu *geloben*?«

»Es ist verständig«, sagte er.

»Untreue«, sagte ich, »soll ja etwas vom Unterhaltsamsten sein, was es gibt – jedenfalls für denjenigen, der untreu ist, und gleichzeitig etwas, was am schwierigsten vermieden werden kann, von *beiden* Partnern. Es muss herrlich sein, in diesem Land zu leben, wo man aus Pflicht untreu sein kann, sodass Untreue zu einer Tugend wird.«

»Aber man trifft sie hier nur selten an«, sagte er. »Ein Verbot lockt zur Übertretung, ein Gebot reizt dazu, es nicht so genau zu nehmen. Kein verständiger Mensch hat wirklich Lust zur Untreue, wenn er als Verheirateter diese lästige Pflicht auf sich genommen hat. Heimlich sind sie sich treu und kommen sich deshalb um so näher. Sie essen zusammen von der verbotenen Frucht.«

»Aber wenn zwei sich wirklich lieben und wissen, dass sie einander nicht untreu sein wollen, so lügen sie ja vor dem Altar!«

»Das ist ein Impfstoff«, erklärte er, »wenn sie vor dem heiligen Altar gelogen haben, sind sie im täglichen Leben gegen die Lüge immun. Mit dieser Handlung haben wir die Sünde zu einer Pflicht gemacht – und sie damit ausgerottet.«

»Lieber Freund«, sagte ich, »bei euch will ich gern bleiben und mein Leben verbringen!«

Dazu kam ich nicht, denn dieselbe Hochzeit, die meine Begeisterung geweckt hatte, wurde zur Ursache meiner baldigen Abreise. Meine Arme waren so empfindlich geworden, dass ich nur ein kurzes Stück auf einmal gehen konnte, jeden Augenblick musste ich mich hinsetzen und ausruhen. Ich machte gerade einen Spaziergang in einem Park mit vielen Bänken. Es war also leicht, eine Ruhepause einzulegen. Aber als ich am Ende eines Wegs im letzten Moment eine Bank erreichte – denn meine Arme konnten einfach nicht mehr – hing da ein Schild mit der Aufschrift: »Frisch gestrichen!« Ausruhen musste ich, und weil niemand zu sehen war, ließ ich mich auf die Füße nieder – gerade als zwei Damen aus einem andern Weg um die Ecke bogen. Ich konnte meine Arme nicht mehr gebrauchen, sondern musste auf den Beinen stehen bleiben, während sie auf Händen vorbeispazierten. Sie schrien auf. Ein Polizist kam dazu und ich wurde eingesperrt wegen Verstoß gegen die allgemeine Schamhaftigkeit.

»Es ist bedauerlich«, sagte mein Freund, als er mich im Arrest besuchte, »dass wir dieses Verbrechen nicht zu einer Bürgerpflicht gemacht haben, nun musst du hier sitzen, bis du deine Strafe verbüßt hast.« –

Als ich aus dem Gefängnis kam, war ich zwar wieder fähig, auf Händen zu gehen, aber ich war auch im Klaren darüber, dass ich nie ausdauernd genug werden würde. Ich nahm einen Schlafwagenplatz bis zu einer Grenzstation, stieg aus, beugte mich auf die Ellbogen, stieß mich mit den Händen ab, schlug einen Purzelbaum und kam jenseits der Grenze wieder auf die Füße.

Nicht weit entfernt lag eine Wiese mit herrlich weichem Gras. Im Land der verständigen Menschen hätte ich mir dort eine Ruhepause gegönnt. Weshalb nicht auch hier?

Einige Kinder saßen im Gras und banden Kränze aus Blumen. Ein kleines Mädchen schaute mich an. Ihre Augen waren von der seltenen Art, die voll von eigenem Wesen sind, aber ohne selbstbewusstes »Ich«. Sie wandten sich unmittelbar dem Leben zu, bereit, Eindrücke entgegenzunehmen und sie in sich hinabsinken zu lassen. Ich sah in diese Augen hinein mit dem Gefühl, in das Leben selbst hineinzuschauen. Segnend legte ich die Hand auf ihren Kopf. Ja, ich *dachte* nicht daran, sie zu segnen, aber es geschah trotzdem, dass ich es tat.

Und während es geschah, spürte ich einen leuchtenden, wärmenden Punkt drinnen in mir selbst, ein ganz kleines Tüpfelchen, aber aus einem Licht, von dem ich wusste, dass es nie verlöschen konnte. Ich meinte, hier zu stehen und gleichzeitig in mich selbst hinein- und weit hinauszuschauen. Das, was ich draußen sah, war ein Weg, der sich weit, weit weg dehnte, in der Ferne liefen die Ränder näher und näher zusammen, bis sie sich in einem Punkt begegneten. In meinem Innern spürte ich hinter einem großen Dunkel den kleinen leuchtenden Punkt. Er zog mich an und ich begann zu gehen – sowohl hin zu dem Punkt, der draußen lag, als auch nach dem Punkt in meinem Innern: den zeitlich langen Weg in mich selbst hinein und den räumlich weiten Weg in die Welt dort draußen. Sie waren gleich lang, waren wohl, richtig besehen, ein und derselbe Weg. Ich ging ihn zu Ende, und hier am Wegende sahen alle Wesen und alle Dinge anders aus als dort, wo ich unter ihnen, aber zugleich getrennt von ihnen existierte – da draußen, wo man »zusammenprallt«, statt vereint zu werden. –

Am Abend gab der Pfarrer das Manuskript wieder dem Oberarzt zurück und sagte:

»Das sind ja sehr unterhaltsame Schilderungen, die offenbar einen ernsten Hintergrund haben, der sich jedoch beinahe hinter einem spöttischen Lächeln verbirgt.«

»Zum Teufel mit dem Spott und dem verborgenen Ernst«, sagte der Oberarzt, »das Schlimme ist, dass der Mann starrsinnig daran festhält, dass er das Ganze wirklich erlebt hat, aus der Seligkeit gefallen und durch diese drei Länder gereist ist – und noch durch eine ganze Menge anderer.«

»Vielleicht ist es für ihn nur eine amüsante Vorstellung?«

»Einiges schon, aber das meiste ist e*rnst* gemeint.«

»Ich habe deinen Gärtner in den Augenblicken beobachtet, als er völlig normal war«, sagte der Pfarrer, »und solche Momente hat er doch offensichtlich?«

Der Oberarzt nickte, und der Pfarrer fuhr fort:

»Aus seinem Manuskript geht hervor, dass er Humor hat, aus seinem Blick, wenn er dich anschaut, dass er ein Schelm ist.«

»So?«

»Ja. Und ich bin nicht abgeneigt, zu glauben, dass er einzig und allein deshalb nicht zugeben will, dass die drei Länder nur Produkte seiner vergnüglichen Phantasie sind, weil es ihn belustigt, dich zu narren, weil du dir erlaubt hast, etwas zu lesen, was nicht für deine Augen bestimmt war.«

»Das wäre unverschämt, und Olsen ist ein höflicher Mensch.«

»Unverschämt – ach, ich weiß nicht, du foppst mich ja auch andauernd.«

»Das ist etwas anderes. Erstens bist du mein Freund und Olsen ist –«

»Dein –?«

»Mein Gärtner, das weißt du ja.«

»Ich wusste nicht, ob du sagen wolltest, dein Patient.«

»Das ist er *auch*!«

»Es kann ja sein, dass es ihn irritiert, dass du ihn als verrückt betrachtest.«

»Aber er *ist* verrückt«, entgegnete der Oberarzt. »Das, was du von ihm sagst, ist wohl richtig, jedenfalls *teilweise*. Aber es ist nicht die ganze Erklärung. Olsen weiß, dass es mich ärgert, wenn er an seinem Galimathias festhält wie an etwas, was er wirklich erlebt hat. Er würde, taktvoll wie er ist, mit dem Unsinn aufhören. Ich selbst glaube natürlich auch nicht, dass seine Erlebnisse in den verschiedenen Ländern richtige Reisebeschreibungen sein sollen. Aber du hast ihn nie seine Lehre vom ›Punkt und Bogen‹ entwickeln hören. Damit ist es ihm nämlich ernst. Und du musst aus seiner Beschreibung der Seligkeit ersehen können, dass er da von etwas spricht, was er zu kennen meint. Da – in der Seligkeit! – fühlt er sich *zu Hause*, die kennt er aus *eigenem Erleben*. Und also ist er verrückt, denn diese Erfahrung hat noch kein normaler Mensch gemacht.

An sie *glauben*, auf sie *hoffen* – dagegen will ich ja nichts sagen.

Aber sie *kennen!* Das ist mir zu abnorm!«

Es entstand ein kurzes Schweigen. Der Pfarrer saß mit geneigtem Kopf da, der Oberarzt zündete sich eine Zigarre an, dann hob der Pfarrer den Kopf und sagte:

»Ich hab so eine unbestimmte Vorstellung, dass das Wesen der Seligkeit sehr gut so sein könnte, wie Olsen es behauptet.«

»*Du hast eine unbestimmte Vorstellung!* Wie dir das ähnlich sieht! Du kannst dir vorstellen, dass etwas vielleicht sein könnte! Das ist typisch für dich. Uff! – Aber lassen wir die alten Diskussionen. Sie führen ja zu nichts.«

»Allerdings«, sagte der Pfarrer friedfertig. »Aber ich möchte trotzdem gern einmal die Erlaubnis haben, eine Verteidigung für das Unbestimmte zu führen. Ich bin nie dazu gekommen, weil du immer sofort mobilisierst und mich ganz in die Ecke drängst. In einer logischen Debatte wirst du mich jederzeit in zwei Minuten *ad absurdum* führen können. Ich muss deshalb um einen Waffenstillstand von deiner Seite bitten.«

»Gut«, sagte der Oberarzt, »dann schweb ab ins Unbestimmte!«

»Du erinnerst dich an unsere Botanisiertouren«, begann der Pfarrer, »ich hatte wirklich Freude daran.«

Der Oberarzt wandte sich ihm erstaunt zu. »Das muss dann aber in aller Stille gewesen sein«, sagte er.

»Es *konnte* nur in der Stille vor sich gehen, denn solange du Pflanzen enthauptet, Staubfäden gezählt und große Reden geschwungen hast, um mir einzuimpfen, was wir lernen und nicht vergessen sollten, da hat es nicht funktioniert. Aber in den stillen Augenblicken zwischendurch –«

»Ja, als du von einer Blume geträumt hast, von der du nicht einmal den Namen wusstest!«

»Gerade dann. Ich wusste meistens nicht, wie sie hieß. Aber wenn ich am Grabenrand saß und sie da stehen und da sein und wachsen sah, konnte ich manchmal von einer wunderlichen Zärtlichkeit für sie ergriffen werden.«

»Wunderlich«, brummte der Oberarzt, »das ist so richtig einer von diesen professionellen Ausdrücken, die euch Geistlichen gewohnheitsmäßig jeden Augenblick über die Lippen kommen.«

Der Pfarrer stutzte. »Du hast Recht«, sagte er nach kurzer Pause, »das tun sie wirklich. Aber diesmal war es nicht gewohnheitsmäßig, es war ein lebendiges Wort. Also: diese wunderl– – diese Zärtlichkeit wurde nach und nach zur Andacht vor dem Leben dieser kleinen Blume. Nein, nein, sag jetzt nicht, dass eine Andacht gleichgültig sein könne, die mir weder den Namen der Blume noch deren Familie offenbaren konnte, was ich natürlich im Unterricht und beim Abitur hätte brauchen können. Nein, aber es *geschah* etwas in mir während dieser Andacht; ich fühlte eine größere Lebensfülle, ein wachsendes Glück oder ein glückliches Wachsen. Ich saß also da und wuchs, während du Kenntnisse gesammelt hast. Sicher, Kenntnisse und Wissen sind gute Dinge, aber das ist das Wachstum auch. – Kannst du noch einen Moment schweigen?«

Der Oberarzt nickte:

»Wenn ich eingeschlafen bin, wirst du es bemerken!«

Der Pfarrer fuhr fort:

»Ich fühlte also, dass ich innerlich wuchs, und, worauf ich großes Gewicht lege, was vorging war ein glückliches Wachsen des Guten in mir. Dieses Wachsen ist mir ein Lebensbedürfnis, es ist für mich genauso notwendig wie intellektuelle Entwicklung für dich. Und ich fühlte dieselbe Andacht dem Leben gegenüber und dasselbe Wachsen an Gutem, wenn ich das Neue Testament las.

Und ich meine, dass man durch eine Andacht, die unser ganzes Wesen durchdringt und die nicht nur die Gedanken im Kopf da oben in Gang setzt, dem Ursprung des Daseins durch Erleben, durch ein *Hinein*leben, weit intensiver nahe kommt als durch irgendwelche intellektuellen Nachforschungen.

Und ich glaube, dass die großen religiösen Vorbilder dem Leben auf diese Weise weit näher gekommen sind als andere, und dass diese Lebensnähe – selbst wenn sie äußerlich betrachtet aussieht wie das Gegenteil – die Quelle ihrer Weisheit und Güte war, die übrigens nicht voneinander getrennt werden können. Äußerliche Kenntnis und Gutsein brauchen nicht zusammenzugehen, allzu selten tun sie es; Weisheit und Gutsein sind innig miteinander verbunden. Weil ich Christ bin, meine ich selbstverständlich, das gelte vor allem von ihm, den wir Christen den Erlöser der Welt nennen.«

»Und während du mit offenem Mund ins ›Unbestimmte‹ starrst, schluckst du das ganze dogmatische Kamel, ohne Magenschmerzen davon zu bekommen?«

»Ich fasse die Dogmen als Symbole eines wirklichen Lebens auf, das sich hinter ihnen verbirgt – und mach das lieber, als das Gefühl oder die *Empfindung* für dieses verborgene Leben zu verlieren. Ich hoffe auf das Wachsen dieser Empfindung; von ihr erwarte ich Weisheit.«

Es entstand ein kurzes Schweigen.
»Hast du alles gesagt, was du auf dem Herzen hattest?«, fragte der Oberarzt.
»Ja.«
»Wollen wir dann einen Whisky trinken?«
»Ja, gern«, antwortete der Pfarrer.

Als der Oberarzt am nächsten Morgen in den Garten kam, hörte er aus dem großen Birnbaum eine Stimme.
»Hallo! Guten Morgen!«
Es war die Stimme des Pfarrers. Der Oberarzt ging auf den Baum zu, konnte keinen Pfarrer sehen und rief deshalb:
»Wo zum Teufel steckst du?«
Die Stimme des Pfarrers kam von oben:
»Hier!«
»Du willst doch nicht etwa sagen, dass du –?«
Der Oberarzt trat unter den Baum, stützte sich auf den Tisch, der darunter stand und blickte nach oben. Dort, wo der Stamm in die dicken Äste überging und eine mächtige Krone bildete, lag ein Brett als kleiner Boden, zwei Queräste dienten als Bank; und auf ihnen saß der Pfarrer, die Füße auf dem »Boden« ruhend. Er war auf einer kleinen Leiter, die an den Baumstamm gelehnt war, nach oben geklettert.
»Du lieber Himmel«, rief der Oberarzt, »was willst du da oben? Bist du vielleicht auf dem Weg zur Seligkeit?«
»Du sagst es«, antwortete der Pfarrer, »ich fühle mich ihr wirklich ein bisschen näher, wie ich hier so zwischen Zweigen und Laub sitze. Das tut gut.«
»So?«

»Hast du's nie probiert?«

»Könnt mir nicht einfallen.«

»Das kannst du dir nicht nachsagen lassen. Dein eigener Birnbaum! Mach, dass du heraufkommst! Ich geb dir die Erlaubnis, ein Blatt kaputtzureißen und mir die Adern zu zeigen!«

»Du kommst nie über deine Flegeljahre hinaus«, sagte der Oberarzt.

»Komm jetzt rauf und überzeug mich, dass es besser ist, alt und querköpfig zu werden.«

»Ich weiß nicht, ob ich klarkomme mit einem Aufstieg auf einer Jakobsleiter«, brummte der Oberarzt.

»Du kannst es, wenn du nur daran *glaubst*«, sagte der Pfarrer. »Aber an Glauben und an turnerischer Begabung hat es dir immer gefehlt.«

»Im Turnen war ich in der Schule jedenfalls besser als du.«

»Aber ich hab den Aufstieg geschafft«, erwiderte der Pfarrer.

Der Oberarzt setzte den Fuß auf die Leiter und einen Augenblick später war er oben.

»Das hab ich auch. Rück mal, damit ich sitzen kann. – Hier kann man ja viel besser durch die Blätter sehen, als man vermuten möchte, wenn man da unten steht. Ich konnte dich kaum sehen!«

»Nein, aber von hier aus kannst du deutlich Olsen mit dem Schubkarren dort hinten auf dem Weg sehen. Jetzt schaufelt er das Unkraut, das er zusammengeharkt hat, in den Karren.

Mach mir nicht weis, dass dieser Mann verrückt ist! Ich hab hier lange gesessen und ihn beobachtet, während er arbeitete und als er mit dem Küchenmädchen plauderte.«

»Das hab ich öfter getan als du. Selbstverständlich ist der Mann nicht völlig verrückt, aber irgendwas ist bei ihm locker, irgendwas ist entzweigegangen. Was sagst du denn von einem Menschen, der hier auf der Erde herumgeht und meint, dass er in der Seligkeit sei?«

»Tja-ah«, sagte der Pfarrer.

»Du meinst: Nei-i-n, und das meine ich auch. Übrigens, du sagtest gestern, dass man mit der Seligkeit nicht spaßen dürfe; was sagst du dann dazu, dass dein Freund Olsen schreibt, er sei aus ihr heraus*gespurtet?*«

»Ich sage, dass er es nicht hätte tun sollen.«

»Und ich will gerade versuchen, ihn dazu zu kriegen, es zu tun. Ach, da kommt die Post.«

Ein Zimmermädchen kam mit einem Paket für Olsen. Er nahm es, ging über den Rasen zum Tisch unter dem Birnbaum, packte es aus und stellte eine kleine Schachtel auf den Tisch, der er einige Briefe und Fotografien entnahm sowie zwei kleine, schwarz gerauchte Meerschaumpfeifen.

Er betrachtete lange eine der Fotografien; ein zärtliches Lächeln glitt über sein Gesicht und machte dann einem Ausdruck tiefen Ernstes Platz, der langsam zu Wehmut wurde.

»Olsen!«, rief das Mädchen hinten am Gartenzaun.

Olsen hörte nichts.

»O-l-sen!«, rief sie wieder.

Nun drang es zu ihm durch und er wandte sich um.

»Sie sollen das Paket beim Postboten quittieren!«

Olsen ging.

Der Oberarzt hockte sich auf den »Boden« und spähte auf die Fotografie unter ihm. Sie zeigte einen jungen adretten Artisten im Trikot.

»Das gibt‘s doch gar nicht«, sagte er, »das hätte ich wirklich nicht von ihm gedacht.«

»Was denn?«, fragte der Pfarrer.

»Dass er einer von denen ist.«

»Von welchen?«

Der Oberarzt sagte in einem Ton, den man für etwas Unappetitliches anwendet:

»Das konnte man ihm doch ansehen, dass er diesen Typen im Trikot *geliebt* hat.«

»Es ist wohl nichts Schlimmes dabei, einen Mitmenschen zu lieben.«

»Wenn ein Mann einen anderen Mann im Trikot mit diesem Ausdruck betrachtet, dann *ist* etwas Schlimmes dabei«, sagte der Oberarzt knapp.

»Du meinst –?«

»Ja, das meine ich.«

Olsen kam durch das Gartentor.

»Lass uns hinuntersteigen«, bat der Pfarrer.

»Ich bleibe hier«, sagte der Oberarzt.

»Ich kann es nicht leiden, einen Menschen heimlich zu beobachten.«

»Wenn man Oberarzt in einer Klinik für Geisteskranke ist, kann es einem zur Pflicht werden, einen Patienten heimlich zu beobachten. Ich wette, diese flotte Zirkusfigur steht in Zusammenhang mit dem, was Olsen einen Knacks gegeben hat – pst!«

Olsen trat unter den Baum. Er nahm die Fotografie wieder in die Hand, betrachtete sie lange, legte sie zurück auf den Tisch und schaute hinaus ins Leere. Sein Blick wurde weit, nichts blieb zurück von seiner liebenswürdigen Schelmerei, er wirkte ganz verloren in seine Erinnerungen.

Olsen selbst war auf eine gewisse Art verschwunden, er war nichts anderes als Blick. Dem Pfarrer schien es, er sehe aus wie ein Mensch, der weiß, dass er nur noch einige Tage zu leben hat und sich all die Freude und das Leid vergangener Zeiten in Erinnerung ruft, aber nun unter dem Eindruck der Ewigkeit.

Das Leben begann allmählich wieder in Olsens Gesicht zurückzukehren. Aber er wurde plötzlich ein anderer. Das Gesicht schwoll an, die Augen bekamen einen stumpfen, glasigen Ausdruck. Und dann begann das Grotesk-Unheimliche. Besessenheit, dachte der Pfarrer, und der Oberarzt diagnostizierte: Wahnsinn.

Olsen war betrunken! Stockbetrunken drehte er sich taumelnd im Kreis. Offenbar glaubte er sich in Gesellschaft mit jemandem, denn er gestikulierte und bewegte die Lippen, er sprach nicht laut, aber man sah ihm deutlich an, dass er argumentierte. In seinem Irresein lag eine so kitzelnde Komik, dass die beiden Zuschauer hart kämpften, um nicht lachen zu müssen.

Olsen fiel. Es war deutlich zu sehen, dass er mit jemandem sprach, der ihm aufstehen half und ihn auch wirklich auf die Beine brachte. Schließlich stand er ganz zweifellos mit seinem Hausschlüssel vor der Tür und gab sich alle Mühe, das Schlüsselloch zu finden. Der Versuch war so glaubwürdig, dass der Oberarzt fast zu prusten begann; der Pfarrer kniff ihn hart in den Arm, aber trotz seines Mitgefühls mit dem Geisteskranken war er im nächsten Augenblick selbst nahe daran, vor Lachen herauszuplatzen.

Da geschah etwas, was sie davon abhielt. Olsen änderte abermals sein Wesen. Er war nicht mehr länger betrunken, aber er war zerstreut; er machte dieselbe Tour wie vorher, fiel auf derselben Stelle wie der betrunkene Mann, aber jetzt war er ein Gelehrter, der verwundert zu dem Unsichtbaren aufschaute, der ihm auf die Beine half. Alles war diesmal ebenso komisch, und es endete wie vorher beim Schlüsselloch; aber nun bestand die Schwierigkeit darin, dass Olsen sich nicht erinnern konnte, was er da wollte, und auch nicht, welcher Schlüssel passte. Der Oberarzt dachte, wie nahe doch Genie und Wahnsinn beieinander liegen können; der Pfarrer sah einen Besessenen vor sich, den die Geister der Reihe nach in Besitz nahmen.

In Olsen ging aufs Neue eine Veränderung vor. Diesmal schien der »Geist« ein junger eleganter Herr zu sein, der auf einem Großstadtboulevard spazierte und mit den Damen flirtete. Olsen sah wirklich ganz jugendlich aus. Dann fiel er. Die Straße war offenbar nicht sauber. Den Rest des Weges kämpfte der eitle Olsen einen erbitterten Kampf, um trotz seines beschmutzten Anzugs seine Würde zu bewahren, ein Mensch, dessen ganzer Seeleninhalt dummwichtige Gefallsucht war. Als er schließlich zur Haustür hineinschlüpfte, konnten der Oberarzt und der Pfarrer nicht mehr – das mühsam zurückgehaltene Lachen brach heraus.

Olsen schaute nach oben. Das Lachen erstarb.

Unten auf dem Rasen stand ein Mensch, der wusste, dass er ein Geheimnis an Fremde preisgegeben hatte. Die beiden Zuschauer waren sich jetzt klar darüber, dass dieser Mann nicht irrsinnig, sondern unglücklich war.

Aber was war das denn auf einmal wieder? Er war ja doch irrsinnig. – Wenn er es vorher nicht gewesen war, dann war er es jedenfalls *jetzt*!

Der unglückliche Ausdruck war fort, für Sekunden waren seine Augen ganz leer, dann schimmerte aus ihnen ein Gassenjungenblick; der Alte benahm sich wie ein Schuljunge, der bei einem Unfug ertappt wurde und weiß, dass es nichts nützt, zu leugnen und deshalb demjenigen, der ihn erwischt hat, frech ins Gesicht grinst.

Olsen nickte zum Pfarrer und zum Oberarzt hinauf, bekannte sich zu seinem Irrsinn, die Geisteskrankheit leuchtete ihm aus den Augen, mit unglaublicher Elastizität stand er mit einem Sprung auf den Händen, winkte mit den Füßen den beiden Herren im Baum zu und spazierte auf Händen über den Rasen. Da, wo das Gras aufhörte, beugte er sich auf die Ellbogen und stand nach einem Purzelbaum wieder elegant auf den Füßen, direkt auf dem Weg. –

»Ja«, seufzte der Pfarrer, als sie unten angekommen waren, »*das* war Geisteskrankheit. Aber, du guter Gott, welch eine *vis comica*[12]!«

Der Oberarzt grübelte:

»Was zum Henker kann da geschehen sein zwischen ihm und diesem Trikot-Adonis?!«

Sie gingen hinein.

»Ich muss mit ihm sprechen«, sagte der Oberarzt, als sie sich gesetzt hatten. Es ist am besten, du gehst. Nein, du kannst auch gern bleiben – vorläufig.«

Er läutete.

»Lass Olsen kommen«, sagte er zum Mädchen.

»Ich bin gespannt, wie er *jetzt* aussieht«, sagte der Pfarrer.

Der Oberarzt antwortete nicht.

Kurz darauf klopfte es an die Tür.

»Herein!«

Olsen trat ein, ein ruhiger, kräftiger Mann mit intelligentem Gesicht von gesunder Farbe, ein gebildeter Mensch, der die beiden Herren wie seinesgleichen betrachtete. Er ging zum Oberarzt hin und reichte ihm zwei dicke Schreibhefte mit den Worten:

»Ich bringe Ihnen hier die Erinnerungen, die Sie mich baten niederzuschreiben. Aus ihnen werden Sie ersehen können, wer und wie ich bin und wie ich derjenige wurde, der ich bin.«

Mit einer Verbeugung ging er aus dem Zimmer, ohne zu fragen, weshalb der Oberarzt ihn hatte rufen lassen.

Es dauerte eine Weile, bis einer von ihnen sprach, aber endlich bemerkte der Pfarrer, wie in Gedanken versunken:

»Das war aber seltsam.« –

Darauf schwieg er und folgte weiter seinen eigenen Gedanken.

»Was war seltsam?«, fragte der Oberarzt, »war da vielleicht etwas in der ganzen Geschichte, was nicht seltsam war?«

»Ich denke daran, wie er auf Händen über den Rasen ging, als er uns gesehen hatte. Du guter Gott, das war ja *er selbst*!«

»Wer sonst sollte es gewesen sein?!«

»Ich meine«, erklärte der Pfarrer, »dass er selbst es war *in seinem eigenen Manuskript*, er selbst *im Land der verständigen Menschen*. Er verließ uns auf dieselbe Weise, wie er die Verständigen verließ, ging auf Händen über den Rasen, und als er die Grenze, das Ende, erreicht hatte, ließ er sich auf die Ellbogen herunter, schlug einen Purzelbaum und landete elegant auf den Füßen direkt auf dem Weg, genau wie er es in seinem Heft beschrieben hat!«

»Das tat er wirklich, bei Gott!«, sagte der Oberarzt.

»Dann meint er wirklich – dann glaubt er – dann bildet er sich wohl im Ernst ein, dass er diese Reise durch die drei Länder gemacht hat?«

»Das tut er wohl«, sagte der Oberarzt. »Der Herr, der vorhin hereinkam und seine Erinnerungen ablieferte, der war weder geisteskrank noch Gärtner.«

Er schwieg und schaute nachdenklich vor sich hin.

»Woran denkst du?«, fragte der Pfarrer.

»Daran, mich als Patient in meiner eigenen Klinik aufnehmen zu lassen. Aber jetzt will ich das hier erst mal lesen.«

Er ging in sein Arbeitszimmer und nahm die Hefte mit.

»Mehr geeignet für eine Aufnahme hier drin werden sie mich wohl kaum noch machen können«, sagte er, indem er die Tür schloss. –

Es vergingen einige Tage. Olsen arbeitete ruhig und fleißig im Garten. Er war der geschickteste und höflichste Gärtner, den man sich nur wünschen konnte. Wenn sie am Vormittag hinauskamen, nahm er die Mütze ab und grüßte stumm, wie es sich für einen Bediensteten gehört. Sie taten es ebenso. Schließlich konnte der Pfarrer sich nicht mehr zurückhalten, nach den Memoiren zu fragen, aber der Oberarzt antwortete:

»Du musst warten, bis ich damit fertig bin. Bis dahin will ich kein Wort sagen, weder *über* noch *zu* Olsen.«

Am dritten Tag gab er dem Pfarrer die Hefte.

»Nun kannst du selbst lesen. Ich nehme nicht an, dass Olsen etwas dagegen hat.«

»Sag mir bloß«, sagte der Pfarrer, »*ist* er nun verrückt oder normal?«

»Keins von beidem«, sagte der Oberarzt, »er ist, wie ich die ganze Zeit behauptet habe, mit dir verwandt. Wenn er verrückt ist, bist du es auch, aber in seinem Irrsinn ist mehr Methode als in deinem.«

»Danke«, sagte der Pfarrer, »*du* jedenfalls bist ganz offensichtlich wieder normal geworden.«

Er ging ins Haus und begann in Olsens Schreibheften zu lesen.

Lieber Herr Oberarzt!

Nach einigem Zögern beginne ich nun den Bericht über mein Leben niederzuschreiben, den Sie gewünscht haben. Ich weiß gut, was Sie hierzu veranlasst hat; Sie erwarten, dass ich mich von dem besagten »Punkt und Bogen« *losschreiben* soll. Verzeihen Sie, wenn ich protestiere. Wie soll ich mich von dem *losschreiben* können, von dem ich mich nicht *losleben* konnte, sondern im Gegenteil mich dazu *hinlebte*?

Aber Ihr Wille ist hier in der Klinik Gesetz und soll es auch für mich sein.

Außerdem kann es für mich vielleicht ganz unterhaltsam sein, alles niederzuschreiben und die Ereignisse meines Lebens, die besondere Bedeutung für mich hatten, wiederzuerleben.

Es ist sicher am besten, wenn ich mitten hineinspringe und erzähle, wie es zuging, als Punkt und Bogen mich zum ersten Mal überlisteten und sich in mein Bewusstsein einschmuggelten – denn dies geschah nun nicht dadurch, dass ich mit dem Kopf gegen einen Bordstein stieß; ich war schon vorher genug »verwirrt«. Es geschah ganz natürlich an einem warmen Sommertag in einem Kleefeld. Es hatte nichts mit Sonnenstich oder Hitzschlag zu tun, obwohl es an diesem Tag sehr warm war. Ich befand mich sehr wohl in der Wärme, so wohl, wie man sich überhaupt nur befinden kann, wenn man nichts anderes zu tun hat, als sich zu befinden.

Es war also mitten im Sommer. Ich hatte Ferien und wohnte auf einem Bauernhof. Wie Sie wissen, bin ich auf dem Land geboren. Alles war so herrlich vertraut. Ich schlenderte über die Wiese, wo die Kühe angebunden im Klee standen.[13] Da stand ich nun und schaute mich um, klare Luft, blauer Himmel, grünes Gras und rote Kühe, nichts anderes war da – außer dass ich selbst auch noch da war. Aber ich war da »nur so«. Sie kennen den Zustand wahrscheinlich nicht – vielleicht aus *Büchern* –. Man steht da und hat keinen einzigen Gedanken im Kopf, kann sich kaum noch erinnern, dass man jemals einen gehabt hat und kümmert sich weder darum, einen zu haben, noch, sich an einen zu erinnern. Man ist nichts anderes als ein Körper, ein Körper, der gerade tut, was ihm einfällt, ein

Körper, der kerngesund ist, nicht recht weiß, was er damit anfangen soll und sich deshalb hinwirft mitten in all die andere Gesundheit und Üppigkeit rings umher.

Mein Körper warf sich in die abgegraste Wiese, sodass nur der Kopf in den blühenden Klee zu liegen kam. Vielleicht war noch eine vage Erinnerung aus den Knabenjahren in ihm, dass man den Klee nicht plattliegen darf, denn schließlich soll er ja gefressen werden.

Da lag ich nun, soweit ich selbst dabei war, denn wenn ich mich nach dem berühmten *cogito, ergo sum* richten soll, so war ich nicht existent, denn ich dachte ganz und gar nicht.

Aber ein Körper lag im Gras, und dieser Körper war so lebendig, dass er keiner Seele bedurfte. Aber ich spürte, dass er ein »Ich« brauchte – und da adoptierte er mich. Ich verschwand in diesem Körper, war augenblicklich zur Stelle, wo er mich haben wollte. Seine Zehen begannen miteinander zu spielen, wie man es bei kleinen Kindern sehen kann – und dann war *ich* es, der die Zehen war; die Wadenmuskeln streckten sich voller Lebenslust, und diese Lebenslust war ich, ich hatte mein Leben in den Muskeln der Waden; die Finger streckten sich verliebt ins Gras, und ihr Verliebtsein war ich, der Duft des Klees drang in die Nase, und ich wohnte darin, war eigentlich nur der Duft in meiner eigenen Nase, aber auch das Bewusstsein dieses Duftes, und trotzdem war ich ein Mensch, wenn man alles zusammenrechnete.

Dieser Mensch begann sich zu erinnern, wie oft er einst vor langer Zeit so gelegen hatte, den Kopf im Klee vergraben, während die Mutter oder eines der Mädchen die Kühe molk. War das lange her! *Wie* lange wohl? Ich begann auf all die Jahre zurückzuschauen und auf alles, was ich erlebt hatte, aber es machte keinen Sinn, es war nicht nötig – die längst verflossene Zeit bekam Flügel und glitt durch die klare Luft hinauf, gerade dem Jetzt entgegen – da standen Kühe, und ich konnte es hören, das weiche strut-strut des Milchstrahls vom Euter in den Eimer, ich wusste, dass gemolken wurde, ob es Mama oder eines der Mädchen war, das konnte ich nicht ausmachen, merkte nur, dass ich sehr klein und sehr verschlafen war und dass meine Augen geschlossen waren. – Da war jemand, der etwas sagte, ich kannte die Stimme, es war die von Mama, und das war gut, denn sie würde nicht vergessen mich zu wecken, wenn das Melken fertig war. –

Da rief sie mich und sagte: »Mund auf!« Und ich lief zu ihr hin, sie saß bei der roten Kuh, der mit dem weißen Maul, und sie sandte lachend einen warmen Milchstrahl in meinen weit geöffneten Mund.

Im selben Augenblick wurde ich wach, aber ich konnte noch die Wärme der frisch gemolkenen Milch im Mund spüren, und mir war, als ob ich sehr klein sei. Ich wusste natürlich gut, dass das Unsinn war, aber es war schön und ich kümmerte mich nicht darum, vernünftig zu sein.

Ein bunt gefleckter Schmetterling flatterte an mir vorbei, dann kam ein weißer; ich hob den Kopf, um zu sehen, wo sie hinflogen, aber sie verschwanden in einer großen, lichten Klarheit, die überall war, so weit ich sehen konnte, und wenn ich den Kopf drehte, formte sie sich irgendwo in der Ferne zum Bogen.

Ich ließ den Kopf wieder in den Klee sinken. Kurz darauf flogen die beiden Schmetterlinge aufs Neue durch die Klarheit; aber diesmal wurde mir etwas vorgegaukelt, das wusste ich gut, denn ich lag mit geschlossenen Augen da.

Die Klarheit war trotzdem genauso stark und ich konnte verschiedene Dinge in ihr unterscheiden: ein Pferd, das um seinen Pfahl herumlief, ein hoher Hügel mit einem Kirchturm darauf – und dann war alles weg, und da stand ein Wald mit einem plätschernden Bach – wieder weg;

dann war da das Noeret, die kleine Bucht zwischen unsern Feldern zu Hause, ein paar Fischchen unter Wasser, die beiden Schmetterlinge von vorhin spielten dicht über der Oberfläche – und dann war da plötzlich nichts anderes als ein mächtig großer Bogen um mich herum, ich lag als kleiner Punkt mitten drin und dachte daran, dass es lustig wäre, wenn meine Beine ganz hinaus zum Bogen reichen würden, wenn ich sie nur richtig streckte.

Ich begann sie lang, ganz lang zu strecken, länger, noch länger, es war unglaublich, wie weit ich sie strecken konnte. Bums! Da stießen sie an den Bogen und ich öffnete meine Augen, um zu sehen, wie lang sie geworden waren, aber da waren es keine Beine mehr, sondern nur noch ein Paar dünne Strahlen, die vom Zentrum ausgingen und mit der Peripherie dort draußen Kreisausschnitte bildeten. Wo ich mich selbst aufhielt, wusste ich nicht gleich, aber ich konnte sehen, dass solche Radien vom Mittelpunkt ausgingen und überall rundherum Sektoren bildeten. Plötzlich lag ich wieder mitten im Punkt selbst. Ich wurde wach und entdeckte, dass ich geträumt hatte. Nun, ich lag jedenfalls ständig gerade mittendrin, und weil ich eigentlich das Noeret, die Fischchen und die beiden Schmetterlinge gern noch einmal sehen wollte, schloss ich die Augen und versuchte es. Jemand hat mir einmal gesagt, dass ein Afrikaner sofort einschläft, wenn er die Augen zumacht. Was mich betraf, konnte es schon stimmen, denn nachdem ich die Augen geschlossen hatte, war ich sofort eingeschlafen. Und dann kam ich in einen Zustand, den Sie, lieber Herr Oberarzt, vielleicht kennen – nein, wahrscheinlich doch nicht; ich würde fast wetten, dass Gedanken und Probleme weiter in Ihrem Kopf herumkreisen, auch wenn Sie noch so müde sind und verflucht gerne schlafen möchten; ja, ich kann mir gut vorstellen, dass Sie hin und wieder zu einem kleinen »unschuldigen«

Pulver greifen müssen, um das Gedankenkarussell anzuhalten. Aber derjenige, der wie ich an »emotionaler Apathie« leidet und keine Mühe hat einzuschlafen, der kennt sehr gut diesen Zustand auf der Schwelle zwischen Schlaf und Wachen, in dem alles so viel klarer ist als im wachen Zustand; ob es nun wirklich klarer *ist* oder nur so *scheint*, im Verhältnis zu der schwarzen Tiefe des Schlafs jenseits der Schwelle, das mag dahingestellt sein. Während ich nun so dalag zwischen den beiden Zuständen, wurden Punkt und Bogen in mir geboren – später verschwanden sie wie ein vom Meer weggespültes Stück Land, aber lange Zeit danach kamen sie wieder in mir zum Vorschein und blieben da, und ich glaube nicht, dass ich mich davon losschreiben kann!

Was ich in diesem »Schwellenzustand« erlebte, kann ich kurz zusammenfassen: Ich lag im Tüpfelchen, in diesem winzig kleinen Punkt und bekam Lust, zu sehen, wie es draußen im Breiten wäre – da draußen beim Bogen. Ich stand auf und ging dort hinaus, ich erlebte vieles unterwegs, erreichte den Bogen und reiste durch alle die Länder und Weltreiche, die da draußen lagen. Viele törichte Dinge erlebte ich dort, und eines Tages war ich müde, nur zu erleben, ohne zufrieden zu werden, und ich stand still und schaute mich um; da sah ich, wie sich von der Stelle aus, auf der ich stand, eine lange Landstraße hinzog; sehr lang war sie, schmaler und schmaler wurde sie, und zuletzt stießen ihre beiden Seiten zusammen und begegneten sich in einem kleinen Punkt. Es verursachte ein ziehendes Gefühl, diesen Weg entlangzuschauen, der schmaler und schmaler wurde, bis er in einem kleinen Punkt endete. Ich bekam Sehnsucht nach dem Punkt und begab mich auf den Weg, ihm entgegen. Und ich ging den Weg zu Ende und legte mich in der Mitte aller Dinge zur Ruhe; als ich genug ausgeruht hatte, stand Adam vor mir und sagte: –

Nein, was er sagte und was ich auf meiner langen Wanderung zum Bogen hinaus und zum Punkt zurück erlebte, werde ich Ihnen dann erzählen, wenn ich in meinem Bericht über mein Leben, den ich Ihnen zu schreiben versprach, an die Stelle gekommen bin, wo es stattgefunden hat.

Glauben Sie nun nicht, lieber Herr Oberarzt, dass ich genauso verrückt bin wie damals, als ich die kleine Gehirnerschütterung hatte. Ich weiß ganz gut, dass ich mein wirkliches Leben für Sie niederschreiben soll und nicht einen törichten Traum. Ich werde es auch tun und sogar so realistisch wie möglich schreiben. Aber ich fürchte, es wird mir kaum gelingen, Punkt und Bogen ganz aus meiner Schilderung der Wirklichkeit wegzulassen. Hingegen wird es Ihnen sicher ein gewisses Vergnügen bereiten, zu hören, dass das, was ich drinnen im Krankenhaus ins Heft schrieb und was die Krankenschwester erschreckte, Professor Berg dagegen erheiterte und Sie irritierte – dass das alles Lüge und Phantasie war.

Warum ich es dann nicht eher zugegeben habe? Ja-ah, die Sache ist die, dass ich mich eigentlich gar nicht richtig entschließen kann, zu glauben, dass es *komplett* gelogen ist.

Aber von jetzt an will ich alles genauso berichten, wie es sich zugetragen hat, ohne mich als Spaßmacher oder Dichter zu versuchen.

Ob es mir gelingen wird, mich von meiner Torheit loszuschreiben, weiß ich nicht, aber ich muss zugeben, dass ich, gleich nachdem ich den Stift in die Hand genommen hatte, dem Punkt gehorchen musste, weil ich fühlte, dass ich ohne ihn nie den richtigen Überblick über mein Leben erhalten würde.

Deshalb schmiss ich den Stift hin und ging hinaus zur Wiese, die draußen vor dem Wald liegt, Sie wissen, die, die

Jens Nielsen gehört. Dort legte ich mich auf den Rücken, den Kopf im Klee. Es war ein Tag, wie er sein soll: blauer Himmel, klare Luft. Er passte zu meinem Vorhaben, denn ich wollte ja nicht über meinen Bericht nach*denken;* wenn ich das tat, wusste ich weder, wo ich anfangen, noch, wo ich enden, was ich aufnehmen sollte und was ich weglassen konnte. Aber vielleicht würde ich in stiller Versunkenheit zu einem Überblick gelangen. Nun ist, Herr Oberarzt, die »emotionale Apathie« überaus hilfreich, wenn man sich dem *Schauen* hingeben will; sie bringt die allzu emsigen Gedanken zum Erschlaffen, sie hängen und schwirren ein wenig wie Blätter an lockeren Stielen, nach und nach purzeln sie herunter und verschwinden, bis nichts anderes übrig bleibt als ein tiefes Gefühl von Leben. Es ist übrigens merkwürdig, wie intensiv dieses Lebensgefühl in der emotionalen Apathie ist – jedenfalls in derjenigen, an der ich leide! Die Empfindung vom Dasein ist so ausgeprägt, in jeder Faser unseres Körpers so innig gegenwärtig, dass für anderes kein Platz bleibt; sie treibt alle Teufel aus, ob es nun unumstößliche festgefahrene Meinungen oder brennende Gelüste nach diesem und jenem sind. Man *ist* ja dies alles zusammen, das ganze Dasein ist in unserem Körper. Es gibt überhaupt nichts, nach dem man Lust bekommen könnte, wenn man in allem ist oder dies alles zusammen in sich hat – welche Erklärung Sie nun vorziehen mögen.

Als ich nun so dalag in dem klaren Tag und nichts anderes mit meinen Sinnen wahrnahm als diese Klarheit, fiel ich plötzlich hinein in all die Jahre, die ich gelebt hatte, bis zurück in die Zeit, als ich vom Leben nichts anderes kannte als Essen und Trinken – und eben jene Klarheit. Und an dieser Stelle will ich nun meinen Bericht beginnen. Sie werden sofort einwenden, dass ich mich unmöglich an die Dinge erinnern könne, von denen ich nun sprechen werde; das kann ich auch nicht, ich weiß nur, dass wir alle so beginnen, und selbst wenn ich mich nicht erinnern kann, so kann ich doch dank meiner »Krankheit« in die totale Unwissenheit und in das wesenlose Sein eintauchen – genauso wie in jede andere Zeit meines Lebens, die hinter mir liegt und die ich als etwas begreife, was jetzt stattfindet. Ich behaupte nicht, dass ich mich an jede Einzelheit erinnern kann, die ich damals erlebte, aber der *Zustand,* in dem ich mich damals befand, ist wieder in mir und dieser ist das Einzige, was mich in so einem Augenblick interessiert; ich bin einzig und allein offen dafür, meine gegenwärtige Umgebung von jenem Zustand aus zu erleben, und nicht dafür, um mich daran zu erinnern, was damals geschah, obwohl solche Erinnerungen oft gleichzeitig damit wiederkommen.

Aber jetzt will ich mit meiner Geschichte anfangen, bevor Sie allzu ungeduldig werden:

Ich lag mitten in etwas, und um dieses Etwas herum war eine große Klarheit. Manchmal kam jemand in diese Klarheit hinein und genauso plötzlich war er wieder draußen. Weg. Manchmal kam jemand mit etwas hinein, was ich haben wollte; ich griff danach und hielt es fest. Es kam auch vor, dass ich es verlor, dann war es weg und ich weinte. Oder aber, dass ich genug davon bekam und es wegwarf – ach ja, verlieren und bedauern, sich langweilen und wegschmeißen – viel weiter kam ich nicht, bevor ich ein alter Narr und reif dazu wurde, in Ihrer geschätzten Klinik aufgenommen zu werden!

Es kam eine Zeit, wo ich nicht mehr dalag, sondern ab und zu neben dem stand, worin ich gelegen hatte, und ich kannte die Worte »Bett« und »Wagen«. Ich wechselte oft den Platz, aber die Klarheit war immer da; wenn sie weg war, schlief ich, oder sie war weg, weil ich schlief.

Wir nähern uns jetzt der Zeit, an die ich mich erinnern kann. In dem kleinen Flur lag ein Hund. Er war gut, weil er aufpasste, dass niemand kam und uns etwas antat. Plötzlich lag er nicht mehr im Flur, sondern war draußen an der Giebelseite des Hauses angebunden. Er durfte nicht mehr frei herumlaufen, weil er die Hühner des Nachbarn biss. Er bellte viel, wenn er angebunden war. Eines Morgens kam ein Mann mit einer schwarzen Lederjacke über die Wiese. Er ging in den Garten hinein, Mutter ging hinaus und sprach mit ihm. Gleich danach kam sie zurück und sah seltsam aus, und ich durfte nicht hinaus. Es dauerte eine Weile, dann ging der Mann wieder aus dem Garten hinaus über die Wiese und war außerhalb unserer Klarheit. Mutter ging hinaus und ich ging mit. Der Hund war nicht mehr da, der Mann hatte ihn totgeschlagen und begraben, weil er allzu bissig geworden war. Ich empfand nichts anderes bei seinem Tod, als dass es an der Giebelseite des Hauses plötzlich leer aussah. –

Auf beiden Seiten des Weges lagen Häuser und Höfe. In denen wohnten die andern. Ganz unten beim Noeret, zwischen den beiden Hügeln, lag der Hof der Großmutter, wo ich geboren wurde. Die Frauen kamen manchmal und schwatzten mit meiner Mutter. Eine von ihnen hieß Sine und hatte viele Kinder, die ich alle kannte, ausgenommen Hanne, die in Queensland war. Sine kam und las der Mutter ihre Briefe vor, und Mutter sagte: »Ja, Hanne ist weit weggekommen.« Sine antwortete: »Ja, weiter weg können sie wohl nicht kommen. Sie sagen, dass sie erst den halben Weg zurückgelegt haben, wenn sie in Amerika sind.« Ich guckte aus dem Fenster nach dem Bogen – Verzeihung: Horizont! – hinaus und dachte darüber nach, wie viel wohl noch auf der anderen Seite liegen mochte. Da war ja die Stadt, wo wir alle hinkommen konnten, und da war Amerika, so weit weg, dass die, die dorthin fuhren, nicht mehr nach Hause konnten – und sie waren erst den halben Weg nach Queensland gekommen. Ich begriff, dass ich Hanne nie mehr zu sehen bekommen würde. Das tat ich auch nicht. Später kamen dann auch keine Briefe mehr. Hanne war also tot. Auch Elses Jens reiste ganz hinaus zum »Äußersten«, nach Queensland. Es kamen ein paar Briefe von ihm, dann hörte Else nichts mehr. »Er ist von den Wilden aufgefressen worden«, sagten die Leute. Ich trauerte nicht um Jens, aber ich war froh darüber, dass wir gerade in der Mitte wohnten, wo es keine Wilden gab. – Von dem Garten aus, der hinter dem Haus lag, konnten wir über eine Wiese zu dem kleinen Wald hinabschauen, in dem wir Brennholz sammeln durften, weil ein Teil des Waldes der Großmutter gehörte. Wenn wir dort unten waren, ging Mutter meistens zum Waldrand hin und schaute über das Feld hinaus. Wenn dort ein Mann ging und pflügte, hielt er an, kam herüber und schwatzte mit ihr; er lächelte mir immer freundlich zu.

Beim Gartenzaun zur Waldwiese wuchs eine junge Esche. In diesen von einem Patienten einer Klinik für Geisteskranke niedergeschriebenen Aufzeichnungen ist eine Erwähnung dieser Esche notwendig.

Ich mag wohl ungefähr sechs Jahre alt gewesen sein und hatte gerade mein erstes Messer bekommen. Ich vermute, kann es jedoch nicht mit Sicherheit sagen, dass es ein Geschenk des Mannes war, der mir immer am Waldrand zulächelte. Es war ein schönes Messer, aber sehr klein, und ich hätte lieber ein richtiges Pfadfindermesser gehabt, mit einem Horngriff, wie es die großen

Jungen zum Schnitzen benutzten; aber es war immerhin ein Messer, und wenn es auch klein war, war es trotzdem groß genug, um kleine Zweige damit zu schneiden.

Eines frühen Morgens ging ich in die Klarheit hinaus, um Hölzchen zu schnitzen. Als ich bei dem morschen Zaun stand und die Esche dastehen und wachsen sah, bekam ich Lust, in frisches Holz zu schneiden, genauso wie es die großen Jungen taten, wenn sie Flöten aus Weidenholz machten. Dazu konnte die Esche nun nicht gebraucht werden – und ich konnte auch keine Flöte schnitzen – aber das Holz war frisch und ich hatte ein Messer. Ich schnitt durch eine ihrer dunkelbraunen Knospen und sah, dass sie darunter grün war. Merkwürdig lebendig grün. Ich konnte die Augen nicht davon lösen, ich war erstaunt über etwas Gutes, was ich mir nicht erklären konnte. – *Heute* kann ich sagen, dass es ein Gefühl war, als ob ich dastünde und zu wissen bekäme, was es bedeutet, *lebendig* zu sein.

Ich schaute von diesem lebendigen Grün zur Esche auf und sah sie – zum ersten Mal – sozusagen doppelt, gleichzeitig außen und innen. Das war so gut, dass ich das Messer vergaß, nur dastand, schaute und froh wurde. Mehr als froh, ich wurde gut vor Freude. In jenem Augenblick, in dem ich gut wurde, war die Esche es auch. Es war ein wunderliches Gutsein; nicht dasselbe wie jenes, das ich kannte und empfand, wenn ich meiner Mutter gelobt hatte, »ein guter Junge« zu sein und entschlossen war, es zu halten. Nein, dieses Gutsein war selbstverständlich, ich kann beinahe sagen unbeteiligt, beglückend unbeteiligt. Es sollte nicht zu etwas gebraucht werden, es sollte nichts dadurch erreicht werden, es war nur überall in mir, genauso wie es in der Esche war, die dastand und nichts anderes tat als wachsen, und die aussah, als ob sie wüsste, dass sie vor mir nichts zu verbergen brauchte. Sie gab mir ihre Vertraulichkeit, wie ein Mensch sie durch Worte nie einem anderen geben kann. Sie machte mich teilhaftig an ihrem Wesen. Es war von meinem verschieden, und trotzdem war in mir etwas, was gleichsam die Esche war und deren Leben in sich aufnehmen konnte. Das ist die tiefste Intimität, die ich jemals erlebt habe. Ich meine, ich habe im Zusammensein und Mitwissen mit anderen Menschen nie eine tiefere erreicht, obwohl ich – viel später – eine solche erlebte. Ich muss Sie nun bitten, zu bedenken, dass die gesegnete Esche meiner Kindheit mir nie ihr Vertrauen entzog, sondern mich immer ihr doppeltes Sein sehen ließ, solange wir zusammen waren. Ja, noch heute, nachdem die Esche längst gefällt und verbrannt ist, ist diese Vertraulichkeit so stark lebendig in mir, dass ich sie beschreiben und darüber nachdenken kann, auf eine Weise, wie es mir damals natürlich nicht möglich war. Dieser Erfahrung mit der Esche folgten viele andere. Nach einer lang andauernden Blindheit kann ich wieder die zweifache Gestalt des Lebens sehen. Ich erzähle deshalb etwas Wirkliches und nicht etwas Ausgedachtes, wenn ich sage, dass in dem Augenblick, in dem die Esche »doppelt« wurde, die Klarheit, worin sowohl sie als auch ich standen und wuchsen, ebenfalls doppelt wurde. Ich erlebte eine innere Klarheit, die so reich und gut war, dass die äußere nur ein Widerschein von ihr sein mochte. Natürlich konnte diese bestehen, ohne dass ich die innere Klarheit spürte, wie die Esche in der Hecke gestanden hatte, bevor ich ihr doppeltes Sein sah. Und die innere Klarheit konnte auf einen grauen Regentag strahlen, während ein Sonnentag mir bald grau zu scheinen begann, wenn die innere Klarheit weg war. Es ist ja möglich, dass diese nur in meinem kindlichen, unschuldigen Gemüt lag, selbst wenn ich sie über alle Dinge strahlen sah.

Aber ich sah sie und spürte ihre Wärme.

Wenn man vom Himmel erzählte, wo die guten Menschen nach dem Tod hinkamen, war dieser Himmel eine Wirklichkeit für mich, weil ich davon ausging, dass er im Grunde genommen diese andere Klarheit selbst war, die alles Äußere überstrahlte. Man sprach ja auch vom »Vater des Lichts«, bei dem nicht der Schatten des Wechsels war. Die Klarheit war wohl im Himmel viel stärker, jedenfalls konnte man dort weder Nasenbluten, Bauchschmerzen noch eins hintendrauf bekommen, wie es so leicht hier auf der Erde passieren konnte. Natürlich gab es einen Himmel, denn das sagten glaubwürdige Leute wie meine Mutter; außerdem wusste ich aus eigener Erfahrung, dass man gut auf der Erde herumlaufen und doch das meiste von sich im Himmel haben konnte.

In meinem achten Lebensjahr, als meine Mutter den Mann heiratete, der mir immer am Waldrand zulächelte und wir auf den Hof beim Noeret zogen, begann meine Freundschaft mit dem Spielkameraden Rasmus, der mir beim Hüten der Kühe half und mich auf dem langen Weg zum Schneider begleitete, wenn ich dort etwas holen musste oder Kleider zum Ändern hinbrachte.

Durch das erste Stück des Wegs schwatzten wir uns hindurch; wenn wir uns nichts mehr zu erzählen hatten, liefen wir nur so, dösten und dachten: »Wenn wir nur schon wieder auf dem Heimweg wären.« Aber als wir so in dieser Leere ziemlich gedankenlos ein gutes Stück weiterkamen, geschah etwas mit uns. Es sickerte etwas in unsere vorwärts stapfenden Körper hinein, von den Wiesen her, den Weidenbäumen, den lebenden Hecken und der klaren Luft, bis wir merkten, dass wir voll von etwas Gutem waren. Wenn ich dann aufschaute, war es, als ob die Esche mir ihren Schlüssel zur Vertrautheit mit allen Dingen gereicht hätte, und ich sah die Klarheit noch viel stärker. Guckte ich dann verstohlen zu Rasmus, dann entdeckte ich in seinen Augen dasselbe frohe Gefühl, das in mir selbst war. Inwieweit er sich der »himmlischen« Klarheit bewusst war, weiß ich nicht, denn ich erwähnte sie nie vor ihm oder vor anderen. Sie war etwas, über das nicht gesprochen werden sollte.

Als wir wieder aus der Leere erwachten und uns mitten in der Fülle aller Dinge befanden, waren wir ganz verändert, wir schwatzten und lachten – bis wir plötzlich wieder an derselben Stelle waren, aber nun auf dem Heimweg. Wenn wir später zu Hause im Hof standen und unseren Auftrag gut erledigt hatten, dann war der größte Teil des Tages vergangen und wir hatten unendlich viel erlebt; aber hätte uns irgendwer danach gefragt, so hätten wir antworten müssen: »Nichts.« Oder: »Alles mögliche.«

Aber genau benennen konnten wir es nicht.

Ich habe vielleicht schon genug über die doppelte Klarheit meiner Kindheit gesagt; aber erlauben Sie mir trotzdem, einen Augenblick das Spinngewebe der Jahre zu entfernen und das bunte Muster freizulegen, das sie in mein Wesen eingewoben hat und mich in den Zustand der Unschuld versenkte, als ich nicht viel wusste, aber umso mehr ein absolutes Gegenwärtigsein kannte, in welchem ich der vertraute Miterlebende der Dinge wurde, nicht durch Gedanken, sondern durch ein Gefühl, eine Innerlichkeit, die zu stillem, durchdringendem Schauen wurde.

Erlauben Sie mir daher, das alles nochmals deutlich hervorzurufen und es wiederzuerleben. Die kleine Bucht des Noeret leuchtet am Rand unserer Äcker wie das Lächeln um einen Mund. In der Abendstille der hellen Nächte gehe ich dicht hin zu Gras und Korn, bin ihnen innerlich nahe, und alles ist gut, mehr als das, es wird besser, denn durch das Gute geschieht etwas Gutes im Gras, im Korn und in mir; von hoch oben aus der Luft kommen die Stimmen der Erwachsenen: »Der Regen bringt es richtig zum Wachsen.« Ich gehe jeden Tag dort entlang, und das Gute fährt fort zu geschehen; die Stimmen oben in der Luft sagen: »Das Korn blüht.« Ich gehe immer noch dort vorbei, während das Gute geschieht, lange Zeit. Das ganze Leben ist ja eine lange, gute Begebenheit. Die Bauern sagen: »Das Korn reift.«

Auf einmal stehen sie mit Sensen auf den Feldern und das Korn stirbt aus der inneren Klarheit weg, in der es stand und wuchs, aus bloßer Daseinskraft. Nun liegt es in der äußeren Klarheit, die bloß die der Tage ist, wo nicht vom Wachstum die Rede ist, sondern allein vom Nutzen, wo man etwas damit macht, wo es zu Garben gebunden wird, gedroschen, zu Mehl gemahlen, und nun essen wir es. Schönheit ist auch *darin*, die innere Klarheit strahlt ja stets auch über das, was nun nicht mehr lebt.

Auf der Wiese laufen die kleinen unschuldigen Lämmer, zutraulich kommen sie zum Menschen, Kälber strecken ihr nasses Maul vor, sagen »mö« und lecken an seinen Kleidern; er klopft ihnen liebevoll auf den Rücken und morgen kommt er mit dem Messer und schlachtet die Nichtsahnenden, und dann essen wir unsere Freunde. Sie waren gut, als sie lebten, und sie schmecken gut, wenn sie gebraten werden. Die Unschuld kennt keine Sentimentalität. Alles lebt vom Leben anderer, das mit Freude gegeben oder mit Gewalt genommen wird. Aber durch das Leben der Tage mit ihrem Nutzen und Zweck leuchtet die innere Klarheit; das Himmelreich ist nahe. Ja, sehr nahe. »Wenn ihr nicht werdet wie die Kinder, werdet ihr nicht hineinkommen.« Das ist wahr. Die Absichtslosigkeit, die Unschuld der Seele ist der Schlüssel – den man allzu leicht verlieren kann.

Aber solange man ihn besitzt, sorgt die innere Klarheit selbst dafür, dass sie immer wieder erfahren werden kann. Ich will ein Beispiel anführen.

Im Sommer waren unsere Mittagspausen sehr lang, oft dauerten sie anderthalb bis zwei Stunden. Da war genug Zeit zum Spielen; manchmal saßen wir einfach zusammen und erzählten gemütlich; dabei konnte es geschehen, dass einer der Jungen, während ich ihn anschaute, wie die Esche wurde, und ich sah ihn so, wie er eigentlich war, nicht als den, der dieses konnte und mit jenem Mühe hatte, sondern nur so, wie er *war*, ohne oft selbst etwas davon zu merken, weil sein Kopf mit so viel anderem beschäftigt war. Diese »Durchsichtigkeit« schenkte mir eine glückliche Ergebenheit für ihn, eine Ergebenheit, die nichts als Gegenleistung erwartete, aber ungern durch Hänseleien oder Raufereien, die leicht im Spiel vorkommen konnten, zerstört werden wollte. Deshalb kletterte ich den kleinen Pfosten hinauf zum großen Balken. Dann kroch ich auf allen vieren den Balken entlang zur Kletterstange. Es kostete mich große Mühe und war nicht ungefährlich. Dort setzte ich mich hin und schlang Arme und Beine um die Stange, denn ich wusste, dass ich bald nicht mehr ans Festhalten denken würde.

Es begann damit, dass die Kletterstange plötzlich gut zu meiner Wange war, die ich gegen sie gedrückt hatte. Nicht nur die Wange, sondern mein ganzes Ich antwortete mit Gutsein zurück. Durch die Luft herab kam etwas, was nicht gesehen, aber deutlich gespürt werden konnte. Es war so gut, dass nicht daran zu zweifeln war, dass es direkt und frisch vom Himmel kam. So saß ich als ein kleiner »Säulenheiliger« hoch oben auf einem Balken zwischen Himmel und Erde und hatte an ihnen beiden teil.

Unter mir auf dem Spielplatz spielten die Jungen und ich war in allem gegenwärtig, was sie unternahmen, ohne mitgerissen und aggressiv werden zu können, wenn sie »Krieg« spielten. Wenn ich dann so viel von dem wundervoll Guten eingesogen hatte, wie Raum in mir war, ließ ich mich an der Kletterstange hinuntergleiten und fühlte mich so voll von Licht, dass ich nahe daran war, zu glauben, man müsse es mir ansehen, wie man die Sattheit einem Kind ansehen kann, das am ganzen Körper vor Wohlgenährtheit strotzt. Mein Gefühl der inneren Verbindung mit all den andern, die mit mir zur Schule gingen, verstärkte sich, und wenn die Großen konfirmiert und aus der Schule entlassen wurden, fühlte ich einen tiefen Schmerz darüber, dass wir nicht mehr zusammengehörten. Die Trennungslinie zwischen Konfirmierten und nicht Konfirmierten war damals draußen auf dem Land sehr deutlich.

»Nun bist du ein Mensch geworden«, sagten die Erwachsenen zum Konfirmanden, und er fühlte es selbst, begann sein Brot zu verdienen und spielte nicht mehr mit uns. Aber ich konnte nicht anders, ich betrachtete diejenigen, die mit mir zur Schule gegangen waren, als eine kleine Menschheit für sich.

Glauben Sie nun nicht, Herr Oberarzt, dass ich Ihnen weismachen möchte, ich sei hier auf Erden wie ein Engelchen herumgelaufen. Ich war genauso oft frech, wie solch ein Menschenjunge es überhaupt sein kann, lebte entschieden nicht in irgendeiner inneren Klarheit, sondern nur in meiner eigenen finsteren Boshaftigkeit. Vor dem Hintergrund dessen, was später geschah, betrachte ich diese Zeit meines Lebens nur wie einen sonnigen Sommer, mit der Angst und der Beklemmung vereinzelter Gewitterschauer. Und die erwähnt man ja nicht, wenn man von einem herrlichen sonnenhellen Sommer erzählen will.

Jetzt werde ich die Welt dieser inneren Klarheit verlassen und wie das gemähte Korn nur in derjenigen Klarheit sein, die allein den Tagen angehört und die uns die Sonne schenkt, und werde zwischen nützlichen Dingen, klugen und weniger klugen Menschen einer dritten Klarheit begegnen, die mich so stark fesseln wird, dass ich die eine der ersten beiden vergesse und nicht groß auf die andere achte.

Aber bevor ich die Tür hinter mir schließe, will ich auf der Schwelle stehen bleiben und nach Hansine Vogt ausschauen, die im Sonnenschein mitten im Hof steht. Sie ist die Vereinigung der ersten beiden Klarheiten. Wenn ich sie anschaue, denke ich nicht mehr an die beiden Welten: einen vollkommenen Himmel und eine unvollkommene Erde, sondern nur an eine einzige Welt der Schönheit und des Entzückens. Mit anderen Worten, ich bin verliebt. Acht Jahre alt und verliebt? Na ja, vielleicht war ich neun, ich weiß es nicht. Aber ich fühle die Verliebtheit noch in mir, und es ist beglückend, so alt zu sein und doch eine Verliebtheit in sich zu haben, die so jung ist, dass sie nicht weiß, was Begehren heißt.

Hansine war da angelangt, wo man »ein Mensch wird«, während ich noch ein kleiner Schuljunge war, aber ich wusste, dass sie gleichzeitig mit mir zur Schule gegangen war, obwohl ich sie dort nie gesehen hatte. Es gab vier Klassen in der Dorfschule, und wir kamen nur jeden zweiten Tag hin, die erste und dritte Klasse zusammen und die zweite und vierte. Hansine Vogt wurde aus der Schule entlassen, kurz nachdem ich in die erste Klasse kam.

Wie sie aussah? Sie sah aus wie ein lebendes Wort, ein Wort, das ich wohl gehört, aber nie gefühlt hatte. Da stand nun das Wort in heller Gestalt im Hof: *schön*! Nun wusste ich, was »schön« bedeutete. Sie war auch gut, das habe ich durch einen Stachelbeerstrauch erfahren, aber ich hatte es schon vorher gewusst; ohne gut zu sein, konnte niemand schön sein – damals wenigstens.

Wie sie aussah? Ich sehe sie deutlich vor mir. Ihr Haar war wahrscheinlich hellbraun. Das glaube ich zumindest. Ich sehe sie deutlich vor mir. Ihre Augen waren grau, mit einem bläulichen Schimmer. Oder leuchtend braun? Ich glaube doch mehr an blaugrau. Ich sehe sie so deutlich vor mir – bis ich das, was ich sehe, zu beschreiben beginnen will.

An Derartiges erinnern Sie sich wohl, nicht wahr? Denn Sie sind wohl als junger Gymnasiast auch einmal verliebt gewesen und haben über Ihre Hausaufgaben gebeugt gesessen, ohne einen Sinn in einen ganz einfachen Satz bringen zu können, nur weil von den Buchstaben her ein Augenpaar schelmisch nach Ihnen guckte. Sie versuchen es aufs Neue, aber die Augen sind wieder da. Na, aber dann lass uns diese Augen mal richtig anschauen! Nun sind sie nicht mehr zu finden. Ja, ja, dann lesen wir den bereits erwähnten Satz. Aber nun lächelt hinter den Buchstaben ein Mund. Könnte man wenigstens diesen Mund küssen! Aber das kann man nicht, man kann ihn nicht einmal mehr sehen, so gerne man auch möchte.

Lernen kann man auch nicht, denn nun schlingt sich eine Locke wie eine Girlande um den Satz. Was bedeutet das, was gedruckt in der Girlande steht? Sie beginnen hilflos zu lachen, geben es auf und lehnen sich im Stuhl zurück, denn nun wollen Sie das Mädchen ordentlich vor sich sehen. Aber sie lässt sich nicht materialisieren, sie treibt Scherz auf Ihre Kosten. Jedoch gerade in dem Augenblick, in dem Sie ihr Bild zum Teufel wünschen, ist sie da, ganz und gar – aber nur eine Sekunde lang. Es gelingt Ihnen, weder das Bild festzuhalten noch den Satz im Buch zu verstehen.

Sicher, ich erinnere mich deutlich an Hansine Vogt. Ich habe sie schließlich ganze drei Mal gesehen. Zuerst in dem Augenblick, als sie mitten im Hof stand, herrlicher und wärmer leuchtend als die Sonne, und später, an einem Sonntag – jedenfalls an einem Tag, der ein Sonntag hätte sein können – hinter einem Stachelbeerstrauch, und endlich – im Wagen, wo ich außer ihr nichts anderes sah.

Sie kam, um zu fragen, ob sie mit uns zum Fest fahren dürfe. Der Himmel mag wissen, was für ein Fest es war! Ich war mit dabei, aber ich erinnere mich nur, dass wir dahin fuhren, lange, ach ja, ich fahre immer noch, während ich hier sitze und mich erinnere.

Der Stachelbeerstrauch! Wir standen jeder auf einer Seite und pflückten.

Denken Sie sich, Herr Oberarzt, sie und ich haben zusammen Stachelbeeren gepflückt, eine ganze Viertelstunde lang! Verstehen Sie, dass ich voller Glück war? Sie lächelte mir durch den grünen Busch zu, ich sah, dass sie freundlich zu mir war und, wohl weil sie mein Entzücken sah, es taktvoll unterließ, mich fühlen zu lassen, dass sie nicht länger zur Schule ging. Sie stellte sich auf gleichen Fuß mit mir. Begreifen Sie, dass ich finde, mein Leben sei reich gewesen?!

Die Stachelbeeren, die wir pflückten, waren fürs Mittagessen bestimmt. Ich kann mich nicht daran erinnern, dass sie gegessen wurden, aber eben jetzt, während ich schreibe, spüre ich einen Jubel darüber, dass ich ohne Zweifel einige der Beeren gegessen habe, die Hansine Vogt gepflückt hatte. Wenn Sie mich deshalb als unzurechnungsfähig ansehen, so kommt das daher, weil Sie selbst womöglich abgestumpft sind und das vielleicht schon in ihrer Jugend waren.

Was zwischen dem Moment lag, als wir beim Strauch standen, bis zu dem Zeitpunkt, als der Wagen vorfuhr, unser herrschaftlicher gefederter Wagen, weiß ich nicht. Meine Eltern setzten sich auf den Rücksitz, Hansine erhielt den Platz auf dem Vordersitz – und ich neben ihr! Zwischen ihr und dem Kutscher saß ich. Man hatte das so arrangiert, weil sie jung und schlank war und ich so klein, dass ich nicht viel Platz brauchte. So saß ich also neben Hansine Vogt. Mehr weiß ich nicht. Wo wir hinfuhren – davon weiß ich so wenig wie von ihrem späteren Schicksal. Kurz danach reiste sie nach Amerika – dorthin, von wo man selten zurückkam. Sie kam auch nie mehr zurück; ich habe nie gehört, dass jemand etwas von ihr wusste.

Aber zwischen allem, wofür ich nach einem langen Leben dankbar zu sein habe – und es ist vieles – nimmt das Erlebnis mit Hansine Vogt einen besonderen Platz ein. Ich sehe sie mitten im Hof im Sonnenschein stehen und im Garten auf der anderen Seite des Strauches, und ich danke für das Leben auf dieser unseligen Erde, dem Schauplatz meiner Niederlagen und Sünden, wo ich das schmerzliche Mitgefühl kennen lernte und wo die Unschuld, die einst so selbstverständliche, selten wurde, dafür aber heilig und anbetungswürdig.

An der Straße lag das lange Haus, in dem die Ärmsten wohnten, die keinen Grund und Boden besaßen. Dieses Haus und seine Bewohner waren eigentlich ein Spiegelbild für die ganze damalige Gesellschaft, und ich bekenne, dass ich mich am meisten von deren unterster Schicht angezogen fühlte. Es war in jenen Tagen nicht nur vernünftig, sondern beinahe eine religiöse Pflicht, aufwärts zu streben. Diese verständige Frömmigkeit war in der Wohnung auf der Südseite des Hauses durch die alte Gerda vertreten, die in ihrer Bauernsprache die Worte anbrachte, die sie sich aus der Rede vornehmer Leute gemerkt hatte. Lächelnd und mit anhaltendem Nachdruck gefiel sie sich darin, jedes Mal, wenn sie Gelegenheit dazu bekam, diese Worte auf ihren Lippen erklingen zu lassen. Ihr verstorbener Mann war Tagelöhner gewesen, genauso wie die andern Männer in dem langen Haus, aber Gerdas Drang nach oben ließ ihm nicht die Muße, zu faulenzen. Möglich, dass es doch gut war, dass er recht früh starb und jede Spur seiner einfachen Herkunft mit sich in die Grube nahm. Gerda erzog die Kinder zur Verehrung von allem, was vornehm war, und zum Vertrauen in irdische und himmlische Autoritäten. Der Lohn für solche Mühe bleibt nicht aus, das wissen wir ja, wir wussten es besonders damals. Eine von Gerdas Töchtern heiratete einen gebildeten Handwerksmeister aus der Stadt und machte sich bald die Sprache und die Manieren von Leuten einer Provinzstadt zu Eigen, wie es sich für jemand Besseres gehört. Die andere bekam einen Mann, der sich an einer vornehmen Familie als deren Diener emporlebte; das prägt einen Mann und hebt ihn über den Bauernstand hinaus.

Und dann war da der Sohn »Hansen«, der es so weit brachte, dass er nicht mehr beim Vornamen genannt werden durfte, er wurde Schullehrer, solch einen Verstand hatte er, und Gerda nannte ihn in stolzer Bewunderung »Hansen«. Sie war Mutter eines vornehmen Herrn, und das sollte man hören. Von ihm lernte sie eine sehr feine Büchersprache und erlebte zu ihrem höchsten Glück, dass keines ihrer Enkelkinder wie jemand aus dem Dorf sprach. So etwas muss erfreuen, und das tat es auch. Gerda war glücklich hier auf der Erde, und selig sollte sie im Himmel werden. An den Wänden hingen Öldrucke von Luther und Melanchthon, auf dem Tisch lagen Psalmenbuch und Bibel, sie hatte alles in Ordnung, sie war bereit, alles zu tun, was irgendeine Autorität, irdische oder himmlische, von ihr forderte. Sie konnte ruhig ihre Augen schließen, und das hat sie schließlich auch getan. Leider erlebte sie es nicht mehr, eine ihrer Enkeltöchter mit einer sehr wohlhabenden und angesehenen Person verheiratet zu sehen. Aber das lässt der liebe Gott sie wohl von da oben herab sehen, denn das würde zweifellos Gerdas wohlverdiente Seligkeit erhöhen.

Hier auf Erden war ihre kleine Wohnung ein Ort, der das Wachstum aller gesellschaftsbewahrenden, aufwärts strebenden Kräfte behütete. Und diese Wohnung lag im langen Haus der Armut. Aber darüber sah man im vornehmen südlichen Teil hinweg. Man wusste, dass es Bedürftigkeit gab, aber es war gebildet und angenehm, zu tun, als ob es sie einfach nicht gebe.

Während das vollkommene Streben in all seiner Herrlichkeit im südlichen Teil des Hauses vertreten war, fand sich die Vollkommenheit selbst im nördlichen; die selbstverständliche Armut stierte mit unbekümmertem Blick aus den Fenstern. Es konnte gut der Blick von Kristen Bryde sein; der war es jedoch selten, er hatte nach nichts zu schauen. Es konnte der Blick eines der vielen Kinder sein, die oft hinausschauten, wenn das Wetter so schlecht war, dass sie nicht draußen spielen durften. Es konnte der Blick der Frau sein; und der war es meistens, denn sie hatte reichlich Zeit zu schauen. Sie war das Luxusweib unter den Frauen des Dorfes, vor allem, als die Kinder so groß geworden waren, dass sie für sich selbst sorgen konnten. Sie musste die Wohnung sauber halten; das war schnell getan, denn diese war klein. Sie musste den Kindern zu essen geben, das war auch nicht viel Mühe; sie waren es sparsam gewohnt, waren anspruchslos und halfen mit. Weiter hatte sie nichts zu tun, aber Zeit genug zum Schwatzen, was sie gerne tat, und sie erhielt wohl, nachdem Kristen dessen müde geworden war, einige heimliche Freuden, von denen sie nicht sprach.

Kristen Bryde selbst war die absolute Vollkommenheit und hatte keine Zeit zu etwas anderem, nicht einmal, um von dieser Vollkommenheit zu wissen. Vor Sonnenaufgang trottete er mit einer Truppe anderer Tagelöhner zur Schufterei auf den Herrenhof, und der war ein gutes Stück entfernt. Die Hunde bellten ihnen nach, dann wussten die Leute auf den Höfen, dass es nun Zeit war aufzustehen. Nach Sonnenuntergang schlurfte er denselben Weg zurück. Das war alles, was er von der Welt sah. Die Hunde bellten wieder. Es war so eine Art Angelus-Dienst, den sie übernahmen.

Die meisten Tagelöhner hatten krumme Rücken und krumme Knie, einige waren auch zur Seite hin schief geworden. Das war Kristen nicht. Sein Körper war vollendet: die Schufterei war gleichmäßig darauf verteilt. Schwer setzte er die Beine auf den Boden, alle die schweren Lasten, die er im Laufe der Jahre getragen hatte, folgten ihm getreulich in seiner Art des Gehens. Sie waren das Einzige, was er besaß, aber er besaß sie dafür umso vollständiger. Es war kein Muskel in seinem Körper, in dem die Schufterei nicht saß.

Am Samstagabend war er in der Regel herzerfrischend berauscht. Nicht von eigenem Geld, das ja nach Hause zu Frau und Kindern musste; aber da waren viele, die ihre Freude daran hatten, Kristen einen Schnaps zu spendieren und dann noch ein paar mehr, um den ersten wegzuspülen. Er trank sie wie eine Gottesgabe, ohne lärmende Lustigkeit, in stiller, einfältiger Andacht; dafür bot er anschließend den guten Gebern das ergötzliche Schauspiel seines Nachhausegehens. Nicht er war es, der ging. Er war zu betrunken, um sich Rechenschaft darüber zu geben, wo er sich befand. Auch im Rausch war Vollkommenheit. Die Beine zogen ihn mit sich den Weg entlang, den sie zu gehen gewohnt waren, wie alte treue Pferde mit dem Wagen losziehen, wenn der Kutscher eingeschlafen ist. Es geht ein bisschen Zickzack, aber selten in den Graben, und geschieht es doch, so warten sie ruhig, bis der Kutscher wach wird. Begegnete man Kristen dann und sagte »guten Tag«, so lächelte er gutmütig. Mehr war ihm selten zu entlocken. Ich habe ihn jedoch »ja« sagen hören, selbst im Abgrund des tiefsten Rausches. So antwortete er liebenswürdig auf jede Frage, es sei denn, dass er an dem Tonfall bemerkte, dass eher das Gegenteil erwartet wurde. Dann kam ein bereitwillig zugestehendes »Nein«. Seine Rede war »ja, ja« und »nein, nein«. Mehr brauchte er nicht, und so steht es auch geschrieben.

Am Sonntag saß er schweigend und unbeweglich auf einem Stuhl am Fenster, die Arme gönnten sich auf dem Tisch Ruhe. Ich glaube nicht, dass er Katzenjammer hatte, sein Kopf war dafür zu vollendet. Er war auch nicht belastet durch besondere Kenntnisse im Lesen und Schreiben. Was hätte er auch damit anfangen sollen? Etwas Derartiges brauchte er nicht und er kannte auf keinem Gebiet unnützen Überfluss, entbehrte nichts, schuftete am Tag, wie er sollte, zeugte des Nachts Kinder mit seiner Frau, wie sie wollte, und war in allem, was er tat, vollkommen, auch in der Ruhe.

Aber seine Vollkommenheit war größer als alles andere. Man wurde gut, wenn man ihn anschaute und begann, ihn gern zu haben. Es sei denn, dass man zu vornehm dazu war.

Eines Nachts glitt die Schufterei aus seinen Gliedern, die nun dafür nicht mehr zu gebrauchen waren. In dieser Nacht rissen sich die Pferde los, die er auf dem Herrenhof zum Fahren brauchte. Natürlich hatten die Pferde ihn gern, und die Leute meinten, dass der Instinkt den Tieren gesagt habe, dass Kristen nun eine Fahrt antrat, bei der sie nicht zu ziehen brauchten und er nicht die Zügel halten musste.

Er hatte keinen Feind. Sein Heim war vollkommen, niemand dachte daran, dass es besser sein könnte. Was kann man denn mehr erreichen als das Vollkommene, zumal dann, wenn man es selbst *ist*? –

Die mittlere Wohnung des lang gestreckten Hauses wurde von der künstlerischen Bohème bewohnt, und der ging es dreckig, wie es sich ja auch gehörte. Karl Skov war ein kleiner geschäftiger Mann voller Lebenslust, Humor und Liebe zum Gesang. Er trällerte, wenn er faulenzte und wenn er arbeitete. Oft überfielen ihn heftige Herzschmerzen. Ich sah ihn auf einer Kornfuhre mitten in einem fröhlichen Refrain umfallen und sich in Schmerz winden, eine Tüte mit »Sodapulver« aus der Tasche ziehen und einen Esslöffel davon schlucken. Erst wenn es zu wirken begann, konnte er aufstehen, und sobald er auf den Beinen war, trällerte er wieder los mit seinem Lied.

Er war mit Sidse verheiratet, die ebenso groß an Gestalt wie klein an Geist war, und das ist in dieser Beziehung das Größte und das Kleinste, dem ich jemals in Menschengestalt begegnet bin. Sie verstand sich auf nichts weiter, aber Kinder gebären konnte sie in großem Ausmaß und ohne Klage. Das ist ja etwas, was einem Mann imponiert, wenn er selbst der Vater ist, und das war Karl Skov. Sidse war treu wie Gold. Sie hatte es leicht dabei, denn außer Karl ließen sie alle anderen gern in Frieden. Die Kinder erbten alle die Begabung der Mutter, die Gesangsstimme allerdings vom Vater, die Texte zu seinen Liedern konnten sie jedoch nicht behalten. Die ganze Familie war eines Tages weg, sozusagen ohne dass jemand gemerkt hätte, wo sie geblieben war. Karl verließ die seinen, um Viehhirt auf einem fernen Herrenhof zu werden; die Kinder wanderten nach Amerika aus, als sie nach und nach erwachsen genug dazu waren, und dort haben sie sich unmöglich durchschlagen können. Sidse, ja, die musste zu Erde geworden sein, das ist ja ein Gedanke, der nahe liegt.

Nun, da ich von dem langen Haus erzählt habe, scheint mir, ich hätte alles mitgeteilt, was von dem Dorf meiner Kindheit zu sagen ist. Vielleicht deshalb, weil sich in allen Häusern und Höfen nur Wiederholungen – in größerem oder kleinerem Format – der Bewohner des langen Hauses fanden. Vielleicht auch, weil es bei weitem den größten Teil der Kinder des Dorfes fasste. Arme Leute sind ja mit Nachkommen gerne freigebig. –

Damit sage ich dem Dorf »Adieu« und begebe mich hinaus in die Welt, zuerst zur Realschule der Kreisstadt, von der ich nur zu sagen habe, dass sie in jeder Beziehung erstklassig war – auch darin, der Ursprünglichkeit eines Kindes den Garaus zu machen. Wir lebten in den Jahren, in denen wir dorthin gingen, in einer beständigen Angst. Das tun die Kinder heute in ihren Schulen wohl nicht mehr. Aber vielleicht die Lehrer?!

Auf dem Weg zu dieser Schule sandte ich in einer Morgenstunde einen Wunsch hinaus, den ich bereuen musste, und damit habe ich alles bereut, was es zu bereuen gab. Denn der Wunsch wurde erfüllt. In reichlichem Maße.

Ich wünschte das Geheimnis der »Mooraugen« zu ergründen. Das erste Mal begegnete ich ihnen in der Natur, zu einer Zeit, als wir noch im Haus an der Landstraße wohnten. In dem kleinen Wald, wo wir Brennholz sammelten, lag ein baumloses Stück Erde mit vielen runden, glänzend-schwarzen Wasserlachen. Wenn die Sonne auf sie schien, glichen sie lächelnden Augen, und ich wollte gerne hingehen und sie näher betrachten. Das durfte ich nicht. Mutter sagte, es sei Sumpf, ich würde einsinken und bis weit die Beine hinauf schmutzig werden, und vielleicht – nun kam das Pädagogische, dem die Stimme einen umso drohenderen Klang gab, beinahe, als ob die Rede vom Jüngsten Gericht ist, weil die zweifelhafte Wahrheit immerhin eine *Möglichkeit* war – vielleicht würde ich ganz auf den Grund sinken und umkommen. Das Grauen dieses Untergangs gab dem verführerischen Lächeln der schwarzen Mooraugen einen Hintergrund von düsterer Zauberei, und ich hielt mich ihnen schaudernd fern – bis ich ihr Schimmern in Menschenaugen sah.

Wie sich die Sterne hervorschleichen, wenn die Sonne untergegangen ist, und sich vermehren, bis der ganze Himmel mit ihnen übersät ist, so kamen die Mooraugen der Menschen zuerst einzeln und verstreut, später in dichtem Gewimmel in mein eigenes Universum hinein, sodass ich kaum anderes sah als dieses Schimmern verborgener Lust, die man nicht haben durfte, die aber alle erfreute, das Vergnügen über Taten, die nicht getan werden durften, über die nicht gesprochen und an die nicht gedacht werden durfte, Betrügereien im Handel, Fallen, die man einem Kameraden stellte, ein handfester Rausch von gestern, Besuche von Knechten in den Kammern der Mädchen und solche von Mädchen in Knechtekammern; ja, sogar Besuche von Männern bei Frauen anderer Männer. Ich erinnere mich deutlich an mein erstes Erstaunen darüber, dass Derartiges Freude bereiten konnte, und an meine daraufhin verbesserte Auffassung: dass das ja mit zum Leben gehört, gerade so gut wie die Vertraulichkeit der

Esche. Ich musste das Ganze erleben und konnte kaum warten, bis ich erwachsen war.

So geschah es, dass ich eines frühen Morgens, während ich auf dem Weg zur Kreisstadtschule beim Hof den Hügel hinaufging, einen Wunsch hinauf ins Blaue sandte, wo die Lerchen flogen und andere, bessere Weisen sangen. Ich wünschte eine Krankheit zu bekommen, die nicht weh täte, aber doch so ernst wäre, dass ein Arzt gerufen werden müsste, und dieser herrliche Mann würde dann verordnen, dass ich, um gesund zu werden, absolut all das tun müsste, was sonst verboten war.

Es ist möglich, dass dieser Wunsch so innig gewesen ist, dass er sich in ein Gebet verwandelte, und in diesem Fall wurde es sowohl gehört als auch erhört. Ich bekam die Krankheit, der Arzt kam nicht, aber ich nahm die Medizin ohne Rezept viele Jahre hindurch.

In meinem sechzehnten Lebensjahr ging die durch und durch abscheuliche Realschulzeit zu Ende. Ich hatte so viel Klarheit über die verschiedenen Fächer bekommen, dass ich einen ziemlich guten Abschluss erreichte. Aber die »innere Klarheit« war weg, sie war eine Erinnerung geworden, genauso wie die Esche, die nun umgehackt war. Die Erinnerungen kamen ab und zu und weckten eine Sehnsucht, die nicht die Erlaubnis erhielt, zu verweilen, weil so viel anderes stärker lockte.

Nach einem unbefriedigenden Jahr in der Landwirtschaft fuhr ich nach Kopenhagen, um das Abitur zu machen.

Drei Jahre vergingen, an die ich mich trotz der privaten Paukerei mit Repetitoren mit Freude erinnere, und ich immatrikulierte mich an der Universität als stud. theol.

Wenn ein Bauernjunge aus jener Zeit studieren wollte, so war es selbstverständlich, dass er Pfarrer werden sollte, zumindest wenn ihn nicht besondere Begabungen und Interessen zu einem anderen Studium veranlassten. –

Über dem Dorf meiner Kindheit lag ein Rest Mittelalter. Der liebe Herrgott war noch allgegenwärtig, mitunter peinlich nahe; aber wer wünscht sich in jedem Augenblick solche Nachbarschaft? Religion war den ganzen Tag über da, und wenn Gottes Name nicht gehört wurde, so hörte man zumindest den des Teufels, der in dieser Gegend mit einem reichen Vorrat an Flüchen machtvoll klang. Sie *bedeuteten* damals etwas. Es wird wohl noch geflucht, aber für den, der den richtigen Schwefelgestank in den Flüchen gespürt hat, ist es ein mageres Erlebnis, heute den abgenützten Überresten aus einer Zeit zu begegnen, als in der Religion noch Leben war. Ich habe aus nächster Nähe das Schwinden der roten religiösen Blutkörperchen bei den Leuten zu Hause beobachten können. »Keiner weiß, was der Herrgott will«, sagten sie in meiner Kindheit, wenn ein Gewitter über die Gegend zog. Schon als ich als junger Student in den Ferien ein furchtbares Unwetter erlebte, war der Herrgott verschwunden in dem unpersönlichen: »Keiner weiß, was uns heute Nacht erwartet.« Es vergingen viele Jahre, bis ich wieder bei einem Unwetter zu Hause war, und da hieß es nüchtern: »Morgen werden viele Brände in der Zeitung stehen.« Ja, ja, die Zeitungen, die Morgenandacht und das Abendgebet der neuen Zeit!

Die Theologie wählte ich aus einem persönlichen Grund: die Erinnerung an die innere Klarheit und ihr Vermissen hatten mich religiös gemacht. Worte wie »Gott« und »Jesus«, deren Klang mir das Himmelreich nahe brachte, waren für mich immer mit dieser inneren Klarheit verknüpft und ich hoffte, sie nun an der theologischen Fakultät zurückzugewinnen.

Es gelang nicht. Der Professor für Dogmatik dozierte so gründlich über Gottes Eigenschaften, dass Gott selbst hinter ihnen verschwand. Ich saß da mit einem Schreibheft voller Eigenschaften, aber ohne einen Gott, sie zu besitzen. Da klappte ich das Heft zu, starrte erstaunt zu dem ehrenhaften Mann auf, der dastand und Gott so glatt begreiflich machte, und ich sah ein, dass die Theologie eine große Wissenschaft war, ihrem Gegenstand nach die Größte von allen, aber dass ich mich nicht für sie eignete. Ich bekam nichts anderes aus ihr heraus, als dass es möglich, wenn auch nicht wahrscheinlich sei, dass es einen Gott gebe, dass aber die Erdenmenschen den Gott, den sie verehren, sicher selbst geschaffen haben und dass er ihnen verblüffend ähnlich sieht.

Ich hörte eine Zeit lang die Vorlesungen bei anderen Fakultäten, in der Hoffnung, eine zu finden, in der ich mich heimisch fühlen konnte, machte flüchtige Bekanntschaft mit Hinduismus, Buddhismus und Islam, aber ich erreichte nichts weiter, als dass ich die Veden und den islamischen Sufismus als eine Art Stammcafés betrachtete, die ich hin und wieder gerne einmal aufsuchte.

Rund um mich herum raste der Kampf zwischen dem Glauben und dem freien Gedanken. Ich hatte meine Wahl getroffen und schaute mich um in einer von Gott und der Ewigkeit verlassenen Welt, mit einem Gefühl, als wäre ich auf einen fremden Planeten gekommen, wo es mir schwer fiel, mich zurechtzufinden, weil ich die Erinnerung an den alten bewahrt hatte. Es ist ungemütlich, einen Himmel sowohl in sich als auch außen um sich herum gesehen zu haben und danach umherzugehen und zu wissen, dass er nirgends zu finden ist. Zu den Gläubigen gehörte ich nicht und unter den Ungläubigen fühlte ich mich auch nicht wohl.

Da waren jedoch zwei meiner Freunde, die ich oft mit bewundernder Freude und stillem Neid besuchte.

Sie wollten Künstler werden. Beide hatten die Universität nach dem Philosophicum verlassen. Der eine ging auf die Kunstakademie und der andere war Schauspielschüler am Königlichen Theater.

Ich verbrachte besonders viel Zeit beim Maler, mit dem ich plauderte, während er malte. Da saß ich oft und dachte darüber nach, warum er Talent hatte, ich aber nicht, denn mir schien, dass ich – so tief in mir selbst – eigentlich auch irgendein Talent haben müsste, aber es sah nun nicht danach aus. Ich konnte wohl ein wenig zeichnen und einige Farben zusammenklecksen, wusste aber nur zu gut, dass es nichts taugte.

In einer trübseligen Stunde nahm ich beim Maler ein Stück Leinwand und begann zu malen. Es entstand ein Zaun. Mit ein bisschen gutem Willen konnte er schon dem Gartenzaun gleichen, an dem die Esche gestanden hatte. Ich beschloss, dass es unser alter Gartenzaun sein *sollte*. Ich war in dem Zustand der Selbstaufgabe, in dem Kinder aus lauter Betrübnis zu spielen beginnen. Nun wollte ich den Zaun zweimal malen, wie er ohne Esche und wie er mit Esche war. Ich dachte, ich würde auf diese Weise im Grunde genommen ein Selbstporträt machen. Der Maler war so von seiner Arbeit in Anspruch genommen, dass er mich nicht beachtete. Als er endlich eine kleine Atempause machte, hatte ich zwei Zäune zustande gebracht, aber noch keine Esche.

»Na, du malst Zäune«, sagte er, »wie viele sollen es denn werden?«

»Nur einer«, gab ich zurück, »es ist ein Gartenzaun.«

»Na – wenn du es sagst«, meinte er, schaute mich eine Weile an und begann zu lächeln. Ich fragte ihn worüber.

»Weil ich finde, dass du eigentlich irgendein Talent haben müsstest.«

»Das meint der Schauspieler auch«, sagte ich.

»Du könntest doch Schauspieler werden. Du hast jedenfalls ein lebendiges und ausdrucksvolles Gesicht. Was sagt denn der Schauspieler?«

»Er sagt, er könne sich gut vorstellen, dass ich Maler werden könnte.«

»Unmöglich«, entgegnete der Maler.

»Das weiß ich selbst. Ich bin mir klar darüber, dass ich an der Wissenschaft kratzen muss, aber ich glaube auch nicht, dass ich dafür Talent habe.«

Das hatte ich auch nicht. Weder Talent noch Lust. Ich suchte weiter mein Heil bei den verschiedenen Fakultäten, war auf dem Weg zum ewigen Studenten. Ich erlebte zutiefst den Überdruss an mir selbst, ein Gefühl, das man bekommt, wenn man seine Pflicht nicht erfüllt und keine Möglichkeit sieht, sich zu bessern.

Eines Morgens sprang ich mit einem Satz aus dem Bett, zog mich an und lief nach draußen, ging die Straßen entlang, als gelte es, vor mir selbst davonzulaufen.

Ich dachte nicht darüber nach, wohin ich ging, merkte jedoch, dass ich auf den Weg in Richtung Strand gekommen war, weil ein frischer Wind vom Sund hereinwehte. Dann erinnere ich mich nur noch daran, dass ich durch den Tiergarten ging, so müde wie Kristen Bryde, wenn er vom Herrenhof nach Hause schlurfte. Ich ließ mich ins Gras fallen. Die Müdigkeit kroch von den Beinen den ganzen Körper hinauf, erreichte das Gehirn und machte mich beinahe bewusstlos. Ich war nicht fähig, auch nur einen Gedanken zu denken, war eigentlich so gut wie tot. Das war wohl das Einzige, wozu ich mich eignete.

Ich nehme an, dass ich einschlief – ja, das tat ich, denn ich erinnere mich, dass ich die Augen aufschlug und in einem tiefen, dummen Frieden lag, nahe verwandt mit Kristen Bryde, wenn er am Sonntag nach der Schufterei der Woche und dem Rausch des Sonnabends erwachte. Ich machte es wie er, stand auf und schaute mich um, ganz auf dem Wissens- und Begabungsniveau von Kristen, ohne eine Meinung über irgendetwas zu haben; ich glotzte. Leer; da hing nicht der feinste Schleier einer Theorie oder einer vorgefassten Meinung vor meinem inhaltlosen Blick. Die geistige Armut gähnte erwartungslos aus meinen Augen, und vor ihnen stand eine Eiche.

Da geschah es.

Kurz und gut: Die Eiche war die *Esche*! Ich war vor mir selbst davongerannt, gerade solange, bis ich todmüde war und mich selbst einholte. Denn das war ja *ich*, mein richtiges Ich, das hier stand und glotzte. Ich hatte mein Leben verloren und es gefunden, wie es geschrieben steht. Aber wie sah *mein* Leben denn aus, wie war *mein* Universum? Kann ich es erklären, indem ich einfach sage, dass es ein *Geschehen* war? Das ganze Universum war etwas, was sich ereignete, was *geschah*.

Die Worte sagen Ihnen vermutlich nichts. Ich kann es mit einem Bild versuchen, obwohl ich bezweifle, dass es helfen wird. Stellen Sie sich einen Hof auf dem Land vor. Da ist er. Er war immer da, Sie sind dort geboren, Ihr Bewusstsein reicht nicht weiter zurück als bis zu diesem Hof, und so weit Sie zurückdenken können, liegt stets der Hof da. Der Sommer war lang und gut, begann im April und dauerte bis in den September hinein. Es regnete, wann es sollte, und nach St. Johannis schien die Sonne. Das Korn kam gut in Scheune und Schober, Sie können ausrechnen, was es einbringen wird, im Stall stehen die Kühe und geben so und soviel Milch, und das Schwein wird zu Weihnachten geschlachtet, aber es muss noch mehr als drei Monate gemästet werden.

Um den Hof herum liegen die Felder, wie sie dort immer gelegen haben; Sie wissen, wie viele Hektar jedes hat und wie viel Zeit es braucht, um von einem Ende zum anderen zu laufen; hinter den Feldern können Sie den Kirchturm der Kreisstadt sehen; es sind dreieinhalb Kilometer bis zur Stadt. So viel sind es immer gewesen, begreiflicherweise auch, als wir noch in Meilen rechneten. Der *Abstand* ist derselbe, welchen Namen wir ihm auch geben. Und die Jahreszeiten kommen und gehen, wie sie es nun einmal tun, solange Sie sich erinnern können. »Ja, die Zeit verfliegt«, sagen Sie vor sich hin, werden philosophisch gestimmt und denken bei sich selbst, dass es eigentlich Unsinn ist. Die Zeit ist nicht etwas, das »fliegen« kann, aber sie ist ebenso wenig etwas, das bleiben kann, sie besteht aus Sekunden, die von ihr abfallen wie die Blätter von den Bäumen jetzt im Spätsommer, aber die *Zeit selbst,* weiß Gott, die ist trotzdem fortwährend da, ohne sich um die fallenden Sekunden zu kümmern, genauso wie der Baum stehen bleibt und neue Blätter bekommt, so bekommt die Zeit neue Sekunden – aber nein, wir wollen sie lieber wieder *befestigen.* Sie essen ein Stück Brot und trinken einen Schnaps, während Sie an die Kornpreise denken. – Plötzlich sehen Sie erstaunt aus dem Fenster – alles ist *anders* geworden, dunkel und unheimlich. Ein Unwetter zieht auf, so schnell, dass Sie die Bewegung sehen können. Es naht etwas Unsicheres, Unruhiges. Es *geschieht* etwas, *eine Kraft bricht los,* was sich da ereignet, kann gesehen und gehört werden, aber was damit bewirkt werden soll, das weiß niemand. Die Kraft ist in der Wolke dort oben, sie ist weit weg, aber der Abstand nützt nichts, sie kann Haus und Scheune trotzdem erreichen, sie kann den ganzen Hof abbrennen, die Kühe können im Feuer umkommen, *alles kann geschehen, eben jetzt.* Der Hof, der immer dort gelegen hat, ist vielleicht im nächsten Augenblick nicht mehr da, die Kraft kann Sie selbst erreichen, sodass die ganze Zeit sich im Jetzt erschöpft, und dann gibt es keine Zeit mehr, jedenfalls nicht für Sie.

Lieber Herr Oberarzt, das war das Bild, aber es war nicht so gut. Es kann wohl nicht helfen, wenn ich einfach sage, dass sich, als ich bei der Eiche so über den Tiergarten schaute, das Universum in ein lebendiges Geschehen verwandelte, in eine Kraft, die sich entfaltete. Jetzt. Dass die Eiche neben mir schon sehr alt war, tat nichts zur Sache; sie stand da und etwas *geschah* in ihr, *jetzt.* So wie in allem anderen und wie in mir selbst. Auch *ich* war die Entfaltung der Kraft in diesem Jetzt. Wir zählen in Sekunden, wir rechnen in Kilometern, solange wir das Leben nicht zutiefst erleben. Das Universum wird für uns so, wie wir es erleben, und dann stellen wir fest, dass es so *ist.* Es ist sonderbar, dass unsere Berechnungen jämmerlich fehlschlagen! Manchmal stimmen sie jedoch – und irgendwann werden wir es ganz verstehen. Dazu brauchen wir die Ewigkeit. Aber die Ewigkeit ist nicht eine lange Reihe von Sekunden, Stunden, Jahren und Jahrzehnten. Sie ist ein Geschehen, das *eben jetzt* passiert, und sie wird »bis in alle Ewigkeit« nur eben jetzt geschehen; sie ist die Zeit, die besteht, ungeachtet der Zahl der fallenden Sekunden. Das ewige Jetzt ist der Querschnitt allen Daseins; aus dem Längsschnitt entstehen Kilometer und Stunden. Sicher sind sie da, aber der, der nur den Längsschnitt kennt, kennt nur das halbe Leben und bestimmt nicht dessen bessere Hälfte.

Ich weiß nicht, ob Sie nun feststellen können, dass ich verrückt bin und ob Sie einen neuen Namen für meine Torheit bereithaben. Jedenfalls ist »Apathie« wohl nicht mehr länger angemessen. Aber ich weiß, dass ich dort im

Wald stand, der Wirklichkeit tief in die Seele hinein und das Leben »geschehen« sah. Ich glaube, dasselbe sah ein großer Dichter, als er die Worte aussprach: »Ich sah Deine Throne, oh Allmacht, und ließ meine Augen lange starrend verweilen.«

Ja, die Zeit tritt ehrerbietig zur Seite, und wenn wir wieder aus dem ewigen Jetzt zurückkehren, ist sie inzwischen viel älter geworden. Aber wenn ein Mensch das *ganze* Leben in einem Augenblick leben könnte und doch jeden Tag einzeln – so wie ein Liebender das ganze Wesen der Geliebten erleben und sich doch an ihren Fingern, ihren Augenbrauen und ihren Haaren um ihrer selbst willen erfreuen kann – glauben Sie mir, die Menschen würden sich anders verhalten, als sie es tun!

Als ich dort mitten in der lebendigen Kraft stand und selbst ein Teil von ihr war, kam mir der Gedanke, dass Worte nie das Leben selbst ausdrücken können – oder wenn sie es könnten, würde es niemandem etwas nützen, denn sie wandeln die Worte der Ewigkeit in ihre eigene gewöhnliche Sprache um und dann bedeuten sie etwas ganz anderes und werden schnell als sinnlos erkannt. Eine Krone ist in ganz Skandinavien eine Krone, aber es wäre verrückt, davon auszugehen, dass der Wert überall gleich sei. Mir kam plötzlich die Idee, dass die Wirklichkeit, wenn sie sich nicht in Worten ausdrücken ließe, doch müsse gemalt werden können. Wer dazu fähig war, den Zaun sowohl *ohne* als auch *mit* Esche zu malen, sodass man die Beziehung zwischen beiden sehen könnte – der müsste regelrecht die Welt erlösen können. – Ach!

Das vage Gefühl eines in mir schlummernden Talents erwachte zu klarem Bewusstsein, und die Kraft, die das Leben dazu brachte, sich zu vollziehen, ließ die Sicherheit in mir entstehen. Ich war sicher, dass ich die Welt malen konnte, so wie ich sie jetzt sah.

Ich ging nach Hause, kaufte mir Leinwand, Farben und Pinsel und verschwendete keinen kleinlichen Gedanken daran, dass ich nichts übers Malen gelernt hatte. Das *konnte* ich.

Alles stand vor mir als ein Geschehen, das sich um mich herum ereignete, so wie früher – und so, wie es das immer für den tut, der es sehen kann. In allem vollzog sich ein Geschehen, auch in mir selbst, und es geschah, dass ich die Eiche malte, wie ich sie sah. Ich konnte jedenfalls auf der Leinwand sehen, dass es das Bild einer Eiche war, in der sich ein Geschehen vollzog.

Aber ob auch andere es sehen konnten? Ich wagte niemanden zu fragen. Es galt ja das Leben und ich hatte nicht den Mut, es zu riskieren. Nein, ich wollte versuchen, ob ich auch ganz einfach einen Zaun malen konnte. Wenn ich das konnte, dann würde ich auch an meine Eiche glauben. So mühte ich mich mit dem Gartenzaun und dem Grabendamm zu beiden Seiten der Eiche ab. Ich hatte noch nie eine eingezäunte Eiche gesehen, aber das war nebensächlich, das Bild sollte ja nicht ausgestellt werden. Ich schuftete hart, ging zu niemandem, sodass schließlich der Maler, der an meine so gut wie täglichen Besuche gewöhnt war, kam, um zu hören, ob ich vielleicht krank sei. Sein Blick fiel auf die Leinwand, und er sagte mit einem spöttischen Lächeln:

»Du malst immer noch Zäune?«

Ich antwortete nicht, denn ich hatte große Angst.

Plötzlich runzelte er die Stirn.

»Aber was zum Teufel ist das?«, fragte er brutal.

Ich bemerkte verzagt, dass es ein Baum sei, und er sagte:

»Das sehe ich auch, aber was für ein verdammter Baum ist das?«

»Ein Baum im Tiergarten.«

»Das ist eine Lüge!«

Als ich so vor mich hinmurmelte:

»Wenn du meinst«, drehte er sich um und fragte:

»Wie zum Teufel hast du das angestellt?«

»Ja-ah, ich habe mich so – dazu hinversucht.«

»Aha«, sagte er und schaute wieder auf das Bild. Dann begann er hin und her zu gehen und ich hörte ihn murmeln:

»Es ist nicht zu fassen.«

Schließlich sagte er laut und eindringlich:

»Hör zu! Du hast keine Ahnung vom Malen, aber *Sehen,* das kannst du. Und ein Gefühl für Farben hast du auch. Und das hier, war das ein glücklicher Zufall?«

»Ja, bei der Eiche kann man das schon sagen, aber der Grabendamm und der Zaun –«

»Ja, das brauchst du mir nicht zu sagen«, erwiderte er, »da hast du dich *bemüht.* Aber die Eiche, kannst du daran noch etwas machen – ohne das Bild zu verderben?«

»Do-och, ich will nur das andere erst fertig machen.«

»Du willst also an dem Baum weiterarbeiten?«

»Ja.«

»Und du glaubst, dass du daran noch etwas verbessern *kannst?*«

»Das hoffe ich.«

»So versuchs!«

Das beflügelte mich und ich sprang vom Stuhl auf.

»Glaubst du wirklich, dass ich – kannst du etwas sehen in –«

»Halts Maul und versuchs!«, sagte er und ging.

Wenn jemals jemand mit einer harmonischen Mischung von Glauben und bebender Angst, von dummdreister Sicherheit und bittender Demut an eine Arbeit gegangen ist, so bin ich es gewesen, als ich an dieser Eiche malte. Ich wusste, dass ich nichts konnte, aber ich wusste, wie sie sein sollte und fand, dass sie so wurde. Wie ich das machte? So wie ein Seiltänzer es macht, glaube ich, wenn er mit verbundenen Augen, blind, aber voll Vertrauen über das gespannte Seil balanciert. Ich stelle mir sein Bewusstsein gleichmäßig in seinem ganzen Körper verteilt vor, er denkt nicht mit dem Kopf allein, bevor er den nächsten Schritt tut, seine Füße *sind* Gedanke, Gefühl und Wille und sein ganzer Körper ist beseelt.

Es kann gut sein, dass das gar nicht das Bild eines wirklichen Seiltänzers ist – ich habe später genug Leute dieser Art gesehen, sie jedoch nie gefragt – aber es ist ein Bild von mir aus dieser kurzen, verzauberten Zeit.

Es geschah etwas in mir und es geschah überall in meiner ganzen Seele und in meinem ganzen Körper, und auf der Leinwand sollte eine Eiche stehen, in der etwas geschah. So gab ich mich meinem eigenen Geschehen hin, dreist und behutsam, selbstvergessen und doch bewusst vorsichtig balancierend – bis ich fühlte, dass ich nun »drüben« war.

Als ich nach mehrtägiger Arbeit endlich aufatmete, gab es im ganzen Dasein nichts – außer meinem Glück – das so groß war wie meine Erschöpfung. Ich musste mich auf mein Sofa legen und stellte mir dieses Ausruhen wie ein freudvolles Sterben vor.

Der Maler kam, als ich so dalag. Er schaute das Bild an und sagte:

»Das nehme ich mit.«

Es kümmerte mich nicht; ich war allzu glücklich und allzu müde, um etwas anderes zu sein, fragte nicht, weshalb er das Bild mitnahm, aber ich kann jetzt noch deutlich sehen, wie sich die Tür hinter ihm schloss.

Ein paar Tage später kam er wieder.

»Komm mit!«

»Wohin?«

»Zum Professor. Bei dem ich arbeite. Ich hab ihm dein Bild gezeigt und er hat mir erlaubt dich mitzubringen.« –

Wir standen beim Professor. Wie wir dahin kamen, weiß ich nicht, aber ängstlicher war mir niemals zumute.

Der Professor zeigte auf den Baum und fragte:

»Was soll das eigentlich sein?«

»Das ist eine Esche«, sagte ich.

»So? Ich hatte mehr an eine Eiche gedacht.«

»Das ist es *auch*«, sagte ich.

»Aha! Es ist also beides, eine Esche *und* eine Eiche? Wirklich, da ist was dran, es sieht fast so aus, als hätten Sie die ganze Botanik malen wollen.«

»Ja!«

Diese Versicherung kam mir so impulsiv aus dem Mund, dass der Maler losprustete vor Lachen; aber der Professor lächelte so wohlwollend, dass ich Mut bekam, zu erklären: »Ja, aber du lieber Himmel, es *ist* ja doch eigentlich alles ein und dasselbe.«

»Er hat sicher in der letzten Zeit nicht viel geschlafen«, sagte der Maler entschuldigend, aber eine Handbewegung des Professors ließ ihn schweigen.

»Warten Sie«, sagte er, »der Mensch scheint mir ganz ausgeschlafen.«

Er wandte sich wieder zu mir und fuhr fort:

»Es ist etwas an diesem Baum, das mich beschäftigt; es kommt mir vor, als ob ich so etwas schon früher gesehen hätte und ich frage mich, was es war.«

»Ein Gemälde?«, fragte ich.

Er schüttelte den Kopf.

»Nein, es ist wohl etwas draußen in der Natur gewesen. – Sie kennen das doch, wenn man eine Zeile eines Gedichtes vergessen hat, das man in seiner Schulzeit gelernt hat. Das Gedicht taucht auf und man strengt sich an und will sich erinnern, aber es ist fort. – So ist es mit der Sache, an die mich Ihre Eiche erinnert. Ich habe sie gesehen, weiß aber eigentlich nicht, was es war, bin mir nicht einmal sicher, ob es ein Baum war.«

Scherzhaft fügte er hinzu:

»Aber da Sie die Botanik im Allgemeinen malen wollten, war es vielleicht nur eine simple Erdbeere.«

Er wurde wieder ernst: »Sagen Sie mir eins: Warum meinten Sie zuerst, es sei eine Esche, eigentlich ist es doch – im Grunde genommen – eine Eiche!?«

»Ich habe einmal eine Esche so gesehen«, sagte ich kleinlaut.

»Reden Sie weiter. Wann und wo haben Sie diese Esche gesehen?«

»Als ich ein Junge war. Beim Gartenzaun.«

»Aha, bei dem da?«

Er zeigte auf das Bild. Ich nickte und er fuhr fort:

»War sie immer so?«

Ich nickte wieder.

»Viele Jahre lang?«

Ich nickte.

»Aber dann wurde sie anders?«

Wieder ein Nicken. Ich war dem Weinen nahe und wagte nichts zu sagen, um nicht losheulen zu müssen.

»Das war also die Esche«, sagte er, »aber jetzt –«, er betrachtete die gemalte Eiche, hielt sich mit dem zurück, was er sagen wollte und verbesserte sich:

»Und wie stand es mit den anderen Dingen?«

»Alles war so«, sagte ich.

»Ja, gut – und dann blieb es langsam weg?«

Ich nickte.

»Und was war mit der Eiche?«

»Die sah ich neulich im Tiergarten. Sie war plötzlich wie die Esche, und alles andere war auch wie – all das andere.«

»Ich verstehe«, sagte er, »und nun ist es wieder weg?«

»Nicht ganz. Ich glaube eher, dass es – dass es –«

»Dass es wiederkommt?«

»Ja, dass es anfängt wiederzukommen.«

»Und da wollen Sie es malen?!«

»Ja, wenn Sie glauben, dass ich es kann.«

Er wandte sich dem Bild zu.

»Es ist für mich nicht leicht zu sagen«, meinte er. »Das da« – es waren der Grabendamm und der Zaun – »ist nicht so schlecht, dass man sich nicht vorstellen kann, Sie würden mit der Zeit lernen, es besser zu machen, aber es ist auch nicht so gut, dass man nicht versuchen sollte, es zu verbessern. Aber die Eiche da – wenn Sie dabei bleiben können und Ihre Augen in dieser Richtung entwickeln, wäre es wohl die Mühe wert, etwas dafür einzusetzen, um das wiederzugeben, was Sie in den Dingen sehen.«

»Würden – würden Sie mich malen lehren?«, fragte ich.

»Das kann ich nicht«, sagte er.

»Dann vielen Dank für Ihr freundliches – Verständnis«, sagte ich. Dann wollte ich gehen.

»Warten Sie bitte«, sagte er, »wenn ich Sie nun nicht unterrichten will, was dann?«

»Dann suche ich mir einen anderen Lehrer.«

Ich war erstaunt über meine eigene Bestimmtheit. Ich wusste gar nichts davon, bis ich sie in meiner Stimme hörte; noch keine zwei Minuten vorher war ich ganz niedergeschlagen gewesen.

»So, das wollen Sie also?«

»Ja.« – Ich hörte meine zielbewusste Antwort, als käme sie von einem andern, aber ich merkte, dass ich fest entschlossen war.

»Dann sollten Sie vielleicht doch lieber bei mir bleiben«, sagte der Professor zögernd. »Nicht weil ich Ihnen mehr beibringen kann als andere Maler, die unterrichten. Ich kann aber vielleicht verhindern, etwas in Ihnen zu ersticken. – Können Sie am Donnerstag wiederkommen?«

Nun war ich erneut klein und verwirrt, aber erleichtert wie ein Sünder, der zu wissen bekommen hat, dass er erlöst werden kann. –

»Gratuliere«, sagte der Maler, als wir herauskamen.

»Ach Gott«, meinte ich, »jetzt wird's ernst und ich hab Angst davor.« – –

Nach einigen Wochen kam der Maler zu mir nach Hause und sagte: »Du sahst in der Akademie etwas bedrückt aus.«

»Ihr seid mir alle so weit voraus«, sagte ich, »wenn ich mir anschaue, wie ihr so malt, dann denk ich mir, dass es mit meinem Talent nicht weit her ist.«

»Dacht ich mir's doch«, sagte er, »ich finde ja auch, dass es bei dir ein wenig langsam geht; ich hab den Professor gefragt, was er meint.«

Ich wurde blass und wagte nicht, zu fragen. Der Maler genoss einen Moment lang mein Elend, bevor er erzählte:

»Der Professor sagte mir Folgendes: mein guter Freund, es ist wohl richtig, dass er etwas ungeschickt ist und vielleicht nie dazu kommt, etwas anderes zu malen als irgendeine unpersönliche Dutzendware, aber es ist auch richtig, dass er dann, wenn er das, was er in seinen Augen hat, in seine Finger bekommen kann, die ganze Landschaftskunst revolutionieren wird!«

Das Zimmer drehte sich um mich herum; ich war noch nie so berauscht gewesen wie in diesem Augenblick. –

Lange schuftete ich wie ein Besessener, und je mehr ich schuftete, desto hoffnungsloser sah es aus. Der Professor war geduldig, sagte nicht viel, betrachtete meine Arbeit und ging zu den andern. Ab und zu zeigte er auf das eine oder andere, an dem ich gerade arbeitete. Wie dieser

Mensch zeigen konnte! Er wies mich in den Abgrund hinunter. Wenn dieser schreckliche Zeigefinger sich der Leinwand näherte, konnte man glauben, dass ein seelischer Scheinwerfer in seiner Fingerspitze sitze. Das Resultat meiner Mühe wurde beleuchtet, ich sah selbst dessen Ungenügen. So konnte es geschehen, dass ich die technischen Bemühungen aufgab, im Tiergarten herumschlenderte und versuchte, das Dasein so zu sehen, wie ich es malen würde – wenn ich malen könnte.

Es offenbarte sich mir jetzt nicht mehr so unmittelbar wie in jener ersten Vision, aber ich konnte es doch stets lebendig sehen. Und dann konnte ich mich erinnern. Ich zwang das Erinnerungsbild der großen Offenbarung bei der Eiche hervor und machte mich daran, zu malen, was ich sah – oder richtiger, was ich mich zu sehen *bemühte*.

Eine Zeit lang ließ mich der Professor in Frieden, aber eines Tages sagte er, während sein Finger nicht auf das Bild, sondern auf mich selbst zeigte:

»Sie bewegen sich gerade an der Grenze der Monomanie. Wissen Sie, was ich glaube? Sie sollten Ihren Augen Frieden gewähren. Ich glaube, wenn Sie hingehen und auf die Dinge schauen, um sie *lebendig zu starren*, so geraten Sie dahin, sie zu Tode und sich selbst dabei blindzustarren. Begnügen Sie sich lieber damit, das zu malen, was Sie sehen *können*.«

Er hatte mich mitten ins Herz getroffen, ich stand auf und ging. Er tat, als ob das ganz normal wäre und hielt mich mit keinem Wort zurück. Ich wollte alles aufgeben und kam nicht mehr zu den Unterrichtsstunden.

Eines Tages saß ich dann doch wieder da. Der Professor tat, als ob ich gar nicht weggewesen wäre. Er war ein einfühlsamer Mensch. Es wundert Sie vielleicht, dass ich seinen Namen nicht nenne. Ich möchte so weit wie möglich in diesen Aufzeichnungen Namen weglassen –

auch meinen eigenen späteren Künstlernamen, der eine Zeit lang recht bekannt war, allerdings mehr im Ausland als in Dänemark, wo meine Verdienste nicht ans Licht kamen; ich bin jetzt ein anonymer Mensch und möchte es bleiben.

Eines Tages spürte ich, dass ich befreiter war, die allzu starke Anspannung hemmte mich nicht länger, der Professor begann mit mir über die Dinge zu reden und meine Fähigkeiten wuchsen, die Kameraden kamen und besahen meine Arbeit. Nach und nach umgab mich eine Atmosphäre der Achtung, sie erwarteten sogar, dass ich es weit bringen würde. Einige von ihnen verkauften schon Bilder an die kleinen Kunsthändler und dadurch bekamen ein paar von ihnen Wind davon, dass auch ich vielleicht ein aufgehender Stern am Kunsthimmel sei, bei dem es sich lohne, rechtzeitig mitzumischen. Sie begannen meine Bilder zu kaufen. Welche Schmeicheleien in den Worten und welche Knauserei in den Preisen! Na, mir war es einerlei. Es ging vorwärts, ich malte die Dinge, wie ich sie sah, und es war offenbar, dass ich mehr sah als die meisten, oder, wie es einige ausdrückten, »etwas Besonderes machen konnte«.

Es war eine kurze und glückliche Zeit! Ich bin dankbar, dass es mir erlaubt war, sie zu erleben. Den Höhepunkt erreichte ich mit dreiundzwanzig Jahren. Von der Charlottenborg[14] wurde ein Bild von mir angenommen und kurz darauf verkauft. Die Kritik war mir geneigt, betrachtete mich als denjenigen unter der jungen Generation, der sie am meisten hoffen ließ. Ja, die Leitung von »Die Freien«[15] lud mich ein, das folgende Jahr bei ihnen als Gast auszustellen. Sie fanden, »dass ich doch eigentlich dorthin gehöre«. Sie können sich denken, was das für mich bedeutete. Die Welt war schön, das Leben herrlich und leicht. Ehre, Lob und Geld, um das zu tun, wozu man Lust hatte. Es war alles zusammen zur richtigen Zeit gekommen, gerade als ich den Rest vom Erbe meines Vaters aufgebraucht hatte. Ich war nahe daran, an eine Fügung zu glauben, so ungläubig wie ich sonst war. Ich spürte, dass ich durch meinen Erfolg gut wurde. Ich liebte meine Kameraden, die Liebe breitete sich aus und galt allen Malern; ich las von den verstorbenen, betrachtete ihre Bilder und liebte sie selbst. Die Hoffnungen galoppierten wie Vollblutpferde mit meiner Phantasie davon: noch ein paar gute Bilder, danach ein großes Stipendium und dann nach Rom! Paris zog schon damals die meisten Künstler an, aber ich wollte nach Italien, ich war *eine* Seele geworden mit den Rompilgern unter den alten Malern und musste ihrer Spur folgen. Es war eine Wallfahrt, die ich unternehmen musste, und ich hatte das Gefühl, als ob ich in Begleitung von ihnen allen reisen sollte. –

Ich *kam* nach Rom. Viele Jahre später. Und ich stand im Vatikan und sah Raffael und Michelangelo. Da war ich kein Maler mehr. Aber ich habe nie größeren Erfolg gehabt als gerade in Rom. Merkwürdig genug. Sie sind doch sonst so verschieden von uns, die Leute dort unten. Ich sage Ihnen, lachen und klatschen, das können sie. –

Herrlicher Frühling der Jugend in ihrer Blüte! Das schönste Blau glänzt am Himmel junger Künstler, man dehnt sich in die Zukunft, die Sonne scheint dort draußen, wo unsere Früchte reifen sollen, noch rieselt ein Blütenschnee von Erwartungen herab, man sieht sich selbst fast nicht mehr in diesem Schleier des Hoffens, und obwohl es doch gerade unser eigenes Selbst ist, mit dem wir so innig beschäftigt sind, ist das Auge noch voll

Unschuld, die nüchterne Berechnung noch fern. Aber die kritische Stunde kommt, wo diese Blütenpracht sich zur Frucht auswachsen soll; es naht die Entscheidung, von der das Leben abhängt. Ich fühlte klar die scharfe Trennung zwischen spontaner Freude und Genusssucht, zwischen Hingeben und Benutzen.

Manchmal sah ich nur das *Leben*, alles, was da wuchs, was die Mannigfaltigkeit seines Reichtums und zugleich seine Einfachheit ausdrücken wollte und ich wollte etwas dazu beitragen, stellte meine Staffelei auf und dann malten die Dinge und ich das Leben, das sich in ihnen offenbarte.

Aber es konnte auch anders sein. Im Café und in Gesellschaften hörte ich häufig schmeichelhafte Worte: »Ah, *Sie* sind das! Ich habe Ihr Bild auf Charlottenborg gesehen. Wer hat es denn gekauft?« Man drückte mir die Hand und erzählte mir, was dieser oder jener prominente Kunstkenner über meine strahlende Zukunft prophezeit hatte. Ich erblickte ein Bild von mir, das andere Menschen von mir hatten, es schmeichelte, ich identifizierte mich damit und gefiel mir darin. Wenn ich in solcher Freude und solchem Glanz in Feld oder Wald hinauskam, sahen die Dinge überaus ansprechend aus, aber sie hatten, wenn ich es so sagen darf, den Mantel zugeknöpft; eine Intimität existierte nicht zwischen uns, wir konnten nicht in Hemdsärmeln eine gemeinsame Arbeit ausführen. Sie standen höflich bereit, gemalt zu werden – von *mir*. Ich entdeckte bald, dass der liebliche Wein der Anerkennung ein Getränk war, das ich in Maßen genießen sollte.

Hier ist es vielleicht passend, eine Episode aus einem Philosophenspaziergang zusammen mit meinem Freund vom Theater zu erzählen. Wenn ich Lust zu einem Gespräch hatte, ging ich zu ihm. Der Maler dagegen war ein Mann der Taten und weniger der Worte, aber der

Schauspieler und ich machten gern viele Worte, wir philosophierten zusammen über allerlei Probleme, was uns eine gewisse Genugtuung über unsere eigenen Begabungen und Kenntnisse verschaffte. – Nach einem Spaziergang nach Frederiksdal, wo er das lange Gedicht »Flieg Vogel«[16] von Anfang bis Ende deklamiert hatte und sich als Gegengabe damit abgefunden hatte, dass ich lang und breit erklärte, wie diese Wälder und Küsten gemalt werden müssten, gerieten wir auf dem Prinzessinnensteig in eine Erörterung über das Künstlerleben. Damals war die Ansicht in Mode, dass Künstler intensiv drauflosleben sollten, um desto besser die Vielfalt des Lebens wiedergeben zu können. Diese Moral galt wohl insbesondere für die Leute vom Theater, wurde aber zu einem Evangelium für alle Künstler erweitert. Der Schauspieler hatte beim Theater dieses und jenes gesehen, das darauf zu deuten schien, dass es nützlich wäre, furchtlos von den Früchten des Lebens zu essen, und dass es besonders zweckmäßig sei, ein niederträchtiger Charakter zu sein. Mein lieber Freund vom Theater war selbst ein rechtschaffener Mensch und in jeder Beziehung ein anständiger Kerl, aber er sprach sich nach und nach in die Rolle des welterfahrenen, bitteren Zynikers hinein. Beim Theater jedenfalls, so sagte er, kam man durch Talent allein nicht vorwärts; Schmeichelei und Falschheit müssten dazukommen, und wenn man verstand, außerdem noch sein Geschlecht zu Hilfe zu nehmen, so war der Erfolg fast garantiert. »Kurz gesagt«, schloss er, sichtlich und hörbar zufrieden mit seinem Monolog, »die Ehrbaren sind und bleiben gute Menschen, aber schlechte Musikanten.«

Meine Meinung war, dass man trotzdem ein guter Künstler werden könne, wenn man vor allem der Mensch würde, der man sein sollte. Er ließ seine Rolle im Stich, wurde er selbst und dachte über die Sache nach, indem er die Schatzkammer seiner Erfahrung durchsuchte. Das Resultat war ein trauriges, aber aufrichtiges:

»Ich glaub es nicht.«

Es lag wirklich nicht in meiner Absicht, feierlich zu werden, ich wollte nur sagen, was ich fühlte, aber als ich einige Worte gesagt hatte, geschah etwas Seltsames in mir.

Sie haben sicher schon einmal einen Blitz *ein*schlagen gesehen. Aber ich sah einen Blitz *aus*schlagen und schwieg überwältigt. Was ich sagte, war nichts anderes als dies:

»Ja, ich will nun vor allem versuchen, der *Mensch* zu werden, der ich meinem Gefühl nach sein muss. Das will ich, auch wenn ich es damit bezahlen müsste, nicht mehr Künstler zu sein, sondern Steinklopfer auf einer Landstraße.«

Ich muss noch etwas hinzufügen, aber – ja, ich muss es sagen, wie ich es fühlte und sah: ein Funke sprang aus meinem innersten Wesen heraus, er ging als ein Lichtstreifen in das Ewige hinein, durchquerte alle Sphären bis hin zu der schaffenden Kraft, durch die alles, auch ich selbst, entstand, *berührte* diese schaffende Kraft und erhielt *Antwort.*

Ich *sah* es! Ich sehe es vor mir – und fühle es – noch ebenso deutlich nach all den vielen Jahren, die vergangen sind.

Sagen Sie nun nicht, ich hätte nichts gesehen, weil so etwas nicht gesehen werden kann, da es *nicht* existiert. Haben Sie selbst nicht einmal in so dichtem Dunkel, dass Sie nichts unterscheiden konnten, durch einen einzigen Blitzstrahl Zimmer und Landschaft hell beleuchtet gesehen? Kommen Sie mir auch nicht mit dem Einwand, Sie hätten nur Dinge gesehen, die wirklich bestanden und nun vom Blitz beleuchtet wurden. Das, was ich sah, war auch eine Wirklichkeit, die durch den Blitz sichtbar wurde. Sie *existiert*, Sie haben nur den Blitz noch nicht erlebt, Herr Oberarzt.

Das tat der Schauspieler auch nicht, aber er sah aus, als ob er es donnern gehört hätte, und er sagte gedämpft, fast demütig:

»Das kann ich nicht sagen – nein, das kann ich nicht.«

Ich konnte nicht antworten, denn ich stand da mit dem Bewusstsein, des Lebens innerster Kraft ein Gelübde gegeben zu haben, und dem Gefühl, dass dieses Gelübde angenommen worden war. Noch fühle ich den Blitzstrahl, der aus meinem eigenen Wesen in das Ewige hinein- und wieder zurückging, das Gelübde, das gegeben und empfangen wurde. Das bindet ein Leben lang. Das ist eine ganz schöne Wirkung von einem »Nichts«.

Ich erinnere mich auch an das stille und ernste Bekenntnis des Schauspielers. Ich glaube, dass er heute den ganzen Philosphenspaziergang vergessen hat; er konnte ja auch nicht wissen, wie hart ich vom »Blitz« getroffen worden war.

Er weiß nicht, wohin ich verschwunden bin, ob ich lebe oder tot bin. Ich weiß von ihm, dass er als Schauspieler einen guten Namen hat und als Mensch große Achtung genießt. Sie haben ihn oft gesehen, Herr Oberarzt, sowohl auf der Bühne als auch privat. Woher ich das weiß? Aus einer Zeitung. –

Wie es dann weiterging? Ob ich ein Beweis für meine Behauptung wurde, dass – bei gleichen Fähigkeiten – der gute Mensch der bessere Künstler wird? Nein, das tat ich nicht. Ob schließlich der Schauspieler Recht behalten hat? Auch nicht. Aber was war dann mit dem Gelübde? Ja, ich sitze hier, dem Ende des Lebens nahe, und schreibe diese Zeilen in dem Gefühl, dass ich dieses Gelübde gehalten habe. Vielleicht kommen Sie beim Lesen meines Berichts zu einem anderen Resultat. Es ist auch mir nicht möglich, über Herrn Olsen in Begeisterung zu geraten, wenn ich auf sein Leben zurückschaue; ich kann nichts Bewunderungswürdiges an seinem Charakter finden, und was seinen praktischen Verstand betrifft, finde ich, wobei Sie sicher mit mir übereinstimmen, dass er seine Karten ziemlich schlecht ausgespielt hat.

Und trotzdem! Ja, trotzdem sitze ich hier mit einem frohen Lächeln und schreibe über diesen Kerl. *Quand même!*[17] Was ist denn dieses *»quand même«*? Es sind »Punkt und Bogen« – bitte schön, da haben Sie es!

Aber jetzt dauert es auch wieder etwas, bis Sie nochmal davon hören.

Das, was nun folgt, würde ich am liebsten überspringen. Teils, weil ich nicht gern gegen jemanden ungerecht werden möchte, aber wer sich bemüht, alles zu verstehen, muss doch Ereignisse und Charaktere von der Stufe aus zu sehen versuchen, auf der er sich befand, als er mit ihnen zu tun hatte. Teils, weil während dieser Zeit so viel Peinliches geschah, an das ich nicht gern zurückdenken will. Aber ganz übersprungen werden kann sie nicht, diese Zeit. Diese Jahre der Jugend, die für die Arbeit und die Entfaltung der Fähigkeiten die besten hätten sein sollen, aber das genau Entgegengesetzte wurden, lassen wir sie aufwachen zu einem kurzen Leben, um sie danach für immer sterben zu lassen. –

Sie saß beim Maler, als ich kam. Jung und schön saß sie da auf dem Sofa hinter dem Tisch; weiche, dunkle Locken hingen in Korkenzieherform neben zwei frischen Äpfeln, genannt Wangen, herab; zwei Veilchenaugen saßen unter einer eigensinnigen Stirn, die gerade die lebhaftesten Falten schlug, Wellenschlag einer eifrigen Diskussion, die mein Eintreten unterbrochen hatte. Ich setzte mich ihr gegenüber an die andere Seite des Tisches, und die Diskussion ging weiter. Alles begann an diesem Abend. –

Es ist gar nicht lange her, seit ich sie zuletzt sah. Da saßen wir uns wieder gegenüber in ihrem kleinen Zimmer, ich diesmal auf dem Sofa und sie an der anderen Seite des Tisches. Die Apfelwangen hatten ihre Form verloren, die Korkenzieherlocken waren weg, das graue Haar lag glatt auf dem schmalen Kopf, sie war alt, so wie ich, aber der Sturm des Lebens konnte noch immer auf ihrer Stirn Wellen schlagen. Als wir uns trafen, wurde ihr Blick hart, wie er es so oft wurde in der Zeit, als wir zusammen waren; aber als wir eine Weile dagesessen hatten, wurden die Augen mild, das Gesicht klar und die Stirn glättete sich, die milde Wintersonne der Verzeihung warf ihren Schein über uns beide, und als ich auf die Straße hinausging, stolperten all die Jahre und fielen hinunter in den Fluss des Vergessens, in dem sie verschwanden. Ich wandte mich um, wie ich es früher immer getan hatte, und sah zu unserem Fenster hoch, aus dem sie mir in der ersten Zeit unserer Ehe immer nachwinkte, wenn ich ging. Sie tat es auch jetzt, beugte sich über das Fensterbrett, den Kopf und den einen Arm draußen und winkte. Ich war wieder vierundzwanzig Jahre alt, ging ein kleines Stück die Straße entlang, wandte mich um und winkte zurück; sie stand noch da, das wusste ich, ja, wir waren jung und hatten uns gern, trotz aller Qualen, allem Kampf gegen die Armut und gegen uns selbst. Ich ging schnell weiter, ich musste Geld verdienen, und sicher würde es gehen; gerade jetzt war es besonders knapp, aber wir waren jung und ich hatte Talent. Ich wandte mich um und winkte; sie stand die ganze Zeit da und winkte auch, bis ich mich endlich bei der Ecke an der Hauptstraße umdrehte und verschwand. Da standen plötzlich wieder all die Jahre und warteten auf mich und nahmen mich mit in die Einsamkeit hinein, die jetzt mein Zuhause ist. –

Nun ist dieses Brausen über mir verstummt, dieses Brausen jenes Winterabends, als ich voller Glauben, Hoffnung und Liebe für meine Arbeit zu meinem Malerfreund ging und alldem begegnete, was nun in Kürze folgt.

Der Maler hatte uns eben vorgestellt, mir einen Stuhl hingestellt und sich gesetzt, in der Hoffnung, dass eine Diskussion, die ihn herzlich gelangweilt hatte, beendet sein würde. Das war aber weit gefehlt. Sie hatte das noch nicht gesagt, was ihn überzeugen konnte, ergo war sie noch nicht fertig, die Stirn schlug Wellen und um den ausdrucksvollen Mund begann es nervös zu zucken. Das Leben war stark in ihr und gönnte ihr keinen Frieden.

»Lies das Buch!«, sagte sie.

Es war ein Buch, das ein Theologe gegen Ibsen geschrieben hatte.

»Lies das Buch!«, wiederholte sie.

»Ja«, sagte der Maler fügsam, aber in einem Ton, der deutlich zeigte, wie gleichgültig es ihm war. Er kannte den Theologen nicht und wohl nur das Notdürftigste von Ibsen. Trotzdem glaubte er zu wissen, dass der Dichter der größere Geist sei. Aber so leicht sollte er nicht davonkommen. Das Buch hatte ihr Gemüt so gewaltsam aufgewühlt, dass es nicht zur Ruhe kommen konnte, bevor sie und der Theologe Recht bekamen. Ich fand es schade für sie, dachte auch, der Maler könnte eigentlich sagen, es sei ein gutes Buch, weil Ibsen ihm nichts bedeutete. Aber er war ihrer Heftigkeit gegenüber ganz teilnahmslos. So mischte ich mich ein. Es war nicht so leicht. Die Zeit an der theologischen Fakultät war noch zu nahe, als dass sie eine Empfehlung für ein Buch hätte sein können, das von einem Theologen geschrieben war. Außerdem hielt ich sehr viel von Ibsen, ich war davon überzeugt, dass in dem Buch nichts als Unsinn stand. Aber die junge Dame behauptete, es sei gut; ich schaute sie an und fand, dass sie hübsch genug sei, um Recht zu haben. Außerdem konnte ich sie gut leiden und fühlte Lust, die Falten auf der eigensinnigen Stirn zu glätten. Zum Teufel mit Ibsen in diesem Moment! Ich fragte, was in dem theologischen Buch stehe; der Maler seufzte, denn er wusste, dass sie nun die Schleusen wieder öffnen würde.

Das tat sie. Ich musste nur verständnisvoll aussehen, da und dort beifällig nicken und schließlich geloben, das Buch zu lesen. – Es fällt mir eben ein, dass ich es nie getan habe. – Als sie merkte, dass sie einen willigen Zuhörer hatte, wurde sie bald ruhig, und da konnte ich erst richtig sehen, wie süß und sanft und gut sie war. Ich hätte am liebsten immer so dagesessen und diesen Ausdruck gesehen, und das tat ich auch. Allerdings dauerte der Waffenstillstand nicht lange, dazu hatte der Maler im Laufe des Abends allzu viele verkehrte Meinungen über Dinge geäußert, von denen sie eine ganz andere – und absolute – Auffassung hatte, die Stirn faltete sich wieder, die Veilchenaugen wurden hart wie Stein, der Mund unruhig, die eine Hand ballte sich, der Zeigefinger der anderen hämmerte auf den Tisch. Dass es Menschen gab, die nicht die einfachste Wahrheit einsehen wollten! Ich saß im Sonnenschein des Glücks und Erfolgs, hatte meinen Malerfreund, der sich über meine Gartenzäune lustig gemacht und gesagt hatte, dass ich nie Maler werden könne, weit überholt; jetzt gehörte er zu meinen eifrigsten Bewunderern. Ich wünschte, dass dieser Sonnenschein auch über sie ausstrahlen sollte, dessen liebliche Wärme sie spüren ließe, dass die entgegengesetzten Meinungen der Menschen ohne Bedeutung sind und das lebendige Leben selbst alles. Ich glaube wohl, dass es mir gelang, sie an meinem Überfluss teilnehmen zu lassen, allerdings gestützt auf einen kleinen frommen Betrug. Ich opferte gern ein paar Meinungen, um das Leben zu sehen, das ihr eigenes Wesen auszudrücken schien, es über eine klare, faltenlose Stirn leuchten, aus zwei Veilchenaugen strahlen und um einen Mund lächeln zu sehen, der für Sekunden mild wie der eines Kindes werden konnte.

Ich war mit meinem versöhnenden Wirken so zufrieden, dass ich darüber reden musste, als sie gegangen war.

»Sie ist süß, deine Cousine«, sagte ich.

Der Maler schaute mich prüfend an, ohne zu antworten.

»Aber ein wenig unausgeglichen«, fügte ich hinzu, denn ich *wollte* jetzt über sie sprechen.

»Unbestreitbar«, sagte er trocken, »und im Augenblick bin ich das Opfer.«

»Wieso?«

»Sie kommt her, wenn sie alles loswerden will, was so in ihr kocht und brodelt!«

»Aber eigentlich ist sie doch süß und sanft und gut.«

»Eigentlich?«, sagte er, »na, ich weiß nicht, aber es ist richtig, dass sie das *auch* ist.«

»Bleibt sie lange in Kopenhagen?«

»Oh ja.«

»Was macht sie hier?«

»Sie malt!«

»Sie malt?! Hat sie Talent?«

Er zuckte die Schultern:

»Natürlich. Alle Mitglieder ihrer und meiner Familie haben jeder mindestens zwei Talente. Begabte Dilettanten sind sie alle. Weiter bringen sie es nicht. Einige wollten zum Theater, und Talent hatten sie, aber sie *kamen* nur nie zum Theater, niemand weiß warum. Die Zeit verging, und dann war es zu spät. Zwei wollten Sänger werden, einer Musiker. Ihnen erging es wie den Schauspielern. Es wurde nur häuslicher Dilettantismus daraus. Ich habe darüber nachgedacht, was der Grund sein könnte. Ich glaube, es lag eine Art geistiger Zersplitterung vor, wenn keiner von ihnen über das dilettantische Spiel hinausgelangte. Sie konnten sich nicht entscheiden und sich nie länger auf eine Aufgabe konzentrieren. Sie und ich sind die Einzigen, die ernsthaft in das Reich der Kunst eingedrungen sind. Und Gott mag wissen, wie weit wir hineingelangen!

Schau sie nur an! Sie vergisst alles über einem Buch, das sie gerade gelesen hat, und sie wird auch das wieder über etwas anderem vergessen, von dem sie dann besessen ist. Nein, *vergessen* ist nicht der richtige Ausdruck, denn jedes Mal, wenn sie an das Buch denken muss, wird es ebenso stark in ihr auflodern und alles andere in ihr verzehren.

Sie stört mich bei meiner Arbeit und bereitet mir Kopfschmerzen, denn es liegt eine zerstörerische Kraft in ihrer monomanen Intensität!«

Ich sagte etwas davon, dass ich wünschte, ihr zu ein wenig mehr Harmonie verhelfen zu können.

»Wenn du das versuchen willst, brauchst du eine gute Gesundheit«, sagte er.

»Kannst du sie nicht leiden?«

»Doch, schon. Es bleibt einem gar nichts anderes übrig, wenn man sie gut kennt. Wer sie einmal – wie nanntest du es – ›süß und sanft und gut‹ gesehen hat, der muss sie einfach gern haben und dabei bleiben – trotz allem.«

»Bist du in sie verliebt?«

»Bist du verrückt! Wir kennen uns zu gut.«

»Ich möchte sie gern malen.«

»Ich dachte, du bist Landschaftsmaler.«

»Natürlich, aber ich möchte gern versuchen, ob ich sie malen kann.«

»Als Hexe oder als Engel?«

»Ich habe nichts von einer Hexe in ihrem Gesicht sehen können.«

»Dann bist du auch kein Porträtmaler«, sagte er.

Ich bemerkte, dass ich sie wohl auch nicht dazu bewegen könnte, für mich Modell zu sitzen.

»Du brauchst nur abends herzukommen«, sagte er, »dann lässt es sich einfach nicht vermeiden, dass sie für dich dasitzt! Ich kann an den Abenden nichts Nützliches mehr machen, auch nichts Unterhaltsames, seit sie hier in der Stadt ist.«

»Sie diskutiert doch hoffentlich nicht immer über Ibsen?«

»Nein, aber es ist auch nicht besser, wenn sie den Mund hält. Sie ist so vehement in ihrer inneren Unruhe, dass ihr Schweigen geradezu die Atmosphäre vergiftet. Ich bin todmüde und hab Migräne, wenn sie gegangen ist. Und so geht es übrigens uns allen.«

»Uns allen?«

»Ja, unserer ganzen Familie.«

Ich meinte, es müsste eine sehr empfindliche Familie sein.

»Wart erst mal ab, bis du ihrem geistigen Wolkenbruch ausgesetzt gewesen bist«, sagte er.

»Aber wenn sie süß und sanft und gut ist?«

»Dann sitzt sie nicht hier. Dann ist sie mit ihren Malgeräten beschäftigt und ist, das kannst du mir glauben, das liebste Mädchen auf der Welt – und eines der schönsten.« –

Es stimmte, dass sie beinahe jeden Abend bei ihm saß. Ich weiß es, weil ich in der darauf folgenden Zeit rein zufällig beinahe jeden Abend am Haus vorbeikam, in dem der Maler wohnte, und Lust bekam, kurz mal hoch zu gehen! Eines Abends war sie es, die die Tür öffnete, der Maler sei spazieren gegangen, sagte sie. Wenn er sich wegen Migräne davongemacht hatte, ahnte sie auf jeden Fall nichts davon, sie hatte das beste Gewissen, und dieses Glück hat sie sich das Leben hindurch bewahrt. »Mein Cousin kommt sicher gleich zurück«, fügte sie hinzu. Ich sagte, dass ich gern auf ihn warten wolle.

Das tat ich, und die Wartezeit wurde mir nicht lang; nicht etwa, weil er gleich kam, denn er kam überhaupt nicht, aber keiner von uns beiden dachte daran, bis wir fühlten, dass es Zeit war, zu gehen, und entdeckten, dass niemand da war, von dem wir uns verabschieden konnten.

An diesem Abend geschah die Katastrophe. Und ich war der Schuldige. Eine Mischung aus Mitgefühl, zarter Verliebtheit, ehrlichem Drang, zu helfen, eingebildetem Glauben an die Fähigkeit dazu, aufrichtig beschützender Zärtlichkeit und maskuliner Eitelkeit wurde in mir zusammengemixt, genießerisch eingeschenkt und von ihr vertrauensvoll getrunken. Ich fühlte mich stark, glaubte, dass ich sie zur Ruhe bringen könnte, indem ich sie nur anschaute, und sie wurde wirklich »süß und sanft und gut«, während ich dasaß und sie anschaute, und ich bildete mir ein, dass ich beinahe ebenso froh darüber sein würde, wenn sie alt und hässlich gewesen wäre; aber ich erinnere mich gut, dass ich über das Resultat stolz war. Sie war Malerin, wir waren Kollegen. Ich erinnerte mich an das, was der Cousin über die dilettantische Zersplitterung gesagt hatte, an der ihre talentvolle Familie litt. Für mich waren Menschenleben und Künstlerstreben ein organisches Ganzes. Ich wollte dieselbe Harmonie in ihr sehen, und ich war noch so jung, dass es eilte. Es sollte sofort geschehen.

So legte ich los, und bevor ich mir dessen bewusst wurde, war ich mitten in einer Rede und entdeckte, dass ich ein Programm hatte. Sie hörte aufmerksam zu. In ihren

Augen war deutlich zu lesen, wie in ihr die Erkenntnis dämmerte, dass hier der Mann ihres Herzens saß. Ach, wäre sie nur alt und hässlich gewesen, aber sie war so jung und sah so reizend aus; wer kann in zwei Veilchenaugen hineinschauen und eine solch dämmernde Erkenntnis in ihnen entdecken, ohne der Versuchung zu widerstehen, diese Dämmerung in einen klaren Tag zu verwandeln?

Ich vergriff mich am Heiligen, der Esche am Zaun, der Eiche im Park, dem gewaltigen Geschehen des Universums; ich hielt eine neue Bergpredigt, die damit schloss, dass die Malerei der Welt die Erlösung bringen konnte.

Das war wohl ein flottes Programm und ein flotter Kerl war ich selbst, flott genug, um zu übersehen, dass ein kleiner Weichenwechsel stattgefunden hatte, nur weil sie nicht alt und hässlich war. –

Wir verlobten uns. Ich glaube nicht, dass ich verliebter in sie war, als ich es in verschiedene andere gewesen bin, bei denen es mir nicht eingefallen war, mich mit ihnen verheiraten zu wollen. Ich hatte eigentlich gar keine Lust zum Heiraten. Aber ich hatte einen unwiderstehlichen Drang, die Falten auf der eigensinnigen Stirn zu glätten, glaubte, das sei Güte, und jedes Mal, wenn es gelang, bereitete es mir so große Freude, dass ich nicht weiter darüber nachdachte, wie beunruhigend oft es nötig wurde.

Als ich dem Maler unsere Verlobung mitteilte, stand er eine Weile da und schaute mich ernst an, bevor er das erwartete »Gratuliere!« ablieferte.

Der Ton war so kühl, dass ich unwillkürlich fragte:

»Du bist doch nicht etwa selbst in sie verliebt?«

»Quatsch!«, sagte er, »aber vergiss jetzt nicht, was du deinem Talent schuldig bist.«

»Dem wird doch wohl eine Verlobung nicht schaden«, meinte ich.

»Das wollen wir hoffen.«

Ich konnte ihn in diesem Moment nicht richtig ausstehen und warf mir das selbst vor, deshalb sagte ich schnell »Adieu«.

»Willst du schon gehen?«, fragte er und lächelte freundlich, gerade auf die Art, die ich an ihm sehr gern hatte, aber ich hatte schlechte Laune bekommen und sagte »ja«.

Er klopfte mir mit beschützender Überlegenheit auf die Schulter, was seinem Talent, wie ich fand, nicht zukam, und sagte:

»Dann geh mit Gott, mein Junge.«

Und so ging ich geradewegs in diese lange, elende Zeit hinein.

Ich hatte ein Zimmer in der Østersøgade, in einem der Häuser der Baugenossenschaft, mit Giebelfenster nach dem See hinaus. Es war eine Lust, zwischen den Kastanien hindurch über das Wasser hinauszuschauen. Aus der Erde unter den Bäumen tauchte das alte Bauernland auf, das Noeret zwischen unsern Wiesen blinzelte vertraulich vom Wasser des Sortedamssøens herüber. – Heute sehe ich in der Erinnerung dieses Fenster meistens von einer Gewitterwolke verdunkelt, und mitten in der Wolke steht *sie*.

Durch dieses Fenster sehe ich meine ganze Jugend vor mir: das kurze Glück und den hoffnungsvollen Aufstieg, danach den langen Niedergang auf allen Gebieten.

Ich zeichnete dort einmal eine Skizze, das Beste, was ich je schuf. Ich würde sie jetzt gerne sehen; ich habe sie nicht mehr, kann sie sehen, wie ein Mensch zu sehen *glaubt*, wenn er »meine Seele« sagt, weil er sie spürt. Jetzt kommt es mir vor, als ob ich an dem Vormittag, an dem ich die kleine Skizze zeichnete, mehr spürte als sah. In der Erinnerung liegt ein Himmelslicht über ihr. Auf der Skizze selbst war es nur das Sonnenlicht, das durchs Fenster über den Tisch schien. Nein, vielleicht hat die Erinnerung doch Recht, es war wohl auch etwas vom Licht aus meinem eigenen Innersten. –

Sie kennen den Septembernebel, Herr Oberarzt. Denken Sie sich, dass Sie eines Morgens am Fenster stehen und in das stille Grau hinausschauen, das zu allem Möglichen werden kann: Regen, der Sie den ganzen Tag drinnen einschließt, oder Sonne, die sich diesen Sommer verspätet und nun erscheint, um Sie in den Garten hinauszulocken, wenn die Visite vorbei ist. Sie stehen da und sinnen ein wenig diesem Ungewissen nach, über das Sie keine Macht haben, Sie, der Sie unbeschränkter Herrscher innerhalb der Klinikmauern sind. Sie stehen da und sehen hinaus in dieses Grau, in dem nichts ist und nichts geschieht, und Sie vergessen, was Sie vorhatten. Sie hören etwas in Ihrem Innern, aus der Tiefe Ihrer Erinnerung steigt die Stimme eines Mannes auf, der erwachsen ist, während Sie ein kleiner Kerl sind, mit geringerem Verstand, aber besseren Ohren und Augen, als Sie sich jetzt rühmen können. Die Stimme sagt still und ganz unnötig: »Es ist neblig.« Es klingt grau und träge wie der Nebel selbst. Das Wort gleitet in dieses Grau hinein und wird eins mit ihm, das Wunder ist geschehen, der Nebel hat einen Namen bekommen; er *ist* das, was er genannt wird, wird das genannt, was er ist; während Sie sich erinnern, erleben Sie das Wunder aufs Neue und vergessen alles, was Sie wissen, werden von dem Echo der Stimme in Ihrem Innern hypnotisiert; Sie, der Sie um die Gehirne der Menschen und ihre Nerven so gut Bescheid wissen und sich dazu noch eine eigene, gut begründete Lebensphilosophie leisten, Sie verlieren das Ganze, es liegt draußen in dem ungewissen

Grau – wo nun etwas zu geschehen beginnt; der Nebel ist dabei, Namen und Existenz aufzugeben, es wird hell, die Sonne scheint; das ist alles, nein, nicht alles; sie spüren in Ihrem Gesicht eine ganz bestimmte Art Lächeln, das länger als ein Menschenalter nicht da gewesen ist. Im nächsten Augenblick wärmt es Ihre Patienten, denn Sie sind ein intelligenter Mann und gehen wieder an Ihre Arbeit.

Aber ich war nur ein Künstler, und über dem See begann sich ein Frühjahrsnebel zu verziehen. Wer begegnet dem Frühling mit Verstand? Ich verlor jedenfalls den meinen, sogar das Bewusstsein meines Talents; hatte es noch gar nicht bekommen, war weder dies noch jenes, nur ein winzig kleines »Ich«, ein tief ursprüngliches, höchst gewöhnliches eigenes *Ich*. Die Dinge kamen zu mir, wie sie waren, gingen wie Essen und Trinken durch die Sinne, es wurde licht in meiner Seele und mir war fast, als ob die Sonne dort drüben nur ein Widerschein dieses Lichtes sei.

In diesem Zustand, der zu absolut war, um mir interessant zu scheinen, machte ich mich daran, zu malen, was mir am nächsten war und das Licht über sich hatte. Es geschah in spielerischer Hingabe, und wie es im Spiel gehen kann, bekommen die Dinge Seele und Sprache, die Skizze sagte: »Genug für heute«, ich sah sie an, sie sagte, dass sie mehr von mir wisse als ich selber und sie gab das Gelübde, dass sie, wenn ich sie nähme und ohne Zeugen anschaute, diesen inneren Zustand wieder zum Leben erwecken würde, der mich dazu veranlasst hatte, sie zu malen. Ich gelobte, sie – später – fertig zu malen, ihr ein erwachsenes Leben zu geben.

Ein Jahr verging, und es war wieder früher Frühling, als ich beschloss, es zu versuchen. Es war ein wirklicher Frühling, alles schwoll mit Wachstumskraft, in mir war eine Kraft, die vorwärts drängte. Ich schaute auf die

Skizze. Ja. Sie hielt ihr Gelübde. Dies war ich. Da lag sie und wartete darauf, fertig zu werden, ihre »erwachsene« Form zu bekommen, damit auch *ich* zu der meinen vordringen könnte. *Jetzt* konnte ich es. Sie war schon fertig da drinnen, wo alle schaffende Tat entspringt, der Geist war bereit, die Hand sicher, ich konnte mich ganz ausdrücken. Weiter würde ich es nie bringen, vielleicht aber in anderen Dingen ebenso weit, weil ich das hier konnte.

Ich nahm Palette und Pinsel. Gerade als ich zu malen beginnen wollte, fiel ein Schatten über die Skizze. Ich wandte mich zum Fenster, um zu sehen, woher er käme.

Ein Gesicht, das ich nicht kannte, presste sich gegen die Scheibe und starrte mich bleich und verstört an. Ich fuhr auf, denn ich kannte die Gestalt. *Sie* war es! Ich beeilte mich und holte sie herein. Sie sagte:

»Oh Gott, du lebst!«

Und packte mich fest, wie um ganz sicher zu gehen.

Es dauerte eine Weile, bis sie erklären konnte, was geschehen war. Sie hatte ruhig und froh zu Hause gesessen und auf mich gewartet. Ich hatte ja gestern gesagt, dass ich kommen würde. Das hatte ich vergessen über dem Nebel, dem Sonnenlicht, der Kraft, die wach wurde, der Skizze, die gemalt werden wollte und dem glücklichen Gefühl, dass ich es nun könnte, gerade *jetzt.* Es wurde spät, ich kam nicht, sie begann ungeduldig zu werden, dann nervös, sie erinnerte sich, dass wir gestern in der Zeitung von einem Mann gelesen hatten, der unter die Straßenbahn geraten war. Sie konnte den Gedanken an das Unglück nicht loswerden. *Ich* hätte es sein können; es konnte mir heute auf dem Weg zu ihr geschehen, es war so neblig. Nun *war* es geschehen, sie *sah* es, sah mich auf der Straße liegen, blutend, verstümmelt, tot. Sie eilte aus dem Haus. Hier saß sie nun und rief: »Gott sei Dank, du lebst!« Aber das Entsetzen war noch in ihr, sie zitterte am ganzen Körper, die »Vision« ließ sie nicht los. Sie kämpfte ehrlich dagegen an, aber die Vision kam wieder.

Sie tat mir Leid. Da saß ich mit einer Kraft, die Kunst werden wollte. Es kam mir der Gedanke, dass diese Kraft durch eine psychophysische Transfusion auf sie müsse übertragen werden können. Ich drehte ihren Kopf zu mir herum und sagte:

»Schau mich an!« Sie sah mir in die Augen. Ich wollte, dass meine Kraft auf sie überginge.

Es schien wirklich zu glücken. Sie wurde ruhiger, es kam Dankbarkeit und Freude in ihr Gesicht, sie fand sich selbst wieder, wurde süß und sanft und gut, fragte, ob sie noch ein wenig bleiben dürfe. Ich sollte ja malen, war aber zu müde und sagte »ja«.

So blieb sie und es ging ihr gut, aber ich wurde immer müder und sagte zuletzt, dass sie nun gehen müsse.

Sie ging widerstrebend, ich nahm die Skizze auf und merkte, dass es nicht so einfach ging wie erwartet. Aber wenn ich eine Weile gesessen und sie in Ruhe und Frieden betrachtet hatte, würde ich wohl wieder in Stimmung kommen.

Ich setzte mich also hin, um sie zu betrachten. – Ein Schatten fiel darüber. Da stand sie wieder! Ich ging zu ihr hinaus, diesmal nicht so gut gelaunt und fragte, was sie wolle.

»Sei vorsichtig mit der Straßenbahn!«

Ich sagte: »Ja.«

Der Ton war kurz. Sie hörte es und sagte:

»Ja, ich meine es ernst!«

Und mit etwas versteinertem Blick fügte sie hinzu:

»Wenn du gesagt hast, dass du zu einer bestimmten Zeit kommst, dann *tu* es. Nun weißt du, wie nervös ich werden kann.«

»Schon gut, aber geh jetzt«, sagte ich.

Sie brach zusammen und ich nahm sie mit hinein, um es wieder gutzumachen. Es war ja nicht meine Absicht, zuerst zu helfen und nachher unfreundlich zu ihr zu sein.

Wir saßen eine ganze Weile zusammen und alles wurde wieder gut zwischen uns.

Als sie ging, hatte ich Kopfschmerzen, legte mich aufs Sofa und schlief.

Ich wachte auf, in mir war alles grau, ich nahm die Skizze, ohne sie noch einmal anzusehen und legte sie in eine Schublade für ein anderes Mal.

Wo sie wohl jetzt ist? Ich weiß es nicht, kann mich nicht einmal erinnern, wann ich entdeckte, dass ich sie nicht mehr hatte. Sie ist verschwunden wie ein herrlicher Tag, der kam und ging, ohne dass man sich erinnert, wie es Abend wurde, er ist nur vorbei. –

Sie erschien regelmäßig jeden Tag, zumindest wenn ich nicht bei ihr gewesen war. Da galt es, pünktlich zu sein; wenn sie warten musste, gewann die »Nervosität«, wie sie es beschönigend nannte, Macht über sie. Es geschah jedoch auch, dass sie ohne ersichtlichen Grund kam, nachdem ich gegangen war. Es gab ja Straßenbahnen! Dann nahm sie eine, um sich schnell zu vergewissern, dass ich noch am Leben sei. Es war nicht leicht, für keinen von uns.

Es gab aber auch gute Zeiten. Wir hatten uns sehr gern. Ich werde nie ihr reines Gefühl vergessen, wie ich es bei anderen Menschen nie angetroffen habe. Ja, wir hatten es oft gut, aber die Tage vergingen und nichts wurde geschafft. –

Eines Tages kam der Maler zu Besuch, glich aber mehr einem Gerichtsvollzieher.

»Darf ich sehen, was du malst?«, fragte er inquisitorisch.

»Willst du pfänden?«

»Wer weiß. Zeig her, was du hast!«

Ich hatte nichts. Er nickte wie einer, der Recht bekommen hat. »Dacht ich mir's doch.«

Ich schwieg und sah ihn an. Er war voller Entschlossenheit.

»Was willst du eigentlich?«, fragte ich.

»Heb diese Verlobung auf«, sagte er. »Ich weiß, wie es um euch steht. Ich bin ihr gestern begegnet. Sie sah aus wie eine Geisteskranke und ich fragte, was los sei. Es sei gar nichts los, außer dass du tot seist! Verstümmelt, gevierteilt und so weiter. Sie hatte es in einer ›Vision‹ gesehen. Mehrere Male. – ›Aber es ist doch nichts geschehen?‹ – Nein, aber es würde geschehen. Die ›Vision‹ erschien immer wieder. Wir müssten hin zu dir, alle beide. Ich sagte, dass wir dich nicht stören dürften. Nur zum Fenster hineinschauen. – ›Ich werde nach ihm sehen‹, sagte ich. ›Da kommt ein Taxi, mit dem fährst du nach Hause und ich gehe zu ihm.‹ Unmöglich! Ich musste damit drohen, ihrem Vater zu telegrafieren, dass er sie heim nach Jütland holen solle. Da stieg sie in das Taxi, nachdem ich ihr versprochen hatte, zu kommen, sobald ich nach dir gesehen hätte.«

»Warst du hier?«

»Nein. Ich ging langsam hinter dem Taxi her zu ihr nach Hause und berichtete ihr, dass du dasitzt und malst. Sie wollte natürlich hierher kommen. Ich sagte, dass du nicht gestört werden wolltest. Aber sie wagte es nicht, allein zu sein, – die ›Vision‹ würde wiederkommen! So blieb ich den ganzen Tag bei ihr und den Abend dazu, bis sie erschöpft auf dem Sofa einschlief. Ich legte Decken über sie und ging selbst mit rasenden Kopfschmerzen nach Hause. Ich habe sie immer noch. – Heb diese Verlobung auf!«

»Du bist verrückt!«

»Nein. Ihr richtet euch sonst zugrunde.«

»Ich weiß nur, dass ich ihr gut tue.«

»So? – hysterisch war sie schon immer – aber du hast sie zur Hysterikerin erster Klasse gemacht. Weil sie dich liebt und Angst hat, dich zu verlieren. Sie muss dich immer um sich haben.«

»Dann können wir ja heiraten.«

Er sah mich entsetzt an.

»Du bist bald genauso verrückt wie sie«, sagte er.

»Vergisst du, wie gut und sanft sie ist? Als Mensch besser als du und ich zusammen.«

»Das weiß ich. Das ist ja das Gefährliche bei Hysterikern, dass sie zwischen den Anfällen so liebenswert und gut sind, dass man gar nicht anders kann, als sie lieb zu gewinnen, und unser Mitgefühl gibt ihnen die Erlaubnis, uns alle Vitalität abzuzapfen.«

Es kam ihm plötzlich eine Idee:

»Du hast ja Lust, sie zu malen. Wenn sie das nächste Mal mit der ›Vision‹ ankommt, so setz dich ruhig hin und mal sie – als Hexe oder Besessene! Du bekommst etwas geschafft und sie merkt, dass sie mit ihrer Hysterie nichts erreicht. Ich meine es gut mit euch. Mit euch allen beiden. Ihr schadet euch gegenseitig.«

»Ich glaube eher, dass ich ihr gut tue. Ich kann sie besser beruhigen als irgendein anderer.«

»Das weiß ich, das hab ich schon am ersten Abend bei mir drüben gesehen. Du sitzt da und schaust sie hypnotisierend an, sie öffnet sich und wird empfänglich, gerät unter deinen Einfluss, verfällt ihm und muss ihn dann dauernd haben – wie Morphium oder Kokain. Findest du das gut?«

»Wenn wir heiraten, dann hat sie mich ja immer.«

Er sagte langsam und mit Nachdruck:

»Wenn du sie heiratest, wirst du nie Künstler werden.«

Ich war schon ein besserer Maler als er, und das wusste er. Aber es war etwas in seinem Wesen, das mich dazu brachte, mich als der Geringere von uns beiden zu fühlen. Ich rettete mich durch moralische Größe:

»Ich habe mir einmal selbst gelobt« – ich hütete mich, etwas von einem Blitz zu sagen, der ins Ewige hineinging, denn mein Freund war ein nüchterner Charakter – »dass ich vor allen Dingen das tun will, was ich als meine Menschenpflicht empfinde, selbst wenn es auf Kosten meiner künstlerischen Entwicklung gehen sollte.«

»Dazu habe ich nichts anderes zu sagen«, meinte er, »als dass es in diesem Fall auch so sein wird.«

Dann ging er. –

Wir heirateten. Der Maler fuhr nach Jütland, um die Einwilligung ihres Vaters zu bekommen, kam zurück und sagte:

»Alles in Ordnung!«

Ich fragte, ob es schwierig gewesen sei, den Vater dazu zu bewegen. Er sagte:

»Nein. Was sollte er denn anderes machen?! Er kennt sie. Und ich stand für deine menschlichen Qualitäten ein. Aber ich machte keinen Hehl daraus, dass diese Ehe für dich als Künstler nicht gut sein würde. Ich konnte sehen, dass er das verstand, und er sagte, dass er dann einen Ausweg finden müsse, um dir auf andere Weise zu helfen. Wie, das weiß ich nicht.« –

Wir zogen in eine Mansarde, so gut wie ohne Möbel und ganz ohne Geld. Sie fand sich damit ab. Ich hätte es schon gern ein bisschen bequemer gehabt, aber sie, die verwöhnt war und aus guter Familie kam, stellte keine Ansprüche. Alles war gut, wenn wir nur zusammen waren. Zum Malen kam ich damals nicht, ich sollte bald zum Militärdienst, nachdem ich mich schon einmal hatte zurückstellen lassen. In zwei Monaten sollte ich einberufen werden, aber bis dahin wollten wir glücklich sein und es gut haben. –

Die Monate vergingen. Ich musste in die Kaserne; sie nach Hause nach Jütland, um dort zu bleiben, bis ich entlassen wurde. Ihr Vater schickte das Reisegeld, Schiff erster Klasse, Zug zweiter Klasse. Sie nahm Deckplatz und dritter Klasse und gab mir den Rest, damit ich nicht ganz mittellos in die Kaserne kommen sollte. Außerdem blieb sie noch ein paar Tage bei mir, an denen ich obdachlos in den Straßen herumlief und in Treppenfluren schlief, während sie Wache hielt. Ich kann mich nicht erinnern, dass sie selbst einmal geschlafen hatte. –

Zu Hause in Jütland bekam sie ihr erstes Kind. Da erst wurde ich mir meiner Verantwortung voll bewusst und das Gespenst der Furcht zeigte sich und folgte mir lange und lähmend nach.

Während meiner Soldatenzeit ging es mir jedoch nicht so nahe. Ich war vorläufig frei von Verantwortung, aber mein Optimismus war nicht besonders groß; etwas unterernährt war ich wohl auch schon.

Der Sold betrug 55 Øre am Tag, ein Kommisbrot und ein wenig Butter jeden fünften Tag. Das Bargeld sollte für Wäsche, für Reinigung und Stiefelsohlen ausreichen. Die Kost war denn auch entsprechend. Meistens bestand das Tagesmenü aus Kaffee und Kommisbrot mit Butter zum Frühstück, Kommisbrot mit Margarine zum Mittag- und Abendessen, ausreichende Kost, aber einseitig, nicht imstande, einen Überschuss an Vitalität zu geben. Aber sie würde noch geringer werden, wenn ich aus der Kaserne herauskam und nicht mehr 55 Øre am Tag bekam.

Ich wagte nicht, so weit zu denken, versteckte mich in meinem Uniformmantel und hinter meiner Nummer vor mir selbst, existierte nicht als Zivilist und wagte nicht, wie die Kameraden, mich darauf zu freuen, wieder einer zu werden.

Der Militärdienst wurde eine Ruhezeit für die Nerven. Leider gewöhnte ich mir dadurch an, auch später nach einem sicheren Hafen zu suchen, wo ich die Wirklichkeit vergessen konnte.

Ein Soldat, der mit 55 Øre am Tag entlohnt wird, kann kein Geld beiseite legen. Ich trat als Zivilist aus der Kasernenpforte, mit leeren Taschen und leeren Augen.

Da standen der Schauspieler und der Maler und erwarteten mich mit frohen Gesichtern. Sie nahmen mich mit in ein Zimmer in der Klerkegade und sagten:

»Hier wohnst du jetzt, hier ist der Schlüssel, die Miete ist für einen Monat bezahlt. Und hier ist ein kleines Stipendium für Leinwand und Farben. Halts Maul und mal!«

Sie gingen. Das Zimmer war auf seine Weise gemütlich. Ich bekam wieder Leben in die Augen. Zuerst musste ich eine kleine, sichere Einnahmequelle haben. Ich nahm einige Kronen vom »Stipendium« und gab eine Annonce auf, in der ich Nachhilfestunden anbot. Meine Frau hatte mir geschrieben, dass ihr Vater uns in der ersten Zeit helfen wolle, aber ich wollte lieber versuchen mich selbst durchzubringen. Es war genug, dass er für sie und das Kind sorgte, bis ich selbst in Gang kam.

Kurz danach starb er. Sie schrieb mir, dass sie jetzt bei einer verheirateten Schwester wohne, später solle sie zu einem Bruder und danach zu einer anderen verheirateten Schwester, die alle in guten Verhältnissen lebten.

Der Maler kam und erzählte von dem Schwiegervater, den ich nie zu sehen bekommen hatte, Folgendes:

»Er war ein ruhiger, bescheidener Beamter, seine Frau das genaue Gegenteil, was ein Glück war. Nach außen orientiert und praktisch, lief sie in den Zimmern herum, immer mit etwas Nützlichem oder Festlichem beschäftigt. Er bekam keine Ruhe, um in Gedanken zu versinken, wie man es nennt, wenn die Gedanken an dieser oder jener Vorstellung festkleben und nicht davon loszukriegen sind, sodass man nur gemütlich in einem Sessel sitzt und leer vor sich hinstarrt. Sie hielt ihn wach, aber machte ihn überflüssig – im Privatleben; seine Arbeit erfüllte er gewissenhaft, aber sonst ordnete sie alles für ihn und veranlasste ihn zu dem, was ihm ihrer Meinung nach gut tat. Leider starb sie früh und danach wurde er immer weltfremder und – außerhalb des Büros – von andern Menschen abhängig, ging nicht gern aus, das Herz war schwach und deshalb musste er aufpassen. Im Grunde genommen hast du ihn getötet! Das verstehst du nicht. Aber du kennst wohl die dumme Frage, ob man ohne Gewissensbisse auf einen elektrischen Knopf drücken kann, wenn man weiß, dass ein unbekannter Mensch drüben in China dadurch stirbt. Das ist es, was du getan hast, als du seine Tochter geheiratet hast. Weil du ein armer Maler warst, der nicht für sie sorgen konnte. Du siehst aus, als ob du ein gutes Gewissen hättest. Das kannst du auch haben. Er war froh darüber, dass du die Verantwortung für sie übernommen hast. Aber er starb nun trotzdem daran, und das kam so: er wollte es dir mit etwas Gutem vergelten, aber weil das, was er besaß, ja nach seinem Tod in vier Teile geteilt werden sollte, blieb für jeden nicht sehr viel übrig. Und er hatte kein großes Vertrauen in die wirtschaftlichen Fähigkeiten deiner Frau. Was sollte er tun? Er war es gewohnt, jemanden um Rat zu fragen, und er fragte einen Freund – aber den verkehrten, eine Spielernatur, der gerade einen guten Tipp für die Börse hatte. Sie kauften Aktien, die Kurse stiegen, sie kauften mehr und so weiter. Und dann passierte es. Andere Spieler waren klüger gewesen als sie, ein Kursfall kam. Ruin. Es war zu viel für das schwache Herz. Es hörte auf zu schlagen. Nun ist er ›nur zu gut in Gedanken versunken‹, wie sie in Norwegen sagen. Deine Frau muss bei ihren Geschwistern wohnen, die es als ein Kreuz nehmen, ›das ihnen auferlegt ist‹. Lass es ihnen. Beeil dich und mal, hol sie, wenn du ganz oben bist.«

Der gute Maler sprach gerne hart und brauchte viele Worte, wenn ihm etwas zu Herzen ging, sonst war er schweigsam und sanft. –

Ich erhielt einige Antworten auf meine Annonce, als Bezahlung boten mir manche freie Kost an, die meisten gingen jedoch auf meine Forderung von 35 Øre die Stunde ein. So bekam ich Einblick in verschiedene Haushalte, besonders bei *einer* Familie.

Dort hatte ich für lange Zeit einen Zufluchtsort, an den ich immer noch mit Freude denken würde, wenn das möglich wäre. Es kostet mich Überwindung, von ihm zu sprechen, aber er gehört mit ins »Krankheitsbild«, und deshalb bleibt mir nichts anderes übrig.

Eine Mutter schrieb auf meine Anzeige, ihr Sohn habe wegen längerer Krankheit viel versäumt und brauche nun vorübergehend Hilfe, um die Klassenkameraden wieder einzuholen.

Ich ging die Treppe hinauf, in der Hoffnung, dass der junge Mann dem klassisch-sprachlichen Zweig angehören würde und nicht dem mathematisch-naturwissenschaftlichen, sonst waren die 35 Øre für mich verloren. Ich sehe, nein, ich *spüre* mich selbst draußen stehen und zögernd den Finger auf die Klingel drücken.

Sie kam selbst heraus, um aufzumachen. Da stand sie – nein, da *steht* sie, und ich begreife nicht, dass sie tot ist.

Sie betrachtete mich prüfend, es erhielt wohl nicht jeder Zugang zu ihrer Wohnung. Dann kam ein gutes Lächeln in ihr Gesicht und sie ließ mich hereinkommen. Wie gut das tat! Es war nicht die Aussicht auf so und soviel Mal 35 Øre, die erwärmte. Sie selbst war es, der tiefe dunkle Blick, das schwarze Haar, die Stimme, die Statur, die Haltung und der sanfte Händedruck – eine Mutter, die viel Liebe in sich hatte. –

Ich muss versuchen, die späteren Ereignisse beiseite zu lassen, muss den Mut fassen, die beiden Menschen und alles, was sie für mich bedeuteten, wieder zu fühlen, wie es damals war, als ich mich bei ihnen vor dem, was ich auf mich genommen hatte, versteckte.

Meine Annonce hatte gelautet: »Student bietet Hausaufgabenhilfe«, und als Student betrat ich zum ersten Mal ihr Haus. Etwas anderes war ich ja damals auch nicht. ›Student der Theologie‹ nannte ich mich, und lange blieb ich dabei, ein junger Student zu sein, wenn ich über ihre Türschwelle trat; jung, weil sie glaubten, dass ich es sei – ich sah viel jünger aus, als ich war – und weil sie mich dazu brachten, mich jung und frei von Verantwortung zu fühlen. Eigentlich wurde ich erst jetzt ein richtiger Student, als ich ihm bei Xenophon, Platon, Herodot und Homer, Cicero, Livius, Vergil und Horaz half, die man mir selbst in Kursen eingetrichtert hatte. Nun wurden sie für mich in diesem Haus auf eine andere Art lebendig, dessen Bücherbretter und Wände Hellas und Rom waren; aber die Liebe zu ihnen schenkte mir seine Mutter, die diese Dichter liebte, weil ihr Mann sie geliebt hatte.

Ihr Sohn war sechzehn Jahre alt, ein wenig bleich nach der Krankheit, hatte eine gedämpfte Stimme, einen ruhig prüfenden Blick, ein wenig *zu* prüfend vielleicht. Ich verstand den Grund erst später. Der Kopf war meist gebeugt, als ob er etwas in sich verschließen wollte, was andere nichts anging. Mir gefiel der feine, freundliche Junge mit dem frühreifen, resignierten Ausdruck.

Bevor es mir so recht bewusst wurde, trat ich als älterer Schulkamerad auf, der Lust bekommen hatte, ihm bei den Hausaufgaben zu helfen. Er sah dies klarer als ich und ich merkte bald, welche Freude es ihm machte, dass ein Fremder ihm eine fast brüderliche Anhänglichkeit schenkte, einer, der so wenig in dieses Haus passte, das ihm gleichzeitig unentbehrlich und ein Gefängnis war. Draußen lag das wirkliche Leben, er hatte es vorläufig aufgegeben, es jemals wirklich leben zu können. Ich habe ihn heimlich meine ärmliche, abgetragene Kleidung mit einer Mischung von Mitleid und Neid betrachten sehen. Sie erinnerte ihn wohl, obwohl nicht allzu verlockend, an das, was er das »wirkliche Leben« da draußen in der Welt nannte.

Mir ging es genau umgekehrt. Die stille Geborgenheit, in der er und seine Mutter lebten, legte sich beschützend um mich, an meine andere Welt dachte ich gar nicht, solange ich bei ihnen saß; sie näherte sich drohend, wenn ich gehen musste, aber die Wärme folgte mir beschützend in mein Kämmerchen in der Klerkegade nach und blieb immer ein wenig da.

Sie sah mit Freude unsere keimende Freundschaft und betrachtete mich manchmal mit einer schelmischen Mütterlichkeit, die mich bewegte und verwirrte. Sie war eine so junge Mutter. Und so schön. Alle Weiblichkeit schien mir in ihr vereint zu sein.

Öfter und öfter schenkte sie mir dieses gleichzeitig ernste und schelmische Lächeln, das ich nie vergessen kann und an das ich mich nicht zu erinnern wage. Zehn Jahre Trauer gaben dem Lächeln diesen tiefen Ernst. Der Schalkhaftigkeit war sie sich gar nicht bewusst; es war die spontane Herzenswärme, die ohne ihr Wissen einen Schimmer junger Weiblichkeit hervorzauberte, die sonst hinter verschlossener Tür lebte und als nicht existierend betrachtet werden sollte.

Sie hatte ihren Mann geliebt. Sie gehörten zu den Glücklichen, denen das Leben gleich in der anspruchsvollen Jugend alles gibt, was sie sich wünschen können. Sie übernahm seine Interessen, sie wurden eine Einheit, die in Wohlstand wuchs, dessen Sicherheit es ihnen erlaubte, über den Tag hinauszuplanen. Sie durften nach einer glücklichen Jugend ein reiches Leben und einen freundlichen Lebensabend als Selbstverständlichkeit erwarten. Doch nach sechs gemeinsamen Jahren machte eine Lungenentzündung dem Glück ein Ende. Er wurde begraben, sie existierte weiter, wie seine hinterlassenen Möbel; für sie waren diese von Erinnerung beseelt, aber darüber hinaus ohne Selbstzweck, eine Vergangenheit in sich verschließend, wie die Bücher in seiner Bibliothek.

Aber irgendwo im Haus lebte sein Leben weiter, unberührt von der Vergangenheit, mit einem Zweck in sich selbst, und Augen, die in dem Licht von heute strahlten; nicht nur er, sondern ihr gemeinsames Leben lebte in ihrem sechsjährigen Sohn weiter. Sie nahm sich vor, ihn im Geist des Vaters zu erziehen, sodass er dessen Werk fortsetzen könne. Diesen Lehrstuhl in klassischer Philologie, der dem Vater bald zugefallen wäre, sollte der Sohn einmal bekommen – und dann war ihre Aufgabe erfüllt. Sie wurde Witwe mit neunundzwanzig, jetzt war sie neununddreißig, eine verwirrende Mischung von abgeklärter Reife und unausgelebter Jugend.

Ich war ganz verzaubert von dieser Familie; mir schien beinahe, als ob ich dazugehörte. Ich konnte es aushalten, zu hungern, denn ich hatte nicht viele Unterrichtsstunden, ich konnte es aushalten, auf meine Frau zu warten; es war, ich muss es gestehen, als ob ich noch gar nicht verheiratet gewesen wäre. Ich war nur ein junger Student, der darauf wartete, Maler zu werden und der sehen wollte, was das mit sich bringen würde. Ich vergaß sogar, dass der junge Mann eigentlich meiner Hilfe nicht mehr bedurfte. Ich erfuhr es auf die eigenartigste Weise. Eines Tages fragte er, ob er mich ein Stück begleiten dürfe. Mit dem größten Vergnügen. Wir gingen schweigend nebeneinander her, bis ich fragte, ob er irgendwohin müsse. Er antwortete:

»Nein, ich möchte Sie nur begleiten.«

Können Sie sich erinnern, wie man einem anderen Menschen in seiner Jugend behutsam ein Gefühl von Freundschaft offenbarte? Ebendiese schüchterne Wärme lag in seinen Worten und drang tief in mich ein, ich begann von meinen ersten Kopenhagener Eindrücken zu erzählen, und dann, auf seine Aufforderung, vom Leben zu Hause auf dem Land. Plötzlich standen wir vor dem Haus, in dem ich wohnte. Er fragte, ob er für einen Augenblick mit nach oben kommen dürfe. Selbstverständlich.

Er sah sich in dem ärmlichen, aber ganz gemütlichen Raum um, lehnte sich aus dem offenen Fenster und betrachtete die Straße. Er nahm sich Zeit, wandte aber doch endlich den Kopf wieder um, schaute zu Boden und sagte:

»Ich beneide Sie.«

»Um was?«

»So wohnen zu können, allein, frei, für sich selbst verantwortlich. Das muss herrlich sein.«

»Nicht so herrlich, wie bei Ihnen zu Hause sein zu dürfen«, antwortete ich.

Er lächelte: »Ich bin froh darüber, dass Sie das so empfinden. Könnten Sie sich vorstellen, uns besuchen zu kommen, wenn die Arbeit mit mir vorbei ist?«

»Wenn Ihre Mutter nichts dagegen hat«, sagte ich.

Darauf antwortete er nicht, sah aber aus, als ob er sich darüber keine Gedanken mache.

»Danke«, sagte er nur.

Dann entstand ein Schweigen. Ein wenig später stand er auf, sah sich im Zimmer um und sagte:

»Jetzt muss ich gehen.«

Wieder glitt der Blick durch das Zimmer.

»Wenn ich von Latein und Griechisch genug hab, will ich daran denken, dass Sie hier sitzen und fleißig sind, obwohl« – ein unwiderstehliches Lächeln kräuselte seinen Mund – »Sie vielleicht nicht begeisterter sind für Dogmatik und Exegese als ich für die alten Klassiker. Sie müssen mir verzeihen, wenn ich Ihnen Unrecht tue; ich stelle mir das nur so vor, aber ich finde nicht, dass Sie sehr theologisch aussehen.«

»Sie tun mir nur Unrecht, wenn Sie glauben, dass ich fleißig bin.«

»Sie können also auch faul sein?«

»Ja, oft.«

Er sah erleichtert aus.

»Ich muss gehen«, sagte er und blieb stehen. »Da ist etwas, was ich Sie gern fragen möchte, *bitten* möchte, und das sollte am liebsten hier geschehen, auf Ihrer – Bude.«

Er versuchte seinem Gesicht einen spitzbübischen Ausdruck zu verleihen, als er »Bude« sagte.

»Na?«

»Ich trau mich nicht richtig, es zu sagen«, meinte er mit einem kleinen schalkhaften Lächeln, das ich von der Mutter kannte, der er sonst nicht weiter ähnlich sah. Es lag etwas in diesem Lächeln, was mich überschwänglich machte.

»Trauen?«, fragte ich, »du musst und sollst!«

»Gerade das war es, was ich gern wollte«, sagte er.

»Was?«

»Sie sagten ›du‹. Ich möchte gerne, dass wir uns duzen.«

»Einverstanden«, gab ich zurück, »und mach jetzt, dass du nach Hause kommst und was arbeitest.«

»Danke!« – Er sah sich im Zimmer um, als ob er mit *ihm* auf ›Du‹ stünde, öffnete die Tür, schaute sich noch einmal um, zog mich diesmal mit in die Betrachtung ein, sagte: »Bis bald – du«, und verschwand.

Ich schaute mich ebenfalls im Zimmer um. So leer hatte es noch nie ausgesehen. Man hätte glauben können, dass er dessen ganze Gemütlichkeit mit seinen Augen eingesogen und sich mit ihr davongemacht habe. Ich begriff nicht, was los war. Mir tat es so schrecklich Leid um etwas, worüber ich zu niemandem reden konnte, unter anderem, weil ich nicht wusste, was es war. Es war jedenfalls nicht, dass ich diesen Jungen nur noch selten sehen sollte. Auch nicht der Verlust der 35 Øre. Das konnte mich doch nicht so entsetzlich allein und verlassen machen. Dieses Gefühl einsamer Verlassenheit hatte ich bereits früher gehabt. *Ich konnte es wiedererkennen.* Aber woher? Ich war sicher, dass ich mich damals irgendwo versteckt und richtig geheult hatte. Dann musste es also lange her sein. Was war da wohl los gewesen? Und was zum Teufel war jetzt los? Es brannte im Zwerchfell, vielleicht war es Hunger. Müde war ich auch.

Ich legte mich hin und schloss die Augen. Irgendwo in der Nähe des Zwerchfells spürte ich einen zusammenziehenden Schmerz, könnte er mich doch in den Schlaf ziehen, sodass ich mich von dieser verfluchten Einsamkeit wegschliefe. Es sah beinahe aus, als ob es geschehen würde, denn nun begann ich, wie so oft, gerade bevor ich in die schwarze ›Unbewusstheit‹ hinüberglitt, Bilder von zu Hause auf dem Land zu sehen: das Noeret, die Wiesen, den Garten und seine Büsche; besonders ein Stachelbeerstrauch stand mit allen Einzelheiten klar da – etwas kam und zog ihn fort, statt ihm stand nun der Küchentisch da.

Das Küchenmädchen wischte ihn trocken, schaute durchs Fenster weit hinaus in die Welt und sagte: »Also heute fährt Hansine Vogt nach Amerika, so jung wie sie ist. Die sehen wir nie mehr. – Sie war ein so hübsches Mädchen.«

Ich wurde ganz wach. Das war es! Hansine! Ich war verlassen damals, allein mit einem schmerzvollen Ziehen in Brust und Zwerchfell, einsam in einer Verlassenheit, über die ich zu niemandem reden konnte, selbst wenn ich es gewollt hätte – was aber nicht der Fall war.

Aber das, was jetzt in mir zog, das war wohl ganz einfach Hunger. Ich war gezwungen, ein paar Øre für Essen beim Schauspieler oder Maler zu borgen.

Ich lief los, konnte mich aber nicht überwinden, einen von ihnen zu bitten, denn sie hatten mir schon so viel geholfen.

Ich trottete so vor mich hin, ohne zu merken, wo ich hingeriet. Es ist nicht gut, zu wissen, wo ich geendet wäre, wenn mir nicht die Geister geholfen hätten. Bleiben Sie ruhig, Herr Oberarzt, ich bin kein Spiritist und kann es auch nicht werden, aber es ist einmal mein Glück gewesen, dass es solche Leute gibt.

Ich schaute mich um und entdeckte, dass ich mich draußen in einer der Vorstädte befand und genauso müde wie hungrig war; ich stützte mich auf den Zaun eines Gartens, in dem ein Haus stand, dessen Erdgeschosswohnung gerade umgebaut wurde. Ich stützte mich also auf den Zaun und starrte auf die Arbeit, während ich ausruhte. Ein mittelgroßer, rundlicher Mann mit einer Halbglatze schlüpfte geschickt zwischen den Arbeitern hindurch und schwatzte unbekümmert drauflos. Plötzlich wandte er sich um und betrachtete den Garten. Wie satt dieser Mensch aussah!

Er ging in den Garten hinaus und maß ihn liebevoll. »Hier müssen mehr Tische stehen«, sagte er zu sich selbst.

Dann erblickte er mich und hielt mich fälschlicherweise, aber Gott sei Dank, für einen interessierten Zuschauer. Das gefiel ihm.

»Nicht wahr?«, sagte er vertraulich. Ich war schrecklich müde und starb fast vor Hunger. Die am wenigsten anstrengende Bemerkung war: »Ja.«

Ich hatte die Empfindung, dass es sich nicht gehörte, so über seinem Gartenzaun zu hängen, aber es war wohl nicht weiter schlimm, machte ihm offenbar auch nichts aus, er hatte jedenfalls das Bedürfnis, zu plaudern und er erzählte, dass dies nun ihm gehöre. Es sei ein Fortschritt und nur der Anfang. Es war genau wie damals, als er *zuallererst* – begann – mit gar nichts, denn er war arm wie eine Kirchenmaus gewesen, als er seinen kleinen Ausschank auf Nørrebro startete, »eine Kellerwirtschaft, verstehen Sie«. Da hatte er »den Umständen entsprechend« gutes Geld verdient, hatte das Lokal »den Umständen entsprechend« so gut wie möglich renoviert, sodass ordentliche Leute »in einer kleinen Verlegenheit« auch hinkommen konnten, wenn sie billig etwas zu mitgebrachtem Essen trinken wollten.

Aber nun begann er hier etwas Feineres, »so für den Mittelstand. Mit Garten für die Leute mit Picknickkörben, aber auch mit Bedienung, gutem Essen und einem Raum für Gesellschaften und eventuell für Vereine und so. Dann bin ich also Kneipenwirt – ›Restoratör‹«, verbesserte er sich mit einem fröhlichen Blick auf die neuen Räumlichkeiten. »Was sind Sie übrigens, wenn ich fragen darf?«

Ja, was war ich? Es lag am nächsten, Lehrer zu sagen, aber dann würde er vielleicht fragen, ob ich an einer Volksschule oder einem Gymnasium tätig sei. Meine Kleidung sah übrigens nach keinem von beiden aus, und ich hatte keine Lust, ihm unter die Nase zu reiben, welche Art Lehrer ich war.

»Ja, was soll ich sagen – ich bin eigentlich Maler«, sagte ich.

»Maler?«

Er schaute mich abschätzend an, taxierte mich bestimmt als arbeitslos. Sein Gesicht bekam aber plötzlich einen gespannten Ausdruck. Die eine oder andere Möglichkeit schimmerte in seinen Augen auf.

»Sind Sie vielleicht Kunstmaler?«, fragte er. Er dämpfte die Stimme. Ich war nahe daran, zu glauben, dass etwas wie Angst oder Ehrfurcht in ihr liege.

»Ja«, sagte ich.

Er stand einen Augenblick schweigend da, und ich konnte sehen, dass etwas Großes in ihm vorging.

»Tüchtig?«, fragte er geradeheraus.

Ich erzählte, dass ich auf Charlottenborg ein Bild verkauft hatte und eingeladen worden sei, auf »der Freien« auszustellen. Ich schämte mich darüber, es gesagt zu haben, aber es richtete mich trotzdem auf, sodass ich den Gartenzaun losließ und aufrecht stand.

Er sah niedergeschlagen aus.

»Dann sind Sie wohl teuer?!«

Ich brachte ein trauriges Lächeln zustande:

»Im Augenblick bin ich sehr billig.«

»Im Augenblick sehr billig«, sagte er, »aber trotzdem talentiert.« Es kam ein strahlender Glanz in seine Augen: »Aber dann sind Sie ja *der Mann.*«

Er schwieg wieder, wohl eine Minute lang, und kam dann gleich zur Sache: »Sind Sie Spiritist?«

Ich glaubte, es wäre am besten, »ja« zu sagen, konnte mich aber nicht dazu überwinden und sagte ehrlich:

»Nein.«

»Das bin ich auch nicht«, sagte er froh.

Gott sei Dank, manchmal ist es gut, sich an die Wahrheit zu halten.

»Nein«, fuhr er fort, »Spiritist bin ich nicht. Absolut nicht – eigentlich. Aber ich meine, wenn die Geister etwas sagen, was richtig ist und einem einen Rat geben, der mit unserm eigenen Verstand und Gedankengang übereinstimmt, wenn man diesem Rat dann folgt und Geld damit verdient – ja, weshalb soll man dann nicht das nächste Mal darüber nachdenken, wenn man einen erhält? Nicht wahr?«

»Haben Sie Umgang mit Geistern?«, fragte ich.

»Ich? Nie! Ich kann mich nicht einmal richtig entschließen, an so was zu glauben. Aber trotzdem. Wenn ihr Rat gut ist?!«

»Wie bekommen Sie denn Rat von den Geistern, wenn Sie keinen Umgang mit ihnen haben und nicht einmal an sie glauben?«

»Müssen Sie zum Mittagessen an einem bestimmten Ort sein?«, fragte er.

An einem *bestimmten* Ort sein! Nein, musste ich nicht.

»Wollen wir dann zusammen essen?«

Ich begriff, dass das eine Einladung war. Mein Magen sagte »ja«, meine Beine sagten »nein«, denn ich war müde und wir waren verdammt weit von Nørrebro entfernt, wo seine Kneipe lag und wo wir wohl hinmussten.

»Wir nehmen die Straßenbahn«, sagte er eifrig.

Ich war nahe daran, an die Geister zu glauben. Ich dankte ihnen jedenfalls im Stillen, wo sie sich auch aufhalten mochten.

Wir kamen in seine Kneipe, das Essen war gut und ich aß wie ein Wolf, er sah mit sachkundigem, anerkennendem Blick zu und begriff, dass ich in Ruhe gelassen werden musste, bis ich so satt war, dass ich in gemütlicher Konversation weiteressen konnte.

»Es ist ja nicht schlecht hier«, sagte er dann ohne Einleitung. »Den Umständen entsprechend ganz respektabel, und Geld hat es auch abgeworfen. Aber ein Fortschritt wird der neue Ort ja werden. Und –«, er lächelte schalkhaft, »man kann sagen, was man will, aber das kommt wirklich von den Geistern.«

»Wie sind Sie denn zu diesen Geistern gekommen?«

»Durch Nielsen.«

»Nielsen?«

Er nickte, meine Unwissenheit verstehend.

»Nielsen ist nämlich von Jugend auf mein Freund.«

»Und Nielsen ist Spiritist?«

Er nickte mit Nachdruck:

»*Überzeugter!* Absolut. Und das ist zu verstehen.«

»So?«

»Ja. Er ist nämlich zuerst Kaufmann gewesen. Das Geschäft ging jedoch schlecht. Er war in der Klemme. Dann wurde er nach einer Séance Spiritist. Das erzählt er Ihnen sicher selbst, wenn Sie ihn kennen lernen, und ich hoffe, dass Sie das tun werden.«

Er schaute mich an, eine viel versprechende Zukunft im Blick, und fuhr fort:

»Sehen Sie, ich habe bemerkt, dass die Leute am ehesten nach einem Kummer Spiritisten werden, oder wenn sie im Existenzkampf nicht klarkommen. Dann suchen sie Hilfe bei den Geistern. Es ist natürlich eine lächerliche Idee, dort anzuklopfen, aber wenn es woanders nicht geht, und lebende Menschen sind bei Gott nicht allzu entgegenkommend. Die Geister sind oft viel liebevoller und sie wissen besser Bescheid. Sie helfen wirklich – so sieht es jedenfalls aus. Wie bei Nielsen. Da saß er eines Abends, wusste sich keinen Rat und dachte an die Geister; er versuchte es mit einem Bleistift und einem Stück Papier. Und da zeigte es sich, dass er automatisch schreiben kann. Die Hand schreibt: *Zigarren.* Ist das nicht merkwürdig?«

»Na-ah, wenn er gerade gegessen hatte –«

»Da haben Sie auch wieder Recht –«

Er brachte eine Kiste.

»Hier sind welche. – Als Nielsen sich also wundert, so wie Sie, da schreibt die Hand: *Agentur*. Und nun beginnt Nielsen darüber nachzudenken. Zwischendurch bringt sein eigener Verstand ihn auf eine gute Idee und er handelt danach; aber wenn er nicht mehr weiterweiß, dann befragt er die Geister. Sie geben Rat und dann handelt er entsprechend. Und jetzt ist Nielsen *Großhändler* und gut im Geschäft mit einer Agentur für holländische Zigarren, hat ein Büro und alles, was dazugehört, und eine Privatwohnung woanders.

Eines Tages kommt er plötzlich und erzählt mir, dass die Geister was über mich geschrieben hätten. *›Petersen‹* stand da. So heiß ich nämlich. Es ist wahr, das haben wir ja ganz vergessen –!«

»Olsen.«

»Also Petersen. Und dann schrieben sie, dass ich ein hübscheres Restaurant einrichten solle. – Nielsen kam manchmal aus alter Freundschaft hierher und aß sein Frühstück zu einer Tasse Kaffee. – Die Idee passte mir richtig gut, denn es ist, wenn ich es so sagen darf, Unternehmungsgeist in mir. Ich betrachte das neue Restaurant nur als einen Anfang, aber richtig kümmern muss ich mich schon darum. – Dann redeten Nielsen und ich über die Einrichtung und wir fanden den Ort da draußen, wo ich Sie traf, gute Luft und trotzdem nahe an einem Verkehrsweg gelegen. Da sagt Nielsen, dass an den Wänden Gemälde hängen müssten, und das ist richtig. So was schmückt und macht gemütlich. ›Das wird aber teuer‹, sage ich. – ›Aber nein‹, sagt Nielsen, ›du musst daraus ein Geschäft machen. Lass sie von einem armen jungen Maler machen.‹ – ›Ja, aber was wird das für eine Sache‹, meine ich. ›Er kleckst für mein Geld irgendeinen Dreck drauf und dann ist es vielleicht nichts wert. Ich kann ja nicht sehen, ob es taugt oder nicht.‹ – ›Du musst einen von den Jungen nehmen, der Talent hat, einen von denen, die auf Charlottenborg enden und mal Professor werden. Die haben ja alle jung und arm angefangen; und diejenigen, die gleich ihre Bilder gekauft haben, die sitzen jetzt auf einem Vermögen.‹ – Ja, ich rede geradeheraus und ich meine, dass wir zwei, Sie und ich, uns gegenseitig einen Dienst erweisen können, denn Sie sind sicher zur Zeit in der Klemme, aus der ich Ihnen heraushelfen kann. –

Aber um auf Nielsen und das Merkwürdige zurückzukommen, ich sag also zu ihm: ›Aber wie sollen wir den Richtigen zu fassen bekommen? Es enden ja nicht alle als Professoren. Kennst du einen, für den du garantieren kannst?‹ Nielsen kratzt sich hinterm Ohr, denn er kennt genauso viele Kunstmaler wie ich. Aber er hat ja seine Beziehungen und er sagt:

›Wir fragen einfach die Geister!‹ Und das tut er. Und die Hand schreibt, dass der Richtige plötzlich auftauchen werde.

Und nun können Sie sagen, was Sie wollen, aber hier sitzen Sie ja – Charlottenborgmaler, aber momentan in der Klemme. Und Sie sind *plötzlich aufgetaucht.*«

»Glauben Sie, dass die Geister unsere Begegnung draußen vor Ihrem neuen Restaurant arrangiert haben?«

»Es war jedenfalls ein merkwürdiges Zusammentreffen. Und es ist ja eigentlich egal, ob es die Geister waren oder nicht, solange wir beide einen Vorteil davon haben!«

Darin gab ich ihm Recht.

»Dann sind wir uns also einig«, sagte er, und wir bekräftigten das per Handschlag und sprachen über den Preis; er war zufrieden und ich auch. Ich rechnete damit, dass die Maler von der Akademie nicht in sein Restaurant kommen würden und dass ich eine Zeit lang Arbeit haben würde. Und jetzt musste ich nur noch dafür sorgen, dass ich bis dahin nicht verhungerte.

Man hätte wirklich glauben können, dass die Geister ihn inspirierten, denn er sagte als Antwort auf meine Gedanken:

»Wenn Sie einen Vorschuss brauchen, können Sie ihn bekommen, und Sie können hierher kommen und essen, wann immer Sie wollen. Und Sie müssen Nielsen kennen lernen. An ihm werden Sie Vergnügen haben. Er kann über alles Mögliche schwatzen und Ihnen vielleicht auch dabei helfen herauszufinden, was für Sachen Sie ins Restaurant malen sollen. Nielsen hat nämlich Phantasie.« –

Das nächste Mal, als ich zu meinem jungen Freund kam, schlug ich vor, dass wir mit den Stunden aufhören sollten, denn er brauche mich ja jetzt nicht mehr.

»Nein«, sagte er, »aber sollen wir nicht lieber warten, bis Mutter sie beendet?«

Ich wollte nicht gern eine Kündigung aus ihrem Mund bekommen und nach der Stunde erklärte ich ihr, dass ich nun nicht mehr kommen würde. Sie hatten wohl schon darüber gesprochen, denn sie sagte nur: »Ich hoffe, dass Sie meinen Jungen trotzdem ab und zu besuchen. Er würde sich sicher darüber freuen.«

Und dann kam es lächelnd:

»Das würde ich übrigens auch.«

Ich war glücklich, als ich ging. Das *Heim* der beiden stand für mich weiterhin offen. Jetzt musste ich nur noch aufpassen, diese Gunst nicht zu häufig zu beanspruchen! Das würde schon gehen, ich musste ja malen. Ich fuhr zum Restaurant hinaus.

Dort traf ich Nielsen. Er begegnete mir mit dem Lächeln eines kulturgesättigten Wohlstandsbürgers und lud Petersen und mich in ein schickes Café mit Musik ein, sprach viel, fragte unter anderem, ob ich in Berlin gewesen sei, und als ich es verneinte: »*Da* müssen Sie hin, da sind – da sind – ja, was es *da* gibt – an – Museen –« Seine Augen flackerten, er nahm sich ein wenig zurück, aber dann musste es aus ihm heraus: »und Revuetheatern!« Er wagte sich zurück zur Kunst: »Ja, diese Museen – mächtige Gebäude – manche wenigstens.« Es lag Festigkeit in seinem Blick; eines davon hatte er jedenfalls von außen gesehen. – »Morgen wollen wir ins Restaurant gehen und beschließen, wo die Bilder hängen sollen – und was sie darstellen sollen.«

Er brachte eine Liste mit banalsten »Gott-segne-unser-Heim«-Motiven und beschrieb sie so bewegend, dass Petersen, der auch vom Land war, entzückt von Kindheitserinnerungen strahlte, und ich fühlte, dass er nicht enttäuscht werden durfte. Nielsen schlug auf den Tisch: »Da müssen Bilder hin von uns zu Hause aus dem Dorf.« Und nun kam die Examensfrage: »Und Sie können *wirklich* so malen, dass es ganz echt aussieht?«

Ich musste »ja« sagen. Ich konnte doch auch einen Gartenzaun malen, sodass jeder sehen konnte, dass es schwer gewesen war, ihn anzufertigen. Aber nach diesem Treffen musste ich ein wenig mit meinen alten Freunden zusammen sein.

So saß ich wieder in diesen Zimmern, in denen man die Stimme unwillkürlich dämpfte, weil jedes Ding von einem vergangenen Glück geheiligt war. Zur Bibliothek, in der alles stand wie damals, als der Eigentümer sie noch täglich benutzte, erhielt man nur Zugang, wenn man aus den Quellen trinken wollte, aus denen er geschöpft hatte. Es war eine Kulthandlung, wenn sein Sohn ein Buch vom Regal nahm oder es zurück an seinen Platz stellte.

Während ich dasaß und mit seiner Mutter sprach, vergaß ich die Welt, in der ich außerhalb dieses Hauses lebte und alle ihre Sorgen, wie der Christ es in stillen Augenblicken in der Kirche tun kann.

Ich ging mit ihrem Sohn die Hausaufgaben durch, teils, um da zu sein, teils, um meine Dekorationskunst über einer Arbeit zu vergessen, in der auf jeden Fall nicht so viel Schwindel und Erniedrigung lag wie in den Landschaftsbildern, die ich nach Nielsens Anweisung malen sollte.

Ich half ihm jedes Mal, wenn ich kam, und eines Tages sagte seine Mutter, dass sie mir dafür etwas geben wolle. Das konnte ich nicht akzeptieren. Er war es ja, der mir einen Dienst erwies, indem er alles mit Leben füllte, was ich sonst immer nur als trockene Lektion betrachtet hatte. Das sagte ich zu ihr, und sie antwortete:

»Sie könnten nichts sagen, was mich mehr freuen würde. Aber Sie sind es, der ihn dazu bringt, fleißig zu sein. Er studiert Latein und Griechisch nicht aus Lust, sondern aus Pflicht und Pietät. Weil sein Vater es wünschte – und weil die Wünsche seines Vaters natürlich auch meine sind. – Sie haben einen guten Einfluss auf meinen Jungen, auch auf andere Art, wie ich gemerkt habe. Sie rühren in ihm an etwas, zu dem eine Mutter keinen Zugang hat. Ich bin froh darüber, dass es einen Menschen wie Sie gibt, der diesen Zugang hat. Es ist eine Schwäche in ihm, die im Übrigen mit einer stillen, starrsinnigen Stärke zusammenhängt, die ich nicht überwinden kann. Er möchte gern ausbrechen und etwas anderes machen. Vielleicht wird er es einmal tun. Aber er muss erst sein altsprachliches Abitur machen. Ja, das muss er.«

Ihr Blick glitt über die Möbel, verweilte bei jedem Ding im Zimmer und machte Halt bei der Tür zum Arbeitszimmer ihres Mannes.

»Sie tun uns *beiden* gut, wenn Sie herkommen und ihn mit den alten Sprachen versöhnen«, sagte sie.

»Ich möchte Ihnen gern alles Gute tun, wie ich nur kann«, antwortete ich – sehr leise.

»Aber Sie haben nicht die Mittel dazu«, sagte sie. »Erlauben Sie mir, Ihre Zeit zu vergüten. Das Wesentliche kann ich nicht bezahlen, ich möchte es auch nicht. Das ist ein Geschenk, das Sie mir geben.«

Ich verließ sie mit dem Gefühl eines Schuljungen, der seine Lehrerin allzu gern hat und deshalb von Glück erfüllt ist, und der doch Tränen in die Augen bekommt wegen eines Kummers, der nirgendwo zu Hause ist, weil sie ihm freundlich über das Haar gestrichen hat. –

Eines Tages bekam ich etwas von dieser »Schwäche und stillen, starrsinnigen Stärke« zu sehen, die sie bei ihrem Sohn befürchtete. Ich stand am Fenster in seinem Zimmer und betrachtete eine Blume in einem Topf, als ich seine Stimme losplatzen hörte: »Ich kann Topfpflanzen nicht ausstehen.« Als ich ihn erstaunt ansah, erklärte er in dem im Hause üblichen gedämpften Ton:

»Das ist wohl, weil ich selbst eine bin.«

Er sei in einer toten Welt eingesperrt, sagte er, in der sein Vater so vollständig aufgegangen war, dass die Gegenwart für ihn erst durch das Licht eines klassisches Zitats interessant wurde.

»Du warst sechs Jahre alt, als dein Vater starb«, sagte ich.

»Ja, aber er zog Mutter mit in seine Schattenwelt hinein, und seitdem bin ich mit all dem klassischen Getue gemästet worden.«

»Deine Mutter ist doch sehr *lebendig.*«

»Mutter ist lebendige *Pflicht*«, sagte er, »ihre vornehmste Aufgabe ist die, das Lieblingsgericht meines Vaters jeden Tag aufs Neue zu servieren.«

»Deine *Mutter* –« Weiter kam ich nicht, stutzte über den Klang, den das Wort in meinem Mund bekommen hatte und schwieg.

»Du magst Mutter sehr gern«, sagte er. »Das tue ich natürlich auch. Niemand ist so gut wie sie. Ich weiß es, und du weißt es sicherlich auch. Aber es gibt etwas, was du nicht weißt. Mutter *liebte* Vater. Und wenn Mutter liebt, existiert nichts anderes.«

Er schwieg einen Moment und wiederholte dann:

»Ja, Mutter liebte Vater – und verlor ihn zu früh!«

Das letzte sagte er mit einer Kälte und Härte, die ich nicht begriff.

»Deshalb«, fuhr er fort, »leben wir jetzt nur in seinem Schatten. Mit einem Schatten kann man aber nicht kämpfen. Würde er leben, würde Mutter zu mir halten. Nun kann sie es nicht. Nicht wegen Vater zwinge ich mich zu Latein und Griechisch, sondern wegen Mutter. Ich habe es ihr versprochen.« –

Er erzählte nicht, dass er, als er dieses Versprechen gab, auch eines von ihr entgegennahm und sie zwang, im Schatten zu bleiben. Das erfuhr ich viel später von ihr selbst. Ergebenheit und rechthaberische Ansprüche sind in uns Menschenkindern dicht ineinander verschlungen und das Leben macht aus diesem Geflecht oft eine gute Peitschenschnur. –

Ich fragte ihn, was er denn lieber werden wollte.

»Polytechniker, Ingenieur. Hinaus ins Leben. Ich kann nicht in einem Blumentopf leben!«

Selbst in diesem altmodischen akademischen Haus keimte also die neue handlungsfreudige Zeit. Ich, der ich selbst mein Studium aufgegeben hatte, sollte ihn wohl verstehen können, aber ich glitt hinüber zur Partei der Mutter, wusste es übrigens erst, als ich entdeckte, dass ich ihre Worte mit ihrer Betonung wiederholt hatte:

»Ja, aber du *musst* das altsprachliche Abitur machen.«

»Das weiß ich ja«, sagte er. –

Ich erzählte es ihr.

»Ja, aber er muss es *gut* machen«, sagte sie eindringlich, fast flehentlich.

War es die Stimme, der Blick oder die Art, in der sie sich zu mir hinbeugte, als ob sie Hilfe suchte? – Ich konnte es nicht sagen; aber ich wusste plötzlich, was in ihr vorging. Sie saß da und fühlte, dass sie *seinem Vater nicht sagen könnte,* dass der Junge nicht das beste Abitur gemacht habe, und *ich fühlte dasselbe wie sie.* Der Mann war vor zehn Jahren gestorben, aber das änderte nichts daran, sie durfte einer solchen Vorstellung nicht ausgesetzt werden. Ich sagte:

»Er muss sein Abitur so machen, dass sein Vater stolz sein könnte.« Es schien mir nicht richtig, »könnte« zu sagen, aber so viel Nüchternheit war also noch in mir, dass ich nicht das Präsens gebrauchte.

Sie sah mich an, ihre Augen wurden größer und in ihnen sah ich *sie selbst.* Anders kann ich es nicht sagen, obwohl es der Vernunft widerspricht, denn es war ihr Gefühl für den Verstorbenen, das uns beide beherrschte, unsere Meinungen bestimmte und sie zu ein und derselben machte, aber ich sah in ihrem Blick nicht die Witwe dieses Mannes, auch nicht die Mutter seines Sohnes, sondern etwas, das diesen beiden vorausging, etwas, das existiert hatte, bevor sie Ehefrau, Mutter und Witwe wurde. Das war sie selbst, ohne Etikett, ein *Mensch,* ein *weibliches* Wesen mit all seinen Lebensaltern, vergangenen und kommenden, in einem Jetzt vereint – einer Seele. Lassen Sie mich dieses bequeme Wort gebrauchen, niemand weiß, was es bedeutet, es kann für alles gebraucht werden, was unwillkürlich in einem Menschen lebt, aber noch nicht im Einzelnen erklärt werden kann.

Das, was ich wirklich in ihr sah, kann ich am besten ausdrücken, indem ich sage: – aber sobald ich das Wort gebrauche, habe ich ihre Wirklichkeit begrenzt, gebe sie verkehrt wieder, die, die einzig und allein ihre war, die nicht existiert hatte, bevor sie in ihr lebendig wurde, und die sich niemals später in irgendeinem andern wiederholen kann; aber lassen Sie mich trotzdem das erste Wort gebrauchen, das sich in meinem Bewusstsein formte, das mehr umschloss, als es ausdrücken konnte: – Schwester. Eine Schwester des Jungen, die so wie er in der Dämmerung lebte – die entsteht, wenn ein Glück verblasst ist – im Schatten lebend, mit dem Drang des Lebendigen nach Sonne.

So jung sah sie aus, eine Schwester, die zu einem älteren Freund über ihren kleinen Bruder spricht.

»Wollen Sie mir helfen?«, fragte sie.

»Das will ich.« – Ich streckte die Hand aus und sie gab mir ihre.

Ein wenig später ging ich. Ich fühlte, dass dies alles nicht von Dauer sein durfte. Noch nicht. Ich konnte merken, dass sie, wenn ich es so sagen darf, sich nach ihren gewohnten Kleidern umsah, und ich stand auf und ging. –

Als ich das nächste Mal kam, hatte sie wieder ihr gewohntes Alter, war ganz und gar die Witwe ihres Mannes und die Mutter ihres Sohnes. Aber nach den Stunden blieb ich immer im Wohnzimmer bei ihr sitzen und wir sprachen von allem, was vorbei war, und von dem, was noch kommen sollte, von der Zukunft des Sohnes und von kleinen gleichgültigen Dingen.

Nielsen kam oft ins Restaurant und gab mir Anweisungen wegen der Bilder. Er hatte viele Fotografien von dem Dorf, aus dem er und Petersen kamen. »Die können Sie nachmalen, Sie kennen ja wohl die Farben vom Sommer und Winter, Sie sind ja auch vom Land.«

Er war ein netter Kerl und es gefiel ihm, dass ich arm war. Er füllte meine Taschen mit Zigarren und genoss es, dass er im Warmen saß und einem Künstler gegenüber großzügig sein konnte. Als er erfuhr, dass ich Student war, schlug er vor, wir sollten uns beide duzen und das mit einem Gläschen begießen, denn wir waren beide gebildeter als der »Restoratör«, der es, wenn ich dabei war, durch Nielsens Verhalten zu spüren bekam. Ich glich es mit besonderer Herzlichkeit aus, wenn ich mit Petersen allein war. Er verbarg seine Freude darüber nicht, dass ich ihm mehr *vertraute,* obwohl ich mit Nielsen über intelligentere Dinge schwatzen konnte. –

Nielsen war neugierig und eines Tages erfuhr er, dass ich in Jütland eine Frau und ein Kind hatte.

»Sie muss zu dir herüberkommen«, sagte er. »Sonst passiert noch was mit irgendeinem Mädchen – gar nicht davon zu reden, was mit deiner Frau in Jütland ist. Hübsche Mädchen leben gefährlich.«

»Ja, wenn ich nur für uns drei sorgen könnte«, sagte ich, aber der Mann, der ›so seine Ressourcen‹ hatte, erklärte:

»Es *muss* gehen. Petersen und ich lassen dich nicht im Stich. Du erinnerst dich dann dafür an uns, wenn du berühmt geworden bist.«

Er las wohl im Geiste einen Artikel über Professor Olsen und besonders den Abschnitt, in dem der Professor extra darauf hingewiesen hatte, was Großhändler Nielsen und – im Übrigen – auch Restaurantbesitzer Petersen in den bedrängten Jugendjahren für ihn getan hatten.

Es war richtig, was Petersen gesagt hatte, Nielsen hatte Phantasie. Und Initiative.

»Du musst mir und Petersen Sprachunterricht geben«, beschloss er eines Tages, als er aus mir herausgelockt hatte, dass ich Nachhilfeunterricht gab.

»Wir fangen mit Deutsch an. Ich kann schon ein bisschen, ich war ein paar Mal da unten. In *Berlin*, verstehst du!« Er kniff seine Augen zusammen. »*Das* ist eine Stadt! Aber Petersen kann überhaupt nichts, deshalb müssen wir ganz von vorn anfangen. Mir macht das nichts aus. Du weißt ja, die deutsche Grammatik. Man hat ja nicht die Zeit gehabt und die Deutschen haben selbst ihre Probleme damit, das geben sie dort unten alle zu.« –

Es ging vorwärts. Ich schmierte die Bilder drauflos, Petersen und Nielsen waren zufrieden damit, sie waren genau, wie sie selbst sie gemalt haben würden, »wenn ich könnte«, wie Petersen sagte, und »wenn ich Zeit hätte«, wie Nielsen sich ausdrückte. Er fühlte sich aufgrund seiner Bildung verpflichtet, zu können, was es auch immer sein mochte, wenn nicht andere Tätigkeiten ihn mit Beschlag belegten, aber er hatte ja nun einmal diese Agentur.

Dorthin kam ich auch. Er engagierte mich als »Deutschkorrespondent für die Niederlande«. In den gemeinsamen Unterrichtsstunden mit Petersen war er der bereiste Weltmann. Ein Kulturglorienschein umstrahlte seine Stirn, während der Schweiß auf der des armen Petersen stand. Nielsen hob sein Glas, denn es waren keineswegs trockene Stunden, und sang: »Komm mit nach Friedenau, da sind die Augen blau«, blinzelte mir zu und lachte, sodass Petersen begreifen musste, wie witzig die Berliner Revuen waren und dass sein Freund sie außerdem verstehen konnte.

Im Büro war er das Gehirn des Unternehmens, der Boss, der mit festen Schritten auf und ab ging, während er auf Dänisch diktierte. Nachher las er den Brief durch und nickte: »Das ist ausgezeichnet«, ohne zu wissen, dass ich seiner Anschauung über die deutsche Grammatik vollauf Ausdruck verliehen hatte. Nielsen als Mann von Welt und ich als Deutschlehrer waren uns in jeder Beziehung gewachsen, aber er war der Ideenreichere; Petersens Unbeholfenheit inspirierte ihn, dadurch bekam er Lust, sich noch mehr hervorzutun: er wollte die ganze deutsche Sprache lernen.

»Ich habe ein dänisch-deutsches und ein deutsch-dänisches Wörterbuch gekauft«, sagte er eines Tages, »nun lerne ich zuerst alle Wörter in dem deutsch-dänischen auswendig, dann kann ich an deutschen Büchern lesen, was ich will; nachher repetiere ich, indem ich das dänisch-deutsche lerne, dann kann ich die Sprache am Ende fließend.«

Ich machte eine Bemerkung über den Satzbau.

»Dazu habe ich ja dich«, sagte er. »Ich mag nicht dasitzen und Grammatik pauken; die kennen sie ja selber nicht.«

Er lernte wirklich drei Spalten unter A, dann hatte er nicht länger Zeit und verehrte mir die beiden Wörterbücher.

»Da kannst du nachschlagen, wenn du was vergessen hast.«

Er schaute unwillig auf die beiden dicken Bücher. »Nun gehören sie dir«, sagte er, und ich glaube, dass mein Gefühl der Freude und seines der Erleichterung sich beim Besitzerwechsel die Waage hielten.

Am nächsten Tag war er in seiner Lachlust so ausgelassen überheblich, dass der brave »Restoratör« deutlich gegen hervorbrechende Tränen kämpfen musste, wie ein Junge, der gerade von der Dorfschule auf das Gymnasium in der Stadt kommt. An diesem Tag ging ich nicht mit

Nielsen weg, sondern erklärte, dass ich malen wollte. Das tat ich aber nicht, sondern sagte nur zu meinem niedergeschlagenen Beschützer:

»Wollen wir Brüderschaft trinken, Petersen?«

Da traten ihm ungehemmt die Tränen in die Augen. Er war rehabilitiert und wir begossen das Du – lange. Ich erwarb mir das Herz eines Mitmenschen und einen Rausch.

»Nielsen hat mich enttäuscht«, sagte Petersen schließlich.

»Und ich hab zu viel getrunken«, bemerkte ich, ohne kleinlich an den Zusammenhang der Unterhaltung zu denken.

Freund Petersen stand jäh auf.

»Dann musst du nach Hause. Ich begleite dich zur Straßenbahn, aber vielleicht solltest du lieber ein Auto nehmen, wir rufen ein Taxi und ich fahr dich nach Hause.«

»So schlimm steht's nun auch nicht mit mir«, sagte ich und nahm die Straßenbahn. Petersen ging beruhigt ins Bett und schlief seinen guten Schlaf.

In der nächsten Unterrichtsstunde schaffte er einen Rekord in der Anwendung des Wortes ›du‹. Über Nielsens Gesicht legte sich ein Schatten und wir bekamen den Refrain über Friedenau nicht ein einziges Mal zu hören. Als wir gingen, sagte er etwas vorwurfsvoll:

»Petersen ist ein netter Mann, aber man muss ihm gegenüber Distanz wahren.«

Nach den Stunden mit meinem jungen Freund blieb ich, wie ich schon erzählte, immer eine gute Stunde bei seiner Mutter sitzen, die das in Ordnung zu finden schien. Eines Tages, als sie während des Gesprächs besonders oft und nachdenklich ihre tiefen dunklen Augen auf mir ruhen gelassen hatte, sodass ich zu erwarten begann, dass sie mich entweder über etwas befragen oder sich mir anvertrauen wolle, stand sie plötzlich auf, wie nach einem kurzen Entschluss.

»Komm!«, sagte sie gedämpft, aber jugendlich und in vertraulichem Ton.

Sie führte mich in ein anderes Zimmer, ging zu einem Schrank und stand einen Augenblick da, ohne sich zu rühren und etwas zu sagen. Sie sah aus, als ob sie meine Anwesenheit vergessen hätte. Dann öffnete sie langsam den Schrank, behutsam, so wie der Sohn Bücher vom Regal nahm, aber feierlicher. Es war wieder die Kulthandlung, die ich kannte.

»Das sind die Anzüge meines Mannes«, sagte sie leise und sah sie immerzu an. Ich begann mich als ein aufdringlicher Fremder zu fühlen, obwohl sie selbst mich gebeten hatte mitzukommen.

Sie nahm sich zusammen, seufzte, wandte sich mir zu und lächelte – ein Lächeln, das in mir den Wunsch weckte, mich vor ihr auf die Knie zu werfen.

»Sie haben dieselbe Größe wie mein Mann«, sagte sie, »und ungefähr die gleiche Figur.« Sie schaute wieder in den Schrank, diesmal mit prüfendem Blick.

»Das alles ist wohl nicht mehr ganz modern«, sagte sie, »aber hier« – sie nahm einen zweireihigen Anzug heraus, »der kann doch bestimmt noch getragen werden. Wollen Sie ihn anprobieren? Gehen Sie ins Zimmer meines Jungen und ziehen Sie ihn an.«

Er war nicht da. Ich ging hinein und zog den Anzug an. Es war ein wunderbarer Stoff, aber dafür hatte ich keinen Gedanken, ich tat nur, was sie gesagt hatte und ging dann zu ihr hinein.

Sie schrak zusammen und ihre Hand fuhr zum Herzen, als sie mich in der Tür sah. Aber dann war sie gleich ganz ruhig, eine wohlhabende Witwe, die einem armen jungen Mann einen der Anzüge ihres verstorbenen Mannes geben wollte.

»Er passt Ihnen ja«, sagte sie in einem Ton, dessen Freude aber noch ein wenig bemüht wirkte.

»Und er steht Ihnen gut«, fügte sie wenig später wirklich froh hinzu. »Und jetzt gehört er Ihnen.«

Ich ging in dem Anzug nach Hause, meinen eigenen alten trug ich in einem Paket unter dem Arm. Unten auf der Straße schaute ich zu ihren Fenstern hinauf.

Sie hatte eines davon geöffnet und blickte herab.

Ich lächelte ihr zu und sie lächelte zurück.

Nachher dachte ich daran, dass ich den Hut nicht gezogen hatte und drehte mich um, um es zu tun.

Aber da hatte sie das Fenster bereits geschlossen. Ich hatte mich nicht einmal für den Anzug bedankt.

Das tat ich, als ich das nächste Mal hinkam. Ich hatte meinen eigenen alten Anzug angezogen, weil ich befürchtete, dass es unangenehm für sie sein müsste, mich in dem andern zu sehen.

Aber eines Tages sagte sie, als wir wie gewöhnlich drinnen bei ihr saßen, während der Sohn in seinem Zimmer weiterarbeitete:

»Der Anzug ist dazu da, dass Sie ihn tragen. Sie müssen keine Angst haben, ihn hierher anzuziehen. Was ich tue, tue ich ganz.«

Ich hätte gerne ihre Hand geküsst, aber in all ihrer Güte sah sie so vornehm aus und war so schön, dass allein der Gedanke daran mich unbeholfen machte und vor Verlegenheit erröten ließ. Sie lächelte und sagte:

»Manchmal können Sie wirklich aussehen, als ob Sie zum ersten Mal hier im Hause wären.«

»Das kommt sicher daher, weil hier alles viel zu gut für mich ist. Dass ich die Erlaubnis habe, herzukommen, ist so unverdient«, sagte ich und war zum ersten Mal erleichtert darüber, dass es nun Zeit war, zu gehen. – Zur nächsten Nachhilfestunde bei ihrem Sohn erschien ich im Anzug seines Vaters.

Er starrte mich sprachlos an.

Erst als ich lächelte, gab er seiner Verblüffung Ausdruck.

»Ist – ist das nicht – –«

»Es ist der Anzug deines Vaters.«

»Ja, aber – –!«

Sie hatte es ihm also nicht erzählt. Ich war froh darüber, ohne mir klarzumachen warum.

»Deine Mutter hat ihn mir gegeben«, sagte ich.

»Hat – hat *Mutter?* – Mutter!«

»Ja.«

Er setzte sich und stützte den Kopf auf beide Hände – so wie er es immer machte, wenn er sich den Kopf über einen komplizierten Abschnitt eines lateinischen Textes zerbrach. Plötzlich sah er auf:

»Dann bist du ganz akzeptiert! Dann gehörst du hier dazu! Wenn Mutter selbst –! Den hätte sie nicht irgendeinem andern gegeben. Sie hat dich *richtig* gern!

Es tut Mutter auch gut, dass wir dich haben.

Ich kann nur nicht begreifen, dass sie es mir nicht erzählt hat.

Na ja, Hauptsache ist ja, dass sie es getan hat.

Dieses Zuhause ist künftig auch *deins.*«

Ich hätte ihm erzählen sollen, dass ich bald mein eigenes Zuhause haben würde und dass ich verheiratet war. Aber ich konnte es gerade in diesem Moment nicht sagen. Meine Frau war ja auch noch nicht gekommen. Ich hatte ihn nie so froh gesehen wie jetzt, als er dasaß und mich adoptierte. Seine Freude steckte an, froh war ich ja schon vorher gewesen, weil sie mich leiden konnte, ja, wie er rundheraus sagte, sie mich *gern hatte*. Ich konnte der Versuchung nicht widerstehen, mir einen Augenblick einzubilden, dass dies nun auch *mein* Zuhause sei. Wir saßen da und sahen uns an wie der große und der kleine Bruder, und die Zukunft, die meine hätte werden können, zeigte sich: keine schlechten Bilder in Petersens Restaurant, sondern ausdauernder und entschlossener Kampf für die Entfaltung der Talente, die ich hatte, Stipendium, Reise nach Rom – zusammen mit ihm und seiner Mutter!

Ja, das hätte wirklich geschehen können, es war gar nicht so sehr aus der Luft gegriffen wie ich glaubte, während ich dasaß und mit diesem Gedanken spielte. Es kam wirklich der Tag, an dem er mich ernsthaft zu einer Reise nach Rom einlud, zusammen mit seiner Mutter, und ich musste »nein« sagen.

Ich muss zugeben, dass ich mir mit Unruhe und Angst vor der Zukunft die Wohnung von Nielsen einrichten ließ.

Er fand eine Zweizimmerwohnung für mich. Petersen kam mit einem Tisch und einigen Stühlen aus seiner Kneipe, sie sollten nicht mit ins neue Restaurant. Ein Sofa aus dem Hinterzimmer des Lokals schenkte er mir auch, darauf konnte ich schlafen. Nielsen hatte noch ein eisernes Bett, denn meine Frau sollte ja auch ihren Schlaf haben. Dem Bettzeug konnte ich ansehen, dass Nielsen ein Geschick für Frauen hatte. Es nützte nichts, gegen all diese Güte zu protestieren; gegen die Geister kam niemand an, und auf sie berief sich Nielsen, und Petersen, ja, seine Augen zeigten offenherzig die Freude, die er dabei fühlte, einem Mann zu helfen, der ihm *vertraute*. Nielsen schenkte uns noch einen Kinderwagen, als er meine Frau gesehen hatte.

»Der ist stabil«, sagte er, »der wird dir viele Jahre lang nutzen, du wirst viele Kinder mit der Frau haben, die du da hast; sie ist verdammt hübsch.«

Nielsen sprach hier über etwas, auf das er sich verstand. Er hatte viel Vergnügen an Frauen gehabt, hätte selbst ein Modell für Glanzpostkarten sein können und wusste das; und dann hatte er »geistige« Augen, das war sein Stolz, und wenn er wollte, konnten sie besonders sinnlich wirken, das war seine Freude.

Er behandelte meine Frau mit jovialer Höflichkeit, aber sie hatte mehr Zutrauen zu Petersen, der fühlte, dass auch sie ihm *vertraute*, und ich glaube, dass er im Stillen sich selbst und allen eventuellen Geistern gelobte, dass, solange es ihm gut gehen würde, für mich und meine Frau gesorgt werden sollte. –

Sie und der Junge kamen also in unsere Zweizimmerwohnung und ich hatte hier jetzt mein wirkliches Zuhause. Sie *machte* es zu einem Zuhause in dieser ersten Zeit. Unsere geringen Mittel und Rückschläge machten ihr nichts aus, solange sie glauben konnte, dass ich der sei, den sie in mir gesehen hatte, »der Bergprediger« jenes Abends, als wir auf den Maler warteten. Und jetzt mussten wir ja auch für den Jungen sorgen. Er nahm so viel von ihrer Zeit und ihren Gedanken in Anspruch, dass sie keine »Visionen« mehr bekam, wenn ich von zu Hause fort war. Außerdem wusste sie meistens, wann ich kam, dafür sorgte Petersen, er hatte ihre Nervosität erkannt, ihr auf die Schulter geklopft und gesagt: »Ich werde schon dafür sorgen, dass Ihrem Mann nichts zustößt, kleine Frau, ich werde ihn zur Straßenbahn begleiten, wenn er geht.« Und das tat er auch. –

Nun musste ich in meinem andern Zuhause bekennen, dass ich verheiratet und Maler war, und ich wünschte aufrichtig, dass ich es schon seit langem getan hätte.

Ich erzählte es zuerst dem Sohn; es dauerte eine Weile, bis er es glauben konnte. »Du wohnst also nicht länger auf deiner Bude in der Klerkegade?! Du bist verheiratet und all so was! Du bist nicht Student, sondern Maler!«

Plötzlich begann er zu lachen, sprang auf, packte mich bei den Schultern und schüttelte mich.

»Du! Du! Du bist ja verrückt! Herrlich verrückt! – Endlich kommt frischer Wind in dieses Haus. Und du kannst dich drauf verlassen, dass es nicht das letzte Mal sein wird! Ja, ich werd dieses Abitur schon machen, und es soll genauso gut werden wie deins. Aber danach sollst du mal sehn! Komm mit!«

Er nahm mich am Arm und zerrte mich ins Zimmer der Mutter.

»Weißt du, was er ist?! Er ist nicht die Spur Student – nicht mehr! Er ist Künstler – Maler!« Sie wollte es nicht glauben.

»Geh wieder hinein und lerne weiter«, sagte ich, »dann werde ich deiner Mutter schon beichten.«

Er lachte und ging. Es wurde wohl nicht viel aus dem Lernen, ich hörte ihn pfeifen und singen, während ich seiner Mutter von meinem Leben erzählte.

Es war nicht leicht, damit zu beginnen, ich fürchtete, ihre Sympathie zu verlieren. Schließlich fragte sie:

»Ist es wirklich wahr?«

Ich sagte »ja« und versuchte zu erklären, wie es passieren konnte, dass ich nicht schon früher davon erzählt hatte. Ich konnte ihr ansehen, dass sie es verstand.

»Aber warten Sie nur ein wenig«, sagte sie, »damit ich einen Zusammenhang hineinbringen kann. Ich muss mich erst an den Gedanken gewöhnen – Sie sind also nicht Student, sondern Künstler! – Und ich hatte beinahe begonnen, zu glauben, dass ich einen Pflegesohn habe, der Pfarrer werden soll! – Und dann sind Sie noch dazu verheiratet! Und haben vielleicht Kinder?«

Sie sah mich kritisch an.

»Eins«, sagte ich. Ich glaube, dass ich die Stimme dämpfte, um das Kind gleichsam kleiner zu machen.

Sie betrachtete mich nachdenklich. Viele verschiedene Ausdrücke kamen in ihr Gesicht, keiner davon wollte bleiben – oder erhielt die Erlaubnis dazu. Es sah aus, als ob sie miteinander stritten: Enttäuschung, Freude, Missbilligung, Lachlust, Besorgnis.

»Dann sind Sie ja ein ganz anderer«, sagte sie endlich.

»Nein, das bin ich nicht«, sagte ich flehentlich, »nicht hier.«

Sie lächelte ein wenig gerührt.

»Nicht hier? – Gut. Abgemacht. Hier sollen Sie derselbe sein. Denn Sie sind ja wirklich der, der Sie die ganze Zeit gewesen sind: ein großes Kind, zwar etwas leichtsinnig, aber im Grunde genommen gut.«

Sie stand auf, und als ich dasselbe tat, nahm sie mein Gesicht in ihre Hände und schaute mir in die Augen, während – ach, so vieles, vieles mich durchrieselte.

»Hat er seine junge Frau denn sehr gern?«, fragte sie leise und ließ mich los.

»Ja«, nickte ich.

Sie gab mir einen kleinen Klaps auf die Wange.

»Dann gehen Sie nach Hause und seien Sie nett zu ihr.«

Ich ging und spürte, dass meine beiden Welten nicht länger voneinander getrennt waren und dass ich sie trotzdem nicht in Harmonie miteinander bringen konnte.

Ich trieb mich lange in den Straßen herum und kam so spät nach Hause, dass meine Frau nervös geworden war und ihre »Vision« bekommen hatte.

Da musste ich »nett zu ihr sein«. –

Es vergingen zum ersten Mal ein paar Wochen, bis ich meine beiden Freunde wieder besuchte. Mir schien, das sei sehr lange, und ich fühlte mich unsicher und fremd, als ich wieder hinkam.

Sie empfing mich freundlich, ganz wie früher. Ich fühlte, dass eigentlich alles so war, wie es sein musste, dass aber doch etwas fehlte.

Viele Jahre später, als ich zum ersten Mal in Rom war, hatte ich eine ähnliche Empfindung. Ich erkannte die Stadt meiner Erwartungen, nichts musste korrigiert werden. Auch das Wetter war, wie es sein sollte: Sonne und blauer Himmel, vollständig römisch. Aber etwas fehlte, was es wohl sein mochte? Eines Tages, als ich dastand und über die spanische Treppe hinuntersah, ging es mir auf: ich schwitzte nicht. Zu Italien gehört Hitze. Aber es war Anfang April, es war noch nicht so heiß.

– Auch bei ihr war alles, wie es sein sollte – mit Ausnahme einer kleinen Veränderung. Sie *schaute* mich nicht *an*, sie *betrachtete* mich.

Der »Pflegesohn« war erwachsen geworden. Wer war er eigentlich, dieser fremde verheiratete Mann? Wie viel hatte sie ihm an Zutrauen, Vertraulichkeit und Herzenswärme gegeben?

Ich fürchtete, etwas davon zu verlieren und zeigte im Reden und im Schweigen, wie viel sie mir bedeutete. Das machte sie nur noch zurückhaltender. Jedoch bat sie mich wiederzukommen, »mein Junge vermisst Sie«. Nichts mehr davon, dass sie sich beide freuen würden.

Trotzdem ging ich bald wieder hin. Ich *wollte* meinen alten Platz bei ihnen zurückerobern. Mit dem Sohn war alles wie früher, und wenn wir alle drei zusammen waren, wurde sie von dem Ton angesteckt, der zwischen ihm und mir herrschte.

Aber sobald er ging, begann sie Konversation zu betreiben und wurde höflich. Es gab tote Punkte im Gespräch und unangenehme Pausen.

In einer solchen Pause schaute ich sie plötzlich an und wurde mir klar darüber, dass sie eine Weile dagesessen und mich prüfend betrachtet hatte. Ein kleines Lächeln lag um ihren Mund. Für eine Sekunde fühlte ich mich geschmeichelt, gleich danach aber abgestoßen. Ich sah sie fragend an und sie sagte spöttisch neckend:

»Ist Ihre junge Frau sehr verliebt in Sie?«

Ruhig und freundlich, aber überlegen saß sie da und erwartete eine Antwort, bis ich in einem verdrießlichen Ton bemerkte, dass es sich kaum denken ließe, dass jemand in mich verliebt sei. Sie lachte ein wenig. Ich fühlte wieder diesen neckenden Spott und spürte, dass ich finster aussah.

»Einmal *muss* sie doch in Sie verliebt gewesen sein«, sagte sie und lachte wieder.

Ich sah auf die Uhr und stand auf, um zu gehen. Sie begleitete mich zur Tür und sagte herzlich: »Kommen Sie bald wieder.«

Es klang so, als ob sie Buße tun wolle, weil sie mich irritiert hatte.

Aber solche Güte und Zufriedenheit, wie sie sich in ihrem Gesicht ausdrückten, hatte ich manchmal bei Menschen gesehen, die sich erleichtert fühlten, nachdem sie sich wegen einer geringfügigen Sache gerächt hatten.

Sie war also mir gegenüber nicht mehr dieselbe wie früher.

Gut, dann wollte ich ihr Haus nicht mehr betreten.

Ich war ein armer, talentloser Maler und wütend darüber, dass ich den Anzug ihres Mannes anhatte.

Ich stellte fest, dass ich mein eigenes Zuhause hatte, das für mich gut genug war. – Trotzdem geschah es, dass ich in meinem eigenen Zuhause saß und mich fühlte wie einer, der sein Freilos verkauft hat und nun die Wehrpflicht eines andern abdienen muss.

Eines Tages stand der Cousin meiner Frau plötzlich in Petersens Restaurant. Er hatte unsere Adresse von ihrer Familie in Jütland bekommen, besuchte uns und erfuhr von meiner Frau, wo ich arbeitete. Ich befand mich gerade in einem Raum hinter dem Esssaal, als er kam, und konnte so nicht verhindern, dass er bereits alle meine Pinseleien gesehen hatte. Es stand auf seinem Gesicht geschrieben. –

Haben Sie jemals geträumt, dass Sie bei einem Festessen sind, zwischen Herren in Gala und Damen in großer Toilette und plötzlich merken, dass Sie selbst zwar im Smoking sind, aber vergessen haben, Ihre Hosen anzuziehen? Das ist ein Schock! Sie können sich nicht verbergen, sie sind bereits *gesehen* worden. Tausend hoffnungslose Auswege melden sich und werden wieder verworfen, während alle dastehen und Sie bedeutungsvoll anstarren. Es gibt keinen anderen Ausweg, als zu erwachen, und das tun Sie in Ihrer Verzweiflung, weil Sie das Elend nicht länger ertragen können. –

Da stand ich nun vor ihm, ein Künstler in Unterhosen, die in keinem guten Zustand waren. Er sagte nichts. Das tun die Damen und Herren im Traum auch nicht, aber man kann in ihren Gesichtern lesen. Er versuchte, zu tun, als ob nichts sei – genau wie die festlich gekleidete Gesellschaft. Es gab keinen Ausweg, es nützte nichts, wach werden zu wollen, denn das war ein schmerzliches Wachsein. Es gab keine andere Rettung, als zu sterben. Von allem wegzusterben.

Einen Augenblick glaubte ich wirklich, es würde geschehen. Es ging etwas vollkommen Unbekanntes mit mir vor. Ich hatte in seinem Gesicht gesehen, was aus mir geworden war, und die plötzliche Klarheit darüber machte mich kaputt, *ich brach innerlich in Stücke und wurde zu etwas zusammengefügt, was ich nicht kannte*, was jetzt aber mein Ich war, ein neues Wesen, das sich eine andere Gestalt schuf. Ich spürte sie so deutlich, dass ich sie zu sehen glaubte: ein sonderbar verrenkter Körper, eine komische Fratze und ein Mund mit einem Jungengrinsen, über das ich selbst lachen würde. Und ich musste es wirklich tun, denn der Maler lachte, als ob er an den Fußsohlen gekitzelt würde, ließ sich auf einen Stuhl fallen und strampelte mit den Beinen. Da lachte ich mit, und so kamen wir über diese peinliche Situation hinweg. –

Ich ahnte damals noch nicht, welche Bedeutung dieses Lachen in meinem späteren Leben erlangen sollte. –

Ich war inzwischen so erleichtert, dass ich ihm erzählen konnte, wie ich zu dieser Arbeit gekommen war. Wir gingen von Bild zu Bild und amüsierten uns. Glücklicherweise war Freund Petersen nicht da.

Bei einem der Bilder machte der Maler Halt und streckte den Zeigefinger vor. Diese Bewegung hatte er sich beim Professor angeeignet, sie glich ihr genau, gerade weil er nicht daran dachte, sie nachzumachen.

»Hier!«, sagte er, »hier ist ja doch etwas von dir!«

Es war richtig! Jetzt konnte ich es selbst sehen. Es war wirklich ein wenig *Esche* in dem Lindenbaum. Es war ohne Absicht gemalt, aber ich erinnerte mich gut, dass ich froh gewesen war, als ich dastand und diese Linde mitten in einen Pfarrhof hineinkleckste.

»Weshalb benutzt du diese Gelegenheit nicht, um an der Entwicklung deiner Fähigkeiten zu arbeiten?«, sagte der Maler, »weshalb malst du nicht, wie es dir möglich wäre?«

»Das würde Petersen und Nielsen nicht gefallen. Sie müssen doch was haben, dem sie ansehen können, dass es ein richtiges Gemälde ist.«

Aber er fand es gar nicht mehr lustig:

»Sieh zu, dass du hier so schnell wie möglich wegkommst, bevor es zu spät ist«, sagte er.

»Und von was soll ich dann leben?«

»Das ist vorläufig egal. Hauptsache ist, *dass* du lebst und malst.«

»Ich bin verheiratet.«

»Schick deine Frau nach Hause zur Familie.«

»Wir haben ein Kind.«

»Das weiß ich auch«, sagte er brutal. »Aber den Jungen kann sie zur Familie mitnehmen. Die muss sich noch eine Zeit lang um sie kümmern. Wenn du so weitermachst, wird sie es ohnehin später tun müssen. Und dann habt ihr vielleicht mehrere Kinder. Nimm dich jetzt zusammen! Denk daran, was du geleistet *hast* und was du noch malen *musst*. Denk auch mal an den Professor.«

»An ihn musste ich denken, als du auf diesen Lindenbaum gezeigt hast«, sagte ich ein wenig kleinlaut.

»Das ist gut. Geh jetzt nach Hause und sprich vernünftig mit deiner Frau und werd nicht wieder schwach, wenn sie einen hysterischen Anfall bekommt.« –

Ich muss ehrlich zugeben, ich hatte ab und zu an dasselbe gedacht wie er, aber ich wusste gut, dass ich es nicht schaffen würde, solange meine Frau bei mir bleiben wollte.

Ich glaubte wohl auch nicht mehr daran, dass ich Talent hatte, zumindest nicht so viel, dass es ein Opfer wert war. Trotzdem malte ich – lauter »Gartenzäune«. Niemand wollte sie kaufen. Ich war fertig.

Ich begann zu glauben, dass ich wohl niemals richtiges Talent gehabt hatte, sondern nur eine Art vorübergehende

Genialität, die die Folge von einem starken Ausbruch inneren Lebens sein konnte. –

Einer war jedoch noch da, der gewillt war, meine Kunst zu bezahlen, ja, der sie geradezu nötig hatte. Es war Nielsen. Die Geister hatten ihm geschrieben, dass er im Begriff sei, clairvoyant zu werden. Er zeigte mir das Papier. Da stand »klärwojant«, aber ich weiß nicht, ob das den Geistern oder Nielsens Fingern zuzuschreiben war; Hauptsache war ja, dass er es wurde, und er sei auf gutem Weg dahin, sagte er; durch das Starren in eine Kristallkugel fing er schon an, Farben zu sehen. »Das sind Aurafarben«, sagte er, »du weißt doch, die leuchtende Sphäre, die jeden Menschen umgibt. Wenn ich die sehen kann, kann ich ihre Gedanken lesen.«

»Das kann dir fürs Geschäft nützlich sein«, meinte ich.

»Stimmt«, entgegnete er, »aber mir geht es mehr darum, ihnen helfen zu können, bessere Menschen zu werden.«

Das war ein schönes Ziel und Nielsen war bereit, etwas dafür zu opfern. Das mit der Kristallkugel ermüdete die Augen, aber wenn er mal eine richtige Aura vor sich hätte, dann würde das die Entwicklung fördern. Nun sollte ich eine malen, er könne mir die korrekten Farben angeben, er hätte ein Buch, in dem sie beschrieben seien. Zuerst sollte ich nun eine *gute* Aura malen, solch eine, wie sie ein »geistiger Mensch« hat. Da führte kein Weg dran vorbei. Nielsen beschrieb und ich malte schöne Farben in gelb, grün und blau, in die Mitte platzierte ich ein asketisches Gesicht mit Augen von dem geistigsten Blau, das ich herstellen konnte. Das Bild wurde über seinen Schreibtisch gehängt, um ihm zu helfen, sich zu inspirieren.

Aber eines Tages kam er und wollte die Aura »eines schlechten und sinnlichen Menschen« gemalt haben. Er zeigte auf die Beschreibung in dem spiritistischen Buch und ich malte drauflos. »Die ist besser als die gute«, sagte er, »verdammt, ich werde schlecht und bekomme Lust auf Frauen, wenn ich sie nur anschaue. Ich bin sehr feinfühlig, musst du wissen.« Dieses Bild wurde auch über seinen Schreibtisch gehängt; denn es ist nützlich, sich den Unterschied zwischen Gut und Böse vor Augen zu halten.

Ich hoffe, dass es nicht meine schlechte Aura war, sondern allein die Arglist der Geister, die ihn in den Tod führte.

Ihre guten Ratschläge hatten ihn ja zu einem wohlhabenden Mann gemacht, aber nun begannen sie ihn zu Geschäften zu verleiten, die ihm große Verluste einbrachten. Das konnte er nicht verstehen, bis einer der früheren guten Geister »per automatischer Schrift« mitteilte, dass sich ein böser Geist eingeschlichen habe, um Macht über seine Hand zu bekommen. Aber jetzt würden die guten schon auf ihn aufpassen, was sie auch durch mehrere gute Ratschläge bewiesen.

Aber es ist wohl bei den Geistern wie bei den Menschen: die bösen sind in der Mehrzahl. Und es gelang Nielsen nicht, so hellsichtig zu werden, dass er den Unterschied sehen konnte. Er bekam so viele schlechte Ratschläge, dass seine kleine Agentur Pleite ging, er verkaufte keine Zigarren mehr und öffnete den Gashahn. Wie er unter den Geistern zurechtkam, weiß ich nicht, aber Petersen nahm erschüttert Abstand von ihnen und beschloss, allein auf seine einfache, gesunde Vernunft zu vertrauen. Damit war ihm gut gedient, und manches Zehnkronenstück steckte er mir zu, wenn es eng wurde, und das war sehr oft der Fall. Ich brauchte nie zu bitten. »Ich kann es dir ansehen, dass du auf dem Trockenen sitzt«, sagte er, und dann kam der »Zehner«. Wenn ich schwach protestierte, sagte er ermunternd: »Halts Maul! Vielleicht steck ich mal in der Klemme und du bist dann vielleicht reich und hilfst mir.« Er glaubte nicht daran. Er erwartete nicht mehr, dass ich es einmal weit bringen würde; das erwartete ich selbst auch nicht.

Trotzdem bekam er Recht. Einmal, viele Jahre später, als ich inkognito Kopenhagen besuchte, um meine geschiedene Frau und unsere Kinder zu besuchen, stolperte ich mitten in der Altstadt fast über Freund Petersen. Er erkannte mich nicht gleich, glaubte mir kaum, als ich erzählte, dass ich es sei. Er betrachtete meinen eleganten Anzug von oben bis unten und sagte verwundert:

»Dir scheint es gut zu gehen. Wo in aller Welt bist du gelandet?«

»Mir geht's gut«, sagte ich, »aber du selbst? Du siehst nicht sehr zufrieden aus.«

Nein, es ging nicht gut; wohl mit dem Restaurant, das ich kannte, aber dann hatte er »mehr in den Mund gesteckt, als er schlucken konnte«, hatte noch ein anderes Geschäft dazugekauft und einen Verwalter eingesetzt, dem er zu sehr vertraut hatte. »Das ist nun mal ein Fehler, den ich habe«, sagte er. Dieses Geschäft war Pleite gegangen, »und nun geht das andere, da, wo du die Bilder gemalt hast, wohl auch in die Binsen, denn die Schulden stehen mir bis zum Hals.«

»Wie viele Zehner schulde ich dir, Petersen?«

»Du schuldest mir nichts«, sagte er, »und selbst wenn du mir alles zurückgeben wolltest, so wären es nur einige Tropfen in einem hässlichen, riesigen atlantischen Ozean.«

Ich fragte, wie viel nötig wäre, um ihm zu helfen. Er nannte die Summe. »Und das kann ich nicht herbeischaffen. In ein paar Monaten flieg ich aus dem Laden.«

»Du sollst das Geld bekommen«, sagte ich. »So viel hab ich nicht hier. Aber ich werde telegrafieren.«

»Telegrafieren?!«, sagte er und glaubte nicht daran. »Wo hast du es denn?«

»Das, was du brauchst, ist in Berlin.«

»In Berlin?! Hast du denn noch woanders Geld? Wo?«

»Ich hab was in London. Und noch was in Amsterdam.«

»Du bringst mich ganz durcheinander mit all dieser Geographie«, sagte er.

»Womit hast du dieses Geld verdient? Sind es Bilder?« Er begann sich offenbar schon Hoffnung wegen seiner Sammlung im Restaurant zu machen, obwohl er, wie er mir später anvertraute, erfahren hatte, was das für eine Stümperei war. Er hatte mir das jedoch niemals nachgetragen.

Ich erzählte ihm, wie ich mein Geld verdient hatte; er betrachtete mich von oben bis unten, grübelte, schaute auf die Pflastersteine, spuckte nachdenklich aus, guckte mich wieder an und sagte mit unverhohlenem Staunen in seiner Stimme:

»Ja, ich wusste schon, dass – – hast du *wirklich* so viel *damit* verdienen können?« –

Er bekam das Geld und kam wieder auf die Beine. Seitdem gingen seine Geschäfte gut. Er ließ sich nicht mehr darauf ein, »mehr in den Mund zu stecken, als er schlucken konnte«. –

Nun ist er tot und das Restaurant ist in andere Hände übergegangen. Ich war gerade auf einer Pilgerfahrt hinaus zu seinem Lokal, an dem Tag, als das Auto mich so unerwartet umstieß, dass ich mit dem Kopf gegen den Bordstein schlug, obwohl ich es hätte vermeiden können.

So kann es gehen, Herr Oberarzt. Hätte ich nicht müde und hungrig über Petersens Gartenzaun gehangen, gerade als er herauskam, um zu zählen, wie viele Tische da stehen könnten, so hätte ich auch keine Radtour dorthinaus gemacht, als ich heim nach Dänemark gekommen war, um hier zu bleiben, und folglich wäre ich dann nicht mit dem Bordstein in Konflikt geraten und hätte niemals das Vergnügen gehabt, Sie und Ihren Garten kennen zu lernen. Wo wäre ich wohl ohne Petersen?!

Wahrscheinlich auf dem Grund des Kattegat. Jedenfalls hatte ich mich eine Zeit lang darauf eingestellt. –

Aber ich bin der Zeit allzu weit vorausgeeilt. Noch ist Freund Petersen im Restaurant, und manchen Zehner muss er noch herausrücken, bevor ich aus seinem Gesichtskreis verschwinde.

Ich hatte mir selbst gelobt, dass ich nicht mehr in mein »zweites Heim« kommen würde. Ich hielt mich auch fern, aber eines Tages kam ich – mehr oder weniger – zufällig am Gymnasium vorbei, gerade als ihr Sohn herauskam, um nach Hause zu gehen. Ich begleitete ihn und er zwang mich natürlich, mit hinaufzugehen.

Sie betrachtete uns liebevoll, als wir auf dem Weg in seine Stube Arm in Arm durch ihr Zimmer gingen. Ich fühlte wieder den Schimmer früherer Herzlichkeit.

Er folgte uns wie ein Segen bis in sein Zimmer hinein; wir hatten es viel zu gut, um zusammen zu arbeiten, waren so gute Freunde, dass wir gleichaltrig wurden, zwei Schüler, die aus bloßer gegenseitiger Sympathie lachten.

»Man könnte glauben, wir wären Brüder«, sagte er. »Manchmal sieht es aus, als ob auch Mutter vergessen hätte, dass du nicht ihr Sohn bist.«

»Nun, *du* bist es ja gewesen, der mich adoptiert hat«, sagte ich. »Es geschieht selten, dass man selbst auswählen kann, wen man zum Bruder haben will. – Du kannst eigentlich froh darüber sein, dass deine Mutter nicht wieder geheiratet hat.«

Er wurde weiß im Gesicht, in seinen Augen war Hass, er sagte kein Wort.

Es entstand ein langes Schweigen, und in diesem Schweigen erlebte ich ihn intimer, als ich es gekonnt hätte, wenn er sich mir mit Worten anvertraut hätte.

Er schwieg nicht mit Absicht, wünschte nicht, etwas vor mir zu verbergen, konnte nur nichts sagen, hatte aber das Bedürfnis nach Vertraulichkeit. Es würde ihm eine Erleichterung sein, mich an dem teilhaben zu lassen, was ihn bewegte. Auf eine Weise tat er es; er war zum Zerspringen voll von Hass, und ich war mitfühlend, offen und empfänglich dafür. Er drang in mich ein, ich spürte ihn rein körperlich, schien mir; ich kam selbst dazu, zu hassen – und da vergaß ich das Mitgefühl; es verschwand in dem sicheren Wissen: *ich war doch Maler!* Ich konnte diesen Jungen malen, wie er wirklich war, ihn so malen, dass man sehen musste, dass ich nicht vor die Hunde gegangen war. Ich wusste alles von ihm!

Dieses Wissen konnte ich nicht erklären; es war nur in mir, wie ein sich aufdrängendes Leben, das hinaus und befreit werden wollte. Ich wollte nicht darüber grübeln, sondern es sich selbst überlassen, bis es die Hand zum Malen zwang. Dass das geschehen würde, fühlte ich mit Sicherheit.

Dann schämte ich mich darüber, dass ich ihn vergessen und zum Modell gemacht hatte. Ich wollte etwas zu ihm sagen. Da sah ich, dass er wieder ruhig und freundlich geworden war.

»Da war eigentlich etwas, was ich dir erzählen wollte«, sagte er, »aber es wollte mir nicht über die Lippen. – Es tat mir trotzdem gut, dass du hier bei mir warst. Es war, als ob ich wieder Luft bekommen hätte, weil wir zu zweit waren. Ich glaube, dass nach dem heutigen Tag das Böse nicht mehr so viel Macht über mich bekommen wird. Einmal werde ich dir alles erzählen und dann ist es aus mir draußen – und aus der Welt. Vielleicht!«

Wir gaben uns die Hand.

Ich ging ins Wohnzimmer; sie war nicht da. Dieses Mal vermisste ich sie nicht. Ich war ganz von dem in Anspruch genommen, was sich in mir regte. – Mir alles erzählen! Das durfte er gern, wenn es ihn erleichtern konnte. Ich brauchte keine Einzelheiten zu wissen, ich hatte ihn *erlebt*, ich *kannte* ihn, so wie ich es benötigte, um ihn zu malen: seine stille Resignation, seine zarte Freundlichkeit, seine starrsinnige Kraft, den Lebensdrang und die Intensität des Hasses. Ich war mehr als ich selbst, ich war auch er; ich war er, der sich selbst von außen sah. Alles, was er mir erzählen konnte, war schon in mir; er konnte nur etwas sagen, was mir bekannt vorkommen würde, sobald ich es zu hören bekam; das war ebenso sicher wie die Tatsache, dass ich vorläufig weder die äußere Ursache seines Hasses kannte, noch, auf wen dieser gerichtet war.

Seine Mutter kam herein, schaute mich an, stutzte und sagte:

»Ich hätte Sie beinahe nicht wiedererkannt! Sie sehen so siegessicher aus!«

Plötzlich lachte sie, lange. Das konnte ich nicht leiden, dieses Lachen war nicht schmeichelhaft für mich. Ich sagte ein wenig großspurig:

»Es besteht gar kein Grund, über meine Siegessicherheit zu lachen, sie ist echter als Sie glauben.«

Sie trocknete ihre Augen, die vom Lachen feucht waren.

»Ich glaube es«, sagte sie, »ich glaube wirklich, dass sie echt ist. Ich musste nur über mich selbst lachen, weil Sie mich im Moment so beeindruckt haben, dass ich Sie doppelt sah.«

»Wie meinen Sie das?«

»Sie werden böse, wenn ich es Ihnen sage.«

»Nein.«

»Ich fand, dass Sie aussahen wie ein Sieger und gleichzeitig wie – ein Konfirmand!«

Ich *wurde* böse, sagte es aber nicht.

»Was war es eigentlich, was Sie so siegessicher und selbstbewusst gemacht hat?«

»Ich will ihn malen.«

»Ihn? – Meinen Jungen? Glauben Sie wirklich, dass Sie das können?«

Sie lächelte; die Mutter, die ihren Sohn durch und durch kannte.

»Ich kann ihn so malen, dass Sie, wenn Sie das Bild sehen, finden werden, dass Sie ihn nun erst richtig kennen.«

Sie sah erschrocken aus; da war etwas, wovor sie Angst hatte.

»Hat er – haben Sie – ja, Sie besitzen natürlich sein Vertrauen, er spricht zu Ihnen über alles, über sein Zuhause und –«

»Er spricht nie über sein Zuhause«, sagte ich, »wir *sind* in seinem Zuhause, wir reden nicht darüber.«

Wovor hatte sie eigentlich Angst? Sie sah beruhigt aus, nachdem ich gesagt hatte, dass er nie über sein Zuhause spreche. Wusste sie etwas von diesem Hass? –

Ja, nun wurde ich dessen sicher, der Hass stand in Verbindung mit ihr! – Ein neues Kind! Sie und eine zweite Ehe. Das war es. Ich wusste es jetzt, sein Hass war ja in mich eingedrungen und ich fühlte diesen Hass in meinen Augen aufsteigen, die sie beobachteten. Die Farbe wich aus ihrem Gesicht, sie schaute mich entsetzt an und ich wusste, dass so ihre Augen ausgesehen hatten, als sie zum ersten Mal den hasserfüllten Ausdruck in seinen sah.

»Sie stehen wohl nicht im Begriff, eine künstlerische Inspiration zu bekommen?«, fragte sie, während sie versuchte, wieder ruhig zu werden.

»Doch, genau das.«

»Dann müssen Ihre Künstlerpersönlichkeit und Ihr menschliches Wesen sehr verschieden voneinander sein«, sagte sie kalt.

Ich wollte, dass sie spüren sollte, wie viel ich von ihr hielt und erwiderte:

»Das glaube ich nicht.«

Aber sie hörte nicht darauf, setzte sich und starrte in die Ferne – in eine vergangene Zeit, wie ich begriff.

Ich konnte meine Augen nicht von ihr lösen. Herrlich war sie, selbstverständlich mussten Männer sie geliebt und heftig begehrt haben. Und da war sicherlich ein anderer gewesen, den sie hätte lieben und sich ihm hingeben können. Ich verstand ihren Sohn, und meine Sympathie war ganz auf seiner Seite.

Sie fühlte meinen Blick und wandte mir ihr Gesicht zu.

»Sehen Sie Ihre Modelle immer so durchdringend an?«

»Ja, wahrscheinlich schon«, sagte ich entschuldigend.

»Dann muss es sehr irritierend sein, für Sie zu sitzen.«

Ich merkte, dass ich ihr wehgetan hatte, hielt das nicht aus, ging zu ihr hin, konnte aber nichts anderes sagen als:

»Das glaube ich nicht.«

Es waren wohl auch nicht die Worte, sondern der Ton, der sie veranlasste, mir die Hand zu reichen und fast bittend zu sagen:

»Ich will so gern alles Gute von Ihnen glauben.«

»Und ich will so gern gut zu Ihnen sein.«

Sie ließ mir ihre Hand, während sie fragte:

»Was war es denn, an was Sie dachten, als Sie so dastanden?«

»Warum Sie nicht wieder geheiratet haben.«

Sie zog ihre Hand zurück, fremd, eiskalt. Ich hatte ihr wieder wehgetan. Ich war alles andere als ein Sieger, nur ein Konfirmand und so elend, als hätte ich einen der kostbaren Kunstschätze fallen lassen, die ihr Mann aus Griechenland mitgebracht hatte.

»Verzeihung!«, sagte ich. »Ich tat es nicht mit Ab–, ich dachte nicht darüber nach.«

»Das macht nichts«, sagte sie, stand auf und ging auf und ab, blieb einen Augenblick beim Tisch stehen und schaute auf einen Brief, der dort lag.

»Sie haben ihn sehr gern – meinen Jungen«, sagte sie. »Ich kann es Ihnen eigentlich auch erzählen.«

Sie setzte sich und behielt den Brief in der Hand, während sie sprach:

Ja, so war es. Sie hatte wirklich daran gedacht. Der beste Freund ihres Mannes, ein schwedischer Kollege, kam oft zu ihnen nach Hause und sie besuchten ihn auch. Ihr Mann und dieser Freund waren eng miteinander verbunden gewesen. Und der Freund hatte sich in sie verliebt. Sie wussten es alle drei, aber es machte nichts aus. Da verlor sie ihren Mann, und dieser Freund besuchte sie weiter. Der Junge hatte ihn gern und dafür war sie dankbar. Er und der Freund waren die beiden Menschen, die ihr jetzt am nächsten standen. Sie wusste ja gut, was der Freund für sie fühlte. Selbst sprach er nie davon, bis nach dem Tod ihres Mannes acht Jahre vergangen waren. Da fragte er sie, ob sie ihn heiraten wolle. Und sie hatte ihn gern genug, um »ja« zu sagen. Außerdem meinte sie, es wäre gut für den Jungen, der jedes Mal so froh war, wenn er kam. Aber als sie dem Jungen sagte, dass sie wieder heiraten wollte, da – – in ihrem Gesicht spiegelte sich all der Schmerz jener Zeit, sie konnte nicht weitersprechen und ich sagte:

»Sie brauchen nicht mehr zu sagen. Er konnte es nicht ertragen. Natürlich nicht.«

»Natürlich nicht? Meinen Sie das wirklich? Wie können Sie das wissen?«

»Ich kenne ihn.«

Sie sah mich verständnislos und zweifelnd an, und ich fuhr fort:

»Er drohte wohl damit, von zu Hause wegzulaufen! Verlangte vielleicht, in ein Internat zu kommen?«

Sie nickte.

»Verlangte, dass Sie zu ihm nach Schweden gehen sollten und wollte Sie dort nie besuchen kommen?«

Sie saß nur da und schaute mich an, aber so, dass ich wusste, dass er genau das gesagt hatte.

»Bei dieser Gelegenheit versprach er dann wohl, auf den Spuren seines Vaters die klassischen Sprachen zu studieren?«

So war es.

»Aber«, sagte sie ein wenig später und mit einiger Mühe, als ob sie nicht den Mut hätte, darüber zu sprechen, »können Sie mir auch den unbarmherzigen Hass erklären – ja, ich kann sagen, die Verachtung, mit der er mich ansah und mit mir sprach. Ich glaube nicht, dass ich das verdient habe. – Können Sie mir das erklären?«

»Flüsterpropaganda auf dem Schulhof.«

»Flüsterpropaganda?« Sie verstand nichts.

»Über die Mysterien des Sexuallebens.«

Sie senkte den Kopf, sagte aber nichts, deshalb fuhr ich fort:

»Ja, der glückt nicht immer so richtig. Er ertrug es einfach nicht, dass – na ja, dass Sie – ein zweites Kind bekommen könnten. Selbst wenn sein Vater gelebt hätte, würde er sich geschämt haben, den Kameraden zu erzählen, dass er ein Brüderchen bekommen habe, das vierzehn Jahre jünger wäre als er selbst. Weil sie alle daran denken würden, wie so etwas zugeht.«

»Ach!«, sagte sie und schwieg, während das Blut in ihre Wangen stieg, bis sie fühlte, dass sie etwas sagen musste:

»Ja – ich hatte wohl – die ›Sünde‹ vergessen.«

Sie lächelte bitter.

»Die Sünde?«

»Ja, dass es wohl auch etwas Hässliches sein kann.«

Ich fühlte mich unwürdig, sie zu kennen, ich war mir bewusst, dass ich vorhin, als ich dachte, dass sie herrlich sei und bei Männern heftiges Begehren wecken müsse, auch einer von denen war, die begehrten.

Und selbst jetzt konnte ich es, trotz all meiner Bewunderung für sie, nicht sein lassen, darüber nachzudenken, was wohl bei ihrer Einwilligung in eine Ehe mit dem besten Freund ihres Mannes die *eigentliche* Triebkraft gewesen sei. Die »Mooraugen« bekamen Macht über mich: Die Ansicht, dass es für ihren Sohn gut wäre, war wohl nur ein Feigenblatt, mit dem die keusche Frau den nackten Trieb vor sich selbst verbarg. Der Sohn hatte es verstanden, so jung wie er war. »Mutter verlor Vater zu *früh*.« Erst jetzt verstand ich die ganze Rohheit in den Worten des Jungen, jetzt, wo ich selbst genau dasselbe dachte wie er.

Sie saß immer noch mit dem Brief in der Hand da, und ich dachte: Sie kann es nicht einmal übers Herz bringen, seinen Brief für einen Augenblick wegzulegen! Im selben Augenblick tat sie es und sagte:

»Seit dem Tag hat er uns nicht mehr besucht und ich habe auch nichts von ihm gehört. Aber jetzt schreibt er, dass er für einige Zeit in Kopenhagen an einem Kongress mit dänischen Kollegen teilnehmen wird – er ist jetzt Professor – und er fragt, ob er mich besuchen dürfe.

Das darf er natürlich. Und ich hoffe, dass mein Sohn sich wie ein gebildeter Mensch aufführen wird.«

»Das wird er selbstverständlich«, sagte ich, »wie können Sie daran zweifeln?«

»Das hoffe ich auch. Aber das letzte Mal wollte er ihm noch nicht einmal die Hand zum Abschied geben.«

»Er war damals ein Kind, ein verwöhntes Kind. Jetzt ist er erwachsen.«

»Aber dem Hass ist er nicht entwachsen«, sagte sie, »ich sah es seinen Augen an, als ich ihm vom Inhalt des Briefes erzählte.«

Sie kam zu mir, legte die Hände auf meine Schultern, neigte den Kopf und sagte:

»Ich bin so dankbar dafür, dass ich Sie habe.«

Ihre Tränen tropften auf meinen Anzug – den blauen Zweireiher, den sie mir geschenkt hatte.

Ich sollte ihr helfen, sollte mit ihrem Sohn sprechen und ihn dazu bringen, sie zu verstehen; er sollte ihr sagen, dass er nun erwachsen sei und das wolle, was für sie das Beste sei. Sie würde dann einen *Grund* haben, mir dankbar zu sein. Er übrigens auch. –

Auf dem Heimweg überlegte ich, was ich zu ihm sagen wollte und besonders, auf welche *Weise*. Ich kannte ihn und wusste, wie man ihn anpacken musste. Die Sache konnte damit als erledigt betrachtet werden.

Es war gar nicht langweilig, ›ich‹ zu sein. Es war etwas Heroisches dabei. Ich ging und trug an einer Opfergabe, die ich zu Hause darbringen wollte, die der Quell meiner Inspiration und Freude war. Aber man wird ja stark vom Opfern! Und aus dem Guten keimt neues Gutes. Das spürte ich gleich, denn jetzt wollte ich nach Hause und mit meiner Frau sprechen, richtig *gemeinsam* mit ihr sprechen. Es war so lange her, dass wir das getan hatten, eigentlich hatten wir es noch nie getan. Über meine Arbeit konnte ich nun einmal nicht mit ihr sprechen, und was war denn sonst noch da? Petersen und Nielsen. Diesen Reichtum im Gespräch konnten sie nicht bieten, aber das, was mich nun erfüllte, das würde sie interessieren. Es handelte sich ja um Menschen ihrer eigenen »Klasse« – um ein Wort zu gebrauchen, das ich sonst nicht ausstehen konnte – und wir wollten zusammen besprechen, was ich für sie tun konnte. Ich eilte die Treppe hinauf, während ich auf die Uhr schaute und entdeckte, dass ich später als gewöhnlich kam.

Na, dann mussten wir wohl zuerst einen Anfall über uns ergehen lassen, aber der würde bald vorübergehen; ich hatte einen unendlichen Vorrat an Güte und Stärke in mir. Nachher mussten sie und ich endlich zueinander finden und spüren, dass doch *wir* es waren, die zusammengehörten und im Guten wie im Schlechten zusammenbleiben sollten. –

Sie hatte keinen Anfall, sie ging ganz ruhig hin und her und ordnete etwas im Zimmer.

»Da bin ich«, sagte ich freundlich.

»Da bist du«, sagte sie neutral.

»Ich komm wohl etwas spät«, entschuldigte ich mich.

»Das glaub ich auch«, entgegnete sie.

Ich wollte ihr gerade um den Hals fallen, aber ein verschlossener Ausdruck, den ich früher nicht in ihrem Gesicht gesehen hatte, ließ mich zögern. Es war etwas Unnahbares an ihr. Ich setzte mich und wartete auf ein Lebenszeichen. Sie nahm eine Socke, um sie zu stopfen, es berührte mich peinlich, dass es eine von mir war. Ich musste mich dagegen wehren, nicht wütend darüber zu werden.

Ich tastete mich wieder vor:

»Ich weiß schon, dass ich oft etwas spät von dort komme.«

»So ist es«, sagte sie und untersuchte die Socke von allen Seiten. »Das müssen ja interessante Menschen sein, die du da kennen gelernt hast.«

»Ja, schon. Und ich will dir gerne etwas von ihnen erzählen – wenn es dich interessiert?« Das letzte hätte ich nicht hinzufügen sollen; ich merkte es schon, während ich die Worte sagte, aber da war es bereits zu spät. Sie antwortete gleichgültig und unbeteiligt:

»Das kann ich nicht behaupten.«

Sie bekundete eine große und sorgfältige Hingabe für die Socke.

»Na gut, wenn die verdammte Socke dich mehr interessiert –«

»In der Tat«, sagte sie, »du machst immer so große Löcher in die Fersen.«

Sie stopfte weiter an der Socke. Ich stopfte meine Pfeife, vergaß aber sie anzuzünden, saß still da und biss auf die Spitze, sie hantierte schweigend mit der Stopfnadel.

Ich dachte: Es ist schlimm, wenn keiner von uns etwas sagt; aber ich ließ das Schlimme geschehen.

Nichts kann zwei Menschen so innig vereinen wie Schweigen, aber nichts hat auch die Macht, sie so zu trennen. Schweigen zwischen Mann und Frau kann nicht wirkungslos sein, es wird in ihm etwas *erzeugt*, entweder Gutes oder Schlechtes.

Wir fühlten es beide: es keimte etwas Schlechtes in dieser Stille; wenn wir nur wollten, konnten wir sie noch durchbrechen und es zertreten, aber es lag eine kleine hässliche Befriedigung in diesem Neuen, das zwischen uns entstand, von uns gemeinschaftlich zur Welt gebracht. Wir ließen es wachsen, es nahm an Stärke zu und einmal würde es stärker werden als seine beiden Eltern.

Ja, in dieser Stille begann die Trennung zwischen uns. Es dauerte lange, bis das Bittere und Böse stark genug wurde, das Gute zu ersticken. Aber hier war der Anfang, und wir fühlten beide den ersten Schauer einer uns durchdringenden Todeskälte.

Nun ja, der Mann hat immer die Möglichkeit, dass er gehen kann, wenn die Luft zu Hause dick wird. Das tat ich. Ich ging aus, um mich wieder in die angenehme Gemütsstimmung des Guten zu versetzen, die in mir gewesen war, als ich die Treppe hinauflief.

Es war eine unglückliche Idee, diese angenehme Gemütsstimmung wieder hervorrufen zu wollen. –

Sie kennen solche Tage, an denen alles schief läuft. Man liegt schon halb wach und noch halb in der Dunkelheit des Schlafes und merkt, dass man noch etwas schlafen kann; aber gerade in diesem Moment schlägt man die Augen auf und sieht, dass der Tag sich durchs Fenster hereingeschlichen hat und mitten im Zimmer steht und lächelt. Man springt aus dem Bett zur Morgengymnastik, wenn man so etwas liebt, legt sich danach genüsslich ins warme Wasser und ist dann bereit zum Kaffee. Es beginnt damit, dass man die Tasse umwirft und sich ein brauner Strom über das weiße Tischtuch ergießt. Verdammt! Man schenkt sich wieder ein, greift nach dem Zucker – und wirft das Sahnekännchen um. Von jetzt an läuft alles wie nach einem hinterlistig aufgestellten Programm ab, überraschende Missgeschicke folgen Schlag auf Schlag. Schließlich bedauern wir, dass kein starker Mann kommt und uns auf unserem Stuhl Arme und Beine festbindet, sodass wir uns nicht mehr rühren können. Aber wir würden sicher Mittel und Wege finden, uns mit dem Stuhl umzustürzen und uns alle möglichen Knochen zu brechen. –

Ich hatte mich an der Übellaunigkeit meiner Frau gestoßen und die guten Vorsätze zu Boden fallen lassen. Das, was ich zusammenfügen wollte, schlug ich in noch mehr Scherben. Mit meiner Opfergabe für jene anderen Menschen, die mir so viel näher standen, lief ich die Treppe hinunter. An sie wollte ich denken und ich wollte fühlen, wie gut ich doch eigentlich war. *Sie* waren mir dankbar! Diese Dankbarkeit wollte ich nun näher betrachten, sie genießen.

Aber auch sie sah ich in Scherben liegen.

Mit unheimlicher Klarheit durchschaute ich alles. Dass ich es nicht früher gesehen hatte! Sie war dankbar, weil sie mich brauchen konnte. Zuerst, um den Sohn zum Fleiß anzuspornen, dann, um ihm mehr Freude an seinem Zuhause zu geben, weil ein Freund und Kamerad täglich dorthin kam, ein »Halbbruder«, der noch dazu so arm war, dass sie sich die Freude machen konnte, gut zu ihm zu sein, auf vornehmere Art natürlich als Nielsen, aber nicht feiner von Herzen als der ehrliche Petersen. Und sobald sie erfuhr, dass ich ein erwachsener Mensch mit eigenem Zuhause und eigenem Ich war, ließ ihr Interesse nach.

Aber jetzt konnte ich wieder gebraucht werden. Ich war der Einzige, der ihren Sohn zu der Einsicht bringen konnte, diese Ehe mit dem Schweden auf vernünftige Weise zu betrachten. Das war es wert, dankbar dafür zu sein: sie würde ihn bekommen und den Sohn behalten. Sie wusste, dass ich all das konnte, so wie ich es mir auf dem Heimweg ausgedacht hatte; dumm war sie nicht. Aber jetzt hatte ich mehr Lust, ihr zu sagen: Sie glauben, konsequent zu sein! Aber dann können Sie nicht zuerst Ihr Haus zu einem Tempel Ihres verstorbenen Mannes und seinen Sohn zum Tempeldiener darin machen und sich danach mit dem Freund des Verstorbenen davonmachen. Sie können nicht Ihrem Sohn ein Bild von sich selbst vermitteln, als seien sie die untröstliche Witwe seines Vaters, und ihm dann plötzlich mitteilen, dass Sie sich jetzt in einen Mann verliebt hätten, und Sie können diese Verliebtheit auch nicht dadurch verbergen, dass Sie sie als Fürsorge für Ihren Sohn deklarieren, denn er durchschaut Sie und weiß, dass Sie Lust haben, Ihre Nächte im Bett eines neuen Mannes zu verbringen!

Das alles sagte mir mein klarer Verstand und ich fühlte einen bitteren Stolz über meine Scharfsicht. Das Gute im

Menschen hat es nicht leicht, sich zu behaupten. Ich trat an die Seite ihres Sohnes und machte mit ihm gemeinsam Front gegen den Schweden.

Als ich das nächste Mal kam, sah ich ihn. Er saß mit ihnen im Wohnzimmer.

Es war nicht leicht, am Unwillen gegen ihn festzuhalten; dieser verwandelte sich bald in Neid. Aber auch der war nicht von Dauer, sondern wurde zu Bewunderung.

Er war groß und schön, sein Gesicht geprägt von einem Wissen, das nicht das Bedürfnis hatte, sich aufzudrängen, sondern das ganz zu ihm selbst geworden war, sodass es sich nicht verbergen ließ. Ich will nicht versuchen, ihn zu beschreiben, sondern nur sagen, dass der Boden unter meinen Füßen wegglitt, als ich ihm die Hand geben musste, und ich mich zu Hause auf dem Land draußen vor dem Hof stehen fühlte, zu der Zeit, als die Bauern, die großen und die kleinen, die Mützen abzogen, wenn Leute aus der Stadt vorbeifuhren. Es brauchte nicht der Bürgermeister, Pfarrer oder Arzt zu sein; wir entblößten das Haupt vor allen, die auch nur die geringste geistige Vornehmheit ahnen ließen. Wir waren nicht kleinlich; selbst vor einem Auto mit Sonntagsausflüglern flogen die Mützen ab. Damals. Diesem schwedischen Professor gegenüber fühlte ich mich wie ein Bauernjunge. Nicht dass seine Haltung mir gegenüber dies erfordert hätte. Im Gegenteil. Selten hat mich jemand so als Mitmensch auf gleicher Ebene begrüßt. Ja, so waren diese liebenswerten alten klassischen Humanisten! Ob sie wohl noch zu finden sind?

Gleich als ich hereinkam, spürte ich die gespannte Atmosphäre; die Ursache kannte ich; der Sohn lag auf der

Lauer, die Mutter war in Angst um sein Benehmen. Der Professor durfte sich nichts anmerken lassen: gegenüber dem Sohn musste er so tun, als ob er nur als Freund des Hauses gekommen sei, die Mutter wollte er fühlen lassen, dass er mehr beabsichtigte. Dass er sie liebte, wusste ich bald. Dem Sohn sah er offen ins Gesicht, zur Mutter sprach er mit gesenkten Augen, so wie es Gelehrte manchmal tun, wenn sie vom Podium zu ihren Zuhörern über Themen sprechen, die diese nicht allzu stark interessieren. Aber einmal, als sein Blick dem ihren begegnete, verrieten seine Augen ihn durch einen Schimmer, der so deutlich war, wie er kurz und unfreiwillig war. Sie sah danach so jung aus, und die Jugend in ihrem Gesicht hielt noch an, lange nachdem der Schimmer erloschen war.

Ich saß still auf meinem Stuhl, unbeholfen wie ein Bauernjunge, der ich war, und fühlte mich als Außenstehender. Der Professor merkte es, wollte mir darüber hinweghelfen und fragte, ob ich bei den Studententreffen in Lund gewesen sei. Ich antwortete erschöpfend: »Nein«, und damit hätte das Thema eigentlich abgehandelt sein können, aber das Gespräch ging weiter und drehte sich um skandinavisches Studentenleben. Meine Teilnahme bestand meistens darin, »ja«, »nein« und »ach so« zu sagen, aber – der liebe Gott und der Professor allein können wissen, wie es dazu kam – ich wurde zum Mittelpunkt des Zusammenseins, man wandte sich erleichtert an mich und ich glaube beinahe, dass wir alle, ausgenommen der Professor, meinten, dass ich derjenige war, der das Wort führte. Ich war Gegenstand der Sympathie aller, aber es wirkte so, als ob diese von mir ausging und über die anderen ausstrahlte. Der Sohn konnte beruhigt seinen Wachposten verlassen, um an seine Arbeit zu gehen. Ich wollte mit, aber er winkte ab; auch die beiden anderen verlangten, dass ich bleiben sollte.

So saß ich da und sie sprachen miteinander; ihre Augen leuchteten füreinander, aber die Strahlen waren auf mich gerichtet. Sie füllten mich mit Liebe und Verliebtheit, er mit dem einen, sie mit dem andern; nein, er mit beidem. Ein Glück, das mich nichts anging, erfüllte mich, war in meinem Besitz, ohne mich konnten sie es nicht für sich haben; deshalb liebten sie mich und dadurch teilte ich ihr Glück – bis ich etwas Bitteres spürte, das aus mir selbst kam. Da stand ich auf und ging zu ihrem Sohn.

Er lernte nicht. Es war eine zergrübelte Atmosphäre im Zimmer. Er stand mittendrin und war nicht gerade erfreut darüber, dass ich kam.

Nun war ich da, irgendetwas musste ich sagen, und so fragte ich:

»Wie lange bleibt der Professor in Kopenhagen?«

»Weshalb?«, fragte er argwöhnisch.

»Nur so. Ich würde ihn ganz gerne noch einmal treffen. Ich finde, er ist ein besonders feiner Mensch.«

»Das kannst du ruhig finden«, sagte er, »er ist in jeder Beziehung ein feiner Mensch. Wie lange er noch bleibt? Ich glaube, eine Woche.«

Er ging zum Fenster, blieb dort stehen und schaute hinaus.

Nach kurzem Schweigen sagte er, mir immer noch den Rücken zugewandt:

»Er liebt Mutter.«

»Das ist ja nicht so verwunderlich«, meinte ich.

Er drehte sich zu mir um und sagte:

»Es ist meine Schuld, dass sie ihn nicht geheiratet hat. Ich konnte es nicht ertragen – damals jedenfalls nicht.«

»Aber jetzt?«

Er zuckte mit den Schultern, stand eine Weile da und sah gedankenvoll vor sich hin.

»Wer weiß – vielleicht wäre es für uns alle das Beste.«

Nun war er da, wo ich ihn haben musste, wenn ich mich ihrer Dankbarkeit würdig erweisen wollte. Meine Arbeit würde leicht sein. Er war mehr als den halben Weg gegangen. Er verstand sie. Es war kein angenehmer Gedanke für ihn, aber er wollte gern ein guter Sohn sein. Und außerdem – es konnte »das Beste für sie alle« sein – wenn er Ingenieur werden wollte, dann brauchte er die Erlaubnis nicht gegen ihren Willen durchzusetzen.

Ihr neuer Mann, der in jeder Beziehung ein feiner Mensch war, würde ihn unterstützen. Meine Arbeit war *sehr* leicht.

Aber ich fühlte plötzlich, dass ich ganz die Lust dazu verloren hatte. Man hatte mich ja auch nicht nötig. Es würde von selbst gehen, sobald sie mit ihm darüber sprach. Ich war ganz und gar nicht zufrieden.

Er konnte es mir ansehen und sagte es. Ich antwortete:

»Natürlich hast du Recht. Es ist nur so: ich habe mich an den Gedanken gewöhnt, dass deine Mutter nur – deine Mutter ist.«

»Das habe ich natürlich auch«, sagte er, »oder richtiger, Mutter hat mich an ihn gewöhnt. Aber trotzdem habe ich nicht vergessen, dass ich eine *junge* Mutter habe und dass sie für mich viele Jahre ihrer Jugend geopfert hat.«

Es war klar, bevor die Woche um war, würde es entschieden sein, dass sie den Schweden heiraten würde. Das war so sicher, dass ich mir einbilden konnte, es mache nichts aus, wenn ich sagte:

»Es ist vielleicht verrückt, aber ich kann mich wirklich nicht an den Gedanken gewöhnen, dass sie wieder heiratet.«

Er lächelte.

»Das kann ich natürlich auch nicht. Ich hätte es auch am liebsten, wenn sie es sein ließe. Aber wir dürfen nicht so egoistisch sein, alter Junge!«

Seine Augen sahen mich so herzlich an. Ich war wirklich sein Bruder.

Ich schämte mich – und dachte doch gleichzeitig, dass ich jetzt zu seiner Mutter so über ihn sprechen könnte, dass aus dieser Ehe nichts würde. Ich wusste, was gesagt werden musste und wusste, *auf welche Weise* es geschehen sollte, besonders das. Genau wie ich es mir vorgestellt hatte, als ich sie das letzte Mal verließ und mich ihrer Dankbarkeit würdig erweisen wollte.

»Hast du etwas dagegen, wieder zu den andern hinüberzugehen?«, sagte er. »Ich habe das Bedürfnis, allein zu sein, um Klarheit über mich selbst zu bekommen.«

Ich ging zu ihnen, entweder im richtigen Augenblick oder im ungünstigsten, wie man es gerade betrachtet. Sie hatten über mich gesprochen, das erfuhr ich bald, und was inzwischen geschehen war, brauchte mir niemand zu erzählen; das war deutlich zu fühlen.

Als ich vorhin aus dem Zimmer ging, hatten sie mich eigentlich noch nötig; sie konnten nicht länger *zu* mir reden, also sprachen sie *über* mich. Aber dann war ich nur noch ein Name, über den ihre Stimmen und ihre Blicke sich begegneten, es entstand eine Hochspannung zwischen ihnen, in der sich zu berühren lebensgefährlich, aber bald unvermeidlich wurde; wenn das Gespräch stocken würde, wäre es unumgänglich.

In diesem Augenblick kam ich. –

Wie schrecklich es von den Seligen empfunden wird, wenn eine verlorene Seele sich aus Versehen in den Himmel verirrt, kann ich mir gut vorstellen; aber ich weiß jetzt ganz sicher, dass sie selbst es nicht aushalten kann, zu bleiben; sie muss weg, in der Hölle geht es ihr dann doch besser. –

So höflich und vornehm, dass ich mich selbst kaum kannte, verabschiedete ich mich und wollte gehen.

Aber sie hielt mich mit einem Eifer zurück, als ginge es um ihr Leben.

Sie hatte mehr Glück aufgesogen, als sie zu hoffen gewagt hatte. Die Worte, die er nicht mehr lange zurückhalten konnte, durften nicht ausgesprochen werden – noch nicht.

Ich setzte mich und stellte mich ihnen zur Verfügung.

Für den Professor war ich wohl ein notgedrungenes Übel, aber er verhielt sich dennoch liebenswürdig. Sie hatte ihm erzählt, dass ich Maler sei, und es zeigte sich, dass er sich sehr für Kunst interessierte und viel darüber wusste; er kannte aus jüngeren Jahren verschiedene der besten dänischen Maler persönlich, auch meinen Professor von der Akademie – was mich nicht gerade stolz machte. Da hatten wir nun endlich ein Thema, zu dem ich etwas mehr sagen konnte als »nein«, »ja« und »ach so«, das Gespräch wurde wieder angeregt, ihre Augen leuchteten mütterlich, der Professor sah es und vergaß, dass ich ungelegen gekommen war. Ich war nicht länger nur nützlich, ich war willkommen und sie baten mich, sie am nächsten Tag nach Charlottenborg zu begleiten.

Dort zwischen den Gemälden geschah dann das, was weit reichende Folgen im Schlimmen und im Guten haben und für mein ganzes späteres Leben bestimmend werden sollte.

Kleine unbedeutende Worte und Vorkommnisse, alles, was man als Zufälle bezeichnet, es wimmelt jeden Tag von ihnen und nie kann man den Unterschied sehen zwischen denen, die leer und denen, die mit Schicksal beladen sind. Lange nachher, wenn Glück oder Unglück geschehen sind, weiß man es dann, wie ich nun zu sehen imstande bin, dass aus einer kleinen höflichen Bemerkung des schwedischen Professors meine gesamte Zukunft entsprang, über deren Art ich keine Ahnung haben konnte, selbst dann nicht, als sich später deren Möglichkeit zu zeigen begann.–

Was er sagte war:

»Hier werden später vielleicht auch einmal einige von Ihren Bildern hängen.«

Ich konnte mich nicht zurückhalten, zu sagen, dass hier schon einmal auf einer Ausstellung eines von mir gehangen hatte. Da fragte sie erfreut: »Wann? Bekam es eine gute Kritik?« – »Ja-ah.« – »Eine sehr gute?« – »Über alle Erwartungen.« – Nun erinnerte sie sich: vor einigen Jahren war da einer von den jungen Malern, den man als besonders viel versprechend einschätzte. Das *war* doch nicht etwa – –. Ja, sicher, das war ich. Beglückend und bitter, es zu sagen. – Aber dann hatte sie es ja gesehen! Nur deswegen war sie zur Ausstellung gegangen – –. Es war – – nein, ich durfte nichts sagen, sie wollte sich selbst erinnern. Und sie erinnerte sich wirklich. – Wo in aller Welt war es hingekommen? – Ich nannte den Namen des Käufers. Sie kannte ihn gut von früher! Sie hatte ihn seit Jahren nicht mehr gesehen, sie besuchte ja so selten Menschen. Aber ihn anrufen und fragen, ob wir kommen dürften, das konnte sie, und wir mussten es doch sehen, nicht wahr? Der Professor antwortete »ja«; er war ein zuvorkommender Mann.

Ich wollte nicht mit. Natürlich wäre es schön gewesen, das Heute zu vergessen und einen Augenblick sanft auf den letzten Wogen meiner ersten, einzigen großen Anerkennung zu schaukeln; aber diesem Bild wieder zu begegnen, war mir völlig unmöglich. Ich sagte, dass ich Stunden geben müsse und ging wirklich hinaus zu Petersens Restaurant, schaute auf meine »Prachtstücke«

von Gemälden und wurde so traurig, dass er mir einen »Zehner« zusteckte.

Es vergingen ein paar Tage, ehe ich sie wieder besuchte. Ich hatte keine Lust, mit ihnen über das Bild zu sprechen und gefragt zu werden, was ich noch anderes Schönes gemalt hätte. Ich blieb weg, mit einem Gefühl wie ein Schuljunge, der die Schule schwänzt, weil er seine Hausaufgaben nicht gemacht hat.

Aber dann sagte ich mir, dass sie an wichtigere Dinge zu denken hatten als an mein altes Bild von damals. Der Sohn hatte vielleicht mit ihr gesprochen und zwischen den dreien war alles in Ordnung. Bevor es mir bewusst wurde, stand ich vor der Tür und klingelte, das Dienstmädchen öffnete und ich ging hinein. Sie saßen alle drei im Wohnzimmer.

Es musste in den Sternen geschrieben stehen, dass die Atmosphäre jedes Mal, wenn ich kam, mit etwas geladen war. Dieses Mal war ich die Ursache. Ich fühlte mich so elend, ich empfand es wie einen Hinterhalt, in dem alle wegen etwas verschworen waren, das mich betraf; nichts Böses – sie sahen zufrieden aus, aber ich wollte nichts davon wissen, denn es konnte sich nur um meine Kunst drehen und dazu konnte ich mir selbst Komplimente machen und sagen, dass sie, wenn sie Proben von ihr sehen wollten, zu Petersens Gastwirtschaft am Rande der Stadt hinausfahren müssten. Ich hatte nicht die Nerven, auf schöne Worte zu hören und zu tun, als ob ich ihrer würdig wäre. Aber ich war nun einmal da, und sie und der Professor hielten gleichsam den Gewehrlauf auf mich gerichtet, der Sohn stand auf, wie um das Signal dafür zu geben, dass der Schuss jetzt losgehen könne, er verließ das Zimmer und schloss die Tür hinter sich. Der Professor sah sie fragend an. – Willst du oder soll ich –? Sie nahm es lächelnd auf sich und sah so froh aus, dass ich dachte:

vielleicht will sie mich doch nur über ihre Heiratspläne unterrichten.

Aber es handelte sich um das Bild. Sie hatten es gesehen, er sei sehr begeistert davon gewesen. Hier schwieg sie einen Augenblick, damit er ihre Worte bekräftigen konnte. Das tat er so herzlich, dass ich ganz verzweifelt wurde. Ich war ganz fertig, Herrgott nochmal!

Sie fuhr fort und erzählte, er sei so begeistert gewesen, dass er zum Professor gegangen war. Zu meinem Professor von der Akademie! Das konnte und *wollte* ich nicht anhören. Ich wusste ja alles. Er hatte mit dem Mann gesprochen, der tief in meine Seele hineingesehen, mich verstanden, mir geholfen, mich dahin geleitet hatte, das einigermaßen von mir zum Ausdruck bringen zu können, was er in mir gesehen hatte! Ich wusste es gut: er hatte sich verwundert gefragt, warum ich nicht mehr zu ihm kam, dass ich nichts ausstellte; er hatte die anderen gefragt und war darüber informiert worden, dass ich vor die Hunde gegangen war. Ich *wusste* es, hatte es aber nie *denken* wollen. Man kann gut so nahe dran sein, vor die Hunde zu gehen, dass es für alle und jeden offenkundig ist, wie es um einen steht, aber man braucht es sich selbst nicht einzugestehen, solange man ehrenhaft lebt und einen kleinen Funken Hoffnung am Leben erhalten kann. Man kann es aushalten, dass alle sehen, dass man in der Gosse liegt und dass sie darüber sprechen; aber da wird immer mindestens *ein* Mensch sein, der es nicht wissen darf. Dieser eine Mensch war für mich mein lieber, guter, weiser Professor. Und nun sollte ich alles hören, was er über mich erfahren hatte, rücksichtsvoll dargestellt und fein retouchiert von diesem freundlichen Schweden, während ich dasaß und das Atelier vor mir sah, den Professor, die weisen Augen und den schrecklichen Zeigefinger, der erbarmungslos auf mich gerichtet war! Es durfte nicht geschehen. – Der Schwede begann. Im selben Augenblick sah ich einen weißen Schimmer, etwas wurde durch eine Blässe überdeckt wie bei einer Ohnmacht, nichts Bestimmtes – das ganze Dasein verblasste einfach. Wahrscheinlich war *ich* es nur, der blass wurde. Die beiden andern schauten mich jedenfalls erschrocken an, und in der Pause, die dabei entstand, versuchte ich mit aller Kraft – und ich hatte mehr davon als ich ahnte – mein eigenes Leben zu retten. Ich griff nach etwas, wusste nicht nach was, nur wozu ich es brauchen sollte: diesen schwedischen Herrn daran zu hindern, dass er zu Wort kam.

Ich entdeckte, dass ich mitten in der Diele stand und von meinem ersten Besuch beim Professor erzählte. Ich sei in den Wald gegangen, sagte ich, und da draußen hatte ich eine Offenbarung gehabt. Sie schauten mich verblüfft an, und ich machte mir einfach ihre Verblüffung zu Nutze; sie inspirierte mich, zu sagen, dass sie nicht weiterfragen dürften, eine Offenbarung könne nicht in Worten ausgedrückt werden, sie könne nur gemalt werden, und selbst das sei nicht so leicht für mich gewesen, der nie versucht hatte, etwas anderes als einen Gartenzaun zu malen; ich hatte allerdings sogar zwei gemalt, und sie waren leidlich gut, aber es fehlte trotzdem etwas an ihnen, und dann sei ich nach Hause gegangen und setzte die Offenbarung bei dem einen um und fand, es sei gelungen. Eines Tages erschien ein Freund, der Maler war, sah die Leinwand und lief mit der Offenbarung davon. Ein paar Tage später kam er wieder und ging mit mir – direkt zum Professor. – Ich merkte, dass sie diesem Gefasel mit atemloser Aufmerksamkeit folgten. Das brachte mich richtig in Fahrt: ich *konnte* sie daran hindern, zu Wort zu kommen! Ich trabte den Flur entlang, dem Freund, der mich davonschleppte, auf den Fersen. Dann stand ich im Atelier! Ich wusste instinktiv, dass sie Lust hatten, einander fragend anzusehen, was in mich gefahren sei, dass sie aber die Augen nicht von mir lösen konnten. Was in mich gefahren war, wusste ich selbst kaum; es war etwas Verzweifeltes, von dem ich loswollte. Ich wollte mir selbst entrinnen, da ich nicht von ihnen wegkommen konnte, und ich schlüpfte in eine Karikatur meiner selbst hinein. Es lag Befreiung darin, es war eine Flucht, die geglückt war. Ich stand sterbend vor Angst und elend im Atelier des Professors und schielte auf die Stelle, wo der Gartenzaun mit meiner Offenbarung stand. Mit einem flüchtigen Blick aus den Augenwinkeln sah ich sie und den Schweden vor Lachen fast platzen, aber noch an sich haltend, weil es sich eigentlich nicht gehörte; aber ganz konnten sie es doch nicht lassen und ich hörte sie glucksen, was mich noch mehr inspirierte; ich griff nach dem Bild und spürte dabei, wie die Gestalt meines Professors in meinen Körper kroch, ich ließ es geschehen, es war ein eigenartiges Lustgefühl; tief drinnen in mir saßen ein Lachen und ein Jubel; dieser hielt sich jedoch dienstbeflissen zurück, um dem alten weisen Maler Platz zu machen, gab ihm aber in der Eile einen kleinen Schubs, sodass er eine etwas alberne Figur machte. Der Schwede, der ihn kannte, lachte laut: »Er sieht ihm wirklich ähnlich!« Das gab mir frischen Mut, ich wusste, dass ich mich auf Treibsand befand und keinen festen Grund unter den Füßen hatte, ich war mir klar darüber: zum Denken zu kommen war das Schlimmste, das mir geschehen konnte; dann würde ich rettungslos versinken. Instinktiv verließ ich mich auf den »kleinen lachenden Jubel« in mir, der sich gleichzeitig versteckte und doch mein Reden, meine Bewegungen und den Ausdruck meines Körpers auf eine herrlich befreiende und ansteckende Weise dirigierte. Dieser Jubel ließ auch den Professor auf die Offenbarung beim Gartenzaun zeigen und fragen, was das denn darstellen solle, und machte mich zu einem verwirrten Schuljungen, der seine Lektion nicht konnte und zu raten begann: eine Esche! Und so ging das Spiel mit verschiedenen Bäumen und Sträuchern weiter – bis der Professor feststellte, dass ich am Gartenzaun die ganze Botanik untergebracht hätte, und sich anbot, mir die Namen der verschiedenen Arten beizubringen, um der Menschheit das Verstehen der Offenbarung zu erleichtern. –

Was daran so lustig war, begriff ich eigentlich selbst nicht richtig, beschäftigte mich aber auch nicht allzu lange damit, ich gab mich nur dem erwähnten »kleinen lachenden Jubel« hin und fühlte dabei eine befreiende Lust, ein Glücksgefühl mitten in, über oder unter meiner Verzweiflung; ich weiß nicht, wo ich diese Verzweiflung am besten hintun soll, weil sie immer wieder dem Glück das Feld räumen musste, sodass ich nach und nach vergaß, dass sie da irgendwo saß und quälte. Ich konnte nicht so richtig begreifen, dass die ganze Komödie für andere so unglaublich lustig sein sollte. Aber glauben musste ich es; ich habe nie jemanden so hilflos lachen gehört oder gesehen wie diese beiden. – Das ist nun nicht ganz wahr, aber *damals* hatte ich so etwas noch nicht erlebt.

Inzwischen war so viel Zeit vergangen, dass ich mich erstaunt darüber geben konnte, wie spät es geworden war, und behaupten, dass ich jetzt gehen müsse. – Oh, ich dürfe jetzt nicht gehen, sie hätten etwas Wichtiges mit mir zu besprechen. – Aber ich müsse wirklich zu einer Unterrichtsstunde; zwei pünktliche Menschen warteten auf mich. – Das war eine Lüge, was mir sonst widerwärtig war, aber im Augenblick glaubte ich, sie mir leisten zu können, ich war jenseits von Gut und Böse, wusste, dass ich nicht *bleiben* konnte, und ich hatte Angst davor, wie es mir ergehen würde, wenn ich wieder in die normale Welt zurückkam.

Ich nahm die Straßenbahn zum Restaurant hinaus und fragte Petersen, ob er etwas Kräftiges habe, was schnell wirke.

»Hast du das Bedürfnis, dich voll laufen zu lassen?«, fragte er.

»Nicht voll«, sagte ich, »das kann ich nicht vertragen. Nur gerade so betrunken, dass ich nicht an etwas anderes denken muss, als dass du der einzige Mensch bist, mit dem ich zusammen sein mag.«

Froh darüber und doch ein wenig bekümmert, glaubte Petersen mir aufs Wort. Und es war im Augenblick auch keine Lüge.

Er hatte das starke Getränk, das ich brauchte und eine gute Portion Essen dazu. Er servierte selbst und saß an meinem Tisch und wachte wie ein Schutzengel über mich, sodass ich nicht betrunkener wurde, als ich – und er selbst – es gutheißen konnten. –

Eine Woche später ging ich wieder zu meinen Freunden. Das Dienstmädchen öffnete, sagte, die gnädige Frau sei im Wohnzimmer und ich ging hinein.

Sie stand am Fenster und schaute hinaus – an dem Fenster, das sie geöffnet hatte, um mir nachzuschauen, an dem Tag, als ich im Anzug ihres Mannes nach Hause ging.

Ich hätte sie beinahe nicht erkannt, als sie sich umdrehte, um mich zu begrüßen. Schön war sie wie immer, aber älter, *mit Absicht älter,* sie hatte das Alter gerufen und es war zu ihr gekommen, man sah seine abgeklärte Ruhe in ihrem Blick, aber die gewollte Resignation zog eine bittere Linie um ihren Mund.

»Ist der Professor abgereist?«, fragte ich.

Sie nickte, war einen Augenblick abwesend, holte aber die Gedanken zurück und sagte: »Ja, er ist abgereist. – Und nun ist der Junge glücklich – und alles ist gut.«

Sie versuchte zu lächeln, aber der Mund wollte nicht so ganz gehorchen und die Augen behielten ihren Ernst.

»Glücklich?«, sagte ich, »haben Sie denn nicht mit ihm darüber gesprochen?«

Sie schüttelte den Kopf.

»Wenn ich etwas versprochen habe, halte ich es, und ganz bestimmt, wenn das Versprechen dem Sohn meines Mannes gegeben wurde.«

»Ja, aber – er wollte doch – –?«

Ich beeilte mich, zu erzählen, was er gesagt hatte.

Sie hätte es gern geglaubt, aber in ihrer Stimme hörte man den Zweifel, als sie fragte:

»Ist es wahr? Hat er wirklich – –?«

»Gehen Sie selbst hinein und fragen Sie ihn«, sagte ich, »fragen Sie ihn *jetzt*. Erzählen Sie ihm, was ich gesagt habe.«

Für einen Augenblick sah es aus, als ob sie es tun würde, dann schob sie den Gedanken mit einem Lächeln beiseite und sagte: »Nein, nicht jetzt, vielleicht später. Gerade jetzt haben wir wichtigere Dinge zu besprechen.«

Man konnte mir wohl ansehen, dass ich nicht verstand, was es für sie Wichtigeres geben konnte als das, denn das Lächeln kam wieder und sie sagte:

»Es ist übrigens nicht sicher, dass ich überhaupt mit ihm über die Sache reden will, die Sie mir anvertraut haben. – Aber danke, dass Sie mir helfen wollten.«

Sie nahm mein Gesicht in ihre Hände, mit Angst und Freude glaubte ich sogar, sie würde mich küssen, und ich glaube sogar, sie würde es getan haben, wenn sie nicht in meinen Augen etwas gesehen hätte, was sie veranlasste, mich sofort loszulassen. Sie ging zum Sofa und setzte sich.

»Setzen Sie sich«, sagte sie mütterlich, »hier, gerade mir gegenüber. Denn jetzt müssen wir über *Sie* sprechen.«

Dann rückte sie mit dem heraus, wofür ich mich lächerlich gemacht hatte, um zu verhindern, dass es zur Sprache kam. Und diesmal hörte ich zu, ohne mich dagegen zu sträuben. Der Schwede hatte durch meinen Professor alles erfahren. Meine Ehe schien ihm nicht ganz glücklich zu sein, aber es waren nach der Meinung des schwedischen Herrn doch wohl am meisten die ökonomischen Schwierigkeiten, die meine künstlerische Entwicklung hemmten; Sprachunterricht und Klecksereien in einer Gastwirtschaft seien mir nicht zuträglich, der Geist sei bei mir williger als die Hand, hatte mein Professor gesagt; ich müsse die Technik in den Griff bekommen. Nachdem der Schwede mein Bild gesehen hatte, habe er mir finanzielle Hilfe anbieten wollen.

»Aber da wurde ich richtig böse auf ihn«, sagte sie, gleichzeitig froh über sein Angebot und darüber, dass sie es abgeschlagen hatte, »denn das ist wirklich *mein* Privileg. *Ich* bin es, zu der Sie gehören. Nicht wahr?«

»Ja«, sagte ich, und es war nicht der kleinste Rest eines Vorbehaltes in mir.

Sie merkte es und lachte so herzlich darüber, dass das herbeigerufene Alter beleidigt seines Wegs ging und ihr nicht mehr nahe kommen wollte. Alles, was sie tun konnte, war, ihre Mütterlichkeit ›wie einen Schirm vor mir anzubringen‹. Hinter diesem ›Schirm‹ hörte ich dann ihr Angebot, mir zu helfen und fühlte, dass ich finanzielle Unterstützung von ihr nicht entgegennehmen konnte. Ich dankte und lehnte ab.

Sie war betrübt und enttäuscht. Das hielt ich nicht aus und erklärte deshalb, dass ich noch gerne eine Zeit lang versuchen wollte, mich mit *eigenen* Kräften durchzuschlagen. Das respektierte sie. »Aber wenn es zu schwer wird, dann kommen Sie zu mir. Das ist ein *Versprechen*! Für mich gerade sosehr wie für Sie. Abgemacht?«

Was konnte ich anderes als »ja« sagen?! –

Ich ging zu ihrem Sohn hinein und fragte, weshalb er nicht mit ihr gesprochen habe.

»Worüber?«, fragte er, den Kopf voller Abiturvorbereitung.

»Der Professor ist abgereist.«

»Ja, schon! Aber sie hätte ja auch zu mir kommen können.«

»Sie hat dir ein Versprechen gegeben«, sagte ich, »und was sie tut, tut sie konsequent. Du hättest eigentlich zu ihr gehen können.«

»Ja, schon.«

Aber es war alles ein bisschen schwierig – und dann noch mitten in der Abiturvorbereitung – all das peinliche Getue von der Auflösung des bisherigen Lebens – aber er hatte ja auch vor, es bei passender Gelegenheit zu tun – herrje, es eilte wohl nicht so gewaltig.

»Sie haben lange genug gewartet«, sagte ich, »und das ist schade.«

»Schade!«, sagte er, »ja, für den Professor; er ist ja *verliebt* in sie.«

»Und sie – –«, sagte ich gereizt.

»Mutter ist absolut nicht in ihn verliebt«, erklärte er, »sie hält nur sehr viel von ihm – und dann ist sie jung, jünger, als sie sich selbst eingesteht. Er ist immer hierher gekommen, weil er sie liebt, und sie hat es gewusst. Aber er behielt es für sich – selbst lange nach Vaters Tod, dadurch gewann er ihre Achtung und verbündete sich nach und nach mit dieser Jugend; sie kann ja nichts dafür, dass sie sie hat. Aber als die Rede vom Heiraten war, da konnte sie sich hinter mir verstecken, und weil ich gegen das Heiraten war, fiel es ihr gar nicht so schwer, es sein zu lassen. Aber sie hält viel von ihm, und das verdient er; eigentlich liegt es nahe, ihn zu heiraten, und ich werde es ihr auch sagen. – Aber *verliebt* – – ihre Verliebtheit ist nichts anderes als unverbrauchte Jugend; sie hätte sich ebenso gut in dich verlieben können, wenn du nicht so jungenhaft ausgesehen hättest – und dazu noch die Frechheit gehabt hättest, bereits verheiratet zu sein.«

Er schaute mich altklug und spöttisch an. –

Bevor ich ging, sagte ich ihr, dass ich mit ihm gesprochen hätte und fügte hinzu: »Er nimmt es nicht mehr so schwer und eines Tages wird er es Ihnen selbst sagen. Im Augenblick jedoch findet er es nicht halb so wichtig wie sein Abitur.«

»Da kann man wohl nichts dagegen sagen, wenn man es von seinem Standpunkt aus sieht«, sagte sie, »aber ich bin trotzdem froh darüber, dass du es mir erzählt hast.«

Als sie entdeckte, dass sie »du« gesagt hatte, mussten wir beide lachen. Das Lachen verstummte, begann wieder ein wenig gedämpfter, hörte auf, begann aufs Neue, schwächer, unsicherer, endete in einem Lächeln, das ihre Worte begleitete:

»Nun, vielleicht komme ich eines Tages doch dazu, nach Schweden zu schreiben.«

Damit waren wir wieder auf ernstem Gebiet. –

Sie veränderte sich in der folgenden Zeit, wurde jünger, ein Druck war von ihr genommen, sie sah froh aus und lachte oft. Ich konnte ihr ansehen, wie sie als junges Mädchen gewesen war. Aber bezaubernder und attraktiver war sie jetzt.

Eines Tages sagte sie zu ihrem Sohn, er sei blass und überarbeitet, er müsse einen Spaziergang im Wald machen und die Sonne auf sich scheinen lassen. »Wir ziehen alle drei los. Es ist Juni, der Flieder blüht und der Weißdorn, alles blüht, kommt jetzt!«

Wir nahmen den Zug nach Klampenborg, die Sonne schien, der Sund blinkte, es war Frühsommer, sie war selbst der Frühsommer und wir begleiteten sie. Wir aßen dort draußen, und hätte das Abitur nicht vor der Tür gestanden, wären wir bis tief in die helle Nacht draußen geblieben; nicht als Mutter und Sohn und der Freund des Sohnes, sondern als drei gute Kameraden.

Spät wurde es trotzdem, und als ich heimkam, hatte meine Frau einen Anfall. Nie hatte sie mehr Grund dazu gehabt als jetzt, aber trotzdem hatte ich wenig Lust, sie zu beruhigen. Weil es gerade dadurch noch mühsamer wurde und mehr Zeit kostete, fand ich, die andern hätten Recht darin, dass meine Ehe nicht ganz glücklich sei. Ich wusste gut, dass die Schuld dieses Mal bei mir lag und dass ich mehr zu Hause sein müsste, aber der Reiz, der von der anderen Familie ausging, war stärker als meine Widerstandskraft, und ich entschuldigte mich damit, dass es mir in jeder Beziehung gut tue, dorthin zu gehen. Und ich ging häufig hin, selbst wenn ich nicht mehr mit ihm lernte, kaum noch mit ihm sprach, weil er mitten in der Abiturvorbereitung war. Ich saß auch nicht mehr so lange im Wohnzimmer; sie hatte Gefallen daran gefunden, Spaziergänge zu machen und nahm mich gerne mit. Sie erschien mir in ganz neuem Licht; Männer, die uns begegneten, bekamen glänzende Augen und ich machte sie darauf aufmerksam. Sie hatte nicht die geringste Neigung zum Flirten, aber sie machte kein Geheimnis daraus, dass es ihr gefiel, bewundert zu werden. Jedes Mal, wenn ein Spaziergänger ihr einen besonders charmanten Blick schenkte, lächelten wir uns glücklich in geheimer Verbundenheit zu. Es bedeutete für sie nichts anderes, als dass es Sommer geworden war – in ihr und wieder einmal für sie.

Ungefähr einen Monat lang lebte ich in ihrem neuen Sommer, der auch meiner geworden war. Ich betrachtete es als Ferien, auf die ich ein Anrecht zu haben glaubte. Diese Ferien würden bald vorbei sein; sie würde nach Schweden ziehen und ich musste in meine Wohnung zurück, um meinen Streit auszufechten. Ich wusste, er würde nicht einfach werden und deshalb durfte ich mir mit gutem Gewissen Ferienfreuden gönnen. –

Zu Ferien gehört Verliebtheit. Sie haben es wohl selbst schon erfahren. Ich unterstelle es einfach und gehe mit Ihrer Erlaubnis davon aus, dass Sie sich in ein junges Mädchen verliebten, deren Liebster nicht bei ihr war. Sie fühlten sich sofort angezogen von ihrem Aussehen und ihrem Wesen, Sie wissen, dass sie tabu ist, und deshalb bemerken Sie nicht – erst wenn es zu spät ist – dass Sie sich verliebt haben. Sie sind nur froh darüber, dass sie Sie sympathisch findet. Sie freuen sich sogar darüber und glauben, dass es nicht nur eine rein zwischenmenschliche Sympathie ist, sondern zugleich auch eine leicht erotisch gefärbte. Eines Tages kommt der Postbote mit einem Brief. Sie nehmen ihn entgegen, sehen, dass er für sie ist und geben ihn ihr; aus dem Ausdruck ihres Gesichts beim Anblick der Schrift auf dem Umschlag sehen Sie, dass der Brief von *ihm* ist, ein Stich im Herzen sagt Ihnen, dass Sie sich nun beeilen müssen, von hier fortzukommen, heimzureisen, aber es gelingt Ihnen nicht, sich zu rühren, und sie steht da und schaut auf ihren Namen, der von seiner Hand geschrieben ist, Sie existieren einfach nicht, sind aber trotzdem im Weg und müssen gehen, sodass sie ihren Brief in Ruhe lesen kann; in dem Moment, in dem sie aufschaut, um zu wissen, ob sie allein ist, gelingt es Ihnen wie durch ein Wunder, ein Lächeln hervorzuzaubern, das ihr zeigt, dass Sie verstehen, von wem der Brief ist. Ein Lächeln von ihr gibt es zu. Da steht ihr und seid plötzlich so vertraut, keiner verbirgt etwas, ihr sagt kein Wort, aber euer Wesen offenbart alles. Sie weiß von Ihrer Verliebtheit und sie leugnet gar nicht, dass sie sich gut hätte in Sie verlieben können, wenn sie nicht von ihrer Liebe zu ihm beschützt wäre. Ihr steht euch in Vertraulichkeit so nahe, die Verliebtheit kleidet sich in den Mantel der Freundschaft, und beschützt von ihm braucht sie vor nichts Angst zu haben. Sie beschließen, bis zum Schluss der Ferien zu bleiben und Sie tun es. Die Stiche im Herzen sind nicht zu vermeiden, aber die Freude ist den Schmerz wert. Ihr seid vertraute Freunde. Die Verliebtheit braucht nicht verborgen zu werden, beide wissen, dass sie ungefährlich ist. *Sie* wissen, dass Sie danach büßen müssen, aber dafür haben Sie eine Erinnerung, die Sie nicht entbehren wollen und über die Sie sich mit gutem Gewissen freuen können, weil Sie nicht einen Augenblick, so wenig wie sie, daran dachten, die Grenze des Erlaubten zu überschreiten. –

So ungefähr verhielt ich mich in meinen kurzen Ferien in dem Sommer, der in ihr angebrochen war. Der Brief aus Schweden war gekommen, und ich war verheiratet. Wir waren beschützt, durften getrost glücklich sein. So dachte ich. Und sie – ja, sie lebte nur im Juni mit all seinen Blumen und all ihrem Duft und unterschied kaum, ob der Duft von Schweden herüberwehte oder von weit näher kam. Ab und zu war er wohl auch verwirrend miteinander vermengt. Wenn sie zu mir über den schwedischen Professor sprach, war es nicht immer leicht, zu wissen, welcher von uns der eigentliche Gegenstand ihrer Gedanken war, manchmal sprach sie ganz offensichtlich zu mir, um Gelegenheit zu bekommen, seinen Namen zu nennen, aber ebenso oft glaubte ich, dass er nur genannt wurde, damit sie sich über seine Bewunderung für meine Malerei und seine gute Meinung über mich freuen konnte. »Er hält viel von Ihnen«, sagte sie, und dann sah sie aus, als ob sie selbst es wäre, die – ach ja, sie sah aus, wie das junge Mädchen aussah, für das ich Sie schwärmen ließ, in dem Augenblick, in dem sie Ihnen ihre kleine Verliebtheit gestand. Wir wurden so vertraut, dass ich eines Tages »du« zu ihr sagte – wie sie es einmal selbst mir gegenüber getan hatte. Ach, was liegt nicht für ein Zauber in dem unbewusst ausgesprochenen »du«, das schnell wieder in »Sie« verbessert wird! Wir sprachen davon, dass es jetzt nur noch vierzehn Tage bis zum Abitur des Sohnes seien.

»Dann musst du bald nach Schweden schreiben«, sagte ich und erschrak so, dass sie lachte; es machte ihr nichts aus, aber ich beeilte mich, zu sagen: »Das müssen Sie wirklich.«

»Vielleicht«, sagte sie und sah gedankenvoll vor sich hin, »aber das muss warten, bis das Abitur vorüber ist.« Ich wusste ja gut, dass sie ihren Entschluss gefasst hatte, aber es tat weh, ihn bestätigt zu hören, und ich konnte es nicht lassen, in dem Schmerz zu bohren.

»Warum wollen Sie eigentlich noch warten?«

»Sehnen Sie sich danach, mich loszuwerden?«, fragte sie liebevoll neckend, wie jemand, der allzu gut weiß, dass er vermisst wird, aber zugleich einen lindernden Balsam bereit hat. Ich konnte nicht antworten, schaute sie nur an, und sie wurde ernst.

»Nun müssen wir über *Sie* sprechen«, sagte sie. »Es wird ja wohl so werden, wie Sie glauben, und ich kann natürlich nicht so ohne weiteres von Ihnen wegfahren. Sie haben versprochen, zu mir zu kommen, wenn Sie Hilfe nötig haben. Das ist noch nicht geschehen und geschieht vielleicht auch nicht, während ich noch hier bin. Deshalb hinterlasse ich bei meinem Anwalt ein Sparbuch, das Sie holen können, wann Sie wollen. Nein, Sie dürfen sich nicht dafür bedanken! Ich bitte Sie darum. Sie dürfen gerne froh sein, auch gerne dankbar, aber Sie müssen es akzeptieren, wie mein Junge es tun würde. Sie sind zu uns gekommen und gehören hier dazu. Sie sind einer von uns. Und jetzt wollen wir nicht mehr über das Buch reden, das heißt«, fügte sie ein wenig zögernd hinzu, »vielleicht – ich weiß es nicht, aber vielleicht wäre es am besten, wenn es vorläufig unter uns bliebe – ja, mein Junge darf es natürlich gerne wissen, aber – ja, es ist vielleicht nicht richtig von mir – nein, das müssen Sie selbst entscheiden.«

»Es besteht kein Grund, etwas zu sagen, solange ich von dem Buch keinen Gebrauch mache«, sagte ich.

»Aber Sie *müssen* von ihm Gebrauch machen«, sagte sie eindringlich und vergaß ganz den kleinen Vorbehalt, dem sie ungern Ausdruck geben wollte.

»Meine Frau *kann* wirklich gut mit Geld umgehen«, begann ich, aber sie unterbrach mich:

»Es ist gar nicht das; ich habe ja von Ihrer Ehe gehört – durch andere. Und ich meine – ja, eigentlich ist es die Idee des schwedischen Professors, und die ist wohl richtig – dass es gut für Sie sein würde, wenn Sie eine Zeit lang verreisen könnten – hinaus aufs Land, um Gras, Korn und Bäume zu sehen – *allein*. Allein mit sich selbst und Pinsel und Palette. Glauben Sie nicht?«

Ich nickte, und sie fuhr fort:

»Das war es, was ich vorhin meinte: es ist vielleicht nicht nötig, dass Ihre Frau *sofort* erfährt, wie viel in dem Buch steht, weil sie dann vielleicht mit Ihnen möchte, und nach dem, was ihr Cousin zu Ihrem alten Lehrer gesagt hat – aber das müssen Sie natürlich selbst entscheiden, es sind *keine* Bedingungen an das Buch geknüpft.«

»Ich will tun, was Sie vorschlagen«, sagte ich, »denn es ist richtig. Und es ist notwendig. Die Schwierigkeit besteht darin, sie hier ganz alleine bleiben zu lassen. Es tut ihr nicht gut, allein zu sein, sie erträgt es nicht.«

»Nein, das weiß ich«, sagte sie, »aber kennen Sie nicht jemanden, der inzwischen bei ihr bleiben könnte?«

Sie musste viel von ihr gehört haben; es war ein kranker Mensch, über den sie sprach. So sahen andere sie also. Das hatte ich trotz allem nie getan.

»Sie könnte vielleicht so lange nach Jütland fahren«, sagte ich. »Ich will jedenfalls nach Hause gehen und mit ihr darüber sprechen.«

»Ja, tun Sie das«, sagte sie.

Ich stand auf.

Die Ferien waren vorbei. Wir standen uns ernst gegenüber, ich gab ihr die Hand und sie begleitete mich hinaus. Langsam und still gingen wir zur Tür. Einen Augenblick lang stand ich draußen auf der Treppe, sie drinnen im Flur, die Hand auf dem Türgriff, so wie sie vor zwei Jahren dagestanden hatte, als sie zum ersten Mal ihr Haus für mich öffnete. An diesem Tag begann meine Ferienzeit bei ihr; jetzt war sie vorbei. Das Ende war wie der Anfang.

Sie stand da an der Tür, wie an jenem ersten Tag. Alles war genau gleich: die tiefen dunklen Augen, das weiche schwarze Haar, die Stimme, die Gestalt, die Haltung und der sanfte Händedruck – eine Mutter, die viel Liebe in sich hatte.

Es war das vorletzte Mal, dass ich sie sah.

Aber das wusste ich damals nicht. Ich rechnete damit, noch vierzehn Tage mit ihr zusammen sein zu können. Sie sollten genutzt werden, denn ich hatte begonnen, wieder an meine künstlerischen Fähigkeiten zu glauben, ich fühlte, dass sie sich in ihrem Juni neu entfalteten, und sie gab mir ihre Hilfe, hatte Anteil an meinem weiteren Wachsen. Es war eine Gemeinsamkeit, die mir blieb, auch wenn sie fort war. Sie verband uns, wo sie auch sein mochte. Alles, was ich malen würde, sollte für sie gemalt werden. Endlich war ich dabei, mich selbst zu finden. Bei ihr war ich ›Ich‹. In meinem eigenen Zuhause war ich einer, der sein Freilos verkauft hatte und die Wehrpflicht eines anderen abdiente.

Aber es war nicht immer so; daran erinnerte ich mich gut, während ich nach Hause ging. Nicht immer war ich dort fremd. Auch dort gab es etwas, das »Ich« war, aber dieses *Ich* war nicht Maler!

Aber wer war dann zu guter Letzt mein *eigentliches* Ich?

Ja, wer kann so etwas wissen, solange er mitten in einer Verwirrung steht! Müsste ich heute antworten, so würde ich sagen: ich war weder der eine noch der andere – noch der Dritte, der später dazukam und mir unter einem fremden Namen eine Zeit lang Geld und Ruhm verschaffte. Es war angebracht, dass ich unter einem Pseudonym lebte, während ich er war, denn mit ihm konnte ich mich am allerwenigsten identifizieren.

Und doch war er es, durch den ich einsehen lernte, wer ich in aller Schlichtheit bin.

Ich musste zum Deutschunterricht bei Petersen und Nielsen, aber es blieb Zeit genug, um erst heimzugehen und meine Frau darauf vorzubereiten, dass ich in der Einsamkeit meine Kräfte sammeln müsse, um wieder ein ordentlicher Maler zu werden. Wenn ich von der Stunde zurückkam, wollte ich mit ihr über einen Aufenthalt in Jütland sprechen. Ich begann vorsichtig damit, zu sagen, was ich oft gewünscht hatte, wenn es uns besonders schwer fiel, das tägliche Brot zu beschaffen: »Wenn ich doch nur Straßenbahnschaffner werden könnte!«

Sie sah verständnislos aus und ich fügte hinzu: »Wenn es nicht geht mit dem Malen.« – Warum es nicht gehen sollte? – Weil ich vielleicht, wenn man es richtig betrachte, kein Talent habe. – Unsinn! Mein Talent hätte ich ja bewiesen. Ich müsste nur fleißig arbeiten und die Zeit nicht bei fremden Menschen vergeuden. Ich spürte, dass es nicht möglich war, mit ihr eine gemeinsame Ebene zu finden, stand auf und ging zur Deutschstunde.

Sie verlief wie gewöhnlich und als sie überstanden war, wollte Nielsen mich mitnehmen. Er war die ganze Zeit unruhig und ungeduldig gewesen und hatte dauernd auf seine Uhr geschaut.

»Da ist etwas, worüber ich mit dir sprechen möchte«, sagte er. Aber ich konnte es Petersens Gesicht ansehen, dass er meinte, es wäre besser, wenn ich bei ihm bliebe, weil er mit mir über genau dasselbe sprechen wollte. So sagte ich zu Nielsen, was im Übrigen der Wahrheit entsprach, dass ich gerne zuerst an einem der Bilder etwas nachbessern wollte. Später würde ich dann zu ihm ins Büro hinaufkommen.

»Aber beeil dich«, sagte er. »Es müssen nämlich noch ein paar Briefe nach Holland geschrieben werden – und ich habe mit dir über etwas Wichtiges zu sprechen.«

Ich ging hin und betrachtete den Lindenbaum, den, in dem ein wenig »Esche« war.

Petersen kam und sagte: »Lass uns ins hinterste Zimmer gehen, da kommt niemand hin um diese Zeit, höchstens mal Vereine, und heute ist keiner da. – Bring uns Kaffee und Kognak«, rief er einem Kellner zu, »und Zigarren!«

Als serviert war, fing er an:

»Es ist nämlich gut, dass du meinen Gesichtsausdruck verstanden hast, denn ich möchte mit dir über dasselbe sprechen wie Nielsen und ich glaube, dass es besser ist, wenn du zuerst mit mir redest. Ich finde, wir sollten die Geister dabei aus dem Spiel lassen. Wenn sie überhaupt existieren.«

»Schieß los, Petersen«, sagte ich, »und vergiss Nielsen und seine Geister.«

»Das geht aber nicht«, sagte er, »es begann nämlich damit, dass Nielsen und ich anfingen, über deine Frau zu reden. Nielsen sagte, sie sei so hübsch – das ist nun mal immer das wichtigste für ihn. – Sie *ist* auch hübsch. Verdammt hübsch. Das kann ich gut sehen. Aber *ich* finde, dass sie vor allem *gut* ist.«

Er schaute mich eindringlich an, und ich bekräftigte:

»Das ist sie, Petersen.«

Er seufzte:

»Aber dann ist es wirklich verständlich!«

»Was denn?«

»Das mit den Nerven. Denn die sind nicht gut bei ihr.«

»Nei-n, aber –«

»Du sollst mich lieber nicht unterbrechen, während ich mich vor dir entwickle, denn es ist nämlich eine ernste Sache, sonst würde ich mich nicht einmischen. Es geht nämlich auf deine Kosten – du bekommst ja gar nichts gemalt. Abgesehen davon ist es schade für deine Frau.«

Er machte eine Pause, und ich hielt mich daran, bis er den Faden wieder aufnahm.

»Da sage ich eines Tages zu Nielsen, ob es wohl nicht am besten wäre, wenn du einen Doktor die Nerven anschauen lassen würdest. Und das ist es, worüber Nielsen mit dir reden will. Denn er sagt nämlich, dass das mit den Ärzten und den Nerven ein Mist ist, denn die Ärzte können die Nerven nicht sehen, weil sie inwendig liegen, aber die Geister können sie sehen. Und nun will er deine Frau zu einer Séance haben!«

»Er bekommt sie nicht dafür.«

»Danke! Denn ich kann das mit den Geistern nicht leiden. Natürlich, man weiß ja nie, aber ich kann da nicht mit, selbst wenn sie mir auch – vielleicht – geholfen haben. Denn das mit dem Restaurant, da wäre ich wohl selbst mal auf den Gedanken gekommen. Aber natürlich, Nielsen und die Geister kamen zuerst drauf, das streit ich ja nicht ab. Aber mein *Standpunkt* ist nun trotzdem der, dass es, wenn die Geister uns etwas sagen, was gut und richtig ist, immer etwas ist, worauf man auch auf – *auf dem Weg des gesunden Menschenverstandes* gekommen sein könnte.«

Über die letzte Wendung, die sich plötzlich in ihm geformt hatte, musste er mich überrascht und zufrieden ansehen.

»Und«, fuhr er weiter fort, »wenn sie etwas sagen, was falsch ist – ja, auf Dummheiten können wir bei Gott doch ohne Mühe von selbst verfallen.«

»Aber wo willst du hin mit all dieser Philosophie, Petersen?«

»Fillesofie?«, sagte er und schaute auf, als ob ich mich über ihn lustig mache, »ja, ich will bei Gott damit sagen, dass es mit deiner Frau eine sehr ernste Sache ist, und wissen, was wir mit ihr tun sollen. Denn – ja, das hab ich dir nie erzählt – ich hab sie nämlich selbst eines Tages gesehen, als es grausig schlimm mit ihr war. Siehst du, Nielsen war eines Abends hier draußen und wir redeten darüber; über deine Frau also und die Nerven und das alles. Aber da wusste ich nicht, wie schlimm es war. Aber wir redeten also, und da nimmt Nielsen einen Fetzen Papier und fragt die Geister, und die schreiben – wenn es also die *sind*, und ich bin oft nahe dran, es zu glauben, jedes Mal, wenn ich an den folgenden Tag denke. Es war unheimlich. – Aber sie schrieben also auf das Papier, dass ein mächtiger, böser Geist Macht über deine Frau bekommen hat und dass sie nur gerettet werden kann, wenn sie zu einer Séance mit der Fürbitte um die Hilfe der guten Geister kommt, die versprachen, zu kommen.«

»Sie kommt nicht zur Séance, Petersen. Ich bin nicht verrückt.«

»Nein, das meine ich auch. Wenn *wir* also die Klugen sind. Aber hör jetzt weiter. Am nächsten Tag haben wir Deutschstunde – ich lerne es nie. Nielsen ist so beschäftigt damit, unterhaltsam zu sein, aber das kann mir egal sein. Ich hab übrigens schon mal mit einem Deutschen gesprochen, der hier hereinkam und sein Bier trank. Es ging gar nicht so übel. Kurze Sätze natürlich, aber es ging. Komisch genug. Aber nun weiter: Als die Stunde vorbei ist und ich dastehe und dich die Straße entlanggehen sehe auf dem Weg nach Hause, da schlägt es in mich ein, so plötzlich, als ob es von den Geistern käme – ja, Nielsen behauptete, dass sie es seien, als ich es ihm erzählte. *Plötzlich* kam es jedenfalls, und *sonderbar* war es, dass *ich* es gerade tun sollte – man weiß bald nicht mehr aus und ein. Aber hör nun zu: Ich nehm die Straßenbahn, dann kann ich zu dir nach Hause kommen, genauso schnell wie du; denn das war es nämlich, was in mich einschlug: ich wollte mit dir über die Nerven deiner Frau sprechen. Das konnte ich nun nicht tun, denn du kamst gar nicht nach Hause. Aber ich sah bei Gott die Nerven – ja, nicht so, wie ein Arzt es tut, sondern wie die Geister sie sehen. Das glaubte ich jedenfalls.

Du kamst also nicht nach Hause und ich hatte nicht gesehen, dass wir an dir vorbeigefahren waren. Deine Frau wusste, dass du zur Stunde gewesen warst, aber ich sagte, ich sei gefahren, du aber kommst gegangen. Dann saßen wir zusammen und hatten es richtig nett. Ich glaube, sie kann mich gut leiden und *vertraut* mir. Gott im Himmel, wie war sie hübsch und lieb und gut!

Ja, Gott im Himmel!« Er wischte sich den Schweiß von der Stirn. »Gott im Himmel – was wurde aus ihr, als wir eine ganze Zeit auf dich gewartet hatten!«

Er musste sich einen Cognac einschenken, bevor er fortfuhr.

»Ich hatte mal einen Traum, den muss ich dir erzählen«, sagte er, »sonst kannst du mich nicht verstehen. Ich hatte Albträume, das geschieht ab und zu mal, egal wovon es nun kommen mag. Also, ich lieg mitten im Schlaf, glaub aber, ich sei wach, und mit einem Mal schaue ich in die Ecke und sehe, dass da etwas hineinsickert, etwas Giftiges, das nicht gesehen werden kann, das ich aber trotzdem sehe. Ich möchte aufstehen und fortgehen, kann mich aber nicht rühren. Ich spüre, dass ich sterben muss und will es nicht, aber der böse Dunst ist stärker als ich, und es gelingt mir gerade noch, zu schreien: ›Jetzt sterbe ich!‹ Ich wache auf und es fehlt mir nichts. Aber, du kannst mir glauben oder nicht, ich muss in die Küche hinaus und nachsehen, ob der Gashahn geschlossen ist. Das war er, Gott sei Dank.

So ist es mit diesem Traum.

Als ich oben bei deiner Frau sitze und wir lange gewartet haben, du aber nicht kommst, beginnt sie, aus Sorge um dich unruhig zu werden, und was soll ich sagen? Ich weiß ja nicht, wo du bist und kann dich nicht holen. Aber auf einmal schaut sie in die Ecke, und so wahr ich hier sitze, ich glaubte bei Gott im Himmel etwas Ähnliches zu sehen wie in jenem Traum, glaubte etwas ins Zimmer hineinsickern zu sehen, etwas *Böses*, und es sickert zu deiner Frau hin, die es gespürt und gekannt haben muss, denn sie sagt hilflos: ›Ach Gott, nun kommt es!‹ Und dann ist es in ihr drinnen und es verändert sie so, dass sie nicht wiederzuerkennen ist. Sie ist alt und hässlich und böse und ihre Augen sind hart wie Stein und voller Hass. Ich denke mir, der muss gegen dich gerichtet sein, denn es ist ja auch nicht richtig von dir, nicht nach Hause zu kommen. Aber der, der da in ihr ist, ist zu viel. Und er tut mit ihr, was er will, schlägt ihre Stirn gegen die Wand, schmeißt sie auf den Boden, und die gute Frau tut mir Leid, aber wenn ich sie ansehe, wird mir angst. Das kenne ich sonst nicht. Was mir mit einem Körper entgegenkommt, dem werde ich schon mit solider Faust begegnen. Aber was hilft eine geballte Faust gegen einen Geist?! Und in diesem Augenblick *musste* ich an Geister glauben – jedenfalls an *böse*. Ich meinte ja beinahe, einen von ihnen kommen gesehen zu haben.

Ich konnte sie nicht allein lassen. Ich konnte ihr auch nicht helfen.

Ja, einen Augenblick dachte ich wirklich daran, gegen das Böse, das in ihr raste, die Faust zu gebrauchen. Aber dann musste ich *sie* ja schlagen, und es war wirklich etwas in ihrem Gesicht, dass ich Lust dazu bekam, aber dann erinnerte ich mich, dass sie eine Frau ist. Ich konnte nicht Hand an sie legen, hätte für sie aber ans Ende der Welt gehen wollen, und ich ging zu ihr hin und sagte: ›Liebes Mädchen, liebes Mädchen.‹

Ob es nun das in mir aufsteigende Gute war, das stärker war als das Böse, das in ihr war, oder ob sie erschöpft war und dem Ton meiner Worte angehört hatte, dass sie mir *vertrauen* konnte, das weiß ich nicht; aber sie lehnte ihren Kopf an mich und weinte leise, und ich begann mitzuweinen, ohne Schluchzen, nur mit Tränen in den Augen, aber die hatte ich.

Gleich darauf war sie ganz ruhig, jung, hübsch und süß und gut, wie sie sonst immer ist. Und sie sagte, dass ich jetzt gerne gehen könnte. Das tat ich, weil sie versprochen hatte, mich anzurufen, wenn es wiederkommen sollte.

Unten auf der Straße sah ich dich, aber ich ging in eine Seitenstraße. Ich wollte dich nicht treffen, denn ich war richtig wütend auf dich und hatte mörderische Lust, die geballte Faust, in der es oben im Zimmer gezuckt hatte, mitten in deinem Gesicht anzubringen, weil du deine liebe Frau so etwas aussetzt und nicht rechtzeitig nach Hause gekommen bist.

Aber am nächsten Tag musste ich ja auch an etwas anderes denken. Da lag ich nämlich im Bett mit rasendem Kopfweh, wie ich es noch nie gehabt habe und auch nicht hoffe, es je wieder zu bekommen. Ganz erschöpft war ich, schlaff wie ein Lappen. Keine Hand konnte ich rühren, als ich nach Hause kam, und die ganze Nacht kam kein Schlaf in meine Augen, aber ich lag da und erzählte es meiner Frau, sodass sie auch nicht schlafen konnte. Aber sie war doch am nächsten Morgen auf den Beinen; sie hatte es ja auch nicht selbst *erlebt.* Ich blieb liegen und dachte unter anderem an dich. Es gibt keinen Mann, der *immer* genau dann nach Hause kommen kann, wenn seine Frau es erwartet. Und wenn es jedes Mal solche Folgen hat, ist es kein Wunder, dass es mit deiner Arbeit schlecht bestellt ist.

Aber es tut mir Leid um deine Frau, denn meiner Meinung nach ist sie viel besser als die meisten.

Findest du nicht, du solltest mit ihr zum Arzt gehen?

Und könntest du nicht versuchen, ein wenig pünktlicher zu sein?«

»Doch«, sagte ich, »das kann ich und das will ich. Aber – ich muss ja malen – es ist nicht leicht für einen Maler, pünktlich zu sein, wenn er draußen im Wald an der Staffelei sitzt.«

Petersen nickte verständnisvoll.

»Es wäre natürlich besser, wenn du eine ordentliche feste Arbeit hättest, die mit dem Glockenschlag beginnen und aufhören würde.«

»Ich habe wirklich selbst heute gewünscht, dass ich Straßenbahnschaffner wäre.«

Er schaute mich entsetzt an.

»Straßenbahnschaffner? Das ist ja unheimlich!«

»Wieso das?«

»Nein, das kannst du nicht wissen«, sagte er bekümmert. »Aber die Sache ist die: Ich und Nielsen saßen hier eines Abends und redeten davon, ob wir dir nicht eine feste Arbeit verschaffen könnten, haben aber nichts Rechtes finden können, wofür du dich eignen würdest, und da fragte Nielsen die Geister, und die schrieben: *Straßenbahnschaffner*. – Es ist ja nicht um sie herumzukommen!«

Man konnte es seinem Gesicht ansehen, dass er gerne um sie herumgekommen wäre. Aber seine Stunde war noch nicht gekommen. Nielsen musste erst sterben, damit Petersen die Geister überwinden konnte. –

Als ich zu Hause war, kam ich gleich zur Sache, sagte, dass ich eine Zeit lang allein hinaus aufs Land müsse, um endlich etwas zu malen, das taugte, und dass ich ein Stipendium bekommen hätte, das es mir ermöglichte. Sie nahm es merkwürdig gelassen.

Aber so ist sie ja. – Ob sie es aushalten könne, so lange allein zu sein? – Das glaubte sie schon. – Ich erinnerte sie daran, wie schlimm es war, wenn ich zu spät kam. – Das war, weil sie mich erwartete. – Aber ich erinnerte mich, wie oft sie, wenn ich fort war, die Eingebung hatte, das Kind aus dem Fenster zu werfen. Ich würde es nicht wagen, sie so lange allein zu lassen. – Ob ich denn jemanden kenne, der bei ihr bleiben könnte? – Das sei nicht der Fall. Aber ihre Geschwister in Jütland? Könnte sie nicht für einen Monat oder zwei zu ihnen hinüberfahren? Ich wolle auch alles bezahlen.

Sie antwortet nicht. Eine Verlassenheit legt sich um sie; es ist, als ob die Atmosphäre zwischen uns sich auflöse; aller Kontakt ist unterbrochen. Sie sieht erloschen aus, eine totale Einsamkeit umgibt sie; sie ist so einsam wie ein toter Planet im Weltall. Ich kann es *spüren*, aber nicht begreifen. Ich bin ja hier bei ihr im Zimmer. Ich will etwas zu ihr sagen, habe aber das Gefühl, dass es umsonst sein wird, keine Schallwelle wird ihr Ohr erreichen. Endlich höre ich sie hilflos zu sich selbst sagen:

»Dort kann ich nicht hingehen.«

Mehr sagt sie nicht, gibt keine Erklärung, es ist auch nicht nötig; plötzlich sehe ich es ihren Augen an, die nicht auf mich gerichtet sind, sondern hinaus in die Leere blicken; ich weiß, wie sie es nach dem Tod des Vaters in Jütland gehabt hat, ihre Geschwister hatten sie satt bekommen und sie nur fortgewünscht, und sie hat es gewusst. Ich kann beinahe hören, wie sie miteinander telefonieren: »Nun müsst ihr sie mal eine Zeit lang nehmen, ich *kann* wirklich nicht mehr, ich muss mich mal erholen!« Sie hat es gewusst, sich aber nie darüber beklagt. Weil sie an mich geglaubt hat und sich sicher war, dass ich sie kommen lassen würde, sobald ich könnte.

Ich kann sie nicht so allein in der Welt lassen. Sie soll nicht wieder dorthin. »Ich bleibe zu Hause«, sage ich. Verwundert, aber dankbar schaut sie mich an:

»Willst du das wirklich?«

Das will ich.

Aber dann kann ich dieses Sparbuch nicht annehmen, denn ich weiß jetzt mit Sicherheit, dass ich nie Maler werde. – Aber ich habe mir ja selbst gelobt – und nicht nur mir – dass ich vor allen Dingen daran arbeiten will, der Mensch zu werden, der ich meinem Gefühl nach sein muss; alle anderen Dinge sollten dann nicht wichtig sein.

Melancholisch gestimmt, aber mit entschlossener Haltung ging ich zu ihr, die für mich gleichzeitig liebevolle Mutter, treue Freundin und begehrte Frau war, um ihr meinen Entschluss mitzuteilen; sie würde enttäuscht sein, und es tat mir mehr Leid für sie als für mich selbst. Ich hatte ja die Kraft und Freude des guten Gewissens in mir.

Aber der Teufel ist ein pfiffiger Kerl.

Ihre Augen strahlten mich an, als ich hereinkam. Sie hatte sich inzwischen noch mehr Gutes ausgedacht. Das sah ich und ich war verzweifelt darüber, dass ich ihr Kummer bereiten musste. Sie merkte es. Ich hörte die Angst in ihrer Stimme:

»Du bist ja betrübt! Was ist geschehen? Ist zu Hause etwas nicht in Ordnung? Kommen Sie, setzen Sie sich hier aufs Sofa neben mich. Und erzählen Sie.«

Sie war so voller Stärke, würde die Schwierigkeiten schon auflösen, welcher Art sie auch waren. Sie legte die Hand auf meine Schulter: »Erzähl es mir!«

Ich wollte anfangen, aber als ich aufsah und ihrem Blick begegnete, konnte ich ihre Berührung nicht ertragen. Ich stand auf, ging zum anderen Ende des Zimmers und versuchte meine Gedanken auf das zu richten, was ich sagen musste.

Mitten in meinen eigenen Gedanken hörte ich ihre Stimme, wehmütig vorwurfsvoll:

»Ist es nötig, so weit von mir wegzugehen?«

Im nächsten Augenblick stand ich vor ihr drüben beim Sofa und erzählte ihr alles, wie es sich verhielt.

»Ach Gott!«, sagte sie, »ach Gott!«

Die Stärke wich von ihr, sie sah hilflos aus.

»Aber dann benutze doch wenigstens dieses Buch!«, sagte sie fast böse, und als ich den Kopf schüttelte, entgegnete sie, ohne mich anzusehen:

»Können Sie mir nicht einmal diese Freude gönnen? Bedeute ich wirklich so wenig für Sie? Sie können mich doch nicht fortgehen lassen, ohne dass ich das Geringste für Sie tun konnte!«

Fortgehen! Da war der Stich im Herzen und ich musste ihn ertragen. Sie *musste* ja fort und ich musste zurück zu meinem eigenen Leben, so armselig es auch werden mochte. Aber dann hatte ich auch das Recht, ihr hier am Ende unserer gemeinsamen Zeit zum ersten Mal zu sagen, was sie mir bedeutete. Und ich sprach von dem Glauben, den sie mir geschenkt hatte, von den Möglichkeiten, die sie mir gegeben hatte, von den künstlerischen Fähigkeiten, die ich in mir wachsen fühlte, weil sie da war, sprach von der Freude, die ich bei ihrem Angebot, mich zu unterstützen, gefühlt hatte, weil sie mich in die Lage versetzte, aufs Neue dort zu beginnen, wo ich gestanden hatte, bevor ich verheiratet war. Und als ich das Glück in ihr wachsen und sein warmes Licht in ihren Augen und auf ihren Wangen sah, wurde ich übermütig:

»Alles, was ich malen würde, würde ich für Sie und durch Sie malen – nie gut genug, weil nichts gut genug für Sie ist – aber gerade deshalb stets besser. Und in meiner Arbeit hätte ich Gemeinschaft mit Ihnen, denn sie wäre die Ihrige, gerade sosehr wie die meinige, sie könnte nicht entstehen ohne uns beide. Diese Gemeinschaft könnte niemand von mir nehmen, ich würde sie behalten, wenn Sie auch ans Ende der Welt reisen würden.

Sie fragen mich, ob Sie mir so wenig bedeuten. Wie wenig es ist, weiß ich nicht, es ist auf jeden Fall alles.«

Sie hatte mich unverwandt angesehen, während ich sprach. Als ich schwieg, schlug sie die Augen nieder und sagte kurz darauf:

»Aber Sie wollen dem ja nicht erlauben, dass es zur Welt kommt – dem, was ich, wie Sie sagen, für Sie bedeute.«

»Weil ich nicht die Erlaubnis habe«, sagte ich. »Ich muss das tun, was ich auf mich genommen habe.«

»Sie werden unter der Last dessen, was Sie auf sich genommen haben, zugrunde gehen«, sagte sie still, aber bestimmt.

»Vielleicht«, sagte ich.

Sie stand auf und sagte mit einer Heftigkeit, die ich früher nie an ihr bemerkt hatte:

»Aber das will ich nicht. Ich fahre nicht, bevor ich das geregelt habe. Ich will Ihre Frau sehen, mit ihr sprechen – mich um sie kümmern – sie kann hierher ziehen, während Sie fort sind. Sagen Sie nichts! Keine Einwände! Wenn Gemeinschaft zwischen uns ist, dann soll es eine *totale* Gemeinschaft sein!«

Aber das war unmöglich! Sie wusste nicht, was sie sagte! Und mit dem Umzug warten! Im Gegenteil, je früher sie fortkam, desto besser.

»Ich kann nicht«, sagte ich. »Ich kann es nicht annehmen, dass Sie Ihren Umzug aufschieben.«

Sie fegte meinen Einwand mit der Kraft eines Temperaments beiseite, das ich nicht bei ihr erwartet hatte, packte mich an beiden Schultern und schrie beinahe:

»Aber Mensch! Verstehen Sie denn nicht, was ich sage! *Ich fahre überhaupt nicht!* – Ich will ja gar nicht weg von dir!«

Der Griff ihrer Hände an meinen Schultern entspannte sich, aber sie blieben liegen, als ob sie der Stütze bedürften. In ihren Augen sah ich das Entsetzen über das, was sie gesagt hatte, aber zugleich ein mutiges Bekennen. Ich küsste sie und es geschah. Unschuldig und selbstverständlich, wage ich zu sagen. Ja, unschuldig und selbstverständlich – bis wir uns bewusst wurden, dass es nicht erlaubt war, aber zu spät, es uns zu verbieten. Da nahm die »Sünde« uns gefangen mit ihrer so wilden und gewaltsamen Macht, dass wir beide wussten, dass wir uns nicht mehr wiedersehen konnten. –

Wären wir still und ruhig zu der Einsicht gekommen, dass wir zusammengehörten, dann wäre alles anders gekommen. Aber als sie überwältigt von der Stärke der unerwarteten Offenbarung meiner Stütze bedurfte, ließ ich dem lange zurückgehaltenen Begehren freien Lauf und versündigte mich gegen Zeit und Ort und ihre reine, warme Zuneigung. Für diese Sünde gibt es keine Vergebung.

Ich hatte nicht den Mut, wieder in den Tempel dieses Heims zu treten, wo sie und ihr Sohn mir so viel Gutes getan hatten.

Und sie selbst suchte auch nicht nach dem Freund ihres Sohnes, dem jungen Mann, der Frau und Kind nicht verlassen wollte.

Später kam es dann doch dazu, dass ich meine Familie verließ. Sie selbst sah ich nie wieder. Aber ihrem Sohn begegnete ich drei Wochen später im Frederiksberggarten. Ich ging am Restaurant Josty vorbei und blickte über ein Blumenmeer weißer Studentenmützen. Eine davon war seine und er lief auf mich zu; er hatte mir etwas zu erzählen. Eine Revolution hatte stattgefunden, die Welt war untergegangen, während er in griechische Verben und lateinische Metren vergraben saß. Als er gestern von seinem mit Auszeichnung bestandenen Abitur heimkam, sagte seine Mutter, er dürfe seiner Lust folgen und Ingenieur werden.

Sie wollten in die Ferien fahren, weit weg, und inzwischen würde ein Notar das alte Haus mit allem Inventar verkaufen. Er durfte wählen, wo sie hinfahren würden, und sie wollte sich nicht nach Schweden verheiraten, sondern nur für ihn leben. Er hatte sich entschieden, nach Rom zu fahren, denn ich sollte meinen Wunsch erfüllt bekommen. Wenn er nach Hause kam, würde er sie fragen.

Das verhinderte ich, indem ich sagte, ich würde mit Frau und Kind nach Jütland fahren und hätte schon mit dem Packen begonnen.

Es war das letzte Mal, dass ich ihn sah, obwohl wir zwei Jahre in derselben Stadt lebten. In Paris, viele Jahre später, es war 1918, ging ich am Tag vor Weihnachten ins Café Régence, um dänische Zeitungen zu lesen. In der ersten, die ich aufschlug, sah ich ihren Namen. Sie war gestorben. Sie und der Sohn starben am selben Tag an der spanischen Grippe, die in diesem Jahr so viele Opfer forderte.

Jetzt ist auch das lange her. Über ihr Leben nach unserer Trennung weiß ich nur, dass sie sich dazu verurteilt hatte, weder Vergangenheit noch Zukunft zu haben und nur für den Sohn zu existieren.

Aber ich wurde ein Grübler über das Mysterium der »Mooraugen«, ein unermüdlicher Forscher nach dem schwachen Punkt im Wesen achtbarer Frauen. Ich sank sehr tief, saß im Moorschlamm bis zum Hals, und es dauerte lange, wieder hochzukommen, noch länger, um wieder einigermaßen saubere Kleider zu bekommen.

Ich war von Finsternis umgeben.

Es ist schwer, im Dunkeln den Weg zu finden. »Streich ein Zündholz an«, sagte der Jugendfreund Rasmus eines Nachts, als wir uns im Wald verirrt hatten, den wir sonst gut zu kennen meinten. »Streich ein Zündholz an, wir müssen versuchen, uns zu orientieren.« Ich strich einige Zündhölzer an, aber sie leuchteten weder weit noch lange genug. »Wenn wir nur eine Laterne hätten«, sagte Rasmus, »aber die haben wir nicht und wir brauchten mehr Glück als Verstand.« Und so erging es auch mir schließlich in der Zeit, als ich mich im Leben zu orientieren versuchte; glücklicherweise, denn was mir auf meiner Wanderung durch die Welt am meisten imponiert hat, ist meine eigene Dummheit. Das Einzige, was sich einigermaßen mit ihr messen konnte, war meine Unwissenheit. Von der Dummheit wusste ich nichts. Die ist wohl etwas, was ein Mensch bei sich selbst am wenigsten zu finden hofft. Gegen die Unwissenheit kämpfte ich allerdings ausdauernd mehrere Jahre lang, bis mir aufging, dass sie ein Vorteil ist.

Ich verdiente mir das tägliche, manchmal ein wenig trockene Brot, indem ich Groschenbilder malte, ein wenig unterrichtete und für einige von Petersens Kunden Werbetexte schrieb. Es lief nicht gut, zeitweise stand es so schlecht um mich, dass ich eine Katastrophe befürchten musste. Ich dachte manchmal, es wäre am besten, zu sterben, dann würden die Geschwister meiner Frau mehr Mitleid mit ihr bekommen und zugleich bei dem Gedanken erleichtert sein, dass sie dann einen ordentlichen Mann heiraten könnte. Ich war bereit, meinem Leben selbst ein Ende zu machen, wenn es nötig wäre. Ich legte mir einen sorgfältigen Plan zurecht. Ich wollte in der äußersten Not von Petersen einen »Zehner« borgen, zur Nordküste fahren und im Kattegat verschwinden. Vermutlich hatte ich die Vorstellung, dass dort die Leiche nicht gefunden würde. Na, ich lebe ja noch. Im letzten Augenblick fand sich immer eine kleine Verdienstmöglichkeit, und die war ein Moratorium für den »äußersten Fall« und das Kattegat.

An den Festtagen war ich Hilfskellner bei Petersen. Ich hätte mich gerne fest anstellen lassen, aber Petersen schüttelte mitfühlend den Kopf: »Bei der täglichen Arbeit kann ich dich wirklich mit dem besten Willen nicht brauchen. Es ist merkwürdig, wie schwer es ist, etwas zu finden, wozu man dich brauchen kann. Wir haben viel darüber gegrübelt, ich und Nielsen – als er noch lebte.«

Wenn ich von der Arbeit müde war und das Bedürfnis hatte, mich von störenden Gedanken zu befreien, ging ich ins Restaurant und las Zeitungen. Zeitungen sind ausgesprochen hilfreich, sie erregen die Wissbegierde und machen das Nachdenken überflüssig. Sie enthalten das Neueste aus aller Welt und zwischendurch wertvolle Artikel – ab und zu wenigstens. Aber sie sind und bleiben Zündhölzchen, und selbst wenn ich jeden Tag eine neue Schachtel bekäme, würde ich mich doch mit der Zeit nach einer Laterne sehnen. Die Laterne, die fand ich damals bei einem alten Oberlehrer. Noch nie habe ich einen Menschen von so vielen eigenen Büchern umgeben gesehen.

Einer meiner Schüler verschaffte mir Zugang zu ihnen; er war arm und durfte beim Oberlehrer umsonst essen. Er sagte, wenn man nicht laut spreche, dürfe man gern bei ihm sitzen und in den Büchern lesen; dem Alten gefielen Menschen, die ihr Wissen vermehren wollten.

Als ich ihn zum ersten Mal sah, glaubte ich nicht, dass er ein lebendiges Wesen sei. Ich trat zusammen mit dem armen Schüler in einen rechteckigen Raum, dessen vier Wände mit Bücherregalen voll gestellt waren. Kein Laut war zu hören. Aber auf einem Tisch in der Mitte des Zimmers lag ein hoher Stapel Bücher, und hinter ihm bemerkte ich den Kopf einer Wachsfigur; sie trug eine blaue Brille, offenbar um zu verbergen, dass sie keine Augen hatte. Der Schüler nannte meinen Namen, und die Figur erhob sich, vielleicht durch einen eingebauten Mechanismus. Aber dann hörte ich sie sagen: »Willkommen«, und es klang so hohl, wie man sich die Stimmen Verstorbener vorstellt.

Er war jedoch wirklich lebendig, nicht sehr, aber er ging mit seinen Kräften ökonomisch um, er war ein Mann, der nicht zu sterben wünschte, solange es etwas gab, was er noch nicht kannte. Sein Wachsgesicht war sehr schön, es lag Rasse darin, das bisschen Blut, das sich, wie man mit Verwunderung feststellen musste, noch in ihm befand, konnte gut adlig sein, edel war es jedenfalls.

Ich sah ihn oft in der Zeit, als er fortfuhr, zu leben. Immer saß er da und las, ab und zu stutzte er, schaute sich erstaunt um, schlurfte zu einem Bücherbord, fand ein Buch, schlug nach und las zufrieden. Er hatte das gefunden, was ihm »im Augenblick nicht gegenwärtig war«. Diesen Ausdruck wandte er immer an, wenn die eine oder andere Auskunft, um die wir ihn baten, sich nicht sofort meldete. Er sah es gern, dass man in seinen Büchern Wissen suchte, aber ungern, wenn man sie mit sich nach Hause nahm. Er brachte es nicht übers Herz, »nein« zu sagen, wenn man ihn darum bat. Ich tat es ein einziges Mal. Er stand da und schaute auf den leeren Platz, auf dem das Buch gestanden hatte, und fragte schließlich höflich und bescheiden: »Könnten Sie sich nicht vorstellen, hier zu sitzen, um es zu studieren? Sie sind herzlich willkommen.« Das tat ich, und ich bat ihn nie mehr um die Erlaubnis, Bücher mit nach Hause zu nehmen. Ich begriff, welche Katastrophe das sein musste. Angenommen, es würde sich herausstellen, dass dieses oder jenes aus genau diesem Buch ihm plötzlich nicht gegenwärtig wäre – und das wäre natürlich unvermeidlich, sobald es fort war – er würde vor Kopfzerbrechen über die Sache, an die er sich nicht erinnern konnte, kein Auge schließen können; war die Information nicht in seinem Kopf gegenwärtig, so musste sie in seiner Wohnung sein. Es kamen immer mehr Bücher zu ihm, er wollte Bescheid wissen über alles Neue in der Welt der Wissenschaften, aber es ging langsam damit. An das Alte sollte man sich auch erinnern, und es geschah oft, dass er über den Anfang eines neu erschienenen Werkes gründlich nachdenken musste und sich dabei herausstellte, dass das eine oder andere ihm nicht gegenwärtig war; dann musste es nachgeschlagen werden. Wenn das geschehen war, konnte er in ein langes Nachdenken verfallen und unbeweglich vor sich hinstarrend dasitzen, bis das Dienstmädchen meldete, dass das Essen fertig sei. Wenn wir dann später wieder hereinkamen, hatte er begonnen, an etwas anderes zu denken und darüber vergessen, was er mit dem aufgeschlagenen Buch wollte; er schloss es zerstreut und legte es auf die andern. Ich begriff plötzlich, wie der Stapel entstanden war. Wenn ich so dasaß und ihn betrachtete, kam mir die Vorstellung, dass er nur am Leben sei, weil er über dem Nachdenken vergessen hatte, zu sterben. Eines Nachts träumte ich sogar, ich hätte ihn gefragt: »Aber Herr Oberlehrer, sollten Sie nicht eigentlich seit langem tot sein?« – »Tot?«, sagte er ausdruckslos, »der Tod – hm – das ist mir im Augenblick nicht ganz gegenwärtig.«

Aber eines Tages *wurde* ihm der Tod ganz gegenwärtig. Vielleicht hat er nachlesen wollen, was darüber in einem seiner Bücher geschrieben worden war, ist hingegangen, um nachzuschlagen, und hat, wie die Engländer sagen, *»realized it«*. Man fand ihn jedenfalls wirklich tot vor einem der Bücherregale liegen.

Mir graut vor seinem Himmel, denn wenn die Seligkeit in der Erfüllung des höchsten Strebens eines Menschen besteht, so muss seine Seligkeit der Besitz von Büchern sein, und da es sich um die Ewigkeit handelt, muss er ewig immer mehr davon bekommen können. Ich sehe ihn an einem Tisch mitten in einem Zimmer von kosmischer Größe sitzen, das mit Regalen angefüllt ist, mit gerade noch so einem bisschen Platz dazwischen, den so ein Geist nötig hat, um zwischen den Reihen durchschlüpfen zu können. Da sitzt er dann und liest, ab und zu steht er auf, um das Brett zu finden, auf dem das bestimmte Buch steht, das über eine bestimmte Sache Auskunft gibt, an die er sich im Augenblick nicht erinnert oder die ihm gerade nicht ganz gegenwärtig ist oder aber die er nie gewusst hat. Er hat sich eingesperrt, ist Gefangener auf Ewigkeit. Nichts kann dabei so furchtbar sein, wie die Vorstellung von einem ewigen Leben. Sich vorzustellen, nie von dem verfluchten Drang wegsterben zu können, immer mehr wissen zu wollen, egal was.

Ich hatte nicht seinen unersättlichen Hunger nach Wissen, wollte mich aber gern beim Schein seiner Laterne über das Dasein orientieren. Ich suchte nach einer Lebensanschauung; die muss ein Mensch haben, wenn das Leben an sich ihm nicht genug ist. Er grübelt darüber nach: Wo kommt es her und wo muss es hin und welchen Sinn hat es? Die Laterne warf ihren Schein gerade nur auf die *zuletzt* gefundene Antwort auf diese chronische Preisaufgabe der Menschheit. Der Zweck des Lebens war Entwicklung, Fortschritt. Wenn man es einmal gehört hatte, schien es schon selbstverständlich, und ich machte mich daran, die Evolutionslehre zu studieren, mit den Fähigkeiten, über die ich verfügte; sie waren nicht groß, aber ich gebrauchte sie redlich. Hatte ich auch bei Høffdings Vorlesungen nicht viel gelernt, Respekt vor intellektueller Rechtschaffenheit hatte er mir beigebracht, und die intellektuelle Klarheit wurde für mich der höchste Ausdruck des Lebens. Dass ich einmal eine andere, eine innere Klarheit gekannt hatte, die absolut verschieden war von dieser neuen Klarheit, aber keineswegs im Gegensatz zu der stand, die ich jetzt anbetete, darüber war ich mir damals kaum bewusst. Die intellektuelle Klarheit strahlte in anderen Gehirnen weit intensiver als in meinem, aber es war dasselbe Licht, das in meiner kleinen Taschenlampenbirne brannte; so klein und kurzbeinig ich auch war, lief ich doch in diesem Fortschritt mit; von oben, von den Höhen der Klugen, konnte ich herabschauen über alle die Stadien, die die Menschheit hinter sich gebracht hatte und mich darüber freuen, dass ich im besten und fortgeschrittensten Zeitalter, das jemals existiert hatte, lebte. Das konnten die Menschen natürlich zu jeder Zeit tun, aber wir waren nun einmal die letzten und aufgeklärtesten – bis auf Weiteres. Unsere Nachkommen würden es natürlich noch weiter bringen. Wir konnten uns jedoch mit diesen noch ungeborenen Geschlechtern verbunden fühlen, die auf dem weiterbauten, was wir geleistet hatten. Selbst diejenigen, die wie ich nichts leisteten, sagten *wir*, wenn die Rede von all dem war, was die Klügsten wussten und konnten. Das Licht der Kultur strahlte über die Welt und ließ uns alle weiße Menschen als Brüder ansehen, und mit den anderen waren wir auch irgendwie verwandt. Europas Nationen arbeiteten für dasselbe große Ziel und würden nach und nach lernen, sich nie mehr grausam in Stücke zu schlagen. Eventuell entstandene Konflikte konnten im Licht der intellektuellen Klarheit friedlich beigelegt werden.

Und ich, der nur in den Augen des »Restoratörs« Petersen ein begabter Mensch war, nährte mich von den Brocken, die vom Tisch der verständigen Menschen fielen, ich atmete in der reinen Luft der intellektuellen Klarheit, selbst wenn meine Lungen nicht sonderlich ausgedehnt waren. –

Etwas geistiges Leben hatte ich also doch, aber ich war jung und konnte mich nicht mit abstrakten Freuden allein begnügen. Ich hatte schlimme Zeiten geistiger Leere. Petersen sah es mir an und bemerkte:

»Du gehst herum und lässt die Ohren hängen, es ist, als ob du nicht richtig lebendig wärst. Hin und wieder etwas Ablenkung würde dir gut tun.«

Ich fand, er hatte Recht. Hat man zu wenig Leben, dann nimmt man eine Dosis Lebhaftigkeit, das ist ein erprobtes

Hausmittel. Ich suchte meine alten Malkameraden auf. Jetzt, wo ich ganz ohne Prätentionen war, empfingen sie mich freundlich und behandelten mich beinahe wie einen der ihren.

So saß ich oft in meiner Freizeit unter ihnen und durfte über all das Amüsante, das sie sich erzählten, mitlachen. Sie erwarteten wohl, dass ich mich auch mit etwas Unterhaltsamem revanchierte, aber eigentlich erlebte ich nichts Unterhaltsames. –

Genauso saß in meiner frühesten Jugend ein alter Viehhirt an den hellen Sommerabenden da und hörte sich die Mädchengeschichten der Knechte an, während er sein Bestes tat, bei den gepfefferten gemein zu grinsen und sich bemühte, bei den sentimentalen andächtig auszusehen. Er war weder hübsch noch anziehend, klein und verschrumpelt saß er da und stank intensiv nach Kuhmist. Aber eines Abends, als alle anderen das ihre zur erotischen Unterhaltung beigetragen hatten, meinte er, nun auch seinen Beitrag leisten zu müssen und begann: »Ja, da war auch einmal eine, die mich liebte – –« Weiter kam er nicht. Der Rest ging in johlendem Gelächter unter. Der kleine Viehhirt verschloss sich über dem teuersten Besitz seiner Erinnerung. Ich weiß, was er litt, und dass er zu sich selbst sagte, diese Kerle seien es nicht wert, dass man mit ihnen zusammensitze. Er stand dann auch auf und ging.

Aber er kam jeden Abend wieder, ein Mensch muss andere Menschen sehen, und seien sie noch so widerwärtig. Die Knechte wurden nun auch freundlicher zu ihm, zum Schluss mochten sie ihn sogar. Hatte er ihnen nicht eine so gute Geschichte erzählt, dass allein schon der Anfang genügte? Zum Teufel mit dem Rest. Diese Geschichte wurde Teil des geistigen Reichtums des Dorfes, und von jeder törichten Einbildung hieß es lange Zeit: »Das ist bei Gott Mads Futtermeisters Liebste.« Mads wuchs durch diesen Erfolg und schließlich gelang es ihm, mit den anderen zusammen über seine eigene Lächerlichkeit grinsen zu können. Diejenige, die er geliebt hatte, starb in seinem einsamen Herzen und wurde als »Mads Futtermeisters Liebste« zu einem mild leuchtenden Stern am gemeinsamen geistigen Firmament des Hofs verewigt.

Ach ja, guter Mads, nun bist du tot und es macht nichts aus, ob »sie« dich wirklich liebte oder dich nur wie alle anderen zum Narren hielt. Aber ich musste dir hier einen freundlichen Gedanken senden, und ich will auch aufs Land hinausfahren, um auf deinem Grab einen Kranz von einem Kollegen niederzulegen. Denn als Not am Mann war, nahm ich dein Talent zum Erbe und lebte davon, nicht vom Viehhüten, sondern indem ich mich dem Grinsen der anderen preisgab. Am Anfang war mir oft zum Weinen zumute, später konnte ich wie du herzlich mitlachen.

Dass ich damit einmal Geld verdienen würde, konnte ich mir damals nicht vorstellen, als ich im glücklichen Kreis derer saß, die um die Kunst buhlten, und die Geschichte erzählte, dass da auch einmal eine Zeit war, in der die Kunst mich liebte, sie etwa so erzählte, wie seinerzeit dem schwedischen Professor. Seitdem sprach ich nicht mehr über Kunst, sondern hielt mich an das, worüber ich mit Recht sprechen durfte, und entwickelte viel Erfindungsgeist darin, mich selbst in allen Variationen als denjenigen darzustellen, der hier im Leben dazu bestimmt ist, die Ohrfeigen zu bekommen.

In der Mitte meiner Malerfreunde saß meistens ein langbärtiger, weißhaariger Patriarch, der auch einmal hätte Maler werden sollen, aber keine lächerliche Figur machte, weil er so viel geerbt hatte, dass er davon leben konnte. Er bewirkte eine entscheidende Änderung in meinem weiteren Lebenslauf. –

Eine kleine Erbschaft ist etwas Erfreuliches, besonders dann, wenn sie zur rechten Zeit kommt, und beim alten Christian tat sie das. Wir nannten ihn alle beim Vornamen, das verlangte er, »denn so war es in meiner römischen Jugendzeit, als ich Maler war und der Kamerad all derer, die nun groß geworden sind, und so soll es auch in meinen alten Tagen sein, da ich wieder zu malen begonnen habe und der Kamerad all derer bin, die groß *werden* sollen«, und dann lachte er aus Freude darüber, etwas Aufmunterndes zu ihnen gesagt zu haben und um vor sich selbst und uns zu verbergen, dass er nur mit einem kindlichen Gemüt unter weißen Haaren seine Jugend wieder neu spielte. Sie war viel versprechend gewesen, als er mit einem großen Stipendium nach Rom reiste und dort unten ein Bild malte, »mein erstes römisches Bild«, wie er es nannte. »Ich weiß bei Gott nicht, wo es geblieben ist.« Hier lachte er immer unbeschwert, indem er hinzufügte: »Und die andern – ja, wo sind die –? Ich war einer, der die Zeit vertrödelte.« Sein sanft-sinnlicher Mund schloss sich zu einem straffen asketischen Streifen, denn »die andern« – die waren im Unerschaffenen, er hatte nur das eine fertig gemalt in all der Zeit, die er dort unten war. Als das Stipendium aufgebraucht war, hatte er nur sein erstes Bild gemalt, das kurz nach seiner Ankunft fertig geworden war. Das war alles, was er erreicht hatte; und dann sollte er wieder heim, ohne dass er zu mehr gekommen war; das war schlimm, aber schlimmer war es, von Rom und dem goldenen Frascati Abschied zu nehmen.

Es blieb ihm erspart. Auch damals kam zur rechten Zeit eine kleine Erbschaft. »Der liebe Gott ist ein guter Mann«, sagte er, »einem Künstler wird immer geholfen.«

Für den lieben Gott war er ein leichter und bequemer Kunde; er plagte ihn nicht mit Unterstützungsgesuchen, wenn es knapp wurde, versäumte aber nie, seine fröhliche Anerkennung zu äußern, wenn der Herr des Himmels ihm ungefragt eine helfende Hand gereicht hatte. Er verschaffte ihm reichlich Gelegenheit dazu. Wenn ich mich richtig in ihn eingefühlt habe, und ich glaube, dass das der Fall ist, so ist er dort unten im Rom mit der Überzeugung herumgelaufen, man habe die Pflicht, diese Herrlichkeit bis zur Neige zu genießen, wenn der liebe Gott einem die Erlaubnis gebe, darin zu leben, und niemand kann das so gut und gründlich wie ein Künstler, der noch dazu – später – all das Schöne, das seine Sinne verführt hat, malen kann. Aber für ihn kam es nicht zu einem Später. Er hatte zu viele gesellschaftliche Talente, spielte Gitarre und sang dazu, draußen bei den andern und allein für sich selbst in seinem Atelier. Ausruhen muss man sich ja ab und zu. Und das hat er auch ausgiebig getan.

Als das Erbe aufgegessen und hinabgespült war, probierte er mit Hilfe der Gitarre und des Gesangs, Spaghetti und Frascati zu verdienen. Es ging. Er hat Europa und Amerika durchstreift und die Lieder aller Welt gesungen. Als er alt und müde war, kam die letzte kleine Erbschaft, er konnte nach Hause zurückkehren, ließ den Bart wachsen und begann wieder, zu malen, fleißiger als in Rom. Er zeigte gern seine Bilder, bescheiden und stillvergnügt, wenn seine jungen Freunde sie lobten, was sie oft taten. »Ja, sie sind noch nicht ganz fertig«, sagte er dann. Aber wenn einer der Jungen in aufrichtigem Enthusiasmus ausrief: »Ja, aber dann mal sie doch zum Teufel fertig, sie sind es ja wert. Mach sie fertig und stell sie aus«, dann brummte er: »Das hat ja keine Eile. Ich bin noch gesund und stark« – und dann leuchteten seine Augen plötzlich vor Freude, und der liebe Gott erhielt ein kleines freundliches Nicken – »ich werde vielleicht hundert Jahre alt – ich schaff es schon noch. Aber«, maulte er abwehrend, »es nutzt nichts, wenn ihr mich hetzt.«

Nein, der alte Christian musste sich vor allen Dingen wohlbefinden. Er war überhaupt nicht egoistisch, sondern im Gegenteil freundlich und hilfsbereit, wo er nur konnte, und am Vorwärtskommen anderer interessiert; und er war liebevoll mit sich selbst. Das Wort »ich« klang so sanft in seinem Mund, dass man erwartete, er würde liebkosend mit seiner eigenen Hand seine Wange streicheln. Niemals habe ich jemanden so deutlich – und so sympathisch – der unerschütterlichen Wahrheit Ausdruck geben sehen, dass der Mittelpunkt des Daseins für jeden Menschen eben gerade er selbst ist. Bei ihm war alles, sein Gesicht, seine Arme und Beine, selbst seine solide Statur so überaus beredt und ehrlich überzeugt davon, dass der alte Christian es gut haben sollte. Der liebe Gott war sicher derselben Überzeugung, denn er schenkte ihm einen leichten Tod – lange bevor Christian seine Bilder fertig gemalt hatte.

Er mochte mich gut leiden und hatte eigentlich keine Lust, mit den andern zu lachen, wenn ich mich über mein eigenes Elend lustig machte. »Aber ich kann es nicht lassen«, sagte er eines Abends, als wir nach einem Gelage gemeinsam nach Hause gingen, »nein, das *kann* ich weiß Gott nicht, denn du *bist* einfach zu komisch.« Er stand plötzlich still und lachte sehr herzlich. Gleich darauf wurde er tiefernst:

»Aber du solltest das bleiben lassen! – Du bist ja Akademiker« – er kostete das Wort, das damals einen vornehmen Klang hatte, mit sichtlichem Wohlbehagen aus. »Nicht, dass ich vor jedem Universitätsmenschen besonderen Respekt hätte, denn wenn er nur ein Fachmann, ein Fachidiot ist« – er musste stillstehen und über seine Respektlosigkeit lachen – »dann ist er für mich weniger wert als ein guter Handwerker. Aber es lässt sich nicht leugnen, dass die Akademiker im Großen und Ganzen – eh – die Blüte der Menschheit sind – oder es zumindest sein *sollten.*« Er lachte wieder leise und kokett, denn er dachte an etwas, was er am alten Christian schätzte:

»Weißt du, was manche glauben, wenn ich im Frederiksberggarten meinen Spaziergang mache? Sie glauben, ich sei ein *pastor emeritus*[18] – und das mag ich bei Gott ganz gut leiden!

Ich bin ja doch auch ein *emeritus* – obwohl ich nichts ›meritiert‹ habe.«

Er musste wieder eine kleine Lachpause wegen dieser geglückten Formulierung einlegen, bevor er zum Eigentlichen kommen konnte, zu dem, was ich ihm gerne zugestehen sollte:

»Es muss wohl etwas Akademisches an mir sein, so an meiner ganzen Art – was meinst *du?*«

Ja, das schien mir auch so, und ich sagte es.

Das tat ihm gut, sicher beschloss er in diesem Augenblick, etwas für mich zu tun, aber erst hatte er das Bedürfnis, noch etwas in der akademischen Welt zu verbleiben.

»Ich könnte es mir auch gut so vorstellen«, sagte er. »Studiert habe ich ja nicht, aber ich hab mir doch eine gewisse *humanitas*[19] angeeignet – ich kann wie du hörst ein paar Brocken Latein von meinem Aufenthalt in Italien her; da waren ja auch Archäologen und solche Leute unter uns.

Aber du darfst nicht hingehen und dich zum Gespött der jungen Leute machen, die ja doch in vielem – *multa et multum*[20], verstehst du! – in vielem unter dir stehen, selbst wenn sie es in der Kunst weiter gebracht haben, als du es aufgrund der Verhältnisse konntest. Ja, ich weiß schon, dass du was wirklich Gutes geschaffen hast und folglich das richtige Talent hast, aber nicht alle Talente – reüssieren gleich auf Dauer – es kann so vieles dazwischenkommen, das – *ich* hab ja auch – ich erhielt das große Stipendium, das bedeutet doch was – und das erste Bild, das ich in Rom gemalt hab, das war – ja, das war bei Gott verdammt gut, das haben sie alle gesagt dort unten. – Ich weiß nicht, wo es geblieben ist – und die übrigen – ja, du verstehst – aufgrund der *Verhältnisse*« – ein Seufzer entfuhr ihm und er fügte hinzu – »und wohl vor allem aufgrund der Verhältnisse in meinem eigenen Charakter – kurz gesagt, es wurde nichts daraus mit mir. Ich musste herumstreifen und um das tägliche Brot singen, bis die Erbschaft kam und ich wieder anfangen konnte zu malen.

Aber du, Kamerad, siehst du, du *stehst nun dort, wo ich gestanden hab* im letzten halben Jahr in Rom.

Bei unseren Zusammenkünften hab ich die andern mit meiner Gitarre und meinen Liedern immer lustig unterhalten, eine andere Art von Kameradschaft war eigentlich nicht zwischen uns, da hab ich damit aufgehört, für andere den Hanswurst zu spielen – für Geld. Du kannst wohl nicht singen?«

Nein, das konnte ich nicht.

»Dacht ich mir's doch, sonst hättest du sie lieber damit unterhalten.«

Er sah großartig aus, war in diesem Moment wirklich der gebildete Akademiker gegenüber dem trotteligen Olsen, der auf einer viel niedrigeren Stufe den Hanswurst spielte; der alte Christian genoss einen Augenblick seine Vornehmheit, und ich gönnte es ihm von Herzen. Dann fuhr er fort, noch ein wenig von oben herab:

»Du kannst dich also nicht mit Singen und Spielen durch die Welt schlagen. Aber –«, er wandte sich, nun ganz sich selbst vergessend, zu mir – »*ich glaub* bei Gott, du kannst ein guter Clown werden!«

»Ein Clown?«, sagte ich. Diese Idee war mir noch nie gekommen.

»Ja, das ist es«, sagte er und schenkte mir seine Weisheit: »Ein Mensch muss *Aussichten, Horizont* und *Glauben* haben, den Glauben daran, dass er was leisten kann – besser und immer besser. Ich könnte meine Bilder nicht so hübsch malen, wie ihr es ja von ihnen sagt, wenn ich nicht fest daran glauben würde, dass ich sie fertig machen kann, bevor ich sterbe.

Aber du, glaubst du, du könntest dahin kommen, mal besser zu unterrichten oder dich zu einem guten Reklameverfasser zu entwickeln? Ich will nicht von deinen Groschenmalereien reden, die ja *fertig* sind, bevor du mit ihnen beginnst.

Nein, Kamerad, du lebst ohne Horizont, du hast nur auf eine graue Mauer zu schauen und du wirst des Ganzen müde; und bald hast du's satt. Du hast jetzt schon genug davon, und wenn du müde bist, wirst du langweilig und deine Arbeit schlecht, und schließlich will niemand dich zu was brauchen.

Du musst den ganzen Kram *hinschmeißen.* Und einen neuen Sprung wagen.

Aber wo könntest du hinspringen?«

»Vielleicht ins Kattegat?«, sagte ich.

Er sah ganz verständnislos aus.

»Ins Kattegat?! Was solltest du denn da? Du wirst doch wohl nicht Leistungsschwimmer werden wollen?«

Der alte Christian hatte offensichtlich nie daran gedacht, sich das Leben zu nehmen.

»Ne-ee«, sagte ich, »aber wo meinst du denn soll ich hinspringen?«

Er blieb stehen und schaute mich an. Ich spürte, dass er etwas Großes im Sinn hatte. Seine ganze Art, sein Benehmen und wie er seine Worte wählte, waren bedeutungsvoll. Schließlich rückte er heraus damit: »Ich glaub bei Gott, du solltest in die Manege springen.«

Ich konnte nicht erkennen, was daran das Bedeutungsvolle sein sollte.

»Ich glaube nicht, dass ich in einem Zirkus Späße verkaufen kann, wenn du das meinen solltest«, sagte ich.

»Du kannst es jedenfalls versuchen«, entgegnete er.

»Wer in aller Welt würde mir dazu Gelegenheit geben?!«

Ohne die geringste Pose, ganz frei von allem Theatralischen, das er sich als Liedersänger angeeignet hatte, einfach und natürlich antwortete er:

»Das will *ich*, bei Gott. Verlass dich drauf.«

Ich rechnete nach, was wir getrunken hatten; es war nicht viel, und der Mann war ganz nüchtern. Er stand tief in Gedanken versunken da, und ich spürte, dass ich nichts sagen sollte. Schließlich begann er gleichzeitig zu gehen und zu sprechen:

»Der Direktor des Zirkus, der gerade hier ist, er und ich, wir sind – sozusagen – Freunde, wir wären es jedenfalls geworden, wenn wir damals nicht auseinander geraten wären. Ich hab ihn seitdem nicht mehr gesehen.«

Er schwieg, ging und blickte in eine andere Zeit und auf einen anderen Ort zurück, wo in aller Welt der auch sein mochte.

»Aber ich hab ihm mal einen großen Dienst erwiesen«, sagte er und schwieg wieder.

»Ja, einen großen Dienst«, wiederholte er kurz darauf; damit entglitt er mir und sah ganz fremd aus. Da war wohl noch etwas mehr in dem alten Christian, wofür wir keine Augen gehabt hatten oder wovon wir ihn nicht reden gehört hatten. Zweifellos hatte dieser Zeitvertrödler, wie er sich selbst nannte, mindestens einmal in seinem Leben kräftig und entschlossen gehandelt. Ich fühlte es mit Sicherheit, dass da neben mir ein Mann ging, der um eines andern Menschen willen einen Einsatz, möglicherweise das Leben gewagt hatte oder was ihm sonst in der Welt das Teuerste sein musste.

»Nein, ich hab ihn seitdem nicht mehr gesehen«, sagte er und kehrte wieder in die Gegenwart zurück. »Ich wollte ihn nicht aufsuchen, als er hier in die Stadt kam. Ich bin ja ein alter Mann.«

Und habe hier nichts ausgerichtet, dachte er sicher niedergeschlagen. Es gibt Augenblicke, in denen man im Gesicht alter Menschen gleichsam den Tod wirksam sehen kann, im Versuch, die Maske zu modellieren, zu der es bald erstarren soll. Das geschah mir, als ich dastand und Christian betrachtete und seine müde Stimme hörte:

»Damals, bevor wir uns trennten, sagte er, wenn ich ihn jemals brauchen würde, so sollte ich kommen und einen Gegendienst verlangen für – das, was ich für ihn getan habe.«

Plötzlich wandte er sich mir zu, lächelte und wurde wieder der uns allen bekannte Christian, mit dem ungestümen Funkeln eines Siebzehnjährigen in den alten Augen: »Und morgen will ich zu ihm gehen und verlangen, dass er dich als Teppichclown engagiert und für deine Ausbildung im Fach sorgt.«

Ich fand es verrückt, sagte es aber nicht, aus Respekt vor der großen Stunde in Christians Leben, die ich nicht kannte und über die ich auch nie etwas erfuhr.

Ich hätte ihm wohl für seinen guten Willen danken müssen, aber auch daraus wurde nichts, denn eine Pferdedroschke fuhr vorbei, und nun wurde es offenbar, dass jede Faser im Körper des alten Christian, jedes Gefühl in seinem Herzen, jeder Gedanke in seinem Kopf der sanften Ruhe bedurften und er sie wirklich bald bekommen musste.

Er kletterte in die »Schachtel« hinauf und Lotte trottete ab mit ihm. Bevor sie sich in Bewegung setzte, hatte er schon die Augen geschlossen und war auf dem Weg in den Schlaf; und wie wird er, als der Kutscher ihn bei der Haustür weckte, die vielen Stufen verflucht haben, die es übers Herz bringen konnten, in solcher Anzahl dazustehen, wenn er so müde war!

Morgen würde alles vergessen sein, und beim Gedanken daran würden wir beide lachen müssen. –

Darin sollte ich mich irren. Zwei Tage später erschien er wieder bei mir:

»Es geht in Ordnung. Ende des Monats verlässt der Zirkus Kopenhagen und fährt nach Breslau. Du gehst mit. Alles Nähere wird heute Nachmittag um fünf Uhr beim Direktor besprochen.«

Er sah amerikanisch aus und sprach in einem *matter-of-fact*-Ton, der alle Einwände ausschloss. *Settled!*

Ich konnte mich ihm gerne fügen und dorthin gehen, ich war es gewohnt, vergeblich nach Arbeit zu suchen. Einmal mehr oder weniger! Der alte Christian verdiente es, dass ich mir den Anschein gab, ihn ernst zu nehmen. Er verbarg seine Freude darüber nicht, er war ganz olympisch anzuschauen, ein gebieterischer Zeus mit Bart und guten Gaben für ein Menschenkind, strahlend wie die Morgensonne, die aufgestanden war, um Licht und Wärme über einen langen Arbeitstag zu streuen.

Es war wohl anstrengend, so lange dazustehen und so altväterlich Licht und Wärme zu verbreiten, denn er verabschiedete sich plötzlich und ging. Ich guckte aus dem Fenster und sah ihn über die Straße schreiten, zwar wie ein sterblicher Mensch, aber nicht wie einer der Geringen, er schien mehr als ein *pastor emeritus*, mindestens ein Regierungsdirektor zu sein, der eben eine Stellung für seinen Protegé erwirkt hat. Sollte der alte

Christian wirklich etwas erreicht haben? Oder spielte er nur, wie gewöhnlich? –

Er hatte es erreicht. Um fünf Uhr sagte der Direktor kurz und klar: »Na, da sind Sie ja! Ihr Freund sagte, dass Sie Clown werden möchten« – hier hätte ich gerne bescheiden geäußert ›wenn ich kann‹, aber es glückte mir nicht, ich begriff, von wem Christian seine knappe, entschlossene *façon de parler* geborgt hatte, ich hatte nur zuzuhören und einen Bescheid zu empfangen – »und er sagte, dass ich Ihnen helfen solle. Wenn *er* es sagt, dann *mach* ich es.«

Eine Minute oder zwei saß er schweigend da und war nur ein Mensch. Dann ergriff wieder der Direktor das Wort:

»Ich weiß nicht, ob Sie Clown werden können. Aber Sie sollen die Chance haben, es zu versuchen. Sie werden für den Versuch bezahlt. Das haben Sie meinem Freund zu verdanken. Nun, was Sie selbst betrifft, habe ich eine Frage – ich nehme Sie mit, wie auch Ihre Antwort sein mag. – Sind Sie bereit, alle Arbeiten zu verrichten, die ich Ihnen anweise – auch außerhalb der Manege?«

Ich sagte »ja« und er nickte:

»Das ist gut. Das gibt Ihnen das angenehme Gefühl, dass Sie etwas tun für das Geld. Mit der Clownerei können Sie es in Breslau versuchen – hineingehen und in den Teppich fallen, wenn er nach den Nummern zusammengerollt wird, und Ähnliches. – Wenn Sie Lust haben, können Sie gern bereits hier in Kopenhagen damit beginnen.«

Das wollte ich lieber nicht.

»Gut, dann ist es in Ordnung. Sie können jederzeit herkommen und tagsüber und am Abend bei der Arbeit zusehen, wenn Sie Zeit haben.«

Ich verabschiedete mich und ging. Draußen auf der Straße fiel mir ein, dass er nicht erwähnt hatte, was ich dafür bekommen sollte. Ich empfand es als Erleichterung, denn damit war es nicht ganz wirklich, und ich wusste ja gut, dass es nicht gehen konnte.

Aber im selben Augenblick, in dem ich dies dachte, war es eine Enttäuschung.

Ich wollte es doch eigentlich. Ich wusste es selbst kaum. Aber ich erinnerte mich an den »kleinen lachenden Jubel«, der immer in mir zu glucksen begann, wenn ich in Gegenwart anderer meiner Qual zu entfliehen und sie zum Lachen zu bringen versuchte, um selbst dem Weinen zu entgehen.

Gesetzt den Fall, ich könnte wirklich dabei Geld für Frau und Kinder verdienen und so dem Kattegat entgehen, das mich gerade in dieser Zeit immer eindringlicher an seine Existenz erinnerte.

Meistens kam ja die Rettung im letzten Moment. Und hier war doch eine Chance. Ich wollte lieber als Bajazzo leben, anstatt als Selbstmörder sterben. Es gab keinen anderen Ausweg.

Meine Frau hatte Verständnis dafür, und es gelang mir, es mit ihrer Familie so zu ordnen, dass sie und die Kinder – ich hatte jetzt zwei – nach Jütland fuhren, während ich in die Welt hinauszog, um mir viel Geld zu erclownen. Ich schilderte ihrer Familie meine Perspektiven in rosaroten Farben; sie gaben meiner Frau eine kleine Wohnung und versprachen, sie am Anfang, während meine Gage klein war, finanziell zu unterstützen. Petersen sagte:

»Ich werde ihr ab und zu mal was Nahrhaftes schicken. Du kannst ganz beruhigt sein, sie und die Kinder sollen keine Not leiden. Wenn du dich nicht als Bajazzo durchschlagen kannst – und ich glaub ehrlich gesagt nicht, dass du das kannst – dann nehm ich sie zu mir als meine eigenen ins Haus. Wenn du mal in der Lotterie den großen Gewinn machst, dann kannst du kommen und sie auslösen.«

Der große Gewinn in der Lotterie! Freund Petersen war nicht boshaft, sondern er war ein aufrichtiger Mann und beurteilte meine Chancen nüchtern. –

So kam ich nach Breslau und versuchte, die Leute in den Pausen zum Lachen zu bringen. Sie wollen es vielleicht nicht glauben, aber ich hatte wirklich Glück – jedenfalls eine sehr kurze Zeit.

Aus guten Gründen verzichtete ich auf alle traditionellen Akrobatentricks. Ich ging in meinen sauberen, aber abgetragenen Privatkleidern als der hinein, der ich war: ein Arbeitsloser, der sich gern für eine milde Gabe nützlich machen will, aber nur im Weg herumsteht. Es war nicht alles Kunst. Das Beste war wohl meine unverfälschte Unbeholfenheit, über die die Zuschauer lachten. Gerade so würde es den meisten von ihnen ergangen sein, wenn sie sich in das Gewimmel emsig geschäftiger Zirkusleute in der Manege gewagt hätten. Nichts kann so unterhaltend sein wie unsere eigenen Dummheiten, wenn sie von anderen begangen werden.

Glück und der Glaube an meine Fähigkeiten auf diesem Gebiet machten mich an den folgenden Abenden noch besser. Aber sobald ich richtig wusste, was ich wollte, ließ alles Komische mich im Stich und ich langweilte.

Dank des mysteriösen »Dienstes«, den der alte Christian dem Direktor erwiesen hatte, erhielt ich weiter die Erlaubnis, im Zirkus zu bleiben, wenn ich bei allem, was es auch war, zur Hand ging. Der Direktor hatte ja außerdem gesehen, dass es mir gelingen *konnte*, unterhaltsam zu sein, »aber es genügt nicht ein paar Mal im Monat«, sagte er, »es muss jeden Abend sein, Sir! Sie müssen etwas Akrobatik lernen, womit sie die Zeit füllen können, wenn Ihnen nichts Besseres einfällt. Es genügt nicht, dass Sie sich auf die Barriere setzen und zusehen!« Das hatte ich einmal selbstvergessen getan, und als ich an diesem Abend hinaustrottete, lachte das Publikum wirklich, was ich weder erwartet noch beabsichtigt hatte. Er bezahlte einen Artisten, um meinen Körper zu martern. Ich war schon zu alt, um Akrobat zu werden, aber die Gymnastik lernte ich, das sag ich Ihnen! In der ersten Zeit konnte ich meine Glieder vor Schmerzen kaum rühren; später machte ich die hübschesten Luftsprünge, Saltomortali und Flick-Flacks.

Ein Jahr später – wir waren damals wieder in Breslau – kündigte mir der Direktor. Am Tag darauf kam er, schaute mich mit dem Ausdruck größter Verwunderung an und sagte, dass ich bleiben könne. Es geschah weder meinetwegen noch um des alten Christian willen. Ein Mensch, der erst vor kurzer Zeit zu unserem Zirkus gekommen war, hatte es verlangt. Einige Monate später kündigte ich selbst. Der Direktor machte keinen Hehl daraus, dass er, was mich und meine Verhältnisse betraf, nicht das Geringste begriff.

In Breslau lernte ich Felipe Alvarez kennen. Er war der erste Mann der besten Clownnummer des Abends, eines musikalischen Trios. Ein gebildeter Mann im Jackett kommt herein, eine Violine in der Hand, und fragt den Conferencier, ob sich beim Zirkus musikalische Artisten befänden, die ihm an diesem Abend assistieren könnten. Sein eigenes Orchester sei nicht gekommen. Der Conferencier schickt zwei lächerliche Figuren herein. Aber nicht sie sind es, die das Publikum zum Lachen bringen; der gebildete Herr mit der Violine ist es, der dasteht und sie mit untadeliger Höflichkeit, aber lähmendem Hohn anschaut. Ernsthaft teilt er ihnen mit, was sie spielen sollen, und die Musik beginnt, eine gute Darbietung. Aber die beiden sehen zu komisch aus, und er hört das Publikum lachen.

Er ist beleidigt. Na, so was! Und dann geschieht etwas, was ich in Ermangelung besserer Worte »körperliche Magie« nennen will. Das weckt wohl keine Vorstellung bei Ihnen, Herr Oberarzt, aber vielleicht haben Sie einmal einen kleinen blonden Knirps mitten im Sonnenschein stehen sehen, wie er langsam aufwacht aus seiner gesegneten Empfindung des *Da*seins und verwundert beginnt, sich ihrer nach und nach bewusst zu werden. Eine Atmosphäre wortloser Freude geht von dem ganzen kleinen Körper aus, in seinen Augen liegt ein Staunen: »Was sind denn das für Dinge?« Die Pflastersteine des Hofes, auf denen er mit seinen nackten Füßen steht, die Häuser um ihn herum, die Baumkronen über dem Dach, die Büsche, der Weg dort draußen, die Felder und das Blaue dort oben, in dem die Sonne sitzt und scheint? Wir sind da. Wir sind da, *alle miteinander*. Er erblickt Sie, der auch da ist, mitten in dem Wunderlichen, und ein Lächeln erscheint auf seinem Gesicht und ihr lacht beide über dieselbe Sache, aber seine Weisheit ist tiefer als Ihre, denn er ist selbst das, worüber er lacht: das *Dasein*, nicht mehr und nicht weniger, das Wunderlichste, was es gibt, das unbegreifliche, merkwürdig Gute, das Dasein, das *zusammen* mit allem anderen da ist. Eine glückselige, komische Freude sitzt in seinen Fingern, seinen braunen Waden und den nackten Zehen, in den Locken, in denen der Wind schalkhaft weht, während die Sonne sie vergoldet. Seine Augen lachen und wissen, dass sie über ihn und alle Dinge lachen, weil sie da sind. Sie dagegen lachen nur über ihn, der so drollig aussieht und durch den Sie dunkel das Glück und die Komik des Seins ahnen. Wenn Sie das Glück gehabt haben, einen solchen Kerl im rechten Augenblick zu sehen und seinem Zauber zu erliegen, dann wissen Sie, was ich mit Alvarez‘ »körperlicher Magie« meine. So sah er aus, während er die Nummer ordentlich zu Ende spielte. Hierauf wurde er erwachsen und vornehm, schaute seine jubelnden Zuschauer mit derselben höhnischen Missachtung an, wie vorher seine Partner, zuckte die Schultern und schritt unter stürmischem Beifall aus der Manege, ein seelenvoller Künstler, der vor Plebejern aufgetreten war.

Als Privatmensch war er nicht beliebt, bemühte sich auch nicht darum, es zu sein. In seinem Blick und um seinen Mund lag immer, mit wem er auch sprechen mochte, eine Andeutung dieses Hohns, den er in der Manege seinen Helfern und dem Publikum zeigte. Mich hat er nie auch nur eines Blickes gewürdigt, dazu erschien ich ihm allzu gering.

Aber als ich mich einmal zu später Stunde in den Straßen umhertrieb, hörte ich plötzlich ein:

»– evening, Sir!«

Es war Alvarez. Ich war so erstaunt, dass ich den Gruß nicht erwiderte. Ich erkannte ihn kaum, er war wie verwandelt. Wohl war er derselbe schöne und stolze Spanier, der immer gemessen den Stallgang entlangschritt, ohne solch geringe Leute wie mich zu beachten, aber zugleich ein anderer: er war einfach und gutmütig, ein freundlicher Mensch mit einem liebenswürdigen Lächeln. Was war in ihn gefahren? Erst als er ganz nah kam, verstand ich es. Er war betrunken, er roch nach Alkohol.

Er begleitete mich auf meinem Spaziergang. Der sonst so schweigsame Herr redete die ganze Zeit, erzählte Witze, zuerst sehr platte, mit Rücksicht auf mein Auffassungsvermögen, dann versuchte er es auf einer höheren Ebene. Als er merkte, dass ich ihm folgen konnte, wurde er geistreich, und schließlich brach er offenherzig verwundert aus:

»Good heavens – but you have brains!«

Dann verlangte er, dass ich mit ihm nach Hause kommen sollte. Ich tat es aus Höflichkeit und bereute es nicht. Er war der unterhaltsamste Mensch, dem ich je begegnet bin. Niemand konnte mich so zum Lachen bringen wie er. Ich trank und lachte ununterbrochen, bis er plötzlich die Augen schloss und einschlief. Da schlich ich mich weg.

Am nächsten Abend ging ich im Stallgang an ihm vorüber. Er stand mit einigen Artisten zusammen und beantwortete meinen Gruß, als ob er mich nie vorher gesehen hätte.

Aber als ich nach der Vorstellung heimgehen wollte, stand er draußen vor dem Zirkus und wartete auf mich.

Während vieler Jahre verband mich mit Felipe eine echte Freundschaft; oft begegneten wir uns im selben Zirkus oder Varieté, oder wir waren jeder woanders in derselben Stadt. Ich lernte ihn vertrauter kennen als die meisten anderen.

Es ist ganz eigenartig, mir ihn jetzt, wenn ich zurückblicke, wieder als Fremden vorzustellen, von dem ich gar nichts weiß.

So sehe ich ihn an jenem Abend draußen vor dem Zirkus stehen, schwarzhaarig, braunäugig, mit etwas gelblicher Haut, klugen, scharf geschnittenen Zügen, charmant und abstoßend zugleich. Bilder und Worte tauchen auf, die alle zu einem fremden Mann gehören.

Ich sehe nicht meinen vertrauten Freund Felipe, sondern Señor Alvarez. Ich schreibe hier auf, wie ich ihn nach meiner Erinnerung damals erlebt habe, während ich alles, was ich später von ihm erfuhr, in einen Winkel meines Bewusstseins zurückdränge. Felipe und ich sind beide für einen Augenblick jung und wissen noch nichts voneinander.

Er fragt, ob ich mir vorstellen könne, für ein Stündchen mit ihm nach Hause zu kommen. Ich sage »ja«. Wir gehen. Er betreibt Konversation über Wind und Wetter, über den

Zirkus und Breslaus Architektur. Höflich heißt er mich auf seinem Zimmer willkommen.

Nachdem ich mich in einen bequemen Stuhl gesetzt habe, während er für sich auch einen herangezogen hat, wendet er sich mir plötzlich zu, übt seine »körperliche Magie« aus und sagt in einem Ton fröhlichen Stolzes, der mich ganz aus der Fassung bringt:

»Ich war betrunken gestern Abend.«

»Ich hatte ganz den Eindruck.«

Er schaut mich schräg von unten an, als ob es ihm im Moment Vergnügen bereiten würde, mich gut leiden zu können. Hierauf bemerkt er mit schulmeisterlicher Selbstzufriedenheit: »Das bin ich jeden Abend.«

Ich war bis gestern davon überzeugt gewesen, dass er Abstinenzler sei. Ich gestehe es, und er antwortet:

»Sagte ich nicht: *›you have brains‹*.«

Er geht zu einem Schrank, entnimmt ihm Flasche und Gläser und fragt nach meiner Nationalität. Ich sage sie ihm, er schenkt ein, hebt sein Glas und ruft das dänische Wort, das auf der ganzen Welt bekannt ist:

»Skål!«

Dann trinken wir zügig, besonders er. Es ist eine ernsthafte Stunde. Er will so schnell wie möglich betrunken werden, um zeitig ins Bett zu kommen.

Plötzlich fragt er:

»Was waren Sie eigentlich, bevor Sie begannen, über Ihre eigenen Beine zu stolpern?«

Ich sage: »Theologe.«

Er lacht und hebt wieder sein Glas:

»Skål – *collega*. Das war ich auch einmal. Weshalb hörten *Sie* auf?«

»Unglaube.«

»Nochmals skål! Ebenso hier; damit meine ich: Unglaube *plus* mein unsolider Lebenswandel.«

»Das kann bei katholischen Geistlichen schon vorkommen«, meine ich.

Er schaut mich scharf an. Es steckt wahrscheinlich noch einiges an katholischem Respekt vor der kirchlichen Obrigkeit in ihm, aber er sagt gewollt zynisch:

»Ja sicher, aber das hat mir nicht gereicht.«

Die Gläser leeren sich und das Schwatzen geht weiter. Das meiste liegt heute für mich in einem Nebel, aber ich erinnere mich, dass ich frage, woher er sein komisches Talent habe, und dass er so sachlich nüchtern antwortet, dass ich glaube, er sei wohl schon betrunken:

»Von Gott.«

»Glauben Sie denn an Gott?«, frage ich, und er antwortet sachlich wie vorher:

»Nein.«

Er ist nicht betrunken, er sieht unangenehm verbittert aus.

Er raucht Zigaretten, als ob er sich beruhigen müsse. Ich schweige und warte darauf, dass die Liebenswürdigkeit des Rausches sich zu zeigen beginnt. Er raucht. Lange. Endlich sagt er lässig und unbeteiligt:

»Übrigens kann es ja gut möglich sein, dass es einen Gott gibt.«

Er stößt mehr Rauch aus, und hierauf:

»Aber dann ist er ein Schlingel. Solch eine Welt zu erschaffen und sie außer mit Schlangen und anderem Gewürm mit einer so grässlichen Tierart wie der Mensch es ist zu füllen. Das ist schlechte Arbeit. Und boshaft.«

Er stößt nach dem letzten Wort einen Rauchring aus.

»Wie können Sie dann sagen, dass Sie Ihr komisches Talent von Gott haben?«, frage ich, um etwas zu sagen.

»Ich bin immerhin Theologe«, antwortet er spöttisch. »Übrigens, wenn Gott wirklich die Menschen erschaffen hat, muss er ein großer Komiker sein.

Aber wenn es ihn belustigt, das anzuschauen, was er gemacht hat, und es ›sehr gut‹ findet, dann ist er ein Teufel.

Denn die Menschen leiden, und kein Mensch ist glücklich.«

»Na-a-a«, meine ich.

»Nein!«, sagt er hart.

Ich habe genug getrunken, um philosophisch zu werden und äußere etwas davon, dass der, der Sinn für das Komische habe, nicht böse sein könne, und dass ich zum Beispiel glaube, dass jeder gute Clown ein guter Mensch sei – im Innersten.

Er schaut mich an, schneidet eine müde Grimasse und fragt:

»Finden Sie etwa, dass ich ein guter Clown bin?«

»Ja.«

»Sieh mal einer an. Aber ich bin ein gemeiner Kerl, trinke, lüge und verführe Frauen, ohne mich darum zu kümmern, was es sie und andere kostet.«

Ich bin mir klar darüber, dass das wahr ist, aber ich möchte gut über ihn denken und frage:

»Haben Sie denn nie versucht, das Lügen, Trinken und Verführen sein zu lassen?«

Uninteressiert und nur aus Höflichkeit antwortete er:

»Oft.«

»Haben Sie sich dabei nicht besser gefühlt?«

»Doch. Aber unbefriedigt. – Wollen wir jetzt nicht die Theologie und das Moralpredigen sein lassen und uns betrinken?«

Wir ließen es, und er betrank sich. Ich hätte gerne dasselbe getan, wenn dieser Zustand mir nicht immer schon zuwider gewesen wäre.

Ja, er log, trank und verführte – jeweils ein Jahr lang. Dann schlug er ins Gegenteil um und wurde Asket.

Ich habe ihn im Laufe der Jahre oft getroffen, bald als Ungläubigen, der einen unsoliden Lebenswandel führte, dann wieder als einen nach Mystik strebenden Asketen.

Er war aus guter Familie und dazu bestimmt gewesen, in den Dienst der Kirche zu treten, aber – wie er selbst sagte – sein kritischer Kopf und seine sinnlichen Gelüste ließen ihn ausbrechen. Eine Skandalgeschichte mit einer jungen Dame aus dem Umkreis der Familie machte es ihm unmöglich, zu Hause zu bleiben. Er wollte sie nicht heiraten, und sein Vater verstieß ihn nach einem heftigen Wortwechsel, bei dem Felipe sicher kein Blatt vor den Mund genommen hatte.

Als Kind hatte er die Fähigkeit gehabt, plötzlich so drollig auszusehen, dass alle lachen mussten. Diese Gabe ersparte ihm manche Prügel. Wer kann hart strafen, wenn der Sünder ihm ein herzliches Lachen entlockt?

Ich fragte ihn, wie er es denn angestellt habe, und er antwortete, er habe nichts Besonderes getan, aber er konnte es selbst spüren, dass die anderen lachen mussten, wenn er »sich innerlich auf eine bestimmte Weise einstellte«.

Das amüsierte ihn und es war ja auch nützlich. Er bewahrte als Erwachsener eine lebendige Erinnerung an diese Kunst seiner Kindheit und auch an seine »innere Einstellung«.

Als er von zu Hause kein Geld mehr bekam, beschloss er, zu versuchen, ob er von seiner Fähigkeit, komisch auszusehen, leben könne. Das konnte er offensichtlich. Auch nachdem er Clown geworden war und er, jedenfalls in seinen unsoliden Zeiten, »überzeugter Darwinist« war, lag ihm doch ein Rest von Respekt vor der Kirche im Blut, selbst wenn seine Worte noch so ketzerisch wirkten.

Er reichte mir eine neue Laterne. Sie war sehr alt, aber neu für mich. Ihr Licht warf einen Schein weg von dieser

Welt hin zum Unsichtbaren – oder ins leere Nichts, das konnten wir nicht entscheiden. Felipe strebte nach der Ekstase.

»Es muss möglich sein, die unsichtbare Mauer zu durchbrechen«, sagte er, »und die Ekstase ist das Mittel dazu.«

»Die unsichtbare Mauer –«, wandte ich ein, »es wäre doch denkbar, dass es gar keine Mauer gibt, und auch nichts dahinter.«

»Sie *ist* da«, behauptete er und vertraute mir manches über ›geistige Exerzitien‹ an, die er bei katholischen Mystikern gelernt hatte, kam auch auf Yogaübungen zu sprechen und wollte mich durchaus dazu bringen, alles selbst zu probieren.

»Wozu soll das gut sein?«, fragte ich.

»Um diese unsichtbare Mauer zu durchbrechen«, sagte er.

»Geht denn das?«

»Ja.«

»Ist es Ihnen gelungen?«

»Ja, einmal, in der Ekstase. Ich hatte mein normales Bewusstsein verlassen, war über seine Begrenzung hinausgekommen. Ich war ›drüben‹ und wusste auf einmal alles.«

Davon wollte ich gerne Näheres hören. Aber er konnte sich an nichts erinnern.

»Als ich zu meinem normalen Bewusstsein zurückkehrte«, sagte er, »gab es nur dieses. Ich konnte das Erlebte nicht mitbringen.«

»Eh bien alors!«, sagte ich – wir saßen in einem Straßencafé in Paris.

»Aber die *Empfindung* des Erlebten hatte ich.«

Wie die denn gewesen sei?

»Unbeschreiblich.«

»Aha.«

Er war nicht unterzukriegen. Bei einer Wiederholung der Ekstase musste es möglich sein, von der *Empfindung* des Übersinnlichen zum *Wissen* darüber zu gelangen.

»Ist es Ihnen denn gelungen, die Ekstase zu wiederholen?«

»Noch nicht.«

Es gelang ihm nicht, solange ich ihn kannte. Um meine Skepsis zu überwinden, brachte er mir Bücher über die großen katholischen Mystiker mit. Bitte schön, ich solle sie lesen, dort stünde es schwarz auf weiß. Ich muss gestehen, dass ich ab und zu in diesen Büchern Dinge fand, die mir etwas zu sagen schienen, aber die ekstatischen Visionen wirkten auf mich, so erhebend sie auch sein mochten, eher wie Krankheitssymptome. Es war meiner Meinung nach etwas Krampfhaftes an alldem, und die ›trockenen‹ Zeiten, die die Visionäre meistens nachher plagten, waren mir suspekt. Felipe kannte diese trockenen Zeiten, obwohl er sie nicht bis zum Ende durchstand; aber was hatte er nicht alles in seinen besonders feuchten Perioden getrieben, wenn er, erschöpft vom Kampf um die Ekstase, aufgab und den Rausch im Alkohol suchte. Ich habe seine verschiedenen Phasen sehr intensiv miterlebt, sowohl wenn er in allen Punkten streng enthaltsam fanatisch um die Rettung seiner Seele kämpfte als auch, wenn er Himmelreich, Tugend und Moral zum Teufel schickte.

Schließlich verlor ich ihn aus den Augen; ich wusste, dass er in Nord- und Südamerika auftrat, hörte aber niemals von ihm. Die Jahre vergingen, und dann hörte ich auch nichts mehr über ihn, weder von den Freunden noch aus den Zeitungen. Ich nahm an, dass er gestorben war, vielleicht im Rausch.

Als ich mein fünfzigstes Lebensjahr überschritten hatte und nach dem plötzlichen Tod meines Partners nicht mehr auftrat, lebte ich eine Zeit lang in Paris. An einem frühen

Sommerabend schlenderte ich den Boulevard des Capucines hinab, und als ich am Café de la Paix vorbeiging, hörte ich plötzlich ein *»– evening, Sir!«*

Ich wandte den Kopf; an einem der Tische saß ein vornehmer älterer Herr, der höflich den Hut abnahm. Er hatte schütteres Haar und einen Bauch. Ich versuchte mich zu erinnern, woher ich ihn kannte. Da lächelte er so liebenswürdig, wie nur Alvarez es tat, wenn er betrunken war.

»Felipe!«

Nun konnte ich ihn erkennen, obwohl der junge, schlanke Artist sich gut versteckt hielt hinter dem ergrauten, wohlgenährten Herrn, dessen Hand ich nun drückte.

Was er mir anbieten dürfe? Ich schaute auf die Tasse, die vor ihm stand und sagte:

»Lemonsquash.«

Er lächelte schalkhaft.

»Tee und Lemonsquash! Früher tranken wir das auch manchmal!«

»Ab und zu«, sagte ich, »in Ihren asketischen Perioden.«

Er lachte:

»Die habe ich nicht mehr.«

Ich betrachtete ihn prüfend und begann, ohne darüber nachzudenken:

»Ja, Sie sind doch aber nicht –«

Er beendete den Satz für mich:

»– betrunken? Nein, das bin ich nicht mehr.«

Er schaute mich an und lachte laut.

»Ich weiß, was Sie denken: Keine Ekstase, kein Rausch, was bleibt da noch übrig von dem armen Felipe! Offenbar nur gutes Essen! Ja, ich bin ein wenig fett, weil ich nichts tue. Ich clowne nicht mehr. Übrigens freut es mich, dass Sie glaubten, ich sei betrunken.«

»Das habe ich nicht gesagt.«

»Nein, aber gedacht. Meinem Verstand fehlt nichts. Sie sind neugierig. Wollen wir woanders hingehen?«

Er bezahlte, rief ein Taxi und wir fuhren zum Montsouris-Park hinaus.

Dort sagte er:

»Sie möchten wohl gerne wissen, was mit mir los ist. Nur das, dass nichts los ist. Ich arbeite nicht, habe nichts mit Frauen, trinke nicht viel und lüge kein bisschen. Einfach deshalb, weil ich nicht das Bedürfnis danach habe. Wenn ich daheim in meinem Haus in Spanien bin, dann arbeite ich schon. In meinem Garten. *Il faut cultiver son jardin, vous savez.* Das macht schlank, und ich habe es nötig.«

»Ja, aber–«

»You are looking for essentials? Well, at last I have attained.«

»*Attained?* Was haben Sie erreicht?«

»Ce que j'ai cherché.«

»Die Ekstase?«

Er schüttelte den Kopf:

»Sie hatten Recht. Ekstase taugt nicht. Alles ist so einfach und normal. *The only difficulty is the very simplicity of it.*

Ich bin herumgelaufen und habe es ein Leben lang gesucht – und hatte es die ganze Zeit in der Tasche. Guter Stoff für eine Clownnummer, was?! Aber nur allgemeingültiger. Die Menschen jagen atemlos nach dem Glück und finden es nicht, obwohl sie es in ihrer hohlen Hand tragen; aber das sehen sie nicht, denn sie halten sie krampfhaft geballt, während sie davonspurten.«

Er lachte.

»Ich habe es selbst nicht anders gemacht. Und dann steckte ich plötzlich zufällig die Hand in die Tasche, und da war es, was ich die ganze Zeit gesucht hatte.

Und ich hatte außerdem gewusst, dass es da lag, aber nicht, dass es das war, was mir fehlte; konnte es nicht wissen, denn ich benutzte es ja jeden Tag und *lebte davon*!«

»Was war es denn, Felipe?«

»Das will ich Ihnen sagen, *amigo*. Es war der innere Zustand, der die Leute immer so glücklich über mich lachen ließ, als ich ein Kind war. Der, den ich benutzte, um sie zum Lachen zu bringen, als ich erwachsen war.

Eines Tages – ich hatte mich einen Monat von Engagements freigehalten, so ein Einfall aus keinem besonderen Grund – es war in Louisiana und sehr warm – eines Tages also saß ich da allein und befand mich plötzlich in dem ›inneren Zustand‹ meiner Kindheit und hatte eigentlich keine besondere Verwendung mehr für ihn.

So ließ ich ihn nur *da sein; mich* selber sein.

Und da sah ich alles ein und ließ ihn mich führen.«

»Und er führte Sie also zu –?«

»Zum Reich Gottes. – Was Jesus sagte, ist die buchstäbliche Wahrheit: ›Wenn ihr nicht werdet wie die Kinder, werdet ihr nicht hineinkommen.‹

Ein Mensch kann nur hineinkommen durch seine unbefleckte Ursprünglichkeit.«

»Durch seine Ursprünglichkeit?«, fragte ich und fühlte, dass er Recht hatte.

»Ja«, sagte er, »sie ist Voraussetzung für die Genialität eines Menschen und seine Seligkeit.«

»Sie wollen damit doch nicht sagen, dass beide Worte synonym sind?«

»Nein, nein, eher Gegensätze, obwohl auch das nicht ganz richtig ist. Genialität ist die Fähigkeit, seine Ursprünglichkeit zu *gebrauchen*. Seligkeit ist das reine, nicht für nützliche Zwecke angewandte und deshalb unberührte, einfache Wachstum der Ursprünglichkeit, natürlich wie das Wachstum des Grases und der Pflanze, natürlich wie das des Kindes, in dem sie noch ist.

Ein Unglück ist es, dass niemand dafür sorgt, dass ihr erlaubt wird, in Frieden zu wachsen, und dass alle ohne Ausnahme ihrem stillen Wachstum geradezu entgegenarbeiten.

Tja-a, *amigo*, wenige sind wohl so schlecht mit dieser Ursprünglichkeit umgesprungen wie ich. Aber jetzt habe ich sie erkannt, und sie verlässt mich nicht mehr. Sie wird weiterhin wachsen, selbst wenn meine Fähigkeiten nachlassen.«

»Aber die ›Mauer‹, Felipe, die unsichtbare Mauer – sind Sie also durch sie hindurchgekommen?«

»Da ist gar keine Mauer«, sagte er. »Sie ist nichts anderes als eine kluge Torheit der Menschen.«

»Sie sind also jetzt sicher, dass Sie weiterleben werden, selbst wenn Sie tot sind, Felipe?«

Er lächelte sanft.

»Ist das nicht gleichgültig, *amigo*, wenn man die ganze Fülle des Lebens in sich hat, während man lebt? Sie wird als Ewigkeit empfunden.

Aber ob sie auch auf diese Weise ›ewig‹ ist, dass sie in uns lebt, wenn unser Körper tot ist – *quien sabe!*[21] – das geht mich *im Moment* nichts an.«

Einige Tage später reiste er zurück nach Spanien. Ich begleitete ihn zum Bahnhof.

»Adios amigo«, sagte er und gab mir die Hand, *»adios* und alles Gute für Sie!«

Vom Fenster des Zuges aus winkte er mir lächelnd zu. Ich glaube, er schaute in diesem Augenblick zurück über die Jahre, die wir zusammen erlebt hatten. Ein schelmischer Zug kam in sein Gesicht, und ich sah in seinem Lächeln einen Schimmer von dem jungen, weinselig berauschten Felipe.

Da setzte sich der Zug in Bewegung. Sein Gesicht wurde wieder ernst und er trat vom Fenster zurück.

Seitdem habe ich ihn nicht wieder gesehen.

In der letzten Zeit, während der ich bei dem Freund des alten Christian angestellt war, kam die Schulreiterin »Miss Grace« zu unserem Zirkus.

Sie war von noch zurückhaltenderem Wesen als Alvarez, aber auf ganz andere Art; sie ging unter uns umher wie eine, die bei einem Begräbnis ist und nur den Sarg sieht, ohne zu wissen, wer sonst noch hinterherläuft. Von sich aus sprach sie mit niemandem. Wenn man sie ansprach, antwortete sie so unpersönlich höflich, dass man keine Lust hatte, es noch einmal zu versuchen; einige ließen sich davon irritieren und nannten sie die »Baronesse«. Wenn sie in der Manege auf ihrem schwarzen Pferd saß, passte der Name allerdings gut zu ihr. Sie sah aus wie ein adliges Fräulein, das aus Wohltätigkeitsgründen einen Gastauftritt im Zirkus gibt.

Sie kam aus ihrem Hotel und ging nach ihrer Nummer sofort wieder dorthin zurück und blieb eine Fremde in unserer Mitte.

Klatschmäuler glaubten zu wissen, ihrem strengen Ernst liege ein tragisches Ereignis zugrunde; was es war, wusste niemand. Wenn ihr Pferdepfleger in der Nähe war, wagte niemand ein Wort über sie zu sagen.

Er war von beeindruckender Stärke und ihr blind ergeben; im Übrigen war er ebenso wortkarg wie sie. Man munkelte hier und da davon, dass er ihre Geschichte kenne, aber es war nicht klug, ihn darüber zu befragen. Über ihr Zirkusleben wusste man natürlich Bescheid, sie hatte als Schulreiterin in Amerika debütiert, aber ihre Sprache war, ebenso wie ihr Wesen, mehr englisch als amerikanisch.

Eines Tages sah ich beim Training zu, während sie mit dem Pferd arbeitete, da entdeckte ich bei ihr den ersten Hauch von Wärme; zwischen dem Tier und ihr bestand Freundschaft. Neben mir saß ein langbeiniger Italiener, einer von diesen schlecht bezahlten Artisten, die gerade genug können, um sich ein kleines Engagement zu ergattern und die Erlaubnis zu bekommen, sich eine Zeit lang an den Zirkus zu hängen, weil sie die Fähigkeit haben, sich nützlich zu machen. Seine Spezialität war der Hochsprung. Er lächelte wie ein vergnügter Junge, während sie mit dem Pferd trainierte, und folgte ihr mit den Augen, als sie hinausging.

»Ich würde gern wissen, wie sie eigentlich ist«, sagte ich.

»Sie ist gut«, antwortete er, ohne sich umzuwenden.

»Das sieht man ihr nicht an.«

Nun war sie fort, und er bohrte den Blick seiner dunklen Augen in meine.

»Aber wir *armen* Artisten, die sie bereits früher kannten, *wissen* das«, sagte er. »Sie hilft, wo sie Not sieht, bevor man sie bittet. Und sie gibt nicht *mancia*[22], nicht ein kleines *pourboire*, sie gibt wirklich *Hilfe. E una amica dei poveri.*[23]«

»Ist ihre Nummer denn so gut bezahlt?«

»Sie braucht nicht zu arbeiten, sie ist reich.«

»Was ist das für ein tragisches Ereignis, von dem man flüstert?«

Sein Gesicht verschloss sich.

»Non lo so![24]*«*

Es war nicht mehr aus ihm herauszubringen. Es ging mich ja eigentlich auch nichts an.

Einmal, als ich wie gewohnt dastand und darauf wartete, ob man mich für irgendetwas brauchen könne, kam sie herein und schaute der Arbeit einiger Trapezkünstler zu. Sie stand gerade neben mir, und als die Nummer vorbei war, meinte sie:

»Das ist schön.«

Ich sagte »ja« und sie nickte zum Abschied und ging; der Direktor, der es gesehen hatte, starrte mich erstaunt an.

Kurz darauf kam er und fragte ein wenig zurechtweisend: »Was sagten Sie zu ihr?«

»Nichts. Sie hat mich angesprochen.«

»Was wollte sie von Ihnen? Sollten Sie etwas für sie besorgen?«

»Nein. Sie sagte nur, die Nummer sei schön.«

»Zu Ihnen?!«

»Ja.«

Er wandte mir den Rücken zu.

Ich bekam einen deutlichen Eindruck davon, welcher Platz mir zukam.

Ich schaute sehr gern ihrer perfekten Reitkunst zu und stand während ihres Auftritts oft beim Vorhang. Ein paar Mal streifte mich ihr Blick, wenn sie hinausritt, und eines Abends, nachdem ich drinnen gewesen war, um in den Teppich zu fallen, stand sie mit dem Direktor im Stallgang, als ich vorbeiging. Als ich etwas weiter weg war, drehte ich mich um; sie hatten sich ebenfalls umgedreht, und ich hatte das Gefühl, dass sie über mich sprachen. Dem Direktor konnte ich es geradezu ansehen, dass er ihr erklärte, was für ein Kerl ich sei, und dass er nichts sagte, worüber ich stolz sein konnte. Am nächsten Tag gab er mir die Anweisung, ihrem Pferdepfleger zur Hand zu gehen.

Ich ging zu ihm in den Stall – er hieß Phelps – und meldete mich.

Er fragte mich, was ich wolle, und ich antwortete, dass ich ihm helfen solle.

»Mir helfen?«

Nie habe ich jemanden das vollständig Unnötige, komplett Überflüssige, außerhalb jeder Betrachtung Stehende so schlicht und erschöpfend ausdrücken hören.

Da stand er turmhoch vor mir. Was für Schultern dieser Mensch hatte! Nachdem er mich gemustert hatte, fragte er friedlich:

»Wer zum Teufel sagt das?«

»Der Direktor.«

»So-o?«

Er ging zu dem Schwarzen, versorgte ihn und kümmerte sich um seine eigenen Angelegenheiten.

Ich fragte, was ich zu tun hätte.

»Dich ruhig verhalten.«

Mr. Phelps hielt sichtlich nichts von Hilfe.

Trotzdem hörte ich ihn, als der Direktor hereinkam, vom Kopf des Schwarzen her befehlen:

»Hol einen Eimer Wasser!«

Das tat ich. Als ich zurückkam, war der Direktor fort. Ich meldete, dass das Wasser da sei.

»Trag es wieder hinaus.«

Ich trug es hinaus und kam zurück.

»Was nun, Mr. Phelps?«

»Du kannst bei der Weißen stehen.«

Ich trat zu der weißen Stute. Hinter dem Schwarzen hervor sagte Mr. Phelps:

»Du kannst sie streicheln, sie aber sonst in Frieden lassen.«

So geschah es. Es geschah jeden Tag, mit der Abwechslung, dass ich, wenn Phelps die Weiße versorgte, bei dem Schwarzen stand, bis er erklärte: »Du brauchst nicht dazustehen und den Pferden den Platz wegzunehmen, wenn der Direktor nicht hier ist. Setz dich einfach irgendwohin.«

Als eine Woche vergangen war, kam er mit fünfundzwanzig Mark. Wir waren damals in München.

»Da!«, sagte er.

»Was ist das?«, fragte ich.

»Lohn.«

»Lohn?! Von – – von – –«

»Von *mir*«, sagte er kurz.

Fünfundzwanzig Mark, um einen Eimer Wasser geholt und wieder hinausgetragen zu haben. Es musste Miss Grace sein, die mich bezahlte. Sie kam jeden Tag für einen Augenblick und sah nach ihren Pferden, wechselte einige Worte mit Phelps und nickte mir zu. Ich hätte ihr gerne gedankt, wagte es aber nicht wegen Phelps. Denn er hatte nachdrücklich betont, dass das Geld von ihm sei.

Eines Tages, als ich bei dem Schwarzen stand, kam der Direktor:

»Wenn Sie hier fertig sind, können Sie zu mir ins Büro kommen.«

Das tat ich und bekam meine Kündigung.

Also war es vorbei. Ein Engagement bei einem anderen Zirkus war für mich unmöglich. Ich ließ an diesem Abend den Kopf hängen; Miss Grace sah es, als sie kam, um den Pferden »gute Nacht« zu sagen. Sie bat mich, mit in die Garderobe zu kommen und fragte dort, was denn los sei. Ich erzählte es.

»Vielleicht können Sie doch noch bleiben«, sagte sie tröstend.

Ich wusste, dass das nicht der Fall war.

»Warten Sie es ab, wir werden sehen«, sagte sie zu mir. »Versuchen Sie, heute Abend nicht mehr daran zu denken.«

Das war leichter gesagt als getan.

Am nächsten Tag sagte der Direktor, dass ich vorläufig bleiben könne. Ich erzählte es Miss Grace draußen im Stall.

»I know«, sagte sie.

»Ja, aber ich verstehe nicht –«

»I do«, antwortete sie und lächelte. Dann ging sie schnell hinaus.

Phelps hatte dagestanden und uns zugehört. Ich wollte hinter ihr herlaufen, aber er streckte seine Pranke aus und hielt mich zurück: »Nicht *jetzt*«, sagte er streng. *»Let her alone!* Ein anderes Mal.«

»Ein anderes Mal – was?«

»Ihr danken.«

»Hat sie –?«

»Ja.«

Er wusste Bescheid. Der Direktor wollte ihr Engagement verlängern; es sollte heute passieren. Sie hatte keine große Lust dazu, aber »nachdem du gestern Abend hier im Stall so gottverlassen ausgesehen hast, hat sie mich ausgefragt über deinen Charakter und so. Ich sagte, du seist *allright*, und sie ging zum Direktor und stellte zur Bedingung für die Prolongation, dass du hier bleiben darfst.«

Am Tag darauf dankte ich ihr, aber es wurde nicht viel daraus.

»Es war so leicht«, sagte sie, nickte freundlich und ging.

Phelps wurde von da an kameradschaftlicher, plauderte ab und zu ein wenig mit mir, jedoch meist nur sehr kurz.

»Miss Grace tut, glaub ich, viel Gutes«, meinte ich einmal.

»Shore«, sagte Phelps.

Und als ich ein andermal bedrückt laut dachte: »Wie soll es nur mit mir weitergehen, wenn Miss Grace nicht mehr da ist!«, antwortete er:

»*Wait and see.*«

Aber eines Abends hielt er geradezu eine Rede. Sie hatte der Weißen und dem Schwarzen »gute Nacht« gesagt, und ganz gerührt von der Zärtlichkeit, die sie ihnen erwiesen hatte, sagte ich:

»Sie liebt die beiden sehr.«

Phelps betrachtete mich einen Augenblick, war zufrieden mit dem, was er sah, und begann zu reden, als ob ich ein Mensch wäre:

»Sie liebt ihre Tiere«, sagte er. »Das ist alles, was sie hat.

Und so ist sie, sie kann wirklich gut sein.

Die Einzigen, die ihr Gutsein nicht verkehrt auffassen, sind die Armen. Sie danken ihr dafür.

Die Einzigen, die ihre Liebe nicht missverstehen, sind die Tiere. Sie geben ihr ihre Liebe wieder.

Das ist alles, was sie hat.«

Er sagte es, als ob er von einem armen Menschen sprechen würde. Ich verstand es nicht, damals. Sie hatte ja so vieles: Tüchtigkeit, Ansehen und Reichtum.

Gegen Schluss der Prolongationszeit fragte mich Miss Grace, ob ich Französisch könne. Ein wenig konnte ich ja. Das sei gut, sagte sie, denn sie habe ein Engagement in Paris, und ich müsse mit. Ich erklärte, ich sei völlig überflüssig, da Phelps die ganze Arbeit mache. Sie antwortete, ich müsse in meiner eigenen Branche arbeiten, wenn ich mitkäme.

»Branche?!«

Sie lächelte: »Als Clown.«

»Sie wissen ja gut – –«, sagte ich, aber sie unterbrach mich:

»*Yes, I know* – aber Sie *können* manchmal sehr komisch sein, *sad and funny.*«

»Ja, aber ich kann nicht fließend Französisch sprechen, kann es nur ein bisschen lesen, so viel wie ein dänischer Student gewöhnlich kann.«

»Sie sind Student?!«

»Ja«, antwortete ich unbeteiligt.

»Aha«, sagte sie und ging.

Phelps war dabei gewesen, und ich fragte ihn in meiner Verwirrung:

»*Was* hat sie gesagt?«

»You heard it«, entgegnete er. Dieses *›you heard it‹* habe ich noch in den Ohren. Was unmittelbar darauf folgte, ist mir ebenso lebendig in Erinnerung geblieben. Ich sagte, sie sei viel zu gut, und Phelps antwortete in ernstem Ton, der nicht ganz ohne Drohung war:

»Ja. Und wenn ihr jemand etwas Böses tut –«

»Was dann?«

Er kam ganz dicht zu mir und sagte:

»This!«

Hierauf legte er die Arme um mich, immer fester, bis ich keine Luft mehr bekommen konnte. Dann ließ er mich los und fügte hinzu:

»Only to a finish.«

Ich war froh, zu wissen, dass es mir nie einfallen würde, Miss Grace etwas Böses zu tun.

Ach ja, man meint oft, so vieles zu wissen.

Als ich am Abend in den Stall kam, sagte sie gerade den Pferden »gute Nacht«. Sie nickte mir zu, und zu Phelps sagte sie:

»Remember«, und ging.

Nach der Vorstellung stand Phelps da und wartete auf mich.

»Come along.«

Ich ging mit, wagte jedoch, zu fragen, wohin wir gingen.

»Home.«

Phelps hatte also ein Zuhause, eine Wohnung.

Das hatte er wirklich, zwei gemütliche Zimmer – und eine kleine zarte Frau. Sie war sehr liebenswürdig und lächelte wie ein Kind. Ich gestehe, dass ich sie mir mit Schrecken in Mr. Phelps Umarmung vorstellte. Stellen Sie sich vor, das Temperament würde mit ihm durchgehen – und es könnte *»to a finish«* kommen. Aber sie lebte ja noch; ihre Lippen sangen ein Loblied auf Miss Grace und ihre sanften Augen leuchteten für Phelps.

Am nächsten Tag sagte ich zu dem langbeinigen Italiener, Mrs. Phelps sei ebenso gesprächig wie ihr Mann wortkarg. Er sah mich mit großen Augen an.

»Sind Sie bei Mrs. Phelps zu Hause gewesen?!«

Ja, das war ich wirklich.

Er lächelte kameradschaftlich und klopfte mir auf die Schulter.

»Das ist gut.«

»Warum?«

Er lachte, klopfte mir nochmals auf die Schulter und ging.

Phelps nahm mich nach der Vorstellung wieder mit zu sich nach Hause. Da saß ich dann eine Stunde lang und schwatzte mit der kleinen Frau, während Phelps Tabak rauchte und zuhörte. Sie brachte mich ordentlich in Schwung. Ohne dass ich es merkte, erzählte ich in kleinen »zufälligen« Bruchstücken meine ganze Vergangenheit. Erst als Miss Grace mir eine immer offenkundigere Freundlichkeit zu erweisen begann, kam mir der Verdacht, dass ich bei Mrs. Phelps zur Beobachtung eingeladen worden war. Ich erzählte es dem Italiener, der mir anvertraute, das würde Miss Grace mit allen einfachen

Leuten so machen, für die sie ein *besonderes* Interesse gefasst habe. Und wenn Signora Phelps *buono* gesagt habe, dann werde einem richtig geholfen. Wenn man nicht für den Zirkus tauge, so verschaffe sie einem etwas anderes, sagte er aufmunternd.

Eines Tages fragte mich Miss Grace nach der Probe, ob ich mit ihr im Hotel zu Mittag essen wolle. Ich warf einen Blick auf meinen Anzug. Das habe nichts zu sagen, meinte sie; fügte aber gleich hinzu:

»Aber vielleicht macht es *Ihnen* etwas aus. *Allright*, dann essen wir auf meinem Zimmer.«

Wir verließen zusammen den Zirkus. Der Direktor starrte uns nach, alle waren verblüfft; ich fühlte mich nicht wohl in meiner Haut, aber der Italiener nickte mir aufmunternd zu.

Zum ersten Mal betrat ich ein Luxushotel. Ich war ganz verwirrt.

Und ihre Zimmer! Meine Beine wurden schwer wie Blei, fünf Daumen hatte ich an jeder Hand und wagte nicht nachzusehen, ob die Nägel schwarz waren. Ich wünschte, sie hätte mir ein paar Mark für ein Mittagessen in einem kleinen Gasthaus zugesteckt. Lieber Bettler sein, als Gast der »Baronesse« in diesem Palast.

Aber nun saß ich da mit dem Gefühl, als ob ich gefüttert würde. Ich wusste ja nicht, wie ich mich beim Essen benehmen sollte. Sie half mir und musste über mich lachen, wurde todernst und sagte leise in sich selbst hinein:

»Strange!«

Ich glich wohl einem Fragezeichen, denn sie begann zu erklären:

»Es ist so lange her. *Did'nt know I could.*«

»Was denn?«, fragte ich.

»Laugh.«

Es schwangen in diesem *»laugh«* ein Verwundern, ein Kummer, ja, mir schien sogar, Gewissensbisse mit, als ob sie nicht das Recht hätte, lachen zu dürfen.

Sie schaute mich forschend an.

»Merkwürdig, dass ich Ihnen das sage. Ich kenne Sie nicht, Sie sind ein Fremder. *Still it seems natural – well,* wir sollten ja von Ihnen sprechen. Mrs. Phelps hat mir ein wenig von Ihrem Leben erzählt. Möchten Sie gern zurück nach Dänemark?«

Ich sagte, ich sei hier, weil ich zu Hause vergeblich versucht hatte, mich durchzuschlagen. Dann fragte sie, ob ich einen Vorschuss auf meine Gage von ihr haben wolle, um Kleidung dafür zu kaufen. Das konnte ich nicht annehmen, denn ich bekam ja schon die fünfundzwanzig Mark in der Woche, die ich nach Hause zu meiner Frau schickte. Ob sie mir dann das Geld borgen dürfe? Ich lehnte dankend ab. Sie bat mich, darüber nachzudenken und morgen »ja« zu sagen.

Am Abend erzählte ich es Mrs. Phelps, die sanft lächelte, als ich fragte, was ich tun müsse, um Miss Grace nicht zu verletzen. Ich konnte ihr ansehen, was sie sagen wollte, aber ich bekam es nicht zu hören, denn Phelps nahm die Sache selbst in die Hand:

»Du kannst zwischen den Kleidern und einer Tracht Prügel wählen.«

Ich sah an dem Riesen auf und entschloss mich für die Kleider.

Ich wurde zu einem bekannten Schneider geschickt und sah elegant aus, als ich das nächste Mal bei Miss Grace zu Mittag aß. Später verabschiedete ich mich in meinem neuen Anzug vom Direktor; der Anblick seines Gesichtsausdrucks war unbezahlbar.

Wir kamen nach Paris. Meine Stellung war merkwürdig ungebunden. Ich konnte in den Teppich fallen oder es sein lassen, wie es mir gerade gefiel. Aber Bezahlung erhielt ich in beiden Fällen. Als ich den Direktor nach dem Grund fragte, sagte er, Miss Grace wolle doch für meine Ausbildung zum Clown sorgen und bezahle ihn dafür, dass ich hier lernen könne. Ich stürzte in den Stall hinaus zu Phelps und erklärte, dass ich dabei nicht mitmachen wolle. Er antwortete:

»Was bildest du dir ein?!«

»Ich bilde mir ein, ein ehrenhafter Mensch zu sein, der das Geld, von dem er lebt, verdienen will.«

»Du kannst so ehrenhaft sein, wie du willst«, sagte er – *»an' if you ai'nt – –«*

Er schwieg und sah entschlossen aus.

»Na, das *bist* du ja«, meinte er beruhigend, »aber solange sie dich brauchen kann, bleibst du in ihrem Dienst!«

»So sag mir doch, zum Henker, wozu sie mich brauchen kann!«

Er zögerte ein wenig und fasste dann einen Entschluss:

»I'll explain«, und er begann zu erklären:

»Meine Frau hat bei der gnädigen Frau gedient – oh *yes*, sie war viele Jahre lang bei ihr, bevor sie mit dem Schulreiten begann – die gnädige Frau also – und –«

Er dachte nach, sein Blick wurde leer, seine Augen glichen zum Verwechseln denen unseres alten Pfarrers, der in meiner Kindheit eines Sonntags mitten in seiner Predigt stecken blieb und die Situation rettete, indem er resolut *Amen* sagte.

Dasselbe tat Phelps. Er sagte:

»Halts Maul!«

Und ich tat, was er sagte.

Alles, was ich dabei erfuhr, war, dass er Miss Grace die »gnädige Frau« nannte, wenn er sie nicht beim Namen nannte, oder nur andächtig »sie« sagte. Miss Grace war also nicht unverheiratet – obwohl *»Mylady«* wohl eigentlich auch für Unverheiratete gebraucht werden konnte. Dessen war ich mir jedoch nicht ganz sicher.

Aber ich erfuhr nach und nach vieles über sie. Schon in Paris kam ich häufig zu ihr ins Hotel. Sie liebte es, still dazusitzen und mich in meinem mehr oder weniger vollkommenen Englisch reden zu hören; aber dabei lernte ich sie nicht viel besser kennen. Einmal kam sie jedoch dazu, unversehens etwas über ihr Wesen zu verraten. Ich hatte von Alvarez erzählt und wie er nach der Ekstase suchte. Sie sah spöttisch aus, sagte nichts, aber als ich auf die katholischen Mystiker zu sprechen kam, die mich ja ziemlich interessierten, unterbrach sie mich steinhart:

»Not a word about religion, please!«

Ich war Gleichgültigkeit und Widerwillen der Religion gegenüber begegnet, aber niemals vorher Abscheu und Hass. Die Luft um sie herum blieb kalt, obwohl sie sich deutlich Mühe gab, äußerlich so freundlich wie gewöhnlich zu sein.

Ich erzählte Mrs. Phelps von dem peinlichen Augenblick, und sie rief erschrocken: *»Don't! Never! Don't mention religion!«*

Als ich fragen wollte, wurde ihr sanftes und kluges Kindergesicht ausdruckslos wie eine verschlossene Tür. Aber Phelps sah aus, als ob ein Unglück geschehen sei.

Draußen im Bois de Boulogne war es, als Miss Grace mir gegenüber zum ersten Mal von sich selbst sprach, und was sie erzählte, war nicht viel. Wir saßen auf einer Bank, und ich hatte vom Land gesprochen, von Kornschobern, Wiesen und Kühen, wie es jemand tut, der dort aufgewachsen ist und lange, lange nicht mehr dort war. Wie es dazu kam, weiß ich nicht, aber kurz darauf war sie es, die über dasselbe und auf dieselbe Weise sprach; sie sei auch zwischen alldem aufgewachsen, was wächst und unwillkürlich lebt. Ihr Vater habe Landbesitz gehabt; er muss groß gewesen sein, nach dem zu schließen, was sie über ihre weiten und halsbrecherischen Reittouren über Wiesen und durch Wälder, die ihm gehörten, erzählte. »Ich war eine Wildkatze«, sagte sie – »zumindest dann, wenn ich nicht das genau Entgegengesetzte war, dann war ich nämlich – *oh, well.*«

Sie schaute mich an, als ob sie Lust hätte, von dieser anderen, »Entgegengesetzten« zu erzählen, aber sie tat es nicht.

Aber Mrs. Phelps, die immer froh war, über Miss Grace sprechen zu können, wenn sie merkte, dass sie keine Indiskretion dabei beging, sagte:

»*Oh yes, she was wild!* Immer auf dem Pferd und ab wie eine Wilde. Wir waren immer in Sorge, dass sie dem Pferd die Beine oder sich selbst den Hals brechen würde. Aber *›all of a sudden‹* ließ sie die Pferde in Frieden und lief zwischen uns herum, ohne uns zu sehen, sprach zu niemandem, sie lebte in einer Welt, die nicht unsere war. Man hätte glauben können, sie sei eine *›fairy‹*, die unter die Menschen geraten war und sich nach dem Feenland zurücksehnte. Ich habe in ihrem Haus gedient; sowohl in dem Haus ihrer Kindheit als auch in dem andern, und ich habe sie immer begleitet, als sie in der ganzen Welt herumgereist ist, und ich werde bei ihr bleiben, bis eine von uns stirbt.« –

So lernte ich nach und nach das Leben von Miss Grace kennen, ihr inneres Leben durch das, was sie selbst erzählte, ihr äußeres durch Mrs. Phelps. Ihr »Feenland« waren nur die Traumspiele eines einsamen jungen Mädchens; sie dichtete das Leben, das kommen sollte, spielte viele Romane durch, wollte alle möglichen Schicksale erleben – die gut endeten. Sie waren alle sehr verschieden, aber der Schluss war derselbe: *er* kam, der Eine, Unvergleichliche, und liebte sie, wie er es sollte. Dann war der Traum vorbei, die Reaktion trat ein, sie wurde gegenwärtig, praktisch; richtig zu leben bedeutete, etwas zu tun, und weil alle Arbeit von anderen für sie getan wurde, mussten die Pferde herhalten.

Ihre Mutter war tot, der Vater lebte allein für seine Tochter. Er sei voller *»tenderness«* gewesen, erzählte sie. Manchmal, wenn sie in ihren Träumen aufging, spürte sie plötzlich seine Hand sanft über ihr Haar streichen und wusste, dass er sie lange beobachtet hatte, es aber nicht übers Herz brachte, das, was in ihr vorging, zu stören. Sie liebte ihn und dachte mit Grauen daran, dass er vor ihr sterben könnte.

Schließlich wurde sie zu groß, um sich mit erdichteten Erlebnissen zu begnügen. Das »Feenland« wurde wirklich und lag irgendwo in der Fremde. Sie wollte gern ausziehen, um es zu finden. Sie ging mit ihrem Vater auf Reisen, und die kleine treue Frau, die noch nicht Mrs. Phelps hieß – er kam erst viel später dazu, drüben in Amerika – reiste mit und konnte davon erzählen:

»Das war eine Zeit, *oh such a happy time*! Miss Grace wurde eine erwachsene junge Dame und schaute geradeaus in die Welt, nicht in ein Feenland. Nein, *she was real, and the world was real too!*« –

Aber in Sorrent war kein Unterschied mehr zwischen Dichtung und Wirklichkeit. Er kam von draußen in den Garten des Hotels hinein, genauso wie er immer in ihre Romane hineinzuspazieren pflegte, und er *war* es; sie kannte ihn gleich, und zwei Tage lang wusste sie nicht, ob sie träumte oder wachte. Dann reiste er ab, aber sie hatten sich gesehen, und auf die richtige Weise gesehen. Stellen Sie sich vor, sie waren sich nur vorgestellt worden.

Er war Marchese. Das war alles, was sie wusste. Aber das war keine Geschichte, sie konnte nicht damit enden.

Das tat sie auch nicht. Sie trafen ihn in Bellagio wieder, und dort verlobten sie sich. Das Leben war herrlich und Gott war gut.

Sie heirateten und wohnten dann auf dem Gut des Marchese. Mrs. Phelps ging mit und hatte *»oh such a happy time«*.

Der Marchese hatte all die guten Eigenschaften, die ein Ritter der Träume zu haben hat, und noch eine dazu, die nicht notwendig, aber so unbegreiflich komisch war: die köstlichste, zum Lachen animierende Zerstreutheit. Mitten im Gespräch, oder wenn er gerade dabei war, etwas zu erzählen, konnte er plötzlich nicht dazugehörende Dinge sagen und sah sehr erstaunt aus, wenn man ihn darauf aufmerksam machte. Dann klang Lachen durch das Haus, und er lachte selbst herzlich mit.

»Aber«, sagte Mrs. Phelps, »als es allmählich immer häufiger vorkam, irritierte es ihn und stimmte ihn ernst, sodass wir nicht mehr lachten, sondern uns damit begnügten, zu lächeln. Das konnten wir nicht bleiben lassen, denn er sah so verwirrt aus.«

Später lächelten sie auch nicht mehr darüber. Die komischen Anfälle von Zerstreutheit wurden im Laufe weniger Jahre zu dauerndem, entsetzlichem Ernst. Nur selten sprach er noch zusammenhängend und konnte nicht immer die Menschen seiner nächsten Umgebung erkennen, schließlich nicht einmal mehr seine eigene Frau. Es fiel ihr schwer, mir davon zu erzählen; trotzdem glaube ich, dass eine Art Befreiung darin lag, sonst hätte sie es wohl nicht getan. Sie war immer um ihn und pflegte ihn, als er ganz hilflos wurde. Die Erinnerung daran, dass sie sich in ihrer glücklichen Zeit über die ersten Anzeichen der Krankheit belustigt und über ihn gelacht hatte, machte sie beinahe verrückt. Sie meinte selbst, dass sie es geworden wäre, wenn nicht die Sorge für ihn ihre Gedanken in Anspruch genommen hätte. Ihr Vater, der nach Italien gekommen war, war entsetzt, als er sie seelisch und körperlich gebrochen sah. Zum Schlafen kam sie nur, wenn er sie überlistete, und dann nie lange. »Sie aß nur wie ein Vögelchen«, sagte Mrs. Phelps, »und ich dachte: Sie sterben alle beide, aber sie zuerst, und dann stirbt der alte Herr auch. Sie liebte ihn ja, wie sie ihn immer geliebt hatte, aber nun wusste sie kaum, dass er gekommen war. Der Arzt wollte, dass sie von dem Kranken fort und selbst gepflegt werden sollte, aber sie war nicht von ihrem Mann wegzubringen.« –

Dann kam die Krisis, die sie wirklich so nahe an den Rand der Geisteskrankheit brachte, wie ein Mensch kommen kann, ohne zusammenzubrechen. Es war an einem schönen Tag, als sie die Landschaft in einem kurzen Aufblitzen wieder so erblickte, wie sie sie in ihrer glücklichen Zeit gesehen hatte, als er dort draußen an ihrer Seite ging, schön, klug und gut, und als sie fühlte, dass das Leben herrlich und Gott gut war. Da empfand sie den Glauben an Gott als verhängnisvoll; sie hasste ihn wegen all dem Bösen, das geschieht, hasste und ging ganz in ihrem Hass auf, sodass sie vergaß, sich um ihren Mann zu kümmern, sich dessen bewusst wurde und umso mehr hasste. Überanstrengt, wie sie war, wäre sie zusammengebrochen, wenn nicht ihr Vater sie vor diesem Hass gegen Gott gerettet hätte. Er sagte ganz einfach zu ihr: »Aber Kind, Gott hassen, was heißt denn das – das heißt doch das reine Nichts hassen.« – Mrs. Phelps war selbst dabei gewesen, und sie erzählte: »Miss Grace sah plötzlich aus wie ein kleines Mädchen und sagte in einem so kindlichen Ton, dass ich glaubte, nun habe sie den Verstand wirklich verloren: ›Gibt es denn keinen Gott?‹ – ›Nein‹, sagte ihr

Vater, ›das ist ja nur ein dummer alter Aberglaube. Du kannst doch aus allem, was geschieht, erkennen, dass es keinen Gott geben kann, sondern dass wir Menschen uns nur auf uns selbst verlassen können und den Zufälligkeiten preisgegeben sind.‹«

Seine Worte drangen tief in seine Tochter ein, ob es nun war, weil sie, wie Mrs. Phelps meinte, im Augenblick wirklich so ein kleines Mädchen war, das den Worten ihres Vaters glaubte, oder weil sie in ihrem Hass gegen Gott einen Triumph dabei fühlte, ihn zu entmachten. Die Betrachtungen der Menschen über Gottes Sein oder Nichtsein sind nun einmal etwas vom Unsinnigsten, was man sich denken kann, und es ist wirklich nicht der Verstand, der sie veranlasst, Gott zu akzeptieren oder ihn abzulehnen, so sehr sie es auch behaupten mögen. Die Befreiung von Gott wirkte stärkend auf Miss Grace. Sie ging an ihre Arbeit wie eine, die eine bedrückende Last von sich abgelegt hat, aber das konnte die Verzweiflung über den Zustand ihres Mannes nicht verringern, ihr aber auch nicht die Kraft dazu geben, Tag und Nacht für ihn zu sorgen, Monat für Monat, und sie wollte nichts von Ruhe hören. Da fasste der Arzt einen Entschluss. Er ließ den Marchese in ein Krankenhaus bringen und verordnete striktes Besuchsverbot. Er gab Miss Grace ein Schlafmittel, und als sie aufwachte, war sie im Zug nach Paris, zusammen mit dem Vater, dem Arzt und Mrs. Phelps. »Wir hatten Angst davor, was sie wohl tun würde«, sagte die kleine Frau. »Wir erwarteten, dass sie toben und schreien würde wie damals, als sie da unten in Italien Gott verfluchte, aber es war schlimmer als das. Sie war gar nicht da. Sie war ausgegangen wie eine ausgeblasene Kerze, man kann den Docht und das Wachs sehen, *you know*, aber es ist nichts da, was leuchtet. Wir konnten ihren abgezehrten Körper und ihre Kleider sehen, aber ihr eigentliches *Ich* war nicht da. Da saß sie zwischen uns, sah uns nicht, und wir konnten nicht sehen, was *sie* war. Oh, es war nicht wie damals zu Hause in England, als sie eine kleine *fairy* war; es war – es – es war – *awe-inspiring*[25]. Der Arzt sagte, wir müssten etwas finden, was ihre Aufmerksamkeit wecken könnte. Wir fragten sie, ob sie zurück ins Haus ihrer Kindheit wolle, aber wir konnten ihr ansehen, dass sie das nicht wollte. So reisten wir mit ihr herum; der Arzt fuhr zurück nach Italien. Wir kamen in die *United States* und suchten neue Ärzte auf, aber auch die konnten nicht helfen. Da war aber ein junger, der war vernünftig, er sagte, wir müssten zusehen, dass wir ihr Blut richtig zum Zirkulieren brächten, sodass auf jeden Fall erst mal die Physik in Ordnung kommen könne, dann könnten wir nachher mit der Seele beginnen. Ob sie einen *favourite sport* habe. Ja, sie ritt. *Well.* Er nahm sie mit auf Reittouren, und nach und nach konnte man an ihren Wangen sehen, dass Blut in ihr war, aber sonst war da kein Unterschied, sie war inwendig ausgegangen. Ja, stellen Sie sich vor, der Vater, den sie nach ihrem Mann am meisten geliebt hatte, wurde krank und starb, und es war ihr nichts anzumerken. Das, wovor sie immer am meisten Angst gehabt hatte, nämlich dass er vor ihr sterben würde, das hat sie irgendwie gar nicht erfasst. Aber etwas anderes war doch zu ihr durchgedrungen; es war an seinem letzten Tag, wir waren drin bei ihm, und er sagte: »Gott.« Er war ein gläubiger Mann und hatte da unten in Italien aus Liebe zu ihr Gottes Existenz geleugnet, damit sie nicht die Sünde begehen sollte, Gott zu verfluchen, und nun wurde er von Gewissensbissen gequält, denn er wusste nur zu gut, dass sie von diesem Augenblick an nicht mehr geglaubt hatte. Er bat Gott, ihm zu verzeihen und in seiner Tochter den Glauben wiederzuerwecken, denn vorher dürfe er nicht sterben. Ich sah, dass sie das hörte und verstand, denn ihr Blick war nicht erloschen, aber er war – *awful.* Und ich glaube nun, dass sie daran dachte, für ihren Vater dasselbe zu tun, was er in Italien für sie getan hatte; sie wollte jedoch nicht lügen. Aber wenn es einen Gott gab, der die Bitte des Vaters erfüllen und den Glauben in ihr wecken wollte, so sei sie bereit, es geschehen zu lassen. Aber der Vater starb, und sie hatte nicht gesagt, dass sie doch glaube. Und als ich ihr sagte, dass er tot sei, da – lächelte sie. Aber *ich* würde das nun kein *Lächeln* nennen.«

Mrs. Phelps hatte die Situation erfasst. Ich weiß es von Miss Grace, und wenn das Wunder geschehen wäre und ihr Glaube durch die Fürbitte ihres Vaters wieder zum Leben erweckt worden wäre, sodass er getröstet ins Unbekannte hätte hinübergleiten können, so hätte ihre »leblose« Periode wohl nicht so lange gedauert.

Nun blieb sie an einem toten Punkt stehen, tat, was man ihr sagte, aber nichts auf eigene Initiative. Da fand der Arzt, sie müsste Pflichten haben, die Gedankenarbeit erforderten, er meldete sie bei einer Reitschule an, sie erschien pünktlich wie ein Schulmädchen und lernte alle Künste, die ihre Lehrer ihr vormachten, und sie wurde so tüchtig, dass sie ihr zum Schluss nichts mehr beibringen konnten. Eines Tages schlug der Arzt ihr vor, zum Zirkus zu gehen, wo sie zu Proben und Abendnummern auf den Gong aufpassen müsse, und der war ja immer anders, sodass sie nicht wie ein Automat hineingehen konnte. Mrs. Phelps bekam den Befehl, ihr nur dann zu helfen, wenn es unbedingt notwendig war.

Sie hatte ihr Debüt und hatte Erfolg. Sie erlebte selbst ein wenig Glück; die Pferde führten sie zurück in die Zeit ihrer Kindheit, als sie »ihn« noch nicht getroffen hatte. Sie *lebte* mit den Tieren wie damals. Wenn sie in den Stall geführt wurden, verfiel sie wieder in ihren toten Zustand.

Sie bestand wieder aus zwei verschiedenen Wesen, wie damals, als sie ein kleines Mädchen war.

Eines Abends, als sie in den Umkleidewagen kam, weinte das Garderobenmädchen. Miss Grace stand da und schaute sie an.

»Ich kann nicht sagen, dass es mir Leid um sie tat«, sagte sie später zu mir, »ich war nur verwundert. Weinen war unnatürlich. Ja. Ich hatte ja selbst einmal geweint, oft, immer. Dann hörte es auf, und seitdem habe ich es nicht mehr gekonnt, nicht einmal, als Vater starb. Die Frau trocknete ihre Augen, nahm sich zusammen und half mir in mein Reitkostüm. Als ich nach meiner Nummer zurückkam, weinte sie wieder und konnte gar nicht aufhören. Die Tränen tropften auf meine Kleider, während sie mir beim Umziehen behilflich war. Als ich fertig war, fragte ich, warum sie weine. Weil ihr kleiner Junge krank sei. Sie sei arm und hätte kein Geld für Arzt und Medizin. Ich holte meine Geldbörse und gab ihr, ich weiß nicht wie viel, aber nach ihrem Gesichtsausdruck zu urteilen, war es wohl nicht so wenig. Einige Zeit war vergangen, manchmal fragte ich nach dem Kind, manchmal dachte ich nicht daran. Aber eines Abends kam sie und erzählte mir: ›Er lebt! Und der Arzt sagt, dass er bald gesund und stark werden wird.‹ Dann erklärte sie, sie verdanke es mir, dass er lebe, ich hätte ihm das Leben *geschenkt*. Ich stieß sie zur Tür hinaus, weil ich allein sein wollte, da war etwas, was gleichzeitig schmerzte und gut tat, aber ich wusste nicht, was es war. Aber als es vom Zwerchfell aus aufwärts stoßweise in mir zu schütteln begann, glaubte ich, ich sei krank und müsse mich erbrechen, und gab nach. Aber es war nicht das, was ich geglaubt hatte, sondern es war Weinen; ich schluchzte unbeherrscht, machtlos, bis es von selbst aufhörte und ich nur dasaß und still weinte, während ich die ganze Zeit die Worte hörte: ›Er lebt – Er lebt – Sie haben ihm das Leben *geschenkt.*‹ – Das Leben! Es klang, als ob es etwas Gutes wäre, das Beste von allem. Das *Leben* – ich hörte den Klang des Wortes und dachte darüber nach, was es bedeutete. Es war etwas, was ich nicht kannte. Sie verstehen mich vielleicht nicht, denn ich lebte ja doch, aber ich war lange wie eine halb Bewusstlose umhergegangen, die weder ganz lebendig noch tot war, aber ich konnte mich doch erinnern, dass ich einmal gelebt und das Leben geliebt hatte. Im Augenblick war das Leben wieder in mir lebendig, aber nicht dasselbe wie jenes, das ich aus der Kindheit, der Sehnsucht und aus glücklichen Tagen kannte, als das »Leben« Freude und Lust bedeutete; das Leben, wie ich es jetzt empfand, war Schmerz und Freude zugleich, selbst das Gute konnte Tränen hervorrufen. Aber ich wollte lieber dieses schmerzvoll-gute Leben leben, als in meinem gewohnten erloschenen Zustand bleiben. Der kleine Junge, den ich nie gesehen hatte, schenkte mir das Leben, das *gute* und *schmerzvolle* Leben – *and I braced myself and faced it.*

Als ich mich in ihm umsah, erblickte ich meistens Dinge, die wehtaten. Mein Mitgefühl war nicht sehr groß, denn das Leben selbst war nicht stark in mir, aber ich nahm meine Medizin, die darin bestand, dass ich half, wo ich konnte. Es war nicht so leicht in der ersten Zeit, denn jedes Mal, wenn ich ein bisschen Gutes getan hatte, bekam ich hysterische Weinanfälle, sie kamen über mich auf dieselbe Weise wie jenes erste Mal: wie ein Erbrechen, nachdem man etwas gegessen hat, was man nicht verträgt, wie bei einem Rekonvaleszenten, der zu viel von dem isst, was man ihm nun wieder erlaubt hat. Heute weiß ich, was mit mir geschah. Ich nahm das Leben *anderer* Menschen, deren Sorgen und Freuden in mich auf, und ich war glücklich dabei, konnte es aber nicht ertragen. Nach und nach lernte ich jedoch, die hysterischen Anfälle zu überwinden. Aber feuchte Augen bekomme ich immer noch, wenn ich einen Mitmenschen etwas unterstütze. Glauben Sie nun nicht, es wäre aus Rührung über meinen eigenen Edelmut, nein, es ist nur die Freude, die Freude über das Leben, das schmerzvoll-gute, das mir noch nicht zur Gewohnheit wurde, die Freude darüber, dass es uns Menschen, die wir der Gewalt des Zufalls preisgegeben sind, doch möglich ist, uns gegenseitig das Leben leichter zu machen, wo wir können.« –

Ich habe es selbst erfahren, dass sie das tat, so als ob sie es wäre, die von demjenigen, dem sie half, einen Dienst empfangen hätte. Deshalb dauerte es wahrscheinlich so lange, bis ich mich durch meine Abhängigkeit bedrückt fühlte. Möglicherweise stand ich auch unter dem suggestiven Einfluss des Ehepaares Phelps. Sie behandelten mich – besonders Mrs. Phelps – nach und nach mit der Achtung, die man einem armen Verwandten der Herrschaft schuldig ist, aber zugleich – besonders Phelps – mit der Überlegenheit, die bei Dienstboten natürlich ist, die schon in Myladys Dienst standen, lange bevor der arme Verwandte auftauchte, und bei den beiden war es ein Dogma, an dem nicht gerührt werden durfte, dass dem Willen Myladys blind gefolgt werden musste. Wenn ich sie besuchte und sie mir ihre Freundschaft und ihr Vertrauen gab, vergaß ich, dass ich von ihrer Barmherzigkeit lebte. In meiner ganzen übrigen Zeit war ich in der Manege und merkte, dass es vorwärts ging, allerdings nur langsam. –

Erst in Marseille, als ich entdeckte, dass ich zu denselben Bedingungen wie in Paris engagiert war, fand ich meine Stellung unwürdig und beschloss, mir eine andere Arbeit zu suchen, welche auch immer. Ich erzählte es Phelps und seiner Frau. Sie sah erschrocken aus, er schwieg, aber es war deutlich, dass er beleidigt war. Erst als die kleine Frau ihm einen bittenden, Hilfe suchenden Blick zusandte, ergriff er das Wort:

»Ich hab dir doch gesagt, dass du in ihrem Dienst zu bleiben hast, solange sie dich braucht.«

»Braucht? Sei doch bitte so gut und sag mir wozu!«

Nun war Phelps an der Reihe, sich an seine Frau um Beistand zu wenden; sie hatte ihn parat:

»Das fragen Sie noch?! Können Sie das denn nicht selbst sehen?! Und Sie sind Student und *educated*! Und haben keinen Verstand im Kopf!

Sehen Sie nicht den Unterschied zwischen jetzt und damals, als Sie sie in Breslau trafen?! Haben Sie keine Augen dafür, dass sie wie eine Blume ist, die Wasser bekommen hat? Sie sind ein Mensch, zu dem sie über all das spricht, was sie vorher nie jemandem gesagt hat; das ist es, wozu sie Sie brauchen kann. All das Leid, das sie in sich trug, kann sie bei *Ihnen* aussprechen. Zum ersten Mal, seit all das passiert ist. Das macht sie gesund, das befreit sie. Oh ja, sie ist wie ein Haus, das lange mit verschlossenen Türen und Fensterläden dastand, die nun aufgemacht werden, lebendige Luft strömt hinein. Aber nur *ein* Mensch darf hineinkommen. Das sind Sie! Sie sollten auf die Knie fallen und Gott danken, weil Sie da gehen dürfen, und nicht davon faseln, zu kneifen wie ein Deserteur. Wenn ich Sie wäre, würde ich mich schämen!«

»Ich *schäme* mich auch«, sagte ich. »Sie wissen, dass sie die Gage bezahlt, die ich vom Direktor bekomme. Ich kann kein Geld entgegennehmen, ohne es verdient zu haben.«

»Ach, das können Sie nicht?!«, rief sie. »Aber unsere Ärzte in Amerika, die konnten es, die waren mehr als nur Studenten, die waren ganze Doktoren. Und die halfen ihr nicht die Bohne, außer dem einen, der sie mitnahm zum Reiten, und auch das war keineswegs gratis. Er nahm fette Honorare dafür, dass er auf einem Pferd saß und ihr Blut in Umlauf brachte. Hinterher sollte dann mit der Seele begonnen werden! Der Seele aber konnte er nicht helfen, und niemand hat es gekonnt, bevor Sie kamen. Und dann schwatzen Sie von Geld. Was bedeutet Ihr bisschen Gage für Miss Grace!«

»Nichts, aber für *mich viel*«, sagte ich. »Denn ich habe das Bedürfnis, es selbst zu verdienen.«

Nun musste Phelps seine Meinung sagen; sie kam ohne Emotion, rein konstatierend:

»Du bist nicht so viel wert wie ein Tier. Schau dir ihre Pferde an! Sie behandelt dich, als ob du eines von ihnen wärst. – Schau dir die Pferde an; sie sind dankbar und zeigen es. Du solltest von ihnen lernen und ein bisschen so werden wie sie.«

Aber das konnte die kleine Frau nicht erlauben, dass man so von dem sprach, den Mylady wie einen Freund behandelte.

»Shut up«, sagte sie. »Nicht wie ein Pferd soll er sie lieben, sondern wie ein Mann.«

»Er soll sich unterstehen«, sagte Phelps.

Klatsch! Auf seiner linken Wange hinterließen die Finger seiner Frau fünf deutliche Spuren. Es entstand eine erschrockene Pause, dann brüllte Phelps vor Lachen, und wir andern stimmten mit ein. Als es überstanden war, sagte die kleine Frau reumütig:

»Ich hätte Sammy nicht schlagen sollen. Er sagte es so hässlich und roh, aber eigentlich hat er ja Recht. Eine Sache gibt es nämlich, die Mylady mehr verabscheut als die Religion, und das ist, wenn man ihr den Hof macht. Ich glaube nicht, dass Sie so etwas machen, sonst würde ich Sie selbst bitten, woanders Arbeit zu suchen. Aber es ist schon passiert, dass richtige Gentlemen sich in die gnädige Frau verliebt haben, nicht so arme Schlucker, wie Sie einer sind, und wollten *making love*. Es führte zu Katastrophen. Ich kann nicht sagen, dass ich ihre Erbitterung darüber verstehe, dass sie einem Gentleman gut gefällt und er es ihr sagt – aber das hängt wohl mit der Krankheit des Marchese zusammen und all diesem Unglück. – Das letzte Mal, als es geschah, brach sie ein Engagement mittendrin ab, und wir mussten eine hohe Konventionalstrafe zahlen, denn sie war nicht mehr in der Lage aufzutreten. Ich kann es nicht erklären, aber es zeigt, wie kaputt sie einmal gewesen ist.«

Erst später bekam ich die Erklärung für ihr Verhalten.

»Das war es, woran Sammy dachte«, schloss Mrs. Phelps. »Und ich muss sagen, dass ich Angst davor habe, es könnte nochmal einer kommen, denn ich glaube, Sammy würde hingehen und ihn ins Unglück schlagen.«

»You bet«, sagte Phelps.

Ich bekam Gelegenheit, zu erfahren, dass er meinte, was er sagte; es war jedoch nicht ich, der seine Fäuste zu spüren bekam.

Ein Resultat hatte die Unterredung jedenfalls: Als wir von Marseille nach Amsterdam fuhren, war ich auf reguläre Weise engagiert, allerdings auf Miss Grace Empfehlung hin. Ich hatte gleich den Verdacht, Mrs. Phelps habe geschwatzt; später kam mir noch die Vermutung, meine Gage werde von derjenigen Miss Grace' abgezogen. Aber das darauf folgende Engagement in Berlin war echt.

In Berlin sah ich einen Rücken. *Albertos* Rücken. Es ist gar nicht langweilig, alt zu werden. Es ist manchmal geradezu erfrischend, zeitweise auch etwas wehmütig, zwischen Mai und September ist nun mal ein Unterschied, aber die Klarheit, die Durchsichtigkeit ist im Herbst größer als im Frühling, oder *kann* es zumindest sein. Und erst durch das Wiedererleben in der Erinnerung bekommt man eine Ahnung davon, was das Leben ist. –

Denken Sie an eine Wanderung draußen auf dem Land, Sie gehen einen Weg entlang, den Sie nicht kennen, Sie schauen erwartungsvoll nach vorn, die Dinge kommen Ihnen entgegen, weil Ihre Beine in Bewegung sind, Sie sehen ständig etwas Neues, und was mag wohl hinter der nächsten Wegbiegung liegen? Sie gehen schnell, verlangen erwartungsvoll nach neuen Eindrücken, denn es eilt; später trotten Sie mehr gewohnheitsmäßig dahin, weil Sie nun einmal draußen sind, um zu gehen, schließlich sind die Beine ein wenig schwer und die Augen nicht mehr so eifrig. Sie haben den Punkt erreicht, wo Sie glauben, alles schon zu kennen, was da kommt, alles sieht so gleich aus. Sie bleiben stehen, schauen zurück über den Weg und bekommen einen Freudenschock: der Weg ist neu, Sie haben ihn noch nie gesehen – von dieser Seite. Er ist Ihnen zugleich unbekannt und doch wohl bekannt, denn es ist der, den Sie gegangen sind. Er entsteht eben jetzt vor Ihren Augen und ist trotzdem ein Teil der Geschichte von Ihnen selbst. Da liegt er und sieht aus, als ob er alles wisse, was Sie gesehen und gedacht haben, während Sie ihn gingen – und außerdem auch noch all das, was Sie nicht beachtet haben.

Sie bekommen Lust, ihn auch als Rückweg zu erleben, glauben, er würde Ihnen noch reicheres, tieferes Leben schenken als der Hinweg. Sie machen sich auf den Weg und merken, dass die Gegenwart die Vergangenheit beherrscht, jeder Augenblick tritt Ihnen neu entgegen, aber Arm in Arm mit seinem Bruder, dem Augenblick, in dem Sie früher auf dieser Stelle standen. Sie erhalten ein doppeltes Leben, langsam wird es fast zu viel für Sie und Sie haben das Bedürfnis, sich zu erholen; da steht der Weidenbaum, der Ihnen schattige Ruhe angeboten hatte, als

Sie auf dem Hinweg waren, aber vorher hatten Sie es eilig; jetzt nehmen Sie das Angebot dankbar an und setzen sich, lehnen sich an den Stamm, der grau, alt und runzlig ist wie Sie selbst, aber oben ist er grün, saftstrotzend und schwungvoll, so seid ihr beide, ihr passt ja zueinander, hier lässt es sich aushalten, alle gewöhnlichen Gedanken legen sich zur Ruhe, es wird Raum für unbewusste Arbeit geschaffen, ein bisher totgedachtes Problem steckt plötzlich gratis seine Lösung vor, fix und fertig, Sie machen eine Erfindung, oder sehen die richtige Diagnose für Ihren letzten Patienten, oder Sie wissen vielleicht nur in einfacher Selbstverständlichkeit, wie Sie es anstellen sollen, der feine Kerl zu werden, der Sie von Natur aus hätten werden sollen.

Dann springen Sie auf und gehen nach Hause, aber den Weidenbaum werden Sie nie mehr los, er hat in Ihrer Erinnerung Wurzeln geschlagen, und da steht er seitdem und verkündet seine sinnlose Weisheit, dass alles im Grunde genommen richtig ist und so wie es sein soll. Sicher sehen wir jeden Tag, dass es in der Welt schlecht und verflucht zugeht, aber es ist nicht drum herumzukommen, dass der Weidenbaum Recht hat. –

Es war ein langer Umweg, an Albertos Rücken vorbeizukommen und ihm ins Gesicht zu sehen. Er hieß übrigens nicht Alberto, aber so wurde er genannt, als ich ihn kennen lernte, und so will ich ihn in Dankbarkeit und Liebe hier nennen, wo er in meine Erzählung treten soll, wie er in mein Leben trat.

Ich spüre, dass meine Fähigkeiten nicht ausreichen, eine Schilderung von ihm zu geben, es ist auch nichts da, womit man beginnen könnte, es war auch nichts Merkwürdiges an ihm. Die Schwierigkeit liegt, um Felipes Ausspruch zu verwenden, in *»the very simplicity of him«*. Alles, was ich sagen kann, ist, dass er für mich der Weidenbaum am Weg ist, unter dem die Probleme sich selbst lösen und alles richtig wird, obwohl nichts – man selbst am allerwenigsten – so ist, wie es sein müsste.

Und wenn ich nun sage, dass ich seinen Rücken sah, scheint mir, dass ich alles gesagt habe, was zu sagen ist, weil ich nun das Gefühl habe, dass ich in jenem Augenblick sein ganzes Wesen erlebte und all das, was er für mich zu bedeuten hat; das Übrige sind nur Einzelheiten, die sichtbar wurden, während die Tage, die Monate, die Jahre vergingen, es lag alles in diesem einen Augenblick beschlossen, wie die Rose, die sich morgen entfalten wird, noch ganz in der Knospe liegt, die Sie heute Abend betrachten.

Ich kam auf das Zirkusgelände und schaute mich um. In der Nähe standen zwei Stallburschen in Arbeitskleidern und sprachen mit einem gut gekleideten Herrn, der mir den Rücken zukehrte. Ihre Gesichter fesselten meine Aufmerksamkeit, sie drückten etwas aus, was ich nicht häufig zu sehen bekam, etwa Folgendes: Wir sind alle Menschen, und es ist ganz angenehm, es zu sein; hier stehen wir und sollen weiter nichts, wir plaudern nur miteinander, wir drei.

Ich betrachtete den Rücken des eleganten Herrn und dachte: Das ist schon ein Rücken, wie er sein soll – und dann hörte ich auf zu denken, um etwas, das in mir vorzugehen begann, nicht zu stören. Das ist eine Gewohnheit von mir, wenn eine Empfindung von Leben, die zu zart ist, um Berührung durch Gedanken zu ertragen, sich tief in meinem Innern sanft zu erkennen gibt. Ich lasse die Aufmerksamkeit auf dem Gegenstand ruhen, der die Empfindung hervorrief und lasse das wundervoll neue und ebenso wundervoll bekannte Leben da drinnen seinem eigenen Willen folgen, bis es sich von selbst bereit zeigt, in mein Bewusstsein einzudringen und mir gestattet, darüber nachzudenken. Während ich mehr oder weniger gedankenlos dastand und diesen Rücken anschaute, tauchten Bilder auf. Das Wohnzimmer zu Hause auf dem Hof, die Fenster, Gewitterwolken, Blitzstrahlen, der Stuhl, auf dem ich saß, der Klang von Männerstimmen; eine davon in jütländischem Dialekt. Es war die Stimme des Müllergesellen, der vor der Bornholmer Uhr saß, er war erst kürzlich aus Jütland gekommen und aus irgendeinem Grund nun bei uns zu Besuch. Ich hatte ihn früher nie gesehen, aber ich war froh darüber, dass er da saß. Es gibt Menschen, die es an sich haben, dass man sich in ihrer Nähe wohl fühlt, selbst wenn man sie nicht kennt. »Es geht bald los«, sagten sie und meinten das Gewitter. Es kann auf dem flachen Land gefährlich sein. Haus und Hof können zerstört werden, Menschen und Tiere können verbrennen. Ich spürte, dass es gut war, dass der Müllergeselle zu uns gekommen war. Ich glaubte nicht, dass der Blitz ins Wohnhaus einschlagen würde, wenn er da saß, und sollte er das Stallgebäude treffen, so würden die Tiere wohl gerettet werden. »Es war ganz in der Nähe«, sagte einer nach einem harten Schlag, der die Scheiben zum Klirren brachte. »Es war nicht weit weg«, meinte der Müllergeselle, »es ist ein schweres Wetter.« Da saß er mitten drin im schweren Wetter, unbeteiligt, wie er dagesessen hatte, bevor es losgegangen war. Es donnert; ja, das tut es nun mal im Sommer, das gehört eben dazu. Es können sich Unglücksfälle ereignen, aber es sind noch keine passiert, und wenn, dann tun wir, was wir können. Es war beruhigend und tat gut, dazusitzen und ihn anzusehen.

Als das Gewitter vorbei war, stand er auf und verabschiedete sich. Aber was für ein Segen, dass er da gewesen war. – Ich sah ihn nie mehr, weiß auch nicht, wo er geblieben ist, aber er ist irgendwo in der Welt, und das ist gut zu wissen.

Ich war damals noch sehr klein, und nach einem langen Winter ohne Gewitter dachte ich nicht mehr an ihn, bis er nun springlebendig aus dem Rücken dort drüben herausspazierte.

Wirklich, das war ein Rücken, wie er sein soll!

Ein mittelmäßiger Artist, mit dem ich zusammenzuarbeiten begonnen hatte, kam vorbei und fragte, über was ich in Trance gefallen sei.

»Wer ist der dort drüben mit dem Rücken?«, fragte ich.

»Der da?«, antwortete er, »das ist einer der Jockeys in der neuen Nummer ›Alberto und Carlo‹, die heute Abend Premiere hat – da kommt Carlo.«

Ein gut aussehender, flotter Mann mit einem liebevoll gepflegten Schnurrbart ging auf die kleine Gruppe zu und sagte einige Worte zu den Stallburschen, die eine respektvolle Haltung annahmen, während er sprach; daraufhin ging er mit Alberto zu den Ställen, und es gelang mir nicht, an Albertos Rücken vorbeizukommen und sein Gesicht zu sehen, bevor ich am Abend in die Manege kam.

So leicht es war, mit Alberto umzugehen, so schwierig ist es, über ihn zu sprechen. Ich habe versucht, es so zu machen wie bei Felipe und Miss Grace. Beide traten aus dem schwarzen Nichts in mein Leben; bevor ich nach Breslau kam, existierten sie nicht, und als ich später über sie schrieb, erlebte ich sie wieder als fremde Personen. Das ist bei Alberto ganz anders. Es ist mir unmöglich, mir eine Zeit vorzustellen, in der ich Alberto noch nicht kannte. In mir ist ein unerschütterliches Gefühl, dass ich ihn schon von dem Sonntag an gekannt habe, an dem ich zusammen mit Hansine Vogt in die weite Welt hinausfuhr.

Vielleicht saß er hinter uns zwischen den Eltern, vielleicht war er auch dort, wo wir hinfuhren und wurde mein Spielkamerad und Freund bis weit in die Jugendzeit hinein, um nun hier in Berlin wieder aufzutauchen und mit mir zusammenzubleiben, bis er starb, ja, ich bin versucht, zu sagen, bis über den Tod hinaus, weil ich ihn so lebendig in mir spüre. Sie müssen das nicht als etwas »Mystisches« ansehen, auch vor allem nichts über eine frühere Inkarnation erwarten, es wird sich auch später nicht zeigen, dass er eigentlich Däne war und aus meinem Heimatdorf stammte. Er war Österreicher und ist nie in Dänemark gewesen. Die Sache ist ganz einfach die, dass ich mir mit allen Fasern meines Körpers meiner Identität lebendig bewusst bin, von meiner ersten Erinnerung an bis zu diesem Abend, während ich hier sitze und schreibe; in einer Tiefe, in die alle Gedanken und Stimmungen nicht durchdringen konnten, erlebte ich das Leben als etwas Glückliches, das mittels einer bestimmten Form, die Olsen genannt wird, sich seiner selbst bewusst wurde als das Menschenwesen, das gerade ich bin. Dieses »Rückenmark« in meinem Dasein ist dasjenige, was ich meine, wenn ich »ich« *zu mir selbst* sage. Dagegen ist das nicht immer der Fall, wenn ich zu *anderen* über mich spreche. Wenn nun ein Mensch – was allerdings selten geschieht – die tiefste Ursprünglichkeit eines anderen Menschen erfährt, sprengt er damit die Fesseln der Zeit und wird zu seinem Jugendfreund, auch wenn er bereits die Fünfzig überschritten hat, wenn sie sich zum ersten Mal treffen; denn in diesem innersten »Ich« liegen die Jahre nicht in einer Reihe, sondern begegnen sich und verschmelzen in einem lebendigen *Jetzt.* So tief drang Albertos Freundschaft schließlich in mich ein, nicht weil er es wollte, es war nur etwas, was von selbst geschah, und dadurch schien es mir, als ob unser Zusammensein ohne Anfang war. Wenn jemand sagt, dass das Unsinn ist, so verrät er damit seine Unwissenheit darüber, was im tiefsten Innern er selbst ist, er mag sonst all das Wissen besitzen, das menschliche Gehirne während Jahrtausenden als Ernte eingefahren haben. Aber was ihn selbst betrifft, ist er – trotz all seines detaillierten Wissens über Dinge, die mit ihm selbst zu tun haben – noch nicht weiter gekommen, als ich zu jener Zeit, als ich damals im Zirkushof stand und Albertos Rücken betrachtete. Das scheint mir heute wie ein Symbol, er war mir so weit voraus; erst später konnte ich ihn einholen, sodass wir wirklich zwei Menschen wurden, die ihren Weg zusammen weitergingen.

Zwei durchtrainierte Jockeys kamen in die Manege, vorneweg Carlo, flott und selbstsicher, ein erstklassiger Artist, der wusste, was er wert war, und Alberto – na ja, er kam nur so hinterher. Carlo begann, glänzende Sprünge und Saltomortali, begeisterter Beifall und verzückte Frauenaugen. Dann kam Alberto an die Reihe, man wünschte ihm unwillkürlich, dass er seine Sache gut machen möchte; so gut wie sein Partner dürfte er wohl kaum sein. Aber er war es; alle waren überrascht, als die beiden zusammen auf einem Pferd saßen und sich abwechselnd an Waghalsigkeit und Kraft überboten. Ich betrachtete die beiden starken, gelenkigen Burschen mit Freude, vielleicht war auch etwas Neid dabei.

Nach der Pause hatte Alberto eine Solonummer. In der Mitte der Manege stand ein Stuhl, er kam in seiner Privatkleidung herein, setzte sich auf den Stuhl, fand ihn unbequem, schaute sich nach einem andern um, den ihm Carlo brachte. Alberto stellte den Stuhl auf den ersten und versuchte, ob man damit schaukeln könne, es ging nicht. Carlo schleppte noch mehr Stühle heran, die übereinander aufgestapelt wurden, schließlich entstand ein ganzer Turm, und oben auf dem Gipfel setzte sich Alberto gemütlich zurecht, nahm eine Zeitung aus seiner Tasche, zündete sich eine Zigarette an und schaukelte sacht und gemütlich, während er las. Ganz in die Zeitung vertieft, geriet er immer stärker ins Schaukeln, es sah gefährlich aus, das Publikum saß gespannt, die Damen wurden unruhig – alle fassten sich ans Herz – der Mann dort oben schien allzu sehr von seiner Zeitung in Beschlag genommen zu sein. Der Stuhlturm schwankte weit hintenüber, einige Damen kreischten, er schaute sich nach ihnen um, schüttelte den Kopf, ließ mit einem schelmischen, herzgewinnenden Lächeln den Turm wieder nach vorn schwanken und las ruhig weiter. Nach und nach wurde das Schwanken so gefährlich, dass es kaum auszuhalten war, dass nichts geschah, da wandte er das Gesicht den Zuschauern zu, hob den Zeigefinger: Jetzt! Der Stuhlturm schwankte zu weit hintenüber und brach zusammen. Totenstille, von entsetzten Ausrufen unterbrochen; alle Stühle lagen in der Manege – und dann brach ein Lachen los: Alberto stand nach einem gelungenen Saltomortale unten in der Manege, immer noch in seine Zeitung vertieft, die Zigarette im Mund. Man lachte und klatschte, er musste mehrmals wieder hereinkommen, der Applaus wollte nicht enden, und erst da ging es mir auf, dass während der ganzen Nummer kleine Lachblasen in uns allen aufgestiegen waren, ausgenommen in den Augenblicken, als wir fürchteten, es könne schief gehen. Es war etwas Liebenswürdig-Spaßiges an Alberto gewesen, aber ich war mir nicht klar darüber, worin es bestand, es wurde mir auch an den folgenden Abenden nicht klar, obwohl ich der Nummer mit der größten Aufmerksamkeit folgte.

Alberto und Carlo kamen gut miteinander aus, aber sie waren nur zusammen, wenn sie arbeiteten. Carlo trieb sich oft draußen in der Stadt herum, wo er Freunde fand und Frauen den Kopf verdrehte. Alberto hielt sich viel im

Zirkus auf, um den Proben der anderen Artisten zuzusehen, sogar meinen eigenen. Ich hatte begonnen, mit dem Artisten, der mir damals die Namen der beiden Jockeys genannt hatte, eine kleine Nummer einzuüben. Alberto saß jeden Tag da und schaute uns zu, und ab und zu lächelte er.

Dann geschah die für mein äußeres, ja, ich kann sagen, auch für mein inneres Leben entscheidende Begebenheit, denn ich weiß nicht, wie ich ohne Alberto entdeckt haben würde, wer Olsen im Grunde genommen wirklich ist.

Ich lungerte auf dem Zirkusgelände herum, als ich plötzlich am anderen Ende Alberto entdeckte. Ein kaum merkliches Lächeln glitt über sein Gesicht, und er begann mit sehr langsamen Schritten bewusst und zielgerichtet auf mich zuzukommen. Was konnte ein solch erstklassiger Artist von mir wollen? Und was war das für ein eigenartiges Gefühl? Mir war, als ob er mir mit demselben schwachen Lächeln früher schon einmal entgegengekommen wäre, vor sehr langer Zeit!

Es steckte wirklich Magie in diesem Menschen. Am Anfang war es der Rücken gewesen, nun das Lächeln und diese besonnene Art, zu gehen, die ebenso gut freundlich wie bedrohlich sein konnte. Eine Erinnerung tauchte plötzlich in mir auf. Mit visionärer Klarheit sah ich den Spielplatz der Dorfschule: einer von den großen Jungen, die bald konfirmiert und Erwachsene werden sollten, kam langsam mit einem fast unmerklichen Lächeln auf mich zu. Was er wohl von mir wollte? Mich schlagen oder freundlich sein? Er sah eigentlich genauso aus wie gestern beim Turnen, als wir Jüngeren die Erlaubnis bekamen, uns unter den alles andere als schmeichelhaften Bemerkungen der Großen im »Entern« zu versuchen. Er trat dicht an mich heran und sagte: »Ich glaub, du wirst mal gut entern«, hob mich hinauf auf die Kletterstange und schob mich nach oben, während ich Arme und Beine benutzte, um höher hinaufzukommen. Schließlich ließ er mich los, und ich »enterte« wirklich selbst! Ich fühlte mich so glücklich, dass ich nur mit den Augen danken konnte. Aber sollte ich ihn einst im Paradies treffen, so weiß ich, dass ich mich beeilen werde, ihm zu sagen: »Übrigens vielen Dank dafür, dass du mich unten auf der Erde entern gelehrt hast!« Und dass es ein Paradies gibt, das muss schließlich so sein, bei solchen Taten und bei solcher Dankbarkeit. Ja, ich glaube beinahe, wenn es früher kein Paradies gab, so wurde es wohl erschaffen durch diese Handlung und wie sie beantwortet wurde; oder so etwas kann nur vorkommen, weil es wirklich ein Paradies gibt, von dem ab und zu ein Sonnenstrahl auf die Erde gelangt!

Alberto stand gerade vor mir und sagte:

»Ich glaube, Sie können ein guter Clown werden. Manchmal sind Sie wirklich komisch. Haben Sie jemals darüber nachgedacht, weshalb Sie es nicht *immer* sind?«

Ich wusste es nicht.

»Ich glaube, ich weiß es«, sagte er. »Wollen wir ins Café gehen und ein wenig plaudern?«

Wir gingen und fanden dort ein ruhiges Plätzchen.

»Ich habe darüber nachgedacht«, sagte er, »und ich bin zu dem Ergebnis gekommen, dass Sie einen guten Partner brauchen. Sie brauchen das, was die Theaterleute »Zusammenspiel« nennen, und das können Sie bei dem Mann, mit dem Sie arbeiten, nicht bekommen, denn er hat keine Seele. Im Übrigen glaube ich, dass Sie Charakterkomiker sind. Weshalb sind Sie nicht Schauspieler geworden?«

Ich sagte, dass ich ein wenig Unterricht bei einem Schauspieler gehabt hätte, aber mit jedem Mal, wenn wir eine Rolle probten, schlechter geworden sei.

»Sie sind wohl eher fürs Improvisieren geeignet«, sagte er. »Sie müssen die Freiheit haben, um das tun zu können, was Ihnen im Moment gerade einfällt. Es müsste natürlich ein festgelegter Rahmen da sein, etwas, an das Sie sich halten könnten. Innerhalb dieses Rahmens könnten Sie sich dann bewegen und Zirkus *à la commedia-dell-arte* spielen, wie es Ihnen gerade einfällt: als zerstreuter Professor, Betrunkener, eingebildeter Lackaffe – ganz wie Sie im Augenblick aufgelegt wären. Es muss natürlich während der ganzen Nummer derselbe Charakter bleiben.«

»Sie sagten, dass ich Zusammenspiel brauche«, bemerkte ich.

»Das würde die Sache Ihres Partners sein.«

»Na, Sie haben gut reden! Wo soll ich den Partner hernehmen, der bei solchen Einfällen ein Zusammenspiel zustande bringen kann?«

Er sah sehr bescheiden, beinahe schüchtern aus, als er antwortete:

»Ich glaube, dass ich es schon könnte. Ich kann ganz komisch sein, wenn ich will.«

Ich sagte, das hätte ich bei seiner Stuhlnummer gesehen, aber er machte eine abwehrende Handbewegung:

»Ach, das ist nichts. Ich muss Ihnen sagen, ich brauche auch Zusammenspiel. Ja, ich spiele ein wenig mit dem Publikum, während ich so dasitze und schaukle, aber das ist nicht der Rede wert. Nein, ein Partner, dessen Blick ich auffangen und der mich anstecken kann, genauso wie ich ihn! Ich glaube, dass Sie so einer sind. Könnten Sie sich vorstellen, etwas mit mir einzuüben?«

Das wollte ich gern.

Er reichte mir die Hand.

»Dann werde ich bis morgen den Rahmen festlegen. Sie kommen zu mir nach Hause und wir reden darüber.« –

»Meinen Blick auffangen und mich anstecken«, das konnte er! Diese Stunden bei ihm zu Hause stehen für mich da als die bedeutungsvollsten und glücklichsten meines Lebens. Ich muss ein Wort aus der Bibel anführen, um das wiederzugeben, was mit mir geschah und mich zum Clown machte. Ich wurde »aufs Neue geboren«, begann mein Leben von vorn, nicht nur beruflich, sondern auch als Mensch. Es ist fast nicht zu glauben, dass dieses Artistenkind Alberto, das sein ganzes Leben im Zirkus der Großstädte verbracht hatte, doch wie die unberührte Natur sein konnte. Er wurde eine Stimmgabel für meine Seele. Dass ich allmählich von vielen unreinen Klängen befreit wurde, hatte ich ihm zu verdanken. Die rein menschliche Reinigung nahm freilich ihre Zeit in Anspruch. Aber mit der Arbeit ging es schnell voran.

Er wusste um den »kleinen lachenden Jubel«, von dem ich früher geschrieben hatte, und machte ihn auf spielerische Weise in mir frei. Aber wer kann mehr mit Herz und Seele bei seiner Aufgabe sein, als Kinder in ihrem Spiel? Und meine Aufgabe im Leben war die Clownerei, in ihr lag das Glück der Schöpfungsfreude.

Ich erzählte Miss Grace von meiner Arbeit mit Alberto. Sie freute sich darüber und lud mich zum Essen in den Kaiserhof ein. Ich fühlte mich leicht und frei. Alberto hatte ja gesagt, dass wir mit unserer Nummer viel Geld verdienen würden, und er, der von Kind auf im Zirkus gelebt hatte, musste schließlich wissen, worüber er sprach. Ich hatte schon fast das Gefühl, als ob ich hier im Kaiserhof mit großen Geldscheinen in der Brieftasche säße, ich schwatzte drauflos, sodass Miss Grace nicht zu Wort kommen konnte. Sie saß da und es war, als beobachte sie mich mit neuen Augen. Schließlich sagte sie:

»Ich kenne Sie gar nicht wieder! Sie sehen schon aus wie ein gefeierter Artist – und es steht Ihnen gut.«

Ich fühlte eine abergläubische Angst in mir aufkommen, auf den Erfolg einen Vorschuss genommen zu haben und dafür gestraft zu werden; ich war so daran gewöhnt, nichts zustande zu bringen und zu erwarten, dass es nicht anders werden könne. Ich rettete mir meinen Optimismus, indem ich auf Albertos Glück vertraute; in diesem würde sich vielleicht auch für mich ein kleiner Überschuss finden lassen.

Einige Tage später sagte Alberto, dass der Direktor gerne sehen würde, was wir einübten. Er schaute es sich an und gab uns die Erlaubnis, die Nummer in der kommenden Woche am Dienstagabend vor dem Publikum zu zeigen.

Miss Grace gratulierte mir freundlich, als sie es erfuhr. Ich fand, sie hätte gut ein wenig mehr Freude zeigen können, aber sie sah ernst aus, und mir kam der Gedanke, dass sie enttäuscht darüber sei, dass ich vielleicht nicht mehr von ihr abhängig sein würde. Es konnte sein, dass ich mich irrte; man muss vorsichtig sein mit seinen psychologischen Erklärungen, sie sind häufig nichts anderes als die eigenen Gedanken, die man im Gesicht eines anderen liest. Ich hatte mehr Grund dazu, von mir gering zu denken als von ihr. Aber ernst war sie, und das tat mir Leid, denn ich hatte begonnen, sie auf eine freiere Art gern zu haben, fühlte mich als ihr Freund und nicht nur als ihr Protegé.

Meine Freundschaft war eifersuchtsanfällig, das merkte ich eines Tages, als ich ihrem Wunsch nachkam und Alberto zum Mittagessen mitgebracht hatte. Er gefiel ihr gut, ihr Gesicht wurde sanft, wenn sie ihn anschaute. Das war nicht mehr als natürlich, gegenüber Alberto musste das so sein, aber nach und nach hatte ich mich als der Einzige betrachtet, der ihre Freundschaft besaß. Als sie nun da saß und mit Alberto sprach, war etwas in ihrem Wesen, das ich früher nicht gesehen hatte, sie war so spürbar eine Frau, nicht nur ein Mensch in Frauenkleidern. In mir war eine Missstimmung, die ich nicht leiden konnte.

Als ich sie nach Hause begleitete, sprach sie viel von ihm, von seinem Reiten, von seiner Balancekunst mit den Stühlen und von der bescheidenen, herzgewinnenden Art seiner Komik. Na ja, von mir gab es ja auch nichts zu sagen. Im Übrigen bewunderte ich Alberto grenzenlos und hatte ihn gern. Ich selbst hätte ihre Worte gesagt haben können:

»Da haben Sie einen *Freund*. Wenn alle Menschen wären wie er, würde es besser und leichter zu leben sein.«

Das fand ich auch; es wäre mir aber lieber gewesen, wenn *ich* es gesagt hätte. –

Der Debutabend kam. Bevor wir hineingingen, sagte Alberto:

»Vergiss jetzt, dass da drin Menschen sitzen. Denk nur daran, dass du mich unterstützen sollst, sodass ich nicht absacke und die Nummer fällt.«

In seinen Worten lag Weisheit. Hätte ich daran gedacht, selbst Erfolg ernten zu wollen, so hätte ich dermaßen Angst gehabt und wäre so gehemmt gewesen, dass ich nichts hätte fertig bringen können. Nun fing ich, gleich als wir hereinkamen, Albertos Blick auf und sagte ihm mit meinem, dass ich schon mein Bestes tun würde, um ihm beizustehen; ich wurde frei von meinem eigenen kleinen Ich, und als ich Lachen und Beifall hörte, drangen sie in mich ein und verschmolzen mit meinem Wunsch, Albertos Nummer richtig gut werden zu lassen. Alle diese vergnügten Menschen dort oben auf den Bänken halfen mir, ihn zu unterstützen. Jedes Mal, wenn mir das besonders gut gelungen war, konnte ich hören, wie sie jubelten. Als wir fertig waren, nahm ich seine beiden Hände und gratulierte ihm. Er begann zu lachen:

»Bist du verrückt, alter Junge! Gratulierst du mir? Es ist doch *deine* Nummer. Ich bin nur dein Assistent.«

Der Stallgang drehte sich um mich. Es war wirklich wahr: Ich war die Hauptperson! Das hatte ich vergessen! Meine Augen wurden feucht, ich nahm wieder seine Hände, und aus der Tiefe meines Herzens stieg die geistreiche Bemerkung auf:

»Ach, Alberto! Da hast du mich ja vorhin ganz schön ausgetrickst!«

Miss Grace kam und sah aus, als ob sie Lust hätte, uns alle beide zu küssen, und ich war kein bisschen eifersüchtig; hätte sie auch um Albertos Hand anhalten wollen, so hätte ich es ihm gegönnt.

Die kleine Mrs. Phelps kam regelrecht vom Berg der Verklärung zu mir herab. Es war allerdings nicht meine Kunst gewesen, die sie dort hinaufgeführt hatte. Nein, aber sie hatte neben Mylady gesessen, während wir clownten, und hatte eigentlich meistens sie angeschaut. Und ihre Mylady hatte gelacht und gelacht und gelacht!

»Ich habe schon oft Tränen in ihren Augen gesehen, *oh, so many, many times*, aber nie vorher sah ich Lachtränen, *no, never, never tears of laughter!* Aber heute Abend hab ich sie gesehen. Und nun hat sie sich wieder selbst gefunden! Und Sie können gehen und Arbeit annehmen, wo Sie wollen, und große Engagements bekommen« – das war eine kleine Aufmunterung *en passant* – »und Mylady braucht Sie nicht mehr. Sie sind frei, zu gehen, wohin Sie wollen.«

Ich lachte und sagte:

»Vielen Dank für die Kündigung, Mrs. Phelps.«

»Oh, das ist keine Kündigung, das will nur heißen, dass Sie ein freier Mann sind. Und wir werden uns immer mit Freude an Sie erinnern, sowohl Sammy als auch ich – und Mylady auch, darauf können Sie sich verlassen. Aber ich bin nur *oh so happy* darüber, Ihnen sagen zu können, dass wir Sie nicht mehr nötig haben. Wenn wir hier in Berlin fertig sind, können Sie Engagements annehmen, wo Sie Lust haben.«

Ich bekam am selben Abend eines beim Direktor.

Phelps kam zu mir und zerquetschte fast meine rechte Hand:

»Du hast gewaltig Erfolg gehabt! Es ist nicht zu glauben, dass du das bist, und es ist gut, dass du ihn erst jetzt hast; jetzt können wir dich entbehren. Und darum leb wohl, alter Junge, und viel Glück in der Welt, wo du auch hinkommen magst.«

Ja, ich hatte wirklich einen ehrenvollen Abschied bekommen. Phelps ging zu seiner Frau zurück. Miss Grace schritt in eifrigem Gespräch mit Alberto den Stallgang entlang, sie sah jung und hübsch aus, sie passten gut zusammen; ich ging ins Café, bestellte mir ein Glas Bier, mochte es jedoch nicht trinken, sondern saß nur da und schaute es an, als ob es mein einziger Freund auf Erden wäre, bis Alberto kam und fragte, wo ich geblieben sei und sagte, Miss Grace sei »ein lieber Kerl«, was er mir nicht erst zu erzählen brauchte; dann teilte er mir mit, dass wir zusammen mit ihr ins Restaurant gehen würden, um den Erfolg zu feiern, wozu ich jedoch eigentlich gar keine Lust hatte. –

Am Tag darauf kam es im Stallgang zu einem Drama. Der Artist, mit dem ich bisher zusammengearbeitet hatte, fühlte sich beleidigt, weil ich jetzt damit aufhören wollte, und als es nun offensichtlich wurde, dass ich mich an einen anderen angeschlossen und außerdem Erfolg gehabt hatte, wurde er boshaft: um sich zu rächen, begann er überall herumzuerzählen, ich sei der Geliebte von Miss Grace und würde von ihr ausgehalten. Wenn man berücksichtigte, wie häufig wir zusammen waren, wäre es nicht einmal unwahrscheinlich gewesen, und außerdem ist solches Geschwätz immer willkommen, sodass er an seiner Geschichte Freude hatte, und es dauerte dann auch eine Weile, bis er sich klar darüber wurde, was es war, was seiner Freude ein Ende gesetzt hatte: es war eine unmittelbar folgende Bewusstlosigkeit mit dazugehöriger Gehirnerschütterung, verursacht durch einen Faustschlag von Phelps. Gut, dass es bei dem einen blieb. Der Mann lag wie tot da, wurde aufgelesen und ins Krankenhaus gebracht.

Phelps weigerte sich halsstarrig, zu bereuen, war aber willig, Arzt und Krankenhausaufenthalt zu bezahlen. Im Übrigen ging er im Zirkus umher und versprach jedem eine Gehirnerschütterung, der Miss Grace gegenüber ein Wort über das Geschehene äußern würde. Alle schworen, zu schweigen und hielten ihr Wort, außer einem, dem er keinen Schwur abgenommen hatte, und der war ich; schon am nächsten Tag sah ich mich genötigt, Miss Grace aufzusuchen.

Sie sprach zunächst davon, dass wir nach meinem Erfolg nicht mehr zusammen unterwegs zu sein brauchten und dass sie mich sehr vermissen werde. Glücklicherweise müsse sie auch mit nach Brüssel, so hätten wir auf jeden Fall noch einen Monat, und den wollten wir richtig nutzen.

Da sagte ich ihr, wir dürften in Zukunft nicht mehr so viel zusammen sein, die Leute erzählten bereits, ich sei ihr Geliebter.

Sie nahm es ruhig:

»Sagen sie das? – *Well – why not?*«

»Man darf es nicht sagen«, entgegnete ich empört, »weil es nicht wahr ist!«

Seelenruhig wiederholte sie:

»Well – and why not?«

Ich verstand sie nicht, und das konnte sie sehen. Sie fuhr fort:

»Warum sollte es eigentlich nicht wahr sein? Ist es nötig, dass Sie gleich aus allen Wolken fallen und so himmelschreiend schwachsinnig aussehen? Haben Sie denn nie an diese Möglichkeit gedacht?«

»Selbstverständlich nicht!«

»*Selbstverständlich* nicht? Ich nehme an, dass es als Kompliment gemeint ist und werde es so auffassen, wenn Sie zugeben, dass Sie in der letzten Zeit auf Ihren Freund Alberto eifersüchtig waren.«

»Ich werde immer eifersüchtig sein auf Ihre Freundschaft«, sagte ich.

»*Nur* auf meine Freundschaft?«

»Das hoffe ich.«

»So, Sie *hoffen* es. – Weshalb *hoffen* Sie es eigentlich?«

»Aus Respekt vor Ihnen. Außerdem bin ich gewarnt worden.«

»Oh – von Mrs. Phelps?«

»Hauptsächlich von Mr. Phelps.«

Sie lächelte.

»Ich dachte es mir. Die Familie Phelps hat übrigens insoweit Recht –«

»Insoweit –?«

»Ich werde Ihnen gerne sagen in*wie*weit, unter der Bedingung, dass Sie gestehen, dass in Ihrer Eifersucht auf Alberto mehr als Freundschaft lag. Wollen Sie das?«

So schüchtern, dass sie darüber lachen musste, antwortete ich:

»Ja.«

»Gut«, sagte sie, »Sie wissen also von Mrs. Phelps, dass ich auch in dieser Beziehung hysterisch gewesen bin. Sie haben eine merkwürdige Gabe, das Vertrauen anderer Menschen zu gewinnen, ohne sich darum zu bemühen. Ich habe es gleich beim ersten Mal gespürt, als ich mit Ihnen sprach. Ich musste mich zurückhalten, um Ihnen nicht alles über mein Leben anzuvertrauen. Nun habe ich Ihnen seit langem alles offenbart, was ich selbst von mir weiß – ausgenommen diesen einen Punkt, in welchem ich, wie gesagt, hysterisch gewesen bin – und es in gewisser Hinsicht immer noch bin. Ich möchte gern, dass Sie diesen auch verstehen.

Wenn ich nur wüsste, wie ich beginnen soll! Alles, was ich Ihnen sonst erzählt habe, kam leicht und selbstverständlich, ohne dass ich eigentlich darüber nachdachte. Es ist viel schwieriger, wenn man es mit Absicht tut, weil man über sich selbst Rechenschaft ablegen *will.*«

Sie saß eine Weile da und suchte nach Worten, und ich dachte, dass es wohl diesmal mit ihrem Selbstbekenntnis nichts würde.

Aber plötzlich sagte sie:

»Sie haben sicher bemerkt, dass für viele Menschen, vielleicht für die meisten, ein Sonnenschein über den Erinnerungen an ihre Kindheit liegt; nicht, weil sie so besonders glücklich gewesen wäre. Kinder haben große Sorgen, und viele von ihnen haben es schwer. Ich glaube, dass das Gute, an das sie sich zu erinnern meinen, einfach ihr eigener innerer Zustand ist, eine Fähigkeit zum glücklichen Erleben kleiner Dinge, ein vertrauensvolles Streben danach und eine süße Erwartung all dessen, was noch kommen mag. Aber die Wirklichkeit, der sie begegnen, hat einen herben Geruch und einen bitteren Geschmack. Sie gewöhnen sich daran, lernen sich in diese Wirklichkeit einzufinden. Aber einige bewahren sich einen

Rest dieses Kindes in sich, dem sich niemand entziehen darf; er ist süßer als die bittere Wirklichkeit und lässt sie glauben, dass die Zeit der Kindheit so überaus gut war.

Well, ich bin ein privilegierter Mensch gewesen – und die, die ihre Privilegien als etwas hinnehmen, das ihnen selbstverständlich zukommt, müssen nachher oft bezahlen, was solch ein Glaube kostet.

Ich hatte das Vorrecht, lange ein behütetes Kind sein zu dürfen. Diese Zeit reichte bis weit in meine frühe Jugend hinein, als die Erwartungen zur Sehnsucht wurden, die gestillt zu werden verlangte – um sich nach noch mehr sehnen zu können.

Als sie so stark wurde, dass ich nicht länger warten konnte, schenkte mir das Leben eine Wirklichkeit, die alle Erwartung erfüllte. Leben und Glück waren zwei Worte für dieselbe Sache – ich verlor das Glück, und es nahm das Leben mit sich. Es liegt ein Abgrund aus Leere und Dunkelheit zwischen damals und heute. Was jenseits des Abgrunds liegt, ist heiliger Grund.

Aber ich begann diesseits des Abgrunds wieder zu leben, jedenfalls rein physisch. Und dann geschah es, dass ich Männer traf, die mich liebten und es mir sagten. Das rief in mir hysterische Zustände hervor. Die kleine Mrs. Phelps sah es und konnte es nicht begreifen. Aber ich möchte, dass Sie es verstehen.

Es ist auch etwas Neues für mich, verstanden zu werden.

Mein Mann und ich brauchten das nicht, wir sahen uns an und liebten uns.

Ich kann natürlich nicht wissen, wie wir zusammen einer *harten* Wirklichkeit begegnet wären, und *will* es auch nicht wissen.

Alles, was ihn betrifft, ist geheiligt, es darf nicht daran gerührt werden. Ich liebte ihn, weil er schön war. Und es ist schön, von etwas Äußerlichem gefangen genommen zu werden und es zu lieben, weil es so einnehmend ist.

Ich habe ihn geliebt und werde dieser Liebe immer treu bleiben – sonst kann ich nicht leben.

Aber es war wieder rotes Blut in meine Adern gekommen, es war nicht wie zu der Zeit, als ich wie ein blutleeres Gespenst in einer Gruft lebte.

Und rotes Blut, lieber Freund, ist unerbittlich in seiner Gesundheit.

Das spürte ich gegenüber diesen Männern; die Gefühle, die sie in mir weckten, waren von derselben Art wie diejenigen, die ich für meinen Mann hegte, soweit Trieb das gleiche wie Verliebtheit ist. Deshalb begann ich mich selbst zu verachten und zu hassen, wie ich einst Gott gehasst hatte. Von Gott konnte ich mich befreien, von mir selbst konnte ich das nicht, auch nicht von meinem roten Blut, solange ich jung bin.

Ich begann jedoch einigermaßen die Kunst zu erlernen, mich selbst zu vergessen. Die harte Wirklichkeit gibt einem reichlich Gelegenheit dazu – dieses schmerzvoll-gute Leben, wie ich es einmal nannte. Die Sorgen und Freuden anderer Menschen wurden zu meinen, und es lag Befreiung darin. Es tut gut, sich selbst darin zu vergessen.

Trotzdem bleibt einem immer, jedenfalls solange man jung ist, ein bescheidener Wunsch, ein wenig eigenes Leben zu besitzen. Ich konnte mir nicht vorstellen, dass es mir geschenkt werden könnte. Ich konnte zuhören, wenn andere erzählten, aber nicht über mich selbst reden.

Sie waren einer von diesen anderen, denen ich ein wenig helfen durfte. Auf andere Weise betrachtete ich Sie nicht, in der Zeit, als wir in Breslau waren.

Aber bevor es mir recht bewusst wurde, sprach ich zu Ihnen wie zu einem vertrauten Freund. Sie saßen da und *verstanden*, Ihnen gegenüber konnte ich ganz offen die sein, die ich tatsächlich bin. Mir scheint, als ob ich Ihnen *alles* über mich sagen könnte – ich mach ja auch im Moment nichts anderes – und wenn etwas in mir ist, das ich verachte und worüber ich mich schäme, dann wird es leichter zu tragen und zu überwinden sein, wenn ich es Ihnen gesagt habe.

Ich habe eine neue und bessere Welt kennen gelernt, die tatsächlich *wirklich* ist: das Verstehen, das gegenseitige Verstehen zwischen zwei Menschen. Es braucht nicht vor dem Schicksal, vor Gott oder anderen Menschen beschützt zu werden, denn es beschützt sich selbst.

Und es weckt Liebe in dem, der dieses Verstehen empfängt, eine Liebe, die ich noch nicht gekannt habe und die in nichts zu vergleichen ist mit allem, was war, und die deswegen nicht gegen das Heilige sündigen kann, das auf der anderen Seite des Abgrunds liegt.

Deshalb war ich glücklich, als ich sah, dass Sie eifersüchtig waren, weil mir Alberto gut gefiel. Glauben Sie bitte nicht, dass ich so viel mit ihm sprach, um Ihre Eifersucht zu wecken; ich wollte nur wissen, ob er wirklich ein so guter Freund ist, wie sie glauben. –

Sehen Sie, jetzt bin ich Ihnen gegenüber durch und durch offen und ehrlich gewesen. Ich bin mir nicht bewusst, dass ich Ihnen etwas vorenthalten hätte, und wenn doch, dann habe ich es nicht mit Absicht getan. –

Aber jetzt müssen Sie gehen. Wir sehen uns im Zirkus. Und wenn Sie wollen, warte ich nachher auf Sie und wir gehen dann zusammen weg.«

Ihre Nummer kam vor der Pause und meine danach. Ganz verunsichert schaute ich ihr zu, während sie ritt.

Es wurde alles so gegenwärtig: ihr erster Ritt in Breslau, Phelps Wassereimer, das Mittagessen auf ihrem Zimmer, als sie mir bei dem feinen Essen behilflich war, mein neuer Anzug, das Engagement in Paris, die Spaziergänge im Bois de Boulogne, die vertraulichen Gespräche, meine Eifersucht auf Alberto, mein Debut – und jetzt?!

Als sie aus der Manege ritt, sah sie mich flüchtig an, genau wie damals in Breslau, ich lächelte und nickte und begriff meine Freimütigkeit nicht; sie nickte zurück, und als Alberto und ich hereinkamen, sah ich sie in der Loge.

Als ich mich umgezogen hatte, stand sie draußen und wartete auf mich. –

Sie werden verstehen können, wie es mir in der folgenden Zeit erging, plötzlich war ich ein erfolgreicher Artist, der viel Geld an Frau und Kinder schicken konnte, besaß die Achtung der Kameraden und die Gunst des Publikums, und schließlich Grace und Alberto.

Sie war viel mit ihm zusammen, und ich wunderte mich darüber, dass es nicht er war, den sie liebte; ich war überzeugt davon, dass es mit der Zeit dazu kommen würde; ich wollte mit ihr über ihn sprechen, ließ es aber sein, weil ich fürchtete, sie würde merken, was ich dachte und dadurch selbst entdecken, dass sie in Wirklichkeit ihn liebte.

Aber eines Tages begann sie selbst davon:

»Er ist ein sonderbarer Kauz.«

Ich protestierte:

»Das ist er am allerwenigsten. Er ist der Mensch mit der größten Selbstverständlichkeit, den ich kenne.«

»Das ist ja gerade das Sonderbare an ihm«, sagte sie. »Ich begreife ihn nicht. Er macht einen gebildeten Eindruck. Du *bist* ein gebildeter Mensch, aber man muss dich gut kennen, um es zu wissen. Wenn man Alberto sieht, ist man davon überzeugt, dass er durch und durch kultiviert ist. Aber er ist es *nicht*. Er hat nur angeborenen Takt. Er ist ganz ungebildet.«

»Alberto?!«, entgegnete ich. »Nein, jetzt hör aber auf!«

»Doch, doch«, sagte sie, »er weiß alles über den Zirkus, natürlich, da lebt er ja auch, und weil er begabt ist, versteht er sich natürlich gut auf das, womit er sich beschäftigt. Es ist nicht zu fassen, dass ein begabter Mensch so ungebildet sein kann – und das auch noch *aushalten* kann. Ich habe ihn nach seiner Ansicht über diesen und jenen Maler oder Dichter gefragt. Mit der unschuldigsten Selbstverständlichkeit antwortete er jedes Mal, dass er sie nicht kenne – ohne eine Spur von Bedauern. Es würde mich nicht wundern, wenn er Analphabet wäre. Es gibt keine Sache, von der dieser Mensch etwas weiß – außer vom Zirkus.«

»Doch, das gibt es«, sagte ich, »er hat tief in mich hineingesehen und erkannt, dass ich wirklich ein guter Clown werden könnte, und er brachte mich auch dazu, dass ich es wurde, was kein anderer bisher gekonnt hat.«

»Das gehört zum Zirkus«, sagte sie.

»Es ist mehr als das«, behauptete ich, »er *verstand* mich.«

»Ja«, sagte sie leise. Ich konnte nicht feststellen, ob sie dem zustimmte oder nicht. »Es ist wahr, er versteht sich auf Menschen. Aber sie kommen ihm nicht nahe.«

»Du hast selbst einmal gesagt, dass ich einen guten Freund an ihm habe.«

»Ja«, antwortete sie. »Das ist ja das Paradoxe an ihm, dass er bei allem inneren Unbeteiligtsein der beste und zuverlässigste Freund eines anderen Menschen sein kann. *Aber dieser Freund bedeutet ihm nichts.*«

»Hat er selbst das gesagt?«

»Nein, und das würde er nie tun – denn er ahnt es sicher selbst nicht. – Nein, selbst *das* weiß er nicht.«

»Du hast viel über ihn nachgedacht«, sagte ich.

»Ja«, antwortete sie, »denn ich kann ihn nirgends einordnen.«

»Wo einordnen?«

»Im Dasein.«

»Er ist jedenfalls *hier*«, sagte ich.

»Ja, das ist ja das Irritierende an ihm.«

»Das Irritierende?!«

»Das *einzig* Irritierende«, entgegnete sie lächelnd. »Alle anderen Menschen sind so leicht einzuordnen, man kann sie schnell beiseite legen. Sie tragen ihren Beruf wie ein Plakat herum, ihre Würde, ihre Bedeutung; ihre Minderwertigkeitsgefühle verstecken sie jedoch unter einer Tarnkappe. Sie haben sich dekoriert mit der guten Meinung anderer Leute über sie. Wenn jemand findet, dass ihnen diese Dekoration nicht zukommt, sind sie beleidigt. – Versuche Alberto zu sagen, dass dir sein Charakter nicht gefällt!«

»Versuch es selbst«, entgegnete ich.

»Das würde nichts nützen. Er würde sofort sehen, dass ich lüge. Und wenn er mir glauben würde, wäre es ihm gleichgültig, und er würde nicht einmal fragen, weshalb ich ihm etwas erzähle, was ihn nichts angeht. Du musst zugeben, dass er sich nicht mit seiner eigenen Vortrefflichkeit drapiert. Er ist irgendwie unanständig nackt.«

»Eins *kann* man ihm jedenfalls ansehen«, sagte ich, »er sieht nackt sicher außerordentlich gut aus.«

»Ja«, entgegnete sie, »seiner Figur nach kann man ihn als Artisten einordnen. Er federt am ganzen Körper. Aber sonst! Nein. Es müsste verboten sein, so unbestimmbar zu sein.«

»So sind nun mal primitive, ungebildete Leute vom platten Land, wenn es die noch gibt –«, meinte ich.

»Nein«, sagte sie. »Außerdem lebt er weder auf dem Land noch ist er von dort. Ich weiß gut, was du meinst. Aber sieh dir Mrs. Phelps an. Sie *ist* bestimmbar: wachsam, treu – dieses Etikett haftet ihr rundum an – ein lieber kleiner Hund. Und ihr Sammy, ein ›starker Beschützer‹ – ein Elefant, der beinahe Verstand wie ein Mensch hat. Aber vielleicht gibt es *noch* eine Welt«, sagte sie gedankenverloren – »eine Welt mit nur *einem einzigen* Bewohner darin!«

Plötzlich lachte sie. Es tat so gut, das zu hören.

»Du weißt sicher nicht, was ich meine«, sagte sie.

Ich wusste es absolut nicht.

»Ich dachte daran«, begann sie, »dass ich zwei Welten gekannt habe. Die eine ist untergegangen, die erste, die selbstverständliche, die glückliche Welt. Sie muss immer zugrunde gehen, denn sie existiert nur in unserer Sehnsucht, und wenn wir – weil wir eine Zeit lang die Erlaubnis dazu erhalten – in der schönen Illusion leben, zu glauben, dass sie objektiv wirklich sein kann, dann kommt die Strafe: diese Welt muss platzen wie eine Seifenblase.

Die andere, die schmerzvoll-gute, die *ist*. Sie verlässt uns nicht, aber wir müssen sie einmal verlassen. *Wir* sind es, die aufhören zu sein.

Aber wie ein Mensch es anstellt, sich in ihr zu bewegen, als ob sie nicht da wäre, als ob er ihren Gesetzen nicht unterworfen wäre – wobei er doch wissen muss, dass er es ist – mit anderen Worten: wie er es anstellt, den zum Freund zu nehmen, der nichts für ihn bedeutet, das begreife ich nicht. –

Er ist ja verheiratet gewesen!«, brach sie heftig aus, »hat eine Frau gehabt und sie verloren.«

Das wusste ich nicht.

»Doch, sie ist gestorben«, sagte sie, »er hat es mir erzählt. Ruhig und gelassen – wie immer.«

»Er hat sie vielleicht nicht geliebt«, meinte ich.

»Ich weiß, dass er sie geliebt hat«, antwortete sie. »Er hat es selbst erzählt; im Übrigen konnte ich es seinem Gesicht ansehen, sobald er über sie zu sprechen begann.«

»Na also, dann weißt du es ja«, sagte ich.

»Ja. Aber die *Trauer*, das *Vermissen*? Der Mensch *sah glücklich aus!* Und er hat sie von Jugend an geliebt und hat nie eine andere geliebt als sie.«

»Vielleicht ist es die Religion, die ihm die Kraft gibt«, sagte ich. »Er sieht beinahe aus, als ob er gläubig wäre.«

»Davon kann keine Rede sein!«, antwortete sie heftig, als ob meine Worte ein Angriff auf ihn gewesen wären. »Man kann es den Leuten immer von außen ansehen, dass sie gläubig sind. Sie schmücken sich mit dem religiösen Gewand, so unkleidsam es auch ist. Die Farbe kann verschieden sein, aber über die Qualität des Stoffes kann man sich nicht täuschen. Es ist *Kunstseide* – dunkel und drohend bei einigen, hochmütig bei anderen, und dann sind da auch noch die mit dem frommen Maschinenlächeln, von dem sie hoffen, dass es der liebe Gott sieht, und dann die, die so ekelhaft süß zu ihrem Nächsten sind, damit er – ja, der Nächste genauso wie der liebe Gott – sehen kann, wie gläubig sie sind. – Kannst du etwas von alldem bei Alberto finden?«

»Nei-n, aber deshalb –«

»Ist er nicht gläubig«, fiel sie mir ins Wort. »Ich habe ihn gefragt, ob er Protestant oder Katholik sei. Er sah aus, als ob er nicht wisse, was das eine noch das andere sei. Aber das muss er doch wissen, denn er ist ja katholisch erzogen. Ich fragte ihn, ob er zur Messe und zur Beichte und zu alldem gehe. Nein, das tue er nicht. Wie seine Einstellung zur Religion denn sei? Ja, er hätte eigentlich keine. Also nicht einmal etwas *gegen* sie?! Ich meinte, dass er, der katholisch erzogen war, auf jeden Fall etwas gegen den Protestantismus haben müsse. Nein, warum denn?

Dabei sah er nicht einmal dumm aus! Ich begriff, dass er sowohl der Religion als auch den Menschen und der Welt gegenüber ein guter Freund sein kann, sie jedoch nicht nötig hat. *So* kann man wirklich nicht sein!«

»Du jedenfalls nicht«, sagte ich.

»Nein.«

»Was meintest du damit, als du sagtest, dass der Stoff des religiösen Gewandes aus Kunstseide sei?«, fragte ich.

»Ganz einfach, dass es keine echte Naturware ist. Der Gott, den sie anbeten, sind *sie selbst in übernatürlicher Größe*. Deshalb können sie ihn gleichzeitig lieben und fürchten. Glücklicherweise ist er nicht so allmächtig, wie sie glauben – und es selbst gerne sein würden – denn dann würde es in der Welt noch schlimmer werden, als es schon ist.«

»Never mention religion«, hatte die kleine Mrs. Phelps gesagt. Ich merkte, dass sie damit Recht hatte und wechselte das Thema.

»Du findest jedenfalls, dass ich Alberto voll vertrauen kann«, sagte ich.

»Absolut.«

»Das ist gut, denn ich kann es nicht *lassen*.«

»Warum auch?«, sagte sie. »Ich kann nichts Schlechtes über ihn sagen.«

»Mir scheint *doch* –«

»Nein. Ich glaube allerdings, dass der Mensch die Freundschaft und Liebe anderer Menschen *nötig haben* müsste.«

»Ich habe dich jedenfalls nötig«, sagte ich.

»Darüber bin ich glücklich. Und an dem Tag, an dem ich spüre, dass das nicht mehr der Fall ist, wirst du mich auch nicht länger um dich haben. Hoffentlich passiert das nicht so bald!«

»Das wird so bald nicht geschehen«, sagte ich.

In Brüssel wurde ich eine Zeit lang von Alberto getrennt. Er wollte den Jockeyritt aufgeben und sich mit unserer gemeinsamen Nummer und mit seinem Balanceakt auf den Stühlen begnügen, aber weil Carlo noch keinen neuen Partner gefunden hatte, ging er vorläufig mit ihm nach Amsterdam.

Grace musste nach Paris und ich begleitete sie, diesmal jedoch nicht, um den Teppichclown zu spielen, sondern um Ferien zu machen, während ich auf Alberto wartete, der mich holen wollte, sobald Carlos neuer Partner nach Amsterdam kam.

In Paris wohnte ich in einem billigen Hotel am linken Seineufer, Grace in ihrer alten Wohnung auf den Champs-Elysées, wo ich den größten Teil meiner Zeit verbrachte; wir pilgerten in den Bois de Boulogne hinaus und hatten es gut. Ich befürchtete nicht mehr, dass sie sich in Alberto verlieben würde. Sie war ihm so nahe gekommen, wie sie konnte, und betrachtete ihn wie ein überaus liebenswertes Wesen von einem fremden Stern. Bei all ihrem guten Verstand fehlten ihr die Voraussetzungen, ihn zu begreifen; Alberto dagegen begriff sie schon und konnte sich gut in ihr Wesen einfühlen, er zeigte ihr aufrichtige, aber, wie sie selbst sagte, neutrale Freundlichkeit. Sie hatte Recht damit, dass er ihr ein Freund war, der sie nicht nötig hatte.

Was mich betraf, so blieb ich Alberto gegenüber noch lange ein Junge aus der ersten Klasse, der mit liebevoller Anhänglichkeit seinem Beschützer aus der höheren Klasse zugetan war.

Ich hatte Interessen, die er nicht teilte; so kaufte ich Bücher und las viel, besonders philosophische und populärwissenschaftliche Werke, und lief immer mit der

Laterne umher, um nach dem Sinn des Daseins zu suchen. Am Anfang versuchte ich mit ihm über das, was ich gelesen hatte, zu sprechen, gab es aber bald auf. Es langweilte ihn offensichtlich. Er kümmerte sich nicht um »unnützes Wissen«. Er wollte sich lieber die Menschen ansehen, denen er begegnete. Dessen wurde er nie müde, und war da plötzlich einer, der in besonderem Maße sein Interesse weckte, dann konnte er diesen lange Zeit so aufmerksam beobachten, als gelte es das Leben. Es war nicht ein bestimmter Typus, der ihn anzog; es waren alte Männer und Frauen, hübsche junge Mädchen, Kinder und, weniger häufig, junge Männer. Wenn wir nebeneinander hergingen und angeregt plauderten, konnte er von einem Vorbeigehenden geradezu einen Schock empfangen, hörte dann nicht mehr, was ich sagte, sondern wandte seine ganze Aufmerksamkeit dem anderen zu und beschleunigte den Gang, wenn der Mann – oder die Frau – uns überholt hatte; oder er hakte sich bei mir ein und machte auf dem Absatz kehrt, wenn es sich um jemanden handelte, der uns entgegengekommen war. Er ging nur und schaute. Wenn ich fragte, was ihn so stark fessele, lachte er nur und ich schwieg, ohne über ihn böse zu werden.

Es konnte auch passieren, dass er in einem Park einen bestimmten Baum entdeckte und lange Zeit nach oben blickte. Ich bemerkte, dass er keine Vorliebe für eine bestimmte Baumart hatte. Ich habe ihn in Gedanken versunken bei seltsamen exotischen Gewächsen stehen sehen, aber ebenso häufig bei einer ganz gewöhnlichen Pappel. Mitunter übte ein Gebäude oder eine Skulptur dieselbe Wirkung auf ihn aus, und dann war er nicht davon wegzubewegen.

Ich glaube, dass er mich schon in dieser ersten Zeit auf unbestimmte Weise gern hatte. Ob er mich vermisst hätte, wenn ich gestorben wäre, weiß ich nicht – später vielleicht schon, aber er starb zuerst; bis dahin hatten wir aber viele Jahre miteinander geteilt, was für mich ein großes Glück war. –

Er und ich mussten nach Rom; Grace, die dort nicht auftreten musste, nahm kein anderes Engagement an und begleitete mich. Wir wohnten auf der Piazza della Trinità de monti.

»Ich fahre nicht deinetwegen mit«, sagte sie in Paris, »aber du bist der Anlass dafür, dass ich es tue. Ich hätte dich während dieses Monats sicher sehr vermisst, aber das wird noch häufig genug der Fall sein, wenn wir nicht am selben Ort ein Engagement haben. Heiraten können wir ja nicht. Du willst dich vielleicht gar nicht scheiden lassen, und ich kann nicht geschieden werden, weil ich katholisch getraut worden bin. Aber selbst wenn es möglich wäre, würde ich es nicht wollen, solange *er* lebt.

Und sollte es ihm besser gehen, nur so viel, dass ich ihm die allergeringste Hilfe sein könnte – ja, dann verlasse ich dich, um ihm gegenüber meine Pflicht zu erfüllen. Ich bekomme ja ständig Nachricht aus dem Krankenhaus. Aber noch deutet nichts auf Besserung hin. Er lebt nur. Aber ich will mit nach Italien, und wenn ich glaube, dass ich es ertragen kann, will ich ihn auch besuchen. Das weiß ich noch nicht sicher. Ich weiß nichts anderes, außer dass ich mit nach Italien will.

Ich sagte dir einmal, dass ich, als ich das schmerzvoll-gute Leben entdeckte, *braced myself and faced it.* Das tat ich auch, aber ich machte dabei eine Ausnahme. Ich wagte es nicht, *to face Italy.* Italien blieb jenseits des Abgrundes liegen. Aber man darf keine Ausnahmen machen. Ich will versuchen, die lichten, geheiligten Stätten in die unbarmherzige Wirklichkeit einzubeziehen, ich will wieder auf sie zurücksehen können und sie in Dankbarkeit dafür lieben, wie sie einmal waren, ungeachtet dessen, zu was sie wurden. Das ist auch nötig, wenn es mir erlaubt sein sollte, ihm einmal zu helfen.

Ich hätte es nicht tun können, wenn ich dich nicht getroffen hätte, der mich in die Welt des Verstehens einführte, in der du selbst lebst; du wirst mich auch verstehen, wenn ich sage, dass ich nur zusammen mit dir diese Stätten wiederzusehen wage, und dass ich dich zur Belohnung verlasse, wenn er mich nötig hat. Ich weiß, dass du das verstehen wirst. Aber vorläufig nehme ich dich bei der Hand, und dann sollst du mir nach Bellagio und Sorrent folgen, und du darfst mich nicht verlassen, bevor du siehst, dass ich dort allein gehen kann.« –

Die kleine Mrs. Phelps sah in der letzten Zeit in Paris sehr blass aus, ich dachte, sie sei vielleicht krank, hatte aber lange Zeit keine Gelegenheit, mit ihr darüber zu sprechen; nachdem ich Myladys Geliebter geworden war, behandelte mich das Ehepaar Phelps wie einen Gentleman, an den sie sich nicht aus eigener Initiative wenden konnten, und wenn ich Grace verließ, beeilte ich mich immer, um ans linke Seineufer nach Hause zu kommen. Aber eines Tages besuchte ich sie und fragte die kleine Frau, ob sie krank sei. *Oh no Sir.* Es gehe ihr gut. Was sie denn bedrücke? Sie nahm all ihren Mut zusammen:

»Ich sollte wohl nicht darüber sprechen, aber wenn Mr. Olsen schon selbst davon beginnt, ja, dann werde ich so frei sein, zu sagen, dass Mr. Olsen *das* nicht hätte tun sollen.«

»Was denn?«

»Mylady mit nach Rom zu nehmen.«

Ich erzählte, dass Mylady selbst mitwollte und weshalb sie es wollte.

Mrs. Phelps leuchtete das ein; sie faltete ihre Hände und sagte:

»Gott steh ihr bei!«

»Sie glaubt ja nicht an Gott«, sagte ich und wollte damit nur sagen, dass Grace keine Zuflucht in der Religion suchen wolle, aber Mrs. Phelps war klüger als ich.

»Ach, wissen Sie«, sagte sie, »ich glaube nicht, dass sich Gott damit begnügt, denen zu helfen, die an ihn glauben. Ich glaube, dass er all denen hilft, die gut sind. Aber ich will für sie zu ihm beten, weil sie selbst es nicht kann.«

Dann kam ich nach Rom. Ich war wirklich da. Aber ich entdeckte, dass es für mich ebenso wie für Grace etwas gab, dem ich mich offen und ehrlich stellen musste. – Es ist ein Luxus, den Wunsch zu haben, es in der Welt zu etwas zu bringen, bedeutsam zu sein. Diesen Luxus hatte ich mir lange nicht erlauben dürfen, ich hatte lange Zeit nur den einen Gedanken: den Lebensunterhalt zu verdienen und für Frau und Kinder zu sorgen; nachdem ich Dänemark verlassen hatte, war das Letztere dennoch auf die bescheidenen Mittel beschränkt gewesen, die ich ihnen nach Hause schicken konnte. Dass ich einmal Maler werden wollte, war nicht mehr von Bedeutung. Es war am besten, zu glauben, ich hätte kein Talent, es war nichts anderes zu tun, als die Tür vor der Erinnerung an die kurze Zeit zu verschließen, wo ich als Maler Erfolg gehabt und davon geträumt hatte, irgendwann einmal nach Rom zu kommen. In den großen Städten, die wir besuchten, setzte ich keinen Fuß in irgendein Museum. Ich wagte es nicht.

Aber nun war ich in Rom, und ich fühlte mich glücklich wie jemand, der sein Ziel erreicht hat und dessen Wünsche in Erfüllung gegangen sind. Mein ursprüngliches Ziel hatte ich inzwischen vergessen. Ich musste nicht unbedingt nach *Rom*, sondern hatte ein Engagement bei einem Zirkus in einer Stadt, die Rom hieß. Ich war von Glück erfüllt, dass ich nun wirklich viel Geld verdienen und reichlich nach Hause schicken konnte, über die Achtung der Kameraden – im Zirkus ist ein guter Clown keineswegs ein geringer Mann – und voller Freude über Grace und Alberto; ich war ein *glücklicher Zirkusmensch,* und die Stadt, in der ich mein nächstes Engagement hatte, war nur ein Punkt auf einer Landkarte.

Aber als ich in Rom angekommen war, dauerte es eine ganze Weile, bis ich spürte, dass die Stadt mir nicht nur gut tat. Aber es war nicht zu vermeiden.

Es begann unten beim Forum. Ich lief dort jeden Tag mit einem großen Buch in der Hand herum, das ich gekauft hatte; ich studierte und identifizierte, watete in Roms Geschichte und ging so darin auf, dass ich schließlich mit dem Gefühl nach Hause kam, mit dem Ellbogen an Cicero gestoßen zu sein und Cäsar auf die Zehen getreten zu haben; ich begann mich wie ein Wissenschaftler zu fühlen, der Rom als Spezialfach hatte!

Ich war wohl eher zum Dichter geboren; das spürte ich eines Tages, als ich plötzlich die Worte »*suove taurilia*«[26] hörte und gleichzeitig gedruckt vor mir sah. Ich konnte mich nicht daran erinnern, was sie bedeuteten, aber es hatte doch etwas mit »Roms Antiquitäten« zu tun, ein Buch, das wir für unser Abitur gelesen haben mussten, und während ich alle Mühe hatte, es mir einzubläuen, flog ich plötzlich aus der Geschichte des römischen Weltreiches hinaus und gerade hinein in meine eigene kleine, persönliche Geschichte, zum Abiturienten Olsen, der sich all die Dinge über Senat, *curia*[27] und *comitium*[28] und Gott weiß was eintrichterte. Hätten wir es hier an Ort und Stelle durchgenommen, dann hätten wir es sicher gut behalten! Nun war es vergessen, ich musste es aufs Neue aus dem dicken englischen Buch lernen, das ich überall mit mir herumschleppte. Und ich ging und studierte als junger

Abiturient Olsen am Ort des Geschehens, hörte im Geist die Stimme unseres alten Lateinlehrers: *via sacra*[29], *templum Vestae*[30], *lacus*[31] *Curtius*[32]. Und ich ging nach Hause mit dem beruhigenden Gefühl, dass ich die Lektion für morgen gelernt hatte.

Auf dem Heimweg sah ich ein Zirkusplakat, ich dachte gleich an den *circus maximus*[33] und musste darüber lachen.

Im selben Augenblick sah ich auf dem Plakat meinen eigenen Künstlernamen! Es traf mich wie ein Schlag und machte mich halb bewusstlos. Ich glaubte, *in die Zukunft zu sehen.* Eine Zukunft, die man sich nicht ersehnt und die man nicht aushalten würde; es war, als ob der Rektor, der auch unser Lateinlehrer war, uns am Tag nach dem bestandenen Abitur zu einem kleinen Fest eingeladen hätte, wo lebhaft über das geredet würde, was wir einmal werden wollten; es würden Perspektiven in das Unbekannte eröffnet werden, das vor uns lag, wo unsere Erwartungen verwirklicht werden sollten; einer unserer Schulkameraden käme auf die verrückte Idee, alle möglichen Berufe auf Zettel zu schreiben, diese in einen umgekehrten Hut zu legen und uns das Los ziehen zu lassen. Obwohl alles nur ein Spaß ist, hofft jeder, etwas Großes und Gutes zu ziehen. Auf meinem Papier steht »Zirkusclown«. Es handelt sich um einen Spaß, ein kurzweiliges Spiel, aber trotzdem verdirbt es einen Augenblick die frohe Stimmung, und man muss manch geistreiche Bemerkung der Kameraden ertragen: »Also dazu wirst du es einmal bringen?!« Das ließe sich alles so hinnehmen. Aber gab es nicht in den darauf folgenden Studentenjahren eine Zeit, in der es aussah, als ob es am Ende zu noch weniger reichen würde?!

Für mich kehrte sich alles von unten nach oben, ich war weder hier noch dort, weder im Gestern noch im Heute.

Ich *war* doch, aber was in Gottes Namen war ich? – Ich war ein Protest. Ein Protest gegen diesen Namen auf dem Plakat. Das war nicht *ich.* Ich war Olsen, der nach Rom gekommen war, um unter Malern zu leben, Gemälde zu sehen und selbst welche zu produzieren. Nun *war* ich hier und für einige Augenblicke so lebendig er, als ob er der wirkliche Olsen wäre.

Aber auf dem Plakat stand ein erdichteter Name – und der war die unbarmherzige Wirklichkeit.

Und für diese war ich dankbar und glücklich gewesen!

Vielleicht kann sich ein Straßensänger mit der Zeit auch so zufrieden fühlen, wenn er seine Lieder zu den Fenstern über ihm hinaufsingt, aus denen die Münzen niederprasseln, und dann vielleicht vergessen, dass er selbst in der großen Oper gesungen hat, damals, als seine Stimme noch keinen Knacks hatte. Aber wenn er draußen vor dem Opernhaus selbst steht, wird es ihm bestimmt schwer fallen, über sein Auftreten in den Höfen glücklich zu sein, auch wenn er dankbar für das tägliche Brot ist, das es ihm verschafft.

Man möchte gerne Erfolg haben, aber wenn er sich tatsächlich einstellt, wie geht man dann damit um? Man wird anspruchsvoll. Ich verdiente so gut, dass ich es mir leisten konnte, mich über ein verfehltes Leben unzufrieden zu fühlen.

Ich bin froh, sagen zu können, dass ich nicht so ungerecht war, die Schuld auf andere zu schieben, aber ich sank in tiefe Verzweiflung. Ich war alles andere als geeignet, Grace dabei zu helfen, Italien zu begegnen und die Stätten aufzusuchen, die jenseits des Abgrundes lagen; ich glaube, dass sie selbst es sicher auch in diesen Tagen fühlte. Im Gegenteil, sie war es, die zuerst *mir* half. Ich erinnerte mich an ihre Worte, man müsse seine Medizin nehmen »*and brace oneself and face it*«. Ihr Beispiel war wirksamer als ihre Worte, und ich beschloss, ihm so gut ich konnte zu folgen.

Ich wollte zum Vatikan gehen, zur Capella Sistina. Ich konnte es nicht. Ich wollte dort allein sein, wagte aber nicht, allein hinzugehen! Ich hätte Grace darum bitten können, mich zu begleiten und dann umzukehren und alleine zurückzugehen. Sie hätte es bestimmt gerne getan.

Aber ich wählte Alberto, ich wollte neben einem Menschen gehen, der nicht sprach oder schwieg, weil er sich dazu gezwungen fühlte. Alberto war nicht sehr gesprächig, wenn man ihn in Frieden ließ.

Wir gingen den Tiber entlang, jeder mit sich selbst beschäftigt. Wäre es nicht Alberto gewesen, so würde ich geschrieben haben: jeder war in seine eigenen Gedanken versunken. Aber das passt nicht für ihn. Er war hellwach und gegenwärtig.

Plötzlich blieb er stehen, lehnte sich über die Brüstung und schaute ins Wasser hinunter. Wie konnte er das jetzt tun!? Ja, ich hatte ihm nichts gesagt, aber er hätte meine Unruhe doch spüren müssen. Ich konnte hier unmöglich still stehen, ich musste weiter oder aber umkehren und nach Hause gehen. Ich wollte gerade unbeherrscht sagen: »Komm jetzt weiter!« Aber er lehnte da über der Brüstung – und das auf eine so unbegreiflich selbstverständliche Weise, dass alles andere ausgeschlossen schien, und ich begann jetzt auch, in das Wasser zu schauen. Es war gelb und es floss, das war alles. Aber ich brachte es nicht fertig, ihn zur Eile zu rufen.

Da begann ich, an all die Menschen zu denken, die hier vielleicht einmal mit ihrem Schicksal gestanden und das gelbe Wasser des Flusses hatten vorbeigleiten sehen. Ich verlor mich selbst und die ganze Geschichte Roms, alles, was ich von ihr wusste, glitt mit dem Tiber an mir vorbei. – Als ich mich wieder gefunden hatte, stand Alberto noch in derselben Stellung da und schaute aufs Wasser. Aber nun musste es genug sein, und ich fragte:

»Was hat dich denn hier so gepackt?«

Er antwortete nicht gleich, aber einen Augenblick später sagte er, den Blick immer noch auf den Fluss gerichtet:

»Das Wasser fließt.«

Das konnte man nicht abstreiten, aber ich musste doch hinzufügen, dass es schon lange auf diese Weise dahingeflossen sei, und ich begann zu erzählen, an was ich gedacht hatte, als ich so dastand.

Sein Gesicht bekam einen Ausdruck, als ob er sich einen seiner Finger an etwas Spitzem und Scharfem verletzt habe; ja, er sah wirklich aus, als ob *ich* ihm eine Schramme zugefügt hätte. Das dauerte aber nur eine Sekunde, dann sagte er friedlich: »Ja, das macht es immer so.«

»Was denn?«

»Fließen. Das Wasser.«

Er begann weiterzugehen. Ich folgte ihm und fragte:

»Du interessierst dich wohl nicht für Geschichte?«

»Wahrscheinlich nicht«, sagte er – »obwohl ich es irgendwie doch tue. Ich kenne die Geschichte Roms zum Teil. Ich war häufig hier – ein paar Mal unter sehr glücklichen Umständen, und meine Begleiterin wollte gerne etwas von alldem wissen, was an diesem Ort geschehen war. Da vertieften wir uns ein wenig in die Geschichte. Sie ist sicher etwas sehr Fesselndes. Aber ich habe keine Zeit dafür.«

»Zeit? Ich finde, du hast Zeit genug, wenn du willst.«

»Ja«, sagte er, »aber da ist so vieles, *eben jetzt.*«

»Ja, aber wie ist es *sonst* –?«

»Es ist *immer so vieles, eben jetzt*«, erwiderte er. »Und es ist wichtig für mich, dass – das Wasser eben jetzt fließt, wichtiger, als dass es das schon seit tausend Jahren getan hat.

Obwohl uns diese Tatsache *auch* etwas zu sagen hat. Es zieht uns nur fort vom ›Eben jetzt‹, und unterdessen fließt das Wasser – und unser Leben – fort, ohne dass wir es merken.«

Zum ersten Mal dachte ich wie Grace: Er ist ein sonderbarer Kerl! Aber ich sagte nichts. Da lag die Engelsburg, jetzt war es nicht mehr weit bis zum Vatikan.

Als wir am Eingang standen und uns verabschieden mussten, fragte ich plötzlich zu meinem eigenen Erstaunen:

»Wie schaffst du es, dass dir das ›Eben jetzt‹ vollkommen genügt?«

»Es geschieht ja immer etwas eben jetzt, und jedes Mal, wenn etwas um mich herum geschieht, geschieht auch etwas in mir«, sagte er, lächelte und ging – am ganzen Körper federnd.

Im »Eben jetzt« – das war es ja gerade, wo ich es nicht aushalten konnte.

Ich ging in den Vatikan und sah mir alles an. Ich besuchte die Sixtinische Kapelle und blieb lange in dieser überwältigenden Umgebung. Ich war in ein paar von Raffaels Stanzen und starrte auf das Vollendete. Mehr konnte ich nicht in mich aufnehmen. Ich ging hinaus mit dem Gefühl, dass es immer so sein würde, denn wenn in mir wieder Platz entstand, musste ich an diese Orte zurückkehren, und sie würden mir immer *mehr* zu geben haben, als ich aufnehmen konnte.

Ich ging hinaus als einer, den ich vergessen hatte, als der Kerl, der ich schlecht und recht *bin*. Es war nichts Bedeutendes an mir.

Ich hätte ein gewöhnlicher und fleißiger Bauer werden können, vielleicht auch ein leidlich guter Landpfarrer. Aber Maler? Nichts war gleichgültiger für die Kunst. Und für mich selbst. Nun glaubte ich nicht mehr daran, dass ich

Talent gehabt hatte. Es war nichts Besonderes an mir, das Einzige war, dass ich doppeltes Unglück gehabt hatte. Ich hatte die Möglichkeiten für die beiden einzigen ›ordentlichen Berufe‹ verspielt, die ich hätte ausüben können, vielleicht nicht ausgezeichnet, aber doch leidlich.

Jetzt hatte ich eine Stelle als Zirkusclown.

Ich konnte lange nicht die Geringschätzung überwinden, die der Bauer und der Pfarrer, zu denen ich einmal hätte werden können, für einen Clown hatten. Ich vermied es immer, beruflich nach Dänemark zu kommen, bei meinen Besuchen in Kopenhagen war ich ein anonymer Herr Olsen.

Ich ging in die Peterskirche hinein, konnte aber nach der Sixtinischen Kapelle nichts Neues aufnehmen. Deshalb wollte ich sie nur ein wenig von außen betrachten. Das gelang mir jedoch nicht. Da lag der Petersplatz. Und ich stand da mit dem Gefühl, als ob er etwas von mir wolle. Als ob ein Platz einen Willen haben könnte!

Am Anfang war es wohl ein rein ästhetisches Gefühl, das mich an diesen Ort band, aber es kam mir vor, als wäre das nicht alles, was der Platz von mir wolle. Es war, als ob er um einen Ausdruck kämpfe, der tiefer ging als die vollendete Form. Da sagte es in mir mit einer Freude und einem Frieden, den ich nicht gleich begriff: »Der Platz ist so, wie er sein muss.« Und es kam mir vor, als ob er stets an Größe zunähme, aber doch immer blieb, wie er sein musste.

Über ihm waren ein blauer Himmel und einige weiße Wolken, die auch waren, wie sie sein sollten; die Wolken zogen fort, neue kamen an ihre Stelle, einige groß, andere klein, so wie sie nun einmal waren und sein sollten. Ich stand da und wurde unmerklich zu dem, der ich selbst sein sollte. Ich stand mitten in allem, das vollkommen war, ich selbst wurde vollkommen: ich wurde derjenige, der ich nun einmal *bin.* Ich stand genau in der Mitte – auch was die Zeit betrifft, ich stand zwischen »nicht mehr« und »noch nicht« – da, wo »die Freude über gar nichts« ihren Ursprung hat.

Und Alberto stand auch da; das heißt, er war natürlich nicht da, er war ja gegangen, aber ich merkte, dass ich ihn begriff. In diesem »Jetzt« lebte er ja, mitten zwischen dem »Nicht mehr« und dem »Noch nicht«. Deshalb faselte er nicht herum, rannte nicht wie ein aufgeschreckter Hund mit heraushängender Zunge herum, der an allem Möglichen schnüffeln muss. Nein, er konnte *sein* – genau so *wie er sein musste.*

Ich begann über das, was in mir vorging, nachzudenken, und da ging es nicht mehr unmittelbar vor. Ich konnte meines Weges gehen und darüber nachdenken und es vergessen – eine Zeit lang.

Aber die Wirkung blieb in mir. Ich konnte nun ruhig auf Pilgerfahrt zu den Stätten gehen, an denen sich die skandinavischen Maler aufgehalten hatten, ich konnte oben an der spanischen Treppe stehen und hinabschauen, dort, wo sie in alten Tagen nach Modellen suchten. Ich lebte in allem mit, nicht als ein Maler Olsen, sondern nur als ein »kleines Ich«. In der Nähe meines Hotels hatte Thorvaldsen[34] gewohnt, ich ging an seinem Haus vorbei, die Via Sistina hinunter nach der Piazza Barberini, wo er sein Atelier gehabt hatte. Ich konnte es alles ertragen und es gab keine Verbitterung über enttäuschte Erwartungen in mir, die meine Seele verdunkelte.

Nur ein einziges Mal, als ich in der Via Condotti stand und ins Café Greco gehen wollte, befiel mich eine Angst: es konnte passieren, dass ich dort meinem Professor über den Weg lief! Vielleicht saß er da drinnen in einem Kreis meiner erfolgreichen Kameraden. Aber ich nahm mich zusammen und ging hinein. Zwei bis drei Mal kam ich dorthin und saß im Dunstkreis von Künstlern und Wissenschaftlern, die das alte Café aufgesucht hatten. Dänen sah ich dort keine. Das war vielleicht gut so.

Eines Tages ging ich in die Kirche San Pietro in Vincoli, um Michelangelos Moses zu sehen. Die Kirche war leer, es saß nur ein Mann darin, steif und aufrecht wie eine Säule.

Es war Alvarez. Er saß mit geschlossenen Augen da, sein Mund war ein schmaler, verbitterter Streifen. Er merkte nicht, dass ich an ihm vorbeiging. Aber er lenkte mich ab, ich konnte meine Aufmerksamkeit nicht auf den Moses konzentrieren und beschloss deshalb, ein anderes Mal wiederzukommen und verließ die Kirche. Aber ich ging nicht fort, ich lief draußen auf und ab und wartete auf Alvarez. Es dauerte lange, bis er kam, und sein Gruß verriet keine Freude über das Wiedersehen. In seinem Blick lag eine Glut, die mir nicht gefiel. Vielleicht war sie es, die mich veranlasste, zu sagen:

»Ich sah Sie in der Kirche sitzen.«

»So?«, antwortete er kühl.

»Sie suchen wohl immer noch die Ekstase«, fuhr ich fort, und zu meinem Erstaunen sagte er vertraulich:

»Ich war ihr nie so nahe wie heute – nie seit jenem allerersten Mal. Sie wollte mir eben wieder gelingen, aber da drang ein Laut von außen in mein Bewusstsein. Ich glaube, es waren Fußtritte, vielleicht Ihre. Sie sagten ja, dass Sie drinnen waren.«

»Das tut mir Leid, Felipe.«

»Oh«, sagte er, »jetzt weiß ich, dass es mir gelingen wird«, und er ging zu etwas anderem über, dessen Belanglosigkeit seiner Stimme anzuhören war.

»Sie sind ja im Begriff, ein großer Clown zu werden.«

»Es geht sehr gut«, antwortete ich. »Ich arbeite mit Alberto zusammen«, und ich erzählte, wie viel er für mich bedeutete. Alvarez' Gesicht nahm einen höhnischen Ausdruck an: »Sie halten wohl viel von ihm? Natürlich. Das tun ja alle. Niemand hat Augen für das, was er wirklich ist: ein unwissender und liebenswerter, aber unverbesserlicher Egoist.«

»Alberto – ein Egoist?!«

»Der größte, den man sich denken kann. Er hat nichts anderes im Kopf als sein Wohlergehen, in dem er sich sonnt. Dass es Leute gibt, denen es schlecht geht, stört ihn nicht.«

»Ich habe oft gesehen, wie er armen Menschen Geld gab.«

»Ja, er kauft sich ein ruhiges Gewissen, um sein Wohlergehen zu genießen; vor allem *das* darf nicht gestört werden; und er ist ein Meister in der Kunst, sich vor Mitleid zu bewahren. Wenn einmal der Krieg ausbricht, werden Sie ihn in der Zerstörung und in der Not herumwaten sehen, ohne etwas von seinem persönlichen Wohlbefinden zu opfern – wenn nicht sein eigenes Land mit in den Krieg hineingezogen wird, sodass er selbst Soldat werden muss.«

»Von was für einem Krieg sprechen Sie?«, unterbrach ich ihn, und er antwortete kurz:

»Vom nächsten.«

»Zwischen wem?«

Er taxierte mich von oben bis unten, mochte mir aber, wie deutlich zu spüren war, nicht antworten und sagte schließlich missgestimmt:

»Wie kann ich das schon jetzt wissen?!«

»Wie können Sie denn überhaupt wissen, dass ein Krieg kommen wird?«

»Sie haben ja in Deutschland gearbeitet«, sagte er, »haben Sie nie das Militärwesen dort gesehen?«

»Das ist ja nicht zu vermeiden.«

»Eben. Sie haben das beste Heer der Welt, und sie arbeiten fleißig daran, eine Flotte aufzubauen, die es mit den Engländern aufnehmen kann. Und glauben Sie bloß nicht, dass der Kieler Kanal nur für Handelsschiffe geschaffen wurde! Die Engländer müssen sich bewaffnen. Wenn ein Land rüstet, müssen die anderen mitrüsten, und wenn Menschen fanatisch ihre Energie für etwas einsetzen, kommen sie schließlich in seine Gewalt. Eine Kanone wird gegossen, um loszugehen, und früher oder später tut sie es dann auch.«

Es war gerade nach der Jahrhundertwende und also natürlich, dass ich etwas von Kultur, Zivilisation und Entwicklung sagte. Alvarez lachte:

»Die Entwicklungslehre! Ja-ah! Sie ist die schlechteste aller existierenden Religionen.«

Ich wollte nicht mit ihm diskutieren, darum ließ ich ihn ruhig die Evolutionslehre als Religion beschimpfen und sagte nur:

»Jeder Mensch wünscht, in Frieden zu leben.«

»Ja, solange er nicht imstande ist, zu schlagen«, erwiderte er, »ich hatte einmal einen Freund, einen kleinen liebenswerten Kerl, es war leicht mit ihm klarzukommen, weil er wusste, dass er schwach war, ach, er war so gutmütig und friedlich, immer bereit, nach einem Schlag auf die rechte Wange auch die linke hinzuhalten, denn es blieb ihm nichts anderes übrig.

Aber dann sah er eines Abends einen plumpen Kerl eine Frau überfallen, ohne dass er ihr helfen konnte. Das quälte ihn, was ja schön von ihm war. Er nahm Unterricht im Boxen, ließ sich täglich schlimm durchprügeln, nur um ein anderes Mal helfen zu können. Gut, nicht wahr?«

»Natürlich.«

Alvarez nickte.

»Natürlich müssen wir aufrüsten. Und wenn wir aufgerüstet haben, werden wir Krieg führen. Mein kleiner Freund wurde ein tüchtiger Boxer – und dann bekam er das Bedürfnis, zu wissen, ob er nun auch gegebenenfalls tatsächlich Hilfe leisten könnte. Aber niemand tat ihm den Gefallen, einer Frau etwas zu Leide zu tun. Es genügte ihm nicht, herumzugehen und sich als Helfer zu fühlen. Er musste die Gelegenheit haben, zu zeigen, dass er es war. Er begann nach einem Anlass zu *suchen*. Ich war selbst dabei, als er diesen endlich fand. Wir gingen eine einsame Straße entlang, und ein junger Bursche, dem wir begegneten, hatte es auf mich abgesehen, fühlte sich durch mich irritiert – das kommt manchmal vor – und gab mir im Vorbeigehen einen Stoß. Mein Freund machte ihn darauf aufmerksam, dass es ungezogen sei, einem Vorübergehenden den Ellbogen in die Seite zu stoßen. Die Worte waren höflich, aber der Ton nicht, er forderte zum Kampf heraus. Der Bursche schlug zu, traf aber nicht. Die Faust des kleinen Boxers dagegen erreichte die Kinnlade des Gegners *›well timed‹*, ein gut platzierter Schlag – *knock out*. Nun erwachte sein Selbstbewusstsein. Seine Hilfsbereitschaft trat in den Hintergrund. Seine Waffe, die Wirksamkeit der geballten Faust, war das Eigentliche. Von da an war er beständig auf der Suche nach Schlägereien, sorgte jedoch immer dafür, dass andere damit begannen; so viel war von seiner Friedfertigkeit übrig geblieben. Viele gingen durch ihn zu Boden – bis er endlich auf einen stieß, der auch boxen konnte und stärker war als er. Da bekam er die Prügel, die die meisten Schläger schließlich bekommen. Danach wurde er wieder friedfertig und sanftmütig und fand nun selbst, dass es roh sei, sich zu schlagen. – Ja, sicher will jeder Mensch in Frieden leben, solange er nichts riskiert. Aber genauso sicher steht fest, dass es immer Krieg gab, sobald einer ihn riskieren konnte.«

Ich hatte keine große Lust, seine Darlegungen länger anzuhören, fühlte aber das Bedürfnis, ihm seinen Hohn über die Entwicklungslehre ein wenig zu vergelten. Die Gelegenheit kam unerwartet, er fing wieder an mit seinen Ausführungen über das Elend des menschlichen Lebens, das das Dasein zu einer unerträglichen Strafe mache.

»Suchen Sie aus diesem Grund die Ekstase?«, fragte ich.

»Ja«, antwortete er. »In ihr hoffe ich die Befreiung zu finden.«

»Ich dachte, es wäre die Liebe zu Gott, die Sie dazu treibt«, entgegnete ich und war entsetzt, als ich die Wirkung meiner kleinen Boshaftigkeit sah.

Alvarez wurde bleich, ich sah ein Aufblitzen von Angst in seinen Augen, bevor sie gläsern und ausdruckslos wurden, und als er umfiel, konnte ich ihn gerade noch auffangen, bevor er auf den Bürgersteig schlug. Gleich darauf kam er wieder zu Bewusstsein und stand auf.

»Das ist mir früher schon einmal passiert«, sagte er, »genau dasselbe. In meinem letzten Schuljahr. Beim Abitur. Eine schriftliche Aufgabe. Ich tauschte mich mit einem Kameraden aus. Wir waren zu unterschiedlichen Ergebnissen gekommen. Wie ein Blitz schlug es ein: ich hatte einen Riesenfehler begangen, gerade in meinem allerbesten Fach. Und ich wurde ohnmächtig.«

Er hatte mich nicht angesehen, während er es erzählte, nun wandte er sich mir zu und sagte knapp: »Sie haben Recht. Deshalb will es nie gelingen. Ich habe keine Liebe.«

Er drehte sich um und ging.

Als ich ihn das nächste Mal sah – das war in Wien – war er wieder der liebenswürdige und trinkfreudige Felipe.

Am Nachmittag war ich mit Alberto zusammen und erzählte ihm von Felipes Kampf um die Ekstase.

Alberto sagte, während er dabei seinen Kopf schüttelte: »Ich kenne all diese Anstrengungen. Glücklicherweise nicht aus eigener Erfahrung. Sie sind ein Irrweg. Selbst wenn es einigen gelingt, den Zustand der Ekstase zu erreichen, dann ist das, was sie erleben, nicht etwas Wirkliches. Es ist ein Rausch. Eine Ausschweifung der Phantasie, eine Reizung der Nerven. Aber keine *Wirklichkeit.*«

»Die Wirklichkeit«, sagte ich, »ist doch gerade das, von dem die Ekstatiker *weg*streben, von dem sie sich lösen wollen.«

»Nein, eben nicht!«, antwortete er. »Sie streben von der Wirklichkeit weg, die sie *kennen*, um eine Wirklichkeit zu erreichen, die sie sich *wünschen.* Das eine ist genauso verkehrt wie das andere. Aber die Wirklichkeit ist etwas, das *ist*, nicht etwas, was man sich erträumt oder wozu man sich berauscht. Aber die Wirklichkeit, die *ist*, die ist weder so, wie die Menschen sie sich wünschen, noch so, wie sie sie zu kennen meinen.«

»So, wie sie sie zu kennen *meinen*«, wiederholte ich, »aber es gibt doch nur *eine* Wirklichkeit, die man kennen kann – normalerweise.«

Er schien keine Lust zu haben, noch mehr zu sagen, begann aber doch nach einigem Zögern:

»Normal, sagst du? Das ist ja gerade das Übel, dass die meisten Menschen die Wirklichkeit nicht auf normale Weise kennen.

Das Leben ist immer das *»Gerade jetzt«*, aber sehr wenige Menschen leben »gerade jetzt«. Fast alle stehen mit dem einen Fuß im »Vor kurzem« und spurten über das »Gerade jetzt« hinaus zum »Demnächst«. Das muss man natürlich oft tun. Sich zu erinnern und Pläne zu schmieden gehört nun einmal mit zur Welt der Stunden, Tage, Monate und Jahre. Aber die Sekunde, in der das ›Gerade jetzt‹ erlebt wird, ist die Tür zur Ewigkeit. Aber die vergangenen Stunden und Tage und diejenigen, die – vielleicht – noch kommen werden, beanspruchen die Fähigkeiten und Möglichkeiten der meisten Menschen so stark, dass fast niemand ganz im ›Gerade jetzt‹ verweilen kann – an der Tür zur Ewigkeit. Das ewige Leben ist einfach und unkompliziert, deshalb wird es von so wenigen Menschen erlebt. Wenn es kompliziert wäre und ein Kunstwerk, gäbe es sicher viele, die es besäßen.«

»Kennst du jemanden, der es besitzt?«

»Ja.«

»Du – du selbst vielleicht?«

»Ja«, sagte er zurückhaltend, »aber es hat keinen Sinn, darüber zu sprechen.«

An einem der letzten Tage, an denen ich in Rom auftrat, sagte Grace:

»Es sind noch vierzehn Tage, bis dein nächstes Engagement beginnt. Gehören sie mir?«

»Ja.«

»Dann reisen wir nach Sorrent.«

Mrs. Phelps hatte gehofft, dass sie mitkommen könne. Sammy hatte natürlich in Rom zu bleiben, um über die Behandlung der Pferde durch die Pferdepfleger zu wachen. Aber wenn Mylady sich nach Sorrent und Bellagio wagte, fühlte sich Mrs. Phelps so unentbehrlich wie der liebe Gott; sie war ja auch sein einziger Repräsentant in dieser Reisegesellschaft. Aber kein Zeichen ließ darauf schließen, dass sie mitkommen sollte, im Gegenteil, es wurde ihr sogar aufgetragen, verschiedene Dinge in Ordnung zu bringen, bis wir zurückkämen. Ich glaube fast, sie war überzeugt davon, dass ein Unglück geschehen würde; vielleicht erwartete sie, dass Myladys Verstand »wie eine Kerze verlöschen werde«.

Sie begleitete uns zum Bahnhof, als gelte es, Abschied fürs Leben zu nehmen. Sie wagte nicht, etwas zu sagen, aber ihre *Mimik* erzählte genug. Ihr Gesicht war wie versteinert. Grace nickte ihr vom Fenster des Abteils aus zu und lächelte, um sie ein wenig aufzumuntern, aber mit entgegengesetztem Resultat, denn Mrs. Phelps brach in Tränen aus und konnte nicht aufhören zu weinen, bis Mylady es ihr befahl. Das rief der kleinen Frau wieder ihr Pflichtgefühl in Erinnerung und sie richtete sich auf. Als der Zug zu fahren begann, faltete sie die Hände, hielt sie in Brusthöhe hoch und schaute uns nach. Grace winkte immer noch, aber plötzlich musste sie lachen und zog den Kopf herein.

»Sieh!«, sagte sie zu mir, »sie gleicht einer kleinen Puppe, die Magenschmerzen hat und bittet, dass sie aufhören sollen! – Ja, ja, ich weiß es«, fügte sie ernst hinzu, »es ist traurig für sie, aber ich *konnte* sie wirklich nicht mitnehmen. Das würde mich zu viel an früher denken lassen. Ich muss alleine dorthin kommen, wie eine Fremde. Ich muss als diejenige kommen, die ich jetzt bin und alles mit den Augen sehen, die ich jetzt habe.

Ich könnte es auch nicht aushalten, mich andauernd von zwei Augen verfolgt zu wissen, die ängstlich über meine Schritte und meine Gedanken wachen.«

»Du scheinst zu vergessen, dass *ich* bei dir bin«, sagte ich.

Sie lächelte.

»Du wirst nicht über meine Schritte wachen oder nach meinen Gedanken spionieren. Du wirst nur *da sein.* Ich weiß gut, *wie* du sein wirst.«

»Wie denn?«

»Das werde ich dir später erzählen, wenn wir von Sorrent zurückkommen. Dann kannst du mir erzählen, ob ich Recht hatte.«

So sonderbar es auch scheinen mag, erinnerten mich die ersten Tage in Sorrent an meinen Debutabend in Berlin zusammen mit Alberto, als ich mich selbst auszulöschen versuchte, um ihn zu unterstützen; mit dem Unterschied, dass es sich damals um Kunst oder Spaßmacherei handelte, wie man es auch nennen will, hier aber um Ernst und Wirklichkeit. Talent, glaube ich, war in beiden Fällen dabei. Wir sprachen selten miteinander und immer nur von praktischen Dingen, wir waren nur zusammen, wenn wir aßen. Ich war ihr Begleiter, ihr Diener, nein, das stimmt nicht, ihr Privatlehrer – auch das nicht: ich war ein gewöhnlicher Mensch, ein unbedeutender, aber notwendiger *Mensch*. Ich begleitete sie nicht auf ihren Spaziergängen in die Stadt oder die Umgebung. Nur einmal bat sie mich höflich und freundlich, mitzugehen, und ich tat es. Jeder war mit sich selbst beschäftigt, ab und zu fiel eine kleine Bemerkung, die einzige, an die ich mich erinnere, war meine Frage oben auf dem Capo di Sorrento, ob die Insel da draußen im Meer Capri sei, worauf sie »ja« sagte.

Die letzten Tage verbrachte sie im Garten des Hotels. Ich saß unter einer großen Palme, rauchte und sah sie unten am Meer stehen, wo sie lange über die blauen Wellen blickte oder wie eine Schlafwandlerin auf den Wegen umherging. Manchmal stand sie still, setzte sich einen Augenblick hin, stand wieder auf, um weiterzugehen, der Gegenwart entrückt und in eine Welt versunken, die ich nicht sehen konnte, obwohl sie auf derselben Stelle lag. So hatte ihr Vater zu Hause in England dagesessen und sie beobachtet, wenn sie »wie eine kleine *fairy* umherlief« und sich nach dem »Feenland« sehnte. Jetzt durchlebte sie eine Wirklichkeit, die verschwunden war, und sie musste lernen, sich nicht mehr nach ihr zu sehnen. Ich konnte seine *»tenderness«* in mir fühlen, die das, was in ihrem schönen Kopf vorging, nicht stören wollte, und fühlte ein Bedürfnis in mir, meine Hand zärtlich über ihr Haar gleiten zu lassen.

Einmal tat ich es. Da schaute sie auf und lächelte. Ich werde dieses Lächeln nie vergessen. Bis auf den heutigen Tag steht dieses Lächeln für mich in Verbindung mit der Vergebung der Sünden – und es ist mehr als genug da, das der Vergebung bedarf!

Auf dem Schiff von Sorrent nach Neapel nahm sie meine Hand und sagte: »Es war gut, dass ich wieder dorthin zurückkam. Danke!«

Mehr wurde nicht darüber gesprochen.

Wir blieben eine Zeit lang in Rom – inkognito; aber sie schickte mich zu Mrs. Phelps, um ihr zu sagen, dass alles gut sei. Sie selbst wollte niemandem begegnen.

In Bellagio war sie weniger abwesend als in Sorrent und wollte mich immer um sich haben. Es begann damit, dass sie sagte:

»Ich bin dankbar dafür, dass du dort unten in Sorrent so warst, wie du warst!«

»Wie denn?«

»Wie ich es erwartet hatte.«

»Nämlich?«

»Wie Vater, als ich noch klein war. Du hast mir auch einmal übers Haar gestrichen, sodass ich fast glaubte, er sei es. Niemand hat im Stillen so verstehen können wie ihr beide. Aber jetzt will ich nicht länger allein sein.«

Wir machten lange Spaziergänge und sprachen über das, was wir sahen. Ab und zu wurde sie still, und dann wusste ich, dass sie an Vergangenes dachte, aber allmählich tauchte sie wieder auf ins Gegenwärtige.

Eines Tages waren wir über die niedrigen Bergrücken zum Leccosee gegangen und liefen weiter und weiter, bis wir zu einem großen, flachen Stein kamen. Hier setzten wir uns. Ein herrliches, vollkommen körperliches Wohlbefinden war überall in uns und sog unsere Gedanken auf, so wie ein Schwamm das Wasser in sich aufsaugt. Wir saßen da und dösten vor uns hin; aber es kann geistiges Leben in einem Menschen sein, auch wenn die Gedanken ruhen, sie gelangen dann erst später in unser Bewusstsein. So erging es Grace. Als wir aufbrechen wollten, blieb sie stehen und betrachtete den Stein, als ob außer diesem Stein nichts anderes existierte.

»Hast du nie daran gedacht«, sagte sie endlich, »dass die Dinge etwas *wollen?*«

Ich konnte nur antworten, dass es mir noch nie eingefallen sei – obwohl, eigentlich schon: der Petersplatz wollte ja auch etwas von mir. Aber sie meinte es anders.

»Nein, es ist nicht so, dass die Dinge von *mir* etwas wollen, sie wollen *selbst* etwas, etwas, was sie selbst nicht können, wozu sie mich aber sozusagen um Hilfe bitten. Der Stein hier zum Beispiel, der uns so geduldig getragen hat und uns Gelegenheit zum Ausruhen geboten hat. Ich kann eine Form in ihm sehen oder besser gesagt, ich kann eine Form hinter seiner rauen, unbehauenen Gestalt spüren, sie so lebendig *spüren*, als ob es der Stein selbst wäre, der hoffnungslos darum kämpft, die richtige Form, seine eigentliche Form zu bekommen, und mich darum bittet, ihm zu helfen, als Gegenleistung für die Ruhe, die er uns geschenkt hat.«

Sie lachte leise vor sich hin:

»Glaubst du, dass ich verrückt bin?«

»Ich glaube, du hättest Bildhauerin werden sollen anstatt Kunstreiterin.«

Sie sah erstaunt auf.

»Bildhauerin?«, sagte sie nachdenklich, »das muss eine herrliche Befreiung sein!«

»Für den Stein – oder für dich?«

»Für uns alle beide«, antwortete sie. »Aber ich bin leider keine Bildhauerin.« –

Ein anderes Mal saßen wir am Comer See und faulenzten. Ein goldener Schleier von Sonnenlicht lag über den grünen Bergen, die aussahen wie ein Traum, der sich erfüllen und zu Wirklichkeit werden wollte, der aber gerade jetzt am schönsten war, bevor es geschah.

»Hier ist es so schön wie im Paradies«, sagte ich, und Grace antwortete:

»Ja, hier ist es vollkommen schön. Die Welt *kann* also doch unser tiefstes Verlangen stillen.

Aber nur eine Zeit lang. Schon bald ist sie wirklicher – und weniger schön. Aber unser Verlangen ist immer da – und wir erwarten die Erfüllung von außerhalb.

Von daher kommt wohl auch der Traum von einem Paradies – das nicht existiert. Es ist eine Phantasie, die die Herzen der Menschen ersehnt haben; unser heftiges Verlangen danach, *das besteht* immer.

Dein Freund Alvarez verlangt heftig nach Befreiung und Vergessen, entweder in der Ekstase oder im Rausch; keines von beiden hilft länger als einen Augenblick, denn sie haben nichts mit dem Leben zu tun.«

»Du sagst ›Leben‹, als ob du damit etwas Bestimmtes meinst.«

»Das tue ich«, antwortete sie. »Das tun wir wohl alle, obwohl wir damit nicht alle dasselbe meinen. Für den einen ist das Leben ein Geschäft, das ihn aufreibt, weil er immerzu nach etwas verlangt, für einen andern ist es ein Vergnügungspark, der ihn seelisch, körperlich und finanziell ruiniert – weil das Verlangen eines Menschen erst aufhört, wenn er stirbt; für manche ist das Leben eine politische oder religiöse Einrichtung, in der sie versuchen, Einfluss und Macht zu gewinnen. Dieses Verlangen kann jedoch nie befriedigt werden, denn allmächtig werden kann niemand.«

»Was ist denn das Leben für dich selbst, Grace?«

»Ein Trainingsplatz«, sagte sie.

»Ein Trainingsplatz? Für was?«

»Um der Mensch zu werden, der ich sein muss.«

»Aber du glaubst ja weder an einen Gott noch daran, dass er etwas mit dir vorhat.«

»Sagen wir lieber: um das zu werden, was die Natur durch mich auszudrücken versucht. – Erinnerst du dich an den Stein, von dem ich sagte, dass er heftig danach verlangt hätte, in die Form, die sich in ihm verbarg, gebracht zu werden. Es war wahrscheinlich mein eigenes Bild, das ich dort plötzlich vor mir sah. Ich fühle, dass etwas in mir ist, das danach verlangt, geformt zu werden. Ich fühle es als das *Eigentliche* in mir, als die Möglichkeiten, die mir als Mensch zukommen, die hinter einer Menge von Eigenschaften liegen, die noch nicht zusammengefügt sind, die aber nach Einheit streben und von denen mir einige gut zu sein scheinen, andere dagegen abstoßend. Ich vermute aber, dass diese guten und abstoßenden Eigenschaften gleich wertvoll sind und dass nur die Art, wie sie gebraucht werden, den Unterschied ausmacht. Wenn meine künstlerischen Fähigkeiten ausreichen, um meine eigene Form zu bilden, so werden sie alle gehorsam in diese Form eingehen und nicht mehr ›gut‹ oder ›schlecht‹ sein, sondern nur *richtig*, Kräfte, die ich habe, nicht Herren, denen ich gehorchen muss. Findest du, dass ich zu viel rede?«

»Nein, im Gegenteil, sprich nur weiter.«

»Ich war einmal davon überzeugt, dass es darauf ankäme, sich selbst zu vergessen – besonders das, was man an sich selbst nicht leiden kann – und in der Arbeit für andere aufzugehen, Gutes zu tun. Aber das ist nicht genug. Jeder Mensch muss sein eigenes Leben haben. Selbstbestätigung und Selbstvergessen sind beide gleich wichtig, dürfen sich aber nicht bekämpfen. Der Stein schenkte uns Ruhe. Das hätte er auch gekonnt, selbst wenn seine innerste Form, seine Seele, sichtbar herausgemeißelt gewesen wäre.

Das einzige starke Verlangen, das das Leben immer bereit ist, zu beantworten, ist das Verlangen des Menschen nach seiner eigenen Form. Alle äußerliche Freude wird uns eines Tages verlassen.

Du hast mir geholfen, indem du der warst, der du bist, ein Mensch, dem man unwillkürlich sein Vertrauen schenkt und von dem man verstanden wird – aber auch du wirst mich eines Tages verlassen – um nach Hause zu fahren, zu Frau und Kindern, wenn du genug Geld verdient hast. Oder du findest eine andere, die dir mehr bedeutet. Oder du stirbst. Einmal wirst du jedenfalls fort sein. Alles verschwindet einmal aus unserem Leben. Aber das innere Streben, der Mensch zu werden, der man seinem Gefühl nach sein muss, das behält man immer, und die Natur ist immer bereit, uns dabei zu helfen, wenn unser Verlangen ehrlich und aufrichtig ist. Und sie ist geduldig gegenüber denjenigen, die nach ihrer eigenen Form von Menschlichkeit streben und noch nicht wissen, wie sie sein sollen.«

Grace fand, dass ich eine Hilfe für sie gewesen sei. Wenn das stimmte, war es mir leicht gefallen; und während sie langsam zu ihrer »inneren Form« fand, wuchs sie und wurde zu einem Vorbild für mich. Menschlichkeit – das schönste Wort auf Erden. Ich dachte viel darüber nach, was sie gesagt hatte, und eines Tages, als wir wieder nach Rom zurückgekommen waren, sprach ich darüber mit Alberto.

Er zeigte über das Forum, als wir gerade oben an den Befestigungsanlagen entlanggingen.

»Menschlichkeit«, sagte er, »dort unten kannst du ihre Grabstätte sehen. Dort unten ruht die Menschlichkeit aus jener Zeit: ein paar Säulen, einige Steine, Reste einer alten Straße, der *via sacra*. Fahre weiter nach Osten, nach Griechenland, nach Kleinasien, Persien, Pergamon, Ninive, Babylon, fahre, wohin du willst, und du wirst überall Grabstätten der Menschlichkeit finden.«

»Ja, schon«, sagte ich, »aber doch auch etwas anderes, *lebendige* Menschlichkeit, unsere eigene. Es ist *unsere* Zeit.«

»Ja, sicher, aber für wie lange?«, sagte er in unbeteiligtem Ton. »Du sprichst über Menschlichkeit; man nennt es auch Kultur. Die Zeit frisst alles auf, ob es nun von den Römern, den Griechen oder den Persern geschaffen wurde: Ruinenhaufen, Bücher, einige Statuen – ach ja, man findet das alles so interessant, das ist es auch, Friedhöfe sind ja immer interessant. Wir sammeln die Bruchstücke auf diesen Friedhöfen und bauen Museen darüber und Bibliotheken für die alten Schriften. Und dann laufen wir darin herum und denken bei uns selbst: so waren diese Menschen! Ich glaube heute, dass sie anders waren, als wir denken; wir betrachten sie durch die Brille unserer eigenen Zeit, genauso wie wir im Religionsunterricht gelernt haben, das Neue Testament zu lesen. Kannst du es vielleicht unbefangen und vorurteilslos lesen? Ich kann es nicht, ich lese immerzu die kirchliche Dogmatik hinein. Gegen meinen Willen. Eine Kultur blüht nur *ein Mal*, dann verwelkt sie und stirbt. Und sie kann weder auferstehen noch durch spätere Geschlechter wiedererlebt werden, so sehr sie sich das einbilden mögen, und so sehr sie diese alte Kultur beeinflusst und inspiriert haben mag, ob sie es wissen oder nicht.

Jetzt ist *unsere* Zeit, sagst du. Das stimmt, aber sie geht auch einmal vorbei – ich meine nicht dich und mich – sondern all das, was jetzt unter ›Menschlichkeit‹ verstanden wird. Das alles erhält seinen Grabstein – ob früher oder später, können wir nicht wissen.«

»Glaubst du denn nicht an Entwicklung und Fortschritt?«, fragte ich, nicht um seine Antwort zu hören, sondern um auf eine nette Art zu sagen, dass er unwissend sei.

Er verstand es gut und antwortete mit einem Lächeln:

»Ich glaube sicher an Entwicklung, aber auch an – Vernichtung. Ich glaube, dass der lange, harte Winter und die Wölfe immer kommen. – Wollen wir hinauf auf den Palatin gehen?«

Ohne auf unseren Weg zu achten, hatten wir uns, während wir sprachen, in den alten, engen Gässchen verirrt, die es hier und da noch gab, bevor eine neue Zeit sie abriss und bessere Häuser baute, luftige helle Straßen, und eine Anzahl Altertümer zudeckte, zur tiefsten Enttäuschung für den, der alt genug ist, um das, was einmal war, zu vermissen. –

Seien Sie, lieber Herr Oberarzt, nun nicht so modern, *please* – oder so banal, *pardon*, hier das Wort »alt« mit »senil« zu übersetzen. Ein älterer Herr kann sehr wohl die heranwachsende Jugend bewundern, ja, von ihr begeistert sein, auch wenn er wünscht, eine alte Frau wiederzusehen, die er geliebt hatte, als er selbst jung war. Er weiß gut genug, dass sie jetzt runzlig und gebrechlich sein muss, aber sie lebt doch vielleicht noch, obwohl sie dann sicher schon neunzig Jahre alt ist. Er will sie besuchen. Sie ist fort, und wo ihr Haus und Garten lag, ist jetzt ein Tennisplatz. Der ist modern. Aber er war ja gekommen, um *sie* zu finden, und in diesem Moment verwünscht er das junge Ding in Shorts, das da auf zwei hübschen Beinen nach dem Ball rennt.

Na, vielleicht bin ich doch ein wenig senil, ich verlor ja den Faden. Ich muss sehen, Alberto wieder aufzunehmen. Da steht er – und hat inzwischen den Palatin erreicht!

»Was hast du da vom Winter und den Wölfen gesagt?«, fragte ich.

Er begann zu lachen.

»Das ist eine Geschichte, bei der ich als Kind immer einschlief. Ich habe das Ende niemals gehört. Entweder bekam ich Angst und bat um eine andere, oder ich schlief ein – immer an derselben Stelle: gerade als die Stadt verschwinden sollte. Deshalb ist die Geschichte nie fertig geworden und folglich immer neu. Sie ist wie das Leben: ich weiß nicht, wie es schließlich ausgeht. – Ich habe große Lust, sie zu erzählen. Darf ich?«

Es war nicht möglich, »nein« zu sagen. Ich konnte den warmen Strom seiner Erzählfreude durch seinen ganzen, unglaublich beweglichen Körper fließen sehen.

Ich sagte also »ja«.

»Dann komm!«, rief er begeistert und eilte mit federnden Schritten den Palatin hinauf.

»Ich möchte zu gerne wissen, was von der Stadt übrig geblieben ist«, sagte er, als ich auch oben angekommen war, »eigentlich weiß ich es ja. Natürlich dasselbe wie von Ninive, Babylon und all den anderen Städten: Sand, etwas Gras und Mauerbrocken; und nach und nach wurden die Mauerbrocken unter dem Sand begraben, noch mehr Sand, Wüste; natürlich war am Schluss nichts mehr übrig. So ging es mit der Stadt und so erging es damals mir selbst, ich wurde im Schlaf ausgewischt, deshalb bekam ich nichts zu wissen – und da gab es auch nichts zu wissen. Wüste, das war alles. Übrigens war ich ja selbst dabei, als die Stadt unterging!

Aber das war nicht in *dieser* Geschichte, es war etwas, das ich träumte, viel später, als ich schon lange erwachsen war. Ich komme nie los von dem Bild des langen, harten Winters und der Stadt, die verschwand.«

»Was ist denn das für eine Stadt, von der du dauernd sprichst?«, fragte ich.

»Die Stadt in der Geschichte natürlich; sie hieß einfach nur ›die Stadt‹, es war weder Babylon noch Ninive, es war eine kleine, aber gute Stadt. Das sagte unser altes Kindermädchen, und sie musste es ja wissen, denn sie kannte die Geschichte und fand, es sei ein Jammer für die Stadt und die Menschen und eine Gemeinheit von den Wölfen. – Wenn Vater und Mutter am Abend im Zirkus auftraten, steckte sie mich ins Bett, setzte sich auf einen Stuhl daneben und ›erzählte mich in den Schlaf‹. – ›Welche Geschichte willst du hören?‹, fragte sie dann. – ›Die von dem langen, harten Winter und den Wölfen‹, sagte ich oft – besonders wenn ich warm und bequem lag und wusste, dass es draußen kalt war.

Nun also: es war einmal eine kleine Stadt, die lag inmitten einer herrlichen grünen Ebene, ein Stück entfernt von den hohen Bergen, auf denen im Sommer wie im Winter Schnee lag. In der Stadt war das Leben gut, sie war so, wie einem kleinen Jungen das Leben zu sein scheint, wenn alles ganz nach seinem Sinn ist. Einige Menschen waren reich, jeder hatte das, was er brauchte, niemand war arm. So ging es viele Jahre lang und niemand dachte, dass es einmal anders werden könnte.

Aber dann wurde es Winter. Das wird es jedes Jahr, aber er geht dann auch irgendwann wieder vorüber; das tat er dieses Mal nicht. Vielleicht ist dort noch immer Winter, ich hatte das Gefühl, als ob er immer dauern würde, sowohl wenn ich die Geschichte hörte als auch später, als ich – im Traum – als Erwachsener selbst dabei war.

Der Winter hielt also an, und je länger er anhielt, desto strenger wurde er. Es versteht sich wohl von selbst, dass er hart gewesen sein muss, wenn er ›dauernd andauerte‹.

Eines Tages sahen die Menschen Wölfe draußen auf der Ebene, das war, solange sie zurückdenken konnten, noch niemals zuvor geschehen. Und an einem andern Tag lief einer durch die Straßen, er schlich herum wie ein böses Omen, und sie schossen ihn tot. Aber kurz danach kamen noch mehr. Sie wurden erschossen, aber unheimlich war es doch. Viele Dinge begannen knapp zu werden, und den am wenigsten Wohlhabenden musste geholfen werden. Häufiger waren nun draußen auf der Ebene Wölfe zu sehen, und nach und nach gab es keine Wohlhabenden mehr in der Stadt, nur Reiche und Arme, denen die Reichen Essen geben mussten. Schließlich hörten sie auf zu geben, denn zu guter Letzt ist jeder sich selbst der Nächste. Viele starben an Hunger und Kälte. Sie wurden auf die Ebene hinausgeschleppt; die meisten wurden nicht einmal in der hart gefrorenen Erde begraben. Da begann es draußen in der Ebene lebendig zu werden, die Stadt hatte geradezu einen Absatzmarkt bekommen, die Wölfe waren die Abnehmer. – Und nun wurden sie zudringlich, kamen in die Stadt hinein, rasend vor Hunger. Man schoss sie nieder, aber es war, als ob die Gewehre in den Händen der Schützen schwer zu werden begannen. Wie viele Wölfe gibt es nicht in der Welt, und wie wenig Kugeln sind in einer kleinen Stadt vorhanden!

Dann kam der Tag, an dem den Wölfen das Knallen der Gewehre und der Schmerz der Kugeln gleichgültig wurde. Sie kamen in großen Scharen herein, die ganze Ebene war voll von ihnen, und was noch schlimmer war, von den

Bergen herunter wälzten sie sich wie eine meilenbreite Lawine, die ganze Welt war grau dort draußen, grau von Wolfspelzen, der Himmel eine graue Wölbung über ihnen, das Ächzen des Windes und das Geheul der Wölfe erfüllte die Luft, wie Orgeltöne den Kirchenraum füllen. Die Männer erschossen ein paar der vordersten Wölfe, obwohl sie gut wussten, dass es hoffnungslos war; es war, als ob man einen einzigen Schuss gegen all das Leben richten würde, mit dem die Welt bevölkert ist.

Die vordersten Wölfe fielen, fauchten grimmig und starben, aber die anderen kamen hinterher, und – das war die Stelle, an der ich Angst bekam und nicht weiterhören wollte.

Aber an einem herrlichen sonnenwarmen Sommertag fragte ich ›Tante‹, wie ich sie nannte: ›Was geschah dann, als die Wölfe in die Stadt hineinkamen und die Schützen keine Kugeln mehr hatten?‹ – ›Die Wölfe fraßen die Menschen, und die Stadt kam unter die Erde‹, sagte sie nüchtern. ›Du kannst sie vielleicht noch finden, wenn du dorthin kommst und einen Spaten zur Hand hast.‹

Ja«, schloss Alberto, »so geschah es also, und das Merkwürdige dabei ist, dass es nicht, wie Tante meinte, eine Gemeinheit von den Wölfen war, sondern dass sie eigentlich ganz in Übereinstimmung mit dem Leben handelten.«

»Wo hast du nun diese Idee wieder her?«

»Das weiß ich aus eigener Erfahrung. Viele Jahre später war ich selbst ein Handelnder in dieser Geschichte – auf der Seite der Wölfe.«

»Ach, verkauf mich doch nicht für dumm, ich bin doch kein kleiner Junge, der im Bett liegt, und du bist nicht meine Tante, die mich in den Schlaf erzählen soll.«

»Es ist die reine Wahrheit. Du kannst dir ja wohl vorstellen, dass alles, was einmal geschehen ist, sozusagen unsichtbar in der Luft stehen bleibt, genau wie es sich zugetragen hat. Das ist ja, was man *Geschichte* nennt, das versuchen uns die Historiker mit Hilfe von Mauerbrocken und Büchern anschaulich zu machen. Das ist aber nur eine fragwürdige Methode mit zweifelhaften Resultaten. Es ist viel besser, wenn man durch einen Traum zu den Dingen durchdringen kann, wie sie in der Luft abgebildet stehen. So erlebte ich es nämlich.

Ich war damals ein hübscher junger Mann und sehr verliebt, verliebt und glücklich, du wirst also verstehen, dass ich allen Grund hatte, die Partei der Menschen zu ergreifen. Ich kam aber schließlich auf die Seite der Wölfe.

Das ging so zu: Ich hatte etwas gegessen, was ich nicht vertragen konnte, bekam Magenschmerzen und träumte abscheulich – natürlich vom Essen. Als ich ins Bett ging, erinnerte ich mich merkwürdig lebendig an die Abende meiner Kindheit, als ›Tante‹ auf einem Stuhl saß und ihre Geschichten erzählte.

Ich schlief sofort ein, und mein Magen trat an die Stelle der Tante und ließ mich träumen, ich sei sehr klein und sehr hungrig. Ich lag auf dem Rücken im weichen Gras – Träume nehmen es nicht so genau mit solchen Dingen – und ich hatte einen Bärenhunger. Wo diese Wiese lag, weiß ich nicht, vielleicht hier, wo wir jetzt gehen. Ja, das kann gut sein; es war ja in dieser Gegend, hier hat eine Wölfin Romolus und Remus mit ihrer Milch großgezogen. Diese Geschichte kannte ich gut, und ich wunderte mich deshalb nicht, dass plötzlich eine Wölfin über mir stand. Ich sog gierig ihre Milch in mich ein.

Dort im Gras konnte ich nicht gut liegen bleiben und nach Hause fand ich auch nicht mehr, so ging ich mit der Wölfin in ihre Höhle und wohnte dort. Sie erzog mich zu einem Wolf, ich war gelehrig, denn ich hatte oft als Kind draußen auf dem Land bei einem Verwandten meines Vaters auf der Wiese gelegen und ging darin auf, Tier zu spielen, bis ich meinen Körper als geschmeidigen Tierkörper empfand; manchmal überkommt es mich noch heute, und es ist ein herrliches Gefühl. Es fiel mir deshalb auch nicht schwer, auf allen vieren zu gehen und struppige graue Haare am ganzen Körper zu bekommen. Ich war ein Wolf unter Wölfen, und die Wölfe waren gute Tiere. Darüber dachten sie nun nicht nach, aber ich hatte ja eine Zeit lang unter den Menschen gelebt, wo so viel über Gut und Böse gesprochen wird.

Als ich damals so unter der Wölfin lag und ihre Milch trank, schlüpfte ich plötzlich in die Geschichte hinein, so wie sie sich wirklich zugetragen hat, ich machte den langen harten Winter mit, den Hunger und das gierige Gerangel ums Fressen, und ich war gerade einer der vordersten Wölfe, die von der Wolfslawine in die Stadt hineingeschoben wurden. Ich wurde von einer Kugel getroffen, fühlte einen Stich und einen wilden Hass, als ich zusammenbrach, aber dann wurde alles matt in mir und ich wusste, dass das Unabwendbare geschah. Einige Erinnerungen aus meinem Menschendasein müssen offenbar aufgetaucht sein, denn ich dachte: jetzt stirbst du, und ich wunderte mich darüber, dass ich keine Gewissensbisse hatte; ich war vollkommen unschuldig, hatte als rechtschaffener Wolf gelebt und starb als solcher. Viel später – in wachem Zustand und also als Mensch – dachte ich darüber nach und kam zu der Erkenntnis, dass die Wölfe richtig gehandelt hatten. Sie löschten eine verkehrte Wirklichkeit aus.«

»Verkehrte Wirklichkeit?«

»Ja. Die Stadt, die schöne Stadt, in der es alle Menschen gut hatten und sich wohl fühlten, sie konnte nicht fortbestehen. In Wirklichkeit war ihre Wurzel abgestorben. Die Menschen glaubten, dass diese Stadt, die *Welt*, die sie aufgebaut hatten, *wirkliches Leben* sei und nicht etwas *Konstruiertes.* Das *mussten* sie glauben, weil sie das Leben nicht mehr direkt mit ihren Sinnen erfassen konnten. Sie sahen nur ihre eigenen Vorstellungen und glaubten, dass diese die Wirklichkeit seien.«

Ich begriff kein Wort von diesem Gefasel und sagte etwas gereizt:

»Ich verstehe dich nicht, weder das, was du sagst, noch dich selbst. Du hast nicht studiert, du liest keine Bücher. Manchmal glaube ich sogar, dass du nicht einmal denkst. Aber trotzdem redest du über Kultur und über ihr Verhältnis zu etwas, was du ›das wirkliche Leben‹ nennst, und das auch noch auf eine Art, als ob du die höchste Weisheit gepachtet hättest – und als hättest du außerdem das Monopol darauf.«

»Von Philosophie verstehe ich nicht viel«, sagte er, »und du hast Recht, ich denke nicht mehr als unbedingt notwendig. Aber ich *lebe* und ich *sehe,* und ich sehe, dass ein Kind *zwei* Augen hat. Mit dem einen sieht es die Wirklichkeit, in die es hineingeraten ist, so wie sie *ist*, mit dem anderen Auge lernt es zu sehen, wozu diese Wirklichkeit *gebraucht* werden kann. Wenn es heranwächst, wird es so davon in Beschlag genommen, das Nutzauge zu gebrauchen, dass es vergisst, mit dem Auge zu sehen, das die Dinge auffasst, wie sie – sagen wir: aus der Hand des Schöpfers hervorgegangen sind. Sie sind nicht nur dazu da, um von Nutzen zu sein. Sie haben – wie es der Mensch haben müsste – ihr eigenes Dasein und ihren eigenen Zweck. Aber der Erwachsene braucht allein das Nutzauge, und von dem ausgehend, was er sieht, schafft er sich seine einäugige Kultur. Es ist nur eine Frage der Zeit, bis der Saft der Wirklichkeit austrocknet und die Kultur zu Asche zerfällt. Wir sehen es hier zu unseren Füßen, und eine spätere Zeit wird die Grabstätte unserer Kultur sehen, wenn nicht das Wunder geschieht, dass der Mensch wieder zwei Augen bekommt. Der erwachsene Mensch. Das Kind wird damit geboren. Deshalb sagte Jesus, das Himmelreich gehöre ihnen. Armer Mann! Er sprach zu den Erwachsenen, segnete jedoch die Kinder, die er noch segnen *konnte*. Aber damit schlug er die Welt der Erwachsenen ja in Stücke; er erhob ein so unwissendes Wesen, wie ein kleines Kind es ist, über die klugen, welterfahrenen Erwachsenen. Es ist nicht verwunderlich, dass sie ihn dafür totschlugen. Es machte aber nicht so viel aus. Die Hauptsache ist, dass er gelebt hat. Schlimmer ist es, dass man seitdem ununterbrochen versucht hat, seine Worte so zu interpretieren, dass sie auf die verkehrte Welt passen, diese einseitige Welt, die aus Nutzen, Zweck und Fortschritt besteht.

Er sprengte das Judentum in Stücke, aber das Christentum sammelte sie seitdem wieder sorgfältig auf.

Ich habe nicht studiert und kann wohl nicht besonders gut denken. Aber ich kann es nicht vermeiden, meine Augen zu benutzen, und deshalb finde ich in meinem einfältigen Mangel an Bildung, dass die Menschen sich töricht benehmen, wenn sie glauben, dass ihre Nutzwelt, in der sie ihre Arbeit haben, ihre Vergnügen, ihren Drang nach Wissen und ihre übrigen Gelüste, das *ganze* Dasein ist. Denken! Ja, sie gibt ihnen genug zu denken, diese Welt, sie ist voller Probleme, und Probleme sind das Erstrebenswerteste, das es gibt. Woraus ist diese Welt entstanden? Hat sie einen Zweck? Und wie sollen wir sie verbessern, sodass sie richtig werden kann, so wie sie sein muss?

Die Wirklichkeit, wie sie ist, ist eigentlich nie entstanden. Sie *ist* einfach. Um das zu begreifen, muss man nicht studiert haben. Es ist zu einfach. Aber so ist es, *einfach und selbstverständlich*.«

Ich sagte, was der Wahrheit entsprach:

»Ich begreife nicht ein Wort von dem, was du da sagst, Alberto.«

»Das glaubst du nur«, erwiderte er ruhig, »denn du lebst nur oben in deinem zergrübelten Oberstübchen und glaubst, dass es dein ganzes Ich ist, auf ein Stativ mit zwei Beinen gestellt. Du hast eine Uhr in der Tasche und Schuhe an deinen Füßen. Aber die Uhr zeigt dir nur die Stunden des Tages an und weiß nichts von der Ewigkeit, und deine Schuhe können das Leben des Grases, auf dem du stehst, nicht spüren.

Trotzdem lebt doch hinter all deinem Grübeln und all deinen Sorgen ein ›kleiner lachender Jubel‹, der das Tun nicht lassen kann – und wenn es auch nur Clownspossen sind.«

Er sah mich an und lächelte mir zu, wie einem Kind – oder wie ein Europäer über den naiven, unwissenden Urwaldbewohner lächelt, nur dass in Albertos Lächeln Mitwissen und nicht Überlegenheit lag.

»Sei du nur froh darüber, dass du ein Clown bist«, sagte er, »denn dann stirbst du doch nicht ganz und läufst auch nicht als lebendiger Leichnam hier in der Welt herum. Es ist mehr Wirklichkeit in dir, als du weißt. Do-och.«

Es war mir, als ob die Wärme des Lebens selbst in diesem »do-och« läge. Einen Augenblick war mir zumute wie einem Küken unter den Flügeln der Henne.

Und dann schlug Alberto vor, in eine Osteria zu gehen und ein Glas Wein zu trinken. Das taten wir, und er saß da und unterhielt mich mit den banalsten Alltäglichkeiten, sodass ich nicht dazu kommen konnte, über das, was er gesagt hatte, nachzudenken. Ich bin überzeugt davon, dass er es absichtlich tat. Sicher, er war »ein sonderbarer Kerl«, aber nicht so, wie die andern dachten. –

Ein paar Tage später erlebte ich mein erstes Erwachen. Wir waren zusammen mit Grace zum »Tivoli« hinausgegangen. Sie plagte Alberto mit Fragen, wollte ihn in Diskussionen verwickeln, aber es war nicht möglich, mit ihm ein ernsthaftes Gespräch anzufangen; sie gab es auf und schwatzte ins Blaue hinein von Dingen, die wir ohnehin sahen. Da war er lebhaft dabei.

Während sie in der Trattoria saß und zuschaute, wie der Tisch gedeckt wurde, schlenderten er und ich schweigend die Straße entlang.

Aber in mir war etwas, was mir keine Ruhe ließ, und ich sagte:

»Ich habe kein Wort von alldem begriffen, was du oben auf dem Palatin gesagt hast, und trotzdem ist mir zumute, als ob ich irgendwie wüsste, was du meinst. Ich kann es nicht erklären, aber –«

»Sieh«, sagte er plötzlich und wies mit dem Zeigefinger in die Ferne.

Was war da zu sehen? Nichts besonderes. Da stand nur eine Pinie. Davon standen hier ja viele.

Aber plötzlich geschah etwas: die Pinie war *die Eiche im Tiergarten und die Esche am Gartenzaun.* Ich stand in einer neuen Welt, der allerältesten, die besteht, in der einzigen, die *ist.*

Ich ging neben ihm her zur Trattoria zurück, so wie ich damals mit Rasmus zum Schneider gegangen war, und ich fühlte das unbändige Verlangen, aus voller Kehle zu singen. Alles geschah zum ersten Mal; und doch war alles so lebhaft bekannt, der Orvietowein, die Spaghetti und das *pollo arrosto* – ein jubelndes Sakrament. Ich war nicht in »Italien«, ich war auf der *Welt,* ich *existierte.* Diesen Ort der Welt nannte man »Tivoli«, und es war nützlich, das zu wissen; in dieser Richtung dort liegt Rom, wohin wir zurückmüssen, aber Gott im Himmel, *wir existieren*! Alles *existiert!* Und es ist genau, wie es *ist!* Alberto sagte kein Wort, und Gott segne ihn, weil er nicht sprach und mich belehrte, sondern das Leben ruhig sich selbst überließ. »Das Essen ist sicher fertig«, sagte er nur und beschleunigte seinen Schritt.

Es ist unbegreiflich, dass ein solch lebendiger Augenblick sich wieder verflüchtigen und durch keinen Kunstgriff aufs Neue ins Leben zurückgerufen werden kann. Er kann sich freiwillig offenbaren, und ich weiß jetzt, während ich hier sitze und schreibe, dass dieser Augenblick von Dauer sein kann, aber bis ich dahin kam, musste ich noch einen langen Weg gehen.

Es ist fast zu viel Leben, hier sitzen zu können und jene Mittagsstunde im »Tivoli« zu erleben, als ob es eben jetzt wäre, und gleichzeitig all die Jahre in mir zu haben, die wir damals noch nicht kannten, aber die später mit all ihren Ereignissen zu uns kamen. Alberto ist schon lange tot! Und Grace? Ich weiß nicht, wo sie ist, nicht einmal, ob sie noch lebt, ich weiß nur, dass sie nicht mehr in der Manege auftritt. Sie hörte damit auf, als ich dort noch meinen Beruf ausübte. Alles, was Gutes zwischen uns gewesen ist, spüre ich noch in meinem Herzen als ein lebendiges Heute. Wie oft habe ich nicht gewünscht – weil ich es ihr nicht selbst sagen kann – sie es durch die kleine Mrs. Phelps wissen zu lassen. Aber sie ist auch nicht mehr da. Sie ist dort, wo Grace ist, vorausgesetzt dass beide noch leben. Sie bleiben zusammen, zwei sehr verschiedene Frauen, die viel voneinander wissen. Und Sammy – wenn er noch lebt! Selbst ein Riese wie er kommt nicht gegen den Tod an. Vielleicht starb er vor den beiden Frauen. – Und hier sitze ich, ein Arbeiter in Ihrem Garten, und schreibe auf Ihre Aufforderung hin Erinnerungen nieder, mit weißen Schläfen, grauem Scheitel, aber so gesund und stark wie eh und je, und kann sogar noch die gymnastischen Kunststücke ausführen, die ich im Zirkus lernte. Ich habe ein jungenhaftes Vergnügen daran gehabt, sie heimlich auf dem Rasen Ihres Gartens auszuprobieren, aber vielleicht liege ich bereits in einigen Wochen still in der Erde und dieses Manuskript wird nie fertig – was ja auch nicht viel ausmacht.

Ich will, solange ich es noch kann, einen Augenblick im »Tivoli« *sein*, zusammen mit den beiden.

Alberto hat gerade sein Glas mit dem goldenen Orvieto von sich hingestellt, Grace hat vorher mit ihm angestoßen, er ruht in seinem geschmeidigen Körper wie in einem Schaukelstuhl, ich kann spüren, dass er persönlich in jedem seiner Muskeln gegenwärtig ist. Manchmal behauptete er auch, dass er mit all seinen Muskeln denke, nicht nur mit dem Kopf, und ich weiß jetzt, was er damit meinte. Alles an ihm strahlt das behagliche Wohlgefühl aus, das seine Seele erfüllt und das er in allen Gliedern spürt, das Wohlgefühl, für das Felipe ihn verachtete.

Ach ja, Felipe – vielleicht sitzt er jetzt in seinem Haus in Spanien, wenn es nicht zusammengeschossen wurde, und fühlt trotz des Elends des Lebens eine innere Freude derselben Art, wie Alberto sie empfand; die er jetzt vielleicht nicht mehr verachtet, sondern das »Reich Gottes« nennt. –

Ich sitze glücklich und zufrieden zwischen meinen beiden Freunden im »Tivoli«; ich verdiene viel Geld und werde noch mehr verdienen, und es vielleicht sogar erreichen, mich selbst als denjenigen zu erleben, der ich eigentlich bin. Wir sehen alle drei dem Kommenden entgegen, über dem ein Sonnenglanz liegt; diesen Sonnenglanz, lieber Herr Oberarzt, kann die Zukunft *heute* nicht mehr für jemanden haben, seit die Welt so wurde, wie sie jetzt ist.

Grace lächelt, ihr Gesicht wird von Tag zu Tag schöner und seelenvoller. Es ist nicht zu glauben, dass sie dieselbe ist, die düster-ernste Aristokratin, die damals in Breslau in die Manege ritt.

Wie waren wir plötzlich jung, alle drei, so erfahren, alt und reif wir uns auch fühlten! Alberto und Grace, meine liebsten und besten Freunde! Es ist so einsam, hier zu sitzen und euch beide so lebendig in mir zu haben. Aber wenn ich euch nicht so innig in mir hätte, könnte ich hier auch kein so genaues Bild von euch zeichnen.

Ich glaube, lieber Herr Oberarzt, dass ich nun mit diesen Bekenntnissen etwas zügiger fortschreiten kann. Das Vorangegangene sollte nur zeigen, dass ich mich weder in Bezug auf Moral und Charakter noch Verstand von anderen Menschen unterscheide. Besondere Fähigkeiten in der einen oder anderen Richtung habe ich nie gehabt. Die Not, die die nackte Frau spinnen lehrt, hat außer mit mir mit manch anderem Ähnliches bewirkt; in mir weckte diese Not die Fähigkeit zum Clownen, die mir nicht einmal genützt haben würde, wenn mich der alte Christian nicht in die Manege hineingestoßen hätte, und wenn ich dort nicht Alberto begegnet wäre, der meinem Talent Leben einhauchte und mir half, dieses an den Mann zu bringen.

Dennoch habe ich jahrelang in einem tieferen – lassen Sie mich hier das schlichte Wort gebrauchen – Glück gelebt, als es die meisten Menschen erreichen. Das ist also auch für einen Herrn Irgendwer möglich und müsste deshalb eigentlich jeden interessieren, was aber offenbar nicht der Fall ist. Es ist etwas ganz anderes, wonach die meisten streben. Und doch wollen sie nur glücklich sein oder vielleicht wollen sie Glück haben, vielleicht wollen sie aber auch ihr Glück »machen« in Form von Erfolg. *Eine* Voraussetzung, um das Glück zu erreichen, habe ich wohl gehabt: eine stets bereite Aufmerksamkeit für alle kleinen Gemütsregungen, die durch Kleinigkeiten oder scheinbar gar nichts hervorgerufen wurden. Wozu diese Aufmerksamkeit führen kann, müsste der Rest meiner schriftlichen Beichte zeigen können. Das wird nicht leicht sein, denn ich muss Worte gebrauchen, die das tägliche Leben mit all seiner Vergänglichkeit geformt hat, um das in Worte zu fassen, was immer gewesen ist und ewig bestehen wird. –

Von Rom kamen wir nach England und blieben lange dort. In einer kleinen Pause zwischen zwei Engagements fuhren wir nach Devonshire auf das Landgut von Grace, das inzwischen verpachtet war.

Es war schön, dort zu sein, wo sie ihre Kindheit verbracht hatte, von der ich nun so vieles wusste. Die kleine Mrs. Phelps erlebte einige Tage vollkommenen Glücks, *»oh such a happy time!«*. Sie war hier geboren und wünschte von ganzem Herzen, dass wir uns für immer hier niederlassen sollten. –

Vielleicht sind sie und Grace jetzt dort, und Sammy geht still umher wie ein großes, starkes Tier, auf dessen Wachsamkeit sie sich verlassen können. Oder pflegt Grace jetzt vielleicht ihren Mann? Ist er vielleicht gestorben? Und für was lebt sie dann mit Herz und Seele? Wenn es bloß keine Leere ist! Wie weit hat ihr Streben nach Menschlichkeit sie geführt?

Während ich mich dies alles frage, fühle ich mich plötzlich zum ersten Mal in meinem Leben wirklich alt. Wer kümmert sich heute noch um Menschlichkeit? Ich lese jeden Tag die Zeitung. Es dreht sich alles um Politik, Regierungsgeschäfte und Verkehrsunfälle, nichts als Konstruktionen, die zusammenprallen. Die Menschen sind in der Gewalt dieser Konstruktionen, die den Tod mit sich bringen. Aber wenn man das *Leben* liebt, ist es ja eine Freude, diese Welt zu verlassen.

Aber damals war es für uns unvorstellbar, dass alles so kommen könnte. Wir hatten viele schöne Trümpfe in unserer Hand: die Kultur, den Fortschritt, internationale Verständigung, internationalen Sozialismus, wie waren unsere Überlegungen doch voll von gesunder Logik und schlechter Psychologie. Selbst die Psychologie schien zwischendurch der Logik Recht zu geben. Norwegen wurde ohne Krieg von Schweden befreit und die Freundschaft zwischen den beiden Nachbarn vertiefte sich dadurch. Das war wie eine Verheißung, die Kultur der westlichen Welt machte mächtige Fortschritte! –

In den Jahren vor 1914 kam ich häufig zu kurzen Besuchen nach Kopenhagen, als eine Art Weihnachtsmann mit Geschenken für Frau und Kinder.

Bei einem dieser Besuche traf ich Freund Petersen, der in der Klemme saß, weil er sich finanziell übernommen hatte. Bei einem anderen Besuch sagte meine Frau, dass ich jetzt wohl so viel Geld verdient hätte, dass ich mich hier zu Hause niederlassen könnte. Dieser Meinung war ich nicht. Ich besaß damals mehr als heute, aber in der großen Welt da draußen lag das Gold und wartete auf mich, und das will man sich schließlich nicht entgehen lassen. Außerdem war ich zu jung, um mich aufs Altenteil zurückzuziehen. Ich könnte doch auch hier daheim auftreten, schlug sie vor. Das wollte ich nun wirklich nicht. Sie sagte etwas von einem Laden, ich glaube mit Kaffee und Tabak, zwei Dingen, für die ich immer eine Schwäche gehabt habe. Das hätte ich mir vorstellen können, und die Kinder wollten mich gerne bei sich zu Hause haben. Es ist natürlich verständlich, dass man einen Vater zu Hause haben will, besonders wenn er immer nett gewesen ist, jedes Mal, wenn er da war – was einem ja nicht so schwer fällt, wenn man nur ab und zu einmal mit viel Geld in der Tasche zu Besuch kommt.

Ich hatte schon geplant, irgendwann wieder nach Hause zu kommen – später.

Sie war dem Gefühl ihrer Jugend treu geblieben. Dieses Gefühl galt dem Bild, das sie sich damals von mir gemacht hatte. Ich konnte mich nicht mit ihm identifizieren, und in ihrer bitteren Enttäuschung darüber musste sie häufig ihrem Herzen Luft machen, besonders dann, wenn sie in mir etwas gefunden hatte, was den Anforderungen dieses Bildes entsprach, und danach noch enttäuschter von mir war. Es war wieder einmal so weit.

»Warum später?«, fragte sie, und mir fiel keine andere Antwort ein als die, dass für mich noch viel Geld zu verdienen sei. Das war eine armselige Antwort, denn meine Frau war der Ansicht, dass wir genug hätten. Im Übrigen war es auch nicht die ganze Wahrheit. Der eigentliche Grund waren Grace und Alberto. Wären sie nicht gewesen, so wäre ich wohl zu Hause geblieben, aber hier spürte ich umso stärker, dass ich mein Leben dort hatte, wo sie waren.

Wenn ich meine Verbundenheit mit Alberto betrachte, dann kann ich mir nicht vorstellen, dass ich ihn hätte verlassen können, nachdem er seine Auftritte als Jockey aufgegeben hatte, um mit mir zusammenzuarbeiten. Er hätte mir sicher keine Vorwürfe gemacht, wenn ich lieber nach Hause zurückgekehrt wäre. Er konnte mich entbehren, denn er war ein *allround*-Artist und hielt seinen Körper noch immer in bester Form. Aber ich hatte nach und nach das Gefühl bekommen – ich muss mich hier eines christlichen Ausdrucks bedienen – dass das Heil meiner Seele von meinem Zusammensein mit ihm abhinge, und wenn man solch ein Gefühl hat, gehorcht man ihm oder man bereut es eines Tages.

Und was Grace betrifft – alles, was ich jetzt für Frau und Kinder tun konnte, war dem Umstand zu verdanken, dass sie sich meiner angenommen hatte. Sie war die ruhige Sicherheit in meinem Leben gewesen, was auch meinen Angehörigen zugute kam. Wenn sie mich verließ, um ihren Mann zu pflegen, würde ich nach Hause fahren können. Aber jetzt in diesem Augenblick? Es würde eine unerbittliche *force majeure* erforderlich sein, damit ich sie im Stich lassen könnte. –

Die *force majeure* braucht allerdings nicht sehr stark zu sein, wenn sie nur im richtigen schwachen Augenblick kommt! –

Ich hätte gern meine Gründe rundheraus gesagt, aber wenn zwei Menschen lange getrennt gewesen sind, ist es schwierig, gleich wieder Vertrauen zu erweisen und zu empfangen, und wenn man schweigt, so spürt der andere, dass ihm etwas verborgen wird. So entstehen Misstrauen, Bitterkeit und unüberlegte Worte. Meine Frau ließ das Wort »Scheidung« fallen, und ich sagte etwas davon, dass unsere Ehe wohl nie hätte eingegangen werden sollen. Dann sei es wohl am besten, den Fehler zu korrigieren, meinte sie, und darüber einigten wir uns. Ich glaube, dass wir uns beide damit trösteten, dass vorläufig nur von Trennung die Rede war. Wir ordneten diese Angelegenheit, während ich in der Stadt war, und dachten, dass die Trennung schließlich jederzeit beendet werden könne. Als die gesetzliche Frist abgelaufen war, befand ich mich gerade in Amerika, und die offizielle Scheidung trat in Kraft.

In der Zeit, als wir in England auftraten, war ich außerhalb des Zirkus fast ausschließlich mit Alberto zusammen. Eines Tages sagte Grace:

»Damals warst *du* eifersüchtig auf Alberto, heute glaube ich manchmal, *ich* werde eifersüchtig. Ich habe das Gefühl, als ob er dich mir wegnehmen würde.«

»Er nimmt niemandem etwas weg«, sagte ich, »er gibt nur.«

»Was gibt er dir denn?«, fragte sie, »was siehst du in ihm?«

Ich konnte es nicht erklären, aber plötzlich kam mir eine Idee, über die ich selbst lachen musste, und ich sagte:

»Ich sah einmal einen Müllergesellen aus seinem Rücken herauskommen.«

Ich erzählte die Geschichte und fügte hinzu: »An jenem Nachmittag saß ich während eines Gewitters da, schaute auf den Müllergesellen und wurde ruhig. Nun sitze ich da und schaue auf Alberto, und alles wird gut, richtig und selbstverständlich, während ich still bei ihm sitze und ab und zu eine kleine Bemerkung von ihm höre.«

Sie blickte nachdenklich vor sich hin.

»Manchmal habe ich etwas Ähnliches gefühlt«, sagte sie, »besonders damals draußen im ›Tivoli‹. Wir hatten es alle drei so gut und fühlten uns so vertraut miteinander. Und in einem bestimmten Moment fand ich plötzlich, als ob all das Gute und das Vertrauen von Alberto kämen, und spontan hob ich mein Glas, um mit ihm zu trinken. Aber sonst – nein, auf mich wirkt er eher beunruhigend. In meinem Kopf formen sich hundert Fragen, aber wenn ich eine davon aussprechen will, so weicht er aus und stellt sich dümmer als er ist.

Er ist der einsamste Mensch, dem ich jemals begegnet bin.

Wie kann er immer so zufrieden und gut aufgelegt sein? Ist er in unfassbarem Grade ein Egoist oder ist er – etwas anderes, das ich nicht begreife? Er bringt meine Gedanken dazu, sich im Kreis zu drehen.«

»*Meine* Gedanken bringt er dazu, stillzustehen«, sagte ich.

»Das ist ja zu begreifen, wenn sogar Müllergesellen aus seinem Rücken herauskommen können«, entgegnete sie trocken.

»Es ist auch schon mal ein Schulkamerad aus ihm herausgekommen«, erzählte ich, »der kam aber aus seinem Gesicht.«

Da musste sie diese Geschichte auch hören. Ich erzählte, mit welcher Hingabe ich diesen Jungen betrachtet hatte, so intensiv, dass ich manchmal meinte, ich könnte ihn gerade so empfinden, wie er sich selbst spürte. Er war im Turnen der Beste in der Schule, und ich verfolgte seine Übungen so aufmerksam, dass ich seine Muskeln geradezu in meinem eigenen Körper spürte und glaubte, wenn ich nur diese Empfindung festhalten könnte, so würde ich, wenn ich an die Reihe käme, ebenso gut über den Bock springen können wie er – und ich konnte es! Es war mir, als ob er mir ebenso offensichtlich helfen würde wie damals, als er mich entern lehrte. Er schenkte mir den Glauben, der bewirkt, dass man *kann*.

Grace betrachtete mich aufmerksam, während ich sprach, danach schwieg sie lange. Es wurde sehr still im Zimmer. Meine Gedanken lösten sich von mir ab und gingen ihre eigenen Wege, ohne Kontrolle, sie flogen gleichsam in der Stille umher – Alberto – das Artistenkind – der Mensch der Großstädte – der jütländische Müllergeselle – der Schuljunge von daheim auf der Insel – nach und nach unterschied ich sie nicht mehr voneinander, die Verschiedenheiten verschwanden in etwas

Gemeinsamem, eigentlich gab es nur eins, denn das Eigentliche in ihnen war dasselbe. Ich wunderte mich darüber, dass sie, außer dass sie eins waren, gleichzeitig verschieden sein konnten, mein Erstaunen ging von ihnen weg ins Weite und wurde zum Staunen darüber, was das Leben eigentlich sei – denn trotz aller Vielfältigkeit war da sicher auch etwas, was das Leben an sich *eigentlich war* – und weil meine Gedanken ganz in Verwunderung aufgegangen waren, schien es mir, das Leben sei ein Wesen, das mir im Schweigen zu erkennen gab, dass es mir, wenn ich nur andächtig lauschen konnte, eines Tages in der tiefsten Stille sein innerstes Geheimnis anvertrauen würde, das der Verstand nie erforschen kann, aber zu dem sich derjenige Mensch *hinleben* kann, der es vermag, das Leben um des Lebens willen zu lieben mit der Liebe, die vereint.

Ich hörte die Stimme von Grace.

»Ich verstehe ihn nicht. Und ich weiß, dass du es auch nicht tust. Aber es muss etwas in deinem Wesen sein – in dem Teil von dir, für den du keine Worte hast und den du nie vor anderen wirst offenbaren können – das mit Alberto verwandt ist, und das Macht über dich hat, viel mehr, als du dir darüber im Klaren bist.

Vielleicht wird es das sein, was dich einmal von mir entfernen wird. Deine Familie oder etwas anderes hat es ja bisher nicht gekonnt.«

»Willst du mit aller Gewalt, dass etwas geschehen soll, was mich von dir trennt?«, fragte ich.

»Das will ich nicht«, antwortete sie. »Aber es wird einmal geschehen. Menschen müssen sich immer verlieren.«

»Ich weiß nicht, was uns trennen könnte, solange wir leben und du dich nicht etwas anderem zuwendest – zum Beispiel den Pflichten, die du zu erfüllen hast«, sagte ich. »Aber das steht fest, dass es nicht Alberto sein wird, der uns trennen wird.« So war es auch. –

Dann kam der Sommer 1914.

Wir waren damals in Wien. Felipe war auch da. So versoffen und voller unanständiger Geschichten, dass ich sehen konnte, dass eine asketische Periode nahte. Sie kam gleichzeitig mit dem Krieg.

Alberto wurde als Soldat einberufen. Ich fuhr nach Kopenhagen, um abrufbereit zu sein. Aber Dänemark entkam ja dem Totentanz, und ich fuhr nach Amerika, wo ich Grace wiedertraf. Wir arbeiteten lange Zeit dort, meistens beim selben Zirkus, manchmal jeder bei einem anderen. Ich hatte drüben einen neuen Partner gefunden. Er war nicht so gut wie Alberto, aber schlecht war er auch nicht. Wir kamen auch nach Süd- und Nordafrika. In Algier und Tunis trat ich im Variété auf. Es brachte letztlich nicht viel ein, aber ich hatte Lust, »einen Hauch ›Orient‹ einzuatmen«. Grace war nicht dabei, und ich langweilte mich in Algier oft.

Von Tunis aus machte ich eine Tour nach Karthago, um Dido und Aeneas zu besuchen, Hamilkar, Hannibal und den Schatten von Marius. Viel anderes als Phantasiebilder gab es nicht zu sehen. Die Wölfe waren da gewesen, Alberto! Viele Male. Das punische Karthago war zerstört, das Karthago der römischen Kaiser und Seiner Heiligkeit des Papstes ebenfalls. Die Anhänger Mohammeds hatten es niedergeritten, sich neue Wohnungen gebaut und sich dort schlafen gelegt. Nun war Frankreich im Begriff, den Auftrag der westlichen Welt dort unten zu erfüllen. Es ging vorwärts, man konnte ohne Fernglas sehen, dass es am Horizont unruhig war.

Ich reiste nach Souk-Ahras, dem alten Thagaste, wo Augustin geboren wurde. Ach, alter Kirchenvater, soll der Gott, den du liebtest, bald aufs Altenteil gehen wie Zeus, Odin und alle anderen? Oder wird das Wunder geschehen, dass die Menschen wieder zwei Augen bekommen und entdecken, was sie eigentlich meinen, wenn sie sagen, dass sie an Gott glauben? –

Im Jahre 1919 kehrte Alberto zurück, gnädig durch den Krieg hindurchgekommen, zweimal leicht verwundet, sanft und liebenswert wie immer, in seinem Gesicht trug er jedoch den Schatten des Erlebten.

Wir begegneten uns in Amsterdam, und dort trennte ich mich von Grace, die sich für mehrere Monate nach Amerika verpflichtet hatte.

»Warum tust du das?«, fragte ich sie, »das hast du doch gar nicht nötig.«

Sie antwortete, es habe sie große Überwindung gekostet, »aber du weißt ja, ich betrachte das Leben als einen Trainingsplatz. Ich will kein Luxusmensch sein. Ich gönne es mir allerdings ab und zu, ein wenig Ferien zu machen, wenn ich nicht auf andere Weise mit dir zusammen sein kann. Aber sonst fühle ich mich wie ein Zirkusartist und lebe – was meine eigenen Bedürfnisse betrifft – wie jemand, der mit seiner Gage auskommen muss. Artisten können nicht immer mit ihren Frauen zusammen sein; wir zwei haben darin Glück gehabt und sehen uns vielleicht früher wieder, als wir jetzt im Augenblick glauben.«

Ja, sicher, wir waren schon ein paar Mal für die Dauer eines Monats getrennt gewesen, aber – vielleicht war das Meer schuld; Freunde, die an Bord eines Schiffes gehen, gleiten gleichsam weiter fort als diejenigen, die in einen Zug steigen.

Als der Dampfer mit der winkenden Grace vom Kai fortfuhr, hatte ich das Gefühl, als ob eine lange Reihe von Jahren aus meinem Leben gleite. Mir war zumute wie einem Operierten, der weiß, dass die Ärzte ihn »geöffnet« und ihm etwas weggenommen haben, das nicht mehr an seinen alten Platz zurückgesetzt werden kann; ausgehöhlt und leer drehte ich mich nach Alberto um, der wie gewöhnlich in seiner lächelnden, ernsten Ruhe dastand und dem Schiff nachblickte.

Er nahm mich am Arm, zog mich in die Stadt und mit in den Zirkus hinein, um den Proben der Artisten zuzuschauen. –

Von Amsterdam kamen wir nach Paris. Dort war ich bisher nie ohne Grace gewesen. Sie und die Stadt gehörten in meinem Bewusstsein unzertrennlich zusammen. Alles erinnerte an sie. Diese Erinnerungen waren gut, aber sie bewirkten durch die Fülle des Vergangenen, dass die Gegenwart leer wurde. »Menschen müssen sich immer verlieren«, meinte Grace. »Ewig ist nur der Besitz des Verlorenen«, hat ein Dichter gesagt.[35]

Aber das Verlorene besitzt man nicht, es spukt nur wie ein Gespenst in der Erinnerung herum.

Eines Tages, als ich die Champs-Elysées hinunterlief, stand ich plötzlich vor dem Haus, in dem sie immer wohnte. Ich schaute es an wie einer, der an einem Grab steht und weiß, dass das, was unter dem Stein ruht, nicht der lebendige Mensch ist, den er kannte und liebte. Der ist weg, tot. Auf unerklärbare, aber unumstößliche Weise kam es plötzlich in mir hoch: Grace ist tot! Ich konnte das Gefühl nicht von mir wegschieben, es verfolgte mich wie ein Albtraum, bis ein Brief aus New York kam. Es gehe ihr gut und sie freue sich darauf, mich in Europa wiederzutreffen. Mir wurde klar, dass ich sie lieber hatte als ich bisher wusste, weil ich mit einer solch krankhaften Angst umhergegangen war. Denn etwas anderes war es ja nicht. –

Ich sah sie dann auch wieder, ein Dreivierteljahr später, ja, und trotzdem – Trotzdem! Ich hatte sie sehr lieb, sehr! Aber trotzdem! – Wir tappen im Dunkeln. –

Ich war fast immer mit Alberto zusammen und wunderte mich darüber, dass er an jenem Tag am Tiber so leicht und ohne Zeichen des Vermissens von der Zeit sprechen konnte, die er früher in Rom verbracht hatte, »unter sehr glücklichen Umständen«, zusammen mit der Frau, die er liebte und, wie Grace erzählt hatte, immer geliebt hatte und die er nach ihrem Tod noch immer liebte.

Ich konnte mit ihm nicht über Grace sprechen, er hatte eine eigene suggestive Art, sich dabei taubstumm zu stellen. Über den Krieg wollte er nicht sprechen, das wusste ich, und wenn ich Grace nur erwähnte, wich er aus, genau wie er die wenigen Male ausgewichen war, als ich ihn nach dem Leben an der Front ausfragen wollte.

Aber er ließ mich nicht allein sein; er hatte plötzlich Lust bekommen, aus der Stadt hinauszufahren und lange Touren auf der Landstraße zu machen. Er verlangte, dass ich mitkäme, und ich folgte ihm willenlos, weil ich nicht gern in Paris allein sein wollte. Das wurde für mich zu einer Tortur, erst zu einer körperlichen, dann zu einer seelischen. Sein geschmeidiger Artistenkörper war wieder in bester Form, und als Soldat hatte er gelernt zu marschieren. Er federte davon, eine Meile nach der anderen, sodass ich zu müde wurde, um zu denken und schließlich kaum mehr gehen konnte.

Die seelische Quälerei begann höchst ungemütlich: Er hatte mich halb tot gehetzt, ich hatte alles Interesse für die Außenwelt verloren, sah nichts anderes als den staubigen Weg, meine Schuhe und den unteren Teil meiner Hose, die ebenso grau vom Staub war wie die Landstraße. In meinem Bewusstsein schwangen seine tröstenden Worte wie ein Pendel hin und her: »Nun ist es nicht mehr weit bis zu einer kleinen Stadt, wo wir ein Taxi bekommen können.« Mir schien, als hätte er es gestern gesagt. Aller Trost war schon längst aus den Worten herausgependelt. Ich befand mich auf einer Wanderung rund um die Welt, ebenso weit vom Anfang wie vom Ende entfernt.

Nun blieb er stehen und zog eine Karte aus der Tasche.

Es war an einer Wegkreuzung; an einem Haus mit einem kleinen Garten, und ich sagte:

»Dort steht das Haus von Hans Godtfredsen!«

Alberto schaute mich verwundert an, und ich fuhr fort:

»Dann haben wir den halben Weg überstanden.«

»Haben wir das?«, sagte er trocken. Ich lachte ihm ins Gesicht:

»Das weißt du doch am besten, Rasmus.«

»Ich kann hören, dass du den Verstand verloren hast«, sagte er, »und sehe, dass du das als ein Glück betrachtest. Das muss ja auch eine Erleichterung sein. Du gehst im Nebel, Kamerad. Wo glaubst du denn zu sein?«

»Auf dem Weg zum Schneider«, antwortete ich.

Nun sah er wirklich besorgt aus.

»Das ist alles deine Schuld«, sagte ich. »Ich bin müde, alle Schichten meines Bewusstseins sind morsch geworden, ich bin durch alle Stockwerke der Jahre ins Erdgeschoss hinuntergeplumpst, ins Alter von neun Jahren, du heißt Rasmus und hast keine Landkarte, nach der du dich orientieren kannst. Wir sind auf dem Weg zum Schneider, und wir sind müde, Rasmus und ich, aber es gibt neue Kraft, wenn wir sehen, dass da Hans Godtfredsens Haus steht.«

»Das hier ist nicht sein Haus«, sagte Alberto.

»Das war es damals auch nicht«, gab ich zurück. »Es lag in unserem Dorf. Aber das Haus an der Wegkreuzung glich ihm, wir sahen es und sagten es gleichzeitig alle beide. Es zeigte uns, dass wir den halben Weg zum Schneider zurückgelegt hatten. Deshalb wurde es für uns von da an zu einem tröstlichen Haus, sowohl auf dem Hin- wie auf dem Rückweg.«

»Lass es also auch heute ein Trost sein«, sagte Alberto, »setz dich hier hin und ruh dich etwas aus, ich geh inzwischen in die Stadt und versuche ein Taxi zu bekommen – es sind nur noch zwei Kilometer.«

Er federte schnell den Weg entlang und verschwand hinter einer Biegung.

Ich saß irgendwo in der Welt und war dort zu Hause. Ich fühlte mich glücklich und müde. Als Alberto mit dem Auto kam, schlief ich. –

Bei diesem »Haus von Hans Godtfredsen« war ich noch lange nicht den halben Weg gegangen, sondern hatte nur den ersten Schritt auf einer langen Wanderung zu einem Ort getan, wo »einst vor langer Zeit« mitten in dem Augenblick liegt, der das »Gerade jetzt« ist.

Einem »Haus von Hans Godtfredsen« begegnete ich nicht mehr, aber eine Wegbiegung und ein Hügelabhang konnten mir plötzlich mit einem Lächeln anvertrauen, dass sie für gewöhnlich dicht beim »Noeret« daheim auf der Insel lagen und sich nur heute in Frankreich aufhielten. Es war ein kurzer Schimmer, wie ein Sonnenstreifen im April, aber solange er blieb, war er wahr. Nachher sah ich wohl, dass er nicht zuverlässiger war als so manche andere französische Freundlichkeit gegenüber Fremden. Ich begegnete diesen Sonnenstreifen so oft, dass in mir eine Sehnsucht erwachte, die tiefer war als das Heimweh nach Grace. Wenn ich abends einschlief, tauchten wieder heimatliche Bilder auf, und mit einem von ihnen glitt ich ins Unbewusste, wo es mit mir tun konnte, was es wollte – und es auch tat, ich konnte die Auswirkungen bis in den wachen Tag hinein spüren, wo diese Schimmer nach und nach so häufig wurden, dass ich ein fast unerträgliches Heimweh bekam. Ich sprach mit Alberto darüber; er sagte nur:

»Du beginnst zu *sehen.*«

»Aber es tut weh«, sagte ich, »ich bekomme das Gefühl, dass ich ›ganz verkehrt‹ bin, ein anderer als ich selbst, ein

Fremder, den ich nicht ausstehen kann. Und ich beginne, mich nach Hause zu sehnen.«

»Das geht vorbei«, sagte er.

Aber es ging nicht vorbei, und ich begann es als Notwendigkeit zu empfinden, nach Hause zu kommen, zu den Wiesen und den duftenden Hecken.

Ich sagte zu Alberto, dass ich bald mit diesem Umherziehen aufhören wollte.

»Ich will heim und in der Erde wühlen, auf der ich geboren bin.«

»Das hilft dir kein bisschen«, erklärte er. »Du bist nicht mehr neun Jahre alt. Du wirst dich dort ebenso sehnen wie hier.«

»Ich werde mich nicht nach dem Zirkusleben sehnen«, sagte ich.

»Nein, aber nach dir selbst«, antwortete er. »Du bist einer, der im Gewühl verschwunden ist. Niemand kann dich kennen, du selbst kennst dich am allerwenigsten, du gleichst allen anderen. Ihr denkt dasselbe, sagt dasselbe und seht dasselbe. Deshalb könnt ihr nicht nach Hause finden. Die meisten wissen nicht einmal, dass sie fort sind. Aber du bist wohl genötigt, nach der Heimat zu suchen. So sieht es aus.«

Ich meinte, dass ich kaum Aussicht hätte, sie zu finden.

»Oh doch, es wird dir schon gelingen«, sagte er.

Als ich fragte, wie das zugehen solle, antwortete er genauso wie damals Phelps:

»Wart ab und sieh zu.«

Wie das alles zuging?

Es begann in Wien, außerhalb der Stadt auf einer Wiese, und zwar auf folgende Weise:

Mein Telefon klingelte. Der Portier meldete, ein Wagen warte vor der Tür. Ich hatte jedoch kein Auto bestellt. Der Portier bestand darauf, es sei da und Alberto sitze darin und warte.

Ich ging hinunter. Richtig, da saß er und sagte:

»Steig ein!«

Ich tat es und fragte, wo es hingehen solle.

»Aufs Land.«

»Und wieder so weit marschieren?!«

Er lachte:

»Das gefällt dir offenbar nicht.«

»Nein.«

Wir kamen nicht zum Marschieren. Weder an diesem Tag noch an den anderen. Wenn das Wetter gut war, fuhren wir jeden Tag hinaus. Er hatte eine neue Manie bekommen, denn sobald er einen ›richtigen Ort‹ gefunden hatte, wie er es nannte, warf er sich ins Gras und blieb dort liegen.

Ich habe noch nie jemanden getroffen, der so unermüdlich laufen konnte wie er, aber auch niemanden, der so faul und unbeweglich daliegen konnte. Doch, Tiere. Sie können auch daliegen, sodass nichts anderes in ihnen ist als dieses Liegen.

Alberto lag mit geschlossenen Augen auf dem Rücken. Alle seine Glieder drückten Faulheit aus, mehr als in ihm sein konnte, sie sickerte aus ihm heraus und wirkte ansteckend, ich ließ mich auch hinfallen, wie man Kühe sich hinlegen sehen kann, wenn eine erst einmal mit dem Wiederkäuen begonnen hat. Wenn ich als Junge die Kühe hüten musste, lag ich oft zwischen ihnen und machte ein kleines Nickerchen, solange sie ruhig waren. Wenn ich aufwachte, hatte ich es gut, existierte nur mit den Sinnen, es war ein seelenvoller Zustand, wie aus der Zeit vor dem Sündenfall, als der Mensch sein Brot noch nicht im Schweiße seines Angesichts essen musste. Der Duft von Gras, das Summen der Fliegen, Sonne auf den Wangen, blauer Himmel hoch oben, der ganze Körper voller Kraft. Ich schaute zu Alberto. Ja, er lag noch mit geschlossenen Augen in seiner großen, seligen Faulheit da. Ich dachte daran, welche akrobatischen Künste dieser träge Körper sonst ausführen konnte, musste lachen und sagte:

»Du gleichst einer Kuh.«

Ohne die Augen zu öffnen, sagte er in schläfrigem Ton: »Darüber darfst du nicht lachen. In Indien ist die Kuh ein heiliges Tier. Und Indien ist größer als Dänemark und Deutschland zusammen. In Indien hat viel Heiliges Platz.«

Er hatte die einzigartige Fähigkeit, seine Worte mit dem Leben zu füllen, das ihn veranlasste, sie auszusprechen; und dies nicht durch eine besonders nachdrückliche Betonung. Gerade wenn er wie jetzt kaum antworten mochte, war dieses Leben zu spüren. Seine Worte waren keine toten Buchstaben, keine vagen Begriffe, sie waren die Dinge selbst, von denen er sprach, gesättigt mit Leben.

Als er am Tiber über der Mauer lehnend und ganz durchdrungen von dem, was er sah, bemerkte: »Das Wasser fließt«, hatte ich das Gefühl, als ob er einen Eimer dieses gelben Tiberwassers heraufgeholt und es über mich gegossen hätte; *ich spürte die Nässe.*

Als er jetzt, mehr in sich selbst hinein als zu mir, aber dennoch hörbar sagte: »Viel Platz für Heiliges«, teilte er mir die Empfindung von etwas Heiligem mit. Vielleicht hatte er wirklich in einem heiligen Faulsein voller Andacht gelegen – das würde ihm ähnlich sehen – und diese heilige Faulheit seine Worte beseelen lassen, sodass diese Andacht in ihnen war, wenn Sie verstehen können, was ich meine. Menschenworte sind meistens nur Laute, die die Gedanken in Bewegung setzen, aber ich dachte nicht, *ich lag mitten in dem, was er sagte,* in dem der Natur eigenen, schlichten und selbstverständlichen Heiligen. So wie ein sündiger Mensch es manchmal durch einen glücklichen Umstand zu sehen bekommen kann und wie Gott die Welt wohl gesehen haben muss, als er sie so gut fand. Alberto und ich gehörten dazu, wir waren Teile der Wiese, auf der wir lagen, und ich hatte das angenehme Gefühl, dass etwas Heiliges in unserer vollkommenen Faulheit liege; ich lag da und wurde so selbstverständlich gut, ganz gratis, so vom Blauen herab. Es war ein Gutsein, das zu nichts gebraucht werden sollte. Vielleicht letzten Endes das allerbeste Gutsein. Frei von Berechnung. Ohne das Bedürfnis, für irgendetwas nützlich sein zu wollen. Oder ist es vielleicht sogar nützlich durch sein bloßes Dasein?

Gutsein und Heiligsein sind ja bekanntlich das Langweiligste, was es gibt; ich schlief dann auch schnell ein. Als ich erwachte, blieb ich lange liegen und schaute philosophisch in die Luft.

Das Wort muss nicht wissenschaftlich, sondern in einer anderen, sehr lebendigen Bedeutung aufgefasst werden, nämlich in dieser: Es ist Sommer – wenn Sie allerdings nicht manchmal ordentlich Urlaub machen, nützt meine Erklärung wahrscheinlich nichts. Es ist also Sommer. Sie haben sich auf den Rücken ins Gras gelegt oder in eine Hängematte. Rund um Sie herum, überall ist Sommer. Sie haben ihn gern, Sie sind heraus aufs Land gefahren, um ihm richtig nahe zu kommen, und er ist hier. Sie genießen ihn mit all der Genussfähigkeit, die Sie besitzen. Vielleicht sollte man den Genuss mit einer Zigarre erhöhen? Aber der Sommer will nicht genossen werden wie ein bezahltes Mädchen von der Straße, er will geliebt werden und selbst liebevoll in Besitz nehmen. Er dringt in Sie ein. Das tut gut. Sie denken an Ihre Gesundheit. Es wird nichts mit der Zigarre. Der Sommer lächelt schelmisch und fährt fort, in

Sie einzudringen, bis er überall in Ihnen ist, in den Poren, in den Lungen, im Blut; Sie sind nichts anderes mehr als ein Teil dieses Sommers. Sie werden bewusstlos davon, sterben in die Gesundheit hinein, es gibt einen Oberarzt weniger in der Welt, Sie schlafen einen tiefen, traumlosen Schlaf. Als Sie erwachen, wissen Sie nicht, ob Sie einen Tag oder nur zehn Minuten geschlafen haben. Es ist eigentlich auch egal, denn Sie wissen, dass Sie gut geschlafen haben. Sie sind sich nicht ganz klar darüber, wo Sie sich befinden, aber das ist auch gleichgültig, denn es ist gut, hier zu sein. Sie schauen in den Himmel hinauf, der Ihnen keine Ortsempfindung gibt. Sie wollen sich auch gar nicht orientieren, sie starren nur so vor sich hin. Ein Freund kommt zufällig vorbei, sieht Ihre Augen, die in intensiver Leere gähnen und in ihrer Ausdruckslosigkeit doch die Vorstellung der Konzentration auf etwas wecken, das ihn zu den Worten veranlasst: »Über was in aller Welt philosophierst du denn da?« Der Ausdruck ist berechtigt, Philosophie bedeutet ja ›Liebe zur Weisheit‹, und Sie liegen gerade an einem Brunnen der Weisheit, an der Quelle des Lebens und aller Wahrheit – ohne auch nur einen Tropfen aus ihr in ein durstiges Gehirn hinaufpumpen zu können, und ohne den Willen, es zu tun, selbst wenn Sie es könnten. Die tiefste Weisheit gleicht totaler Unwissenheit, genauso wie die Seligkeit der Seele an animalische Gesundheit erinnert. Jedenfalls in dem Augenblick, wo diese Weisheit geboren wird.

Auf diese Weise philosophierte ich. Meine Augen drückten sicher nichts außer Leere aus, aber es ging etwas in mir vor, von selbst. Haben Sie einmal ein Hölzchen auf einem Bächlein mit grasgrünem Grund schwimmen sehen? Es stößt gegen ein Hindernis. Das Wasser fließt in einem dünnen, aber breiten und klaren Bogen darüber, das Licht bricht sich darin wie in einer Seifenblase, das

Hölzchen kommt los und gleitet weiter zum nächsten Hindernis; neue Wasserstrahlen, neue Bilder.

Ich lag lang ausgestreckt da, willenlos wie ein Hölzchen, aber in mir war Bewegung, ich sah Bilder, nein, ich erlebte sie. Der Augenblick rief seine Brüder und Schwestern, und sie kamen alle. Die wiederkäuenden Kühe, zwischen denen ich lag, glitten wieder fort, und ich lag im weichen Sand des Spielplatzes und im eben eingefahrenen Heu, wir lagen in seinem Duft und warteten auf die nächste Fuhre, und dann lag ich draußen auf der Wiese, den Kopf im frischen Klee, während die Mädchen die Kühe molken; viele Bilder tauchten auf, und in ihnen allen war ich es, der dalag, es war daheim, und ich war nicht sehr groß.

Mein Bewusstsein begann sich lebhafter zu regen. Die Schwere glitt aus meinen Gliedern, ich richtete mich halb auf, kam nicht weiter – denn die Wiesen um mich herum waren unsere eigenen daheim auf der Insel! Ich sprang mit einem Satz auf. Die Wiesen von zu Hause waren noch da, sie schenkten nicht nur einen Schimmer wie die französischen Wegbiegungen und Hügelabhänge, sondern *blieben da.* Sie waren auch ehrlicher, denn sie gestanden offen, dass sie gleichzeitig von zu Hause waren und doch hier draußen in Österreich lagen – genau wie ich selbst.

Es war so stark und verwirrend, dass ich Alberto mit dem Fuß anstieß und sagte:

»Ich habe einen Sonnenstich bekommen, ich sehe doppelt.«

Er stand im Nu auf den Beinen. Nach einem raschen Blick auf mich erwiderte er: »Unsinn.«

Ich erklärte ihm das Phänomen, und er antwortete:

»Du bist ein Schwachkopf. Du bist im Begriff, *zwei* Augen zu bekommen, Kamerad. Du bist ein paar Minuten lang der gewesen, der du ursprünglich warst, derjenige, der *du* allein unter allen Erdenkindern bist. Von deiner eigenen Ursprünglichkeit aus siehst du die Dinge nun so, wie sie sich in dir spiegeln – und gleichzeitig siehst du sie so, wie du dir angewöhnt hast, sie zu sehen. – Du bist wirklich für einen Augenblick der Aufforderung Jesu nachgekommen.«

»Das mit dem ›Werden wie die Kinder‹?«, sagte ich und erinnerte mich an den abgedroschenen Satz und die verständliche Erkenntnis der Tatsache, dass dieses Ziel für den, der einmal erwachsen geworden ist, nicht mehr zu erreichen war. Eine Sekunde lang protestierten Wiesen und Bäume, indem sie mir ihre zweifache Gestalt zeigten, dann verschlossen sie sich und waren vernünftigerweise nur die, die das Eigentum eines fremden österreichischen Bauern waren. Ich war wieder normal und sagte:

»Das ist für einen erwachsenen Menschen unmöglich.«

Er antwortete ruhig:

»Jesus stellte keine Forderung, die man unmöglich erfüllen kann. Du bist ja selbst für einen Augenblick unerwartet dazu gekommen, so zu sein. Wie glaubst du, würde die Welt aussehen, wenn der kleine Kerl, der du vor zwei Minuten warst, die Erlaubnis bekäme, aufzuwachsen und dein jetziges Alter, dein Wissen und deine Erfahrung zu übernehmen?«

»Das möchte ich gern wissen«, sagte ich.

»Das glaube ich dir gern«, antwortete er, »aber du musst sterben, damit er alles von dir übernehmen kann.«

»Sterben?«, fragte ich, und er erwiderte:

»Halt den Mund und lass uns in die Stadt zurückfahren.« –

Er war ein geborener Pädagoge, der gute Alberto. Ohne dass ich gemerkt hatte, wie es zuging, befreite er seinerzeit den »kleinen lachenden Jubel« aus seinem Gefängnis, löste seine Fesseln und schenkte ihm die Freiheit, damit er Clown spielen konnte. Nun hatte er die ungleich schwerere

Aufgabe angepackt, den sehr einfachen Peter Olsen aus seinem Labyrinth von angelernten Meinungen, Denken aus zweiter Hand und Wahnvorstellungen hinauszuleiten, um ihn dahin zu führen, sein eigenes Leben auf seine eigene Weise zu erleben.

Es war mir ergangen wie jedem normal denkenden Menschen: das Gehirn musste beschäftigt werden, damit ich fühlen konnte, dass ich lebte – und um die Zeit zu vertreiben. Wenn ich mit dem Zug fahren wollte, fand ich einen Stapel Zeitungen ebenso unentbehrlich wie die Fahrkarte; war die Fahrt lang, so musste ich ein Buch bei mir haben; ob es eine populär-philosophische Schrift oder ein Kriminalroman war, das kam auf dasselbe heraus, wenn nur das Gehirn sich mit etwas beschäftigen konnte. Es war wie ein ungezogenes Kind oder wie der indische Teufel, der dem Bauern alles Gold versprach, das er sich wünschte, unter der Bedingung, dass er ihm immer etwas zu tun gab, sonst würde er ihn mit in die Hölle nehmen.

Auf den französischen Landstraßen hatte Alberto mein Gehirn in Schlaf marschiert. Nun war er damit beschäftigt, sich des kleinen Kerls anzunehmen, der einmal *ich* gewesen war, damit er groß und erwachsen werden konnte, kein Student oder Maler Olsen, kein Clown, kein Produkt einer bestimmten Kultur – sondern nur *Peter.*

Er hielt keine belehrenden Vorträge, er führte mich schweigend dahin. Wie er es am Anfang anpackte, dafür habe ich Ihnen hier einige Beispiele gegeben. –

Nein, das ist wahr, er belehrte mich nicht. Aber es konnte doch geschehen, dass er direkt von dem Leben sprach, zu dem er mich hinleiten wollte, und mir damit zeigte, dass er mich ständig beobachtete.

Ich war ungeduldig geworden, sehnte mich nach dem heimatlichen Gefühl von einfachem, selbstverständlichem und friedvollem Gutsein, das ich da draußen auf den

Wiesen erlebt hatte; ich gab mir Mühe, die Dinge und Menschen wieder so zu sehen, wie sie waren, wenn man sie von jenem inneren Zustand aus betrachtete. Eines Tages ertappte er mich während eines Spaziergangs im Prater dabei, dass ich mit Hilfe des Gedächtnisses ›doppelt zu sehen‹ versuchte. Plötzlich sagte er:

»Du brauchst dich nicht zu bemühen! Du sollst dein neues Auge nicht überanstrengen.«

Ich erklärte ihm, dass ich ja gerne *wissen* wollte, wozu solch ein doppeltes Sehen führen könne.

»Du sollst nicht *wissen*«, sagte er, »du sollst *sein.*«

Darüber grübelte ich ein wenig nach. Plötzlich tauchte eine Gewissheit in mir auf:

»Wenn man *sein* kann, muss man zwangsläufig dazu kommen, zu *wissen.*«

»Das ist wahr«, meinte er, »aber es ist eine andere Art Wissen als die, auf die du in der letzten Zeit so erpicht warst. Es gibt viel Wissen, das man sich aneignen kann, das unabhängig davon ist, wie man *ist,* wenn der Kopf nur gut funktioniert. Diese Sorte Wissen kann man in den Abstellraum des Gehirns hineinstopfen und daran viel Nutzen haben – und Vergnügen.

Ein anderes Wissen entsteht dann, wenn uns unser *Sein* zum Bewusstsein kommt; in diesem Wissen liegt eine große Klarheit, die von anderer Art ist als die intellektuelle; diese Klarheit löst keine intellektuellen Rätsel, so wenig wie die Klarheit des Verstandes jemals auf das Unsagbare – und Unabweisbare – Antwort geben kann, das die Menschen »die ewigen Fragen« nennen.

Es gibt keinen Streit zwischen diesen beiden Klarheiten. Sie sind wie der Schein von Sonne und Mond. Ja, das ist so, und wenn der Mond auch am allerhellsten ist, würde er dennoch erlöschen, wenn es die Sonne nicht gäbe. Nein, es kann niemals Streit geben zwischen der

Klarheit der Gedanken und der inneren Klarheit, die aus dem *Sein* kommt.«

»Innere Klarheit«, sagte ich, »manchmal kommt es mir so vor, als ob ich sie gekannt habe – vor langer Zeit.«

»Du hast sie sicher einmal gekannt«, antwortete er, »du erkennst das wieder, was du jetzt in einzelnen Augenblicken aufs Neue erlebst.«

»Ich habe das Gefühl, als ob mein Leben davon abhinge, diese Klarheit wiederzufinden«, sagte ich. »Kannst du mir sagen, was ich tun muss, damit das wirklich geschehen kann?«

»Geduld haben und darauf vertrauen, dass sie wieder zurückkommen wird.«

»Es ist also diese innere Klarheit, die du hast?«

»Bist«, verbesserte er mich, »sie ist nicht etwas, was man haben kann. Man weiß von ihr, weil man das, was man weiß, selbst *ist*.«

»Aber du sagst doch, dass dieses klare Sein *kommen* kann?«

»Es kommt, so wie ein Kind wächst, weil es das Wachstum in sich hat. Aber die Wachstumsmöglichkeiten müssen genährt werden, wenn sie sich im Kampf ums Dasein behaupten sollen. Dieser Kampf bietet der inneren Klarheit harte Bedingungen. Das weißt du aus Erfahrung.«

Ich kann nicht sagen, dass ich ihn ganz verstand, aber eine vage Empfindung von neuem, von *eigentlichem* Leben stieg in mir auf. Ich beschloss, mich auf sie zu verlassen und ihr Raum zu geben, sooft sie sich meldete. Solange sie in mir war, hatte ich mehr als eine Ahnung davon, was er mit dem *Sein* meinte.

Ich muss hier etwas erzählen, von dem ich selbst nicht das Geringste verstehe, selbst während ich hier sitze und es schildere. Ich muss immer wieder nach dem Warum fragen, und sobald ich die Antwort gefunden habe, frage ich mich selbst aufs Neue.

Warum blieb ich auf der Straße stehen, um ein Haus zu betrachten, auf dem zu lesen stand: Pension? Weshalb fiel es mir plötzlich ein, dass es unterhaltsam sein könnte, zur Abwechslung einmal in einer Pension zu wohnen?! Ein Hotel ist doch viel besser. Wie kam es, dass ich die Treppe hinaufstieg, läutete, die Eigentümerin hübsch und die Zimmer gemütlich fand, sodass ich schließlich eins davon mietete?

Weshalb musste das kleine Fräulein aus Kärnten gerade zu diesem Zeitpunkt nach Wien kommen und ausgerechnet in meiner Pension wohnen?

Ich saß neben ihr am Tisch und kann einen Eid darauf ablegen, dass sie mich absolut nicht interessierte und dass ich sie dümmer fand, als sie es letztlich war. Sie redete ununterbrochen, aber ich wollte in Ruhe essen, wollte überhaupt in Frieden gelassen werden. Und trotzdem zog ich in eine Pension! Beim Kaffee nach dem Essen wurde viel geschwatzt, deshalb nahm ich meine Tasse immer mit auf mein Zimmer und rauchte hier meine Zigarre. Warum blieb ich nicht dabei? Das tat ich ja eigentlich. Aber weshalb nicht allein? Ich hatte wirklich keine Lust, zu zweit dazusitzen, die Bibel kann sagen, was sie will, das Alleinsein *ist* hin und wieder gut für den Menschen. Zu zweit zu sein ist immer mit einem bestimmten Risiko verbunden. Selbst wenn man deutlich sieht, dass kein Apfelbaum in der Nähe ist, können Sie sicher sein, dass trotzdem irgendwo einer steht. Und dann die Äpfel! Wenn man noch so bestimmt und sicher weiß, dass man keinen davon pflücken will, und man lässt es auch wirklich sein, schüttelt nicht einmal ein bisschen am Baum, dann purzelt doch einer von selbst herunter, und wenn man sich bückt, um die Frucht etwas näher zu betrachten – dann fällt man selbst; und das ist alles andere als komisch. Na ja, ich weiß, dass man über diese Dinge geteilter Meinung sein kann, aber ich bin nun einmal zu dem Resultat gekommen, dass es besser ist, standhaft zu bleiben, als nachzugeben. Beides habe ich versucht. Diesmal habe ich beides unterlassen. Ob man das kann? In bestimmter Hinsicht schon. Was dann passiert? Dann passiert es trotzdem. Mein Ton täuscht vielleicht darüber hinweg, dass ich diese kleine Geschichte ernst nehme. Das tue ich jedoch und ich habe allen Grund dazu. Aber es ist nun schon lange her.

Sie war eine hübsche kleine Dame mit schwarzem Haar und dunklen Augen, mit lebhaftem Wesen und ernstem Gesicht, über das oft plötzlich ein fröhliches Lächeln glitt, das schnell wieder verschwand, sie war Feuer und Flamme, etwas zu erleben, hatte einen festen Charakter, der wusste, was er wollte, und vor allem, was er nicht wollte. So war sie wirklich, das zeigt ihre Lebensgeschichte, die sie mir erzählte. Bei ihr konnte man sich sicher fühlen, sie war keine Eva, die nach einem Abenteuer ausschaute. Hinzu kam, dass sie mich nicht besonders leiden konnte, und ich fand sie langweilig. Der Kaffee, den sie vorschlug in ihrem Zimmer zu trinken, konnte nicht zu einem Rausch führen.

Es begann damit, dass sie aus einer Bemerkung, die einer der Gäste machte, schloss, dass ich Clown war. Sie schenkte sich gerade eine Tasse Kaffee ein und hätte sie beinahe fallenlassen.

»Was sagt er da über sie? Sind Sie Clown?«

»Ja«, sagte ich so wehmütig, dass sie lachen musste. Ihre Neugier danach, die Welt kennen zu lernen, bekam Macht über ihr kleines hungriges *Ich*.

»Sie nehmen Ihren Kaffee immer mit sich, können wir diesmal den Kaffee nicht auf meinem Zimmer trinken?«

Warum nicht.

Sie saß mir gegenüber in ihrem gemütlichen Zimmer, ihre Augen betrachteten froh und erstaunt die Merkwürdigkeiten des Lebens. Was kann man in Wien nicht alles erleben! Man sitzt neben einem Mann, der den Eindruck eines ernsten und gebildeten Menschen macht, und dann ist er in Wirklichkeit ein Clown! In einem Zirkus!

Sie sah mich prüfend an; ich behielt meinen wehmütigen Ausdruck bei, obschon ich das Lachen überall in mir kribbeln fühlte.

»Weshalb sind Sie nicht lieber Schauspieler geworden?«, fragte sie mitfühlend, wobei ich jedoch einen leisen Vorwurf heraushören konnte.

Und dann begann sie über das Theater zu reden, *das* war Kunst und Poesie, und davon gab sie mir gleich eine Vorstellung, denn sie hielt mehr vom Sprechen als vom Zuhören.

»Aber Zirkus! Hören Sie doch auf, so komisch wehmütig dreinzuschauen, so sind Sie ja gar nicht, und gerade das ist es, was ich nicht begreifen kann. Aber ich will Sie auftreten sehen, obwohl ich nicht viel für den Zirkus übrig habe.«

Sie hatte höhere Ambitionen.

Ich musste ihr trotzdem ein wenig vom Zirkusleben erzählen, denn das war doch auch eine Art Leben, und ich war ja ansonsten ein gebildeter Mensch, das stellte sie für sich selbst fest, während ich erzählte, wenn sie es auch nicht laut sagte.

Dagegen sagte sie geradeheraus, dass sie es amüsant fände, mit mir zu plaudern, und sie schlug vor, dass wir nun jeden Tag unseren Kaffee in ihrem Zimmer trinken sollten.

Ich wollte lieber, dass wir damit in mein Zimmer gingen, und dabei blieb es; ich dachte, dann sei sie wirklich weg, wenn sie gegangen wäre. Das war dumm, denn bei ihr hätte ich selbst aufstehen und gehen können, wann immer ich wollte, aber ich konnte sie nicht gut aus meinem Zimmer hinauswerfen und sagen, dass sie mich langweile.

Das war nun weniger häufig der Fall, als ich gedacht hatte, aber sie blieb immer ziemlich lange sitzen, denn sie hatte viel zu erzählen.

Es musste sicher etwas Wahres dran sein, wenn Grace behauptet hatte, den Leuten fiele es leicht, mir ihr Vertrauen zu schenken. Das kleine Fräulein sagte es auch:

»Es fällt mir so leicht, mit Ihnen über Dinge zu sprechen, die ich sonst niemandem sagen würde.«

Sie sah mich verwundert mit einem Gemisch von Sympathie und Unwillen an.

»Ich glaube eigentlich nicht, dass ich Sie nett finde«, sagte sie, »und doch bin ich davon überzeugt, dass Sic cin guter Mensch sind.«

Was ich dagegen von ihr halten mochte, war offenbar nicht von Bedeutung. Aber es verstand sich von selbst, dass ich gern ihre Lebensgeschichte hören wollte.

Ich bekam sie jedenfalls zu hören, ohne dass ich danach fragte.

Ihr Vater war Beamter, ich schloss aus allem, was sie sagte, dass er eine bedeutende Funktion haben musste, und ich machte die Entdeckung, dass es etwas Vornehmes war, ein Beamter zu sein. Er sei konservativ, aber mit einem liberalen Einschlag, wie ich sicher verstehen könne, wenn er seiner Tochter die Erlaubnis gab, alleine nach Wien zu fahren, »aber er *weiß* auch, dass er sich auf mich verlassen kann« – es lag tiefe Weisheit und lebendige Erfahrung in diesen Worten. Er gestand ihr zu, in

Wien eine Stellung in einem Büro anzunehmen, weil sie ins Leben hinauswollte, um es kennen zu lernen und ihr Brot selbst zu verdienen. Sie hatte bereits zu Hause in Vaters Büro gearbeitet und dabei auch etwas verdient, obwohl das für eine Beamtentochter ganz *unpassend* war – sie genoss dieses Wort – für Geld zu arbeiten.

Sie hatte es zu Hause gut, aber etwas eintönig war es doch, immer dieselben Menschen zu sehen – die waren so langweilig.

Sie hielt viel von ihrem Vater und könnte nie etwas tun, was ihm nicht gefallen würde.

Aber sie sei doch von ihm weggegangen? Ja, mit seiner Erlaubnis. Denn es war jemand Neues in die Stadt gekommen. Ein junger Sekretär, er war nicht im Büro ihres Vaters angestellt, aber sie traf ihn oft auf den Gesellschaften anderer Leute.

Gleich als sie sich zum ersten Mal sahen, wurde ihnen klar, dass sie sich lieben mussten. Eine starke Kraft trieb sie zueinander. Sie war bereits ein paar Mal so ein bisschen verliebt gewesen, doch das war schnell wieder vorbeigegangen. Aber *das jetzt* schien für immer und ewig! So fühlten sie es beide, aber er war, hauptsächlich aus Vernunftgründen, mit einer jungen Dame verheiratet, für die er viel Sympathie empfand, die er aber nicht *liebte;* er wollte sich nun scheiden lassen. Das wäre nicht schwierig gewesen, denn er war Protestant. Aber sie konnte sich trotzdem nicht darauf einlassen, denn er hatte ein Kind, ein kleines Mädchen. Und ihr Vater hätte es sich zu sehr zu Herzen genommen. Sie konnte aber nicht länger zu Hause in Klagenfurt bleiben. Sie wusste, dass es ihr dann nicht anders ergehen würde als einer ihrer Freundinnen, die einen verheirateten Mann liebte und heimlich mit ihm zusammenlebte, zur Beichte ging und die Vergebung ihrer Sünden erhielt, mit der Ermahnung, das Verhältnis zu beenden; das aber konnte sie nicht, sie beichtete aufs Neue, es musste schief gehen, vor allem, als sie ein Kind bekam. Auf solch ein Verhältnis könne sie selbst sich nie einlassen, vielleicht weniger aus religiösen Gründen als aus Rücksicht auf ihren Vater. Sie könne nicht länger leben, wenn sie ihm diesen Kummer bereiten würde, und selbst wenn er nichts davon erfahren würde, könnte sie ihm nie mehr in die Augen sehen. Da vertraute sie sich ihm an und sagte, sie wolle fort. Er fand, sie tue recht daran und gab ihr die Erlaubnis, nach Wien zu fahren, obschon es eine gefährliche Stadt war, »aber *jetzt* weiß ich, dass ich mich auf dich verlassen kann«, sagte er.

»Und das *kann* er auch.« Von diesen jungen Männern, die immer flirten und allen den Hof machen mussten, hielt sie nichts. »Vielleicht bin ich deshalb so gerne mit Ihnen zusammen, weil Sie gar nichts dergleichen tun; es ist, als ob Sie gar nicht daran dächten, dass ich eine Frau bin. Sie sind wenig ritterlich, wie Männer doch sonst Damen gegenüber sind. Sie behandeln mich, als ob ich einer Ihrer Zirkuskameraden wäre!«

Es wurde ihr plötzlich klar, dass es ein ebenso lustiger wie unmöglicher Gedanke war, sie lachte schallend, sie war in dieser Welt so richtig auf eigene Füße zu stehen gekommen, nun wollte sie auch etwas von dieser Welt wissen. »Haben Sie bereits als kleiner Junge im Kopf gehabt, Clown zu werden?«

Das hätte ich nie beabsichtigt. Ob meine Eltern mich denn dazu gezwungen hätten?

Nein, ich sei schon erwachsen gewesen, als ich diese Torheit beging.

Was ich denn vorher gewesen sei?

Ich hätte an der Universität studiert.

Was denn?

Theologie.

»Theologie?! Und dann wurden Sie Clown statt Pfarrer?!«

Sie saß mitten drin im Leben und genoss es; ich glaube, dass ihr dabei der Gedanke kam, einen Roman zu schreiben – später einmal, wenn sie etwas mehr wüsste.

»Aber warum in aller Welt wurden Sie denn Clown?«, fragte sie.

Ich log und sagte, es mache mir mehr Vergnügen, zu clownen, als zu predigen.

Sie schaute verdutzt, obwohl es danach aussah, als ob sie es im Grunde genommen verstehen könne. Aber erstaunt war sie doch, man kann doch nicht einfach das tun, was einen amüsiert. Aber wenn man es einmal getan hat, muss man natürlich die Konsequenzen auf sich nehmen.

»Sie sind also *eigentlich* Pfarrer«, entgegnete sie schließlich, und es ging ihr ein Licht auf:

»Jetzt kann ich besser verstehen, warum Sie solch einen ernsthaften und gebildeten Eindruck machen.«

Ihr Verständnis ging noch weiter:

»Deshalb fällt es mir wohl auch so leicht, Ihnen alles zu erzählen. Es ist fast, als ob man zur Beichte gehen würde.«

Aber einem Clown beichten!

»Es ist unbegreiflich, dass Sie ein Zirkusmensch sind, es ist ja beinahe so unmöglich wie – wenn ich selbst dorthin gegangen wäre, zum –«

Ein helles Lachen unterbrach ihre Worte, Lachen und aufrichtiges Staunen:

»Aber das *bin* ich ja eigentlich – beinahe; hier sitze ich und bin Ihr *guter Kamerad!*«

»Natürlich sind wir gute Kameraden«, sagte ich, »wir sind beim selben Zirkus und wir wohnen in derselben Pension, wir nehmen den Kaffee mit auf unsere Zimmer, weil wir fühlen, dass wir nicht zu den richtigen, anständigen Menschen dort unten im Salon gehören.«

Ja, wirklich, da war etwas Wahres dran! Lebenshungrig, wie sie war, gestand sie sich selbst zu, das Spiel mitzuspielen und sich in die Situation einzudenken; sie durfte für einen Augenblick in der Phantasie das tun, was sie amüsierte – ohne dass sie die Folgen auf sich zu nehmen brauchte.

»Es ist wirklich so«, sagte sie, »ich gehöre nicht zu den Menschen dort unten, ich habe mich hier in der Pension als eine *Fremde* gefühlt, *bis Sie kamen.* Es ist fast, als ob wir uns schon lange kennen würden.«

»Wir kennen uns doch auch schon lange«, sagte ich in überzeugendem Ton, weil ich fand, dass ich auch etwas sagen müsste, weil wir nun einmal da saßen und plauderten.

Sie sah ganz verdutzt aus und sagte:

»Ich bin auf einmal ganz verwirrt und weiß nicht, wo mir der Kopf steht! Es ist beinahe, als ob das Richtige nur Phantasie ist und das, was ich mir einbilde, die Wirklichkeit. Natürlich bin ich noch bei Verstand«, lachte sie, »ich weiß am besten, wer ich bin – aber das Leben ist doch trotzdem etwas Merkwürdiges«, konstatierte sie schließlich in tiefem Ernst.

Dem konnte ich nicht widersprechen, und es entstand eine Pause, in der sie wieder ganz zum Beamtentöchterchen aus Klagenfurt wurde; sie stand auf, um zu gehen. Aber in der Tür drehte sie sich um, ihre Augen lächelten für eine Sekunde schelmisch und kameradschaftlich. Es war für sie wohl unterhaltsam gewesen, so ein Viertelstündchen mit einem Zirkus davongelaufen zu sein.

Eines Tages gab ich ihr eine Karte für die Vorstellung. Sie stand da mit der Karte in der Hand und betrachtete sie zögernd. Sie war wirklich noch nie im Zirkus gewesen, ihr

Vater fand derartige Vergnügungen unter seiner Würde; ins Theater dagegen war sie oft gegangen, zu den *guten* Vorstellungen, den *Dichterwerken,* auch den *komischen.*

»Ich weiß nicht, ob mein Vater es gut finden würde, wenn ich dorthin ginge«, sagte sie unschlüssig, »aber wenn er *Sie* kennen würde, glaube ich – – – ja, dann würde er es mir bestimmt erlauben.«

Sie ging also mit gutem Gewissen hin.

Nach der Vorstellung wartete ich auf sie und wir gingen zusammen nach Hause.

Sie hatte so schrecklich viel erlebt, hatte alle diese Tiere gesehen, diese Menschen und ihre Künste, und dabei ständig daran gedacht, dass ich ja zwischen alldem lebte, jeden Tag und jeden Abend. Ihre Gedanken waren davon so sehr in Anspruch genommen, dass sie ganz vergaß, dass ich auch in die Manege hineinmusste, obwohl sie deshalb ja gekommen war.

»Und als Sie dann plötzlich kamen, zusammen mit dem adretten jungen Mann, der so sympathisch aussah – – ist er das auch wirklich? Man konnte nicht anders als ihn gern haben, als er den alten Mann in seine Obhut nahm – ja, stellen Sie sich vor, ich habe sie gar nicht erkannt! Es drang gar nicht zu mir durch, dass Sie es waren« – ich war als alter, zerstreuter Professor verkleidet – »bis zu einem bestimmten Augenblick, und da musste ich im Programm nachsehen, um wirklich sicher zu sein. Und wie ich gelacht habe! Und als ich daran dachte, dass *Sie* es waren, lachte ich so hemmungslos, dass ich mich fast gezwungen sah, zu gehen!«

Ich wollte sie in ein Restaurant einladen, ich konnte ihr anmerken, dass sie wohl Lust dazu hatte, aber sie wollte trotzdem nach Hause.

»Sollen wir nicht lieber dort ein wenig sitzen und plaudern?«, sagte sie.

Wir gingen auf mein Zimmer und ich schenkte ihr ein Glas Wein ein. Sie vergaß zu trinken. Sie saß da und schaute mich an, ich will nicht sagen wie ein Heiligenbild, aber in ihren Augen war etwas von einem Wunder zu lesen.

»Es ist nicht zu begreifen«, sagte sie, »weshalb sind Sie nicht lieber ein großer Schauspieler geworden?«

Sie fuhr fort, mich so andächtig verwundert anzusehen, dass ich fast unwillkürlich ein priesterliches Gesicht aufsetzte; ich entging einer Antwort, weil sie selbst laut dachte:

»Es stimmt allerdings auch, dass es viel Unanständigkeit und Sittenlosigkeit beim Theater gibt.«

Nach einer kurzen Pause fügte sie moralisierend hinzu:

»Aber unter diesen umherziehenden heimatlosen Akrobaten muss es doch noch viel schlimmer sein!«

Ich erklärte, dass die Arbeit der Artisten große Enthaltsamkeit gegenüber den verschiedenen Genüssen des Lebens erfordere.

Das konnte sie zu ihrer Beruhigung verstehen.

»Ja, dann liegt es ja auf der Hand, dass Sie den Zirkus vorgezogen haben«, sagte sie mit bewusster Klugheit und nichts ahnender Naivität.

Ich machte sie auf den Wein aufmerksam, wir tranken, und dann stand sie auf, dankte mir für den geselligen Abend und ging zur Tür; bevor sie diese erreichte, drehte sie sich um und fragte:

»Der, mit dem Sie zusammen gespielt haben – – mögen Sie ihn?«

»Er ist mein bester Freund«, antwortete ich.

Voll spontaner Herzlichkeit sagte sie: »Darüber bin ich froh.« Und anerkennend fügte sie hinzu: »Das finde ich schön.«

Dann verschwand sie. –

»Das finde ich schön.« Kleine vornehme Provinzdame aus Klagenfurt, zur Zeit die gute Kameradin eines Clowns! Lebhaftes Köpfchen mit vielen Räumen ohne Tür dazwischen, aber alle mit einem Zugang zum Flur. Einer dieser Räume war voll von lebenslänglichem Kummer! Ein anderer war ganz ihrem Vater geweiht. Wieder einer war gedrängt voll von Neugier gegenüber dem Leben, seinen eigenartigen Menschen und all dem Wunderlichen, das ihnen geschehen konnte, während sie selbst nie mehr etwas erleben würde. Und dann war da noch der eine, ganz leere Raum, in dem sie sich nie aufhielt, von dem sie kaum etwas wusste. Sie alle führten auf den Flur hinaus, wo sie ihre flüchtige »Kameradschaft« mit einem Clown hatte, der eigentlich Pfarrer sein müsste. Sie schlüpfte aus dem Käfig der Neugier hinaus und erfuhr, dass ich zu Hause in Dänemark Frau und Kinder hatte und weit von denen weg war, die mir lieb waren; das gab der Kameradschaft einen tieferen Ton. Sie dachte an den Raum, in dem der Kummer hauste und fand, dass ihr Elend eigentlich größer sei als meins; dem stimmte ich zu, was ihr ein Gefühl der Überlegenheit verlieh, sie geradezu zu der Erfahreneren von uns beiden machte. Im Übrigen fand sie wohl sicher, dass ich ein alter Kerl sei.

»Einem jungen Mann gegenüber dürfte ich nicht so sein, wie ich es Ihnen gegenüber bin«, sagte sie und zeigte damit, dass sie schon wusste, dass sie existierte, diese Kammer, in die sie nie hineinkam.

Der Altersunterschied war auch in anderer Hinsicht von Nutzen. Sie vermisste ihren Vater, mit dem sie über alles sprechen konnte, was sich in ihr regte; ich wurde eine Art Ersatz für ihn. Wenn der Kummer sie überwältigte, sprach sie mit mir wie mit einem Pfarrer; hatte sie nach der Arbeit im Büro etwas Fröhlichkeit nötig, so wandte sie sich an den Clown. Sie wollte so gerne lachen, sie war wie ein

Kind, das seine Eltern verloren hat: wenn es in ein Spiel hineingelockt wird, dann lacht es, solange es dauert; ist es vorbei, dann sitzt es wieder da mit seinem Kummer, und es gibt keine Freude auf der Welt. Aber wenn die Spielkameraden kommen, dann wird es wieder vom Leben aufgenommen, es lacht und spielt für eine Weile. Das Leben war doch trotz allem so »interessant«, und ein Pfarrer, der Clown wurde, war doch das merkwürdigste Stück Leben, dem sie bisher begegnet war. Es belustigte sie, in meinem Gesicht den Ausdruck wechseln zu sehen. Sie machte sich einen Sport daraus, mich dazu zu bringen, und sie war Zuschauerin und gleichzeitig diejenige, die an den Schnüren zog. Wenn es mich langweilte, fing sie an, mich zu ärgern. Gelegentlich beschloss ich, mich zurückzuhalten, aber wenn ich sie beim Mittagessen einsam und traurig am Tisch sitzen sah, nahm ich meine Tasse und zeigte auf ihre, wir gingen dann zusammen auf mein Zimmer und ich war froh darüber, dass ich, der ich das Leben eines Umherziehenden führte, im Vorübergehen ein wenig freundlich zu dem einen oder anderen sein konnte. –

Warum musste dieser Bleistift so nahe bei meiner Hand liegen? Und warum ließ ich ihn nicht dort, wo er war? Ihr Geplauder über belanglose Dinge langweilte mich an jenem Tag. Ich hatte das Bedürfnis, etwas zu unternehmen und griff nach dem Bleistift.

Sie nahm ihn mir aus der Hand. Mit diesem Spaß hätten sie und der Vater zu Hause in Klagenfurt sich oft amüsiert, und sie war stolz darauf, dass er ihr nie den Bleistift wegnehmen konnte. Es gelang ihr immer, den Vater zum Lachen zu bringen; und sie habe viel Kraft in den Fingern. Ich könne es selbst versuchen.

Ich versuchte es. Sie *hatte* Kraft in den Fingern, und geschmeidig war sie wie ein Kätzchen. Ich musste den

Arm um ihre Taille legen und sie festhalten, während ich nach der emporgereckten Hand griff, mit der sie den Bleistift festhielt.

Da geschah das Unerwartete: unsere Körper wurden sich ihrer Zusammengehörigkeit bewusst. Ich ließ sie verwirrt los, schaute auf die Uhr und sagte, ich müsse noch zur Probe. Sie ging – mit dem Bleistift; den könne ich ihr ein andermal abnehmen, wenn ich Zeit hätte.

Ich war verblüfft. Noch keine fünf Minuten vorher hätte ich darauf schwören können, dass sie nie eine Versuchung für mich werden könnte, genauso wenig wie ich für sie.

Ich weiß, dass sie sich in diesem Augenblick einer starken Zuneigung zu mir bewusst war und dass sie nichts von der Art des Gefühls ahnte, das sie während des kurzen Spiels empfunden hatte. Aber ich wusste, dass es sich nicht wiederholen durfte.

Warum ließ ich es dann trotzdem zu? Ich habe natürlich meine Erklärung dafür, aber Sie brauchen sie nicht zu akzeptieren, ich tue es übrigens selbst auch nur zur Hälfte, obwohl sie richtig, aber vielleicht nicht ganz erschöpfend ist.

Sie war wieder im Zirkus gewesen. Ich war diesmal in einer ganz anderen Rolle aufgetreten. Wir gingen zusammen nach Hause. Sie war voller Verwunderung und musste ihr Ausdruck verleihen. Wir gingen in mein Zimmer. Ich schenkte uns ein Glas Wein ein. Sie trank nicht. Sie saß da und forschte in meinem Gesicht, und das irritierte mich. Eine kleine Beamtentochter aus Klagenfurt saß da in all ihrer Vornehmheit und schaute mich an, als wäre ich ein Tier im Zoo und als wunderte sie sich ungeniert darüber, dass die Natur ein solches Geschöpf hervorgebracht hatte; es fehlte nur ein Käfig, damit sie einen Finger zwischen den Stäben hindurchstecken konnte, um zu sehen, ob ich beißen würde!

Sie streckte mir den Bleistift entgegen, den sie in ihrer Tasche gehabt hatte.

»Bitte schön, nehmen Sie ihn, wenn Sie können!«

Ich bekam Lust, ihr eine kleine Lektion zu erteilen, wie gefährlich es war, mit dem Feuer zu spielen. Es konnte nichts geschehen, was ich nicht wollte, und ich wollte ihr nichts antun. Ich war nicht verliebt in sie, und sie liebte für immer und ewig, jedenfalls für sehr lange Zeit, einen andern. Aber es konnte nur gut für sie sein, zu wissen, dass es eine rein körperliche Anziehung gibt, mit der man nicht spaßen soll, selbst wenn das Herz noch so sicher verwahrt ist.

Sie bekam es zu wissen, unsere Körper bestätigten ihre Zusammengehörigkeit gleich bei der ersten Berührung; bevor wir darüber nachdachten, waren wir ineinander verschlungen. Sie gab sich hin, ohne zu ahnen, was sie tat, bis sie so weit gegangen war, dass sie es wissen *musste.* Ich wollte mich losreißen, aber im selben Augenblick sah ich sie vor mir: allein in ihrem Zimmer, verzweifelt, voller Scham darüber, dass sie sich hinreißen ließ und noch mehr darüber, dass ich es wusste und nüchtern genug dazu gewesen war, sie wegzuschicken. Ich fand, das müsse schlimmer für sie sein, als wenn ich geschehen ließ, was schon begonnen hatte. Ich weiß, dass ich ehrlich war und nicht zu diesem Gedanken verleitet wurde durch das Feuer, das in mir selbst entflammt war. Ich fühlte die Verantwortung für sie so stark, dass sie alles andere in mir überwand und es in eine fürsorgliche Zärtlichkeit verwandelte, die ich vorher nie gekannt hatte. Das, was nun geschah, durfte keinem Leid zufügen, es müsste ein Schutz gegen jede spätere derartige Versuchung sein, der sie begegnen konnte. Ganz durchdrungen von diesem Gefühl behielt ich sie in meinen Armen, willenlos blieb sie bei mir, und ich erlebte ein Wunder an Selbstvergessenheit um eines andern willen, während diese andere sich selbstvergessen hingab.

Als sie gegangen war, lag ich – es klingt vielleicht nach Blasphemie, aber es war wirklich so – in einem himmlischen Zustand von Schuldlosigkeit und Frieden und fühlte dazu ein Glück, wie ich es auf dieser Erde nicht für möglich gehalten hatte. Lange wartete ich auf ein Schuldgefühl. Es kam nicht. Ich war sicher, dass es ihr nicht anders ging. In meinem Zimmer brannte das Licht, auf dem Tisch stand ihr Wein, unberührt; ich trank ihn, weil er für sie bestimmt gewesen war. Sie lachen wohl über mich, Herr Oberarzt, aber Sie bringen mich nicht dazu, mitzulachen. –

Als ich am nächsten Vormittag beim Kaffee saß, klopfte es an meine Tür und ich dachte, es sei das Stubenmädchen, sagte »Herein!« und blieb sitzen, ohne aufzusehen. Plötzlich merkte ich, dass sie es war und sah zur Tür. Da stand sie, das kleine Mädchen aus Kärnten, mit reinem und klarem Blick, merkwürdig erwachsen, still in sich selbst ruhend. Wie jemand, der Meldung erstattet, begann sie:

»Ich wollte es Ihnen nur eben sagen.

Ich wagte nicht zu schlafen diese Nacht. Alles war so gut, aber ich hatte Angst, ich könnte einschlafen und dann aufwachen mit der Vorstellung, dass es verkehrt war.

Ich habe dann trotzdem geschlafen; ich wachte auf und wusste, dass es richtig war. Es ist immer noch richtig.

Ich wollte, dass Sie das wissen.

Ich muss jetzt ins Büro.«

Und bevor ich etwas gesagt hatte, war sie wieder weg, ein kleiner fremder Mensch, der dazugekommen war, mir sinnlos nahe zu stehen.

Gerade jetzt schien sie mir ferner und fremder zu sein als je zuvor. Als sie dort in der Tür stand, war nichts von dem jungen, nach Leben hungernden Menschenkind zu sehen, das mich brauchte, wenn es betrübt war und wenn es Lust hatte, zu lachen. Sie war nicht gekommen, weil sie mich nötig hatte. Sie hatte in sanfter Würde dagestanden, um mir ein Geschenk zu geben: »Es war richtig.«

Und dann war sie gegangen – ohne sich dafür zu interessieren, was ich vielleicht zu sagen hätte. Als ob wir uns nichts mehr zu sagen oder zu geben hätten!

Wollte sie vielleicht nicht mehr zu mir kommen? Ich wusste es nicht, wusste auch nicht, ob ich es wünschte, wollte nur gern, dass es ihr gut gehen sollte in der Welt. Und ich war sicher, dass sie mir dasselbe wünschte. Aber sonst – sinnlos nahe und unbegreiflich fern schien sie mir zu sein.

Und so blieb es während der ganzen Zeit, die wir uns kannten. Die Nähe wurde intimer, was der eine erlebte war nicht zu unterscheiden von dem, was der andere empfand; sonst war es, als ob jeder auf seinem eigenen Planeten leben würde, der sich stets mehr von dem des andern entfernte. Sie sagte weiter »Sie« zu mir und ich sagte es deshalb auch zu ihr.

Ihre nicht enden wollende Geschwätzigkeit war verschwunden. Wir wechselten nicht viele Worte in diesem Monat, in dem wir – wie man es so nennt – zusammen waren. Sie kam sooft sie konnte zu mir herein und saß still und froh da, ließ kurze, wenig bedeutsame Bemerkungen fallen, lächelte oft, jedoch nicht ihr plötzlich aufblitzendes Lächeln, das kam und gleich wieder verschwand, sondern mehr ernst und verweilend.

Die beiden Menschen, von denen sie vorher Tag und Nacht gesprochen hatte, ihren Vater und den Mann, den sie liebte, erwähnte sie jetzt nicht mehr. Ich dachte daran, was sie wohl nun, nachdem es geschehen war, ihnen gegenüber fühlen müsse, spürte aber, dass solche Fragen nicht erlaubt waren. So nah und so fern waren wir uns. Sie kam jeden Abend zu mir herein und saß selbstvergessen da, aber sie hat nie »du« gesagt.

Einmal sagte sie, nachdem sie lange schweigend dagesessen hatte:

»Ich wusste nicht, dass es so sein kann, glaubte es auch nicht.

Ich habe natürlich gewusst, dass es verlockende Sehnsüchte gibt, mir aber nie vorstellen können, ihnen nachzugeben – niemandem gegenüber. Ich habe auch Freundinnen gehabt, die sich hingegeben haben und es mir im Vertrauen erzählten. Aber immer sprachen sie von einem *sündigen* Rausch – auch das Mädchen, das mit dem Mann zusammenlebte, den sie liebte. Er war allerdings verheiratet.«

Sie schwieg plötzlich und schaute mich verwundert an; ich war ja auch verheiratet. Lange saß sie still und in ihre eigenen einsamen Gedanken versunken da.

Schließlich sagte sie auf ihre neue, ruhige Art:

»Nichts von dem, was ich vermutet hatte, nichts von dem, was ich gehört habe, ist wie das, was ich erlebte, *gleichzeitig* himmlisch und irdisch, aber vor allem *himmlisch* – obwohl es ja allein aus dem Irdischen kam. – Haben Sie je darüber nachgedacht, dass es keinem von uns einfiel, zu sagen, dass wir uns lieben. Keiner von uns konnte es über die Lippen bringen, auch wenn wir es versuchen wollten. –

Es hätte Sünde sein sollen und ich hätte bereuen und mich schuldig fühlen müssen. Aber himmlische Reinheit und Friede liegt darüber – himmlischer Friede und alle denkbare irdische Lust. Ich kann keine Schuld empfinden, wie ich sie früher häufig bereits bei einem flüchtigen Gedanken empfunden habe.«

Sie sprach eigentlich gar nicht zu mir, dachte nur laut über das nach, was in ihr lebte, wurde sich dessen voll bewusst, bei dem einzigen Menschen, von dem sie wusste, dass er es verstehen musste. Und dabei verschwand er für sie als Person, wurde zu einem Instrument, das wohl Resonanz geben, aber nicht selbst erklären oder fragen konnte. Ich fühlte, dass sie hier die Stärkere von uns beiden war. Das, was geschehen war, hatte ihr eine weibliche Überlegenheit gegeben, wie es bei jungen Frauen nach einem solchen Erlebnis häufig der Fall ist.

Eines Tages, als wir zusammen die Straße entlanggingen, sagte sie plötzlich: »Ich kann nicht dankbar genug dafür sein, dass mir das geschehen ist.«

Sie blieb stehen und zeigte auf den Stephansdom.

»Dort habe ich häufig meine Zuflucht gesucht«, sagte sie, »und ein Gefühl von Ehrfurcht überkam mich; ich glaubte, das käme von da oben, aber es war anders als jetzt. Ich glaube, dass ich dort nicht mehr hineingehen muss, solange dieses neue Gefühl in mir lebt.«

Sie schien ganz davon ausgefüllt.

Ein anderes Mal, als wir nach dem Essen mit dem Kaffee in meinem Zimmer saßen, sagte sie, als ob sie ein Gespräch fortsetzen würde:

»Ich weiß gut, dass ich *Ihnen* das alles verdanke.«

»Was denn?«

»Dass es so wurde. Sie wissen es auch, und Sie wissen, dass ich es weiß, obwohl Sie nie darüber gesprochen haben. Ich weiß *alles* von Ihnen – alles, was *uns* betrifft.«

Sie hatte Recht. Jeder Gedanke, jedes Gefühl, das zwischen uns während unseres Liebeserlebnisses entstand, war im selben Augenblick das Eigentum des andern.

So verging unser letzter gemeinsamer Monat.

Alberto und ich sollten ein Engagement in München antreten. Es war davon die Rede, dass wir danach nach Wien zurückkehren würden, aber es stand noch nicht ganz fest.

»Es ist am klügsten, es als einen Abschied für immer zu betrachten«, sagte sie. Ruhig begleitete sie mich zum Bahnhof.

Als ich ihr aus dem Fenster des Abteils die Hand gab, sah sie mich freundlich an, aber einige Tränen tropften auf meine Hand, sie drehte sich schnell um und verließ den Bahnsteig. –

Aus München schickte ich ihr meine Adresse, aber es kam kein Brief. Wollte sie wirklich, dass es ein Abschied für immer sein sollte? Wenn dem so war, würde ich nichts gegen ihren Wunsch unternehmen. Aber ich war gespannt darauf, ob das Engagement nach Wien in Ordnung gehen würde.

Das tat es. Im nächsten Monat war ich wieder in der Stadt; ich nahm diesmal kein Zimmer in der Pension, sondern wohnte in einem Hotel, schickte ihr aber meine Adresse, sodass sie mir antworten und kommen konnte oder auch nicht.

Sie kam.

»Ich habe Ferien gemacht«, sagte sie, »ich bin zu Hause in Klagenfurt gewesen. Ich habe meinem Vater in die Augen gesehen, und es war nicht schlimm. Erinnern Sie sich noch daran, dass ich sagte, ich könnte nicht länger leben, wenn ich jemals etwas tun würde, was ihm Schmerz bereiten würde, wenn er es wüsste? Und das habe ich getan. Aber ich war bei ihm, und alles war richtig, ich fühlte keine Schuld, obwohl ich es ihm nie erzählen könnte, er würde es nicht verstehen.«

Nachdem sie eine Zeit lang geschwiegen hatte, fuhr sie fort:

»Er war so gut und lieb – aber so kindlich, fand ich, es war, als ob ich die Ältere von uns beiden wäre, und ich begann ihn auf andere Weise lieb zu haben; ich fand, dass er mich nötig habe. Mutter ist, wie Sie wissen, gestorben.

Es ist lange her, und ich habe früher nicht daran gedacht, ihren Platz einzunehmen. Es ist gut möglich, dass ich bald nach Hause ziehe, um bei ihm zu sein.«

»Aber der andere«, sagte ich, »wegen dem Sie von zu Hause fortgingen?«

»Ihn habe ich auch getroffen. Ich werde ihn immer lieben. Aber ich habe keine Angst mehr davor, ihn zu sehen und mit ihm zu sprechen. Ich brauche nicht mehr wegzulaufen.«

»Weil Sie keine Angst mehr vor dem haben, wovor Sie sich damals fürchteten und weil Sie jetzt wissen, dass es nicht so schlimm ist?«

Sie schaute mich an, und als ich ihrem Blick begegnete, schämte ich mich.

»Das hätte ich nicht von Ihnen erwartet«, sagte sie. »Sie müssen doch wissen, dass ich mich nie mehr jemandem hingeben werde, vielleicht nicht einmal Ihnen – es ist nicht mehr nötig.« –

»Ich glaube nicht, dass ich es ganz verstehen kann«, sagte ich, »wollen Sie mir nicht erklären, warum Sie da so sicher sind?«

Sie dachte einen Augenblick nach, schüttelte dann den Kopf:

»Nicht jetzt. Vielleicht später einmal, wenn – –«

»Wenn was?«

»Wenn wir wieder so zusammen sind wie das letzte Mal, als Sie hier waren.«

»Sie sagen ›wenn‹. Glauben Sie es denn nicht?«

»Ich weiß es nicht«, antwortete sie. »Sie wissen es ja auch nicht, Sie sind ja in ein Hotel gezogen.«

»Aus Rücksicht auf Sie. Ich will nichts, was Sie nicht auch wollen.«

»Eben«, sagte sie, »Sie haben es ja nie gewollt, und ich habe es auch nicht gewollt. Aber es geschah. Ob es wieder geschieht? Wir dürfen uns nicht darum bemühen, nicht einmal in unseren Gedanken.«

»Kann einer von uns denn vermeiden, daran zu denken, wie es gewesen ist?«

»Sie wissen, was ich meine, wenn ich sage: ›nicht einmal in unseren Gedanken‹«, antwortete sie. »Werden Sie mir nur nicht dumm vor lauter Klugheit!«

»Auch hier sind Sie wohl die Ältere geworden«, sagte ich.

Darauf gab sie keine Antwort. Sie hatte Recht, ich war vor lauter Klug-sein-wollen dumm, aber ich konnte immerhin etwas von ihr lernen. Es war mir unmöglich, nicht an das zu denken, was zwischen uns geschehen war; es war, als ob sich in mir ein neues Leben regen würde; ich lief in einer Welt der Verliebtheit herum, war verliebt in alles, was lebte, in die Bäume im Park, in Tiere und Menschen, war in seliger Lebensfreude in die Frauen verliebt, die mir auf meinem Weg begegneten, verliebt ohne zu begehren, nur von dankbarer Freude darüber erfüllt, dass sie hier auf der Welt waren, gleichzeitig mit mir. Wir waren Zeitgenossen. Darin allein lag bereits eine glückliche Verbundenheit.

So war es auch mit ihr. Es genügte mir, wenn sie neben mir ging oder in meinem Zimmer saß, um den ganzen Himmel der ersten Umarmung zu erleben. Sie hatte Recht damit, wir durften uns nicht Vorstellungen hingeben, die Begehren erweckten, durften nicht wissen wollen, ob es ›wieder geschehen‹ würde oder nicht. Nur so war es richtig.

Eines Tages auf einem Spaziergang im Prater gab sie mir die Erklärung, die sie seinerzeit mit einem »Wenn« abgebrochen hatte.

»Sie fragten mich, wie ich wissen könne, dass ich mich keinem andern mehr hingeben werde«, sagte sie. »Ich fühle kein Bedürfnis danach. Das, was mit uns ist, hat mich mit der ganzen Welt vereint, ich kann ihr nicht näher kommen, als ich es jetzt bin. Deshalb habe ich nicht das Bestreben, ihr noch näher zu kommen, sie ist bereits mein – oder bereits ›Ich‹. Ich könnte hier glücklich mit Ihnen leben, ohne mehr zu bedürfen. Dieses Glück kann nicht größer werden durch eine rein körperliche Vereinigung.«

»Sie wollten es mir doch nur erzählen, wenn es wieder dazu kommen würde.«

»Das ist richtig«, sagte sie, »denn wenn es nicht geschehen könnte, würde ich auch nicht mehr darüber sprechen, weder zu Ihnen noch zu jemand anderem. Aber es geschieht ja doch – als eine glückliche Bestätigung dessen, was in uns beiden lebt – *in jedem für sich allein* und doch dasselbe in uns beiden.

Aber ich kann auch hier zusammen mit Ihnen gehen, ohne Sehnsucht nach einer Wiederholung des Geschehenen.

Deshalb konnte ich auch ohne Angst mit *ihm* zusammen sein, den ich immer noch liebe und immer lieben werde, mit ihm, wie mit Ihnen, wie mit allen.« –

Ich weiß gut, Herr Oberarzt, dass das nicht glaubhaft klingt. Ich glaube heute selbst nicht mehr daran, dass sie vor körperlicher Liebe so gefeit sein konnte, wie sie mich damals glauben lassen wollte. Aber an jenem Tag, als wir zusammen zum Prater gingen, glaubte ich daran, weil ich selbst so fühlte.

Und lassen Sie mich nun diese eigenartige Geschichte mit der Erzählung dessen, was im Prater geschah, schließen.

Wir fanden einen ruhigen Winkel, wo niemand uns stören konnte, setzten uns auf eine Bank und ruhten in dem, was in uns beiden lebte. Keiner sagte etwas. Ich zündete mir eine Zigarre an, sie lächelte:

»Sie rauchen schon wieder!«

Dann war es wieder still. Ich saß da und schaute auf den Kies vor der Bank. Alles war so gut, dass es nicht besser sein konnte, *sehr* gut. Ich hob den Kopf, um das Gute richtig zu sehen.

Da geschah etwas mit dem alten Prater: es sah aus, als ob ein Schleier, den ich bisher nicht bemerkt hatte, fortgezogen würde, und ich sah die Bäume und das Gras, wie sie wirklich sind. Mit Verwunderung wurde mir klar, dass ich in den Garten des Paradieses hineinsah. Er war also nicht verschwunden, nur verborgen. Er lag nicht an einem bestimmbaren Ort, sondern hier und überall. Seltsam, hier zu sitzen, es zu sehen und zu wissen.

Der Schleier glitt wieder darüber und ich sah nur den alltäglichen Prater der bekannten und trüben Welt. Aber ich wusste, was sie in sich verborgen hatte: das sehr Gute, wie Gott es gesehen hatte. Die biblischen Worte weckten Assoziationen, die eine Reihe von Gedanken erzeugten: sie *sahen*, dass sie nackt waren und schämten sich. Sie konnten nicht im Garten bleiben, weil sie die Liebe zu einem Genuss und ihren Körper zu einem Genussmittel gemacht hatten. Da verschwand das Glück und das Leben aus dem Garten, und er wurde zu dieser Erde, auf der sich die Menschen bis zum Tod ausbeuten. –

Es sind verschiedene Wegweiser aufgestellt, und sie zeigen alle nach dem Garten Eden für den, der imstande ist, ihnen zu folgen und der auch die innere Wandlung will, die sie fordern. Es sieht aus, als ob man noch einen weiteren Wegweiser aufstellen müsste, damit der Mensch denselben Weg zurück zum Paradies gehen kann, der ihn davon weggeführt hat. Er braucht nur in umgekehrter Richtung zu gehen, von selbstsüchtigem Genießen zu selbstvergessenem Geben in der Liebe zwischen Mann und Frau.

Zurück zum Paradies! Ja natürlich, Herr Oberarzt, das ist alles nur Unsinn, es steht ja im Widerspruch mit der Entwicklungslehre und dem gesunden Menschenverstand. Aber ihr selbst geht ja doch auch zurück, so weit ihr könnt, um herauszufinden, was der Mensch eigentlich ist. Und was für schöne Sachen könnt ihr nicht in dem Abfallhaufen der Menschheit finden! –

Der Monat ging schnell vorbei, in der Erinnerung scheint er mir aber eher ein halbes Jahr lang gewesen zu sein. Während dieser Zeit sprach ich fast gar nicht mit Alberto, weder in München noch das erste Mal in Wien, als ich in der Pension wohnte, und nach unserem abermaligen Engagement in Wien hielten wir es, wie er und sein früherer Partner Carlo es gehalten hatten: wir trafen uns nur, um zu arbeiten. Im letzten Monat in Wien war er immer mit einigen Trapezkünstlern zusammen; hatte Grace vielleicht doch Recht damit, dass er zwar ein guter Freund war, aber dass der Freund nichts für ihn bedeutete? Würde er sich von mir mit derselben Leichtigkeit trennen wie von Carlo? Ich hoffte es nicht, ich würde ungern seinen guten Einfluss auf mich verlieren. In mir war stets ein tiefes Verlangen nach jener inneren Klarheit, von der er gesprochen hatte; oft schien mir, sie sei näher gekommen, und ich ging mit einem Gefühl herum, als ob ihr Morgen dämmere. Manchmal verlor ich mich in moralische Grübeleien, ich wusste, dass ich nichts tun oder denken durfte, was das zarte Durchbrechen des Lichts in meine Seele verhindern konnte; in dieser Dämmerung lag eine Unschuld, die nicht befleckt werden durfte. Ich stand ihr mit einem Gefühl gegenüber, wie es wohl die junge Kärntnerin gegenüber ihrem Vater hatte: nie etwas tun, was die Freude in seinem Blick verdunkeln konnte, denn dann gab es kein Glück mehr für sie. – Aber sie hatte es doch getan, hatte gegen die Moral verstoßen und es war nicht weiter schlimm! Und ich war ihr Komplize, aber auch das Morgengrauen in meiner Seele wurde davon nicht verdunkelt! Was ist es, was uns eine fragwürdige Handlung als richtig empfinden lässt? Ich konnte es nicht herausfinden und fühlte mich schrecklich dumm. Das kleine Fräulein war mir weit überlegen, sie ruhte sicher in sich selbst.

Als der Monat vorbei war, fuhren Alberto und ich zu einem Engagement nach Mailand und ich nahm Abschied von ihr. Meine Koffer waren gepackt, sie stand zwischen ihnen, als ob sie mit zu meinem Gepäck gehöre. Aber auf ihrem Gesicht stand geschrieben, dass sie jemand war, der zurückbleiben würde; ihrer Ruhe sah ich an, dass ich für sie schon fort war. Plötzlich streckte sie die Hand aus:

»Gute Reise – ich gehe nicht mit zum Bahnhof. Ich will den Zug nicht wegfahren sehen. Diesmal kommt er nicht zurück.«

»Das können wir nicht wissen.«

»Nein«, sagte sie, »das Einzige, was wir wissen können, ist, dass es, wenn wir uns jemals wiedersehen sollten, zwischen uns so sein wird wie jetzt, jedenfalls was mich betrifft. Das sollen Sie wissen.«

Dann ging sie. Die Tür schloss sich hinter ihr. Ein Hotelzimmer mit gepackten Koffern. Einsam. Heimatlos.

Wir schrieben uns ein paar Mal. In einem ihrer Briefe erzählte sie, dass sie zu Hause in Klagenfurt sei, um zu lernen, ihrem Vater den Haushalt zu führen. Unser Briefwechsel hielt noch eine Zeit lang an. Dann hörte er auf, ich weiß nicht, ob sie es war, die absichtlich das Schreiben einstellte, oder ob ich vielleicht nicht daran gedacht hatte, ihr meine neue Adresse zu geben.

In Mailand bekam ich einen Brief von Grace. Sie war auf dem Weg nach Europa und wir sollten uns in Brüssel treffen.

Wir hatten ja immer Briefe gewechselt, allmählich mit ziemlich langen Zwischenräumen – was besonders meine betraf – denn ich hatte so wenig zu erzählen; über das Wiener Abenteuer wollte ich nichts schreiben, und sonst erlebte ich nichts.

Von den französischen Gewalttouren und den österreichischen Mußestunden auf der grünen Wiese hatte ich ihr erzählt, aber nicht über das, was sie für mich bedeuteten. Ich wollte nicht, dass sie beunruhigt werden sollte und vielleicht wieder denken würde, dass Alberto »mich ihr wegnehmen« werde.

Sie beklagte sich nicht über meine nüchternen Briefe, schrieb selbst entschuldigend, dass das, was uns aneinander binde, ja keine stürmische Liebe sei, sondern Zuneigung voll gegenseitigem Vertrauen. Dieser Brief kam während meines Aufenthaltes in Wien, und das Wort »Vertrauen« verursachte mir einen kleinen Stich in der Brust. Ein schlechtes Gewissen hatte ich jedoch nicht. Ich fand, dass das Geschehene mein Verhältnis zu Grace nicht berühre; natürlich würde ich es ihr erzählen, sobald wir uns wieder begegneten, und ich war mir dessen sicher, dass sie nur lächeln und verstehen würde. Sie hatte ja selbst erklärt, dass ihr Gefühl für mich etwas anderes sei als die Liebe zu ihrem Mann, und dass es sich deshalb nicht gegen diese Liebe versündige. Darin irrte ich mich auch nicht. Aber es geschieht ja mehr als ein Mal, dass man richtige Schlussfolgerungen zieht und dann doch eingestehen muss, dass weniger bedeutende Faktoren, mit denen man eigentlich nicht gerechnet hatte, der Sache eine andere Richtung geben.

Es kam noch ein Brief nach Mailand.

»Ich habe mich beeilt«, schrieb sie, »ich werde in Brüssel sein, wenn du kommst. In wenigen Tagen werden wir uns sehen.«

Sie stand auf dem Bahnsteig, als wir ankamen. Sie war ins teuerste Hotel der Stadt gezogen; Alberto und ich hatten dagegen Zimmer in einem einfachen Hotel reserviert.

Grace lachte und sagte zu Alberto:

»Ab morgen wohnt er bei mir! Jetzt haben Sie ihn lange genug für sich gehabt.«

Sie lud uns zum Mittagessen ein. Alberto bedauerte, dass er nicht mitkommen könne.

»Wie nett von Ihnen!«, lachte sie. »Aber morgen können Sie bestimmt.«

Er lachte auch. Wir verstanden uns und waren wieder zu Dritt.

Im Restaurant erzählte ich, was in Wien geschehen war. Wie ich erwartet hatte, lächelte sie nachsichtig, beinahe mütterlich.

»Es macht doch nichts aus, oder?«, fragte ich, und sie schüttelte den Kopf.

»Nein, gar nichts.«

Ein Ausdruck von Angst, der sie selbst zu überraschen schien, flog über ihr Gesicht und verschwand wieder, während sie laut dachte:

»Das berührt ja unser Verhältnis nicht, oder?«

»Nein, gar nicht«, sagte ich.

»Und es würde nicht geschehen sein, wenn ich mit dir in Wien gewesen wäre?«

»Absolut nicht.«

»Dann sprechen wir nicht mehr darüber.«

Wir gaben uns die Hand. Aber es schien, als ob sie während des ganzen Abends einen aufkommenden Ernst zu überwinden suchte, den sie nicht wahrhaben wollte.

»Kommst du zur Vorstellung?«, fragte ich, als ich gehen musste.

»Heute Abend nicht.«

»Aber ich komme zu dir, wenn ich in der Manege fertig bin und mich umgezogen habe.«

Sie zögerte einen Augenblick.

»Lieber erst morgen«, sagte sie, lächelte und ging.

Zeitig am nächsten Vormittag ging ich in ihr Hotel. Der Portier reichte mir einen Brief. »Ich musste plötzlich verreisen«, stand da. »Brief folgt.« –

Lange Zeit kam jedoch kein Brief. Wo war sie? Und warum schrieb sie nicht? Sie konnte telegrafisch nach Italien gerufen worden sein, weil der Marchese gestorben war. Aber dann würde sie längst zurückgekehrt sein. War er vielleicht jetzt so gesund, dass er sie erkennen und von ihr versorgt werden konnte? In diesem Fall wollte sie mich ja verlassen, um ihrer Pflicht ihm gegenüber nachzukommen. Aber dann könnte sie mir doch wenigstens schreiben! Trotzdem glaubte ich, sie sei in Italien.

Endlich kam der Brief. Aus London.

»Ich wollte nicht schreiben, bevor ich das, was ich dir zu sagen habe, einigermaßen deutlich darstellen kann«, schrieb sie, »und zuerst musste ich es doch selbst klar sehen können. Das brauchte Zeit.

Ich sagte, es mache nichts aus, und ich meinte es ehrlich. Ich fühlte keine Bitterkeit, es fiel mir leicht, dir die Hand zu geben und über das kleine Abenteuer zu lächeln, das uns beide ja nichts anging. Aber während wir dasaßen und miteinander sprachen, spürte ich eine irritierende Angst in mir aufkommen, die mir bekannt vorkam. Dieselbe Angst hatte ich gefühlt, als ich nach Amerika fuhr, Angst, ich würde dich nicht mehr wiedersehen. Aber da saßen wir wieder in Brüssel wie zwei gute Freunde, so wie früher. Ich wollte nichts wissen von dieser Angst, die sich mir aufdrängte, und kämpfte sie dann auch nieder. Aber als du gefragt hast, ob ich zur Vorstellung käme und ob wir danach zu mir nach Hause sollten, da spürte ich, dass ich das nicht konnte, obwohl ich es wollte. Lieber Himmel, ich hatte mich so darauf gefreut, dich wieder bei mir zu haben. Von dem Augenblick an, als ich vor einem Dreivierteljahr in New York an Land ging, freute ich mich darauf. Ich fragte mich selbst, ob ich trotzdem von deinem kleinen Abenteuer in Wien verletzt worden sei. Mein Herz sagte ›nein‹, ich empfand keine Bitterkeit, hatte dich lieb wie früher. Mein Verstand lieferte mir logische Beweise dafür, dass es etwas war, was jedem einmal passieren kann und dass niemand darunter leiden muss. Ich versuchte mich damit zu beruhigen, dass ich, wie du weißt, schon früher in diesem Punkt etwas hysterisch gewesen bin und nun wieder einen kleinen hysterischen Anfall bekommen hätte, weil wir uns nicht gleich in die Arme fliegen konnten, weil du zuerst ein kleines unbedeutendes Abenteuer beichten musstest. Morgen würde ich wohl vernünftiger sein. –

Ich ging früh ins Bett, schlief gut, für einen Augenblick wurde ich halb wach, lag mitten in dem glücklichen Gefühl, dass zwischen uns alles so gut wäre wie früher; in diesem glücklichen Gefühl schlief ich gleich wieder ein. – Gegen vier Uhr wurde ich wieder wach und versuchte mich an etwas zu erinnern, was ich geträumt hatte; es war etwas Bedeutungsvolles, etwas ganz Wichtiges. Aber kein Bild, kein Geschehen wollte im Gedächtnis auftauchen, und doch fühlte ich den ganzen Traum in mir als eine Wirklichkeit, die stärker war als die klare Wirklichkeit selbst, in der ich nun saß und mich anstrengte, mir das, was ich geträumt hatte, in allen Einzelheiten bewusst zu machen. Es gelang mir nicht. Nur das eine wusste ich sicher: der Traum war eine direkte Fortsetzung meines halbwachen Gefühls, dass alles zwischen dir und mir völlig wie früher sei. Ich wusste auch, dass du mit zum Traum gehört hast, aber er hatte dich mit sich genommen ins Unbekannte, von wo er nicht mehr mit dir zurückkehren wollte. Es stand unumstößlich fest, dass ich dich nicht mehr wiedersehen würde! Es war entsetzlich. Trotzdem war ich ruhig, so wie man es unmittelbar nach einem Unglück sein kann, an das man noch nicht glauben kann, obwohl es geschehen ist. Mein Unglück war ja nur ein Traum, an den ich mich nicht einmal erinnern, sondern nur dessen Charakter und Wesen empfinden konnte, wenn ich es so nennen darf. Von dieser Empfindung musste ich mich einfach losschlafen können. Und ich schlief wirklich wieder ein.

Aber als ich aufwachte und mitten im hellen Tageslicht stand, war der Traum noch in mir wie mein eigen Fleisch und Blut. Auf dieselbe Weise, wie man die Existenz seines eigenen Wesens fühlt, wusste ich jetzt, dass wir uns nicht mehr wiedersehen sollten.

Alle deine klugen Argumente gegen diese Torheit sind nutzlos, ich habe sie mir selbst schon vor Augen geführt, sie liegen ja so nahe und sind so selbstverständlich. Das kann ich schon sehen. Aber es hilft nichts. Hast du jemals das Gefühl von Ohnmacht erlebt, wenn du gemerkt hast, dass deine Rechenaufgabe von deinem klaren Verstand fehlerfrei gelöst wurde und doch verkehrt ist, weil das Ergebnis nicht mit der Wirklichkeit übereinstimmt, die hartnäckig und unbarmherzig *anders* ist und so bleibt? Diese Ohnmacht fühlte ich an jenem Morgen in mir. Deshalb wollte ich dich nicht treffen und dir etwas zu erklären versuchen, was ich nicht erklären *konnte*, wollte nicht deine Einwände anhören, die mein eigener Verstand ja schon gemacht hatte, ohne dass es etwas nutzte, weil die Wirklichkeit *anders* ist, *diese* Wirklichkeit, die *ich* bin und die von größerer Tiefe ist, als mein Verstand bisher ausloten konnte.

Nun habe ich mich ein Stück weit in diese Tiefe hinuntergewagt, so weit ich kommen konnte. Und ich will versuchen, dir deutlich zu machen, was ich beim Schein meiner kleinen Verstandeslampe zu sehen glaubte.

Ich wusste an jenem Morgen, dass ich fortwollte, bevor du kamst. Ich kaufte eine Fahrkarte nach London, ohne zu wissen, warum ich gerade diese Stadt wählte.

Als ich dort einige Zeit verbracht hatte, verspürte ich einen Drang in mir, nach Hause nach Devonshire zu fahren. Ich wollte es eigentlich nicht, ja, ich kann sagen, dass es mir nicht sinnvoll erschien, diesem Drang zu folgen.

Was sollte ich denn in Devonshire? Vater war nicht mehr da und ich war nie ohne ihn dort gewesen – ausgenommen das eine Mal, und ich wäre auch nicht hingefahren, wenn *du* nicht bei mir gewesen wärst. Nun warst du auch fort. Aber ich musste fahren, der Drang saß in mir: ich *musste* hin. Ich dachte darüber nach, weshalb ich es ›musste‹. Eines Tages höre ich mich selbst laut sagen: *Anangke!* Es war ein Wort, das mein Vater, der eine Leidenschaft für das Griechische hatte, oft gebrauchte. Du weißt, was *Anangke* ist, nicht wahr? Die *Notwendigkeit*, der sich weder die Menschen noch die Götter entziehen können, das *Unvermeidliche* im Lauf der Dinge, das niemand zu hindern oder in andere Bahnen zu lenken vermag, weder durch Klugheit noch durch Macht. Wir nennen es heutzutage das *Schicksal*, meinen aber wahrscheinlich damit nicht dasselbe, was die Griechen mit dem Wort *Anangke* bezeichneten. Der Begriff ›Schicksal‹ umfasst in der Alltagssprache hauptsächlich äußere Begebenheiten, aber ›*Anangke*‹ herrscht sowohl außerhalb des Menschen als auch *in* ihm. Ich halte mich so lange bei diesem Wort auf, weil ich es wahrscheinlich mehr als einmal in diesem Brief gebrauchen werde.

Ich fuhr also nach Hause zum Landgut in Devonshire und fand, es sei das Törichtste, was ich jemals unternommen habe. Erst nach und nach – während es geschah – wurde mir klar, was ich dort zu tun hatte: die Synthese meines Lebens finden.

Ich ging hier herum und betrachtete mir die verschiedenen Bruchstücke dieses Lebens. Ein kleines Mädchen ritt wie wild über Felder und Gräben, durch Büsche und Wälder, oder ging still in sich versunken, ohne etwas von dem zu hören oder zu sehen, was um sie herum vorging. War es nur *ein* Mädchen oder waren es, genau genommen, zwei verschiedene, und war ich selbst denn eine von diesen beiden gewesen? Ich sah sie beide, wie ein Außenstehender sie aus weiter Entfernung gesehen hätte, konnte nicht in sie hineinschlüpfen und sie selbst *sein*. Sie waren Fremde für mich. Aber wo sind sie in aller Welt geblieben? Ja, das eine Mädchen, das so in sich selbst gekehrt war, das kam, soweit ich weiß, nach Italien, zum Sonnenschein des Glücks. Sie war nun tot oder saß als lebendiger Leichnam in den Sprechzimmern der Ärzte oder auf einem Pferderücken – oder war das vielleicht die andere? Da war eine Dritte, die ich war, die Zirkusartistin, Schulreiterin und deine Freundin, die den Kontakt zu den anderen beiden verloren hatte.

Aber allmählich verstand ich den Zusammenhang meiner Gefühle. Ich erlebte sie alle schnell hintereinander und trug mein Leben als ein Ganzes in mir. Mein heutiges Leben – denn *Anangke* hat sich ja noch nicht aus ihm zurückgezogen – das ist kraftvoll und geht weiter. Wohin? Ich glaube, dass ich es jetzt weiß, obwohl ich nur das weiß, was in der nächsten Zukunft zu erwarten ist und was deshalb im Moment von größter Bedeutung für mich ist: Mit dem Zirkusleben bin ich fertig. Etwas anderes weiß ich noch nicht.

Es wurde mir damals ein Engagement in Amerika angeboten. Erinnerst du dich noch, dass du mich in Amsterdam eindringlich gefragt hast, warum ich dorthin fahren wolle, obwohl ich es doch eigentlich gar nicht nötig hätte? Und erinnerst du dich auch, welche vernünftigen Gründe ich angab? Das glaubte ich wenigstens damals, und du hast es auch geglaubt. Aber jetzt ist es mir völlig klar, dass ich meinen Verstand als Augenbinde benutzt habe, um zu verbergen, was ich nicht sehen wollte.

Von dem Augenblick an, als ich das amerikanische Angebot erhielt und Lust bekam, es anzunehmen, war eine Angst in mir – genau dieselbe Angst, von der ich mich an dem Tag befreien wollte, an dem wir in Brüssel zuletzt miteinander sprachen. Ich erkannte sie mit beängstigender Sicherheit wieder, eine törichte Furcht – ja, heute glaube ich, sagen zu können, es war eine Gewissheit – dass ich dich verlieren würde, wenn ich wegfahren würde. Ich bin ja nicht abergläubisch, nicht einmal auf die Weise, die man ›gläubig sein‹ nennt. Ich benutzte also meinen Verstand und fuhr weg. Hätte ich meinen Verstand auf die richtige Weise gebraucht, wäre ich wohl zu Hause bei dir geblieben. Aber es stellt sich die Frage, ob man ihn richtig anwenden *kann*, ob man nicht dem, was man notwendigerweise tun *muss*, preisgegeben ist und schließlich nur gute Vernunftgründe findet, um es zu tun oder es geschehen zu lassen. Das glaube ich jetzt, vor allem, wenn es dieses *Anangke* betrifft, das in uns selbst wirksam ist. Und ich will in Übereinstimmung mit meinem Glauben handeln.

Erinnerst du dich an den Stein beim Leccosee, in dem ich ein Streben nach einer Form zu sehen glaubte, die in ihm verborgen lag und sich Ausdruck verschaffen wollte? Du hast gesagt, ich sollte Bildhauerin werden, aber ich wusste, dass ich dazu kein Talent hatte. Ich begriff plötzlich, dass ich mein eigenes Bild im Stein sah, eine Form, die meine *eigene* war, die meine Möglichkeiten als Mensch darstellte, die sich Ausdruck verschaffen mussten. Wie weit sie reichen und wie sie zu ihrem vollen Wachstum gelangen, das können wir erst später erfassen. Es liegt eine Triebkraft im Menschen, ein Wille zum Wachstum, den äußere Verhältnisse hemmen oder fördern können, aber ohne dieses Wachstum gibt es kein dauerhaftes Glück, überhaupt kein Glück. Dieses Wachstum ist das erste große Gebot. Das weiß ich, seit ich gezwungen bin, ihm bewusst zu gehorchen.

Du bist Regen und Sonnenschein für mein Wachstum gewesen, beides, und ich werde dir immer dankbar dafür sein. Aber ich werde dich nicht mehr wiedersehen. Ich muss das, was ich tue, ganz tun. Es gibt nur *eine* bestimmte Form, die dem Menschen eigen ist und die ihn allein ausmacht. Meine Form verlangt vor allem Ganzheit in dem, was ich will und tue.

Wir könnten wohl noch gute Freunde bleiben. Etwas anderes können wir jedoch nicht mehr sein. Ich weiß jetzt, dass ich als Frau nicht genug für dich bedeute. Das ist für eine begehrte Frau wie mich nicht gerade angenehm, aber es ist gesund, wie eine bittere Medizin es sein kann, und ich weiß, dass sie gut für mich ist, obwohl ich sie nie freiwillig genommen hätte.

Aber Freunde könnten wir dennoch sein. Meine Natur lehnt sich jedoch dagegen auf und sagt ›nein‹. Versteh mich nicht falsch, Freunde wollen wir, werden wir immer sein – im Herzen und in Gedanken. Was zwischen uns beiden gewesen ist, war auf seine Art vollkommen. War ganz. Es wird in mir weiterleben, so vollkommen, wie es einmal war, und mir zu weiterem Wachstum verhelfen. Ich will nicht mit einem Bruchteil von allem, was zwischen uns war, mit dir zusammen sein und spüren, dass es an Wert verliert, und dass meine Dankbarkeit dir gegenüber sich vermindert; aus lauter Egoismus will ich das alles in mir bewahren.

Es wäre etwas anderes, wenn du mich brauchen würdest; dann würde ich meinen Egoismus vergessen und dir alles geben, was du nötig hättest.

Aber du brauchst mich nicht mehr. Jedoch hättest du mich nicht entbehren können, während wir zusammen waren, und darüber bin ich glücklich, genauso wie ich dich nicht entbehren konnte.

Nun kannst du mich in jeder Hinsicht entbehren, ich weiß es und hätte es längst aus deinen Briefen wissen können, wenn ich es hätte wissen wollen.

Und ich, ja, ich *muss* dich entbehren können, das erfordert die Form, die durchbrechen will, um gerade *ich* zu sein.

Und sie erfordert, dass alles denkbar Gute aus der Tiefe meines Wesens zu dir strömen soll.

Sie erfordert gleichzeitig, dass ich das, was ich nun für dich fühle, hier vollkommen zum Ausdruck bringen muss. Aber da bin ich so arm an Worten, dass ich sie bei den Christen leihen muss, die einzigen Worte, die mein Gefühl in seiner ganzen Fülle ausdrücken können: Gott segne dich, mein Freund.«

G*anz.* So ist sie mir im Bewusstsein geblieben. Als eine Mahnung. Denn ich bin nie ganz gewesen. Nicht im Bösen und nicht im Guten. Ich habe den augenblicklichen Eingebungen meiner Natur gehorcht – und, wie sie schrieb, dafür vernünftige Gründe gefunden, die meine Handlungsweise erklärten. Aber es waren sicher nichts als Lügen, Advokatenwinkelzüge. Wie damals, als ich dem kleinen Fräulein eine Lektion erteilen wollte. Ich habe wohl nur Lust auf sie gehabt. Aber als es geschah, kam doch plötzlich etwas Gutes in mir auf, sodass ich ausschließlich an sie dachte, unklar und verwirrt wie meistens, während ich doch die intellektuelle Klarheit so aufrichtig anbetete.

Na ja, es gibt wohl viele, die ihren Verstand dazu gebrauchen, ihren Nächsten um den Verstand zu bringen, und warum sollte man ihn dann nicht auf dieselbe Weise gegenüber sich selbst anwenden?

Ich war moralisch verwirrt, sowohl in der Theorie als auch in der Praxis. Ich hatte das Bedürfnis, darüber zu reden, und da musste Alberto herhalten. Er war auch ganz, kämpfte aber nicht darum, es zu sein, wie Grace, er kam gratis dazu. Oder trainierte er vielleicht in aller Stille seinen Charakter ebenso unbarmherzig wie seinen Körper? Er hatte wieder begonnen, sich mit mir abzugeben, vielleicht weil er meinte, ich hätte ihn nötig, das war ihm aber nicht anzumerken. Er wusste natürlich, dass Grace fort war, sprach aber nie darüber, so wenig wie er jemals mein Verhältnis zu dem kleinen Fräulein erwähnt hatte, obwohl er zweifellos davon wusste.

Erst als ich ihm den Inhalt des Briefes von Grace erzählt hatte, äußerte er sich dazu:

»Tja, sie ist *allright,* es geht ihr nun gut.«

»Das hoffe ich«, antwortete ich, »aber ich – was glaubst du, wie mir zumute ist?«

»Dir geht es auch gut. Es ging dir die ganze Zeit gut, während sie fort war, ausgenommen ganz am Anfang in Paris. Sie hat richtig gehandelt.«

»Aber ich habe mich schlecht gegenüber ihr verhalten.«

»Auch gegenüber der kleinen Dame in Wien?«

»Das weiß ich nicht«, sagte ich, »ich empfinde es nicht so, aber ich habe sicher auch ihr gegenüber schlecht gehandelt.«

»Denkst du darüber nach?«

Es lag ein leiser Spott in seiner Stimme, und der veranlasste mich, zu fragen:

»Hast du denn gar keine Moral?«

»Moral?«, sagte er langsam, als ob es ein Wort aus einer fremden Sprache wäre, dessen Bedeutung er in seinem Gedächtnis aufspüren müsste, »do-och, ich hab natürlich eine Moral, da ich eine innere Richtschnur für meine Lebensweise habe, der ich folge. Ich bin in der glücklichen Lage, dass ich dabei mit der bestehenden Moral nicht in Konflikt zu kommen brauche, auf die sich die Mehrzahl der Menschen geeinigt hat, an der sie festhält und die sie anderen einprägt.«

»Hast du nie ein erotisches Verhältnis zu Frauen?«

»Nein«, sagte er und sah froh dabei aus. Ein wenig später fügte er hinzu: »Aber ich habe auch bestimmte Gründe, es bleiben zu lassen. – Vielleicht hilft mir auch die Arbeit. Ich trainiere ja hart, obwohl ich es im Augenblick nicht nötig habe, und ich falle jeden Abend todmüde ins Bett.«

Er lachte, und ich fragte ihn, über was er lache. »Ich lache über die Vorstellung, die mich dazu bringt, das Training als eine Hilfe zu bezeichnen; mein eigentlicher Grund zur Enthaltsamkeit ist jedoch ein anderer und müsste als Erklärung genügen. Du brauchst dir übrigens um Grace keine Sorgen zu machen, sie steuert ihr Boot hart gegen den Wind und dreht im rechten Augenblick bei – so wie jetzt. Ich will hoffen, dass die Götter ihr bald einen günstigen Wind bescheren! Das werden sie wohl tun.

Dieser Wind weht für jeden. Irgendwann einmal. Aber manche müssen lange darauf warten. Diese Zeit kann auch zu etwas Gutem benutzt werden. – Ach ja, warten und dabei glücklich sein, das ist eine hohe Kunst. Ich übe sie aus, so gut ich kann.«

»Worauf wartest du denn?«

»Das will ich dir nicht sagen, noch nicht. Vielleicht später einmal. Wenn ich glaube, dass du es nicht zu töricht finden wirst.«

Lieber Herr Oberarzt, wenn alte Herren anfangen, von verflossenen Zeiten zu erzählen, sind sie nicht aufzuhalten; ich habe nun folgsam einige Erinnerungen hingekritzelt, die für Sie nur insoweit von Interesse sein können, als ich es vermieden habe, »Punkt und Bogen« zu erwähnen. Das ist mir nicht schwer gefallen, weil ich bis zu diesem Zeitpunkt noch nichts davon wusste. Sie können bis hierher sicher feststellen, dass ich, was meinen Verstand betrifft, in etwa normal bin, und, was meinen Charakter angeht, wohl etwas unter dem Durchschnitt liege. Ich muss jedoch bekennen, dass es noch schlechter um ihn stand, als aus dem Bericht hervorgeht. Kurz nach dem Abschied von Grace musste ich in meiner Erinnerung meinen eigenen Charakter einigermaßen auszuloten versuchen. Aber damit werde ich Sie nicht belästigen, ich will mich beeilen, zu dem zu kommen, was Sie als Psychiater interessiert, das heißt zu meiner Torheit. Ich will so schnell wie möglich über diese lange, erbärmliche Zeit hinweggehen, als wären es nur ein paar Tage, die Ihnen wahrscheinlich doch noch lang genug vorkommen werden, aber ich kann diese Zeit nicht überspringen.

Es begann damit, dass Alberto mich im Stich ließ, nicht in der Manege, sondern außerhalb. Ich hatte das Bedürfnis, mit ihm zu sprechen, aber jedes Mal, wenn ich damit begann, zeigte er so unmissverständliche Anzeichen von Langeweile, dass ich es sein ließ. Er war, vielleicht um das Zusammensein mit mir zu vermeiden, immer mit anderen Artisten zusammen, und – nein, ich glaubte doch nicht, dass er hinter meinem Rücken schlecht über mich sprach, aber sein Benehmen mir gegenüber wirkte ansteckend – sie mieden mich; ich war mit Olsen allein, dem Menschen, den ich zu dieser Zeit am allerwenigsten aushalten konnte.

Nun spürte ich, wie viel Grace für mich bedeutet hatte. Wenn ich doch mit ihr hätte reden können! Sie würde sicher etwas Gutes zu sagen gewusst haben. Aber Olsen erinnerte mich unbarmherzig daran, wie schlecht ich es ihr gedankt hatte. Wie eine detaillierte Rechnung kamen die Erinnerungen in mir hoch: der erste Blick, als sie in Breslau aus der Manege ritt, ihre freundlichen Worte über die Trapezkünstler, die Zeit, als ich Phelps Assistent war, die Prolongation, die sie gefordert hatte, um mein Engagement zu retten, das Essen in ihrem Hotel, der feine Anzug – der die peinliche Vorstellung an einen anderen zweireihigen heraufbeschwor, der auf einer anderen, noch größeren Rechnung stand – die Lehrzeit in Paris und Marseille, die Vertraulichkeit, die guten Tage in Berlin, Rom, Sorrent und Bellagio, der lange Aufenthalt in Amerika während des Weltkrieges und dann schließlich dieser eine Abend in Brüssel und ihr Abschiedsbrief.

Ich war nicht stolz über mich selbst und wurde es noch weniger bei der weiteren Betrachtung des Lebens, das weit hinter mir lag; weder auf den Studenten, den Maler, den Ehemann, den Familienversorger noch auf den Freund der beiden, deren Haus ich mein zweites Heim genannt hatte, konnte ich mit Freude und Respekt zurückschauen. Ich war gezwungen, unbarmherzig meine ganze Erbärmlichkeit zu erkennen; was früher an angeborener Unaufrichtigkeit des Menschen sich selbst gegenüber in mir gewesen sein mag, hatte Felipe ausgetilgt. Bei ihm war davon keine Spur zu bemerken, er gestand offen, dass er ein Dreckskerl sei und strebte nicht danach, seine Selbstachtung durch das Urteil anderer zu retten. »Frage nie nach den Motiven eines Menschen«, sagte er, »sie sind immer schmierig«. Ich fasste es damals als zynische Übertreibung auf, jetzt erkannte ich die Wahrheit, die darin steckte, jedenfalls die, die mich betraf; ich entdeckte nichts anderes als lauter faule Motive für mein Handeln, aber wie hatten sie sich alle gut verkleidet!

Eben jetzt vermisste ich Felipe, zu ihm könnte ich geradeheraus reden und von ihm würde ich verstanden werden; er würde lachen und sagen: »Natürlich sind Sie ein Lump, ich habe es seit langem gewusst. Jeder Charakter stinkt wie verdorbenes Fleisch, und ich habe Ihres vom ersten Tag an gerochen. Aber trösten Sie sich damit, wir sind in guter Gesellschaft, denn wir sind *alle* so. Es ist nur gut für die meisten, dass sie sich etwas vorlügen können und an diese Lüge glauben, wenn sie sich einbilden, dass andere sie nicht durchschauen. Das ist ein Glück, denn kein Mensch kann es aushalten, sich selbst zu sehen, wie er wirklich ist.«

Deshalb suchte er Vergessen in der Ekstase, im Rausch und bei den Frauen. Keiner dieser Auswege stand mir offen. Für die Ekstase fehlte mir die Veranlagung, den Alkohol hatte ich gern, verabscheute aber den Rausch, und der dritte Weg – ja, den versperrte mir eine Frau. Welche war das wohl? Keine von denen, die ich wirklich geliebt, sondern eine, der ich nicht viele Gedanken geschenkt hatte: das kleine Fräulein aus Kärnten!

Jedes Mal, wenn ich mich in ein lockeres Verhältnis stürzen wollte, tauchte sie in meiner Erinnerung auf und machte es mir unmöglich, mich auf etwas einzulassen, das geringer war als das, was sie und ich zusammen erlebt hatten. Felipe hätte sie vielleicht aus meinen Gedanken verjagen können, aber ich traf ihn nicht mehr, hörte nichts von ihm, nahm an, dass er für immer Vergessen erlangt habe und im Delirium oder an Syphilis gestorben sei.

Der ›kleine lachende Jubel‹, der mir früher über quälende Stunden hinweggeholfen hatte, ließ mich auf einmal ganz im Stich. Er brauchte Publikum, wie meinen Malerfreund in Petersens Gasthaus, den schwedischen Professor oder meine alten Kameraden; er konnte nicht in der Einsamkeit gedeihen. Selbst in der Manege spürte ich ihn erst, wenn ich Albertos Blick begegnete. Dann ging es wie am ersten Abend in Berlin, ich vergaß alles über unserer gemeinsamen »Kunst«; solange wir sie ausübten, war er ganz der Alte, Freundschaft leuchtete in seinen Augen, sie erwärmten mich, und mein Elend ertrank in unseren gemeinsamen Späßen. Aber wenn er sich abgeschminkt und die Kleider gewechselt hatte, veränderte sich auch sein Wesen. Er nickte unbeteiligt »gute Nacht« und ging.

Eines Tages ereignete sich etwas. Ich schlenderte in den Straßen umher, unter einem Himmel, der grau und trist war wie ich selbst, aber er konnte sich mit Tränen Erleichterung verschaffen und goss plötzlich einen gewaltigen Regenschauer über mich herab, sodass ich in meiner neuen Unterkunft Schutz suchen musste. Da saß ich lange und sah es nieseln, sah es die Scheiben herabrinnen und in schweren Tropfen vom Baum fallen, hörte es weiterplätschern auf den Boden des Innenhofes, wie es dann in breiten Bächen weggespült wurde – bis es schließlich in mein ganzes Bewusstsein tropfte, rann, floss und plätscherte und es aufweichte, sodass meine Gedanken weggespült wurden, ohne gemeinsames Ziel, einer von ihnen war nicht meiner, sondern Heraklits »Alles fließt«.

Es stimmte. Ich schloss die Augen, während der Inhalt meines Bewusstseins aus mir hinausfloss wie Wasser aus einer Dachrinne, bis ich leer war und einschlief.

Als ich kurz oder lange darauf meine Augen öffnete und damit auch die übrigen Sinne, war alles still; zu meinen Füßen lag ein viereckiger Sonnenfleck, auf dem sich das Fenster abzeichnete, hell und warm war er, merkwürdig neu, aber gleichzeitig wie das beste und frischeste Neu, das es gibt: der Frühling, der ewig-alte, ewig-neue Beginn. Nichts ist so neu wie der Frühling, an nichts kann man sich so weit zurückerinnern wie an ihn. Ich konnte die Augen nicht von diesem Sonnenfleck lösen, der mich mit seinem neugeborenen Jetzt und mit der Freude des Erkennens von Uraltem fesselte.

Ich nahm ihn in mich auf, nein, er war ja schon lange da gewesen, bevor er hier auf den Boden gelegt wurde. Ich schloss wieder die Augen, um die innere Wärme noch einmal richtig zu spüren, dieses Licht in meiner Seele zu sehen, und in mir wurde ein Glück geboren, eine sichere Gewissheit: das war ich, alles andere, was zu mir gehörte, waren Eigenschaften, die ich besaß, die meisten von ihnen schlechte, aber sie konnten in ein besseres Licht gerückt, veredelt werden, zu gehorsamen Werkzeugen. – Eine Situation vom Comer See stieg plötzlich in mir auf, ich hörte Grace sagen: »Eine Menge noch unvereinigter Eigenschaften, von denen einige mir gut, andere dagegen schlecht erscheinen.« Einmal, meinte sie, würden sie nicht länger »gut« oder »schlecht« sein, sondern nur richtig, so wie sie sein müssen, Kräfte, die in ihrem *Dienst* stünden und sie nicht länger *beherrschten.* Sie hatte Recht. Befreit und froh wandte ich mich wieder dem Sonnenfleck zu, um ihm für die Hilfe zur Selbstbesinnung zu danken.

Er war nicht mehr da! Ach nein, der Himmel war wieder grau, und dann kann da kein Sonnenfleck sein, er ist ja nicht wirklich wie Tisch und Stuhl, sondern nur ein Widerschein von etwas, das sehr weit weg ist, von der Sonne, die durch ein ungeputztes Fenster auf einen schmutzigen Boden scheint; alles hier drin war schmutzig. Es war noch nicht sauber gemacht worden, Staub lag auf der Kommode, verstreuter Tabak auf dem Tisch, Asche auf dem Fußboden, das Bettzeug lag noch da, wie ich aus dem Bett gekrochen war, ich konnte deutlich meine eigene besondere Art sehen, es mit den Füßen von mir zu streifen, überall sah ich meine eigenen Spuren, dieses verfluchte Zimmer war wie ein Porträt von mir selbst. Vor zwanzig Jahren hatte ich beschlossen, ein ordentlicher und reinlichkeitsliebender Mensch zu werden, aber ich war ebenso unordentlich wie immer, ich konnte mich nicht verändern, so war ich nun einmal.

Aber nur einen Augenblick vorher – wie war da doch alles anders! Dieser Augenblick war verschwunden, der Sonnenfleck im Innern war nicht wirklicher als der auf dem Fußboden. Der Mensch ist ein Bündel von Eigenschaften, er ist wie die Zwiebel, werden die Schalen entfernt, was bleibt dann davon übrig? – Nichts. Einmal fallen alle Schalen, und alle Eigenschaften verdorren, dann kann man nichts mehr ausrichten, nichts kann einem mehr widerfahren, weder Gutes noch Böses. Und das ist der Friede, den ein Mensch erlangen, aber nicht erwerben kann, denn wenn der Friede zu ihm kommt, dann ist der Mensch nicht mehr der, der er einmal war.

So begann die Torheit, Herr Oberarzt. Ich hatte einen guten Augenblick erlebt, der im Nichts verschwand. Das war alles. Aber er kam wieder zurück, und es kann Dynamit in derartigen Augenblicken liegen; es kann über jemanden hereinbrechen – so erging es mir – dass seine Persönlichkeit dadurch in tausend Stücke zerspringt und nicht mehr zu dem zusammengefügt werden kann, was sie einmal war.

Die meisten Menschen gehen denn auch instinktiv um diese kleinen gefährlichen Augenblicke herum, sie werden unpässlich, wenn sie sie spüren. Lasst uns an etwas Nützliches denken oder diesen törichten Zustand analysieren, um daraus klug zu werden; lasst uns lesen, ins Kino gehen, Karten spielen oder mit jemandem schwatzen, weg von dieser gedankentötenden Ruhe, die uns leer im Gehirn macht, womit wir unsere Zeit verschwenden und wodurch alles, was wir können, und alles, was wir wissen, auf einmal nichts mehr mit dem Leben zu tun zu haben scheint, dem Leben, das unser eigenes ist, sodass wir uns schließlich selbst so unaussprechlich nichtig vorkommen. Aber ich verfiel diesen kleinen gefährlichen Augenblicken, aus denen ich mir nur etwas machte, weil sie mir gut taten, besser als Alkohol, und weil sie zu keinem Rausch führten. Dass sie Olsen zu etwas ganz Geringfügigem reduzierten, konnte mich nicht irre machen, dieser Auffassung war ich schon vorher.

Aber kann man einer Sache verfallen, die man sich nicht wie eine Flasche Korn verschaffen kann, wenn man Lust dazu hat? Man kann. Denn die kleinen Augenblicke, die Sonnenflecke in der Seele entzünden, die kommen von selbst, wenn man nicht herumgeht und nach ihnen sucht, und wenn man sich nicht, sobald sie auftauchen, mit klugen Gedanken auf sie stürzt wie die Meute auf den Hasen. Überlässt man sie ruhig sich selbst, dann – tja, dann kommt die Torheit, man landet im »Pünktchen« und besitzt liebend den ganzen »Bogen«.

Da haben Sie es nun schwarz auf weiß. Wie ich zu dem wurde, der ich bin, lieber Herr Oberarzt, das sollen Sie nun so schnell wie möglich erfahren. Der gute Augenblick kam unverhofft zurück, überraschend, ich hatte ihn nicht eingeladen, und weil ich nichts von ihm erwartete oder verlangte, verweilte er lange in mir. Von Zeit zu Zeit kam er zu Besuch, zum Schluss fast täglich, und während er da war, dachte ich nicht viel darüber nach, was für ein Herr Olsen ich eigentlich sei.

Ich verhielt mich diesen Augenblicken gegenüber wie ein Landstreicher, wenn er ein Plätzchen findet, wo es sich gut liegen lässt, er macht es sich gemütlich, unbekümmert um das Gestern und das Morgen, und ruht sich aus in seinem körperlichen Wohlgefühl. Das ist der preiswerteste und gesündeste Komfort, den man sich vorstellen kann. Danach stapft er mit gestärkten Nerven und leuchtenden Augen weiter.

Die hätte ich auch bekommen, sagte mir Alberto später.

Eines Tages tauchte er plötzlich auf dem Zirkusplatz auf, gerade in dem Moment, als ich dastand und gemütlich faulenzte.

Ein kleines Lächeln erschien auf seinem Gesicht, und er begann, genau wie an jenem ersten Tag in Berlin, sehr langsam und mit bedächtigen Schritten auf mich zuzukommen.

»Du siehst heute so froh aus«, sagte er.

Ich hatte selbst nicht darüber nachgedacht, aber jetzt, als Alberto es sagte, empfand ich es auch und antwortete:

»Ja.«

Er lächelte:

»Du hast so leuchtende Augen bekommen.«

Er sah aus wie früher in unserer guten Zeit, und ich sagte:

»Kannst du mich denn wieder leiden?«

»Das habe ich doch immer getan, du Schwachkopf.«

»Es ist lange her, dass ich davon etwas gemerkt habe.«

Er schaute ins Blaue und sagte unbeteiligt:

»Ich hatte das Gefühl, dass du das Bedürfnis hattest, allein zu sein.«

»Im Gegenteil, ich hatte das Bedürfnis, mit jemandem zu sprechen.«

»Ja, um dich davon loszuschwatzen.«

»Wovon?«

»Es war doch leicht vorauszusehen, dass der Brief von Grace dich dazu zwingen musste, einmal Bilanz zu ziehen. Aber ich wollte nicht den Revisor spielen. Ein Mensch muss seine Bilanzen selbst erstellen. Du musstest also nicht Konkurs anmelden?«

»Ich besitze jedenfalls keine müde Mark mehr.«

»Das ist nicht weiter schlimm«, sagte er, »wer *allright* ist, kann jederzeit noch einmal von vorne anfangen.«

Dann drehte er sich um und ging.

Ich hätte Lust gehabt, ihm eine Ohrfeige zu geben, aber es gab einige gute Gründe, es sein zu lassen.

Diese Lust verflog schnell wieder, denn von jetzt an wurde er wieder ganz der gute alte Alberto, und also war ich gezwungen, ihn zu mögen. Weil ich jetzt aber wieder einen Freund hatte, mit dem ich reden konnte, vergaß ich das Schweigen.

»Ich begreife nicht –«, so begann ich eines Tages mit einem gut zurechtgezimmerten Vortrag, den er augenblicklich unterbrach:

»Was gibt es denn um Himmelswillen in diesem gewaltigen Universum, das du nicht begreifst?«

»Dass ein Mensch sein ganzes Leben in Frage stellen und doch froh und gut gelaunt sein kann. Was ist das für ein kleines Etwas, das uns trotz allem dazu zwingt, glücklich zu sein?«

»Wühl doch nicht immer darin herum!«, sagte er.

»Herumwühlen?«

»Ja, grüble ihm nicht das Leben weg. *Es ist etwas, das wächst.* Überlass es sich selbst, bis es groß genug ist. Dann kannst du langsam damit beginnen, deine Kartoffeln zu ernten.

Nein, halt den Mund, ich will nicht mit dir deine inneren Angelegenheiten erörtern. Vor allem nicht deine unbegreifliche Freude über das Leben.«

»Freude über das Leben?«, sagte ich erstaunt, »ja, ich freue mich wirklich über das Leben.«

»Und jetzt weißt du leider davon und wirst ihr wohl mit deinen Gedanken das Leben weggrübeln. Diese Freude stirbt nämlich an den ›Meinungen‹, die die Menschen über sie haben.«

»Du selbst hast doch auch eine Meinung darüber!«

»Ja, und die habe ich dieser Freude zu verdanken. Sie erklärt sich selbst, wenn sie reif dazu ist. Lass sie nur ungestört wachsen.«

»Ist es bei dir Prinzip, nie jemandem zu helfen?«

»Ich helfe dir genau *so,* wie *du* Grace geholfen hast. Was hast du für sie getan?«

»Gar nichts.«

»Eben. Aber sie schrieb, dass du Regen und Sonnenschein für sie warst. Weil du mit Gottes gnädigem Beistand der brave, aber beschränkte Peter Olsen warst, den sie nötig hatte. Hast du ihr jemals ein kluges Wort gesagt, aus dem sie etwas lernen konnte? Ich glaube nicht, denn sie ist begabter als du. Aber du konntest ihr gerade das geben, was sie brauchte, weil du der anständige Kerl *warst,* der du im Innersten bist. Es war für sie ein Weg zum Frieden mit sich selbst. Sie wird wohl über den Verlust eines armseligen Clowns, wie du einer bist, hinwegkommen. Aber die Freude darüber, dass sie dich getroffen hat, wird sie immer bewahren, denn sie gehört mit zu ihrem Frieden.«

»Friede«, sagte ich, »ja, es liegt Friede in der sinnlosen Lebensfreude. Woher kommt dieser Friede?«

»Du bist ja früher einmal Christ gewesen, noch dazu Theologe, und dann weißt du es nicht?! Aber du erinnerst dich sicher an die Worte:

›Den Frieden lasse ich Euch, meinen Frieden gebe ich Euch, nicht gebe ich Euch, wie die Welt gibt. Mein Reich ist nicht von dieser Welt.‹

Die Freude, die du fühlst, ist das erste Anzeichen dafür, dass sein Königreich kommt.«

»Du bist also doch Christ, Alberto! Grace wollte es nicht glauben.«

»Sie hatte Recht. Das bin ich auch nicht.«

»Aber du zitierst die Worte Jesu!«

»War der denn Christ?«

»Ob er – –? Das Christentum kam ja kurz nach seinem Tod.«

»Ja, und es ist darin wohl noch etwas von ihm selbst enthalten. Aber alles übrige, Judentum, Hellenismus, und was man sonst hineingestopft hat, geht mich nichts an. Aber ich weiß, dass er das Leben in all seiner Tiefe kannte, sowohl ›diese Welt‹ als auch ›das Reich Gottes‹. Mich interessiert nur das Leben, sein Leben, sein Reich, das immer *gerade jetzt* ist. Und das ist nicht etwas, worüber gesprochen werden kann, es muss gelebt werden. Das will heißen, man soll ihm *die Erlaubnis geben,* zu leben. Die meisten glauben nicht, dass das Leben *ist,* weil es nicht laut daherkommt. Sie machen sich auch nichts daraus, weil es nicht etwas ist, mit dem man sich wichtig tun kann. *Dixi!* Ich kann auch Lateinisch, wie du hörst! Sprechen wir von etwas anderem.« –

Wir waren viel zusammen, plauderten über belanglose Dinge, oft erzählte er Geschichten aus seinem Zirkusleben und brachte mich manchmal zum Lachen, nicht weil die Geschichten so lustig waren, aber sein Tonfall war so witzig und es war einfach gemütlich, mit ihm zusammen zu sein. Ich wurde froh, wenn er kam – wie früher, als ich die Kühe hüten musste und mein Freund Rasmus auf die Wiese geschlendert kam, um den Rest des Tages bei mir zu bleiben; das wurden dann ein paar gute Stunden, von denen ich aber weiter nichts in Erinnerung habe, als dass ich mich freute, wenn Rasmus kam und wir zu zweit waren.

Genauso wenig kann ich mich an etwas von damals erinnern, wo Alberto für mich als Rasmus auftrat und sich auch ungefähr auf dem gleichen geistigen Niveau bewegte.

Eine Erinnerung taucht aber doch in mir auf. Ich war in eine neue Unterkunft gezogen und musste die Kisten auspacken, in denen sich meine Bücher befanden; im Laufe der Jahre hatte sich einiges angesammelt, und nun musste ich sie zum wer weiß wievielten Mal wieder auspacken. Ich ärgerte mich über all diesen Plunder und rief einen Antiquar an.

Er kam und fragte, was ich dafür haben wolle.

»Sie können mir dafür geben, was Sie wollen«, sagte ich, »wenn Sie den ganzen Kram nur mitnehmen.«

Am Nachmittag kamen ein paar Männer, um die Bücher abzuholen. Alberto war bereits seit einer Stunde bei mir gewesen, stand gerade auf und griff nach dem Hut, um zu gehen.

»Willst du dich von deinen geistigen Wertgegenständen trennen?«, fragte er, als die Leute mit den ersten Kisten weggingen.

»Was soll ich mit all dieser Gelehrtheit?!«, sagte ich. »Sie hat mir nichts gebracht. Ich bin immer noch ein Bauernjunge, der beschlossen hat, Zirkusclown zu werden.«

Alberto erwiderte nichts, wir standen schweigend da, während die Männer die letzte und schwerste Kiste aufhoben; als sie sie zur Tür hinaustrugen, schaute Alberto ihr ernsthaft nach, setzte den Hut auf und sagte:

»Leb wohl, Olsen!«

»Leb wohl«, sagte ich. Er drehte sich halb um.

»Ich nehme nicht von *dir* Abschied, denn wir müssen ja heute Abend zusammen clownen, der Abschied gilt deinem geistigen Inhalt, der gerade aus dem Haus getragen wird; ich gehe hinter der Kiste her und gebe ihr das letzte Geleit.« –

Dieses Erinnerungsbild aus einer langen, guten, eintönigen Zeit ist ziemlich blass. Ich erinnere mich allerdings auch an einen Traum, weil die Dinge, die später geschahen, ihn in mein Bewusstsein einprägten, sodass ich nun, während ich hier sitze, allen Ernstes der Meinung bin, dass dieser Albtraum Wirklichkeit ist. Lieber Herr Oberarzt, Sie sind unsicher darüber, ob ich wirklich verrückt bin oder nicht; ich will nun nicht länger Versteck mit Ihnen spielen, sondern rundheraus sagen, es besteht kein Zweifel, dass einer von uns beiden es wirklich ist.

Ich habe mich selbst manchmal gefragt, woher ich dieses unheimliche Gefühl wohl haben kann, dass jener Albtraum mehr als ein Traum ist, ob sich vielleicht mein »feinstoffliches Ich« während des Schlafes ausgestreckt hat, um mein unbewachtes Gehirn zu erreichen und dort seine Spuren zu hinterlassen, die ich, als ich erwachte und wieder einen klaren Kopf hatte, einen verfluchten Albtraum nannte. Es kam später wirklich eine Zeit, wo innere und äußere Begebenheiten mir bewusst machten: Nun *geschieht* ja das, was ich geträumt habe! Und heute kann ich sehen, dass das menschliche Ich, das ich als mein eigenes Ich erkennen sollte, wie in einem embryonalen Zustand in diesem Albtraum eingeschlossen war;

später wurde es zur Wirklichkeit geboren und entwickelte sich zum voll ausgewachsenen Doppelwesen, jedoch nur in dem Sinn, dass es gleichzeitig in zwei Welten lebt, die, obwohl sie ein und dieselbe sind, doch nichts gemeinsam haben und nicht miteinander verglichen werden können. »Und überdies besteht zwischen uns und euch eine große Kluft, dass niemand, der von hier zu euch hinüberwill, dorthin kommen kann und auch niemand von dort zu uns.«[36] Aber ein Mensch kann diese beiden Welten in sich tragen.

Ich bin normal genug, um einzusehen, dass das ein Wahnsinn ist, vergessen Sie das bitte nicht, und auch nicht, dass ich mich – in der Welt der Vernunft und des gesunden Verstandes, in der Sie leben, Ihre Diagnosen stellen und Ihre Patienten heilen – ebenso vernünftig zurechtfinden kann wie die meisten unbestreitbar normalen Menschen, die auch nicht begabter sind als ich. Die Welt, die *Sie* die Wirklichkeit nennen, die kenne ich aus eigener Erfahrung. Doch Sie können sich nicht wirklich eine Vorstellung von der Welt machen, die für mich die *echte Wirklichkeit* ausmacht. *Ihre* Welt ist davon nur ein verdrehtes und verzerrtes Abbild, das der Verwirrung nie entkommen kann.

Sie sind mein Arzt und sollen nun das volle Vertrauen Ihres Patienten bekommen, ich will Sie an meinem Traum und seiner Verwirklichung teilhaben lassen. Sie können ihn als eine Art seelisches Röntgenbild von dem unterzeichnenden Peter Olsen betrachten und danach entscheiden, ob ich weiterhin Ihren Garten besorgen soll oder nicht.

Nun denn, ich bin in einem Hotel, einem sehr großen Hotel, bin schon lange hier, kann mich nicht mehr erinnern, wann, weshalb oder wie ich einzog, aber das ist auch nicht wichtig; ich bin hier, alles ist zu meiner Zufriedenheit, und ich gehe aus freien Stücken nicht wieder fort von hier. Ich weiß, dass ich dazu gezwungen werden kann, der eine oder andere Bekannte hat das Hotel verlassen müssen, weil er es sich plötzlich nicht mehr leisten konnte. Das kann uns allen einmal passieren. Ich erinnere mich noch gut daran, wie das Kapital, das ich in Berlin angelegt hatte, wie Schnee in der Sonne dahinschmolz, als die Inflation uns wie eine Epidemie überfiel und viele ruinierte; glücklicherweise hatte ich noch einige Reserven in London und Amsterdam, ich bin also noch hier und kann noch lange bleiben, denn meine Bankhäuser sind solvent.

Es gibt viele Abteilungen in diesem Hotel, es ist eine Welt für sich, man kann alles bekommen, was man sich wünscht, Kleider, Arbeit, und, wenn man dafür etwas übrig hat, auch Wissen und Zerstreuung. Ich kann ins Theater gehen, ja, selbst in den Zirkus, und Clowns auftreten sehen, kann *nota bene* – wenn ich es will – hineingehen und mitclownen. Aber ich bin nun einmal aus allem ausgestiegen und nun ein vornehmer Zuschauer. Ich führe ein ideales Dasein – bis sich eines Tages etwas Atavistisches in mir meldet.

Als es geschah, hatte ich keine Ahnung davon, dass meine Handlung dem Atavismus zuzuschreiben war, ich fand es in einem bestimmten Augenblick ganz selbstverständlich, ein Fenster öffnen zu wollen, um meinen Kopf hinauszustrecken.

Es kann nicht geöffnet werden! Ich versuche es bei einem anderen. Auch das nicht! Und so geht es weiter. Es findet sich weder Griff noch Scharnier, ich bin eingemauert. Der Gedanke ist nicht auszuhalten, ich *muss* ein Fenster öffnen und den Kopf hinausstrecken. Ich läute, der Portier kommt, ich mache ihn auf den skandalösen Zustand aufmerksam, er begreift jedoch kein Wort davon. Ein Fenster öffnen?! Warum und weshalb? Aus welchem Grund? – Frische Luft! – Die ist hier *immer*, sie kommt ununterbrochen von der Klimaanlage, nicht anders als die Wärme von der Heizungsanlage. –

Ist der Mann denn niemals auf den Gedanken gekommen, dass ein Fenster dazu da ist, um geöffnet zu werden?! Da stutzte ich, es stimmte ja, dieser Gedanke war mir bisher ja auch nicht gekommen.

Aber nun ist es notwendig, ich werde krank, wenn es nicht geschieht. Ich habe das Bedürfnis, ein Fenster zu öffnen und sage es.

Ob ich vielleicht erklären könne, was ich dadurch zu erreichen glaube? Ob ich deutlicher erklären könne, was mir fehle? Ich habe eine Eingebung und rufe:

»Regen! Ich will, dass es auf mich regnet!«

Man sieht ihm an, dass er erleichtert ist.

»Das kann jederzeit geschehen. Wenn sich der Herr nur in den Grünhof hinunterbemühen will.«

»Sofort. Wo ist der?«

Ja, er kenne nur die Abteilung, in der er Dienst tue, aber wenn ich rechts den Gang entlangginge, dann würde ich Leuten begegnen, die mir den Weg zeigen könnten.

Ich will gehen, drehe mich aber in der Tür um und frage, ob im ganzen Hotel nicht ein einziges Fenster sei, das geöffnet werden könne.

»Natürlich nicht.«

»Dann will ich ausziehen. Ich will nicht in den Grünhof, ich will ausgehen und mir eine andere Unterkunft suchen. Wo ist der Ausgang?«

Ja – erst nach rechts und dann weiterfragen.

Ich gehe und frage jeden, der mir begegnet.

Alle wissen, in welche Richtung ich gehen muss, aber alle schicken mich in eine andere. Ich laufe nach rechts durch lange Gänge, werde nach ebenso vielen wieder nach links gewiesen, zwei Treppen hinauf, drei Treppen hinunter, es ist ein Irrgarten, und ich fürchte, es wird damit enden, dass ich ersticke, zuerst seelisch und danach – hoffentlich – auch körperlich, es ist nicht auszuhalten, ich sterbe, wenn ich nicht von hier wegkommen kann, *nach draußen!*

Da steht plötzlich eine Dame. Gott sei Dank, der Herr hat ja dem Mann eine Frau zugesellt, da soll sie ihm sicher eine Hilfe sein. Ich habe Vertrauen zu ihr, es ist etwas Bekanntes an ihr. Es ist ihre Kleidung, eine Art Uniform, ich habe sie bereits früher gesehen und bin überzeugt davon, dass die Dame mir helfen kann.

»Der Ausgang?«, frage ich flehentlich.

Ich kann sehen, dass sie Bescheid weiß, sie hat etwas Beruhigendes an sich, sie antwortet freundlich:

»Wenn Sie immer geradeaus gehen, kommt Ihnen sicher jemand entgegen, der Ihnen den Weg zeigen und Sie vielleicht sogar begleiten kann!«

Ich gehe weiter, und dann steht ein reizendes junges Mädchen vor mir, in derselben Uniform, die ich bereits kenne:

»Ist das nicht eine Krankenschwestertracht, die Sie da tragen?«

Sie antwortet liebenswürdig:

»Ja, ich bin Krankenschwester, das ist ja die Krankenhausabteilung; wollen Sie vielleicht einen Patienten besuchen?«

Ich rufe irritiert: »Nein, verdammt nochmal, ich will nach draußen!«

Dann schaue ich in ihr feines Gesicht und schäme mich für meinen unangemessenen Gefühlsausbruch. Sie ist nicht böse, sieht mich aber prüfend an und sagt behutsam:

»Ich werde Sie begleiten.«

»Kennen Sie denn den Weg?«

»Ich glaube schon; Sie sehen ja eigentlich ganz gesund aus.«

»Nehmen Sie es mir bitte nicht übel, dass ich so heftig wurde.«

Sie antwortet mit der sanften Stimme eines Engels:

»Oh, das macht nichts. Ich bin an Patienten gewöhnt.«

»Ja, aber ich bin kein – –«

»Nein, nein, schon gut«, unterbricht sie mich freundlich und hält eine ältere Pflegerin an:

»Wollen Sie sich bitte dieses Herrn annehmen, er gehört sicher in Ihre Abteilung.«

Damit ist sie verschwunden, und die ältere Dame sagt beschützend:

»Kommen Sie einmal mit mir mit, lieber Freund, dann werden wir schon herausfinden, auf welchem Zimmer Sie liegen.«

Ich protestiere:

»Ich bin nicht krank, ich *liege* nicht auf einem Zimmer!«

Sie nimmt es gelassen:

»Das nennen wir auf allen Abteilungen so, selbst wenn die Patienten zum ersten Mal wieder auf sind.«

Meine Nerven lassen mich im Stich, ich rufe entrüstet:

»Ich *bin kein* Patient! Was ist das für eine verfluchte Abteilung, auf die ich geschickt worden bin?«

Sie antwortet seltsam ausweichend:

»Ja, das ist doch – es ist *diese* Abteilung.«

Im selben Augenblick steht da ein junger Arzt vor uns und fragt:

»Sind heute neue Patienten in die Abteilung für Geisteskranke aufgenommen worden?«

»Dieser Herr ist neu, glaube ich«, antwortet sie.

Ich laufe weg, und immer, wenn ich jemandem begegne, rufe ich:

»Wo ist der Ausgang?« Alle schauen mich an, als ob sie sagen wollten: Der Mann hat den Verstand verloren. Und ich denke: Noch nicht, aber es wird wohl nicht mehr lange dauern! Und als ein freundlicher Herr auf meine Frage, auf die ich schon längst keine Antwort mehr erwarte, auf eine Glastüre zeigt, hinter der ich grüne Bäume stehen sehe, bin ich überzeugt davon, dass es jetzt so weit gekommen ist: Ich bin *verrückt* geworden.

Aber ich versuche doch, ob die Tür geöffnet werden kann. Es geht!

Ich stehe draußen in einem großen Park. Der ist schön angelegt; riesige Rasenflächen, viele Bäume und Blumen, breite, gut gepflegte Wege.

Ich höre etwas prasseln und schaue auf. Regen! Gerade das, was ich nötig habe.

Aber er kommt nicht herunter! Irgendwo hoch oben wird er aufgehalten und fließt in breiten Strömen nach allen Seiten, ich stehe im Trockenen. Über dem Park ist ein Glasdach!

Ich stürze zu einem Aufseher.

»Lassen Sie das Dach wegnehmen! Wozu soll das dienen? Wir können ja keinen Regen bekommen!«

Er antwortet ruhig im Ton moderner Überlegenheit, der mir sehr bekannt vorkommt:

»Wir bestimmen selbst, wann wir Regen haben wollen. Dazu haben wir doch unsere Bewässerungsanlagen. – Wir haben uns ganz gut eingerichtet«, fügt er mit einem

Lächeln hinzu, das ich tausendmal gesehen und selbst mehr als einmal gelächelt habe, aber nun macht es mich rasend und ich brülle ihm ins Gesicht:

»Ich halte es nicht aus, es so teuflisch gut zu haben. Wo ist der Ausgang?«

»Dort, wo Sie hereingekommen sind«, antwortet er sachlich, »ich werde Sie zurückbegleiten. Von welcher Abteilung kommen Sie denn?«

»Ich will nicht *zurück*, ich will *nach draußen!*«

»Sie *sind* ja draußen. Sie stehen hier draußen im Grünhof.«

»Aber ich will auch aus dem Grünhof *hinaus*.«

»Ja, dann müssen Sie *hineingehen* – in Ihre Abteilung.«

»Nein, ich will hinaus!«

Er verliert die Geduld:

»Allmächtiger, Sie *sind* draußen. Was meinen Sie denn mit Ihrem ›hinaus‹?«

»Aus diesem Hotel hinaus und aus allem, was dazugehört!«

Er nickt, nun weiß er Bescheid, er gibt einem gut gekleideten Herrn mit intelligentem und verständigem Gesicht einen Wink und sagt abschließend zu mir:

»So, Sie haben also genug von allem und wollen sich davonmachen? Das, was sie *Draußen* nennen, das existiert nicht, Kamerad.«

»Sie sind verrückt!«, sage ich, und er antwortet: »Nein, ich nicht«, und wendet sich dem gut gekleideten Herrn zu:

»Wollen Sie sich ein wenig um diesen Mann kümmern? Sie haben denselben Weg.«

Der Herr hakt sich bei mir ein: »Wollen Sie gleich hinein oder sollen wir erst einen kleinen Spaziergang machen?«

Ich bin gelähmt und hilflos, er wirkt beruhigend auf mich und ich sage:

»Ich will gern ein Stück mit Ihnen gehen. Wo wohnen Sie denn?«

»In der Abteilung für psychisch Kranke.«

»Sind Sie dort Arzt?«

Er lächelt, wie über einen guten, aber nicht ganz taktvollen Scherz:

»Nein.«

»Ja, aber Sie sind doch nicht – –?«

»Doch. Aber ganz ungefährlich.«

Ich kann es nicht glauben, dass er verrückt sein soll und sage:

»Sie sehen gar nicht aus, als ob sie Patient wären. Wie ist es denn dazu gekommen?«

Er zögert ein wenig, dann kommt vorsichtig die Antwort:

»Ich habe zu lange nach dem Ausgang gesucht.«

Ich fühle am ganzen Körper kalten Schweiß ausbrechen, versuche krampfhaft zu mir selbst zu kommen und mich verständig auszudrücken. Ich stammle:

»A – aber – es – es *gibt* ja keinen – Ausgang.«

Er schaut sich vorsichtig um und flüstert:

»Doch. Es gibt einen Ausgang. – Er existiert. Und er kann auch gefunden werden. Er *ist* tatsächlich gefunden worden.«

»Von Ihnen?«

»Nein, aber von einem, der hier drin ist.«

»Weshalb ist er dann nicht – – draußen?«

»Man kann ihn hier drin nicht entbehren. Außerdem kann er nicht hinauskommen, weil – – weil er – – krank ist.«

Das Heulen der Sirenen unterbricht unser Gespräch und ich frage:

»Ist ein Brand ausgebrochen?«

Er antwortet unbeteiligt:

»Das wird wohl so sein. Es brennt so gut wie immer in einem der Seitenflügel.«

»Da kann einem ja angst werden.«

»Ach wo. Wir haben eine erstklassige Feuerwehr und die allerbesten Löschgeräte. Es kann nichts weiter geschehen.«

»Das ganze Hotel kann doch abbrennen. Und wenn es, wie man behauptet, kein Draußen gibt, kann sich ja niemand in Sicherheit bringen.«

Er lächelt dasselbe überlegene und ruhige Lächeln wie vorhin der Aufseher.

»Die *Albergo Internationale* brennt nicht ab, mein lieber Freund, dazu sind unsere Organisation, unsere Wissenschaft und unser Feuerwehrwesen zu hoch entwickelt. Ein lokaler Brand kann immer begrenzt und schnell gelöscht werden. Es werden immer bessere Löschgeräte erfunden, genauso wie auf allen Gebieten neue Erfindungen gemacht werden; wir haben geniale Leute, die, fast monoman, alle ihre Zeit Experimenten und Erfindungen widmen und außerdem –«

Weiter kommt er nicht, es geschieht etwas Furchtbares; es entsteht ein Lärm, als ob alle Gewitter der Welt aufgezogen wären und sich um die Vormacht stritten.

Als ich wieder zu mir komme, sitze ich auf meinem Hintern und frage meinen Begleiter, der der Länge nach neben mir liegt:

»Was war denn das?«

Er steht ruhig auf und sagt unbesorgt:

»Oh, das war nur eine Explosion. Das passiert oft.«

Ich begreife seine Gleichgültigkeit nicht und sage vorwurfsvoll:

»Es kann jemand dadurch zu Schaden gekommen sein.«

Er antwortet, während er den Staub von seinem Anzug klopft:

»Das kann vorkommen, aber wir haben eine ausgezeichnete medizinische Versorgung. Natürlich gibt es viele Sprengstoffe in den Laboratorien; Unglücksfälle lassen sich nicht immer vermeiden. Wo so viele Erfindungen gemacht werden, ist es unumgänglich.«

»Sie sagen, dass die Erfinder monoman sind!«

»Eine gewisse Monomanie liegt in jeder Genialität.«

»Du liebe Zeit, sie könnten die ganze *Albergo Internationale* in die Luft sprengen!«

»Sie vergessen, dass alle gerade daran arbeiten, um uns vor so etwas zu beschützen.«

»Ja, das ist wahr«, sage ich, »aber ich glaube, ich will trotzdem lieber hinaus. Sie sagten vorhin, dass sich hier drin ein Patient befindet, der weiß, wo der Ausgang ist. Glauben Sie, dass er zu krank ist, um Besuch zu empfangen?«

»Oh nein! Er empfängt täglich welchen und macht auch selbst Besuche. Ich werde Sie zu ihm bringen.«

»Kennen Sie ihn persönlich?«

»Natürlich. Er ist Oberarzt in meiner Abteilung.«

»Der Abteilung für Geisteskranke? Dann will ich dort gern aufgenommen werden. – Darf man ihn wohl nach dem Ausgang fragen, ohne aufdringlich zu sein?«

»Sie können ihn fragen, was Sie wollen, und wenn er in guter Stimmung ist, wird ihm auf die meisten Fragen auch eine Antwort einfallen. Er ist ein großer Gelehrter und der klügste Kopf im ganzen Hotel.«

»Können wir nicht sofort zu ihm gehen?«

»Es ist jetzt nicht seine Sprechstunde, aber ich darf ihn auch privat besuchen; er hat viel Sympathie für mich, wegen – – tja, wegen der Ursache meiner Krankheit. Wenn er nicht gerade dasitzt und zeichnet, können Sie gut mit ihm über – all das sprechen, was Ihre Gedanken beschäftigt.«

»Er zeichnet?«

»Ja, wegen mir. Und auch seinetwegen. Kommen Sie, wir wollen unser Glück versuchen.«

Wir stehen vor der Wohnung des Oberarztes und klopfen an. Es wird nicht geantwortet, aber wir gehen trotzdem hinein. Ein Herr im Arztkittel sitzt an einem großen Tisch und zeichnet geometrische Figuren. Er sieht uns nicht.

Mein Begleiter sagt laut:

»Er zeichnet. Dann hat es keinen Zweck.«

Ich flüstere:

»Ist das der Oberarzt?«

Er antwortet laut:

»Sie brauchen nicht zu flüstern. Wenn er zeichnet, hört er nichts.«

»Was für Figuren zeichnet er denn?«

»Er zeichnet seine eigene Geisteskrankheit. Lassen Sie uns gehen.«

Sobald sich die Tür hinter uns geschlossen hat, frage ich: »Wie kann er Oberarzt sein, wenn er selbst geisteskrank ist?«

»Wenn er nicht zeichnet, ist er der klarste Kopf und der tüchtigste Arzt, den wir haben. – Ich bin ja auch ganz normal, mit Ausnahme von – – dem, was der Oberarzt zu zeichnen versucht.«

»Was ist es denn?«

»Der Weg.«

»Welcher Weg?«

»Der Weg, den Sie suchen, der Weg zum Ausgang. Er hat ihn einmal durch Zufall gefunden und nun kann er nicht vergessen, dass er draußen gewesen ist. Aber er kann sich nicht mehr an den Weg erinnern, den er ging. Er glaubt, dass er ihn ausrechnen und zeichnen kann, sodass jeder, der will, hinauskommen kann. Darin besteht seine

Geisteskrankheit. Für alle anderen Irren ist er der beste Arzt der Welt. Er hat mich sogar dazu bringen können, das Nachdenken über den Ausgang bleiben zu lassen.«

»Aber er selbst kann es nicht lassen!«

»Das ist etwas anderes. Seine Begabung verhindert es. Er kann nicht aufhören, zu glauben, dass er das Problem lösen könne. Und entweder löst er es oder – –«

»Oder was?«

»Oder er wird der verrückteste von allen seinen Patienten und reif für die Zwangsjacke.«

»Die Zwangsjacke! – Ich will wieder in den Grünhof hinaus – er sieht jedenfalls dem, wonach ich mich sehne, *ähnlich* – abgesehen von dem verfluchten Glasdach.«

»Eben«, sagt der verständige Geisteskranke, »der Grünhof ist ein *Sarg,* ich gehe nur dort hinaus, um mich an den Tod zu gewöhnen.«

Damit verschwindet er, und ich stehe allein im Grünhof.

Er ist sehr groß, und wenn ich nicht nach oben schaue, kann ich mir fast einbilden, dass ich nach draußen entkommen bin – ja, das bin ich *wirklich,* ich stehe ja in der Alleestraße in Frederiksberg, wo ich eine Zeit lang wohnte, bevor ich Student wurde! Und ich habe einen gewaltigen Hunger, wie so oft in dieser Zeit. Glücklicherweise liegt Larsens Restaurant wenige Schritte von hier, direkt hinter diesen Bäumen, eigentlich müsste es von hier aus zu sehen sein, aber es ist so lange her, die Bäume können größer geworden sein; ich laufe hin. Da ist kein Restaurant! Ich weiß *sicher,* dass es in der Alleestraße lag! Da kommt ein netter Herr, etwas altmodisch gekleidet, aber mit einem intelligenten und einnehmenden Gesicht. Ich will ihn fragen, nun weiß ich *nota bene*, dass ich ihn von Bildern kenne, es ist Charles Dickens, ich ziehe tief den Hut.

»Hallo, Mr. Dickens, *please* – wissen Sie, ob es Larsens Restaurant noch gibt?«

»Oh, certainly«, sagt er. »Ich komme oft hin. Sie sprechen Englisch, wie ich höre.«

»So viel, wie ein Clown können muss, um in England aufzutreten«, antworte ich bescheiden und mache ihm meinerseits ein Kompliment:

»Aber *Sie* sprechen ausgezeichnet Dänisch.«

»Ja, sicher«, sagt er, »ich bin ja auch ganz gut übersetzt worden und habe in Dänemark viele Freunde. – Ja, ob es das Restaurant noch gibt? Wir müssen geradeaus, dann rechts ab, *but –«*, er beginnt plötzlich zu singen – *»it's a long, long way to Mr. Larsen.«*

»Nein«, behaupte ich, »es muss ungefähr hier sein, wo wir stehen.«

»Oh no«, antwortet Mr. Dickens und macht dem Gespräch knapp und bestimmt ein Ende: *»Certainly not!«*

Damit ist er fort.

Aber er hat Recht. Da ist kein Restaurant. Ich stehe gar nicht auf der Alleestraße, sondern nur auf einem breiten Weg im Grünhof, der entfernt an sie erinnert.

Das ist eine allzu große Enttäuschung. Nun *will* ich hinaus, nicht nur hinaus im Allgemeinen, sondern hinaus auf die *Alleestraße* und bei Larsen essen. Ich beginne zu laufen, so schnell ich kann, ich laufe ein ganzes Stück, laufe immer weiter, höre nicht auf damit, bis vier kräftige Arme mich ergreifen und eine Stimme, die es wohl gewohnt ist, dass man ihr gehorcht, sagt:

»Jetzt sind Sie lange genug um diesen Rasenplatz herumgerannt.«

Ich schaue mich um und begreife, dass ich die ganze Zeit um den großen Rasenplatz gelaufen bin. In seiner Mitte steht eine Akazie, die mich zum Narren gehalten hat, sodass ich glaubte, ich sei in der Alleestraße. Die robusten

Burschen beginnen mich fortzuzerren, ich werde wütend und schlage sie zu Boden. Da liegen sie, und ich selbst bin erstaunt; ich habe nicht gewusst, dass ich so stark bin. Andere kommen dazu, ich schlage auch sie nieder, es kommen aber noch mehr, einer von ihnen hat eine Zwangsjacke bei sich und die anderen rufen: »Zieht sie ihm an, er ist gefährlich!« Ich schlage eine Menge von ihnen zu Boden, aber immer wieder kommen neue Gesichter, und ich werde so müde, dass sie mir die Zwangsjacke überstreifen können. Aber da geschieht etwas weit Schlimmeres als vorhin, wo alle Unwetter der Welt gegeneinander losgebrochen waren. Jetzt sind alle Vulkane der Welt gleichzeitig und am selben Ort ausgebrochen. Meine Gegner vergessen das Schnüren und ich vergesse wegzulaufen. Was ist geschehen? Zwei Herren gehen vorüber und sprechen von dem Ereignis: »Ja«, sagt der eine, »der ganze Laboratoriumsflügel ist zum Teufel gegangen, alle kostbaren Maschinen und Instrumente sind in tausend Stücke. Es ist eine fürchterliche Katastrophe. Jetzt muss wieder ganz von vorn begonnen werden.« – Einer der Männer sagt, während er beginnt, die Zwangsjacke festzuschnüren: »Dieser Sprengstoff ist ein gefährlicher Kram.« Ich spüre den Druck der Jacke, kann es nicht mehr aushalten, *will* es nicht mehr aushalten und rufe: »Das bin ich auch! Ihr habt selbst gesagt, dass ich *gefährlich* bin. Es ist ein Sprengstoff in mir! Ich kann mich selbst in tausend Stücke sprengen, sodass ihr mich nicht mehr zusammenlesen und in eine Zwangsjacke stecken könnt! *Jetzt tue ich es auch!!!*«

Ich habe es getan – und all das vom Hotel war ein Hirngespinst, ich war draußen, ich war frei! Das war wirklich so. Ich erwachte ganz einfach. Sie wissen ja sicher auch, wie ein unerträglicher Albtraum enden kann, man spürt, dass man in einer Minute den schrecklichsten Tod sterben muss, den man sich denken kann; mit mehr geistiger Kraft als der, über die man eigentlich verfügt, zerreißt man in unbezwingbarem Lebenswillen die Fesseln des Schlafs, entzieht sich durch das Erwachen all dem Entsetzlichen und vergisst es wieder.

Aber ich konnte nicht vergessen, weil ich in hellwachem Zustand an diesen Albtraum erinnert wurde. Ja, ich *hatte* ihn zunächst vergessen, aber es geschah etwas, was die Tür zur Rumpelkammer des Vergessens aufspringen ließ, und im Türrahmen stand der Traum von der *Albergo Internationale* und nickte mir vertraulich zu.

Aber es geschah viel später, nach einer friedlichen Zeit, in der ich weder träumte noch zu viel nachdachte, sondern auf Landstreicherart mich dem vegetativen Wohlgefühl der Sonnenflecken hingab, jedes Mal, wenn sie in mir auftauchten. Ich lebte ein schlicht animalisches Leben, das mich den Tieren im Zirkus näher brachte als den Menschen dort; genauso wie sie ging ich in die Manege hinein und führte meine Künste vor, danach suchte ich meinen Stall wieder auf und die einfachen Freuden, die mich dort erwarteten, ich schwatzte mit den Pferden, wie der Bauer mit dem Sohn des Nachbarn reden kann, der studiert hat; diese dressierten Tiere waren von feinerer Kultur als ich, der eher zu den Zugtieren auf den Feldern gehörte. Ich dachte manchmal, ob wohl in diesen wohlfrisierten und pedikürten Pferden, ebenso wie in mir, eine Art Hunger nach dem offenen Himmel und den grünen Feldern stecke oder ob sie ganz städtisch geworden seien und am besten in der Nachbarschaft von gelehrten Schulen, Universitäten, Büros und Fabriken gediehen, deren Menschen sie zur Zerstreuung dienten.

Ich vermisste die ehrwürdigen Wohnstätten der Gelehrsamkeit nicht; weder in ihnen noch bei Freud selbst konnte ich Hilfe für den großen Frühjahrsputz bekommen, den ich mit Verwunderung als notwendig erkannte.

Es konnte vorkommen, dass ich in einem Hotel in ein tadelloses Zimmer trat, es mir mit einem Buch gemütlich machte und dem Zimmermädchen einen stillen Dank sandte, weil es hier so sauber war. Dann stoße ich während des Lesens auf etwas, was ich genauer klären muss, ich stehe auf, um ein Buch zu holen, in dem ich es nachschlagen kann. Ich stehe plötzlich vor einer Mauer: die Sonne ist durchgebrochen und schickt einen Lichtstreifen quer durch das Zimmer, in dem Streifen tanzt ein Gewimmel von Staubpartikeln. Ich halte den Atem an, während ich ihn durchquere, ich will meine Lungen nicht mit Schmutz füllen, ich setze mich außerhalb des Streifens hin und lese. Als ich wieder aufstehe, um das Buch zurück an seinen Platz zu stellen, hat sich der Streifen verschoben, aber der Staub ebenfalls, und erst jetzt dringt es zu meinem trägen, von anderen Dingen in Beschlag genommenen Verstand durch, dass das ganze Zimmer voller Staub ist, auch dort, wo der Schmutz nicht beleuchtet wird. Fenster und Türen müssen geöffnet und ein ordentlicher Durchzug gemacht werden.

So erging es mir jetzt, nur dass ich *selbst* das Zimmer war. Ich glaubte, ich hätte alles ordentlich sauber gemacht, den ganzen ehemaligen Olsen hinausgefegt und Platz für die Sonnenflecken geschaffen. Sie kamen nun so oft, dass sie mir selbstverständlich schienen, ich spürte sie beinahe immer – auf ähnliche Weise, wie man sein Ich empfindet. Es kann überall seinen Sitz haben, im Kopf, in der Brust, in Armen und Beinen. Die Sonnenflecken haben dieselbe typische Eigenschaft, sie können unser Wesen von jedem Winkel aus beleuchten, und ich sah mit Erstaunen, wie unsauber die Luft in meinem eigenen, sauber gefegten Zimmer war. Ich sah Gedanken, die ich nie bemerkt hatte, obwohl es von ihnen nur so wimmelte, Gelüste, die noch keine Handlung geboren hatten, aber dazu bereit waren, Selbstgefälligkeit, die zu bemerken mich eine lange Gewohnheit gehindert hatte; solche Eigenschaften wurden unbarmherzig von diesem inneren Sonnenlicht beleuchtet, das ich so herzlich in mir willkommen geheißen hatte. Jetzt stellte es Forderungen an mich. Eine innere Diktatur verlangte, dass das Zimmer durchgelüftet werden musste. Es geschah im Grunde genommen von selbst, solange die innere Klarheit in mir war. Ich musste an Albertos Worte denken: »Ich hab natürlich eine Moral, da ich eine innere Richtschnur für meine Lebensweise habe, der ich folge.« War das, was ich jetzt zu erleben begann, vielleicht dasselbe?

Ich ging zu ihm, um ihn zu fragen – aber ich fragte ihn etwas ganz anderes. Unterwegs fiel mir überraschend auf, dass ich von diesem Menschen, den ich so gut zu kennen meinte, eigentlich gar nichts wusste. Ich hatte mich nie darum gekümmert, etwas von dem Leben zu erfahren, das er gelebt hatte, bevor wir uns in Berlin begegneten. Grace hatte ihn aushorchen wollen – mit geringem Erfolg, aber sie wusste doch, dass er auf religiösem Gebiet indifferent war und mit einer Frau verheiratet gewesen war, die er geliebt und verloren hatte, aber selbst als sie mir das erzählte, hatte es mich nicht sonderlich interessiert.

Es wunderte mich nun plötzlich, wundert möglicherweise auch Sie, aber vielleicht haben Sie – ich gehe davon aus, dass es so ist – einmal einen Gärtner gehabt, nicht einen mehr oder weniger verrückten Peter Olsen, der Ihr Diagnosevermögen reizt, sondern einen ganz gewöhnlichen Klaas Nielsen, ohne Komplexe oder andere unterbewusste Marotten, von denen die Psychoanalyse so viel weiß. Er kommt dann, wann er muss, geht, wenn er fertig ist, der Garten gedeiht, alles wächst unter seinen Händen, er spricht nur, wenn er gefragt wird, es ist leicht mit ihm umzugehen, er ist gut, zuverlässig und selbstverständlich. Für Sie ist es nur von Belang, dass er da ist und zu Ihren Diensten steht. Und er ist beides. Vielleicht haben Sie ihn einmal gefragt, ob er verheiratet ist. Das ist er nicht. Junggeselle, geschieden oder vielleicht Witwer? Das Letztere, die Frau ist gestorben; er sagt es, wie es ist, eine Tatsache, die er kommentarlos akzeptiert. Sie ist tot; er ist hier und lebt. Ob er sie vermisst? Er sieht aus wie ein Mann, dem es gut geht. War es eine Erleichterung, dass sie aus seinem Leben gegangen ist? Er sieht aus wie einer, der es gewohnt ist, mit anderen gut auszukommen. Kein Spalt ist da, durch den Sie auf sein Verhältnis zu seiner Frau spähen können – oder in seine Seele, wenn er eine hat. Sie fragen ihn nicht; er strahlt etwas aus, das Sie unwillkürlich davon abhält, als ob er einen Hund bei sich hätte, der vielleicht ein gutmütiges Tier ist, vielleicht aber auch ein bösartiges Biest; es ist am besten, den Mann in Frieden zu lassen.

So einer war Alberto, und ich ließ ihn der sein, der er war. Aber plötzlich kam es so in mir hoch, dass ich nicht mehr nur der sein wollte, der Vertrauen gab, aber nie welches bekam; ich wollte jetzt etwas mehr von diesem Mann wissen, der alles von mir wusste, und ich sagte:

»Erzähl mir etwas über deine Vergangenheit, Alberto.«

»Vergangenheit?«, sagte er, und in seinen Blick kam ein Suchen, wie damals, als ich ihn nach seiner Moral fragte. Dann schaute er mich an, als ob er in vollem Ernst meinte, was er sagte:

»Meine Vergangenheit ist dir doch bekannt, sie ist verschwunden, wie die Stadt, die ich mithalf zu zerstören, als ich ein Wolf war. Sie liegt irgendwo unter der Erde.«

»Kannst du mich denn nie ernst nehmen?«, fragte ich ärgerlich.

»Ernst?!«, entgegnete er. »Ich nehme dich schrecklich ernst, mein Junge. Es ist kein Vergnügen, Verantwortung für einen kleinen Bruder zu fühlen, der zehn Jahre älter ist als man selbst.«

Ich stand auf und wollte gehen.

»Bleib noch ein bisschen und lass uns die Sache etwas näher betrachten«, sagte er. »Tante meinte, dass ich die Stadt vielleicht finden könne, wenn ich dorthin käme, wo sie lag, und einen Spaten bei der Hand hätte. Vielleicht ist sie hier, und du hast den Spaten der Neugier. Beginn zu graben und lass uns sehen, was zum Vorschein kommt.«

»Grace schätzt dich als Analphabet ein.«

»Das ist nicht so übel geschätzt. Was weiter?«

»Vor einiger Zeit hast du mal das Wort *dixi* fallen lassen und wolltest damit offenbar zum Ausdruck bringen, dass du Lateinisch kannst. Ist das dein ganzes Latein?«

»N-ein, ich glaube, dass noch etwas mehr aus der Schulzeit hängen geblieben ist.«

»Bist du aufs Gymnasium gegangen?«

»Nein, aber ich habe Griechisch und Latein gelernt; ich hatte Privatlehrer. Vater wollte, dass ich genauso gelehrt werden sollte wie er selbst.«

»Dein Vater?! Ich dachte, er war Artist.«

»Das war er auch – wie sein Vater und dessen Vater, Gott weiß wie viele Generationen zurück. Wir sind alle Artisten gewesen, so weit mein Familienwissen zurückreicht. Nur Mutter nicht. Sie ging Vater bei seiner Nummer zur Hand. Er war Jockey, später Schulreiter. Er war ein starker Mann, körperlich und geistig. Du kannst dir kaum vorstellen, was solch ein Gehirn an vornehmer, unnützer Gelehrsamkeit vertilgen kann, wenn es einmal Geschmack daran gefunden hat; ein Gehirn, das von Leuten geerbt ist, die seit

Generationen nie andere Kenntnisse gesucht haben als diejenigen, die für ihren Beruf nützlich waren. So war es auch bei Vater. Er eignete sich viel Wissen an – wohl etwas planlos, er hatte niemanden, der ihn hätte leiten können – aber er brannte vor Wissbegierde, und er betete die Wegbereiter des Freidenkertums auf beinahe religiöse Weise an; und als ich alt genug war, entchristlichte er mich mit unwiderlegbaren Beweisen von der Torheit der religiösen Weltanschauung. Er fühlte mit wehmütiger Bitterkeit, dass er nur ein Autodidakt war; das sollte mir erspart bleiben: *ich* sollte auf die Universität gehen und studieren. Vielleicht taten auch seine vornehmen Reitschüler das ihre dazu, um die ehrenwerte Ambition zu wecken, mich als Arzt, Jurist oder Rektor zu sehen; er war ein sehr gesuchter Reitlehrer bei den Damen und Herren der Bourgeoisie und des Adels und eignete sich im Umgang mit ihnen eine nicht geringe Vornehmheit an.«

Er schwieg einen Augenblick in der Erinnerung an den Vater, lächelte gutmütig und sagte:

»Ja, er hatte wirklich etwas Vornehmes an sich; *heute* kann ich sehen, dass ihm dieser Anzug nicht wirklich gut saß, er kleidete ihn trotzdem, und Mutter und ich fanden jedenfalls, dass der Schnitt gut sei.

Er suchte mir gute Lehrer und wollte mich, als ich alt genug dazu war, in die höhere Schule stecken, ich könnte dann bei einem armen Verwandten in Wien wohnen. Aber dem widersetzte sich Mutter, sie gehorchte ihm sonst blind, aber mich fremden Menschen überlassen, das wollte sie nicht, ich war das Einzige, was sie hatte. Vater war mit dem seinen beschäftigt und hatte wenig Zeit für sie, die mich nicht ins Leben hinauslassen wollte, bevor ich erwachsen war.

Vater fügte sich und engagierte hervorragende Lehrer. Manch junger Doktorand hat einiges von der Welt zu sehen bekommen, als er uns auf unseren Streifzügen durch Europa begleitete. Sie mussten sich alle zuerst einem Examen unterziehen, was ihre Stellung zur Kirche betraf; nur Freidenker wurden angenommen.

Ja, so verging die Zeit, bis ich erwachsen genug war, um aus dem Nest auszufliegen.«

»Du hast also studiert?«

»Nein, ich kam nicht zur Universität, sondern wurde Voltigeur. Und das kam so: Alle meine freie Zeit verbrachte ich im Zirkus und lernte von den Akrobaten. Vater hat natürlich meinen Körper von Kindesbeinen an trainiert, nun übte ich mich in allen ihren Künsten, liebte diesen Körper – und verfluchte ihn, wenn er nicht stark oder biegsam genug war. Ja, ich gebe zu, ich liebe ihn immer noch; seine Kraft und Geschmeidigkeit sind mir eine Freude, ich bin in all seinen Muskeln gleichmäßig verteilt, bin überall persönlich anwesend. Manche behaupten, dass man mit dem Gehirn denkt, das ist vielleicht auch so, aber ich jedenfalls denke gleichzeitig mit dem ganzen Körper, und jede Faser singt sein Loblied. Ich hatte nichts gegen das Studieren, aber ich war versessen auf Saltomortali, und als meine Zukunft eine Wahl zwischen Geist und Körper forderte, war ich bescheiden genug, den Körper zu wählen.

Ich bat Vater, mich in seine Jockeynummer aufzunehmen. Das war ein Schlag für den alten Herrn, aber ich konnte doch trotz seiner gerunzelten Stirn sehen, dass in ihm eine Freude aufkommen wollte.

›Dann wirst du also nicht studieren!‹, sagte er finster, und ich antwortete schnell:

›Nein, das wird erst dein Enkel. – Darüber hinaus kann man sich gut Wissen aneignen und seinen Geist bereichern, selbst wenn man es nicht zu einer Lebensaufgabe machen will. Ich kenne jemanden, der das getan hat.‹

Es flog ein Lächeln über sein Gesicht, bevor er es wieder in grimmige Falten legte, dann gab er mir einen harten Schlag auf die Schulter und kommandierte:

›Hopp, aufs Pferd mit dir, Junge! Du hast das Artistenblut der Familie in dir!‹«

»Und deine Mutter war froh darüber?«

»Das war sie; nun konnten wir alle drei zusammenbleiben, solange sie lebte. *Einen* großen Kummer hatte sie allerdings: dass ich ein Freidenker war, der wohl verdammt werden würde; aber ein Pfarrer befreite sie von ihrer Sorge; nachdem er lange mit mir gesprochen hatte, erklärte er ihr, dass außer der sichtbaren katholischen Kirche noch eine unsichtbare Kirche existiere, dass ich dieser angehöre, und weil sie vom Papst anerkannt würde, hätte ich also Zutritt zur Seligkeit und würde vielleicht im Laufe der Zeit wieder zur Kirche zurückfinden.

Möglicherweise wäre es auch dazu gekommen, wenn nicht einer von Vaters Hauslehrern, ein Religionshistoriker, meinen Gedanken eine gefährliche Richtung gegeben hätte. Er hatte die Ungläubigkeitsprüfung bestanden und war durch die Zensur geschlüpft, obwohl sein Hauptinteresse gerade der Religion galt, aber es galt *allen* Religionen und war rein intellektuell, was Vater beruhigte. Dieser Lehrer gab mir außerhalb der Stunden einen freien und weiten Blick über die Weltreligionen, und seither habe ich sowohl ernsthafte Freude als auch viel Vergnügen daran gehabt.

Ich nahm also Abschied von den Büchern, sie stehen übrigens in einer Wohnung in Wien; ich habe sie also nicht wie du für dreißig Silberlinge verkauft.

Aber lass uns für heute das Ausgraben beenden und uns aufs Ohr legen: Fortsetzung folgt.«

Gut gelaunt ging ich nach Hause, froh darüber, dass er mir sein Vertrauen geschenkt hatte. Ich fand, dass wir uns näher gekommen waren. Worüber ich eigentlich mit ihm hatte sprechen wollen und was viel wichtiger gewesen wäre, das hatte ich total vergessen. So leicht verschwindet der gute Augenblick, der voller Ewigkeit ist, aus unserem Bewusstsein – solange er noch nicht unsere ganze Seele und unseren ganzen Körper durchstrahlt. Nichts ist so verletzlich wie diese Sonnenflecken der Seele, ihr erstes großes Gebot lautet: »Du sollst keine andern Götter neben mir haben.« Hat man diese, so ziehen die Sonnenflecken sich so gründlich zurück, dass man nicht einmal mehr weiß, dass es sie gibt oder es zumindest nicht begreift, dass sie weg sind und kein Kunstgriff sie wieder zurückrufen kann.

Aber der gute Augenblick kann von selbst wieder zurückkommen. Das tat er, und da fühlte ich kein Bedürfnis, darüber zu sprechen, sondern nur, ihm in der Stille gehorsam zu sein, wie ein Schüler gerne dem Lehrer gehorcht, den er liebt; ich stellte mich darauf ein, um ihm Raum zu geben, und er breitete sich in mir aus.

Die Zeit verging, und eines Tages wusste ich, dass ihm ein *Wille* zugrunde lag, der nichts zu tun hatte mit meinen zufälligen Wünschen und Gelüsten, und ich sah, dass dieser Wille unwillkürlich begonnen hatte, bestimmend auf meine Gedankenrichtung einzuwirken, auf meine Handlungsweise, ja, auf mein ganzes Verhalten, und dass ich ruhig und glücklich war, wenn es geschah. Ein längst vergessener Satz wurde wieder in mir lebendig: »Dein Wille geschehe.«

Wessen Wille? Ich hatte keinen Gott. Aber es war ein ganz anderer Wille in mir als der, der aus Lust und Wunsch geboren wird und der einen Menschen sagen lässt: »Ich will«, sogar zu etwas, von dem er weiß, dass er es später bereuen wird. Manchmal folgte ich dem einen, manchmal dem andern dieser beiden Willensimpulse; sie wechselten sich in meinem Bewusstsein ab wie Tag und Nacht. Aber der Satz »Dein Wille geschehe« wies doch den Weg wie ein Lämpchen in der Nacht. Wessen Wille? Manchmal kam es mir vor, es sei der einer höheren Macht, dann fand ich wieder, dass es gerade mein eigener, allerinnerster, erster und letzter Wille sei und dass er von meinem ganzen Wesen Besitz ergreifen müsse, sonst war ich nicht *Ich*.

Vielleicht bohrte dieses »Dein Wille geschehe« eine Art artesischen Brunnen in mir und gelangte hinunter zu den Schichten, in denen das Gebet meiner Kindheit verborgen lag. Überrascht hörte ich eines Tages einen Jubel in mir aufsteigen: »Dein Reich komme!« Es war vielleicht nicht nur eine »Brunnenbohrung«, es bestand ein deutlicher Unterschied zwischen einst und jetzt; es waren die alten Worte, aber der Jubelklang war neu. »Dein Reich komme« war nicht ein pflichtschuldiges Gebet, sondern eine frohe Verheißung. Wohl war es auch eine Bitte, aber sie schien die Erfüllung bereits in sich zu bergen. Es war mir oft, als ob sie sich zu erfüllen beginne, bevor der Wunsch sich in Worte formte. So blieb es einige Zeit, die Sätze des alten Gebets tauchten nach und nach alle auf, nicht wie damals, als ich das »Vaterunser« aufsagte, sondern wie ein Gedicht, das in mir zu klingen begann, auf dieselbe Weise, wie es an einem stillen Sommerabend in unserem Innern tönen kann: »In Frieden ruhen Stadt und Wälder«, oder an einem frühen Morgen, wenn es in allen Bäumen zwitschert: »Nun erwachen Gottes Vöglein klein.«[37] Ungefähr so tauchten entweder das ganze Gebet oder Bruchstücke davon unwillkürlich in mir auf und blieben zuletzt in meiner Seele stehen, wie eine Melodie oder ein Gedicht, das uns begleitet; ständig bereit, zu klingen. –

Es kann geschehen, dass ein solches Gedicht einem plötzlich etwas Neues offenbart, für das man nicht gleich einen Ausdruck findet, man spürt es nur. So erging es mir mit dem alten Gebet, und ich sagte zu Alberto:

»Es scheint mir, dass zwischen den ersten drei Teilen des Vaterunsers eine besonders nahe Verbindung bestehen muss, aber ich kann sie nicht entschlüsseln. Kannst du es erklären?«

Er schwieg einen Augenblick und sagte dann:

»Sie formen eine *Einheit.* Miteinander drücken sie einen Zustand aus, ›das Himmelreich‹, das ja inwendig in uns ist – und *mitten unter denen,* die es in sich haben. Da ist das Leben heilig und die Vollstreckung eines ewigen Willens; die drei Teile, von denen du sprichst, sind eins und können für den, der in diesem Reich lebt oder es in sich hat, nicht getrennt werden.

Für diejenigen, die draußen sind, sind sie drei Wegweiser zu ihm. Es kann einem Menschen geschehen, dass das Dasein nach und nach *heilig* für ihn wird; das führt ihn gerade hinein ins Reich, und der ewige Wille vollzieht sich in ihm.

In einem andern entsteht das Bedürfnis nach einem ganz anderen und weit besseren *Sein* als demjenigen, das er hat, und er ahnt etwas von dessen Art. Es ist, ob er es nun weiß oder nicht, der Anfang zur Bitte: ›Dein Reich komme‹. Wenn *sein ganzes Wesen* es unwillkürlich mit oder ohne Worte sagt, vollzieht sich der ewige Wille in ihm und er *ist* im Reich.

Ein dritter ist müde von den drei widerstreitenden Willensimpulsen, die sich die seinen nennen und die ihn bald hierhin, bald dorthin führen, wo er eigentlich nicht hinwill, wo er auf jeden Fall nie ganz zufrieden wird. Manchmal geschieht es, dass er kampflos alle beherrscht. Sie beugen sich willig und gern einem größeren Willen, der nun in ihm waltet, vielleicht sein eigener allerinnerster, vielleicht der Wille einer Gottheit; das weiß er nicht, aber er wünscht, sich ihm zu übergeben, und ob er es nun weiß oder nicht, so hat er damit gebetet: ›Dein Wille geschehe‹. Wenn er es nicht nur denkt, wenn es mehr ist als eine flüchtige Stimmung seines Herzens, wenn *sein ganzes Wesen* es will, kommt das Reich zu ihm, und das Leben ist heilig.

Derjenige, der im Reich ist, dem sind die Sünden vergeben, der ist frei von Versuchung und erlöst von dem Bösen.

Man kann sagen, dass die drei ersten Teile des Vaterunsers sowohl eine Voraussetzung füreinander als auch eine Folge der beiden anderen sind.

Ich bin sicher, dass Jesus, als er die Menschen dieses Gebet beten lehrte, einfach sein eigenes Wesen aussprach, indem er um ihretwillen die Worte zum Gebet formte, die die Menschen in die Wirklichkeit hineinführen konnten, welche seine war.«

Ich war erstaunt darüber, dass er die Antwort so schnell und mit so großer Sicherheit bereit hatte und ich sagte:

»Du hast viel über dieses Gebet nachgedacht, Alberto.«

Er antwortete:

»Nein. Nicht bevor du mich gefragt hast. Ich lauf nicht herum und denke nach.«

»Wie konntest du dann sofort antworten?«

»Als du gefragt hast, spürte ich in mich selbst hinein, spürte, dass es so ist und sagte es. Ich sage nicht, dass ich das Reich immer bewusst und lebendig in mir habe, es muss unter den Menschen harte Verhältnisse dulden. Wenn ich es in mir habe, weiß ich, dass das Leben heilig ist – und dass es in der Macht der Menschen steht, es zum genauen Gegenteil zu machen.«

»Das hört sich alles etwas mystisch an, Alberto.«

»Das kann schon sein. Aber wenn es erlebt wird, ist es einfach und liegt auf der Hand. – Ich will weiter nicht darüber sprechen. Ich bin kein Theologe und auch kein Prediger, nur ein Mensch, der lebt und das Leben liebt.«

»Das tun wohl die meisten.«

»Glaubst du wirklich? Ich kenne viele, die es nur gebrauchen und es verfluchen, wenn es nicht immer so geht, wie sie es sich vorstellen. Trotzdem können sie Angst haben, es zu verlieren! Nicht das Leben lieben sie, sondern sich selbst, nicht einmal das Leben in sich selbst, sondern den Genuss, den es ihnen verschaffen kann.«

Er sah aus wie jemand, der etwas von sich abschüttelt, zündete sich eine Zigarette an und ließ sein Gesicht einen verdrießlichen Ausdruck annehmen, zum Zeichen dafür, dass er weiteren Fragen nicht mehr offen stand.

Ich spürte, dass das, was er gesagt hatte, für ihn Leben war; für mich war es nur Theologie.

Nun ist es anders. Alles ist anders geworden.

Ich glaube, mit mir ist ein Wunder geschehen, aber nichts Verwunderliches. Es kam schlicht und still, wie der Tag anbricht. Es geschah etwas in mir, ohne dass ich etwas dafür oder dagegen getan hätte. Ich spürte, dass es etwas Gutes war, und ich ließ es geschehen – lassen Sie mich hinzufügen: in Dankbarkeit. In meiner Seele bildete sich etwas Neues heraus, oder war es der alte, ursprüngliche Hintergrund, der zum Vorschein kam, wie ein Heiligenbild auf der Kirchenwand, wenn der alte Anstrich entfernt wird? Egal, es geschah, und ich spürte dieses frohe Geschehen, selbst wenn ich arbeitete oder las. Mein Unwille gegen Gedanken, die in Buchform gegossen waren, verschwand, weil sie nicht mehr das frohe Ereignis störten, das in meiner Seele vorging. – Ach ja, die Seele, entschuldigen Sie dieses abgegriffene Wort, aber hier ist es angebracht. –

Dem neuen Hintergrund entsprangen neue Eingebungen. Eine davon war die, dass ich wie damals, vor langer Zeit in Wien, einen Wagen nahm und aufs Land hinausfuhr, aber diesmal allein.

Auf einer dieser Fahrten wurde ich ein freier Mensch.

Ich bringe es nicht übers Herz, den Namen des Ortes zu erwähnen, aber er war wie geschaffen dazu. Er trug die Grüße aller Orte in sich, die ich geliebt hatte, und damit die Grüße von allen guten Zeiten in meinem Leben. Gleich nachdem es geschehen war, schrieb ich etwas in mein Notizbuch, um es nicht zu vergessen. Als ob es jemals vergessen werden könnte! Ich habe das Buch noch und schreibe das kleine Stück ab, obwohl es Sie wohl weder interessieren noch Ihnen etwas sagen wird.

»Draußen liegt eine kleine Bucht, wie das Noeret, das in unsere Felder einschnitt, und ich bin der Junge, der dort früher spielte, nicht eine Erinnerung an ihn, ich bin es *jetzt*; Zeiten, die später kamen, sind noch nicht da.

Ein Birkenwäldchen dort drüben zeichnet das Bild eines geliebten Ortes in Norwegen, und ich bin der junge Mann, der dort einst entzückt unter den Bäumen stand, bin es *jetzt*.

Neben mir wächst eine Weide. Es gibt mir einen Stich ins Herz, so groß ist der Überfluss an Glück. So liebte ich die Weide am Bach, der an unserem Garten vorbeifloss, wie ich nun diese Weide liebe und alle anderen Dinge um mich herum. Ich bin ihnen innerlich nahe, gebe ihnen meine Liebe und nehme ihre entgegen, sie dringt in mich ein, eine Kraft, die alles durchströmt, es aufrechterhält und es liebt – und sich selbst darin; ja: und sich selbst darin. Die Liebe ist in allem. Gerade deshalb kann sie Eigenliebe werden. Ich weiß, wie es geschieht, kann es aber noch nicht in allen Einzelheiten sagen, nur erleben, von Angesicht zu Angesicht, und es wissen – hier in der Vertraulichkeit mit allen Dingen.

Dort drüben steht eine Esche! Ja, ich bin in der Welt der *Esche!* Ygdrasil, oh Weltenbaum, du stehst wieder in frischem Grün, die Welt ist *neu*. Jede Sekunde ist Gegenwart, jeder Augenblick, den ich gelebt habe, ist in mir wach, jeder Ort, auf dem mein Fuß geruht hat, ist genau hier.

Zeit und Raum, ich weiß, ihr seid vorhanden und gehorcht euern Gesetzen, seid aber doch frei, seid draußen, wo es keine Abstände gibt und alles Jetzt ist.

Draußen! Ja, obwohl ihr gleichzeitig drin seid – in einem Albtraum im Grünhof der *Albergo Internationale*, wo die Schlingpflanze den Strauch liebt und sich zärtlichgierig um ihn schlingt, um hinauf in den Sonnenschein zu gelangen und den Strauch aus Lebensgier erdrosselt, wo die Katze das Vogeljunge aus Liebe zum Leben tötet, und wo der Mensch dem anderen Menschen den Platz an der Sonne nicht gönnt und ihn deshalb für Friedhöfe für die verschwendet, die für Taten bestraft werden, die sie im Gestern aus Sorge für das Morgen begangen haben. – Ich gehe mitten unter ihnen, bin ihnen näher als früher, obwohl ich fern von ihnen bin, draußen, wo alles Jetzt ist und wo es keine entschwundene Zeit gibt; die Zeit, die vorbei ist, lebt in meinem Heute; es existiert keine Zukunft, sie ruht in meinem Heute wie das Kind im Schoß der Mutter, und wenn die Zukunft geboren wird, ist sie bereits *Gegenwart*. –

Der Tag steigt neugeboren aus der Ewigkeit, um seine kurze Zeit zu leben, bis die Nacht kommt, und das Jetzt der Ewigkeit liegt in all seinen Sekunden. Genauso wie in jedem meiner Pulsschläge. Ich bin der Bruder des Tages. In mir liegt die Ewigkeit des Lebens und bleibt da, bis der Tod kommt und mich auslöscht. Aber noch *bin* ich und trage die Fülle des Lebens in mir, deshalb gehe ich mit Freuden dem Auslöschen entgegen.

Während ich lebe, bin ich mitten in der Ewigkeit. Was kann ein Mensch mehr wünschen oder erreichen?!«

Es wäre nicht nötig gewesen, etwas aufzuschreiben, um mich später daran erinnern zu können. Denn das neue Leben lebte auch weiterhin in mir.

Was soll ich darüber sagen? Das Glasdach ist vom ›Grünhof‹ gehoben. Alles, was da wächst und lebt, dehnt sich in die Ewigkeit hinein, und der Regen der Segnungen kann niederströmen. –

Natürlich musste ich Alberto von meinem neuen Leben erzählen. Er sagte:

»Du hast jetzt wirklich zwei Augen bekommen.«

»Ja, und mit ihnen sehe ich, dass ein Mensch wohl die Ewigkeit mitten im Zeitlichen erleben kann, aber dass es nur *ein* Leben gibt, und dass nach dem Tod nichts mehr ist.«

»Ja«, sagte er, »so sieht es am Anfang aus, aber es ist nicht so. In Wirklichkeit gibt es nur *ein* Leben, und es beginnt nicht bei unserer Geburt und endet nicht mit unserem Tod.«

Seitdem sind nun viele Jahre vergangen. Alberto kam ums Leben, als sein Auto mit dem eines anderen »zusammenprallte«; er war auf der Stelle tot. Sein trainierter, geschmeidiger Körper war zwar unverletzt, aber der Kopf zerschmettert. Nun ist er nur noch eine Erinnerung. Und er nahm einen Teil meines Leben, das Zirkusleben, mit sich fort. Ich konnte mir nicht vorstellen, mit einem anderen Partner weiterzuarbeiten. Ich gab es auf, wollte einen Hof kaufen und den Rest meines Lebens, wie ich es begonnen hatte, daheim in Dänemark verbringen. Geld hatte ich genug. Allerdings war mein deutsches Kapital während der Inflation verloren gegangen, es war aber noch genug in London und Amsterdam. Später überwies ich das Geld nach Dänemark, legte es verkehrt an, und jetzt kann ich mir den Hof nicht leisten, vielleicht aber ein Häuschen mit einem Garten, denn ich will nun mal aufs Land.

Aber in der ersten Zeit nach Albertos Tod fühlte ich mich sehr einsam, die Welt schien wie ausgestorben. Ich versuchte sie zu einem Scheinleben zu erwecken, indem ich an die Orte pilgerte, wo ich das Leben mit ihm geteilt hatte, und nach und nach erwachte ich aus der Betäubung und sah das Leben so, wie ich es von ihm hatte lernen können; er hatte es selbst so gelebt, nur tiefer als ich.

Auf dieser langen Reise traf ich in Paris Felipe wieder, der weder Ekstase, Alkohol noch Frauen mehr nötig hatte, sondern mit dem »Reich Gottes« in sich lebte, ohne Interesse für die Frage, ob es ein Leben nach dem Tod gebe oder nicht. Einige Zeit später, auf der Via Cavour in Rom, dachte ich an seine Prophezeiung eines Krieges. Er kam auch und nahm wieder ein Ende. Jetzt hatten wir Frieden.

Seltsam genug: hier auf der Via Cavour hatten zwei Clowns mir einen Krieg vorausgesagt, zu einem Zeitpunkt, in dem kein vernünftiger Mensch ihnen Glauben geschenkt haben würde.

Nach dem Krieg ging ich mit Alberto hier entlang und erzählte ihm von einer alten Prophezeiung, die ich in einer Zeitung gelesen hatte. Sie sagte einen neuen Krieg voraus, schlimmer als der, den wir gehabt hatten.

»Er wird kommen«, meinte er. »Ich glaube, dass der strenge Winter und die Wölfe über uns alle kommen werden. Die Ewigkeit ist keine Wirklichkeit mehr im Leben der Menschen. Sie haben nur die Zeit, ihre kurze Zeit, und dann ist das Ende nahe, denn das Leben will sich erneuern.«

»Durch einen Krieg?«

»Warum nicht? Ich gehöre zu einem der besiegten Völker, die einen Frieden akzeptieren, der jedoch nie verziehen wird. Ich glaube, dass ein neuer Krieg kommen wird, und wenn das zutrifft, so bedeutet es den Untergang für das, was nun am höchsten gewertet wird. Eine Kultur begeht Selbstmord!«

»Diese Meinung müssten alle vernünftigen Menschen mit dir teilen«, sagte ich, »und es sind doch schließlich keine Idioten, die die Politik der verschiedenen Länder bestimmen.«

»Kein Verstand kann uns retten«, sagte er. »Wenn die Ewigkeit eine leere Abstraktion wird an Stelle einer lebendigen Wirklichkeit, dann ist der Tod unvermeidlich, das Alte geht zu Grabe, und eine neue Zeit wird kommen, in der die Stunden wieder in der Ewigkeit ruhen.«

Der Krieg brach wirklich aus, aber da gab es Alberto nicht mehr.

Bevor er starb, hatte er mir sein ganzes Vertrauen geschenkt. Er sprach auch über sein Verhältnis zu seiner verstorbenen Frau. Ich gebe es hier kurz wieder, weil es ein Licht auf das wirft, worüber Grace sich geärgert hatte: dass bei ihm nämlich scheinbar kein Anzeichen von Trauer über den Verlust seiner Frau, die er liebte, zu entdecken war.

Ich fragte ihn eines Tages, überwältigt von seiner sanften, harmonischen Ruhe, ob er als Heiliger in die Wiege gelegt worden sei. Er musste Tränen lachen, und als er sie getrocknet hatte, sagte er immer noch lachend: »Ich würde was darum geben, wenn mein immer mit mir unzufriedener Vater und meine enttäuschte Mutter das hätten hören können.«

Nein, er war nicht von Natur aus fromm, ein kleiner wilder Mann sei er gewesen, mit viel Kraft, und er hatte das Bedürfnis, sie zu gebrauchen, er kam von einer Schlägerei in die andere, weder Prügel noch Vorwürfe konnten ihn zähmen. Aber die Verwunderung konnte es, sagte er, und er wurde so zahm, dass er sich mit ihr verheiratete.

Sie hieß Renate und war die Tochter eines Freundes seines Vaters, eines Trapezakrobaten. Als ihre Eltern beim selben Zirkus auftraten, waren sie und Alberto oft zusammen, und eines Tages war sie Zeuge bei einem seiner groben Jungenstreiche. Sie sah ihn verwundert an. Es war die aufrichtigste und größte Verwunderung, die er je gesehen hatte, es lag kein Vorwurf, keine Kritik in ihrem Blick, nur ein so großes Sich-Verwundern, dass nichts anderes in ihr Platz fand, dass nicht einmal dieses Platz genug hatte; etwas von dieser Verwunderung strömte nach außen und sickerte in ihn hinein. Er war selbst erstaunt über das, was er getan hatte. Er bekam noch oft genug Gelegenheit, ihre Verwunderung zu sehen, von der immer ein Überschuss für ihn da war, sodass er mit der Zeit geradezu verwundert seiner Schlägernatur entsagte.

Als sie erwachsen waren, heirateten sie. Ihre Liebe war vollkommen. Seele und Körper wurden eins in der Hingabe. Jede Umarmung war neu und führte sie näher zusammen, bis sie sich nicht mehr voneinander unterschieden.

»*Ein* Mensch wurden wir«, sagte er. »Das Wesen des einen drang in das des andern ein und verschmolz mit ihm. Wir bekamen keine Kinder, aber aus der Umarmung wurde ein gemeinsamer Mensch geboren, wir waren nicht mehr du und ich, sondern ein Wir.«

Diese seelische Vereinigung war nicht abhängig von Zeit und Raum, sondern fand statt, selbst wenn jeder in einem anderen Land auftrat. Es war eine Empfindung, als ob »Stoff einen andern Stoff berühre«, behauptete er, und sie ließ sie manchmal glauben, dass die Welt der Stunden und der Kilometer, die einen Abstand zwischen sie legte, nicht wirklich sei. Aber sie war doch irgendwie da, und sie waren froh, wenn diese Welt ihnen erlaubte, am selben Ort zu sein. Dann sprachen sie von den beiden Welten, die sie erlebten, die nicht eins werden konnten und sich auch nicht voneinander trennen ließen, sondern wie Eheleute waren, die sich einigen müssen, es nicht können und deshalb sich selbst und andern das Leben schwer machen. Sie gaben den beiden Welten Namen. Die Welt der Stunden und Kilometer, der Konflikte und Missgeschicke nannten sie »die Kantige«, die andere, in der es weder Zeit noch Raum gab, hieß in ihrer Sprache »das Runde«.

»Es ist eigentlich nicht ganz richtig«, sagte er einmal, »dass Zeit und Raum sich im Ewigen, Runden nicht finden; ich habe das Gefühl, dass es da etwas Entsprechendes gibt, aber es ist nicht so *steifgefroren* wie im ›Kantigen‹.«

Es war ihnen nicht vergönnt, viele Jahre zu teilen. Sie starb bei einem Fall vom Trapez, sie waren damals beim selben Zirkus, er sah, wie es passierte und fuhr mit ihr ins Krankenhaus. Sie würde nicht am Leben bleiben, das wusste sie. Sie schaute ihn an und lächelte, es war kein Lächeln, das für andere sichtbar war, aber er wusste, dass sie lächeln *wollte* und beugte sich über sie, weil er sah, dass sie auch reden wollte. Leise, aber klar artikuliert sagte sie:

»Es ist nicht so schlimm. Im Runden werden wir immer zusammen sein.«

Aber er dachte, wenn sie gestorben sei, gäbe es für sie weder Rundes noch Kantiges mehr und für ihn nur noch ein Warten auf den Tod. Er konnte nicht arbeiten, war wie eine Schere, die nur ein Blatt hat und die zu nichts taugt.

Aber eines Tages war es, als ob er wieder den erstaunten Ausdruck in ihren Augen sähe, den er so oft hervorgerufen hatte, wenn er anders war, als sie es von ihm erwartete. Da nahm er sein Schicksal auf sich und versuchte, so zu sein, wie sie es wünschen würde, wenn sie noch leben würde. Kurze Zeit später fühlte er in seinem Innersten wieder die bekannte Berührung durch ihr Wesen, und von da an teilten sie sich wortlos, aber, wie er es nannte, *wesent*lich einander mit, ganz wie früher, wenn die Kilometer sie getrennt hatten. Sie hatte Recht: Im Runden sollten sie immer zusammen sein, und das Runde vergeht nicht gleichzeitig mit dem Kantigen.

Ich habe ihn gefragt, ob es nicht nur sein eigenes Gefühl ihres früheren Zusammenseins war, das nun in der Erinnerung so lebendig in ihm wurde, dass er glauben konnte, sie selbst sei es, die er spüre. Darauf antwortete er:

»Das musst du natürlich denken, und es ist vernünftig gedacht. Du kannst meine Stuhlnummer nicht ausführen, also ist es am besten, es gar nicht erst zu versuchen. Aber ich habe meinen Körper trainiert, bis er eine solche Gelenkigkeit bekam, dass ich die Nummer wie etwas Alltägliches ausführen kann; die Sicherheit sitzt überall in meinem Körper, wenn die Stühle schaukeln und wenn sie fallen.

Zusammen mit Renate habe ich meine innere Empfindsamkeit geübt, bis sie solch eine Sicherheit erlangte, dass sie wie ein innerer Sinn funktioniert, an dem ich ebenso wenig zweifeln kann wie an meinen Augen, die dich hier vor mir sitzen sehen – nein, nein, nun verirren sich deine Gedanken zum Spiritismus und Okkultismus. Das, worüber ich spreche, hat nichts mit solchen Dingen zu tun, es ist die natürliche Folge von einem *Sein*, von dem Wachsen der inneren Klarheit.«

Wach und gegenwärtig war er in allem, was er unternahm. Die Doppelgestalt des Lebens konnte ihn innerlich nicht spalten. »Das Ewige muss mit hellwachen Sinnen erlebt werden«, sagte er. »Das Runde und das Kantige müssen ein und dasselbe werden, sonst kann man das Leben nicht lieben, und es kommt so weit, dass wir die eine Seite hassen und egoistisch nach der anderen streben – wodurch man sie gerade verliert und dem, was man hasst, preisgegeben wird.«

»Ob rund oder kantig, alles ist eins«, sagte ich, »aber das Kantige vergeht, Alberto.«

»Das ist richtig«, antwortete er, »und dann können die beiden nicht mehr gleichzeitig erlebt werden, aber das runde Jetzt besteht ewig.«

»Als was, Alberto? Was ist das ewige Jetzt – nach dem Tod des Körpers?«

»Dasselbe wie früher: ein ständiges Excelsior[38].«

Heute weiß ich, dass er Recht hatte. Die Ewigkeit muss mit allen wachen Sinnen erlebt werden, nicht in einem Traumzustand, in Trance oder Ekstase, wie Felipe sie lange Zeit zu erobern suchte. Als er sie fand, war es einfach und geradezu, *»the only difficulty is the very simplicity of it«*.

Es ist so einfach, dass man sich gar nicht bewusst zu werden braucht, dass man danach strebt. Ich übergab mich den wohltuenden Sonnenflecken, bis ich einen *Willen* in ihnen spürte, einen Willen, der zwangsläufig dazu kommen musste, mein ganzes Ich auszufüllen, wenn da überhaupt etwas sein sollte, das mein eigentliches und wirkliches *Ich* war. Häufig hatte ich daran gezweifelt. So viele Ich-Sagende hatte ich in mir gehabt, von denen der eine den anderen verurteilte: Olsen war wie das Parlament in einem demokratischen Staat. Die Parteien kommen abwechselnd zur Macht und erlassen Gesetze, die der König unterschreiben muss – aber war das Wort »Rex« nicht mehr als nur eine leere Formel? Gab es ganz tief in unserem Innern ein wirkliches Ich? Es sah nicht danach aus. Schließlich spürte ich doch einen Willen, dem ich mehr und mehr zu gehorchen wünschte. Diese innere Basis meines Wesens begann in immer größerer Klarheit hervorzutreten. In diesem Ich lagen die Jahre, wie ich an anderer Stelle schon sagte, nicht in einer Reihe, sondern begegneten und vereinigten sich in einem lebendigen Jetzt.

Ich machte mir keine Vorstellung davon, ob dieses Ich ewig bestehen sollte. Ich bin kein Philosoph, sondern nur einer, der zu erleben weiß.

Ein äußerer Anlass sollte mich zur Selbstbesinnung zwingen und mich entdecken lassen, was ich bin. Ein Mann fragte mich, ob ich an ein Leben nach dem Tod glaube.

Ich wollte antworten, wie ich auf diese Frage oft geantwortet hatte: Darüber können wir nichts wissen, aber das Wahrscheinliche ist, dass mit dem Tod alles vorbei ist. Aber als ich nun »Tod« dachte, spürte ich zu meinem Erstaunen, dass er nur ein Wort war, eine damit verbundene *Wirklichkeit* konnte ich nirgends entdecken.

Das verstand ich nicht. Die schwarze Wirklichkeit des Todes hatte ich immer irgendwo draußen als die realste aller Wirklichkeiten gesehen; dort draußen in der Dunkelheit würde ich einmal verschwinden. Nun konnte ich nichts anderes als Licht vor mir sehen.

Aber die schwarze Mauer musste doch irgendwo sein. Die Menschen und Tiere und Pflanzen starben ja doch. Da schien mir endlich, als ob ich die Realität des Todes wieder sähe – aber *hinter* mir, als etwas, das überstanden war, ich hatte nichts damit zu tun, ich war auf die andere Seite dieser Wirklichkeit gekommen: sah nur noch mit den Sinnen eines Tieres auf die Verwirrung der »kantigen« Welt; anders nahm ich nicht an ihr teil. Dieser Körper würde verfallen und zu Asche werden, die man in eine Urne tat, aber das ging mich wenig an, denn *ich*, das, was ich im tiefsten Wesen *bin*, wird ein für allemal in aller Ewigkeit bestehen. Es war einfach ein Faktum: dieses, lassen Sie mich sagen, *synthetische* Ich, in dem die Jahre nicht in einer Reihe liegen, behauptete mit einer Selbstverständlichkeit, dass es weder Anfang noch Ende gebe.

Und damit fuhr es fort, stärker und immer stärker. Ich kann nichts dazu tun, es ist eine Tatsache, ob ich es wünsche oder nicht. Ich sage nicht, dass das etwas für andere beweisen kann, nur dass so für mich das *Sein* ist.

Was ist dann für mich mein »Ich«? Kein Maler; das war nur etwas, was ich gerne sein wollte, aber nicht konnte; auch kein Zirkusclown; das war etwas, was ich sein konnte, aber nicht gerne wollte. Alles Derartige entsteht und vergeht und es ist nicht von Dauer.

Was bin ich denn im tiefsten Sinne? Ein Mensch, der mehr und mehr die Vollstreckung des ewigen Willens in sich selbst verwirklichen will. Ohne Vorbehalt, ohne Rücksicht darauf, was ich mir wünschen könnte, wonach mir der Sinn stünde oder wogegen ich mich wehren sollte.

Denn das Dasein ist die unaufhaltsame Vollstreckung eines ewigen Willens. Der Ursprung des Daseins ist Liebeskraft, *omnipotens, se ipse volens.*[39] Alles besteht durch sie, sie ist in allem, deshalb ist jedes Ding der Mittelpunkt der Welt. Der ewige Wille will sich selbst in allem und alles will notwendigerweise wiederum sich selbst. Das führt zur Welt der Konflikte, in der man »zusammenprallt« und an irregeleiteter Liebe stirbt. Bis man schließlich weiß, was es bedeutet: sich selbst zu wollen – und seinen Nächsten zu lieben wie sich selbst.

Wenn man sich auf sich selbst besinnt und die Vollstreckung des ewigen Willens in sich ohne Vorbehalt will, ohne Rücksicht darauf, was man wünscht, wonach einem der Sinn steht oder wogegen man sich wehren wollte, so liebt man sich selbst in allem und liebt alles durch sich selbst, und zwar mit der Liebe, die alles durchdringt und vereinigt, in einem Sein, das Wachstum bedeutet. Alberto nannte es ein ewiges Excelsior, in meinen Krankenhausaufzeichnungen nannte ich es »Seligkeit«, denn ein solches Wachstum und Wissen ist selig. –

Das Glasdach ist vom Grünhof der *Albergo Internationale* weggehoben. Der Regen der Segnungen strömt herab und spült das Lebensrätsel mit sich fort, die »kluge Torheit«, wie Felipe sagte. Ich sage lieber eine »törichte Klugheit«, denn sie lenkt uns an den Ort der Illusion, an dem wir immer noch an ein Vorwärtskommen glauben.

Der Oberarzt in der *Albergo Internationale* wird nie den Weg nach draußen finden. Er entdeckte ihn einmal zufällig. Nun hat er sich in die Grübeleien darüber eingesperrt und stirbt eines Tages in der Zwangsjacke. Wer ist verrückt, er oder ich?

Kollegialitätsgefühl und Geistesgemeinschaft werden Sie dazu zwingen, zu sagen, ich sei es. Das ist eine vernünftige Einstellung, das weiß ich nur zu gut, und jetzt verabschiede ich mich von Ihnen und Ihrem Garten, den ich geliebt habe. Sowohl Sie als auch Ihren Garten habe ich geliebt, ob Sie es nun glauben oder nicht, aber wir können nicht mehr miteinander sprechen nach dieser schriftlichen Beichte; ich würde Sie zu sehr irritieren. Sie leben mit der vernünftigen und zwangsläufigen Vorstellung, dass Geburt und Tod das Leben eines Menschen beginnen und beenden; ich bin davon befreit, und ich nehme Abschied von Ihnen und den vernünftigen Menschen. Ich schlage meinen Purzelbaum und verschwinde.

Eine Zeit lang werde ich noch arbeiten und mich unter den Klugen bewegen, die nicht entdecken werden, dass ich ein Tor bin – bevor ich sehe, dass sie Nutzen und Freude daran haben könnten, weil sie selbst die Möglichkeiten für solch eine Torheit in sich haben.

Aber bevor der Clown aus der Manege läuft und sich hinter dem Vorhang beim Stallgang versteckt, ruft er noch einmal: »Punkt und Bogen!«, und schneidet eine letzte Grimasse, indem er das Manuskript, das nicht für Ihre Augen bestimmt war, folgendermaßen beschließt:

In allen Ländern am äußersten Bogen bestand ein großer Unterschied zwischen Gebäuden für den Feiertag und Häusern mit Arbeitsräumen und Wohnungen. In die feiertäglichen gingen die Leute manchmal hinein, um jemanden anzubeten, den sie »Gott« nannten; im Alltag beteten sie sich selbst an. Aber sie beteten nicht denselben Gott an, und die Tempel waren auch unterschiedlich. Ich erkannte, dass einige von ihnen nach dem »Punkt« strebten. Die Seiten des Daches strebten zueinander, die schlanken Türme endeten hoch oben in einer Spitze. Manchmal ging ich in diese Tempel hinein, um das Licht des »Punktes« in mir zu fühlen. Es wurde nicht immer entzündet.

In anderen Heiligtümern hatten die Dächer und die Kuppeln der Türme die Gestalt des »Bogens«. Wir »Leute des Punktes« mieden diese Heiligtümer, weil sie zum Verderben führten, und die Menschen, die dort hineingingen, sahen auf uns herab.

Aber während ich meinen Weg zum »Punkt« fortsetzte, sah ich, dass der Unterschied zwischen heiligen Tempelgebäuden und weltlichen Wohnhäusern geringer wurde und dass es mehr Verträglichkeit gab zwischen den Leuten des »Punktes« und denen des »Bogens«. Aber an den Tagen, die dem Dienst der Gottheit geweiht waren, kamen sie nicht zusammen, sondern jeder blieb für sich in bitterer Frömmigkeit.

Ich kam dorthin, wo nur die Einsamen gingen, diejenigen, die nicht gemeinsam beteten, diejenigen, die das Ziel wollten und nichts außer ihm, und endlich diejenigen, die das Heil darin sahen, das Fleisch und alle Freuden der Welt zu hassen.

Unter diesen gab es etliche, die fasteten und dem Körper wenig Ruhe gönnten. Weil sie deshalb nur langsam vorwärts kamen, wurden sie wütend auf den schwachen Körper und peitschten ihn mit Ruten – und standen still, während sie sich schlugen, wurden noch müder und brachten es nicht weit.

Andere starrten so fest und lange auf den »Punkt«, dass er aus ihrem Gesichtskreis verschwand. Da begannen sie in irrem Tanz herumzuwirbeln, bis sie überall »Punkte« sahen, aber wenn der Rausch vorbei war, sahen sie wieder nur den – »Bogen«, den sie mit ganzer Seele hassten.

Einer machte sich ein Bett aus scharfen Stacheln, die ihn an den »Punkt« mahnen und den Körper unempfindlich machen sollten für alles, was zum »Bogen« gehörte. Auf dieses Lager legte er seinen nackten Körper, und so blieb er liegen, stolz auf sich selbst.

Ein anderer ahnte den leuchtenden »Punkt« in sich selbst, saß mit geschlossenen Augen da und starrte so lange auf ihn, dass er vergaß, weiterzugehen.

Einige wurden müde, knieten nieder und beteten um Ausdauer und Durchstehvermögen. Sie gingen gestärkt weiter, denn es liegt Kraft im Gebet.

Andere wollten schneller gehen als sie konnten; sie knieten jeden Augenblick nieder und beteten, sahen inzwischen andere vorbeigehen und wurden böse auf die,

die nicht beteten, sondern nur gingen. Da beteten sie in unaufrichtiger Liebe für alle diejenigen, die sie in ihrem Herzen verurteilten – und es waren viele – und ihre Knie wurden wund vom Beten für die anderen und konnten dadurch nicht weiterlaufen, denn das Gebet hat immer eine Wirkung, aber manchmal eine andere, als man beabsichtigt.

Ein Straßenkehrer zog einen Wagen mit Wasser hinter sich her und besprengte den Weg, damit die, die dort gingen, nicht durch den Staub beschmutzt werden sollten. Er dachte weder an Gott noch an den »Punkt«, sondern tat freundlich, was er musste, und mit jedem Schritt, den er ging, kam er näher ans Ziel, obwohl er nichts von ihm wusste.

Irgendwo sah ich eine junge Frau, die wie im Traum vorwärts ging, einem Ziel entgegen, das sie nur instinktiv ahnte.

Ich fragte sie, wo sie hinwolle.

Sie antwortete:

»Ich weiß es nicht. Vorwärts. Wahrscheinlich denselben Weg wie du.«

Ich sagte: »Ich glaube, dass du Recht hast. Wollen wir ihn zusammen gehen?«, und sie antwortete: »Das will ich gern.«

So gingen wir zusammen weiter, Schritt für Schritt, obwohl ich alt war, sie aber jung. Wir fühlten eine tiefe Zusammengehörigkeit, obwohl sie jung war und ich alt. Aber eines Tages sagte ich, eigentlich gegen meinen Willen, aber ich konnte es nicht lassen:

»Willst du lieber, dass jeder für sich gehen soll?« Sie verstand nicht und fragte:

»Warum?«

Ich sagte: »Wir sind nicht gleichaltrig.«

Sie antwortete: »In der Liebe gibt es kein Alter.«

Da gingen wir zusammen in einer Liebe, die keine Tempel nötig hatte oder sonst etwas, was heilig genannt wird.

Aber weil wir schließlich nicht mehr zwischen unserer eigenen Liebe und der des anderen unterscheiden konnten, bekamen wir das Bedürfnis, Dank zu sagen an etwas, das mehr war als wir selbst, und ich sagte:

»Lass uns in ein heiliges Haus gehen und unseren Dank an dasjenige richten, was für unser Dasein gesorgt hat.«

»Das wollen wir«, antwortete sie, und das heilige Haus lag nahe vor uns, und wir sahen es alle beide.

Ich zeigte auf die linke Seite des Weges und wollte sie in den Tempel des Punktes hineinführen, aber sie zeigte nach rechts und sagte:

»Liebster, das heilige Haus liegt dort, es ist der Tempel des Bogens.«

Entsetzt sagte ich:

»Aber Kind! Das Haus des Bogens ist der Tempel des Lasters und der Sünde. Die Andacht dort ist Versuchung, die Heiligsprechung Sündenfall. Wir wollen in das Haus des Punktes hineingehen, wo alle Dinge sich begegnen und eins werden.«

Da kam Zorn in ihre Augen, und sie sagte:

»Du hast den Verstand verloren! Wir wandern ja dem Allumfassenden entgegen, um von ihm erfüllt und mit ihm vereint zu werden. Du sprichst gotteslästerliche Worte über das Heiligtum, das im Zeichen des Bogens gebaut wurde!«

Nun wurde auch ich böse und sagte:

»*Mein* Weg geht dem Punkt entgegen!«

Sie antwortete: »Und *meiner* dem ›Bogen‹ – fort von Beschränktheit und Kurzsichtigkeit!«

Da sagte ich: »Nun lästerst *du* das Heilige. Die Frau, die zum Bogen geht, ist eine Dirne!«

Sie antwortete: »Bin ich eine Dirne, dann kann ich nicht Gattin sein.«

»Nein, das kannst du nicht«, sagte ich, und sie wurde zornig:

»Und die Dirne des Mannes, der alles anbetet, was beschränkt ist und einengt, will ich nicht sein.«

Sie drehte mir den Rücken zu und ging in den Tempel des Bogens. So passierte es, dass wir, die in Liebe und Gemeinschaft in allem miteinander gewandert waren, in Hass und Zorn auseinandergingen.

Nichts hatte jemals eine Scheidewand zwischen uns errichten können, die Anbetung der Gottheit aber konnte es. Danach ging ich allein weiter, ohne nach rechts oder links zu sehen.

Aber eines Tages war ich müde und beschloss, in das Haus des Punktes hineinzugehen, um dort auszuruhen. Ich fragte einen Mann, der aus seinem Haus herauskam:

»Wo ist das heilige Haus?«

»Ich weiß nicht, was du meinst«, sagte er.

»Das Haus, in das man geht, um zu beten.«

»Hineingeht, um zu beten?«, sagte er erstaunt. »Zu welchem Zweck?«

»Du fragst wirklich, was es bezwecken soll, zu beten?«

»Nein, aber weshalb dazu in ein Haus gehen und wieder aus ihm hinaus?«

»Habt ihr denn gar keine heiligen Häuser?«

»Aber bester Mann«, sagte er, »wo kommst du her? Und was meinst du, wenn du ›heilig‹ sagst?«

»Etwas, das besser ist als wir selbst, und das uns besser macht.«

»Das *Dasein* also«, sagte er. »Aber über diesem können wir doch kein Haus bauen, und weshalb sollten wir es, wenn wir mitten in ihm sind?«

»Nicht alles, was existiert, ist heilig«, antwortete ich.

Er schrak zusammen und schaute mich lange an, als ob er etwas sagen wollte, sich aber nicht dazu entschließen könnte.

Schließlich fragte er vorsichtig:

»Du kommst wohl von weit her?«

»Ja, von sehr weit.«

Er schwieg, fasste dann aber Mut und sagte:

»Wir haben hier ein altes Märchen, das die Kinder sehr mögen. Es erzählt von einem Land, wo das Dasein einmal mittendurch brach und eine große Feindschaft zwischen den beiden Teilen entstand. – Hast du schon einmal von einem solchen Land gehört?«

»Ich komme von dort.«

»Ja, aber lieber Freund«, sagte er, »das Dasein ist doch *ganz*. Wie können zwei daraus werden? – Und dann in ein Haus hineingehen und beten, und wieder hinausgehen und nicht beten?! – Heilig – das ist etwas, das besser ist als wir selbst, und das uns besser macht. Lieber Freund, dem begegnen wir doch überall: in unserer Arbeit, in Essen und Trinken und in der Ruhe. Es ist doch Danksagung und Jubel, zu erwachen, an die Arbeit zu gehen, zu essen, zu trinken und ins Bett zu gehen. – Du bist wohl nicht krank? Im Kopf, meine ich?«

»Jetzt nicht mehr«, sagte ich. »Ich glaube beinahe, ich bin darüber hinweggekommen.«

»Gekommen bist du jedenfalls«, meinte er.

»Ja, ich bin wohl ungefähr so weit gekommen, wie ich muss«, gab ich zurück und lief noch ein Stück weiter. Der Mann hatte das Wort »Ruhe« auf so lebendig inspirierende Weise gesagt. Ich legte mich hin und ließ mich von Kopf bis Fuß von der Ruhe durchdringen. –

Als ich erwachte, stand Adam vor mir, lächelte und sagte:

»Willkommen, Mensch! Willkommen daheim!«

»Adam!«, sagte ich in tiefem Nachdenken, denn ich wusste in meinem Innern, dass er es war, »Adam – du *hier?*!«

»Ich komme immer hierher, wenn jemand zu neuem Leben geschaffen wurde«, sagte er.

»Wenn du Adam bist«, meinte ich, »muss das hier wohl das Paradies sein?«

»Nenn es, wie du willst«, antwortete er. »Meistens nennst du es ja den ›Punkt‹.«

Den *»Punkt«*!

Ich sprang auf. Ja! Ich stand wirklich gerade mittendrin und schaute mich um.

»Er ist größer, als ich dachte«, sagte ich.

»Das wird jedes Ding, je näher man ihm kommt«, sagte Adam, »und wenn man gerade mitten im ›Punkt‹ ist, so sieht man, dass er die ganze Welt bedeutet.«

»Die ganze Welt!«, sagte ich. »Ja, das ist er! Aber – – aber hier ist alles gut und dort draußen – – da war etwas, *vieles*, das wehtat.«

»Schöpfungswehen«, sagte Adam. »Aus Lust und Schmerz wird das Leben geboren, deshalb ist sein starker, gesunder Geschmack ebenso frisch an deinem ersten wie an deinem letzten Tag.«

Ich stand eine Weile da und schaute mich um, schaute weit hinaus über den Bogen. Dann fragte ich:

»Wo ist denn Eva?«

Er lächelte ein anderes Lächeln als jenes, womit er mich willkommen geheißen hatte – und plötzlich stand Eva vor mir.

»Wo ist nun Adam?«, fragte ich. Sie lächelte sein Willkommenlächeln – und ich sah *ihn*.

Aber nun wollte ich sie beide sehen, und ich fragte wieder nach Eva.

Er lächelte ihr Lächeln – und da stand sie vor mir.

»Ich glaube, ich werde nicht richtig klug aus eurem Lächeln«, sagte ich.

Sie antwortete:

»Ganz richtig, denn das ist die Liebe, dass man das Lächeln des andern lächeln kann.«

Ich dachte ein wenig nach und fragte dann:

»Kann ich nicht die Erlaubnis bekommen, euch zusammen zu sehen?«

»Du kannst uns *nur* zusammen sehen. Wir sind *eins.*«

»Am Anfang wart ihr aber zwei«, sagte ich, doch sie antwortete:

»Eben *nicht.* Zwei wurden wir erst später, zuerst waren wir eins.«

»Ich glaube, ich verstehe nicht ganz, warum und wie ihr getrennt wurdet«, sagte ich.

»Du weißt doch, dass Gott den Menschen nach seinem Ebenbild schuf?«

»Ich kenne diese Geschichte«, antwortete ich.

»Aber du weißt nicht, was der Mensch war. Das werde ich dir sagen, damit du weißt, dass du noch nicht ganz *fertig erschaffen* bist.«

»Wieso weißt du, dass ich es noch nicht bin?«

»Du hast nur *ein* Lächeln. – So wurden wir getrennt: Der Mensch stand da und sah alle Dinge und alle Geschöpfe, die *außerhalb* von ihm lagen. Es war alles sehr gut, und der Mensch liebte all das, was er sah, und sagte zum Herrn:

›Ich liebe all das, was ich um mich herum sehe – ja, ich liebe sogar mich selbst.‹

Da sagte der Herr zu ihm:

›Jedes Wesen ist *genötigt,* sich selbst zu lieben, weil *ich* es erschaffen habe. Es kann allem anderen diese Liebe entziehen, die es dem schuldet, was ich erschaffen habe, aber nicht sich selbst.‹

Der Mensch sagte:

›Herr, da ist etwas in mir, was ich mehr liebe als anderes. Ich möchte gerne das, was ich am meisten liebe, auf dieselbe Weise sehen können, wie ich das sehe, was außerhalb von mir liegt.‹

Da sagte der Herr:

›Wenn du wieder geschlafen hast, sollst du es sehen.‹

Und als Adam erwachte, sah er mich und ich sah ihn, und wir waren zwei. Und damit erfuhren wir die andere Seite des Lebens, denn jeder von uns liebte den anderen, aber am meisten sich selbst, und weil wir nicht mehr *eins* waren, fühlten wir Begehren nach dem andern, und das war der Anfang der Not des Lebens, seiner Lust und seinem Schmerz. In ihm lernten wir schließlich uns selbst vergessen um des andern willen, und da verstanden wir endlich, dass wir *eins* waren – und es auch blieben.«

»Es steht aber in der Bibel, dass Eva als erste der Sünde verfiel«, sagte ich, »aber das ist wohl so eine kleine Veränderung durch einen männlichen Abschreiber gewesen, der auf seine Frau böse war; in Wirklichkeit war es also Adam?«

»Nein«, sagte Eva, »was in der Bibel steht, ist richtig, denn *ich* war es, die das, was sie am meisten liebte, *sehen* wollte; ich war die Neugierigere. Ich sah *ihn,* und da musste er auch *mich* sehen, und wir waren nicht mehr eins, sondern zwei Wesen, die nach dem andern verlangten, sich aber auch abstießen. Die Sehnsucht wurde nie gestillt, bis zu dem Tag, an dem alles in uns vollkommen gleich war; da hörte aller Widerstand auf, und wir waren eins, so wie es Gott der Herr mit uns beabsichtigt hatte.«

»Und habt ihr kein Verlangen mehr danach, euch zu sehen?«

»Nein. Es ist uns eine Freude, dass wir jeder der andere *sind.* Sich selbst zu *sehen* macht einsam.«

Ich spürte ein Lächeln in meinem Gesicht, ein Frauenlächeln, dessen ich nie müde werden würde, und ich wusste, dass diese Frau irgendwo in der Welt war und nun dieses Lächeln lächelte, das frei wurde, als ich *ihres* lächelte.

Drin im Schatten des Gartenpavillions saßen der Oberarzt und der Pfarrer.

Draußen in der hellen Sonne ging Olsen sonntäglich gekleidet über den Rasen mit Schaufel, Rechen und Spaten und trug sie zurück in den Werkzeugschuppen.

Dann ging er zum Gartentor hinaus und verschwand.

»Nun ist er fort«, sagte der Oberarzt. »Gut, dass er es selbst so wollte.«

»Es ist seltsam –«, begann der Pfarrer. Der Oberarzt unterbrach ihn:

»Schwebst du schon wieder? Was ist denn jetzt wieder ›seltsam‹?«

»Dass dieser Mann kein Christ ist.«

»Es ist seltsamer, dass du einer bist. Sein Weg zur ›Ewigkeit‹ ist ja nichts anderes als ein Weiterführen deiner bequemen Art zu botanisieren.«

»In diesem Fall«, sagte der Pfarrer, »ist es für mich ein Beweis dafür, dass das religiöse Gefühl ein Teil des Lebensgefühls selbst ist und deshalb unausrottbar im Menschen verwurzelt.«

»Du vergisst«, meinte der Oberarzt, »dass es Menschen gibt, die kein religiöses Gefühl haben.«

»Es ist wahr«, entgegnete der Pfarrer, »ich vergaß, dass es auch Invalide gibt.«

Mysterium
Magnum

Fußnoten des Übersetzers:

[1] lat.: religiöse Prahlerei, Eitelkeit
[2] sinnloses, verworrenes Gerede
[3] lat.: das Vorausgegangene
[4] In der dänischen Originalausgabe ein Wortspiel, »jul« = »Weihnachten«, genauso ausgesprochen wie »hjul« = »Rad«. Beim Julfest handelt es sich um ein altes nordgermanisches Winterfest, das Fest der wiederkehrenden Sonne und Fruchtbarkeit. Das Julfeuer wurde auf einem eingerammten Eichenpfahl durch ein darauf gelegtes Rad, das bis zur Selbstentzündung gedreht wurde, entfacht. Vom neuen Julfeuer holte man sich anschließend das neue Herdfeuer. Später verschmolz das germanische Julfest mit dem christlichen Weihnachtsfest.
[5] mystische Vereinigung
[6] lat.: wörtl. ›Vernichter der Philosophenehe‹, gemeint ist wohl eher der ›Vollzieher der Philosophenehe‹
[7] gr.-lat.: Die Peripatetiker betreffend, d.h. die Schüler des Aristoteles, genannt nach dem Wandelgang der Schule des Aristoteles, dem Peripatos.
[8] frz.: unsauber
[9] lat.: zum Beispiel
[10] lat.: du hast die Sache erfasst
[11] lat.: das Recht, zu praktizieren
[12] lat.: komische Sache
[13] In manchen Gegenden Dänemarks ließ man Kühe und Pferde nicht frei weiden, sondern band sie mit einem langen Strick an einen Pflock, in Norddeutschland nannte man diese Paraktik: das Vieh »tüdern«.
[14] damals die größte jährliche Kunstausstellung in Kopenhagen

[15] »Die Freie Ausstellung«, kurz »Die Freien« genannt; eine Vereinigung maßgeblicher Künstler, die damals gegen die etablierten »Charlottenborger« opponierten

[16] Berühmtes Gedicht von Christian Winther

[17] frz.: trotzdem

[18] lat.: außer Dienst

[19] lat.: Menschlichkeit

[20] lat.: viele und vieles

[21] span.: wer weiß

[22] ital.: Trinkgeld

[23] ital.: Sie ist eine Freundin der Armen.

[24] ital.: Ich weiß es nicht.

[25] engl.: Ehrfurcht einflößend

[26] lat.: feierliches Dreitieropfer von Schwein, Schaf und Stier

[27] lat.: Versammlungshaus des Senats

[28] lat.: Versammlungsplatz zwischen Forum und *curia*

[29] lat.: heilige Straße über das Forum zum Kapitol

[30] lat.: Tempel der Vesta

[31] lat.: Wasserbecken, Teich

[32] M.C. Curtius stürzte sich 362 freiwillig als Opfer in eine auf dem Forum entstandene Erdspalte.

[33] vom älteren Tarquinius zwischen Palatin und Aventin angelegt

[34] Thorvaldsen, Berthel: dänisch-römischer Bildhauer des Klassizismus (1770-1844)

[35] Henrik Ibsen

[36] Luk. 16,26

[37] zwei in Dänemark bekannte Gedichte von Bernhard Severin Ingemann

[38] lat.: excelsitus = Höhe, Erhabenheit

[39] lat.: wörtl. Allmacht, die sich selbst will

MYM

Johannes Anker
Larsen

Seine Werke im

Mysterium Magnum
MYM-Verlag
Berlin

MYM

Herbst 2003:

J. Anker Larsen

MARTHA UND MARIA

Roman 1925

übersetzt in 5 Sprachen, neu übersetzt

ISBN 3-9800929-4-1, 448 S., € 21.–*

»Du bist hübsch und begabt«, sagte er, »aber das sind so viele. Aber du hast die Pikanterie der Unschuld, die alle zu deinen Füßen zwingen wird.« – »Nur dich nicht«, sagte sie. – »Auch mich«, versicherte er, »du darfst nicht an früher denken, du warst dir deiner Unschuld nicht bewusst. Wenn man sich ihrer zu bedienen weiß, beugen sich alle. Darin liegt die Macht über den menschlichen Geist. Siehst du aber die Unschuld nicht als einen Wert an, dessen du dich bedienen kannst, sondern bist du nur unschuldig, dann fallen die andern wie Wölfe über dich her und vernichten dich.«

Der Dichter-Philosoph Larsen entfaltet hier seine außergewöhnliche Fähigkeit, die scheinbar heillos verknoteten Fäden der Psychologie des menschlichen Geistes kunstvoll zu entwirren und uns daraus das Lebensbild zweier Frauen zu spinnen, zweier Schwestern, die als zwei ewige Typen menschlichen Seins vom Schicksal getrennt werden und lernen, an ihm zu wachsen, lernen, ihre geistige Unschuld zu bewahren und dem Vergänglichen den ewigen Sinn abzuringen.

Frühjahr 2004:

J. Anker Larsen

ICH WILL WAS ICH SOLL

ODER KÖNIG LEAR VON SVENDBORG

Roman 1932, neu übersetzt

ISBN 3-9800929-5-X, 320 S., € 18.–*

Niels zieht es magisch vom Land zum Theater nach Kopenhagen. Sein geniales Talent wird von einem Theaterdirektor erkannt, der den jungen Mann engagiert. Nach anfänglichen Schwierigkeiten scheint ein großartiger Erfolg vorprogrammiert. Aber Niels hat inzwischen tiefen Einblick in die Fragwürdigkeit jener Welt des schönen Scheins gewonnen, der seine große Liebe, ebenfalls Schauspielerin, erlegen ist. Er steht vor der entscheidenden Lebensfrage: Soll ich, was ich will? Ist mein Glück bestimmt von äußeren Umständen oder anderen Menschen, ist es abhängig von Erfolg und Anerkennung?

Auf den ersten Blick ein Theaterroman, geschrieben von einem Dichter und Schauspieler, dem *die Bühne die heilige Göttin* und gleichzeitig *die Hure* war, und *»die Schauspielerei eine schöne Kunst, ein schweres Handwerk und ein schmutziges Geschäft«*. Eigentlich aber ein Roman über die Welt als Schein, über das Vergängliche, das hier Ereignis wird, nicht über das Theater als moralische Anstalt im Schiller'schen Sinne, sondern über das Welttheater als unmoralische Anstalt und unser Verhältnis dazu.

In Vorbereitung:

J. Anker Larsen

LIEBE

Vier Novellen

ISBN 3-9800929-6-8, ca. 300 S., € 18.–*

Irrsinn ist es, die wahre Weisheit predigen zu wollen, anstatt sie zu leben, und Sinn herrscht schließlich in dem, was Menschen als *Irrsinn* ansehen, weil die große Fügung ihren verblendeten Augen verborgen bleibt. Zu dieser Erkenntnis kommt am Ende der gleichnamigen Novelle ein einstmals »Scheinheiliger«.

In einem kleinen Meisterwerk an Stimmung, Verhaltenheit und Atmosphäre schildert Anker Larsen in vier Novellen, wie das Leben durch eine Liebe gemeistert werden kann, die sich nicht in einem Gefühlsüberschwang des Augenblicks erschöpft, sondern wie selbst aus Verzicht und Tod die wahre Liebeskraft von neuem Nahrung findet und Leidenschaften sich in wahre Liebe verwandeln.

Diese kunstvoll gebauten und doch so einfach und geradezu sich lesenden Novellen sind ein Geschenk für alle, die sich noch ein feines Ohr für zarte Schwingungen bewahrt haben.

Herbst 2003:

J. Anker Larsen

Vom wirklichen Leben

Vorträge 1927, gehalten in Amersfoort, Berlin und Zürich
erstmals übersetzt aus dem Niederländischen
ISBN 3-9800929-7-6, 144 S., € 14.–*

Das wirkliche Leben ist das Ewige Leben. Es ist ein Zustand der Seele und keine Fortsetzung in dieser oder jener Welt. Im täglichen Leben wissen die Menschen allein von der äußerlichen Kenntnis und deshalb ist die Ewigkeit eine leere Abstraktion geworden, die man verkehrt auffasst als eine Fortsetzung ins Unendliche. Für denjenigen, der an das Mysterium Magnum glaubt und es erlebt hat, ist aber nichts gleichgültiger als die Länge des Lebens. Der Mensch würde die Unsterblichkeit als eine schwere Strafe empfinden, wenn er immer ohne diesen Zustand der Seele leben müsste, ohne die Freude und Ruhe im Heiligen, die er nur im ewigen Jetzt erleben kann.

In Vorbereitung:

J. Anker Larsen

BEI OFFENER TÜR

Ein Erlebnisbericht 1923

neu übersetzt

ISBN 3-9800929-8-4, ca. 80 S., € 10.–*

Die Biografie inneren Erlebens zeichnet den Weg eines Ewigkeitserlebers und seine Rückkehr zum »verlorenen Paradies«. Dieser Weg führt Larsen über ein Studium an der theologischen Fakultät, die er mit einer Sandwüste vergleicht, zum Lesen der chinesischen, indischen, persischen und afrikanischen »Familiendokumente«; er führt ihn über ein erstes Aufblitzen innerlichen Sehens bis zu einer neuen Art der *Wahr*-nehmung. Er fühlt »Stärke, Wärme und Sicherheit in seine Seele strömen wie Luft in seine Lungen«. Damit verbunden sind ein Nachlassen der Alltagsinteressen und das Gefühl einer innerlichen Befreiung.
Larsen erlebt das wirkliche Leben als einen Seelenzustand. Der Bericht ist auch ein Schlüssel für ein vertieftes Verständnis seiner Romane.

* Alle Preise freibleibend

Mysterium Magnum

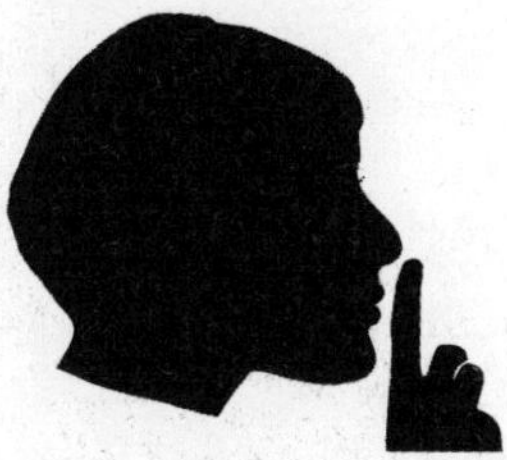